De jasmijnzussen

Corina Bomann bij Boekerij:

Het vlindereiland
De maneschijnsonate
De jasmijnzussen
De stormroos
Een wonderlijke winterreis
Het klaprozenjaar
Winterbloesem
De rozentuin

De vrouwen van de Leeuwenhof
Agneta's erfenis
Mathilda's geheim
Solveigs belofte

De kleuren van schoonheid
Sophia's hoop
Sophia's wens

boekerij.nl

CORINA
BOMANN

De jasmijnzussen

Dankzij haar overgrootmoeder krijgt een jonge vrouw
weer greep op haar leven

BOEKERIJ

Eerste druk 2015
Tiende druk 2021

ISBN 978-90-225-9342-4
ISBN 978-94-023-0388-9 (e-book)
NUR 302

Oorspronkelijke titel: *Die Jasminschwestern*
Oorspronkelijke uitgever: Ullstein Buchverlage GmbH, Berlijn
Vertaling: Lilian Caris
Omslagontwerp: Johannes Wiebel | Punch Design
Omslagbeeld: © Shutterstock
Zetwerk: CeevanWee, Amsterdam

Proloog

JANUARI

'Kom nou!' Gejaagd veegde Melanie een uit haar vlecht losgeraakte haarstreng uit haar gezicht. Al een half uur stond ze bij de lopende band te wachten. De ene koffer na de andere kwam voorbij – alleen niet de hare.

Zo langzamerhand vreesde ze dat hij was zoekgeraakt. Wat haar garderobe betreft was dat geen groot verlies, op reis en op haar werk kleedde ze zich eenvoudig en praktisch. Spijkerbroeken, T-shirts, blouses, stevige schoenen en bij hoge temperaturen topjes, shorts en teenslippers. Op dit moment zat haar koffer voor zo'n zeventig procent vol met dat soort bezwete bundeltjes. Haar camera had ze gelukkig altijd bij zich in haar handbagage.

Ze was geen souvenirjager, maar van deze reis had ze wat aandenkens meegebracht, waarvan ze het verlies erg zou hebben betreurd: een kogelronde boeddha van jade die ze bij een straathandelaar in Saigon had gekocht, een eeuwenoude afbeelding op rijstpapier van een vergezicht met een berg en twee fantastische windgongen, een voor haarzelf en een voor haar grootmoeder.

Bijzonder trots was ze op wat ze voor haar verloofde Robert had meegenomen. Ze had de hand weten te leggen op twee oeroude drakenmunten, waarvan beweerd werd dat ze geluk brachten. Ze stamden uit 1654 en waren haar door een straathandelaar aangeboden.

Zonder lang na te denken had ze toegehapt, om zichzelf vervolgens urenlang te martelen met de vraag of de munten niet ergens gestolen waren. Nadat haar pensionhoudster haar had verzekerd dat dergelijke munten vaak in oude huizen opdoken en het allemaal vast op de juiste manier was gegaan, had ze ze ingepakt en ze had ze probleemloos door de douane gekregen.

Omdat ook het volgende stuk bagage niet haar koffer was, haalde ze haar mobiele telefoon uit haar jaszak en zette hem aan. Meteen verscheen er een sms-bericht van Robert op het display. Dat had hij om vijf over zeven geschreven, waarschijnlijk was hij toen net op.

Melanie glimlachte. Als ze van een reis terugkwam, verwelkomde hij haar altijd met een berichtje.

'Hallo, lieve thuiskomer, kan je helaas niet afhalen, maar in gedachten ben ik bij je. Heb een afspraak, vanavond vieren we het uitgebreid. Ik verheug me er zo op je eindelijk weer in mijn armen te kunnen sluiten. Dikke kus, Robert.'

Wat zou hij deze keer bedacht hebben? Als ze lang weg was geweest, maakte hij altijd plannen: voor een theatervoorstelling, een film, of simpelweg voor een heerlijk knusse avond met kaarsen en champagne.

Melanie toetste een antwoord in: 'Hallo, lieve onbestorven weduwnaar, ben goed aangekomen, wacht alleen nog op mijn koffer. Kun je hem niet op magische wijze laten verschijnen? Ik heb veel te vertellen en te laten zien en verlang naar je. 1000 kussen, Melanie.

Sinds vijf jaar werkte Melanie als modefotograaf, een hectische baan die haar naar de mooiste plekken ter wereld bracht. Kleurrijke sari's voor de Taj Mahal, prachtige zijden kimono's in de oude keizerstad Kyoto, avondjurken in Venetië, gewaagde creaties in New York en fantastische sieraden in Cairo vulden haar portfolio en de pagina's van diverse modetijdschriften. Met haar negenentwintig jaar was ze al de halve wereld over gereisd.

Toen ze een paar maanden terug van een groot modehuis het

aanbod had gekregen een fotoshoot in Vietnam te maken, was ze in de wolken. Allereerst omdat zulke aanbiedingen niet voor het oprapen lagen, in de tweede plaats omdat ze een bijzondere band had met dat land, want haar overgrootmoeder Hanna kwam ervandaan. Al sinds lang wilde ze het land van haar voorouders bezoeken, maar ze had er nooit de gelegenheid voor gehad.

Het liefst was ze er met Robert heen gegaan, maar zelfs als hij niet had hoeven werken, zou het bij haar agentschap niet goed zijn gevallen als ze de dag had doorgebracht met romantische wandelingen over het strand. Haar werkschema was heel strak geweest. Het modehuis wilde de kosten zo veel mogelijk beperken.

Dus was er maar krap een halve dag overgebleven om in Ho-Chi-Minh-stad, het vroegere Saigon, de tempels te bewonderen en wat inkopen te doen. En ze had foto's gemaakt: van vrouwen met de typerende rijsthoeden, kinderen die dromerig speelden aan de rand van de straat, marktkraampjes glimmend van specerijen en kruiden in alle mogelijke kleuren en betelnoot kauwende mannen die op bankjes voor hun huis zaten en af en toe hun roodgekleurde tanden blootlachten.

Tijdens de retourvlucht kon ze één gedachte niet meer uit haar hoofd zetten. Als ze Vietnam als bestemming voor hun huwelijksreis kozen, kon ze het land echt leren kennen – en het ook meteen aan Robert laten zien. Omdat ze pas in augustus wilden trouwen, hadden ze nog geen concrete plannen voor de reis. Misschien kon ze haar verloofde overhalen.

Eindelijk, mijn koffer! dacht Melanie en haalde haar bagage van de band.

In de wachtruimte was het een drukte van belang. Voor de loketten van de verschillende luchtvaartmaatschappijen stonden lange rijen. Enkele wachtenden verdreven de tijd in de talrijke winkels. Melanie was blij dat ze eindelijk uit het luchthavengebouw weg kon.

Berlijn begroette haar met laaghangende bewolking en ijzige temperaturen. Het januarigrijs kon ook door de kleurige reclameborden niet worden verdreven. Melanie trok huiverend haar jas dichter om haar schouders. Wat was het aan de Zuid-Chinese Zee toch heerlijk geweest!

Tot haar geluk liet de bus niet lang op zich wachten, maar desondanks was hij overvol. Drommen mensen drongen naar binnen, en Melanie bleef uiteindelijk vastgeklemd tussen twee zakenmannen staan.

Ze verheugde zich al op een warm bad en een beetje rust. Omdat Robert gewoonlijk niet voor vijven van kantoor thuiskwam, zou ze de tijd gebruiken om haar moeder op te zoeken. Die had een hoedenwinkeltje in de Invalidenstraße. Ze had het vak van Hanna geleerd, die in de jaren vijftig met haar hoedencreaties enorm opzien had gebaard bij de Parijse chic. Met grote trots vertelde haar overgrootmoeder aan iedereen dat zelfs de jonge Engelse koningin Elizabeth bij haar inkopen had gedaan.

Opeens zoemde het in haar zak. Wie belde er om deze tijd? Robert? Nee, die had nu vast zijn afspraak. Haar moeder? Nee, dat was niets voor haar. Waarschijnlijk was het Charlotte van het agentschap, die wilde weten of ze goed was aangekomen.

Haar assistente bij het fotoagentschap was een beweeglijke middertiger die het talent had de beste fotografenbaantjes in de modebranche binnen te halen. Melanie zag haar voor zich, hoe ze tijdens het overgaan van het signaal haar verschillend gekleurde nagels inspecteerde en vervolgens, als ze de voicemail kreeg, er opgewekt op los kletste.

Omdat ze niet op een van de zakenmannen wilde vallen als de bus plotseling een bocht maakte, liet Melanie de telefoon rinkelen en keek naar buiten naar de gevels van Reinickendorf. Bij een bruidsmodezaak, die jurken aanbood die leken op in pasteltinten geverfde dotten watten, moest ze gniffelen. Zou Robert haar in zo'n jurk willen trouwen? Vast wel, maar eigenlijk was zoiets pompeus niets voor haar.

Ze had een eenvoudige, nauwsluitende japon voor ogen, misschien gebaseerd op een historisch model. In het modemuseum van haar overgrootmoeder bevond zich een prachtig model dat niet draagbaar meer was, maar wel nagemaakt kon worden. In plaats van een sluier wilde Melanie jasmijnbloesem in haar haar dragen. Robert zou dat zeker geweldig vinden.

Weer zoemde haar mobieltje. Lieve help, Charlotte, je bent wel hardnekkig! dacht Melanie, en omdat het nog steeds zo druk was in de bus, liet ze het maar weer rinkelen. Tegelijkertijd nam ze zich voor terug te bellen zodra ze thuis was. Misschien was het belangrijk.

Een half uur later kwam ze eindelijk aan op haar halte. Ze tilde haar koffer de bus uit, blij aan het gedrang te ontsnappen, en stapte de straat op. Haar woonblok lag in de buurt van een kleuterschool. Al van verre hoorde je het gekrijs van de kleintjes, die ondanks het koude weer buiten speelden.

Als we straks zelf kinderen hebben, zei Robert soms gekscherend, kun je ze daar onderbrengen. Maar Melanie was er nog niet zo zeker van dat ze snel kinderen wilde. Natuurlijk had ze er de goede leeftijd voor, maar kinderen krijgen betekende in haar geval dat ze een tijd zou moeten ophouden met werken, en dat wilde ze nu nog niet.

Het huis verwelkomde haar als altijd met warme kleuren en een lichte rozengeur, die afkomstig was van een in wit gehouden boeket naast het telefoontafeltje.

Glimlachend legde Melanie haar sleutels op het tafeltje naast de deur. Het rode lampje van het antwoordapparaat knipperde.

Ze rook even aan de rozen, drukte op de afspeeltoets en droeg haar tas naar de slaapkamer. Het geluid van het antwoordapparaat was hard genoeg om de berichten in het hele huis te kunnen horen.

'Er zijn drie nieuwe berichten,' verkondigde het apparaat met monotone stem, en vervolgens barstte het los.

'Hi, hier is Charlotte, ik weet het, je zit vast nog in het vliegtuig, maar als je er weer bent, neem je dan alsjeblieft even contact op? Ik heb namelijk een fantastische opdracht voor je! Ik zeg alleen: twee weken Cariben! Bel dus!

Piep!

'Beste mevrouw Sommer, u bent de gelukkige winnares... Hallo? Hallo? Tuut, tuut, tuut...'

Piep!

'Dit is brigadier Werner van de politie. Neemt u alstublieft onmiddellijk contact op met nummer...'

Melanie was nog aan het gniffelen over het warrige reclametelefoontje, maar nu verstarde ze.

De politie op haar antwoordapparaat? Haar hart begon tekeer te gaan. Vlug pakte ze haar mobieltje uit haar jaszak. De twee gemiste oproepen kwamen van precies hetzelfde nummer dat de agent zojuist noemde.

Meteen belde ze terug. Daarbij schoot er van alles door haar hoofd. Was er iets met Robert? Of met haar moeder?

Na vijf keer overgaan werd er eindelijk opgenomen.

'Met Melanie Sommer. U hebt me gebeld.'

De agent antwoordde bevestigend en legde uit hoe hij aan haar nummer kwam. En nog geen minuut later stortte Melanies wereld in.

'Meneer Michaelis heeft rond half acht een ongeluk gehad op de snelweg richting Oranienburg,' verklaarde de brigadier.

'Wat?' vroeg Melanie verward. Ze had het duidelijk gehoord, maar was niet in staat de informatie op te nemen. Robert zou een ongeluk hebben gehad? Maar hij reed toch voorzichtig! En hij wist met zijn Volvo om te gaan.

'Hij is, waarschijnlijk door de gladheid van vanochtend, van de weg geraakt. De Volvo is door de vangrail geschoten en over de kop geslagen,' vervolgde de politieagent, haar vraag negerend.

Melanie schudde haar hoofd. Haar knieën werden zo slap dat ze op het bed neerzakte. Gladheid, vangrail... Nee, dat kon niet waar zijn!

'Weet u zeker dat het Robert Michaelis was?' vroeg ze. Het was immers mogelijk dat iemand de auto gestolen had en de papieren toevallig in het handschoenenvakje hadden gelegen.

'We hebben hem aan de hand van zijn papieren overduidelijk kunnen identificeren. Bovendien had hij zijn mobiel bij zich.'

Het woord 'identificeren' bracht Melanie ertoe paniekerig te vragen: 'Hoe is hij eraan toe? Leeft hij nog?'

'Volgens mijn gegevens is hij naar het ongevallencentrum van het Charité gebracht. Als u wilt, geef ik u het nummer.'

Melanie zei ja en noteerde de getallenreeks mechanisch, waarna ze zonder verdere uitleg van de agent af te wachten ophing.

Robert had een ongeluk gehad. Om half acht! Melanie zocht zijn bericht op. Vijf over zeven. Vijfentwintig minuten later was het gebeurd. Had hij op zijn mobiel gekeken, in afwachting van haar antwoord? Ze had toch altijd tegen hem gezegd dat hij van zijn mobieltje af moest blijven als hij in de auto zat!

Melanie liet de telefoon in haar zak glijden, greep haar handtas en stormde naar de deur. Ze wilde niet gewoon alleen maar bellen. Ze wilde de arts spreken die nu voor hem zorgde. Ze wilde hem zeggen dat hij goed moest letten op de man van wie ze hield.

Bij het Charité aangekomen parkeerde ze haar blauwe Toyota tussen twee enorme terreinwagens op de parkeerplaats voor bezoekers en rende toen naar de ingang. Tijdens de rit waren de tranen een paar keer gekomen. Het kon gewoon niet waar zijn! Waarom had dit nu juist Robert moeten overkomen? Hij deed geen vlieg kwaad, was altijd aardig en beleefd... Maar waarschijnlijk deed dat er bij een ongeluk niet toe. Het kon iedereen treffen, ongeacht of het een engel of een klootzak was.

Sissend gingen de glazen deuren open, geluiden uit het ziekenhuis kwamen haar tegemoet. De verpleegster bij de receptie keek haar een beetje nors aan. Een man op een brancard werd net door verplegers door een draaideur geloodst. Aan de grijsblonde haardos zag Melanie meteen dat het niet Robert was.

'Pardon, mijn naam is Melanie Sommer, ik ben de verloofde van Robert Michaelis. De politie heeft me gebeld en gezegd dat hij hier is binnengebracht.'

'Gaat u maar zitten, alstublieft, ik zal het even navragen,' antwoordde de verpleegster en ze pakte de hoorn van de telefoon.

Bijna had Melanie geroepen of ze dat niet uit haar hoofd wist – de noodgevallen werden toch bij haar langsgebracht en aangemeld. Maar ze zweeg en merkte nu pas de andere wachtenden op, wie het onverschillig leek te laten wat er om hen heen gebeurde. Een vrouw had haar dikke jas onder haar hoofd geschoven en lag te slapen. Een oudere man hield een krant voor zijn gezicht, een jonge vrouw zat druk op haar mobieltje te typen.

Melanie had geen zin bij hen te gaan zitten, dus bleef ze voor de balie staan.

Er verstreken enkele minuten. De verpleegster had blijkbaar telkens een andere afdeling aan de lijn. Wisten ze niets over Robert? Was er misschien toch sprake van een verwisseling? Had iemand zijn mobieltje gestolen? Zijn papieren? Maar de agent had gezegd dat ze hem zonder enige twijfel hadden geïdentificeerd.

'Mevrouw Sommer?'

De stem van de verpleegster rukte haar uit haar gedachten.

'Meneer Michaelis is momenteel in de OK, het kan een tijd duren voor ik u meer kan zeggen. Wilt u zolang hier wachten of liever naar huis gaan?'

Zou u naar huis gaan als uw verloofde misschien voor zijn leven lag te vechten? was Melanie bijna ontglipt, maar daar had ze de kracht niet toe. Ze kreeg een wee gevoel in haar maag, haar benen werden slap. Hij leefde nog, maar ze voelde dat zijn leven aan een zijden draadje hing.

'Ik blijf hier,' hoorde ze zichzelf zeggen en toen liep ze op een drafje naar de andere wachtenden. Omdat ze het ineens heel warm kreeg, deed ze haar jas uit en legde die opgevouwen op haar schoot. Daarbij had ze het gevoel dat ze een luchtbel binnen was gegleden die de tijd en andere mensen met een dun membraan buitensloot. Ze dacht er niet aan iemand te bellen. Ze wilde in geen geval haar moeder in paniek brengen. In plaats daarvan liet ze haar gedachten ronddwalen, door de gangen van het ziekenhuis, hoewel ze die niet kende, en toen ze was aangekomen bij de OK waar de artsen met Robert bezig waren, smeekte ze hem terug te komen. Laat me alsjeblieft niet in de steek...

Nadat ze zo een uur had zitten kijken hoe nieuwe noodgevallen werden binnengebracht, werd ze overmand door een allesdoordringende vermoeidheid. Hallo, meneer Jetlag, dacht ze, en ze deed haar ogen dicht. Misschien is het goed om wat te slapen.

Toen leek alles te verdwijnen. Het weeë gevoel in haar maag, de stemmen en zelfs de sirene van een aanstuivende ambulance. Alles werd stil, en toen meende ze het ruisen van de zee te horen...

Melanie doopte haar vingertoppen in het aankomende schuim. Met licht gesis gleed het water over het zand, omspoelde haar hand en trok zich weer terug. Die ochtend was de zee heel kalm. De golven braken langzaam en brachten wat zeewier en mosselen aan land. In overeenstemming met de tere stemming was de hemel bekleed met zachtroze sluiers. De rotsen staken als donkere wachters boven de zeespiegel uit.

Melanie zoog de warme, naar algen ruikende lucht diep op en glimlachte in zichzelf. Dit was echt paradijselijk. 'Melanie?' De zachte donkere stem die haar altijd aan nachtblauwe zijde deed denken, haalde haar uit haar gedachten. Ze draaide zich om en zag hem slechts enkele passen van haar vandaan achter zich staan.

Zijn rijzige, goedgetrainde gestalte stak in een kaki broek en een wit overhemd. Zijn baard gaf zijn markante trekken een stoutmoedig accent. Zijn korte krullen waren in de war gebracht door de morgenwind.

Met op de achtergrond het huis op palen en de zachte ochtendhemel leek hij een model dat op het punt stond in een glossy de dameswereld te verrukken.

Melanie glimlachte, keerde de zee haar rug toe en liep op hem af. Ze kusten elkaar, toen zei Robert: 'We moeten naar de veerboot. Die kan toch niet zonder ons vertrekken?'

Bij de steiger aangekomen zag Melanie meer passagiers die ook de veerboot op wilden. Het was een heel gedrang.

'Maak je geen zorgen, ik ben bij je,' zei Robert terwijl hij haar hand vasthield en haar door de menigte trok. 'We zullen heus niet zoekraken.'

Even later verscheen de veerboot. De pont meerde zijdelings langs de steiger aan, een medewerker gooide de trossen uit. Er kwamen geen passagiers af, maar nu ging er ineens een schok door de menigte.

Melanie kon niet ontdekken wat de oorzaak was, maar de mensen raakten in paniek, enkele probeerden de boot op te komen, andere leken zich bedacht te hebben en wilden weer terug.

Er werd zo aan hen getrokken dat ze bang was Robert te verliezen.

'Hou me vast!' riep ze, maar hoewel zijn hand strak om de hare was geklemd, werden ze uit elkaar gerukt. Terwijl ze eigenlijk de boot op wilde, werd Melanie meegezogen door degenen die richting land drongen. Roberts kuif verdween in de mensenmenigte.

Ze riep hem, maar er kwam geen geluid uit haar keel. Steeds verder werd ze terug naar de wal gesleurd, terwijl Robert met de menigte het schip op verdween.

Merkte hij dan helemaal niet dat ze niet meer bij hem was? Of kon hij gewoon niet meer terug?

In paniek probeerde Melanie zich door de mensen heen te worstelen. Toen haar dat eindelijk was gelukt, voer de boot al af. Ze zag Robert op het bovendek staan, hij zwaaide naar haar en zei iets, maar ze kon het niet verstaan. Vertwijfeld stak ze haar hand naar hem uit, maar hij verdween.

'Mevrouw Sommer!'

Melanie schrok op uit haar droom toen iemand haar schouder aanraakte. Verward keek ze op. Intussen was het middag geworden. De zon had het grijs van de regen enigszins verdreven, maar te laat, want nu zakte hij weg achter de gebouwen van de kliniek.

Voor haar stond de verpleegster van de receptie. Pas nu drong tot haar door dat ze zich niet, zoals ze in eerste instantie dacht, op de luchthaven bevond, maar in de wachtruimte van de afdeling Spoedeisende Hulp. Hoeveel uur had ze hier geslapen?

De verpleegster keek bezorgd. 'Is alles in orde met u?'

Melanie knikte.

'Meneer Michaelis is zojuist uit de OK gekomen en ligt nu op de intensive care. Dr. Paulsen, de behandelend arts, wil u graag spreken.'

De woorden gingen als een elektrische schok door haar heen. 'Hij leeft dus? Hoe gaat het met hem?'

'U moet met dokter Paulsen praten, hij zal u alles precies uitleggen...' De verpleegster knikte haar bemoedigend toe en wees toen naar de deur.

'Dank u wel.' Melanie stond op, pakte haar jas en liep weg.

Achter de gesloten deuren waarlangs de dienstdoende verpleegster haar leidde, piepte het in verschillende toonhoogten, daartussen zuchtten en tikten allerlei machines. Achter een van deze deuren ligt Robert, schoot het door haar heen. Daarbij werd haar keel dichtgesnoerd, en ze kreeg weer een wee gevoel in haar maag.

De verpleegster bracht Melanie naar een spreekkamer en verzocht haar daar te wachten. Een paar minuten later verscheen de arts, een lange man in blauwe OK-kleding.

'Mevrouw Sommer?' Hij stak haar zijn hand toe, die naar zeep en desinfecterende middelen rook. Zijn haar was aan de slapen wat vergrijsd, zijn bruine ogen namen haar vriendelijk op. 'Dokter Paulsen, ik heb meneer Michaelis opgenomen en geopereerd.'

Melanie knikte, zoiets als 'aangenaam kennis te maken' kreeg ze echter niet over haar lippen. Gelukkig leek de arts dat ook niet te verwachten.

'Hoe... hoe gaat het met hem?' vroeg Melanie met bonzend hart terwijl de arts achter het bureau plaatsnam.

'Dat is op het moment moeilijk te zeggen. Hij leeft, maar zijn toestand is zeer ernstig.' Dokter Paulsen pakte Roberts status. 'Hij is tegen acht uur binnengebracht, met talrijke botbreuken en een schedeldakfractuur. Röntgenfoto's lieten een door letsel veroorzaakte bloeding in de hersenen zien, die we met een operatie moesten verhelpen.'

Acht uur. Rond die tijd had ze tussen de andere passagiers geperst in de bus gestaan.

Melanie was blij dat ze zat. 'Is... is hij gewond geraakt aan zijn hoofd?'

'Ja, onder meer. Door de bloeding had zich grote druk onder de schedel opgebouwd, we wilden niet dat de hersenen verder beschadigd werden, dus hebben we de druk verlicht.'

Melanie deed haar ogen dicht. Ze kon zich zo'n ernstige verwonding aan het hoofd niet voorstellen, maar druk op het schedeldak, bloeding en verlichten, dat klonk verschrikkelijk. 'En hoe is zijn toestand nu?'

'Tot dusver stabiel, maar in dit stadium kan er elk moment verandering optreden. We doen alles wat in onze macht ligt om hem weer te genezen.'

Melanie kon daarop eerst niets zeggen. Wat dokter Paulsen zei, deed haar denken aan doktersseries, en die zette ze meestal uit.

Er leek ineens een loodzware last op haar borst en schouders te drukken. Tegelijkertijd voelde ze zich vanbinnen eigenaardig verdoofd.

'Kan ik hem zien?'

Dokter Paulsen knikte. 'Ja, maar heel even. Hij wordt intensief verzorgd en bewaakt. En u moet weten dat hij in coma ligt. U kunt dus niet met hem praten.'

Die woorden troffen Melanie als een klap in het gezicht. 'Coma? Bedoelt u een kunstmatig coma?'

'Het coma is spontaan opgetreden. Het lichaam reageert daarmee op de verwondingen.'

'En wanneer zal hij daaruit ontwaken?' Melanie zocht in haar geheugen koortsachtig naar informatie over coma die ze ooit had opgepikt. Maar er wilde haar niets te binnen schieten.

'Waarschijnlijk zodra het lichaam daar klaar voor is. Momenteel doet het coma hem goed. Het ondersteunt zijn organisme zo goed als het kan bij de genezing.'

'En... zal hij er blijvende schade aan overhouden?' vroeg Melanie onzeker verder, en ze berispte zichzelf meteen. Wees blij dat hij nog leeft!

'Dat kan ik nog niet zeggen, daar is het nog te vroeg voor. Ik stel voor dat u morgen of overmorgen nog eens langskomt of opbelt. Misschien weten we dan meer. En mocht er verandering optreden, dan zullen we u dat natuurlijk laten weten.'

Als verdoofd verliet Melanie een paar minuten later het ziekenhuis. Ze merkte niet dat de kou haar in het gezicht sloeg toen ze naar de parkeerplaats liep. Ze hoorde niet dat bevroren resten sneeuw onder haar laarzen knarsten. Het beeld van Roberts roerloze, aan verschillende apparaten aangesloten lichaam stond op haar netvlies gebrand, en wat de arts had gezegd was op dat moment het enige waar ze aan kon denken. Robert lag in coma, zwaargewond. Voor hoelang, dat wist niemand. En of hij zou herstellen, stond in de sterren geschreven.

Die vreselijke droom... Die veerboot, waar stond die voor? Wilde de droom haar vertellen dat Robert verloren was? Dat hij zich op weg naar gene zijde bevond? Nee, dat mocht niet! Hij mocht niet weggaan, nu niet, nooit!

Ze slaagde er nog net in bij haar auto te komen voor haar benen haar niet meer konden dragen. Angst snoerde haar keel dicht. Ze ging op de bestuurdersplaats zitten, legde haar handen op het stuur, en toen kwamen eindelijk de langverwachte tranen...

1

APRIL

Lieveling,

Sinds drie maanden ben je niet meer bij me. Dat wil zeggen, natuurlijk ben je er, ik zie je lichaam in de kliniek, aangesloten op machines die je in leven houden terwijl je slaapt. Maar ik hoor je stem niet, voel je aanrakingen niet en je kijkt me ook niet aan. Waar ben je? Dwaal je misschien door een labyrint waarvan je de uitgang niet kunt vinden? Zo stel ik me je coma voor. Het is als een doolhof die je gevangenhoudt. Misschien zoek je naar een uitgang, maar misschien heb je je ook neergelegd bij je lot en zit je nu in een hoekje, te zwak om verder te gaan.
Zelf voel ik me elke dag zwakker en ik weet niet hoelang ik het allemaal nog kan uithouden.
Hoor je misschien mijn stem? Probeer je die te volgen? Zo ja, dan roep ik je in het vervolg elke dag. Ik probeer de hoop niet op te geven dat je de kracht vindt weer bij me terug te komen.
Je weet toch vast nog wel dat we in de zomer willen gaan trouwen? Dat weet je beslist. Dat is over vier maanden. Tijd genoeg, nietwaar? Tijd genoeg om een manier te vinden. Ik zal proberen vol te houden.
Als je kunt, geef me dan alsjeblieft een aanwijzing wat ik moet doen om je hieruit te halen. Ik slaap momenteel weliswaar slecht,

maar misschien vind je een gaatje in een van mijn dromen.
Kom alsjeblieft bij me terug, ik mis je zo!

In liefde,
je Mel

De villa was niet veranderd. De rood met witte muren waarboven een torentje uitstak, rees op uit een zee van groen. De eerste lichtgroene bladeren vertoonden zich aan de bomen, in de weiden glansde het geel van ontelbare boterbloemen.

Melanie begon langzamer te rijden om naar het meer te kijken dat aan het terrein grensde en waarvan het oppervlak voor ruim een derde was bedekt met waterlelies. Een zwaan trok majestueus zijn rondjes. De avondwolken die in het water weerspiegelden, leken net roze dotten watten.

Voor het eerst in maanden voelde Melanie warmte door zich heen stromen. Wat was ze hier lang niet geweest! Ze herinnerde zich gelukkige vakantiedagen en weekends, kerstvieringen in de foyer en nachten met onweer waarin iedereen wakker was gebleven tot het gerommel van de donder voorbij was.

Waarschijnlijk had haar moeder gelijk gehad toen ze zei dat een verblijf bij haar grootmoeders Melanie goed zou doen. Melanie had eerst tegengestribbeld, maar daarna ingezien dat het beter was wat afstand te nemen.

De afgelopen maanden waren een hel geweest. Vrijwel elke dag had Melanie aan Roberts ziekbed gezeten in de hoop dat er iets zou gebeuren. Maar het coma hield haar verloofde nog altijd in een vaste greep. De artsen vonden dat niet ongewoon, maar met de dag vervloog Melanies hoop hem ooit weer in de ogen te kunnen kijken en te kunnen zeggen dat ze van hem hield.

Nadat ze om het meer heen gereden was, reed ze de grindweg op, langs het bord met het opschrift MODEMUSEUM BLUMENSEE. Haar grootmoeder en overgrootmoeder hadden het museum ongeveer vijf jaar geleden geopend. Destijds waren ze samen uit Vietnam teruggekomen nadat ze daar een naaiatelier hadden opgericht. Ze hadden behoefte aan een nieuwe uitdaging en het kwam goed uit dat villa Blumensee, gelegen aan de rand van een Brandenburgs stadje, een nieuwe eigenaar zocht.

Na de val van de Muur was het gebouw in verval geraakt, en eigenlijk was het niets voor twee alleenstaande oudere vrouwen. Maar Hanna en Marie hadden ondanks alle bezwaren doorgezet en er ook geen aandacht aan geschonken dat hun buren aanvankelijk meewarig om hun plannen hadden geglimlacht.

Melanies grootmoeders hadden het hun laten zien. Sinds een jaar of vijf was het museum rendabel – en het aantal bezoekers nam nog steeds toe

Op de parkeerplaats naast het hoofdgebouw parkeerde Melanie haar auto, pakte haar reistas van de achterbank en stapte uit. Het grind knarste onder haar schoenen en de geur van de eerste voorjaarsbloesems drong haar neus binnen. Dichte jasmijnstruiken scheidden het voorste gedeelte van de tuin af van het achterste, dat niet toegankelijk was voor bezoekers.

Nu was het museum gesloten, het terrein was volkomen leeg. Alleen een grasmaaier bromde in de verte.

Melanie beklom de trap die naar de ingang leidde en belde aan. Haar overgrootmoeder Hanna had de oude belinstallatie laten restaureren. Het prachtige ouderwetse geklingel kon Melanie buiten al horen.

Terwijl ze wachtte, keek ze naar de oude fontein in het midden van het ronde plein. Vanwege de enorme kosten aan water was die alleen in werking tijdens de openingstijden. De schitterende bonte bloemenborders langs de paden zagen er zeer verzorgd uit.

Daar klonken voetstappen in de foyer. Een gracieuze gestalte verscheen even in het raam naast de deur, toen werd er opengedaan.

Marie Bahrenboom, Melanies grootmoeder, was ondanks haar zevenenzeventig jaar nog altijd een schoonheid. Haar zilvergrijs gemêleerde haar droeg ze in een elegante wrong. Zoals alijd na werktijd droeg ze een van haar *áo dàis*, de traditionele gewaden die ze in haar tijd in Vietnam had leren waarderen. Ze bezat er tientallen van. Deze was van pruimblauwe zijde, versierd met zilveren stiksels.

Glimlachend sloot Marie haar kleindochter in de armen. 'Kleintje, laat me je omhelzen! Fijn dat je een paar dagen bij ons blijft. Het zal je zeker goeddoen.'

'Dat hoop ik,' antwoordde Melanie. De herinneringen die ze aan deze plek verbond waren prettig, maar ze wist heel goed dat het gepieker weer zou beginnen zodra ze alleen in haar kamer was en de nacht aanbrak. 'De laatste weken waren... vreselijk.'

Ze schaamde zich er vaak voor dat ze niet geduldig en kalm aan Roberts ziekbed kon zitten. Slechts met moeite was ze gewend geraakt aan zijn toestand. Ze hield van hem, maar de ziekenhuisbezoeken waren een belasting. Na drie maanden had haar lichaam zich op zijn manier verweerd. Ze had paniekaanvallen gekregen en haar huisarts was bang geweest dat zich een depressie zou ontwikkelen. Met een zwaar hart had ze zich gedwongen gevoeld aan de noodrem te trekken.

Marie, die leek te vermoeden wat Melanie dacht, streelde haar zacht over haar haar, dat niet net als dat van haar grootmoeder zwart was, maar bruin – de Europese invloed in haar familie zette geleidelijk aan door. Maar Melanies ogen waren nog altijd amandelvormig – zoals bij alle vrouwen in de familie. Het Vietnamese erfgoed, noemde Robert dat altijd.

'En hoe gaat het nu met hem?' vroeg Marie nadat ze Melanie een moment lang had opgenomen.

'Nog steeds hetzelfde. Hij slaapt. Het lijkt tot dusver allemaal onder controle, maar...'

Melanie deed even haar ogen dicht en probeerde de beelden van zich af te zetten. De mooie, sterke man met wie ze eigenlijk van de zomer wilde trouwen, was sterk vermagerd. Hulpeloos lag hij in bed, bewogen door hydraulische matrassen en bewaakt door talloze monitoren.

Melanie deed haar ogen weer open en onderdrukte haar tranen, toen maakte ze zich zachtjes los uit de omarming van haar grootmoeder. 'Waar is grand-mère?'

Als kind had ze zich aangewend haar overgrootmoeder grandmère te noemen, om Hanna en Marie uit elkaar te kunnen houden. Ze was drietalig opgegroeid: Hanna had haar Vietnamees bijgebracht, Marie Frans en Elena had erop gelet dat ze bij al die vreemde woorden het Duits niet vergat. Wanneer ze alle vier bij elkaar waren – wat de laatste tijd helaas maar zeer zelden gebeurde – werd hun gesprek tot een bonte mengeling van de drie talen, al naar gelang in welke taal hun een begrip te binnen schoot.

'Maman is in haar salon, haar benen werken vandaag niet zo mee als ze zouden moeten, dus heb ik haar voor het raam geposteerd.'

'Daar heeft ze vast de pest over in,' zei Melanie, want ze kende Hanna als een beweeglijke oude dame die er een hekel aan had niets te kunnen doen. Waarom begon je anders ruim na je tachtigste nog een modemuseum?

'Nou en of!! Ze was vanmorgen ontzettend kribbig. Ze vindt zo'n reuma-aanval verschrikkelijk. Maar geloof me, morgen of op z'n laatst overmorgen loopt ze weer als een kievit en commandeert onze suppoost en de tuinman.'

Marie leidde haar voorbij de expositieruimtes naar de trap. Melanie ving een glimp op van de japonnen die in glazen vitrines waren uitgestald met alles wat de dames in voorbije eeuwen hadden gedragen. Haar grootmoeders hadden een prachtige verzameling, in verschillende tinten en stijlen en inclusief accessoires als tasjes, schoenen en hoeden. Het was haast niet te geloven zoals de mode zich vanaf de middeleeuwen tot de huidige tijd had ontwikkeld.

'Hoe loopt Elena's zaak eigenlijk?' haalde Marie haar kleindochter uit haar overpeinzingen. 'Ik heb al veel te lang niet met je moeder gebeld.'

'De winkel loopt goed. Mama heeft een nieuwe collectie ontworpen, die ze in juli tijdens de Fashion Week wil presenteren.'

'En jouw werk?'

'Tja, ik... ik heb al lang geen opdrachten in het buitenland meer aangenomen.' Melanie liet haar hoofd hangen. Ze miste het fotograferen en reizen vreselijk. Maar uit angst dat Roberts toestand ineens kon verslechteren wees ze opdrachten af waarvoor ze naar het buitenland moest. Als ze al fotografeerde, dan deed ze dat in eigen land. Maar zulke opdrachten waren dun gezaaid, omdat de jonge modeontwerpers met het oog op de kosten zelf de camera hanteerden of vrienden inschakelden. 'Maar met een beetje geluk bezorgt mijn agentschap me nog de een of andere opdracht in Berlijn.'

'Robert zou willen dat je je met je werk bezighoudt. Dat moet je jezelf steeds voorhouden. Het zou hem helemaal niet bevallen als je vanwege hem de hele tijd thuiszit.'

Melanie zuchtte. 'Dat is juist, maar het valt me zwaar me op iets anders te concentreren als ik weer naar het ziekenhuis moet. En daarna ben ik steeds zo op dat ik niet meer aan werken moet denken.'

Marie streelde troostend haar arm. 'Het is niet niks wat je presteert. Toen je grootvader stierf, voelde ik me net zo. Bij hem duurde het maar drie weken, maar het waren de zwaarste van mijn leven.'

Melanie boog haar hoofd en kneep haar lippen op elkaar. Op het moment wilde ze er niet over praten. En ze wilde ook geen waardering voor wat ze deed. Of medelijden. Daar veranderde toch niets door. Marie leek dat te merken en hield meteen haar mond.

Zwijgend lieten ze de trap en de overloop achter zich en kwamen bij de deur van de salon, die op een kier stond.

De meubilering van de salon was eenvoudig gehouden en gaf een goed beeld van de verschillende fases van Hanna's leven. Er was een fraai beschilderde Chinese lakwerkkast die er heel oud uitzag en beslist het hart van iedere antiquair sneller zou doen kloppen. Midden in de ruimte stonden zware leren taboeretten, die uit de koloniale tijd afkomstig moesten zijn. In een stenen pot uit de jaren vijftig bloeide een sneeuwwitte orchidee; het bijzettafeltje was van glas en metaal en oogde heel modern tussen de andere meubelstukken.

Aan de openstaande balkondeur hing de windgong die Melanie

van haar laatste reis had meegebracht. De aanblik gaf haar een steek. Die van haarzelf lag nog steeds onaangeroerd in een la. Elena had voorgesteld hem in Roberts ziekenhuiskamer op te hangen, maar dat had Melanie afgewimpeld.

In de brede rotanstoel voor het raam zag Hanna er klein en fragiel uit, helemaal omdat ze in een dikke deken was gewikkeld, die haar tegen de kou moest beschermen. Hanna's gezicht was een landkaart van haar leven, met vele wegen die alleen zij kende. Haar ogen, die zo donker glansden als onyx, hadden veel gezien. Ze was inmiddels zesennegentig en zag er desondanks geen dag ouder uit dan tachtig. Haar uiterlijk was sinds haar tachtigste verjaardag niet meer veranderd. Blijkbaar werd bij haar overgrootmoeder bewaarheid wat een bevriende fotograaf eens had beweerd: vanaf een bepaalde leeftijd verdween de ouderdom. Hadden de rimpels eenmaal een bepaalde diepte gekregen, dan werden ze niet dieper meer.

Ook Hanna droeg een áo dài, een met werkelijk prachtige stiksels. Tegenwoordig gaf ze de voorkeur aan de kleding uit haar geboorteland. Vanwege het gemak, maar zeker ook uit nostalgie.

'Melanie, daar ben je dan!' begroette ze haar achterkleindochter en ze probeerde op te staan. Dat viel haar zichtbaar zwaar, hoewel ze verder heel fris en levendig overkwam.

'Blijf zitten, grand-mère, ik ben zo bij u.' Melanie liep naar haar toe en omarmde haar, heel voorzichtig, bang de broze vrouw te verdrukken. Daarbij merkte ze echter dat dat lichaam niet zou breken, want de botten die ze onder de dunne huid voelde waren stevig. Ze rook licht naar jasmijn. Dat geurtje liet ze uit Parijs komen, en ze had in geen jaren een ander parfum gebruikt.

'Het is fijn dat je weer eens hier bent. Ik wilde eigenlijk op je afstormen, maar ja, de reuma.' Hanna lachte even en wees op een van de donkere taboeretten. 'Ga toch zitten en vertel me wat voor nieuws je hebt.'

'Niet veel, vrees ik. Mama werkt momenteel koortsachtig aan haar nieuwe collectie en ik probeer met gelegenheidsbaantjes het hoofd boven water te houden.'

'Betekent dat dat je geen nieuwe tijdschriften voor me hebt?'

Melanie glimlachte. 'Natuurlijk wel. Er zijn er net een paar verschenen waarvoor ik de afgelopen winter foto's heb gemaakt. Ik breng ze u later, ze zitten helemaal onder in mijn tas.'

Hanna knikte tevreden. 'Dank je wel, dan heb ik tenminste iets te doen tijdens mijn reumadetentie.' Ze keek Melanie even onderzoekend aan, toen voegde ze eraan toe: 'De volgende vraag is natuurlijk hoe het met Robert gaat, maar sinds je laatste telefoontje is er vast niets veranderd, anders zou je hier niet zijn.'

Melanie schudde bedroefd haar hoofd. 'Nee, helaas is er echt niets veranderd. En ik vrees intussen dat dat ook niet meer zal gebeuren.' Ze slaakte een diepe zucht, toen vervolgde ze: 'Soms vraag ik me af hoelang ik de druk nog kan uithouden. Dat ik nu hier zit in plaats van aan Roberts bed, bewijst wel dat ik aan het eind van mijn krachten ben.'

'Het bewijst alleen maar dat je aan een pauze toe bent,' wierp Marie tegen, die naast haar was gaan zitten. 'Het is bepaald geen teken van zwakte. Niemand kan altijd alleen maar voor anderen klaarstaan, een mens heeft op een gegeven moment tijd voor zichzelf nodig.'

Melanie boog haar hoofd. Jullie hebben dan ook niet gezien hoe ik in elkaar stortte, dacht ze.

Haar instorting was de reden geweest waarom Elena Melanie had aangeraden zichzelf een paar dagen rust te gunnen. Bij een ziekenbezoek was Melanies blik op de slang gevallen waarmee Robert beademd werd. Ze had de waterdruppels gezien en zich voorgesteld hoe het zou zijn als zíj die slang in een snee in haar hals had. Opeens had ze geen lucht meer gekregen, haar hart was als een razende tekeergegaan en haar bloeddruk was heel laag geworden. Met duizelend hoofd had ze geprobeerd de deur te bereiken, maar daar was ze niet in geslaagd. Ze was onderuitgegaan, de verpleegster had haar gevonden en naar buiten gebracht. De toegesnelde arts had haar daarop aangeraden de bezoeken wat te beperken. Toen ze Elena dat vertelde, was het voor haar moeder een uitgemaakte zaak.

'Ga een paar dagen naar Hanna en Marie,' had ze gezegd. Haar blik duldde geen tegenspraak. 'Ik laat niet toe dat je eraan onderdoor gaat.'

'Maar hij is mijn verloofde,' had Melanie zwakjes tegengesputterd, maar Elena had geantwoord: 'Dat klopt. En als hij je zo zou zien, dan zou hij je meteen wegsturen.'

Daarmee was het beslist.

'Ik denk dat we nu maar eens iets moeten gaan eten,' begon Hanna nadat ze een tijdje zwijgend bij elkaar hadden gezeten. 'Help me eens op de been, m'n kind.'

'Ik kan het avondeten ook hier brengen,' stelde Marie voor, maar Hanna schudde haar hoofd en stak haar armen uit. Melanie hielp haar overeind en ondersteunde haar onderweg naar de eetkamer. Die lag aan het andere einde van de gang. Aan de manier waarop Hanna's vingers in haar arm klauwden, merkte Melanie hoe zwaar het lopen haar viel. Het liefst had ze haar overgrootmoeder gedragen, maar dat zou haar zeker enorm protest hebben opgeleverd.

Melanie werd de geur van kruiden en rijst gewaar. Hoewel Hanna en Marie eigenlijk veel meer tijd in hun leven in Europa hadden doorgebracht, kookten ze liever Vietnamees, wat Melanie heerlijk vond.

De eetkamer was sober en stijlvol ingericht. Het enige wat nog getuigde van de banketten van de vroegere eigenaren, waren de hoge spiegels die elkaar de beelden van de eters toekaatsten en daarmee de indruk wekten dat het vertrek een zaal was. De kroonluchter die vroeger midden in de ruimte had gehangen, was niet meer te redden geweest en door een eenvoudigere, maar elegante lamp vervangen.

'Ik heb erover nagedacht wat je verblijf hier misschien nog een beetje interessant zou kunnen maken,' begon Hanna toen ze plaats had genomen aan het hoofd van de tafel, waaraan met gemak tien personen konden eten.

Melanie trok vragend haar wenkbrauwen op terwijl ze op de stoel links van Hanna ging zitten.

'Wat denk je ervan om eens wat orde te scheppen op onze zolder?' vroeg Hanna met een schalkse glimlach. 'Ik heb daar veel kisten staan waarvan ik niet meer weet wat er eigenlijk in zit. Misschien kun jij dat voor me uitzoeken? Zoals je ziet ben ik momenteel niet zo best ter been, en Marie heeft aan van alles en nog wat haar handen vol.'

Het verzoek verraste Melanie een beetje. Maar waarom zou ze niet op de zolder gaan rondstruinen en in oude kisten wroeten? 'Ja, graag. Wat denkt u dan dat er boven te vinden is?'

'Een paar jaar geleden heb ik daar een aantal kisten uit Saigon neergezet en ze sindsdien niet meer aangeraakt. Er zit van alles in, prullaria, stoffen, jurken.'

Melanie herinnerde zich wat haar grootmoeders haar al vaak hadden verteld. Na het einde van de oorlog in Vietnam waren Hanna en Marie daarheen gegaan om te helpen. Na wat problemen met de communistische autoriteiten was het hun gelukt een klein naaiatelier met bijbehorende winkel op te zetten. Ze boden daar vooral werk aan in moeilijkheden geraakte vrouwen, van wie de mannen in de oorlog waren gesneuveld of die buitenechtelijk zwanger waren geraakt. Ze haalden prostituees van de straat en namen ze als naaister op in het atelier. Ook al zou hun naam in geen enkel geschiedenisboek komen te staan, ze hadden toch veel gedaan om de mensen, en vooral de vrouwen in Saigon, te helpen.

'Bent u iets speciaals van plan met die spullen op zolder, of moet ik de boel gewoon maar uitmesten?' informeerde Melanie, want ze kon zich niet voorstellen dat Hanna iets zonder reden deed of gedaan wilde hebben. De spullen stonden al zo lang op de zolder, ze had eigenlijk al eerder kunnen vragen of iemand daar eens wilde opruimen.

'Nou, ik speel al een tijdje met de gedachte de collectie uit te breiden. Er is beneden nog een lege ruimte. Misschien vind je iets wat we zouden kunnen gebruiken. Wat niet geschikt meer is om tentoon te stellen, kun je gerust weggooien.' Hanna glimlachte schalks.

'Oké, ik zal kijken wat er te vinden is.'

'Mooi. Ik weet zeker dat je een paar schatten tevoorschijn zult halen.' En dat het je goed zal doen eens iets anders te zien, leken haar ogen te zeggen. Omdat Melanie er nogal moeite mee had om medelijdend behandeld te worden, zag Hanna er echter van af dat uit te spreken, waarvoor haar achterkleindochter haar zeer dankbaar was.

Op haar kamer probeerde Melanie haar gedachten te verzetten terwijl ze haar tas uitpakte. De met boerenschilderkunst gedecoreerde kast was veel te groot voor de weinige spullen die ze had meegenomen.

Toen ze haar mobieltje eruit viste, gleed haar hand langs het briefpapier dat haar tegenwoordig altijd vergezelde. De tere vellen met een opdruk van blauwe bloemen had ze een tijdje terug van een vriendin gekregen die het leuk had gevonden om zelf papier te maken.

Eerst had ze voor de kleine blaadjes en handgevouwen enveloppen geen bestemming kunnen bedenken – als ze op reis was schreef ze meestal e-mails of ansichtkaarten. Maar een maand na het ongeluk had ze het setje weer gevonden en meteen geweten wat ze ermee moest doen.

Omdat ze niet met Robert kon praten, schreef ze hem brieven. Niet elke dag, want zo veel gebeurde er niet in haar leven. Ze schreef alleen wanneer ze het niet meer uithield, als het verdriet en verlangen zo sterk werden dat haar hart erdoor verscheurd dreigde te raken.

Toen haar tas leeg was, liep ze naar het raam. Het park lag in alle rust in de maneschijn. Donker rezen de bomen op tegen de heldere nachtelijke hemel. De maan werd weerspiegeld in het water van het meer.

Weemoed overviel haar. Ze moest ineens denken aan de eerste vakantie die ze met Robert had doorgebracht.

'Hier zou ik kunnen blijven,' zei Melanie terwijl ze naar de Oostzee keek, die nauwelijks meer van de lucht te onderscheiden viel.

Het zonlicht verdween langzaam achter de horizon, en daarmee ook de laatste rode glinstering op het water. Ze waren helemaal alleen op dat stuk strand. Ergens achter hen klonk loungemuziek uit een strandbar, maar het hypnotiserende ruisen van de zee was sterker.

'Vind je het niet een beetje oncomfortabel hier aan het strand?' vroeg Robert lichtelijk onromantisch. 'Bovendien is het nogal koud.'

'Ik voel geen kou,' wierp Melanie tegen en ze vlijde zich dicht tegen zijn lichaam aan, waarvan vreemd genoeg zelfs hartje winter een aantrekkelijke warmte uitging. 'Ik bedoel ook niet dat ik de hele nacht op het strand wil rondhangen. Ik dacht er eerder aan dat het fijn zou zijn aan zee te wonen.'

Robert kuste haar op haar hoofd. 'Je hebt gelijk, dat heeft wel iets. Maar dan moeten we allebei ander werk zoeken.'

'Als journalist kan jij toch overal werken,' antwoordde Melanie. 'En ik als fotograaf ook.'

'Ja, maar de reis naar mijn nieuwsagentschap zou slopend zijn. En jij moet vaak naar het vliegveld, zelfs naar Hamburg is het nog ver.'

'Dat betekent nog niet dat we het niet voor elkaar zouden kunnen krijgen. En wat is er mis mee als jij op een regionale redactie zou gaan werken en ik mijn foto's hier in een of andere kunstenaarskeet tentoonstel? Dan zouden we wel niet in het geld zwemmen, maar het zou genoeg zijn.'

'Hé, besef je eigenlijk dat we bezig zijn toekomstplannen te maken?' merkte hij breed glimlachend op.

'Daar ben ik me heel goed van bewust.' Melanie keek hem aan. Van zijn gezicht waren in het laatste avondlicht alleen nog de contouren te onderscheiden, maar intussen kende ze elke trek: de fraai gebogen wenkbrauwen, de zachte lippen, de lange neus en de donkere ogen met de dichte wimpers die wat vrouwelijk aandeden. 'Maar ik heb zo het gevoel dat er voor ons een toekomst is, of niet soms?'

Robert trok haar tegen zich aan en kuste haar. 'Als het aan mij ligt, zullen we een hele eeuwigheid hebben,' zei hij en hij hield haar stevig in zijn armen, tot de duisternis hen volkomen omsloot.

Toen het beeld verdween, merkte Melanie dat haar wangen nat waren. Even had ze geloofd echt weer daar te zijn, maar toen besefte ze dat ze niet op de zee uitkeek, maar op het meer, waarboven een paar nachtvogels geluidloos wegvlogen. Nog altijd vloeiden de tranen, en Melanie was niet van plan ze tegen te houden. Ze draaide zich om, ging op bed liggen en drukte het kussen stevig tegen zich aan. Haar gedachten zwierven naar het kamertje in het ziekenhuis waar apparaten piepend en brommend bezig waren Robert in leven te houden. Er welde in haar keel gesnik op, waaraan ze zich bereidwillig overgaf.

Toen het hele huis in diepe rust was, kwam Hanna moeizaam uit bed. De tijden dat ze achter elkaar en lang kon doorslapen waren allang voorbij.

Het bericht dat Melanies verloofde een ernstig ongeluk had gehad, had haar doen beseffen hoeveel geluk ze had dat ze nog leefde. Ze liep tegen de honderd. Sommige mensen werd niet eens de helft gegund. Toen het na een maand in coma heel slecht met hem ging, had ze gewenst in Roberts plaats te mogen sterven. Maar ze was telkens weer wakker geworden en had ingezien dat er een reden moest zijn waarom ze nog niet aan de beurt was.

Hanna draaide zich om naar de deur. Stilletjes, zoals altijd haar gewoonte was geweest, verliet ze haar slaapkamer en hompelde langzaam door de gang. De pijnstillers hielpen maar een beetje, toch lukte het haar zich voort te bewegen.

Op dit uur had ze geen haast. Marie sliep, de leeftijd speelde ook haar parten, hoewel niet in gelijke mate als bij Hanna. Ze probeerde het niet te laten merken, maar Hanna zag duidelijk dat de rimpels en de witte draden in haar dochters haar daarvan niet de enige tekenen waren. Ze had last van haar heupen, ze was gevoelig voor weersomstandigheden en soms behoorlijk humeurig.

Gesnik deed haar opeens inhouden. Melanie huilde. Dat was

haar goed recht. Haar liefde zat gevangen in een duisternis die niemand zich kon voorstellen.

Hanna legde haar hand op de deurklink. Moest ze naar haar toe gaan en haar troosten? Ze begreep de bedroefdheid die haar vervulde maar al te goed, en tegelijkertijd wist ze dat Melanie zich niet zomaar aan het verdriet moest overgeven.

Daarom had ze het idee van de zolder bedacht. De troep die daarboven stond had Hanna eigenlijk niet nodig. Veel ervan wilde ze ook liever vergeten. Maar Melanie moest iets te doen hebben. En misschien was het echt tijd om op te ruimen – op zolder en in haar hoofd.

Nadat ze besloten had niet naar haar achterkleindochter te gaan, hompelde ze verder. Aangekomen bij het deurtje waarachter zich de altaarkamer bevond, stopte ze. Ze had de kleine ruimte, die dienst had gedaan als kleedkamer van de vrouw des huizes, kort na haar aankomst ingericht. In haar geboorteland was het gebruikelijk voor de overledenen een kamer in te richten waarin ze herdacht werden en waarin hun ziel kon wonen.

Ze liep naar het altaar, waarvoor Marie en zij altijd verse bloemen zetten, en groette haar voorouders zachtjes in het Vietnamees. Daarna bekeek ze de foto's, streelde sommige met haar vingers, boog voor andere eerbiedig het hoofd. Wat onze voorouders ons ook mogen hebben aangedaan, ze verdienen respect, dacht ze. Hetzelfde respect dat wij voor onszelf wensen als wij er niet meer zijn.

Nadat ze een wierookstaafje had aangestoken draaide ze zich om en liep naar het tamelijk diepe kastje waar maar één sleutel van was – die zij om haar hals droeg en nooit afdeed. Dat kastje had ze nu al zo veel jaren, steeds had het haar vergezeld naar de plaats die haar nieuwe thuis werd. De pijn in haar vingers negerend trok ze de lange ketting met de sleutel onder haar nachtjapon vandaan en deed het deurtje open.

Uit het binnenste van het kastje kwam de geur van gedroogde bloesem, papier en vergane stof haar tegemoet. Voorzichtig liet ze haar hand over de voorwerpen glijden. Alles zou Melanie toebehoren wanneer zij op een dag deze wereld zou verlaten.

Ten slotte pakte ze twee dingen uit het kastje. Een bruine envelop en een fotoplaat. Daarmee zou het beginnen. Sommige verhalen begonnen niet vanzelf, er was een aanzet voor nodig. Hanna wilde het tijdstip waarop zij het ontdekte en misschien vragen ging stellen aan Melanie overlaten. Ze deed het kastje weer op slot, keek nog even naar haar voorouders en verliet de ruimte. Zachtjes sloop ze over de gang naar de deur waarachter een trap naar boven leidde.

Die kwam haar vanwege haar pijnlijke gewrichten voor als een onneembare horde. Maar ze had de hele nacht om naar boven te gaan en weer beneden te komen. En morgen begon een nieuwe dag.

2

Zonneschijn wekte Melanie uit haar slaap. Vogels kwetterden voor haar raam, de wind ruiste door de bomen.

Ze bleef even genieten van de geluiden, toen opende ze haar ogen. Door het gebloemde tapijt en de blauwe bedhemel waande ze zich eerst in een droom, maar haar herinnering kwam vlug weer terug. Ze was in de villa van haar grootmoeders.

Na de huilbui van de vorige avond was ze er op een of andere manier in geslaagd haar nachtjapon aan te trekken en onder de dekens te kruipen.

Ze was verbaasd dat ze zo goed had geslapen. Ze was niet geplaagd door nachtmerries, zoals de afgelopen weken vaak het geval was geweest. Ze was niet één keer wakker geschrokken, en haar beddengoed was ook niet totaal doorweekt van het zweet.

Gapend rekte ze zich uit in bed, waarbij de matras onder haar lichaam licht kraakte. Natuurlijk waren de zorgen er weer meteen, en ook het drukkende gevoel in haar maag, dat sinds het bericht over het ongeluk van geen wijken wilde weten. Maar iets was echt anders geweest die nacht. Haar ogen waren niet gezwollen en haar hoofd voelde ook niet loodzwaar.

Waarschijnlijk ligt het aan de buitenlucht, dacht ze toen ze overeind kwam. Meteen ging haar blik naar het oude nachtkastje, waar haar mobieltje op lag. Geen nieuw bericht. Dat is goed, zei ze tegen zichzelf. Elke ochtend was ze gespitst op een bericht van het ziekenhuis. Net zozeer als ze op goed nieuws hoopte, vreesde ze voor een slecht bericht. Als iemand 's nachts overleed, haalden ze de familie niet uit de slaap, maar werd tot de ochtend gewacht.

Ze gleed van de bedrand, die veel hoger was dan bij een normaal bed, wat haar het gevoel gaf weer twaalf te zijn, en liep naar het raam. De ochtendzon had het meer in een glinsterende spiegel veranderd. Eenden peddelden erop rond, doken even met hun kop onder water en zwommen dan verder. De zwaan die ze de vorige dag al had gezien maakte met zijn lichaam deel uit van het water.

Misschien moest ze een rondje gaan hardlopen, bedacht ze. Dat had ze al lang niet meer gedaan. Het vooruitzicht helemaal in haar eentje om het meer heen te rennen scheen haar plotseling zo verleidelijk toe dat ze zich van het prachtige uitzicht losmaakte en iets uit de kast pakte wat het dichtst in de buurt van een sportoutfit kwam. Toen verdween ze in de badkamer.

Ze zag ervan af haar mp-3-speler mee te nemen, maar hoe zat het met haar mobiel? Als er nu eens werd gebeld? Stom dat er in leggings geen zakken zaten.

Misschien moet ik toch maar niet gaan lopen, dacht ze. Terwijl ze in tweestrijd verkeerde, keek ze naar het raam. Het was werkelijk een prachtige ochtend. Ze keek naar haar mobieltje. Ik kan het in mijn hand houden, bedacht ze ineens. En daarmee stond haar besluit vast.

Het zonlicht had niet te veel beloofd. Het was een ongewoon warme ochtend voor april. Melanie hief haar gezicht naar de hemel.

Op haar huid voelde ze duidelijk hoe warm de zon al was. Vroeger had ze bij mooi weer altijd een zekere innerlijke lichtheid ervaren, maar die bleef nu uit.

Haar moeder was van mening dat Melanie vanbinnen een verdedigingsmuur had opgetrokken om te voorkomen dat de grond onder haar voeten werd weggezogen. Melanie wist echter dat ze vanuit een slecht geweten elk positief gevoel onderdrukte.

Maar in elk geval had ze nu ergens zin in, wat de laatste tijd niet vaak was voorgekomen. Met haar mobieltje stevig in haar hand volgde ze een tijdje het grindpad, en liep toen over de wei die aan het meer grensde.

Het pad waarlangs je eromheen kon lopen was smal, maar behoorlijk begaan. Met mooi weer wandelden er in het weekend dagjesmensen. Nu was er niemand. Melanie wierp een korte blik op het meer en begon toen te rennen. Grashalmen scheerden langs haar kuiten en prikten in haar knokkels, al de eerste meters struikelde ze bijna, want ze was niet bedacht op de oneffenheden in het pad. Maar ze ging door en kreeg uiteindelijk gevoel voor de ondergrond.

In de verte riep een koekoek. Melanie schoot iets te binnen wat haar grootmoeder van vaderszijde altijd zei. Dat je mee moest tellen als de koekoek riep, dan kon je horen hoe oud je zou worden. Dat was natuurlijk onzin, en ook een beetje macaber.

Ditmaal hield de koekoek lang aan, zijn roep vergezelde haar een heel stuk langs de treurwilgen tot aan een plek waar riet tot ver landinwaarts woekerde. Ook daar liep het pad tussendoor, maar het riet ontnam haar het zicht op het meer.

Opzij hoorde ze geritsel. Ze was niet bang voor wilde dieren, maar ze kreeg liever geen aanvaring met een opgeschrikte moederzwaan of een loslopende hond.

Het was een mens die haar tegemoet liep. De man had warrig blond haar en droeg een spijkerbroek en T-shirt. Hij hield een emmer in zijn hand en op zijn schouder balanceerde nonchalant een hengel.

Wordt hier in het meer gevist? vroeg Melanie zich af. Het was weliswaar geen kleine plas en er zat beslist ook vis, maar was dat wel lekkere vis?

'Goedemorgen!' groette hij haar, en Melanie beantwoordde zijn groet met een knikje, want haar longen lieten haar door scherp branden weten dat ze haar het gebrek aan training kwalijk namen.

Eigenlijk was er geen reden geweest om halt te houden, maar de man riep haar ineens achterna: 'Hoor jij bij de twee oude dames?'

Melanie bleef staan en draaide zich om. 'Waarom wilt u dat weten?' hijgde ze. Nu pas zag ze dat de man nog vrij jong was, naar schatting nog geen veertig. Met zijn baard van drie dagen zag hij er van een afstandje ouder uit. Zijn verwachtingsvolle en ook wat brutale lachje maakte Melanie verlegen. Al lange tijd had ze er niet meer op gelet of een man naar haar lachte.

'Ik ben Thomas Hansen, de tuinman,' stelde hij zich voor. 'Het zou goed zijn te weten of je erbij hoort, zodat ik je niet ten onrechte van het terrein jaag.'

Melanie fronste niet-begrijpend haar voorhoofd. 'Hebben mijn grootmoeders dan gezegd dat je dat moet doen?'

De man glimlachte breed. 'Nee, natuurlijk niet. Toch let ik erop dat hier niet te veel onbevoegden rondlopen. Die maken de zwanen alleen maar schuw.'

'Dat meen je toch niet serieus?' Melanie vroeg zich af wanneer haar grootmoeders een andere tuinman in dienst hadden genomen. Hadden ze het daar eigenlijk wel over gehad? Of was het bij al het verdriet niet tot haar doorgedrongen?

De man begon te lachen. 'Nee, niet echt. Hier kan iedereen rondlopen zoals hij wil. Ik wilde je alleen maar beletten om direct door te lopen. Ik dacht al dat je bij de dames hoorde. Je bent hun kleindochter, nietwaar?'

'Praten mijn grootmoeders dan met jou over mij?'

'Af en toe. En ze vertellen niets dan goeds, wees maar niet ongerust. Ik heb me al vaak afgevraagd wanneer je zou komen opduiken.'

Wat moest Melanie tegen die figuur zeggen? Hij hield blijkbaar van een praatje, een tuinman leek hij bepaald niet.

'En, heb je nog iets gevangen?' Melanie wees op de emmer.

'Niet echt, een oude schoen en een blikje. Bijna een karper, maar zo langzamerhand begin ik te geloven dat er daar maar één van is. Zijn vinnen kwamen me zo bekend voor toen ik hem even onder water zag. Toen heb ik mijn hengel snel weer ingehaald, want die oude knaap wil ik echt niet in de pan hebben.' Hij lachte even naar haar, toen voegde hij eraan toe: 'Maar ik zal je niet ophouden met mijn vangsten. Bovendien moet ik ervandoor, ik moet de borders gaan begieten.'

Melanie knikte. 'Oké. Het was leuk je te ontmoeten.'

'Insgelijks. We zien elkaar!' Hij zwaaide en liep verder.

Pas nu besefte Melanie dat ze alleen in legging en een nogal uitgelubberd T-shirt tegenover hem had gestaan. Meteen werd ze rood, maar nu was het te laat voor schaamte. Ze besloot de hele zaak te vergeten – en de volgende keer dat ze de aantrekkelijke ondergeschikte van haar grootmoeders tegen het lijf liep, beter gekleed te zijn.

'Heeft jullie tuinman eigenlijk altijd de gewoonte om mensen zomaar aan te spreken en uit te vragen?' vroeg Melanie toen ze aan het ontbijt zaten. Hanna zag er behoorlijk afgemat uit. De donkere kringen onder haar ogen getuigden van een nacht waarin de reuma haar flink parten had gespeeld.

'Bedoel je Thomas?' vroeg Marie, die heel wat uitgeruster oogde. Ze schonk koffie voor Melanie in en reikte haar een versgebakken croissant aan.

'Ja, die! Sinds wanneer is hij bij jullie? Ik wist helemaal niet dat jullie een nieuwe tuinman hadden.'

'Hij is een maand geleden komen aanlopen,' antwoordde Hanna glimlachend.

'Komen aanlopen? Net als een katje?'

'We hebben de vacature bekendgemaakt toen we merkten dat onze vroegere tuinservice niet echt verstand had van planten. Toen Thomas vroeg of hij de baan kon krijgen, hebben we hem aangenomen. Hij leek een aardige jongen.'

'En een aantrekkelijke jongen,' voegde Marie er schalks aan toe. 'Bovendien lijkt hij er gevoel voor te hebben. Je had moeten zien hoe liefdevol hij de trompetbloemen in de plantenbakken zette!'

'En ook de jasmijn verzorgt hij goed.'

Melanie lachte. Ze wist hoeveel de jasmijn voor Hanna betekende. Iemand die daar goed voor zorgde, had meteen haar sympathie. En ze kon zich ook voorstellen dat haar grootmoeders Thomas graag bij zijn werk observeerden – vooral in de zomer...

'Hij heeft toch niet je ergernis gewekt?' informeerde Marie.

'Nee, absoluut niet.'

'Het lijkt er anders wel op dat hij dat heeft gedaan!' antwoordde

Marie. 'Heeft hij je soms nagefloten? Dat kun je hem niet kwalijk nemen als je er zo bij loopt.'

Melanie werd rood. 'Nee, hij... hij zei alleen maar dat jullie het met hem over mij hebben gehad.'

'Natuurlijk hebben we dat,' erkende Hanna. 'Het was te verwachten dat je hem op zekere dag tegen het lijf zou lopen. Daarom hebben we hem over jou en Elena verteld.'

'Hebben jullie...' De tuinman had niet de indruk gewekt dat hij van het ongeluk wist, maar misschien was hij ook gewoon een goed acteur.

'Over Robert verteld?' raadde Marie. 'Nee, natuurlijk niet. Hadden we dat dan moeten doen?'

De twee oude vrouwen wisselden een korte blik.

'Nee, het is goed dat jullie dat niet gedaan hebben.' Melanie stond verbaasd over zichzelf. Waarom liet de ontmoeting met de tuinman haar niet los?

'Wat heeft hij dan tegen je gezegd?' vroeg Hanna.

'O, hij vroeg alleen maar of ik bij jullie hoorde.'

'Dat was toch heel attent van hem!'

'Ja... Nou ja, het was in elk geval een aangename ontmoeting.'

Er gleed een glimlach over Hanna's gezicht, toen stak ze het laatste stukje van haar croissant in haar mond.

Zolders hadden altijd al een magische aantrekkingskracht op Melanie uitgeoefend. Ze vormden de hersenen van een huis, de plaats voor het verleden, voor herinneringen en geheimen. Een plaats waar je als tiener alleen kon zijn om te worstelen met de problemen van het volwassen worden.

Toen Hanna en Marie de villa kochten, werd Melanie net gekweld door haar eerste liefdesverdriet. Hierboven was ze van de pijn genezen door de schaduwen die achter de kisten nestelden, het fluisteren van de wind en het gekraak van de dakbalken.

Nu was ze weer hier, en het leek alsof alleen de aard van haar problemen was veranderd. Destijds had ze geworsteld met puistjes, adoratie en liefdesverdriet. Nu lag de man van wie ze hield in coma. Hoe overzichtelijk waren haar problemen vroeger toch geweest! Bijna wenste ze dat ze terug was in die tijd...

Hoewel de zolder nog altijd niets in magie had ingeboet, betwijfelde Melanie dat hij haar in dit geval kon helpen.

Ze wierp een blik in de langgerekte ruimte, die een paar van zijn geheimen prijsgaf toen ze de gloeilamp die aan het plafond bungelde aandeed. Melanie werd overdonderd. Vroeger had hier al veel rommel gestaan. Een heleboel was gewoon vergeten door eerdere bewoners. Hanna had het een en ander voor het museum gebruikt, het meeste was echter op de oprit beland en door antiekhandelaren of de vuilniswagen opgehaald. Toch leek de zolder voller te zijn geworden. Overal stonden kisten en oude meubels, oude kamerschermen en andere voorwerpen, die ze in het schemerige licht niet precies kon ontwaren. Een museum van vergeten spullen.

Om meer licht te hebben hing Melanie een garagelamp aan een van de balken en zette hem aan. Toen keek ze rond. De meubels waren beslist niet van belang voor het museum. Dus richtte Melanie zich op de kisten waar ze zonder veel gedoe bij kon. Al meteen uit de eerste kwam haar een muffe lucht tegemoet. Mottenballen, vermengd met de verschaalde geur van oud parfum die van een grote berg met pailletten bezette tule af kwam. Eerst dacht Melanie dat ze een carnavalskostuum had ontdekt, maar toen zag ze dat het om een avondjurk ging. Vroeger was hij wellicht dieproze geweest, maar van de kleur was net als van het geurtje slechts een zweem overgebleven.

Voorzichtig haalde ze de jurk eruit. Jaren vijftig, schatte ze aan de hand van de stijl. Waarschijnlijk was het een van de jurken die Hanna bij sociale gelegenheden had gedragen in de tijd dat ze de koningin van de modisten in Parijs was geweest.

De taille was heel smal, de rok had een klokkend model. Melanie was verbaasd hoe slank haar overgrootmoeder was geweest. Ze was nu ook niet dik, maar in haar jeugd leek ze maten te hebben gehad waarom ook heden ten dage nog ieder model haar zou benijden.

Zou ze deze japon in de expositie willen laten zien? In elk geval wilde Melanie hem Hanna als mogelijk tentoonstellingsobject voorstellen.

Haar blik viel op een oude kapstok in de hoek. Er stonden een paar kisten voor, maar als die licht genoeg waren zou ze ze gewoon opzijzetten en de japon en andere vondsten eraan hangen.

Toen ze de bovenste kist van de stapel tilde, viel er iets bruins naar beneden. Eerst kon ze niet zien wat het was, want het viel op haar gezicht en gleed toen op de vloer. Toen ze de kist neerzette, vond ze een oude, verbleekte envelop naast de stapel kisten. Er leek meer in te zitten dan alleen een brief. Voorzichtig draaide Melanie hem tussen haar vingers om en om. Het opschrift was niet meer te ontcijferen, en hij was niet dichtgeplakt. Melanie maakte hem voorzichtig open.

De fotoplaat die tevoorschijn kwam was voor haar een verrassing. Om hem beter te kunnen bekijken liep ze naar een van de dakraampjes. De foto toonde twee meisjes, allebei zo'n veertien, vijftien jaar. Ze droegen beiden een áo dài, die van de jongste zag er wat deftiger uit dan die van de oudste. Ze hielden elkaars hand vast en straalden over hun hele gezicht. In de envelop zaten ook gedroogde jasmijnbloemen, waarvan enkele al tot stof waren vervallen. En er waren ook wat heel dunne, dichtbeschreven blaadjes van teer briefpapier.

Melanie draaide de fotografische plaat om. 'Jasmijnzusjes', had iemand in het Vietnamees daarop geschreven.

Wie waren die twee meisjes? Kende Hanna ze misschien?

Toen Melanie de blaadjes openvouwde, zag ze dat het om een verhaal ging. Het handschrift zag er heel zorgvuldig uit, als van een kind dat nog maar een paar jaar geleden heeft leren schrijven. Het was in het Frans gesteld, maar dat beheerste Melanie heel goed. Ze ging in kleermakerszit op de vloer zitten en begon te lezen.

De jasmijntempel

Er was eens een rijk meisje dat Hoa Nhài heette, wat zo veel betekent als jasmijnbloesem. Hoa Nhài woonde in een groot huis in een grote stad, had mooie kleren en kon fruit eten wanneer ze maar wilde.

Hoewel ze ook veel speelgoed en boeken bezat, verveelde ze zich heel erg. Het liefst had ze een zusje gehad met wie ze kon spelen of door de grote tuin kon wandelen, maar haar moeder kreeg geen kinderen meer.

Op zekere dag sloop echter een arm meisje hun tuin binnen. Ze had modderstrepen op haar gezicht en slordige vlechten, rook naar vis en algen en was wat ouder dan Hoa Nhài. Haar grove ào dái was haar veel te groot, want haar lichaam was echt mager – maar haar grote ogen waren zo mooi als zwarte edelstenen.

In plaats van de bedienden te roepen die overdag op haar pasten, liep Hoa Nhài naar haar toe. 'Hallo, ik ben Hoa Nhài, wie ben jij?'

'Thanh,' stelde de ander zich voor. 'Thanh uit de haven.'

Vandaar die algen- en vislucht!

'En wat zoek je hier, Thanh uit de haven?' vroeg het rijke meisje.

'Ik wilde alleen maar de tuin bekijken. Maar... als je dat niet goedvindt, ga ik weer.' Het arme meisje zag er ineens heel timide uit.

Haar blik bleef rusten op het zijden gewaad van Hoa Nhài. 'Wees maar niet bang,' antwoordde deze, 'als je wilt laat ik je de tuin zien.'

Thanh keek haar eerst wantrouwig aan, alsof ze vreesde dat haar gastvrouw haar naar een kooi met bloeddorstige leeuwen zou leiden. Toen liep ze met haar mee.

Hoa Nhài liet haar de orchideeën en de prachtige frangipanes zien, die in verschillende kleuren bloeiden. Papegaaibloemen en rozen, die haar vader van zijn Franse baas had gekregen. Thanh bekeek alles alsof het om kostbare juwelen ging. Toen ze apen en vogels in de bomen zag, begon ze te juichen, alsof ze ze voor het eerst zag.

'Waar kom je eigenlijk vandaan?' vroeg Hoa Nhài verbaasd, want ze kon zich geen plek in Saigon voorstellen waar geen bomen en bloemen en vogels en apen waren.

'Zoals ik al heb gezegd, uit de haven,' antwoordde Thanh. 'Maar misschien ben ik ook wel een watergeest.'

'Dan zou er water uit je mouwen moeten lopen,' wierp Hoa Nhài tegen, want van haar moeder kende ze wat verhalen over geesten. Als haar vader erbij was, mocht ze ze niet vertellen, maar als ze alleen waren leerde Hoa Nhài over water- en luchtgeesten en de geesten van voorvaderen die door de stad trokken of in de rijstvelden op de loer lagen. 'En dan had je modder in je haar.'

'Klopt, dat heb ik niet,' antwoordde Thanh terwijl ze langs haar eigen lichaam omlaagkeek.

Verder konden ze niet met elkaar praten, want Hoa Nhài werd door haar moeder geroepen.

'Kom je morgen weer?' vroeg ze nadat ze een blik in de richting van het huis had geworpen.

'Ik zal het proberen,' antwoordde Thanh, die opeens leek te krimpen, alsof ze zich voor een monster wilde verstoppen. 'Ik zal hier op je wachten.'

Daarop verdween ze tussen de struiken.

Vanaf dat moment troffen Hoa Nhài en Thanh elkaar elke dag. Wat eerder als Thanh veel vis had gevangen, wat later als ze minder geluk had gehad.

Op een dag verscheen Thanh helemaal overstuur in de tuin. Ze was zo onvoorzichtig dat een van de bedienden haar bijna had gezien.

'Het gaat erg slecht met mijn moeder,' deelde ze mee toen Hoa Nhài haar eindelijk had ontdekt. 'Ik moet naar de tempel van de Zeven Zonnen en daar de goden om hulp vragen.'

Hoa Nhài had nog nooit van die tempel gehoord, maar ze wist dat Thanh alleen nog haar moeder had, haar vader was bij het vissen verdronken.

'De tempel van de Zeven Zonnen is de griezeligste plaats ter wereld,' vertelde Thanh opgewonden op geheimzinnige toon, want ze was dol op griezelverhalen. 'Niemand gaat er na zonsondergang heen, want daar woont een boosaardige oude vrouw die met haar blik kan doden. Zelfs volwassen mannen spugen om onheil

af te weren als ze het over haar hebben.'

'En wat wil je in die tempel?' vroeg Hoa Nhài geschrokken. 'Stel dat die oude vrouw je ziet!'

'Ook al is de tempelwachteres kwaadaardig, de tempel zelf is dat niet. Midden op de binnenplaats moet een prachtige jasmijnstruik bloeien waarvan de bloesems geluk brengen – maar alleen als je ze om middernacht plukt.'

'Wil je midden in de nacht naar die tempel?' Het rijke meisje keek haar ongelovig aan.

'Ja, en ik wou jou vragen mee te gaan. Je bent iemand die erg veel geluk heeft, ik denk dat je me zou kunnen helpen.'

Hoa Nhài had er nooit over nagedacht of ze geluk had. Maar ze woonde in dit grote huis, met die prachtige tuin, en niemand zou het wagen haar schorriemorrie te noemen. Ja, ze moest wel geluk hebben! En ze was wel nieuwsgierig naar die beruchte tempel.

'Goed dan,' antwoordde ze. 'Ik ga mee. Maar hoe moet de jasmijnbloesem je moeder helpen? Moet ze er thee van maken?'

'Nee, ik ga een tak onder haar kussen leggen. En dan voor haar bidden. Ik weet zeker dat ze dan weer gezond wordt.'

Die nacht scheen de maan helder toen Hoa Nhài zich door het tuinhek wrong. Als haar ouders merkten waar ze heen wilde, zou ze straf krijgen. Maar ze had een belofte gedaan, en daar wilde ze zich aan houden.

Terwijl ze de weg volgde die Thanh haar beschreven had, begon de stad er steeds vreemder uit te zien. De gebouwen zagen er armoediger uit, eigenaardige geuren vulden haar longen.

'Hoa Nhài!' werd er plotseling vanuit de duisternis gefluisterd. Kort daarop kwam Thanh uit een donkere hoek en sloot haar vriendin in de armen. 'Je bent dus gekomen.'

'Ik heb het toch beloofd! Hopelijk is het niet te laat.'

'Zeker niet, het is precies de juiste tijd,' antwoordde Thanh en ze wees naar de maan. 'Als we bij de tempel komen, is het precies middernacht. Hopelijk slaapt de wachteres dan al.'

'We zullen muisstil zijn,' sprak Hoa Nhài haar vriendin moed

in, hoewel ze zelf bang voor de wachteres was.

Aan de noordelijke rand van de stad stonden armzalige hutten dicht opeengeperst als ratten in de kou. Zwerfhonden snuffelden aan het afval. Ergens was iemand aan het huilen.

Thanh nam haar bij de hand. 'Niet bang zijn,' zei ze. 'De mensen hier zijn arm, maar doen niemand iets. Velen van hen hebben meegedaan aan de opstanden tegen de Tây. Ze zijn bestraft en daarom moeten ze nu hier wonen.'

Hoa Nhài wist niets van opstanden en straf. Haar vader sprak nooit kwaad van de Tây, want hij werkte voor hen. Achter de armoedige hutten strekte zich het vrije veld uit. De maan werd weerspiegeld in de rijstvelden, die de bodem als nat geworden tapijten bedekten. In de verte rees machtig en dreigend de jungle op, van waaruit de kreten van de apen hun tegemoetklonken.

'Hoe gaat het met je moeder?' vroeg Hoa Nhài toen ze de hutten achter zich hadden gelaten.

'Ze wordt steeds zwakker,' antwoordde Thanh. 'Ik ben erg bang dat ze doodgaat.'

'Als je moeder de bloesem krijgt wordt ze vast weer gezond.'

Na een tijdje doemde de tempel voor hen op. Door tijd en regen waren de gelaatstrekken van de stenen gezichten die de buitenmuren sierden verweerd geraakt. Het gras eromheen was erg hoog, wat de meisjes enigszins verontrustte, want tussen de lange halmen lagen vaak slangen op de loer, die meteen beten als je erop trapte. Het smalle paadje naar de ingang was nauwelijks te herkennen.

Voorzichtig slopen ze over het toegangspad. Het maanlicht was helder genoeg om stenen en takken van eventuele slangen of schorpioenen te onderscheiden. Na enkele ogenblikken kregen de twee meisjes wat meer zelfvertrouwen en begonnen ze vlugger te lopen. Voor de ingang van de tempel bleven ze staan.

'Welke goden wonen hier?' vroeg Hoa Nhài.

'Dat weet ik niet,' antwoordde Thanh terwijl ze het gebouw eerbiedig bekeek. 'Maar als ze het vermogen hebben iemand weer beter te laten worden of geluk te brengen, moeten het heel vriendelijke goden zijn.'

Langzaam liepen beide meisjes op de ingang af. Het hout was in de loop der tijd verweerd en zwart geworden en de klok, waarvan de klepel de vorm had van een vis, had zijn glans verloren.

'Ze slaapt vast,' fluisterde Hoa Nhài, want ze voelde dat Thanhs hand trilde. 'Kijk maar, er brandt nergens licht.'

'Geesten hebben geen licht nodig.'

'Het is toch een mens,' wierp Hoa Nhài tegen, want haar vader beweerde altijd dat geesten niet bestonden. 'Ze slaapt vast.'

Hoa Nhài legde haar hand op de dikke houten planken. Die waren nog steeds warm van de afgelopen dag. Met ingehouden adem luisterde ze aan de deur. Waar mensen zijn, zijn ook geluiden, zei haar moeder altijd. Je merkt het als er binnen iemand bezig is.

Het meisje werd niets gewaar. De wind streek over de stenen, er ritselde iets, maar dat waren slechts bladeren. De tempel leek uitgestorven. Toen ze licht tegen de deur leunde, gaf die mee en zwaaide open – helaas niet bepaald geruisloos. Het geknars echode over de binnenplaats. Hoa Nhài verstijfde. Had de tempelwachteres oren als iedere oude vrouw of kon ze nog redelijk goed horen?

De meisjes hielden hun adem in en luisterden. Er gebeurde niets. Blijkbaar hadden ze weer geluk. Ze glipten door de smalle spleet en bleven in de schaduw. Via een zuilengang, waarvan de stenen zachtjes knarsten onder hun voeten, kwamen ze op de binnenplaats.

De bloesems van de jasmijnstruik straalden als witte sterren in het maanlicht. De stevige takken leken bijna op die van een boom. Mogelijk had de jasmijnstruik al twee- of driehonderd jaar aan zich voorbij zien trekken.

De meisjes kwamen uit de schaduw en stonden toen in het heldere maanlicht.

'Laten we de bloesem plukken,' fluisterde Thanh nauwelijks hoorbaar. 'Anders is het middernacht geweest en werkt het niet meer.'

Ze stapte naar voren en stak haar hand uit naar de stervormige bloemen, hield even in en keek om zich heen. Toen brak ze een twijgje af en verborg het vlug onder haar jas.

'Nu jij,' fluisterde ze en ze keek om naar haar vriendin.

Hoa Nhài ging voor de struik staan en bekeek hem eerbiedig. Toen plukte zij ook een takje.

'Wat hebben jullie hier te zoeken?' kraste plotseling een stem achter hen.

Verschrikt draaiden de twee meisjes zich om. Steunend op een knoestige stok leek de oude vrouw gebrekkig en zwak. Haar lange witte haar was losjes in haar nek bijeengebonden, haar gezicht bezaaid met rimpels. Haar handen waren zo dun dat ze met huid overtrokken knoken leken. De rest van haar lichaam zat verborgen onder een lang hemd. Eigenlijk wekte ze een tamelijk ongevaarlijke indruk voor een geest – als haar fonkelende ogen er niet waren geweest, die de meisjes streng opnamen.

'Vergeef ons, bà, wij...' De woorden bleven Hoa Nhài in de keel steken. De priemende blik van de tempelwachteres boorde zich nu regelrecht in haar ogen. Haar hart sprong op en neer in haar borst als een vis in een net.

'Hebben jullie geen eerbied voor de goden en de geesten van de doden?' De stem van de oude vrouw klonk schril en ijzig als de wind die boven de graven fluit. Zelfs de waarzegster die werd bezocht om bij een begrafenis de juiste tijd voor het kisten van het lijk te bepalen was niet zo afschrikwekkend.

Hoa Nhài wilde zo snel mogelijk uit de tempel wegvluchten, haar handen wilden Thanh grijpen en haar meetrekken. Maar toen dacht ze weer aan Thanhs moeder. Misschien stelden de goden haar op de proef. Misschien was het allemaal toch heel anders dan degenen die zich in de nachtelijke uren niet in de tempel waagden vertelden.

'We hebben wel respect – en een reden om hier te zijn.'

Op dit antwoord leek de oude vrouw niet te hebben gerekend. 'Zo. Welke?'

Dat ze iets vroeg verraste Hoa Nhài zozeer dat ze eerst geen antwoord kon geven. Maar toen hoorde ze zichzelf zeggen: 'We *hebben de bloesem nodig voor een zieke. Die moet haar haar gezondheid teruggeven.'*

Onmiddellijk pakte de oude vrouw haar hand en hield die vast. Hoa Nhài hapte verschrikt naar lucht, schreeuwen kon ze niet.

'Je bent onverschrokkener dan andere meisjes van jouw leeftijd,' zei ze en ze draaide ruw haar pols om, zodat ze in haar handpalm kon kijken. 'Laat eens zien wat je te wachten staat.'

Hoe het meisje zich ook aan haar greep probeerde te ontworstelen, ze kon er niet aan ontkomen. De vrouw legde haar koude, knokige vingers op haar huid en tekende de lijnen daarin na. Daarbij mompelde ze iets wat Hoa Nhài niet verstond. Het meisje keek hulpeloos naar haar vriendin, maar die was verlamd. Verstijfd stond ze naast de struik en plette haast de tere bloemen tegen haar borst.

Hoewel de vinger van de oude vrouw ijskoud was, meende Hoa Nhài het te voelen branden. Er liep een rilling over haar rug. Was dat het ritueel dat ze uitvoerde om mensen te doden? Zou er zo meteen een bliksemschicht door haar heen gaan, of zou ze krampen krijgen? Ze wilde nog niet sterven! Misschien was het beter geweest als ze Thanh die onzin over de tempel uit het hoofd had gepraat...

De oude vrouw hield zich een hele tijd met haar hand bezig, toen keek ze haar strak aan. 'Je hebt een draak in je, die nog slaapt, maar op een dag zal hij uitbreken en zijn vleugels uitslaan. Je zult ver de wereld in trekken, en je leven zal niet gemakkelijk zijn. Je zult een lange weg moeten gaan om vrede te vinden.'

Wat zei die oude vrouw nou? Het meisje begreep niet wat ze bedoelde. Haar woorden joegen haar angst aan.

Met een spottend lachje liet de oude vrouw Hoa Nhài weer los. 'Ga en neem de bloesem mee. Moge die brengen wat jullie verdienen.' Daarop draaide ze zich om en verdween, steunend op haar stok, in de schaduw, even geruisloos als ze was opgedoken.

Hoa Nhài ademde kreunend langzaam uit. Ze was zich er niet van bewust geweest dat ze haar adem had ingehouden, maar nu brandden haar longen alsof er werkelijk een draak in haar zat. Ze keek om naar Thanh, die lijkbleek naast de struik stond.

Ze leefden nog. De woorden van de oude vrouw hadden geklonken als een vloek. 'Laten we gaan,' zei ze en ze pakte Thanh bij de hand.

De schaduwen die de tempel omhulden hadden nu iets dreigends, in het ritselen van het gras meenden ze het gesis van minstens honderd slangen te horen. Pas toen de huizen aan de rand van de stad opdoemden kwamen ze weer een beetje tot zichzelf.

Thanh bleef ineens staan en maakte haar hand los uit die van Hoa Nhài.

'Wat is er?' vroeg die verwonderd. 'Gaat het niet goed met je?'

Thanh haalde haar hand van haar borst en keek naar de geplette bloesem. 'We mogen het niemand vertellen, hoor je?' zei ze. 'Niemand.'

'Natuurlijk zeggen we het tegen niemand. Als mijn ouders erachter komen, zullen ze me niet eens meer in de tuin laten.' Hoa Nhài zag het gezicht van haar vriendin versomberen.

'De bloesem... die is waardeloos geworden,' mompelde ze. 'Die zal geen geluk brengen.'

'Neem de mijne dan,' antwoordde Hoa Nhài en ze stak haar vriendin haar onbeschadigde tak toe. 'Die zal je moeder helpen.'

De blik van haar vriendin veranderde niet. Langzaam schudde ze haar hoofd. 'Dat heeft geen zin. Jouw bloesem is net zo vervloekt als de mijne. Je moet hem weggooien.'

Daarop liet Thanh haar bloesemtak op de grond vallen.

'En je moeder?' vroeg Hoa Nhài. 'Wat wil je doen om ervoor te zorgen dat het beter met haar gaat?'

Thanh haalde haar schouders op. Ze wist het niet. Blijkbaar was de bloesem haar laatste hoop geweest.

Hoa Nhài kon het niet over haar hart verkrijgen de hare weg te gooien, want die was nog steeds mooi.

'Ik hou de mijne,' zei ze. 'Als mijn bloesem geluk brengt, zal ik je hem nog een keer aanbieden. Als hij ongeluk brengt, dan zal ik dat alleen dragen.'

Thanh schudde haar hoofd. 'Gooi hem weg, ik smeek het je!'

Die oude vrouw brengt ongeluk in ons leven. Met haar blik heeft ze ons vervloekt.'

Maar Hoa Nhài wilde niet luisteren. 'Het is maar een oude vrouw,' zei ze en ze wreef rillend over haar hand die de wachteres zo stevig had vastgehouden. 'Ze kan niemand iets doen.'

'Maar ze heeft je iets voorspeld!'

'Dat was wartaal, heb je het niet gehoord? We zullen hier niet weggaan, dat weet je net zo goed als ik. We blijven bij onze familie.'

Maar Thanh wekte niet de indruk dat ze dat geloofde. 'Als je die vervloekte bloesem al moet houden, verstop hem dan goed, zodat niemand hem vindt. Ik moet moeder op een andere manier in leven zien te houden.'

'En als ze niet blijft leven, zal ik mijn ouders vragen om je bij ons op te nemen. Dan word je mijn zusje, dat beloof ik.'

Hoa Nhài stak haar haar hand toe. Thanh pakte die aarzelend, en daarmee was het pact bezegeld.

Melanie liet de blaadjes zakken. Het sprookje had haar wonderlijk ontroerd. Wie had het geschreven? Misschien haar overgrootmoeder?

Nadat ze het zuivere handschrift nog even had bekeken, vouwde ze de velletjes weer op en schoof ze in de envelop. De foto liet ze nog een tijdje liggen. Wie waren die twee meisjes? Geen van beiden leek op Hanna.

Melanie besloot het te vragen als ze een beetje opgeschoten was. Ze deed de foto terug in de envelop en legde die naast de deur, zodat ze hem niet zou vergeten als ze naar beneden ging. Toen zette ze zich weer aan het werk.

De volgende uren haalde Melanie diverse dingen uit de kisten tevoorschijn die beslist bruikbaar waren. Jurken die wat mottengaten vertoonden, maar die met wat handigheid wel opgelapt konden worden. En ook hoeden, handschoenen en oude stola's.

Terwijl ze door tule en satijn zat te woelen, hier en daar fluweel in handen kreeg en ook tere zijde, lette ze voor het eerst in lange tijd niet onafgebroken op haar mobieltje. Pas toen ze de eerste stapel kisten had doorgewerkt, dacht ze er weer aan. Het lag nog op de plaats waar ze het had neergelegd, en er was geen nieuw bericht gekomen.

Rond het middaguur ging Melanie met de envelop naar beneden. In het voorbijgaan zag ze een grote, rood-witte touringcar op de binnenplaats. De stemmen van de bezoekers klonken op uit het souterrain. Een paar vrouwen lachten. Door de open ramen zweefde sigarettenlucht naar boven. Blijkbaar gaven de mannelijke bezoekers er de voorkeur aan samen met de buschauffeur een rookpauze in te lassen in plaats van zich bezig te houden met de mode van vergane eeuwen.

Op de woonetage daarentegen was alles stil. De deur van de salon stond open. Was Hanna daar?

Toen Melanie naar binnen liep, zag ze haar overgrootmoeder in gedachten verzonken bij het raam zitten. Haar wandelstok stond naast haar. Ditmaal droeg ze een blauwe áo dài en het zag ernaar uit dat ze weer zonder hulp een paar stappen kon zetten.

'Stoor ik?' vroeg ze behoedzaam, waarop Hanna zich omdraaide; het leek alsof ze uit een droom ontwaakte.

'Nee, m'n kind, je stoort niet. Hoe gaat het op zolder?'

'Heel goed,' antwoordde Melanie. 'Ik heb het gevoel dat het me goeddoet eindelijk weer iets omhanden te hebben. En ik heb ook het een en ander voor uw expositie gevonden. Een paar japonnen zijn wel een beetje aangetast, maar dat valt nog te herstellen.'

'Dat doet me plezier. Het wordt echt tijd dat we wat frisse wind in de tentoonstelling krijgen.'

'Jullie hebben net weer klandizie, zag ik.'

'Ja, deze reisorganisatie brengt haar gasten graag hiernaartoe. Stel je voor, onlangs hadden we zelfs een groep uit China!'

'Dat is toch geweldig!'

'Zeker, en ik hoop dat op een dag ook een paar van mijn landgenoten de weg hierheen zullen vinden. Maar je lijkt nog iets anders op je lever te hebben.'

Melanie knikte, toen gaf ze Hanna de envelop.

'Die kwam naar beneden vallen toen ik een van de kisten optilde. Ik heb erin gekeken.'

Hanna bekeek de envelop even. Aan haar gezicht was niet te zien of ze blij was of niet. Maar Melanie begreep dat haar overgrootmoeder wist wat erin zat.

'Heb je het verhaal gelezen?'

Melanie knikte.

'Twee meisjes die de jasmijntempel binnensluipen. Een mooi verhaal, maar wel een beetje griezelig.'

Er gleed een glimlachje over Hanna's gezicht toen ze de envelop op de tafel legde en de velletjes en de foto tevoorschijn haalde.

'Hebt u dat verhaal geschreven?' vroeg Melanie. 'Of weet u wie die twee meisjes op de foto zijn?'

Hanna trok de foto naar zich toe en keek er een tijdje naar. Haar glimlach werd weemoedig, haast treurig.

'Het verhaal is van mij, dat klopt,' gaf Hanna toe. 'Ik heb het voor Marie geschreven, ze was dol op verhalen, en dit over de jasmijnzusjes was haar lievelingsverhaal. Ze vroeg altijd hoe het verderging, maar ik heb het haar nooit verteld, en op zeker moment is ze het vergeten.'

'Dan ging het verhaal dus verder?'

'Natuurlijk ging het verder, jaar na jaar. En het wordt nog steeds vervolgd, want ik ben nog niet dood.'

Melanie keek haar verrast aan. 'Bent u een van die meisjes?'

Hanna knikte. 'Ja, lang geleden was ik Hoa Nhài.' Ze leek de klank van de naam te onderzoeken, want ze zweeg even. Toen legde ze een vinger op het gezicht van het wat jongere meisje. 'Dat ben ik.'

'Dan is het andere meisje Thanh.'

Hanna knikte. 'Ja, mijn adoptiefzusje Thanh.' Er gleed een liefdevolle glimlach over haar gezicht. 'Alles wat je gelezen hebt, is waar. Op een dag kwam ze onze tuin binnenwaaien. Vanaf dat moment waren we lange tijd door het lot met elkaar verbonden.'

De glimlach verdween even snel als hij was verschenen. 'Dat ik nog nooit over haar verteld heb, heeft een reden. Ik wilde haar met het verhaal gedenken, maar had niet de moed het verder te vertellen. Als Marie zich het verhaal al herinnert, denkt ze vast dat het om een bedacht personage gaat. Je moeder weet helemaal nergens van, ook niet dat ik ooit Hoa Nhài heette.'

'Hoa Nhài is een mooie naam,' constateerde Melanie en ze bekeek de foto opnieuw. Ze wist van het Vietnamese gebruik kinderen namen te geven waarvan de betekenis wijst op wat de ouders van hen verwachten. Jongensnamen hadden meestal betrekking op kracht, wijsheid en moed, meisjesnamen hadden vaak met schoonheid te maken, daarom kwamen bloemennamen veelvuldig voor.

Hanna had nooit over haar ouders gepraat. Haar jeugd was al helemaal niet aan de orde gekomen.

'Uw ouders hebben daarmee in de roos geschoten. Jasmijnbloesem is erg mooi. En u bent ook heel mooi.'

Hanna lachte en wuifde het weg.

'Waarschijnlijk zouden ze me die naam ook gegeven hebben als ik spuuglelijk was geworden. Dat gebeurde vaak. Soms had een meisje een prachtige naam – en dan zag ze er zo onaantrekkelijk uit dat haar ouders haastig een man voor haar zochten, zodat in elk geval nog van de bekoring van de jeugd gebruikgemaakt kon worden.'

'Waarom hebt u uw naam eigenlijk veranderd?'

'Dat is het gevolg geweest van allerlei omstandigheden.'

'Daar hebt u het nooit over gehad.'

Hanna keek haar aan. 'Sommige verhalen kunnen beter niet verteld worden. Of pas op het juiste moment.'

Melanie zakte neer op de taboeret voor de rotanstoel. Een stroom frisse lucht kwam door het raam naar binnen en blies een paar lokken in haar gezicht.

'Ik zou graag wat van uw leven weten, grand-mère.'

Hanna gaf daar geen antwoord op, maar keek haar lang aan. Onderzoekend.

'Je hebt dus mijn japonnen gevonden?'

'Ja, en voor zover ik het kan inschatten, is veel uit de jaren veertig of vijftig afkomstig. Toen u de hoedenmakerskoningin van Parijs was.'

Hanna snoof en maakte een afwerend gebaar. 'Ach wat, koningin! Ik was er een van velen. Het journaille zat alleen maar achter mij aan omdat ik er Aziatisch uitzag, een naar verhouding prominente naam had en mijn man in de oorlog gewond was geraakt. Er viel over mij een verhaal te vertellen, in tegenstelling tot heel wat anderen, die in de oorlog bepaald geen roem hadden vergaard.'

'Maar toch was u rijk genoeg om u zulke prachtige kleren te kunnen veroorloven.'

'Graaf gerust wat verder, dan zul je nog heel andere kleren ontdekken,' raadde Hanna aan. 'Als je iets vindt wat stamt uit de tijd voor de hoedenmakerskoningin, vertel ik je graag de bijbehorende geschiedenis.'

Melanie keek naar de envelop. 'En hoe zit het met die meisjes? Met uw zusje? Hoe ging het verhaal verder? Kom nou, grand-mère, vertel het alstublieft. Die envelop lag echt niet toevallig boven!'

Voor Hanna antwoord kon geven, kwam Marie binnen. Ze leek nogal gespannen.

'Wat is er, kind? Je ziet eruit alsof je elk moment kunt ontploffen,' vroeg Hanna, toen ze het slechte humeur van haar dochter opmerkte.

'Een van de bezoekers heeft een vitrine beschadigd. Er zit een grote barst in de ruit en ik zal de glaszetter moeten laten komen om hem te vervangen.'

'Kan Thomas dat niet doen?' vroeg Melanie.

'Die is geen glaszetter. Bovendien is het een zaak voor de verzekering, we kunnen het niet door zomaar iemand laten repareren.'

'Om welke vitrine gaat het?' informeerde Melanie.

'Die met de bruidsjurk van rond de eeuwwisseling. Misschien kun je me helpen het museumstuk in veiligheid te brengen, het is een nogal zware figurine.'

'Maar natuurlijk, oma.' Vlug liep Melanie achter Marie aan naar beneden. De bus reed juist de binnenplaats af.

Bij de zaal waarin de best bewaarde japonnen waren tentoongesteld, moest Melanie elke keer weer even eerbiedig stilstaan – en dat terwijl ze hem al honderden keren had gezien. Ze kon zich nog goed herinneren dat hij werd ingericht. Destijds had haar moeder, en zelfs nog haar vader, meegeholpen om de kasten op hun plaats te zetten en de museumstukken erin uit te stallen.

Bij de gedachte voelde ze lichte weemoed over zich heen komen. Hoelang had ze al niets meer van haar vader gehoord? Sinds de scheiding, een paar jaar geleden, was hij ondergedoken. Hij had een prima schikking getroffen met haar moeder, maar na de rechtszitting, waarbij hij van verdere betalingen werd ontheven, nooit meer contact opgenomen – ook niet met zijn dochter. Melanie wist niet eens waar hij woonde. Inmiddels dacht ze nauwelijks nog aan hem. Het was heel jammer, want eigenlijk hadden ze een goede band gehad – in elk geval tot het moment dat zijn affaire uitgekomen was en hij besloten had voor die andere vrouw te kiezen.

De beschadiging aan de vitrine zat tamelijk laag. Helaas zaten er twee scheuren in de rok van de japon, en er was ook wat kant kapotgegaan.

Melanie stond verstijfd voor de kast. De bruidsjurk... Ze herinnerde zich dat ze eraan had gedacht toen ze van het vliegveld kwam – vol toekomstplannen, die slechts even later door Roberts ongeluk waren tenietgedaan. De vernielde vitrinekast leek het symbool van wat er in de tussentijd was gebeurd, want tenzij er een wonder gebeurde, zou ze niet gaan trouwen. In elk geval niet met Robert. Misschien wel nooit.

'Heeft iemand er met een wandelstok tegenaan geslagen?' vroeg Melanie om de deprimerende gedachte te verdringen, en ze wees op de hoop scherven.

'Ja, zo is het gegaan,' antwoordde Marie zenuwachtig terwijl ze op haar tenen om de splinters heen danste. 'Een van de vrouwen heeft zich heel snel omgedraaid, waarschijnlijk om een ander erbij te halen – en toen is het gebeurd. Stom genoeg bleef ze ook nog met de stok in de jurk hangen. We zullen hem moeten herstellen.' Haar grootmoeder zuchtte.

'Misschien moeten we voor de volgende kasten veiligheidsglas nemen,' opperde Melanie. 'Is het alarm afgegaan? Ik heb helemaal niets gehoord!'

'Dat had ik afgezet. Zolang ik erbij ben, zal niemand iets stelen. Gelukkig waren de andere gasten zo geschrokken dat ze de zaal meteen hebben verlaten. De oude vrouw heeft me verzekerd dat ze de schade zal vergoeden, maar ik geloof niet dat ik haar iets zal kunnen aftroggelen. Zulke dingen gebeuren nu eenmaal. En het is niet zo dat ze moedwillig met haar stok tegen de kast heeft geslagen.'

Marie sprak over de vrouw alsof ze zelf nog geen zesenzeventig was. Dat amuseerde Melanie altijd een beetje.

Nadat ze de scherven had opgeveegd, tilde Melanie met de hulp van Marie de figurine uit de kast.

De japon rook tot haar verrassing wel een beetje stoffig, maar niet muf. Als hij straks weer in de kast bleef, kon hij over honderd jaar nog worden bewonderd.

'Laten we hem naar boven naar de naaikamer brengen, dat lijkt me het beste,' stelde Marie voor terwijl ze de paspop bij de voet greep. Melanie pakte hem bij de schouders, heel voorzichtig, om de broze japon niet nog meer te beschadigen.

'Jullie zouden er echt eens over moeten denken een liftje te laten installeren,' merkte Melanie op toen ze de paspop de trap opdroegen. 'Of op z'n minst zoiets als een traplift. Daar zou grand-mère ook iets aan hebben.'

'Dat probeer ik haar ook duidelijk te maken, maar dan zegt ze altijd dat ze dat niet nodig heeft. Ze bedoelt dat ik haar dan wel meteen in een rolstoel kan zetten.'

'Wat geen slecht idee zou zijn als ze veel last van haar reuma heeft, dan kan ze tenminste naar buiten en hoeft ze niet in die tochtige salon te blijven zitten.'

'Tja, je kent haar. Ik vermoed dat ze diep vanbinnen nog altijd dertig of veertig is. Op die leeftijd accepteer je geen rolstoel of traplift.' Ze zette de paspop neer en wiste snuivend het zweet van haar voorhoofd. 'Nou, wat mij betreft, ik heb helemaal niets tegen zo'n lift, vooral nu niet. En ik voel me hooguit twintig.'

3

Na de lunch ging Melanie weer naar de zolder. Hanna was erin geslaagd een antwoord op haar suggestie dat de envelop niet toevallig op zolder had gelegen te ontlopen, maar waarschijnlijk moest ze haar wat tijd gunnen.

Nadat ze een volgende kist had opengemaakt en er maar weinig bruikbaars in had gevonden, begon plotseling haar mobieltje te brommen.

Meteen ging haar hart als een razende tekeer. Ze viste het ding uit haar broekzak, en haar nare gevoel werd sterker toen ze het nummer van haar moeder zag. Ze hadden afgesproken elkaar alleen in noodgevallen te bellen. Al het andere nieuws wisselden ze uit per sms.

'Hallo, mama,' zei ze toen ze opnam. Het bloed dreunde in haar oren. Het kwam op een ongewone tijd. Ze kon niet net terug zijn van een bezoek aan het ziekenhuis. Bovendien zou Katja, Roberts moeder, die week voor hem zorgen.

'Hallo, Melanie.'

Haar stem klonk ernstig. Melanie haalde diep adem. 'Wat is er, mama? Er is toch niet iets gebeurd?'

'Katja heeft me zojuist gebeld. Dr. Paulsen zou graag een longendoscopie bij Robert doen. Ze hebben haar om toestemming gevraagd, maar ze wil dat jij het weet.'

Melanie liet zich op een kist neerzakken. 'Is er dan iets niet in orde met zijn longen?'

'De dokters zeggen dat ze daar een ziektehaard hebben gelokaliseerd. Het zou een kleine ontsteking kunnen zijn. Ze willen het controleren en zo nodig wat weefsel wegnemen, voor de zekerheid.'

'Heeft hij longontsteking?' Gealarmeerd sprong Melanie op.

'Blijkbaar weten ze het niet. Maar ze willen maatregelen treffen voordat zich iets ernstigers voordoet. Opnieuw bronchitis of longontsteking krijgen kan in zijn toestand allesbehalve goed zijn.'

Melanie kreeg een knoop in haar maag. Ze herinnerde zich met schrik de bronchitis die Robert kort na het ongeluk had gekregen en die veroorzaakt was door de slang van de beademing.

'Melanie?'

Pas nu merkte ze dat ze een hele tijd niets had gezegd.

'Ja, ik ben er nog,' zei ze vlug, en ze probeerde het snikken dat ze voelde opkomen te onderdrukken. 'Wan... wanneer gaan ze het doen?'

'Vanmiddag om vijf uur. Een routine-ingreep, zei Katja, hoewel ze er een hoop formulieren voor heeft moeten ondertekenen.'

Melanies maag draaide zich om. 'Oké. Laat je me weten hoe het gegaan is?'

'Katja laat iets horen zodra hij uit de OK is.' Ik ga morgen naar haar toe om met haar te praten. Helaas vertellen de dokters niet aan mij wat er aan de hand is. Het zou sneller gaan als ze dat wel deden, maar ik ben nu eenmaal zijn moeder niet,' verzuchtte ze. 'En hoe gaat het bij jullie?' veranderde Elena van onderwerp, maar dat kon Melanies bedruktheid niet verdrijven.

'Goed... Ik ben bezig de zolder op te ruimen.'

'De zolder?'

'Nou ja, ik ruim hem niet op, ik moet voor Hanna wat nieuwe tentoonstellingsobjecten zoeken. Het is niet te geloven wat zich hier allemaal opgehoopt heeft.'

Op een ander moment zou dat laatste vrolijk hebben geklonken, maar nu klonk het mat en dof. Ze wilde er nu niet over praten. Elena merkte het.

'Goed, dan laat ik je maar doorwerken. En ik bel zodra ik iets weet.'

'Dank je wel.'

Nadat Elena had opgehangen, staarde Melanie naar haar mobieltje. Alle positieve energie die ze die ochtend had opgedaan was in een klap weggevaagd.

Het onderzoek klonk verontrustend. Stel dat er iets anders aan de hand was? Dat de artsen misschien kanker constateerden. Of letsel aan de longen dat ze over het hoofd hadden gezien? Ze overwoog even om terug te gaan, maar besefte dat ze toch niets kon uitrichten en besloot met bezwaard hart het niet te doen.

Ze keek naar de kisten, zag de pailletten op de jurken glinsteren. Het enthousiasme om verder te gaan en nog meer gewaden tevoorschijn te halen, misschien ook nog wat andere memorabilia van haar overgrootmoeder te vinden, was ineens vervlogen. Morgen, zei ze tegen zichzelf. Als het met Robert allemaal goed is gegaan. Misschien moet ik een tijdje bij het meer gaan zitten nadenken.

Met haar mobieltje in haar hand liep ze naar beneden. Er waren weer bezoekers in het museum. Melanie verliet het gebouw daarom door de achteruitgang en liep daarna in de richting van het meer. Vanuit haar ooghoeken observeerde ze Thomas, die bezig was dor hout uit de heg te zagen. Ze was blij dat hij haar ditmaal niet aansprak. Bij de oever aangekomen keek ze over de uitgestrekte waterspiegel. In haar hoofd wervelden allerlei gedachten rond, maar geen ervan kon ze echt pakken.

Ten slotte ging ze op de grote zwerfkei zitten die ooit op de oever verdwaald was en daar was blijven liggen. Normaliter zaten daar vogels zich in de zon te koesteren, en Melanie begreep waarom het hun lievelingsplekje was. De zon brandde op de steen, wat hartje zomer beslist heel onaangenaam was, maar nu was het prettig om de warmte te voelen en riet en struiken om je heen te hebben. Ze kon alleen de zwaan op het meer zien, en die had er genoeg aan zijn eigen rondjes te zwemmen.

'Melanie, hier ben je dus!' Hanna was de hoek om gekomen en dook op van achter het riet. Ze steunde zwaar op haar wandelstok. De pijn was van haar gezicht af te lezen, maar die nam ze op de koop toe, ze wilde niet de hele tijd werkeloos blijven zitten. 'Waarom zit je hier buiten?' vroeg ze. 'Ik dacht dat je wilde doorgaan met opruimen op zolder.'

'Robert krijgt vanmiddag een longonderzoek,' antwoordde Melanie mat. 'Ze vermoeden een ontsteking of zoiets. Mama heeft net gebeld.'

Hanna zuchtte diep. 'De goden hebben geen erbarmen met ons. Is er op die steen nog een plaatsje voor mij?'

'Ja zeker.' Melanie schoof wat op. 'Moet ik misschien binnen een kussen voor u halen?'

Hanna leek echter geen last te hebben van de harde steen. Ze ging naast haar zitten, zette haar wandelstok weg en sloeg haar arm om haar achterkleindochter heen.

Melanie verwachtte dat ze zoiets zou zeggen als 'het komt allemaal wel goed', maar haar overgrootmoeder zweeg. Na een tijdje keek ze op haar horloge. Kwart over twee. Nog drie uur. Wie weet wat er dan zou gebeuren.

'Je had gelijk, ik heb die envelop boven neergelegd,' begon Hanna zonder omhaal. Ze liet haar arm om Melanies schouder liggen. 'Ik heb er lang over gedaan om de trap op te klimmen, en als Marie me had betrapt, had ze me flink de les gelezen. Maar ik wilde dat je de foto vond. En vragen zou stellen.'

'Waarom?' hoorde Melanie zichzelf vragen.

'Zoals ik al zei, voor elk goed verhaal is er een juist moment. De afgelopen maanden heb ik me vaak zorgen om je gemaakt. Of je het allemaal kon verwerken en hoe je dat deed. Toen je moeder vertelde dat je was ingestort, kwam ik op het idee van de zolder. En tegelijk... Ik heb er uitgebreid over nagedacht of ik je mijn geschiedenis zou vertellen. Er is zo veel dat ik al tijden met me meedraag. Ik geloof dat het tijd wordt dat ik dat aan iemand toevertrouw, voor ik naar mijn voorouders ga.'

'Zeg dat toch niet!' zei Melanie en ze hief haar hoofd op. De gedachte nog een dierbare te verliezen was onverdraaglijk – ook al had ze Robert nog niet helemaal verloren.

'Ik ben zesennegentig, ik mag zoiets zeggen!' antwoordde Hanna lachend. 'Ik ben niet van plan de oudste inwoonster van Frankrijk naar de kroon te steken, dus ga ik liever niet uit van nog eens dertig jaar of zo. Roberts ongeluk heeft me er weer op gewezen hoe vergankelijk alles is. Dat ik nog leef, is een groot geluk. Al die jaren heeft het lot heel wat pogingen ondernomen de duur van mijn leven te verkorten. Maar ik ben er nog en het wordt tijd dat ik het een en ander vertel. Niet omdat ik me verveel, maar omdat ik hoop dat je misschien wat kracht put uit wat je hoort. Dat kun je wel gebruiken.'

Hoe zou ze uit de geschiedenis van haar overgrootmoeder kracht kunnen putten? Melanie knikte desondanks.

'Je moet weten dat je met iemand jaren kunt samenleven, soms wel een halve eeuw, zonder hem helemaal te leren kennen. Er zijn altijd verborgen hoekjes waarin zich dingen schuilhouden, zoals op de zolder van een huis. Mensen vertellen nooit hun hele geschiedenis. Ook ik zal een paar dingen voor mezelf houden. Er is veel dat ik tot nu toe aan niemand heb verteld, niet aan je grootmoeder en niet aan je moeder. Maar ik zal het vertellen. Als je dat wilt.'

Melanie knikte. 'Natuurlijk, vertel alstublieft, grand-mère. Misschien gaat de tijd dan sneller tot...'

'Maar mijn verhaal moet geen tijdverdrijf voor je zijn. De tijd vergaat ook als je naar het meer staart. Of een boek leest. Beschouw het als een reis.'

'Dat zal ik doen.'

Hanna nam Melanie even op, toen keek ze naar het meer, waar de zwaan nog altijd zijn kringetjes trok en opfladderende eenden de waterspiegel verstoorden.

4

SAIGON 1917

Gezien het feit dat ik Vietnamese was, groeide ik in het toenmalige Indochina in zeer goede omstandigheden op. Mijn vader had een heel hoge positie in het bestuur van de koloniale regering. Dat leidde soms tot haat bij de inheemse bevolking. De Táy, zoals ik de Fransen noemde, waren bij veel mensen niet geliefd. Hetzelfde gold voor inheemsen die voor de buitenlanders werkten.

Maar daarvan merkte ik als kind niets. Ik speelde toch al niet graag met andere kinderen, liever zat ik in de tuin voor me uit te dromen.

Door vaders werk hadden we alles wat we nodig hadden – en wel meer. We woonden in een mooi wit huis met een grote tuin, en toen ik oud genoeg was kreeg ik een leraar, die me rekenen en schrijven en Frans bijbracht. Ik tekende graag, het liefst de robes van de Françaises. Ik kon maar niet genoeg krijgen van de aanblik van de prachtige stoffen en geraffineerde snit.

Hoewel mijn moeder ook zulke japonnen bezat – af en toe werden mijn ouders door de Fransen uitgenodigd – stond ze erop dat ik thuis net als zijzelf áo dàis droeg. Maar ze liet de gewaden van zijde maken en er stonden strenge straffen op als ze te vuil werden.

Het best zijn me de herinneringen van de bezoeken van de Fransen aan ons huis bijgebleven. Soms kwamen ze met gezanten van het keizerlijk hof. De feesten 's avonds waren altijd heel fascinerend – hoewel ik er meestal alleen stiekem naar kon kijken omdat mijn kindermeisje me bij zulke gelegenheden vaak vroeg naar bed bracht.

Ik weet niet meer precies welke positie mijn vader bekleedde, maar hij was heel invloedrijk. Van de ellende die in de stad en het achterland heerste, kreeg ik nagenoeg niets mee. Maar ik hoorde de bedienden praten. Toen er cholera uitbrak, waren velen van hen bezorgd over hun familie.

Op zekere dag kwam dus Thanh in mijn leven, en sinds de nacht in de jasmijntempel waren wij door een belofte met elkaar verbonden. Zo vaak ze kon, zocht ze me op in de tuin. Het was voor mij niet makkelijk te ontsnappen, vooral op dagen dat de bedienden me in de gaten hielden. Dus was ik blij dat Thanh vrij was te gaan en staan waar ze wilde, en daar benijdde ik haar een beetje om.

Eens stelde ze voor mij mee te nemen naar haar hut.

'Ik wil je graag onze boot laten zien en de haven en mijn moeder. Ik heb haar over jou verteld en ze is blij dat ik een vriendin heb gevonden.'

'Gaat het dan weer beter met haar?'

'Nee, maar het leidt haar een beetje af als ik haar iets vertel.'

'En je wilt niet toch de jasmijnbloesem hebben?' vroeg ik en daar had ik meteen spijt van, want Thanhs gezicht verduisterde direct.

'Nee, ik wil die bloesem niet. Ik wil alleen dat je meegaat. Als ze jou ziet, is ze weer een paar uur afgeleid en dan zal ze misschien rustig slapen. Ze wil je beslist leren kennen.'

Sinds mijn nachtelijke uitstapje had ik een heel slecht geweten tegenover mijn ouders, hoewel ze er helemaal niets van gemerkt hadden. De bloesem had ik natuurlijk bewaard en verstopt, onder mijn bed. Tot nog toe had ik niets gemerkt van een positieve of negatieve invloed. Daarom liet ik hem waar hij was.

'Goed, ik zal met je meegaan,' zei ik, want ik wilde haar niet teleurstellen. 'We kunnen het best langs de plek in de omheining gaan waar jij ook altijd doorheen komt.'

Ik schrok van mijn eigen lef. Als de bedienden merkten dat ik weg was, zouden ze alarm slaan. Mijn moeder zou me beslist maandenlang huisarrest geven. Maar ik kon niet anders. Als ik door de wandeling ertoe kon bijdragen dat Thanhs moeder nog wat langer leefde, wilde ik het riskeren.

We kropen dus door de heg, waarin een gat zat dat voor een slank meisje groot genoeg was om erdoorheen te glippen. Haastige voorbijgangers keken ons verwonderd aan, maar bekommerden zich verder niet om ons.

Onderweg naar de tempel had ik al een deel van de stad gezien, maar dat was niets vergeleken bij wat Thanh me nu liet zien. De ellende die de nacht nog genadig had versluierd, werd nu gedetailleerd zichtbaar. Het was nauwelijks te geloven dat het om een en dezelfde stad ging. In het deel waar de Fransen woonden waren de straten geplaveid en schoon, de gebouwen licht van kleur en hoog, en er waren parken met prachtige bloemen. In de benedenstad daarentegen waren veel straten bedekt met modder, in de goot lagen etensresten en rattenkadavers te rotten en slopen de mensen met holle wangen rond.

Ik was verbijsterd toen ik midden op straat een dode hond zag liggen. Het zag eruit alsof er een kar over zijn schedel heen was gereden. Er stroomde bloed in een plas. Blijkbaar was het nog maar pas gebeurd.

'Dat brengt geluk,' zei Thanh toen ze merkte waar ik naar keek.

'Brengt het geluk als je een hond aanrijdt?' vroeg ik ontsteld. 'Waarom dan?'

Thanh haalde haar schouders op. 'Dat weet ik niet. Oude mensen zeggen het, en de jonge mensen geloven het.'

Aangeslagen wendde ik me af. Tegelijk vroeg ik me af hoe bijgelovige mensen zoiets vreselijks konden geloven.

Een paar straten verder kwamen we in Cholon. Mijn ouders hadden het daar nooit over, maar de bedienden des te meer. Het zou er wemelen van de opiumkits. Daar gingen zowel Fransen als Vietnamezen heen om hun zorgen te vergeten – of in de roes de dood te vinden. Ik had destijds geen idee wat opium eigenlijk was, maar de verhalen over de plaatsen waar het gebruikt werd wekten mijn fantasie en ik stelde me voor hoe het er daarbinnen zou uitzien.

'Weet jij waar hier een opiumkit is?' fluisterde ik tegen Thanh, waarbij ik het gevoel had dat iedereen op straat me aanstaarde. Mijn chique áo dài was ook in de krottenwijk al opgevallen, maar daar hadden de mensen het te druk met zichzelf. Hier leken hun blikken me gewoonweg te doorboren.

'Daarginds is er een!' verklaarde Thanh vrijmoedig en ze wees op een gebouw links van ons. Het was van hout en de muren waren blauwgeverfd. Boven de deur had iemand een metalen draak gehangen. Ernaast hing een Chinese lampion met blauwe kwasten. Donkere gordijnen bedekten de kleine ramen.

Dat paste helemaal niet bij wat ik in mijn fantasie had bedacht.

'Ben je wel eens in zo'n huis geweest?' vroeg ik, want ik achtte Thanh tot alles in staat. Maar ze schudde haar hoofd.

'Nee, ze laten kinderen er niet in. Zelfs niet als ze opium voor hun zieke moeder willen hebben.' Thanh liet bedroefd haar hoofd hangen.

'Dus je hebt het een keer geprobeerd.'

'Ja, want ik had van de vissers gehoord dat opium de pijn verdooft. Maar ik werd niet binnengelaten, en bovendien had ik toch niet genoeg geld gehad. Het rijk van de draak is heel duur, te duur als je alleen maar vis vangt.'

'Hé, wat een stel mooie meisjes!' fleemde er ineens een stem achter ons. Thanh draaide bliksemsnel haar hoofd om. Ik zag dat haar ogen groot werden van schrik.

Toen ik me omkeerde, keek ik in het rimpelige gezicht van een oude vrouw. Ze lachte, maar op een of andere manier paste haar glimlach niet bij haar ogen, die ons waakzaam opnamen.

Thanh greep me bij de hand. Volgens mijn opvoeding hadden we haar moeten groeten, maar voor ik dat kon doen werd ik al meegesleurd. Ik kon niet anders dan met Thanh meerennen. Ze liep alsof er een meute wilde honden achter haar aan zat.

'Kom op, rennen!' spoorde ze mij aan toen het haar te zwaar viel mij mee te trekken. 'We moeten hier weg, vlug!'

We renden door de modder, die tegen de fijne zijde van mijn áo dài spatte.

'Wat was dat voor een vrouw?' vroeg ik toen Thanh weer wat langzamer liep en mijn hand losliet omdat ik zelf met haar meekwam.

'Eentje waarvoor je moet oppassen,' hijgde ze. 'Dat was een meisjeshandelaarster. Ze laat zich tante noemen en neemt meisjes onder haar hoede die van huis zijn weggelopen. Als ze dan oud genoeg zijn, verkoopt ze hun maagdelijkheid aan mannen.'

'Maagdelijkheid? Wat is dat?' Dat woord hoorde ik voor het eerst.

Thanh bleef staan en schudde verwonderd haar hoofd. 'Weet je dat dan niet?'

'Nee.' En het leek me dat het iets was wat Thanh ook nog niet hoorde te weten. Toen ze het me uiteindelijk uitlegde, begonnen mijn wangen te gloeien en werd me duidelijk waarover de dienstmeisjes het wel eens hadden.

'Als een man een maagd met geweld neemt, zou dat geluk brengen,' voegde Thanh eraan toe.

Bij die woorden had ik weer de overreden hond voor ogen, en ineens werd ik vreselijk bang. Meer dan voor de tempelwachteres, wier woorden ik al helemaal had verdrongen.

'Hoe ver is het nog naar je moeders hut?' vroeg ik en ik keek wantrouwend over mijn schouder. De oude vrouw was ons gelukkig niet gevolgd.

'Niet ver meer.' Nu werd Thanh ook rustiger. 'Mijn moeder waarschuwt me altijd voor zulke vrouwen,' gaf ze te kennen. 'We mogen niet zeggen dat we een handelaarster zijn tegengekomen, hoor je! Dan windt ze zich vreselijk op.'

Dat kon ik me indenken, want welke moeder wilde dat haar dochter geweld werd aangedaan? Dat ze misschien zelfs bloedend in de goot belandde, alleen maar omdat een man geluk wilde hebben?

Ten slotte kwamen we aan bij de haven, waar tussen stoom- en motorschepen ook nog altijd jonken en kleine zeilboten op de stroom van de Mekong dobberden. De rode zeilen van de jonken deden me altijd denken aan de rugvin van een draak, waarschijnlijk hadden de scheepsbouwers zich daardoor laten inspireren. Mogelijk geloofden ze ook dat de vorm van de zeilen het schip geluk bracht, maar die middag begon ik de dingen die de mensen volgens zeggen geluk brachten in twijfel te trekken. Jasmijnbloesems uit oude tempels, draken, overreden honden en verkrachte maagden. Dat was voor mij niet te rijmen.

Ook van Thanhs hut had ik zo mijn romantische voorstelling gehad, maar meer nog dan die van de opiumkit viel de aanblik van het onderkomen van mijn vriendin me tegen. De opiumkits hadden er betrouwbaar uitgezien en bepaald niet avontuurlijk – Thanhs huis was alleen maar een aan elkaar gespijkerd samenraapsel van hout, lood en rijstpapier. De hut had niet eens een echt dak. Hij stond wel op palen, zodat het water er niet meteen binnenliep als het peil van de Mekong steeg. Maar de houten palen waren bedekt met mosselen en zagen er vermolmd uit. Een zware golf zou ze beslist verwoesten, en dan zouden de bewoners in de dood worden meegesleurd.

'We hebben geluk dat we niet in de krottenwijk wonen,' zei Thanh toen we op haar bescheiden onderkomen afstapten. Hoe de hut eruitzag leek haar niet uit te maken. 'We mogen dan wel net zo ellendig leven als de mensen daar, maar 's ochtends zie ik altijd het water, en ik heb mijn boot, waarmee ik naar de zee kan varen.'

Ik was geschokt. Hier kon iemand toch niet leven! En een ernstig zieke, zoals Thanhs moeder, al helemaal niet!

'Kom mee,' zei mijn vriendin vrolijk en ze klom de gammele trap op.

Ik volgde haar, ook toen het vermolmde hout groene sporen op mijn áo dài achterliet. Die was toch al bedorven.

Binnen was alles rustig. Ik kon me niet herinneren dat ik in ons huis ooit zo'n enorme stilte had ervaren. Natuurlijk was het daar ook niet lawaaiig, maar je hoorde altijd wel iets – gekletter van pannen, de gesprekken van de bedienden, muziek waarnaar mijn moeder luisterde op de grammofoon. Hier leek de stilte elk hoekje van de kleine ruimte te vullen.

‘Moeder, ik ben er weer!’ riep Thanh terwijl ze naar een waterkuip liep en een schaaltje vulde.

Slecht op mijn gemak bleef ik bij de deur staan. De armoede hier verbijsterde me. En ook de stank was vreselijk. Het rook naar oude vis en ziekte.

Thanhs moeder gaf geen antwoord.

‘Moeder?’ vroeg Thanh weer. Alles bleef stil. Ze verdween achter een gordijn, terwijl ik nog steeds te beklemd was om dichterbij te komen. Mijn blik viel op de rijststromatten die de bodem bedekten. Ze waren vies en zaten vol gaten. Het was nauwelijks te geloven dat iemand daar zijn voeten op kon zetten – en Thanh droeg niet eens schoenen!

Een klagend geluid verscheurde de stilte.

‘Thanh, wat is er?’ vroeg ik, en toen ze begon te huilen, stormde ik ook door het gordijn.

En toen kwam ik voor het eerst in mijn leven in aanraking met de dood. Hij had van Thanhs moeder een stille, bleke en ingezakte pop gemaakt, waarvan een eigenaardige ziekenlucht uitging.

Op het moment dat ik Thanh boven het lichaam van haar dode moeder zag liggen huilen, wist ik dat het tijd was me aan mijn belofte te houden. Ik had geen idee hoe ik dat voor elkaar zou kunnen krijgen. Mijn ouders zouden een meisje als Thanh niet in hun huis toelaten. Maar ik moest het op z’n minst proberen.

Het duurde lang voor de doodgraver Thanhs moeder kwam halen, en het duurde bijna nog langer om Thanh over te halen met me mee te gaan. De schrik zat er vreselijk in. Terwijl ik op haar inpraatte, had ik het gevoel dat ze met haar gedachten ver weg was en helemaal niet naar me luisterde.

Ik hield aan, smeekte – waarschijnlijk ook omdat ik zeker wist dat ik in mijn eentje niet de weg naar huis zou kunnen vinden. Inmiddels begon het donker te worden, en bij de gedachte alleen door Cholon te moeten lopen werd ik banger dan door het idee nog een keer naar de tempel van de Zeven Zonnen te gaan.

Ten slotte kwam Thanh overeind. Haar gezicht was nog steeds strak. Toen ze zich omdraaide en naar de achteruitgang liep, geloofde ik bijna dat ze zich in het water wilde storten. Maar voor ik haar arm kon pakken, zei ze: 'Ik wil nog een paar dingen meenemen.'

Haar bundel was heel klein. Ik vroeg me af wat ze eigenlijk meenam, terwijl ze toch nauwelijks iets bezat. Zolang de zee het toestond, zou de hut van haar zijn – maar wat had ze behalve dat?

Toen we door Cholon liepen, constateerde ik dat de duisternis de wijk een ander aanzien had gegeven. Op straat zwierven fel opgemaakte vrouwen rond, die voortdurend lachten en op alle mannen afstapten die langsliepen. De lampionnen voor de opiumkits brandden – ik dacht tenminste dat elk huis waaraan een lampion hing een opiumkit was. Dat het hier ook barstte van de bars en bordelen, die ook op die manier verlicht werden, begreep ik pas later. Uit sommige deuren kwam een scherpe lucht naar buiten, bijna alle ramen waren fel of rood verlicht.

Naar de maagdenhandelaarster keek ik gelukkig tevergeefs uit. Tegelijkertijd had ik de indruk dat het Thanh niet had kunnen schelen als ze weer achter ons aan was gekomen. Mijn vriendin sprak geen woord. Ook niet toen we Cholon en de krottenwijk achter ons hadden gelaten. Mat zette ze de ene voet voor de andere, met haar blik op oneindig.

Pas toen we bij ons huis kwamen keek ze op.

'Ze zullen me niet opnemen,' zei ze treurig.

'Dat doen ze wel,' antwoordde ik en ik pakte haar hand. 'Ik zal er alles voor doen, dat heb ik je beloofd.'

Mijn moeder had intussen natuurlijk mijn afwezigheid opgemerkt. Of beter gezegd, ze had al naar me laten zoeken. Mijn kindermeisje, dat volkomen overstuur was, stond bij de poort op me te wachten. Als een opgeschrikte kloek stormde ze op me af, wrong haar handen en uitte de ene verwensing na de andere. Ze mocht me geen haar krenken, dat had mijn moeder haar verboden, maar nu zag ze eruit alsof ze dat bevel aan haar laars zou lappen en me aan mijn oren zou trekken.

Toen ze Thanh zag, stond ze versteld. 'En wie is dat?'

'Dat is Thanh. Ik wil haar aan mijn moeder voorstellen.'

Mijn vriendin wekte oog in oog met het vijandig kijkende kindermeisje een nog ellendiger indruk dan eerst.

'Je wilt haar...' Het kindermeisje kon geen woorden vinden. Toen pakte ze me bij mijn schouders. 'Kom eerst maar naar binnen, ik wil dat je schoon bent als je het standje van je moeder in ontvangst neemt.'

'En hoe zit het met Thanh?' verstoutte ik me te vragen.

'Dat zullen we wel zien. Zo komt ze in elk geval ook niet voor de meesteres!'

Het kindermeisje sleurde ons allebei mee. Thanh liet het willoos over zich heen komen. Ze stribbelde ook niet tegen toen we in een wasteil werden gezet en hardhandig werden afgeschrobd. Ik had het gevoel dat mijn huid werd afgestroopt en schreeuwde luid, maar dat hielp niets.

Met brandende huid en gezwollen ogen stond ik ten slotte voor mijn moeder, die in haar salon op de Franse sofa zat. Ze droeg een lichte middagjapon, waarschijnlijk was ze bij een kennis op bezoek geweest. Haar wangen waren erg bleek, haar blik priemde als de punt van een mes.

'Waar ben je geweest?' vroeg ze ijzig.

Mijn moeder verhief nooit echt haar stem, maar ik wist maar al te goed dat je je daardoor niet moest laten misleiden. Alleen haar hoge stand weerhield haar me om de oren te slaan of uit te schelden zoals een eenvoudige Vietnamese zou hebben gedaan. Maar haar woede jegens mij was net zo groot als die van andere moeders die zich zorgen om hun kind hadden gemaakt.

'Wie is dat?' Ze duidde met haar kin op Thanh. Haar ogen fonkelden. 'Heb je met haar rondgezworven?'

'Dat is mijn vriendin,' antwoordde ik eerlijk. Ik had eigenlijk geen hoop dat ze een wens van me zou inwilligen, maar ik had het Thanh beloofd. 'Haar moeder is vandaag gestorven. Daarom ben ik zo lang weggeweest.'

Mijn moeder nam Thanh van top tot teen op. 'Hoe heette je moeder?' vroeg ze toen.

'Bin Nguyen,' antwoordde Thanh timide. 'Ze was al een hele tijd ziek.'

'En je vader?'

'Die is al lang dood. Ik heb hem nooit gekend.'

Moeder zuchtte. Haar gezichtsuitdrukking veranderde niet.

Ik zat op hete kolen. Ze had altijd benadrukt hoe belangrijk het was om milddadig te zijn. Want iemands gedrag op aarde zou bepalend zijn voor zijn lot aan gene zijde. Ik hoopte dat ze er nog steeds zo over dacht.

'Moeder, ik verzoek je Thanh bij ons op te nemen,' smeekte ik. 'Ze kan nergens heen, en haar moeder zou niet willen dat ze in handen van een maagdenhandelaarster valt.'

Mijn moeder kromp in elkaar, zo te zien kende ze het woord 'maagdenhandelaarster'.

'We kunnen haar hier niet opnemen.'

Mijn moeder wilde haar liever niet opnemen, dat voelde ik.

'Ik heb het haar beloofd,' zei ik. 'En u zegt toch altijd dat je anderen moet helpen. Als ze in handen van een maagdenhandelaarster valt...'

'Hoe komt het dat je daarvan weet?' vroeg mijn moeder, maar ik liet me niet van de wijs brengen.

'Ze zou hier voor ons kunnen werken. Ze mag mijn kamer wel hebben.'

'Ik wil toch weten hoe je dat van die maagdenhandelaarster weet.'

'Ik heb er een ontmoet, ze heeft ons aangesproken.'

Mijn moeder hapte naar adem. Ik had haar nog nooit zo verbijsterd gezien. Plotseling verstrakte haar gezicht. 'De regels in dit huis zijn er niet voor niets. Daar hoort ook bij dat het je verboden is zonder begeleiding het huis uit te gaan en in je eentje door de stad te lopen.'

De tegenwerping dat ik niet alleen was geweest lag me voor op de tong, maar ik slikte het in.

'Je had ontvoerd kunnen worden. Misschien wel door zo'n afschuwelijk wijf. Kun je je voorstellen welke hel je dan te wachten had gestaan? Of als een van de rebellen je in handen had gekregen?' Ze wachtte even, alsof ze mij de gelegenheid wilde geven om te antwoorden, maar toen barstte ze los, en nu verhief ze toch haar stem. 'Nee, natuurlijk heb je geen idee van wat er buiten gebeurt. Je vader doet zijn uiterste best om ervoor te zorgen dat je die wereld ook niet hoeft te leren kennen! En jij zet je leven zomaar op het spel!'

Haar stem klonk als versplinterend glas en drong zo onaangenaam mijn oren binnen dat ik mijn ogen dichtkneep en mijn hoofd afwendde. Zo kwaad had ik haar echt nog nooit gezien.

Daarna zweeg ze, minutenlang. Dat was bijna nog erger dan de snijdende woorden. Ik hield er rekening mee weggestuurd te worden en te moeten wachten tot vader thuiskwam – om me eens goed te straffen.

'Geef me straf, moeder, maar stuur Thanh alstublieft niet weg,' zei ik ten slotte met een dun stemmetje en ik boog uit voorzorg mijn hoofd, want ik vreesde een verdere tirade. Maar op dat moment liet dat me onverschillig, ik maakte me alleen zorgen om Thanh, want voor haar stond er nog meer op het spel dan voor mij. 'Ze kan niet in de hut blijven waar ze woonde. De palen waarop die staat zijn broos en zitten onder de mosselen. Als de rivier buiten zijn oevers treedt, gaat ze dood!'

Ik zakte smekend op mijn knieën. Wat kon ik nog meer doen om haar mild te stemmen?

Moeders gezicht bleef hard. 'We hebben geen bediende meer nodig,' zei ze terwijl haar blik weer over mij heen naar Thanh dwaalde.

'Maar ik heb Ly pas nog horen klagen dat ze het werk in haar eentje niet meer aankan!' Nu keek moeder me verrast aan.

'Wanneer heb je dat gehoord?' vroeg maman verwonderd. Ze behandelde het personeel met strengheid. Daarom beklaagden de bedienden zich alleen als hun meesteres niet in de buurt was.

'Een paar dagen geleden,' antwoordde ik, want dat was de waarheid. 'Alstublieft, maman! Ik weet zeker dat Thanh geen loon wil hebben. Alleen iets te eten!'

Ik keek om. Thanh was verstard tot een zoutpilaar, zoals indertijd in de tempel, toen ze door angst was overvallen.

Ik weet niet of een andere moeder nu had toegegeven. Moeder zei alleen maar: 'Breng haar naar de keuken en zeg tegen Ly dat ze vandaag hier slaapt. Ik stuur een wees niet midden in de nacht de straat op. Als je vader terug is, zal ik het er met hem over hebben wat we met haar aan moeten.'

'Bedankt, moeder!' Ik boog diep en wilde al een rondedansje maken, maar mijn moeder hield me tegen.

'Dat betekent nog niet dat ze blijft. De Fransen hebben weeshuizen, daar zou ze ook kunnen worden ondergebracht.'

Het ergerde me dat ze mijn hoop had opgemerkt. 'En wat jou betreft, jij krijgt huisarrest, en wel drie weken. Ik zal tegen je leraar zeggen dat hij je strafwerk moet geven. En als je nog eens wegloopt, stuur ik je een heel jaar naar grootmoeder op het platteland. Heb je dat begrepen?'

Er bestond uit de mond van mijn moeder haast geen groter dreigement dan naar mijn grootmoeder op het platteland te worden gestuurd – en dat nog wel voor een heel jaar! Mijn grootmoeder van vaderszijde was net zo boosaardig als ze oud was. Daar verblijven zou een hel zijn geweest.

'Ja, moeder,' antwoordde ik dus deemoedig, waarop ze me liet gaan. Thanh stapte achter me aan. Ze durfde nauwelijks iets te zeggen. Maar op dat moment was ik blij dat ze die ene nacht tenminste kon blijven.

Onze kokkin mocht Thanh blijkbaar meteen, want ze wees haar niet alleen een mooie plek in de keuken toe, maar gaf haar ook een deken om zich mee te bedekken. Dat was voor de altijd knorrige Ly al heel wat.

'Arm ding,' mompelde ze, met een stem die ook van een man kon zijn, zo laag. 'Geen vader en moeder meer. Een mens zonder familie is wel het meest trieste wat er in de wereld bestaat.'

Ly's familie was heel groot, er waren ouders, grootouders, kinderen, kleinkinderen, tantes, nichten, ooms, neven en zo meer. Haar familie woonde buiten de stad in een dorp, allemaal in een en hetzelfde huis. Haar werk liet het niet vaak toe, maar als ze vrij had, ging Ly naar haar familie. Ik vroeg me af wat die of haar moeder tegen Thanh zouden hebben gezegd. Misschien hadden ze haar opgenomen...

Samen zaten we in de keuken en aten de restanten van het avondeten. Daarbij zag ik hoe Thanhs bleke wangen een beetje kleur kregen en haar ogen weer begonnen te glanzen.

'Het komt goed,' beloofde ik, hoewel ik geen idee had wat mijn vader zou beslissen. Hij was zolang ik hem kende een groot raadsel voor mij, een raam waar je niet doorheen kon kijken omdat er een dik gordijn voor hing.

De hele nacht lag ik met buikpijn in bed. Mijn ouders praatten lang over Thanh. Ik kon hun stemmen in mijn kamer horen, maar helaas klonk het te onduidelijk om afzonderlijke woorden te kunnen verstaan. Het liefst was ik naar Thanh gegaan, die beneden in de keuken op een rijstmat sliep. Ik had ook kunnen gaan afluisteren, maar dat durfde ik niet. Ik haalde mijn jasmijnbloesem onder mijn bed vandaan – die was inmiddels helemaal verwelkt en verdord, maar dat kon me niet schelen – en smeekte de goden dat Thanh mocht blijven. Toen sliep ik ten slotte in en had een vreselijke droom waarin de hond weer levend werd en me met gespleten schedel achterna kwam.

Toen ik de volgende ochtend wakker werd, had ik het takje nog altijd in mijn hand. Het liefst was ik naar mijn moeder gegaan om te vragen wat vader had besloten. Maar we waren geen normaal gezin, en dus zat er niets anders op dan afwachten tot zij naar mij toe kwam.

Ik trok een eenvoudige áo dài aan als teken van boete, en ging naar beneden naar de keuken.

Thanhs slaapplaats was leeg. Mijn maag verkrampte van angst. Hadden mijn ouders haar bij zonsopgang weggestuurd?

'Ze is boven, bij de meesteres,' bromde Ly toen ze mijn gezicht zag. 'Ga op je plaats zitten, na je ongehoorzaamheid van gisteren kun je je niets meer veroorloven.'

Ik ging op mijn plaats aan de keukentafel zitten. Er verstreken enkele tergende minuten. Terwijl ik toekeek hoe de kokkin het vuur opstookte, was ik de hele tijd gespitst op geluid op de gang. Toen er voetstappen klonken, schoot ik overeind, maar het was een van de dienstmeisjes.

Zou Thanh zich hier nog een keer vertonen in het geval dat ze weggestuurd werd? Ik had gezien hoe ontsteld moeder had gekeken bij het noemen van de maagdenhandelaarster, maar was dat genoeg geweest om mijn vader over te halen?

'Daar is ze,' bromde Ly uiteindelijk toen ik begonnen was de jaarringen in het tafelblad te tellen. 'Nu kun je het haar vragen.'

Ik keek op. Thanhs glimlach beantwoordde mijn vraag nog voor ik hem kon stellen.

'Dus je mag blijven?' vroeg ik toen we elkaar in de armen vielen.

Thanh knikte haastig. 'Ja, als keukenhulp.'

Ik keek naar Ly. Die staarde ongeïnteresseerd in het vuur, maar ik vermoedde dat mijn ouders haar hadden uitgevraagd over haar werk. Ik had haar graag bedankt, maar toen riep ze tegen Thanh: 'Als je in de keuken wilt helpen, moet je maar meteen aan de slag. Voor de meesteres zich bedenkt.'

Zo werd Thanh niet echt mijn zusje, maar in elk geval bediende bij ons thuis. Ze hielp Ly bij het werk in de keuken en fungeerde als bode wanneer mijn moeder iets te bezorgen had. Ik schaamde me daar een beetje voor, want ik had haar eigenlijk iets anders beloofd. Maar voor Thanh maakte het niet uit. Ze woonde nu in een warm, licht huis. Ze was aan werken gewend en nu kreeg ze in ruil daarvoor genoeg te eten, en ook al waren er niet veel momenten waarop ze kon uitrusten, ze waren er wel.

'Ik ben gelukkig,' verzekerde ze mij wanneer we samen in de tuin zaten en ze mijn haar zo opstak dat het op het kapsel van mijn moeder leek. 'En ik ben je ouders heel dankbaar. En jou. Als je het niet over die maagdenhandelaarster had gehad...'

'Ik geloof eerder dat Ly een goed woordje voor je heeft gedaan,' antwoordde ik. 'Ze had echt hulp nodig, en ze lijkt tevreden over je te zijn.'

'Ze heeft voorgesteld me mee te nemen als ze weer naar haar familie gaat. Dat vond ik heel aardig van haar.'

'En ga je met haar mee?'

'Jazeker, het zou anders onbeleefd zijn, denk je niet?'

Daar had ze gelijk in. Toch was ik een beetje angstig toen ze op een dag met Ly meeging. Ik vreesde dat ze de familie zo zou bevallen dat ze haar zouden willen adopteren – bij zo veel mensen maakte een extra mond niets uit. Op de dag dat ze terug zou komen, rende ik nerveus heen en weer voor de ramen boven in het huis en wachtte af of ze zich vertoonde.

Toen er twee personen voor de deur verschenen, was ik enorm opgelucht. Thanh was niet daar gebleven, ik had niet mijn vriendin verloren.

'Wat dacht je dan?' zei ze met een guitig lachje toen ik haar over mijn twijfel vertelde. 'De familie van Ly is heel vriendelijk, maar ik zou er nooit kunnen blijven. Er zijn daar zo veel mensen dat ik de namen door elkaar zou halen. En ik zou nooit weg kunnen uit Saigon.'

Dat scheen maar de halve waarheid te zijn, want ik wist inmiddels dat Thanh droomde van een grote familie – helemaal toen Ly haar had verteld wat een geluk het toch was als je veel familie had. Maar ze wilde mij niet teleurstellen.

Nadat ik mijn strafwerk bij mijn leraar had uitgezeten – hij liet me extra opgaven voor Frans en schoonschrijven maken tot ik blaren op mijn vingers kreeg van de vulpenhouder – probeerde ik Thanh lezen en schrijven bij te brengen. Ik had gemerkt dat ze soms onder het raam van mijn leslokaal stond te luisteren. Toen ik haar vroeg of ze kon schrijven, schudde ze haar hoofd. 'Mijn moeder had nooit geld om me naar school te sturen. In plaats daarvan weet ik alles van de zee en vis.'

'En wat wil je later gaan doen? Je wilt toch niet altijd bediende blijven?'

Terwijl ik de vraag stelde, vroeg ik mezelf af wat ik dan later wilde. Ik had gehoord van vrouwen in Europa die als secretaresse werkten of naar de universiteit gingen. Hier in Saigon trouwden vrouwen en kregen kinderen. Waarschijnlijk zou het mij ook zo vergaan.

‘Nee, ik zou ooit dokter willen worden,’ verklaarde ze vrijmoedig. ‘Zodat ik zieke vrouwen kan helpen en ze niet net zo moeten sterven als mijn moeder.’

‘Maar dan moet je naar school gaan,’ zei ik. ‘Hoe wil je dat aanpakken?’

En toen kreeg ik een idee. Mijn ouders zouden haar natuurlijk niet toestaan les bij mijn leraar te volgen. Maar ’s avonds, wanneer ze haar werk af had, bracht ik haar mijn leerboeken en leerde haar schrijven en rekenen. Daarbij ontdekte ik dat ik mijn lesstof veel beter kon onthouden als ik die samen met haar doornam.

Mijn leraar was verbaasd en liet zich lovend uit tegenover mijn moeder. Hij beval zelfs aan me naar een hogere meisjesschool te sturen, waardoor ik zou kunnen gaan studeren. Mijn moeder, hoe gevleid ze ook was over mijn vorderingen, leek allesbehalve enthousiast over zijn voorstel. Ze zei het niet tegen hem, maar ik zag het aan haar. Waarschijnlijk hoopte ze dat ik zou trouwen zodra ik daarvoor de geschikte leeftijd had.

Maar in die tijd gebeurde er iets met mij. Thanh had me aangestoken met haar wens om te studeren. Ik geloofde weliswaar niet dat we die wens ooit zouden kunnen vervullen, maar ik stond mezelf toe samen met mijn vriendin te dromen. Misschien kon ik kunstgeschiedenis gaan studeren, de wereld over reizen en al die schilderijen bekijken waarmee de dames in moeders salon dweepten. Ik wilde andere landen zien, muziek horen en verschillende talen leren. Frans lag me bijzonder goed, als je geloof hechtte aan mijn leraar en de dames uit de salon. Waarom zou ik dan niet nog meer talen kunnen leren spreken?

Maar het leven is erg grillig, en het geluk was in die tijd als een vogel die te mager was voor elke traliekooi. Het bleef zolang het wilde blijven, maar fladderde dan gewoon weg.

Ik had geen idee van de onlusten die telkens weer het land deden opschrikken. Hoewel ik al vroeg wist dat we niet bij de Táy hoorden en dat we het alleen maar beter hadden omdat mijn vader in dienst van de regering was, en hoewel ik ook de ellende van de gewone Vietnamezen kende, had ik er geen idee van dat het in het land gevaarlijk gistte. Pas later merkte ik dat er telkens weer kleine opstanden waren, waarbij de oproerkraaiers meestal gevangen werden genomen en per schip naar Con Dao werden gebracht, waar ze in tijgerkooien vegeteerden. Maar hoe meer mannen er naar het gevangeniseiland werden gebracht, hoe slechter de sfeer werd.

Toen ik op een dag kort na het einde van de regentijd een paar boze mannen langs ons huis zag trekken, was ik ontzet. Ze zagen er zo woest uit, zo vastberaden, dat ik angstig achteruitdeinsde achter het raam, ook al schonken ze geen aandacht aan mij. Ik hoorde ze schelden op de regering en de keizer, en even later knalden er geweren. De Franse militie was natuurlijk direct ter plaatse. Tussen de geweersalvo's door hoorde je geschreeuw door de stad gaan. Mensen sloegen in paniek op de vlucht. Ik waagde me niet naar buiten, want Thanh beweerde dat kogels die hun doel misten gewoon kriskras door de lucht vlogen tot ze uiteindelijk een doel vonden. Het idee dat die dodelijke stukken lood door de tuin konden vliegen en iemand van ons konden doden, vond ik vreselijk.

Moeder liet haar onrust niet blijken. Ze zat in de salon met een aantal vrouwen, deels echtgenotes van regeringsfunctionarissen, deels Françaises wier eega's plantages in het achterland bezaten.

Die avond bleef vaders plaats aan de eettafel leeg. 'Hij zal belangrijke dingen te doen hebben,' zei moeder, maar haar woorden klonken alsof ze zichzelf gerust moest stellen. 'Na het oproer van vanmorgen is er beslist het een en ander te doen.'

'Zullen ze dan weer mannen naar Con Dao brengen?' vroeg ik, hoewel ik wist dat moeder een vraag als deze niet aangenaam vond. Maar ik kon alleen maar aan het schieten denken en aan terugketsende kogels die soms buitenstaanders doodden.

'Dat zullen ze zeker doen. Die mannen verzetten zich tegen de regering en de keizer en moeten gestraft worden.'

Daarop bracht ze met trillende hand haar glas naar haar mond, nam een slok water en staarde in de leegte.

Mijn vader kwam ook na het avondeten niet thuis. Het kindermeisje bracht me naar bed, maar ze was nog niet verdwenen of ik kroop onder de deken vandaan en ging bij het raam zitten. Van daaraf had ik goed uitzicht op de straat. Maar er waren alleen handelaren te zien die hun kar naar huis trokken, en een paar mannen die met opgetrokken schouders haastig de weg overstaken.

Toch bleef ik zitten, in de hoop dat er iets zou gebeuren. Mijn ogen werden zwaar en ik zonk weg in een vreemde droom over soldaten en vuur en een schip met tientallen kooien op het dek.

Toen iemand aan mijn schouder schudde, schrok ik op en keek in Thanhs gezicht, dat door het maanlicht werd beschenen.

'Beneden staan mannen in uniform,' zei ze buiten adem. Blijkbaar was ze de trap opgerend. 'Ik geloof dat het om je vader gaat.'

Mijn hart bonkte zo heftig dat ik naar adem snakte. Mannen in uniform waren ofwel politieagenten, ofwel soldaten. Wat wilden die hier? Omdat mijn vader niet bepaald bij de opstandelingen hoorde, konden ze hem toch niet arresteren!

'Laten we op onderzoek uitgaan,' zei ik en ik pakte Thanh bij de hand. Haar vingers waren ijskoud, alsof ze bang was. Samen slopen we naar de trap. Het kindermeisje was in geen velden of wegen te bekennen, net als de andere bedienden. Maar er klonken opgewonden stemmen op de onderste verdieping.

Ik ving alleen een paar flarden op, die iets met rellen en dood te maken hadden. Mijn hoofd was niet in staat het juiste verband te leggen.

Het geschrei van mijn moeder was het ontbrekende stukje van de puzzel. Ze weeklaagde zo vreselijk dat mijn wervelkolom aanvoelde alsof hij vast zou vriezen. Mijn verstand wilde het nog niet geloven, maar mijn hart wist het.

Zwijgend hurkte ik neer naast Thanh en staarde tussen de spijlen van de trap door. Mijn vriendin leek net zozeer als ik te weten dat er die nacht iets vreselijks met mijn vader was gebeurd. Maar ze zei niets.

Toen de volwassenen ten slotte de hal in liepen, kwamen we weer tot leven. We schoten snel naar boven mijn kamer in. Daar gingen we op de vloer zitten.

'Hij is dood, nietwaar?' vroeg ik aan Thanh.

Ze boog haar hoofd en zei niets. Dat volstond als antwoord. Ik had nu moeten huilen, maar vreemd genoeg had ik alleen Thanhs gejammer over haar moeder in mijn oren.

'Je vader is doodgeschoten,' zei moeder toen ze 's morgens mijn kamer binnenkwam. Dat Thanh bij me in bed sliep, leek ze niet te zien. 'Ze hebben hem gisteren hier gebracht, maar je mag zijn kamer niet in, heb je dat begrepen?'

Dat betekende dat ze hem daar hadden opgebaard.

Ik knikte gehoorzaam en constateerde daarbij dat ik me niet erg bedroefd voelde. Ik dacht dat dat zou veranderen als ik van de schok bekomen was, maar zelfs toen ik aan het graf van mijn vader stond had ik niet de vreselijk brandende pijn die ik naar mijn idee had moeten voelen.

Mijn vader was altijd aan het werk geweest, voor mij had hij zich alleen geïnteresseerd als het erom ging me iets te laten zien of een beslissing over me te nemen. Hij had er alles voor gedaan om mijn moeder en mij dit leven te kunnen laten leiden. Maar verder had hij zich niet met mij beziggehouden. Tegenover hem moest ik respectvol en gehoorzaam zijn. Dat hij me op zijn knie liet rijden of een ander spelletje met me zou doen, was ondenkbaar geweest.

Mijn moeder daarentegen was helemaal van de kaart. Direct na de begrafenis ging ze naar bed en kwam ruim een maand haar verduisterde slaapkamer niet meer uit.

Dat baarde me grote zorgen, want ook al leek haar liefde op een gladgeslepen edelsteen, ze was voor mij toch altijd bereikbaar geweest. Moeder wilde ik niet verliezen, want zonder haar zou ik niet geweten hebben wat er met Thanh zou zijn gebeurd. Ik was vast bij mijn grootmoeder terechtgekomen, dat vreselijke oude mens, maar Thanh zou op straat zijn beland.

Ik wilde naar mijn moeder toe gaan om haar te troosten, maar het kindermeisje hield me tegen. Mijn moeder kon bij al haar verdriet mijn aanblik niet verdragen, verklaarde ze. Ik zat dus bij Thanh, en na een tijdje vond ik het wel best dat niemand zich met me bemoeide, want zo kon ik de verhalen van mijn vriendin aanhoren en konden we het erover hebben hoe het was om dood te zijn.

Met vaders dood veranderde alles voor ons. Ik dacht dat we veilig waren, maar het huis was niet meer van ons. Eigenlijk was het nooit van ons geweest. We mochten er alleen maar wonen zolang mijn vader in dienst van de keizer en de regering was. Maar hij was dood, iemand anders zou zijn plaats innemen.

Toen moeder me dat vertelde, werd ik me er pas van bewust welke gevolgen de dood van mijn vader had.

Er zat niets anders op dan uit het mooie huis weg te gaan, naar mijn grootmoeder van moederskant.

'En wat gebeurt er met Thanh?' vroeg ik mijn moeder. 'We kunnen haar toch niet zomaar de straat op sturen.'

'Ly kan haar meenemen,' antwoordde moeder afwezig. Binnen een paar weken was ze van een stralende schoonheid veranderd in een spookachtig wezen dat stil en bleek door de gang sloop, verloren kijkend naar het leven dat ze eens had geleid.

'Ze wil niet graag naar Ly. Bovendien is die familie zo groot dat ze niet nog een eter erbij kunnen gebruiken. Maar wij hebben misschien iemand nodig die ons helpt.'

'Daar moet oma over beslissen,' zei moeder alleen maar, en op dat moment was ik vreselijk boos op haar. Zolang mijn vader leefde, had ze alle belangrijke beslissingen aan hem overgelaten. En nu liet ze ze aan haar eigen moeder over.

Vroeger had ik mijn moeder bewonderd om haar elegantie, maar nu wilde ik in elk geval wat haar besluiteloosheid betrof niet zo zijn als zij.

Op een grauwe middag gingen we weg uit het huis. De bedienden mochten blijven. Zij zouden de nieuwe baas dienen, voor zover die dat wilde.

In elk geval werd ons de ontmoeting met de nieuwe familie bespaard. Wat er na de verkoop aan persoonlijke bezittingen overgebleven was droegen we in tassen door de stad naar mijn onbekende grootmoeder. De koloniale regering had ons een koets aangeboden, maar omdat het mijn moeder duidelijk was dat haar leven met japonnen, salons en ontvangsten voorbij was, had ze ervan afgezien.

Ons nieuwe thuis bevond zich in het noordelijke gedeelte, bij de rijstvelden, een gebied waar ik nog nooit een voet had gezet. Mijn grootmoeder kende ik alleen van een foto. Toen we in het mooie huis woonden, hadden we haar nooit bezocht. Mijn moeder had alles gedaan om haar eenvoudige afkomst te verhullen, maar nu moest ze die wel onder ogen zien.

Mijn *bà* was een slanke vrouw met harde gelaatstrekken. Haar handen waren knokig en ruw van het werken. Haar man was verdronken bij een overstroming, sindsdien redde ze zich met naaiwerk. Ze had veel kleine opdrachten. In die buurt kon niemand het zich veroorloven een mooie avondjapon te laten maken. Het aantal mensen die kleding voor zichzelf lieten maken of verstellen, was echter voldoende om van te leven – en ons op te nemen.

Bà schonk mijn moeder een ijzige blik toen deze voor haar boog.

'Ik denk niet dat je je mij zou hebben herinnerd als je man niet was gestorven,' begon ze hardvochtig met schorre stem. 'Maar die dingen gebeuren nu eenmaal, als de goden het willen. En uiteindelijk komt hoogmoed voor de val.'

Ik kende de oorzaak van de slechte verhouding tussen mijn moeder en grootmoeder niet, maar ik voelde dat het iets met mijn vader te maken had. Maman was boven haar stand getrouwd. Misschien was het zijn wens geweest, misschien ook die van zijn moeder, dat maman met haar familie brak.

Omdat mijn grootmoeder van vaderszijde geweigerd had haar schoondochter op te nemen, was moeder nu weer op haar eigen familie aangewezen.

'Eigenlijk zou ik je niet moeten opnemen na alles wat je je familie hebt aangedaan. Maar mijn en je vaders bloed stroomt door jouw aderen, en ik zou mijn voorvaderen tegen me krijgen als ik niet voor je zou zorgen. In elk geval is er aan je huwelijk een kind ontsproten, dus kun je het niet als zinloos bestempelen.'

Terwijl mijn moeder onder die onvriendelijke woorden steeds kleiner leek te worden, richtte bà haar blik op mij.

Ik was pijnlijk getroffen door de scène die ik had moeten meemaken, want ik was gewend mijn moeder bevelen te horen geven of beleefd te zien converseren. Dat ze door iemand berispt kon worden, was nooit in me opgekomen, want ook mijn vader was heel voorkomend en vriendelijk voor haar geweest.

Dat mijn grootmoeder haar zo bejegende maakte me boos en ik had er moeite mee dat te verbergen.

Bà nam me even op, toen zei ze: 'Tot je geluk heb je niet veel van je vader, maar eerder het uiterlijk van onze familie. Heeft je moeder het over mij gehad toen je nog in dat mooie huis woonde?'

Ik keek naar mijn moeder, wier rug een beetje trilde. Blijkbaar viel het haar zwaar om zich te beheersen.

'Jazeker,' antwoordde ik en dat was ook niet gelogen.

Mijn grootmoeder leek dat echter niet van me aan te willen nemen. Ze snoof sceptisch, en zei: 'Je dochter lijkt loyaler te zijn dan jij! Ze staat pal achter haar moeder!'

Maman begon te snikken. 'Het spijt me! Je weet hoe het toen was! En ik hield echt van hem.'

Mijn grootmoeder maakte een afwijzend gebaar. 'En je ziet waar zoiets doms als liefde toe geleid heeft! Ik heb je meteen gezegd dat er niets goeds uit zou voortkomen. Dat het voor jou te hoog gegrepen was. Je had naar me moeten luisteren en met de jongen moeten trouwen die wij voor je hadden uitgezocht. En je had je nooit zo ver van je familie moeten verwijderen. Dus ga hier maar niet zitten huilen!'

Mijn moeder weende bitter, maar dat deed mijn bà helemaal niets. Ze wendde zich weer tot mij.

'Ik hoop dat je goed en hard kunt werken. Ik verwacht niet dat jou iets zinvols is bijgebracht, maar je lijkt niet dom te zijn. Laat je handen eens zien!'

Ik stak ze uit. Mijn grootmoeder pakte ze en siste misprijzend. Ik van mijn kant merkte dat haar handen net zo hard waren als haar hart.

'Je hebt lenige vingers. Dat is goed. Je kunt me helpen bij het naaien.'

'Maar ik kan niet naaien.'

'Dan leer je het.'

Ze liet mijn handen los en duldde verder geen tegenspraak.

'En wie is dat?' vroeg bà terwijl ze op Thanh wees, die angstig bij de deur stond. 'Is dat ook een kind van jou? Ze lijkt noch op jou noch op hem.'

'Dat is niet mijn kind, maar...' Ik zag dat mijn moeder 'een bediende' wilde zeggen, maar ze wist heel goed dat haar dat nog meer hoon zou opleveren.

Het was heel onbeleefd, maar ik wilde in geen geval dat bà weer op haar inhakte, dus kwam ik er vlug tussen: 'Dat is Thanh. Ze is een wees die we hebben opgenomen.'

Mijn grootmoeder wierp me een boze blik toe, die echter verzachtte toen ik niet voor haar week.

'Zo zo, een wees. Ik had niet gedacht dat een voorname familie een straatmeisje zou opnemen.'

Ze wenkte Thanh dichterbij te komen. Aarzelend kwam deze naar haar toe.

'Wat is er met je familie gebeurd?' vroeg bà.

Thanh kon nauwelijks iets uitbrengen. 'Gestorven,' piepte ze.

'Vertel!' beval bà, waarop Thanh moed verzamelde en over haar vader vertelde en over haar moeder en haar stille einde.

'Je hebt het niet makkelijk gehad in je leven, maar je hebt je moeder tenminste tot aan het einde trouw bijgestaan. Dat is een eigenschap die ik zeer waardeer.' Weer keek ze naar maman. 'In elk geval heb je twee mensen meegebracht die de waarde van familie kennen. Dat is mooi.'

Ze verlustigde zich nog even in de vertwijfeling van haar dochter, toen wendde ze zich weer tot Thanh. 'Omdat maar één van jullie me kan helpen, moet de ander werk zoeken. Als je vis hebt gevangen, kun je ook rijst planten. Een bekende van mij beheert talrijke rijstvelden voor de stad, en hij kan altijd hulp gebruiken. Als je oppast voor slangen, kun je goed geld verdienen, wat de familie nodig heeft. Van nu af aan hoor je bij ons, vooropgesteld dat je de familie respecteert.'

Thanh knikte haastig en keek naar mij. Ik lachte naar haar, maar keek toen vlug weer naar voren.

Mijn grootmoeder lette verder niet op ons. De tranen die haar dochter had vergoten waren voor haar nog niet genoeg, dus zei ze tegen haar: 'Dochter, jij doet het huishouden. En je moet de latrine schoonmaken. Dan kan ik meer opdrachten aannemen en geld verdienen voor mijn trouweloze dochter.'

Dat ze de latrine moest schoonmaken was voor mijn moeder een grote vernedering. Ze huilde niet meer, maar verdroeg haar schande in stilte. Dat leek bà te verwachten, want ze knikte tevreden.

'Ik zal jullie je slaapplaatsen laten zien. Mijn huis is klein, maar behalve ik woont hier niemand, dus heb ik wel plaats voor jullie allemaal.'

We draafden achter haar aan, maman voorop, Thanh en ik volgden. Het was echt een klein huis, maar het was niet zo armoedig als de hut waarin Thanh met haar moeder had gewoond. Mijn vriendin leek echt tevreden, hoewel mijn grootmoeder haar nogal angst aanjoeg. Mijn moeder werd weer een bleke geestverschijning en zorgde dat ze niet opviel. Ik wist niet goed wat ik moest voelen. Het huis was donker, mijn grootmoeder was een vrouw voor wie je moest oppassen. Mijn toekomst had mij nog nooit zo onzeker toegeschenen. Voor dromen over studeren en reizen leek hier geen plaats te zijn.

Genietend nam bà wraak voor het feit dat mijn moeder haar en haar wereld de rug had toegekeerd. Ze kreeg een kleinere kamer dan Thanh en ik, een bezemkast. 'Zodat je weer deemoedig leert zijn tegenover je familie. Je echte familie.'

Mijn moeder schikte zich zwijgend, er zat niets anders op.

Thanh en ik hadden meer geluk. We kregen de zolder en daarmee hadden we, afgezien van zakken waarin rijst en andere voorraden werden bewaard, de meeste ruimte in huis. Als het dakraam open was, konden we uitkijken op de jungle die de bergen bedekte, en zagen we ook de rijstvelden, waar de hemel werd weerspiegeld in de natte oppervlakte.

Op die eerste avond zaten Thanh en ik lang voor het raam en zagen we hoe het vale lichtgrijs in diepzwart veranderde.

'Denk jij dat er hier ook geschoten zal worden?' vroeg ik Thanh, want het was zo rustig dat je je geen oproer kon voorstellen.

'Nee, dat gebeurt hier niet. Deze wijk wordt "Stad van de Vrede" genoemd. Het opwindendste wat hier gebeurt is dat een os met zijn staart muggen verjaagt.'

'Dan zullen we maar hopen dat dat zo blijft.'

De aanblik van de bergen en de jungle, die eerst door witte nevel werd bedekt en toen door het zwart werd opgeslokt, staat me nu beter bij dan veel van wat ik daarna heb gezien. Het was de laatste dag waarop ik kind mocht zijn.

De volgende maanden kwam ik de naairuimte van mijn bà niet meer uit. Ze leerde me naaien, berispte me als ik iets fout deed of de stof bedierf wanneer ik met de naald in mijn vinger had geprikt. Dat gebeurde behoorlijk vaak, zodat mijn grootmoeder algauw begon te twijfelen of ik wel geschikt was voor het werk. Maar omdat ik mijn best deed en ook niet klaagde als mijn vinger begon te bloeden, kreeg ze consideratie met me en liet me na een tijdje al beter werk doen.

Af en toe hoopte ik dat er Françaises met hun mooie jurken bij ons terecht zouden komen. Ik miste de aanblik van de japonnen die zo zacht ruisten als water over een steen in de rivierbedding. Maar Táy kwamen niet in deze buurt. Wel veel boerinnen en straathandelaarsters, sommigen van hen gingen een lange weg om de versleten kleren van hun familie te laten verstellen. Soms bezweken we bijna onder de oude kleren, wat mijn grootmoeder in een bijzonder goed humeur bracht. Dan zag ze er zelfs van af maman het leven zuur te maken.

Als Thanh van de rijstvelden terugkwam en het loon voor die week meebracht kon het ook gebeuren dat mijn grootmoeder zachtjes voor zich uit neuriede en ons naar de markt stuurde om een paar kippetjes of een grote vis te kopen.

Maman had intussen leren koken, of beter gezegd, ze had zich weer herinnerd wat haar in haar jeugd was bijgebracht. Op lof van haar moeder rekende ze niet, maar als een maaltijd bijzonder geslaagd was, had ze wanneer kritiek uitbleef toch een beetje rust om zich aan haar verdriet en gedachten over te geven.

Had ze direct na de dood van haar man een geestesverschijning geleken, nu werd ze voor mij meer en meer een nauwelijks waarneembare schaduw. Maman sprak nog maar zelden met me, enerzijds omdat we allebei zo veel te doen hadden, anderzijds ook omdat ze niet wilde dat ik het vanwege haar moeilijk kreeg in het naaiatelier.

Na verloop van tijd begonnen Thanh en ik over straat te zwerven. Niet op beruchte plaatsen, maar we gebruikten de vrije ogenblikken die we na het werk hadden om de omgeving te verkennen. Ook hier waren straten waar het wemelde van de handelaars, en zelfs winkeltjes waarin onder meer stoffen werden aangeboden. Die stoffen kwamen meestal uit China en waren heel fleurig – te kleurrijk voor áo dàis, maar de mensen schenen ze toch te kopen.

Een van die winkels behoorde toe aan een man die Han Lao heette. Mijn grootmoeder kocht bij hem stof voor de kleding die ze zelf aanhad en die wij ook algauw begonnen te dragen, want zijden áo dàis waren niet geschikt. Thanh had voor haar werk bij de boer stevige kleding nodig, en als naaister moest je er wel netjes uitzien, maar niet alsof je veel geld had. Om bij te dragen aan de welstand van onze familie stelde ik mijn grootmoeder voor mijn zijden áo dàis te verkopen. Van mijn moeders garderobe bediende bà zich zelf, met als argument dat maman eveneens haar bijdrage moest leveren zodat we het hoofd boven water konden houden.

We gingen in elk geval graag naar de winkel van Han Lao. Niet dat wij ons binnen waagden, maar de aanblik van de balen stof die overal in zijn winkel lagen opgestapeld fascineerde ons. De patronen waren het fleurigste en mooiste wat ik sinds ons vertrek uit ons mooie huis had gezien. Mijn grootmoeder gaf niets om schilderijen of andere mooie dingen, ze was meer praktisch van aard. Een van parels en veren gemaakte windgong bij de deur was het enige mooie in haar huis.

De mooie stoffen verschenen soms zelfs in mijn dromen, daar

namen ze de gedaante aan van Franse baljurken of andere prachtige japonnen die ik anders niet meer onder ogen kreeg.

'Kun je ook stofweven studeren?' vroeg ik Thanh toen we zoals elke avond voor het dakraam zaten. De regentijd naderde, uit de jungle klonk een dof gerommel. Waarschijnlijk zouden we een tijd niet de stad ingaan. Afgesproken was dat Thanh in de regentijd bij de boer bleef, zodat ze niet te laat op haar werk kwam. En ik zou niet het atelier uit mogen. Dat we van elkaar gescheiden waren terwijl de wolken zich boven het land uitstortten, was nog het allerergste.

'Ik denk het niet,' antwoordde Thanh, die in gedachten verzonken naar de duister wordende hemel staarde. 'Je kunt medicijnen en kunstgeschiedenis studeren, en ook rechten en natuurkunde, maar van een studierichting weven heb ik nog nooit gehoord.'

'Wil je nog altijd dokter worden?' vroeg ik, want we hadden al lang niet meer over dit onderwerp gepraat. De dagen dat we in de tuin hadden gezeten en van alles hadden besproken leken oneindig ver weg.

'Ja, dat wil ik nog steeds. Gisteren was de dochter van de boer bijna door een slang gebeten. We zijn allemaal erg bang voor slangen, ze zwemmen soms tussen de planten, en als je pech hebt, pak je er per ongeluk een vast.'

Dat had ze me beter niet kunnen vertellen, want vanaf dat moment vreesde ik dat ze een slang over het hoofd zou zien en doen opschrikken en erdoor gebeten werd.

'Als ik dokter ben, kan ik medicijnen vinden om slangenbeten te genezen. En andere ziekten waar mensen aan doodgaan. Dan zou jij de dokter ook niet hoeven te betalen als je ziek werd. Ik zou jou en je familie gratis behandelen.'

Gezien wat artsen vroegen, was dat een heel mooi aanbod. De Fransen hadden hun eigen artsen, de Vietnamezen gingen meestal naar genezers of Chinese dokters die met kruiden werkten. Of ze stierven, net als Thanhs moeder, omdat ze zich het een noch het ander konden veroorloven.

Die avond zaten we nog lang bij het raam, zonder veel met elkaar te praten. Twee dagen later zette de regen in en zoals met de boer was afgesproken, bleef Thanh daar. Ik zat van vroeg tot laat in het naaiatelier, werkte meer dan gewoonlijk, zodat ik me 's avonds niet zo alleen hoefde te voelen.

Mijn moeder was in die tijd nog minder benaderbaar dan anders. Ik had graag met haar gepraat en geprobeerd haar te troosten, maar dat leek ze niet te willen. Ook zij werkte veel en hard, trok zich daarna terug in haar kamer en liet zich niet meer zien. De bevelen van haar moeder volgde ze gehoorzaam op, maar ik zag dat er iets in haar veranderde. Deed ze de eerste tijd nog haar best de genegenheid van haar moeder te herwinnen, nu gaf ze het op. Het scheen haar onverschillig te laten wat haar moeder dacht, zei of deed. Soms bespeurde ik een lichte verachting op haar gezicht als bà weer eens een tirade tegen haar afstak.

Gelukkig hield de regen na een paar weken op, en Thanh kwam terug met zo veel loon dat we daar veel rijst van konden kopen. En ik had nu eindelijk weer iemand met wie ik kon praten, aan wie ik mijn indrukken kon beschrijven en wier mening ik kon horen. Dat was voor mij het waardevolste op de wereld.

Toen het rouwjaar voorbij was, zei mijn bà op een dag onder het avondeten: 'Je moet een nieuwe man hebben, dochter. Je bent te jong om voor de rest van je leven weduwe te blijven. Bovendien heeft de familie nog een paar kleinkinderen nodig, zodat we in de toekomst verzekerd zijn van een inkomen.'

Mijn moeder keek niet op boven haar rijstkom, maar ik zag dat ze haar rug spande. Waarschijnlijk bleef ze liever tot in alle eeuwigheid de latrine legen dan te moeten trouwen met een man die haar moeder voor haar uitkoos. En daar moest van worden uitgegaan, want maman had geen tijd om uit te kijken naar een man. En dat wilde ze ook niet, want 's nachts huilde ze nog altijd heimelijk om mijn vader.

Maar ze zei niets. Bà snoof geërgerd. Waarschijnlijk had ze liever gehad dat maman had tegengestribbeld.

Er was een smid in de straat, een hardwerkende, stevige man

wiens vrouw een jaar eerder in het kraambed was gestorven. Hij wilde een vrouw die nog kinderen kon krijgen. En zoals mijn grootmoeder zei, was mijn moeder daar nog jong genoeg voor.

Bà organiseerde een ontmoeting met de man. Op een middag kwam hij naar ons toe. Toen zijn naam was genoemd, had me dat weinig gezegd, maar nu ik hem zag wist ik wie het was. Als ik met Thanh door de straten liep, zag ik hem soms in de gaarkeuken zitten. Hij was echt fors, had een woeste haardos en sterke armen, die je als smid nodig had. Wij waren af en toe al eens langs zijn smederij gekomen. Hij was niet alleen smid, maar verdiende ook wat bij als wagenmaker. In zijn werkplaats repareerde hij alles, van ploeg tot draaibank.

Hij had geen uitgesproken gelaatstrekken, en onopvallende ogen. Die waren donker en zo klein dat het oogwit nauwelijks zichtbaar was, terwijl de donkere iris domineerde.

Maman en hij zaten zwijgend tegenover elkaar met de dampende theekommen tussen hen in. Thanh en ik mochten er niet bij zijn, maar we slopen het huis uit en gluurden door het raam.

Mijn moeders blik was dof en onverschillig. Ze zat voor iemand die niet in het minst te vergelijken viel met degene die ze verloren had. Ze wist dat ze geen andere keus had dan met hem te trouwen. Misschien was het haar ook duidelijk dat ze als ze met hem trouwde uit dit huis weg kon. Haar moeder zou ze dan hoogstens nog op feestdagen moeten bezoeken of uitnodigen, verder zou haar leven zich in het huis van haar man afspelen. Het was zelfs beslist mogelijk dat haar schoonmoeder haar beter behandelde dan bà.

Hoe de smid keek, wist ik niet. Maar mij was duidelijk dat maman hem beviel, want hoewel ze geen chique kleren droeg en verbittering haar trekken had verhard, was ze nog altijd mooi. Wat kon hij zich meer wensen?

Dus kwamen ze tot overeenstemming, en slechts een paar weken na de kennismaking kondigde bà aan dat maman met de smid zou gaan trouwen.

'Het verheugt me dat je eindelijk eens doet wat je moeder van je verlangt,' zei ze streng tegen haar dochter. 'Ik hoop dat je onze familie niet nog meer schande aandoet en je man gehoorzaamt.'

Maman knikte alleen maar en ging door met het eten van haar rijst.

In die tijd ging het de mensen niet goed genoeg om feest te vieren. De gevolgen van de Eerste Wereldoorlog waren nog altijd merkbaar in Azië. Vooral de koloniën kregen het te verduren, en werden nog meer dan anders uitgebuit.

En toch werd het huwelijk tussen mijn moeder en de smid groots gevierd.

Bovendien had mijn grootmoeder in de tussentijd iets opmerkelijks voor elkaar gekregen. Ze had de smid niet verteld dat Thanh niet de dochter van mijn moeder was. Ik weet niet of bà invloed op mijn moeder had uitgeoefend, maar ze zei niets toen de smid trots verkondigde dat wij nu zijn dochters waren.

Omdat hij een weliswaar stille, maar vriendelijke man leek te zijn, was het al met al geen slechte transactie. En meer nog dan dat – ik had nu eindelijk mijn belofte waargemaakt. Thanh was mijn zusje geworden.

5

‘We moesten maar weer naar binnen gaan,’ zei Hanna en ze wees naar de lucht. Inmiddels kwamen er donkere wolken opzetten. De zon scheen nog wel, maar je voelde al duidelijk de afkoeling die de regen zou brengen. ‘Bij uitzondering hebben de meteorologen eens gelijk.’

Melanie hielp haar overeind. Naar het huis was het nog een behoorlijk eind. Hoewel Hanna nog steeds moeite had met lopen, vertrok ze niet meer zo vaak haar gezicht.

‘Ik kan de regen voelen,’ zei ze, bijna opgelucht. ‘Het is vreemd. Andere mensen krijgen last van reuma als het vochtig wordt. Ik krijg het bij droog weer. Komt vast doordat ik bij de Mekong geboren ben.’ Ze grinnikte om haar woorden en klampte zich steviger aan Melanies arm vast.

Robert had haar kunnen dragen, schoot Melanie door het hoofd. Ineens dacht ze weer aan het onderzoek en ze keek op haar horloge. Kwart voor zes. Het onderzoek was óf al voorbij óf nog in volle gang. Door Hanna’s verhaal was ze de tijd helemaal vergeten!

Ze wilde haar mobieltje al pakken, maar toen bedacht ze dat ze het zou hebben gehoord als ze een berichtje of telefoontje kreeg.

‘Hallo, madame De Vallière, u kunt beter naar binnen gaan, er komt daarginds flink wat opzetten!’ De tuinman, die net met een kruiwagen vol afgezaagde takken voorbijkwam, grijnsde breed naar hen.

'Maak je niet ongerust, Thomas, ik ben al onderweg!' antwoordde Hanna lachend.

Toen zijn blik op Melanie viel, keek zij vlug weg.

'Wat is er met jou aan de hand?' vroeg Hanna toen Thomas de hoek om was.

'Niets,' antwoordde Melanie verbaasd.

'Waarom kijk je dan weg? Hij lachte zo vriendelijk naar je.'

'Hij heeft me in T-shirt en legging gezien,' antwoordde Melanie.

Hanna fronste haar voorhoofd. 'Je bent toch geen twaalf meer! Geloof me, in de stad ziet die vent nog veel ergere dingen. En jij bent toch bepaald geen nijlpaard, dus je hoeft je niet te schamen.'

Melanie wist zelf niet waarom ze het deed. Maar het was nu eenmaal zo. Ze had het gevoel Robert ontrouw te zijn als ze teruglachte. Natuurlijk was dat onzin, want ook op haar werk had ze vaak met andere mannen gepraat en geschertst. Maar nu lag het op een of andere manier anders – ook al voelde ze zichzelf daarbij net een non.

Het onweer kwam inderdaad vlugger dan ze hadden verwacht. Terwijl de hemel betrok en de eerste regendruppels op de ruiten en het meer kletterden, voltrok zich bij Hanna een verandering. De pijn die haar de avond ervoor nog in zijn greep had gehouden werd minder, haar gezicht ontspande zich. Zodra de reuma draaglijk was, stond ze op uit haar rotanstoel en begon in de salon heen en weer te lopen. Daarbij had ze weliswaar haar stok nog nodig, maar haar bewegingen werden steeds soepeler.

'Regentijd,' zei ze met een besmuikt lachje. 'Het is fijn weer te kunnen lopen. Wat mij betreft zou het nooit hoeven op te houden met regenen.'

'Helaas zal de rest van de wereld daar wel anders over denken,' antwoordde Melanie, die op hete kolen op haar taboeret zat te wachten op een telefoontje van Katja of haar moeder. Maar haar mobieltje bleef stil.

'Wat kan de rest van de wereld mij nou schelen!' Hanna rechtte haar rug. Buiten begon het harder te regenen. Zacht gerommel vermengde zich met het gekletter. 'Ik ben een oude vrouw en ik heb zo vaak voor de rest van de wereld moeten zorgen dat ik er eigenlijk wel recht op heb dat de wereld zich eens naar mij richt.'

'Maar als u in de zomer geen zon krijgt, wordt u ook kribbig, grand-mère,' gaf Melanie haar in overweging.

'Dat klopt, maar dan herinnert de reuma me er weer aan dat ik toch niet zo dol ben op de zon.' Ze bleef staan, grijnsde toen en grinnikte bij zichzelf: 'Hoor je me praten? Vreselijk, nietwaar? Toen ik zo oud was als jij, schudde ik bij oude mensen die net zo waren als ik nu alleen maar mijn hoofd.'

'Dat heb je vast en zeker niet gedaan,' wierp Melanie tegen. 'Daarvoor had je te veel respect voor de ouderdom.'

'Ach wat, ook ik had mijn valse momenten. Niemand is alleen maar een engel, op elk verendek zit ook een beetje modder. Of de veren onder de modder wit of zwart zijn, dat is het enige wat telt.'

Zwijgend zaten ze daarna naast elkaar naar de regen en het gerommel te luisteren. Af en toe schoot er in de verte een bliksemflits naar beneden.

Melanies gedachten dwaalden weer af naar het ziekenhuis. Ze keek op haar horloge. Vijf over zeven. Nog altijd geen telefoontje van Katja.

Misschien moet ik haar bellen, bedacht ze. Sinds ze haar schoonmoeder voor het laatst gesproken had, waren er alweer bijna twee weken verstreken.

Haar relatie met Katja was nooit zonder strubbelingen geweest; Roberts moeder had niet onder stoelen of banken gestoken dat ze zich een andere vrouw voor haar zoon had gewenst. Na een tijdje was ze echter aan Melanie gewend geraakt en was ze in elk geval iets minder koel geworden. Maar sinds Roberts ongeluk was Melanies verhouding met haar weer enorm verslechterd. Daarom had Katja de laatste tijd eerder met Elena gecommuniceerd dan met Melanie zelf.

'Ik ga nog maar eens even op zolder kijken wat ik kan doen,' zei Melanie terwijl ze haar mobieltje in haar zak stopte. In werkelijkheid wilde ze Katja bellen, maar Hanna zou zeker hebben gezegd dat dat ook in de salon kon.

'Doe dat, kind, en ik ga nog maar even naar mijn kantoor. Ik kan er niet tegen om hier maar te moeten blijven zitten zonder iets om handen te hebben.'

'Gaat u nog altijd naar het kantoor?'

'Waarom niet?' was Hanna's wedervraag. 'Ik mag dan misschien oud zijn, maar ik wil nog steeds een beetje werken. Ook al kan ik geen naald meer vasthouden. Ik zorg voor de boekhouding en denk na over nieuwe dingen die ik met de villa kan doen. Bovendien heb ik nog steeds aandelen in het atelier in Saigon.'

'U bedoelt Ho-Chi-Minh-stad,' verbeterde Melanie haar knipogend, want ze wist dat haar overgrootmoeder de nieuwe naam van de stad nooit zou accepteren.

'Voor mij zal het altijd Saigon blijven, ongeacht welke namen ze de stad nog zullen geven.'

Samen liepen ze een eind de gang door, toen verdween Hanna achter de deur van haar werkkamer. Het was een kleine ruimte, die vol stond met boeken en oude ordners. Sommige ervan dateerden van zo'n vijftig jaar terug, het lukte Hanna niet afstand te doen van haar oude zakelijke documenten.

'Daarin zit een groot deel van mijn leven verborgen,' zei ze altijd als haar dochter er bij haar op aandrong die oude ordners eindelijk weg te doen. 'Als ooit iemand mijn biografie zou willen schrijven, zal hij ze nodig hebben.'

Melanie dacht terug aan het verhaal en zag uit naar het vervolg. Maar eerst moest ze informeren hoe het met Robert ging.

Op zolder ging ze op een van de ongeopende kisten zitten. Minutenlang staarde ze naar haar mobieltje en luisterde naar het kletteren van de regen op het dak. Toen koos ze Katja's nummer.

Terwijl ze de telefoon hoorde overgaan, klopte haar hart in haar keel.

Katja nam niet op. Na vier keer overgaan kreeg ze de voicemail. Zuchtend hing Melanie weer op.

De stapels kisten leken haar ineens een onneembare horde. Maar op een of andere manier voelde ze zich hierboven prettig.

Ze stopte haar mobieltje in haar zak en zette zich weer aan het werk.

Misschien moet ik een ervan als bergplaats voor de bruikbare spullen gebruiken, dacht ze toen ze een lege kist naar zich toe trok. Daarin legde ze de jurk met de pailletten en een paar andere dingen zoals hoeden en handschoenen.

Ze had zich net over een andere, nog niet uitgepakte kist gebogen toen haar mobieltje begon te brommen. Katja klonk behoorlijk bekaf.

'Ik dacht al dat er nooit een einde zou komen aan het onderzoek. Maar de dokter zei dat alles in orde was. Dat wat ze op de foto hadden gezien slechts een overblijfsel was van de oude bronchitis, dus geen reden voor ongerustheid.'

Melanie haalde opgelucht adem. Ook dat had hij doorstaan.

'Elena heeft me verteld dat je er even tussenuit bent.' Melanie hoorde een alarmerende ondertoon in Katja's stem.

'Ik ben voor een paar dagen naar mijn overgrootmoeder gegaan. Mijn moeder heeft vast wel verteld waarom.'

'Ja. Omdat je bent ingestort. Het was echt wat veel de afgelopen weken, en natuurlijk is niet iedereen tegen zo'n grote belasting opgewassen.'

Natuurlijk! Melanies opluchting ging onmiddellijk in rook op en de woede die ze sinds haar eerste aanvaring met Katja had gevoeld kwam terug.

Het was maar een kleinigheid geweest. Bij een van hun bezoeken aan Robert helemaal in het begin was Melanie duizelig geworden, zodat ze de kamer had moeten verlaten. Sindsdien was ze in Katja's ogen de zwakkere, en zij zei haar wat ze moest doen en laten. Maar vooral liet Katja Melanie merken dat zij degene was die zou beslissen wat er met haar zoon gebeurde.

Met Katja zelf ging het beroerd, maar ze schepte behagen in de rol van vermeende sterkere die zich niets liet zeggen. Op die manier kon ze Melanie haar superioriteit tonen.

'Goed, kom dan maar een beetje tot rust, ik heb hier alles onder controle,' was Katja's volgende steek onder water toen een antwoord van Melanie uitbleef. 'Ik hou je op de hoogte.'

Toen hing ze op.

Melanie voelde zich alsof ze een pak slaag had gekregen. Het liefst was ze naar beneden gerend en had ze het aan Hanna verteld. Maar ze was geen klein kind dat naar anderen rende als er problemen waren.

Het telefoontje bedrukte Melanie ook nog toen het avondeten al lang voorbij was en het monotone geruis van de afwasmachine tot de kamers op de bovenverdieping doordrong.

Marie had al vroeg welterusten gezegd, want de dag, inclusief de gebroken ruit, had veel van haar gevergd. Bovendien stond er de volgende ochtend een bezoek aan de glaszetter op het programma.

Melanie liep in haar kamer onrustig heen en weer. Wat moest ze doen? Was het dan nog niet erg genoeg dat het allemaal zo gelopen was? En hoe zou Katja reageren als het slechter ging met Robert? Of als zij weer een aanval van zwakte kreeg? Zou ze dan misschien besluiten dat ze zich niet meer bij hem mocht vertonen?

Melanie zuchtte radeloos. Misschien was Hanna nog op. In de verte rommelde het onweer. Ze wist dat haar overgrootmoeder pas naar bed zou gaan als ze zeker wist dat er niets meer kon gebeuren.

Hanna bleek niet in haar kamer te zijn, maar in de salon. In een deken gehuld zat ze in de grote rotanstoel naar de maan te kijken, die er af en toe in slaagde haar licht door de regenwolken te laten schijnen.

'Ach, jij bent dus ook nog wakker,' zei ze toen Melanie binnenkwam. 'Ben je dan niet moe van al dat opruimen?'

Melanie was wel moe, maar door haar innerlijke onrust zou ze onmogelijk de slaap kunnen vatten.

'Dat valt wel mee,' antwoordde ze en ze ging op een van de taboeretten zitten.

'Je hebt nog helemaal niet verteld of je schoonmoeder heeft gebeld. Of Elena.'

Dat klopte, daar had ze het bij het avondeten niet over gehad. In gedachten verzonken had ze naar Maries verslag van haar onderhandelingen met de glaszetter zitten luisteren.

'Katja heeft gebeld,' antwoordde Melanie terwijl ze Hanna's blik ontweek. 'Het is allemaal goed gegaan, en de artsen hebben ook niets gevonden.'

'Maar?'

Melanie zuchtte. 'Er is geen maar. Alleen dat Katja me met elke dag dat Robert in coma ligt minder kan lijden.'

Eigenlijk had ze niet bij Hanna willen klagen over wat haar dwarszat, maar nu kwam alles eruit.

'Ze vindt me zwak, en ze denkt beslist dat ik niet de ware voor Robert ben. Zij is natuurlijk de supermoeder die geen slaap nodig heeft en geen uitputting kent, en ze laat geen gelegenheid onbenut om me te laten merken dat zij de macht heeft! Alleen zij beslist wat er met haar zoon gebeurt, eindelijk, na vele jaren, krijgt ze daar weer de kans voor!'

Melanie zweeg. Haar hartslag en haar woede benamen haar de adem. Eigenlijk had ze zich helemaal niet zo willen opwinden, maar nu had ze het liefst iets vastgepakt en tegen de muur gegooid.

Hanna keek lang naar haar, toen zei ze: 'Oordeel niet zo hard over Katja. Voor iedere moeder is het zwaar om haar kind zwaargewond te zien liggen en niets te kunnen doen om hem weer gezond te maken.'

'Maar voor mij is het toch net zo erg!' De tranen schoten Melanie in de ogen. 'Denkt ze soms dat het voor mij prettig is te zien dat de man van wie ik hou door apparaten in leven wordt gehouden, terwijl ik half doodga van verlangen naar hem?'

'Ik weet niet wat je schoonmoeder denkt,' antwoordde Hanna. 'Maar in dit geval ziet ze vermoedelijk alleen haar eigen moederliefde, en ze vindt het misschien ook niet rechtvaardig dat die liefde met die van een ander moet concurreren. Door het ongeluk is Robert weer haar kind geworden, en waarschijnlijk brengt haar eigen verdriet haar ertoe alles verre van hem te willen houden, ook de liefde van zijn verloofde.'

Melanie schudde haar hoofd. Die verklaring klonk haar gewoon te vreemd in de oren. En haar wrevel tegen Katja was simpelweg te groot. 'Ik vrees dat ze me daarvoor ook al niet mocht. Nu komt dat er weer uit.'

Melanie gleed van haar taboeret en ging naast de rotanstoel zitten. Op dat moment was ze het liefst weer een klein meisje geweest dat nog geen weet had van de problemen van volwassenen.

Hanna streelde kalmerend over haar haar.

'Vertelt u me hoe het met u en Thanh verderging?' vroeg Melanie uiteindelijk. 'Natuurlijk alleen als u nog niet te moe bent.'

Hanna lachte even. 'Op mijn leeftijd ben je altijd moe, zonder dat je kunt slapen. Ik vertel je het verhaal graag verder, maar ik moet je waarschuwen, want het wordt steeds minder vrolijk.'

'Daar ben ik niet bang voor,' antwoordde Melanie.

'Oké, laten we eens zien hoever we vannacht komen.'

6

SAIGON 1925

De volgende jaren verliepen zonder dat er zich in de stad iets noemenswaardigs voordeed. De Fransen hielden de bevolking zo goed en zo kwaad als het ging in toom. Af en toe hoorde je van een opstand, maar die werd sneller neergeslagen dan je een schot kon horen vallen. In plaats daarvan begonnen ze aan de rand van de stad een luchthaven te bouwen, wat mijn stiefvader bijzonder fascineerde.

'Ze hebben geen manieren, maar ze hebben wel verstand van techniek,' placht hij te zeggen. Hij was geen speciale vriend van de Fransen, in grote tegenstelling tot mijn eigen vader, maar hij was fair genoeg om te allen tijde iemands prestaties te erkennen, waarvoor ik hem veel respect toedroeg.

Terwijl ik nog altijd naaiwerk voor grootmoeder deed en na een tijdje daar wat van op straat begon te verkopen, werkte Thanh nog steeds bij een rijstboer in het noorden. De weg erheen hoefde ze niet meer te voet af te leggen, onze stiefvader had van oude onderdelen een fiets gebouwd, waarop ik een beetje jaloers was. Maar natuurlijk had zij hem harder nodig dan ik.

We deden allemaal wat in ons vermogen lag om in tevredenheid te kunnen leven. Het lot wilde dat wij deze plaats innamen.

Op een morgen, toen ik het naaiatelier in liep om aan het werk te gaan, verbaasde het me dat het zo stil was.

Ook als ze zich niet liet horen, was de aanwezigheid van mijn grootmoeder normaal gesproken merkbaar.

Ik vond haar in bed, met open ogen en een fluitende ademhaling.

'Bà, wat is er met u?' vroeg ik, want ik kon zien dat ze wakker was.

Toen ze me gewaarwerd, vertrok ze haar gezicht in een groteske grimas. Ik wist niet of ze wilde lachen of huilen. Doordat de ene helft van haar gezicht helemaal slap naar beneden hing, had ze ook de andere niet onder controle. Ik besefte meteen dat er iets niet in orde was en haalde dokter Ngoc, die een jaar eerder uit Hanoi was gekomen en in de buurt zijn praktijk had geopend.

'Een beroerte,' constateerde de dokter nadat hij grootmoeder had onderzocht. 'Ze moet meteen naar een ziekenhuis.'

Waarschijnlijk had ze zich daartegen verzet als ze dat had gekund. Een verblijf in een ziekenhuis was heel duur. Maar dokter Ngoc kon het niet schelen als al haar spaargeld door het ziekenhuis werd opgeslokt. Hij liet haar met een kar naar het hospitaal brengen dat in het deel van de stad lag waar wij vroeger hadden gewoond.

Het bericht dat haar moeder door een beroerte getroffen was en nu in het ziekenhuis lag, wekte bij maman geen enkele emotie op. Ze nam het nieuws met een hoofdknik in ontvangst en begon het brooddeeg steviger te kneden. Hoewel ik geen lachje op haar gezicht zag, had ik kunnen zweren dat ze verheugd was over bà's ziekte. En misschien hoopte ze op dat moment dat ze dood zou gaan. Dat was een gedachte die een dochter niet hoorde te hebben, maar in dit geval leek het niet verwonderlijk.

Toen vaststond dat grootmoeder nooit meer echt bij haar verstand zou komen en nooit meer zou kunnen lopen, deed maman iets wat bà wel zeer zou hebben verbaasd – als ze het tenminste had meegekregen. Ze haalde haar bij zich in het huis van de smid.

Mogelijk had de smid op haar ingepraat, misschien ook zag maman het als een kans zich op haar moeder te wreken voor alles wat zij haar had aangedaan.

Bà werd naar ons toe gebracht en in een bed gelegd. Ik schrok toen ik haar zo zag, want veel leek er niet van haar over te zijn. Haar lichaam was een ingezakte, slappe huls, uit haar mond kwamen vreemde klanken die niet meer herkenbaar waren als taal en haar ogen waren eigenaardig star. De gedachte dat zich daarachter nog altijd de oude bà kon bevinden, die nu in een kapot lichaam zat opgesloten, boezemde me grote angst in.

Maar Thanh had enorm medelijden met haar. Bà's lijden sterkte haar alleen maar in haar voornemen om dokter te worden, hoewel we al jaren geen onderwijs meer kregen en ook geen toegang tot boeken hadden.

'Als ik genoeg geld bij elkaar heb,' zei ze wanneer we door de stad slenterden, 'ga ik boeken kopen en alles inhalen. En dan schrijf ik me in bij de universiteit.'

Ik kon het niet over mijn hart verkrijgen mijn 'chi', zoals de officiële aanduiding van oudere zus luidde, tegen te spreken. Ik vermoedde dat onze stiefvader haar niet zou laten gaan. Vooral omdat we allebei de huwbare leeftijd hadden.

De gedachte net zo uitgehuwelijkt te worden als met maman was gebeurd, hing als een zwaard van Damocles boven ons hoofd. Het stond buiten kijf dat onze stiefvader ook voor Thanh een man zou zoeken, hij had haar immers als zijn dochter erkend.

Op zekere dag, vlak na de regentijd, kwam ik met een heel naar gevoel thuis. Ik kon niet zeggen waarom, want ik had veel van mijn naaiwerk verkocht, zelfs aan Franse toeristen, die verrukt waren geweest dat ik hun taal zo vloeiend sprak. Van het geld had ik meteen een paar dingen gekocht die moeder voor het koken nodig had en waar ze 's morgens nog haar ongenoegen over had geuit.

Hoewel het nog maar een paar stappen waren naar de veranda, bleef ik staan, alsof ik niet wist of het goed was om naar binnen te gaan. Er ging een eigenaardige sfeer uit van het huis. Bijna alsof er een tyfoon naderde. Een onzichtbare wolk dempte het licht en maakte de kleuren valer dan anders.

Ik verzamelde moed en liep naar binnen. Het hielp niets als ik hier buiten bleef – wat het lot in petto had, zou het lot ook laten gebeuren. Op het eerste gezicht leek alles net als anders. Naast de trap van de veranda lag de gele hond met de ruige vacht die niet echt bij ons hoorde maar in de smederij van mijn vader een vaste gast was en af en toe ook ratten en muizen ving, alsof hij dacht dat hij een kat was. Mijn grootmoeder was in de schommelstoel naast de deur gezet, blijkbaar moest ze wat zonlicht krijgen. Met een lege blik keek ze naar de straat.

'Ik ben weer terug, bà,' zei ik, hoewel ik wist dat ze me niet waarnam. Waarschijnlijk zou ze dat nooit meer doen. Zelfs de Chinese genezer die zich erop beroemde voor elke kwaal een kruid te hebben, kon ons geen hoop geven.

Toen ik het kralengordijn naar de keuken opzijschoof, vernam ik een mannenstem die me bekend voorkwam, maar die ik niet had verwacht.

'Het zou me een grote eer zijn als uw dochter en onze zoon een paar zouden kunnen worden.'

Ik verstijfde. Het was niemand anders dan de eigenaar van het stoffenwinkeltje aan het eind van de straat! Hij had drie zonen, die maar iets ouder waren dan Thanh en ik.

'Dat is een heel grote eer,' antwoordde mijn stiefvader. Waarom was hij hier? De smederij ging pas tegen de avond dicht. 'Een zeer grote eer voor onze familie en ook voor Hoa Nhài. Ze zal ontzettend blij zijn.'

Ik hield verschrikt mijn adem in, toen deed ik het kralengordijn voorzichtig dicht en drukte me tegen de muur. Door het bonken van mijn hart hoorde ik nauwelijks wat er binnen gezegd werd. De hond op de veranda keek me aan, maar maakte geen geluid en legde snuivend zijn kop weer op zijn poten.

Ik zou worden uitgehuwelijkt!

Zeker, op mijn leeftijd was dat de normaalste zaak van de wereld. Met zeventien waren sommige meisjes uit de buurt al moeder.

Ook had ik het er al met Thanh over gehad hoe het zou zijn om te trouwen, maar we hadden allebei het besluit genomen alleen te trouwen met iemand van wie we ook hielden.

Een gewaagde wens in een tijd waarin het algemeen gebruik was dat de ouders de echtgenoot uitkozen.

Mij werd duidelijk dat ik op dat gebied niets te vertellen had. Maman was zelf weliswaar in opstand gekomen tegen de huwelijkswens van haar moeder en was met mijn vader getrouwd. Maar in de jaren met de smid was ze veranderd. Ze was niet meer dezelfde verstandige vrouw die in haar salon met de Táy-vrouwen verkeerde. Ze was de vrouw van een smid en daarmee weer een volksvrouw.

Ineens werd ik door grote woede overmand. Hoe kon ze me dat aandoen? Hoe kon maman verwachten dat haar dochter gelukkig zou zijn met een man die ze niet wilde?

Ik hield het niet meer uit. Woedend draaide ik me om. Blijkbaar had nog niemand gemerkt dat ik er was. Waarschijnlijk zaten ze op me te wachten, om me bij mijn verschijnen voor een voldongen feit te stellen.

Maar dat konden ze voorlopig vergeten!

Ik sloop het huis uit, voorbij bà, die in haar eigen wereld zat en me zeker niet zou verraden.

Toen ik het huis achter me had gelaten begon ik te rennen, zonder precies te weten waarheen. Het liefst was ik helemaal uit de stad weggelopen. In mijn borst voelde ik het branden en steken, tranen stroomden over mijn wangen.

Vanuit mijn ooghoeken zag ik de verbaasde blikken van de mensen. Enkelen van hen staken de koppen bij elkaar. Waarschijnlijk zouden ze maman de volgende dag vragen waarom ik zo hard had gerend. Maakte niet uit. Met onmiddellijke ingang zou mijn leven toch al voorbij zijn, want vanaf nu zouden ze me erop gaan voorbereiden een goede echtgenote te worden. Voor mij zou er niets anders zijn dan de familie, een man van wie ik niet hield en kinderen die ik niet wilde hebben maar toch moest krijgen omdat het mijn plicht was.

Pas nadat ik een uur doelloos had rondgerend, besefte ik dat ik me op de weg naar de rijstvelden bij de stad bevond. In de verte kon ik de diepgroene waterige vlakten al onderscheiden.

Hier buiten kon ik misschien in alle rust nadenken en een manier vinden om mijn ouders ervan te overtuigen dat het nog veel te vroeg was voor een huwelijk en dat de man die ze me hadden toebedacht niet de juiste was.

Ik vertraagde mijn pas en keek naar de grond. Elke ademtocht joeg steken door mijn ribben. Mijn hart bonsde nog steeds als een gek.

Ik zag de zonen van de stoffenhandelaar voor me. Minh, Bang en Hao. Ze hadden allen het paardengezicht en de lange neus van hun vader geërfd, hadden een gemene blik en waren nogal hoogmoedig. De stoffen die hun vader verkocht mochten dan prachtig zijn, zijn zonen waren dat niet. Aan wie zou ik dan wel zijn toebedacht? Minh, de oudste? Hij was twee jaar ouder dan ik en had eigenlijk allang getrouwd moeten zijn. Blijkbaar was geen familie bereid geweest hun dochter met hem te laten trouwen. Geheel in tegenspraak met mijn stiefvader, die heel enthousiast had geklonken...

Nadat ik een tijdje met hangend hoofd en vol woedende gedachten over de weg had gelopen, keek ik op. Niemand had me geroepen, maar het was alsof iemand naar me had staan kijken. En toen zag ik haar, een slanke gedaante in een blauwe áo dài. De brede rijststrohoed verborg haar gezicht, maar de manier waarop ze zich bewoog verried haar. Eindelijk!

Ik bleef staan waar ik stond en wachtte tot Thanh dichterbij was gekomen. Toen ik er zeker van was dat ze me gezien had, stak ik mijn arm op en wenkte haar. Daarop kwam ze op haar fiets naar me toe.

'Hoa Nhài? Wat kom je hier doen, is er iets gebeurd?'

Thanh sprong van het zadel. Ik kon niet meteen antwoord geven, want mijn keel zat dicht.

'Wat heb je?' vroeg Thanh en ze liet haar zak van haar schouder glijden. 'Gaat het slecht met bà?'

'Nee, met haar gaat het goed,' antwoordde ik snikkend. 'Het is alleen...'

'Kom, laten we gaan zitten.' Thanh trok me naar een brede steen aan de kant van de weg. Ze legde haar fiets neer, zette haar hoed af en omarmde me.

'Ze...' Meer kon ik ook nu niet uitbrengen, want het snikken beroofde me van mijn stem.

Thanh trok me dicht tegen zich aan. 'Kalmeer eerst maar eens. We hebben de tijd.'

En die had ik ook nodig, want ik huilde en huilde. Hoofdzakelijk van woede op mijn moeder en mijn stiefvader, maar ook van teleurstelling en angst.

Er werd van de stoffenhandelaar gezegd dat hij zijn vrouw niet goed behandelde. Als dat nu eens was overgeslagen op zijn zonen? En trouwens, ik wilde nog helemaal geen kinderen krijgen! Wat Thanh me had verteld, dat een geboorte met bloed en huilen en grote pijn gepaard ging, joeg me vreselijke angst aan.

Maar op zeker moment waren mijn tranen op en snikte ik alleen nog wat na. 'Ik kwam van de markt, wat later dan anders, en toen hoorde ik dat we bezoek hadden,' begon ik.

Thanh fronste haar voorhoofd. 'Bezoek? Maar dat zouden ze ons toch hebben verteld?'

Ik schudde mijn hoofd. 'Dat hebben ze niet. En ze hebben ons ook niet verteld dat ik zou worden uitgehuwelijkt.'

'Uitgehuwelijkt? Aan wie?'

'Een van de zonen van de stoffenhandelaar. Hij was er vandaag, ze hebben alles met hem besproken!' Opnieuw schoten de tranen me in de ogen. 'En ze vonden het een grote eer.'

Thanh was verbijsterd. 'Maar de zonen van de stoffenhandelaar zijn paardenkoppen. En bovendien doen ze zaken met de Tây. Dat mag misschien in de wereld van de Fransen aanzien betekenen, maar de mensen hier mogen hem niet.'

'Blijkbaar heeft vader zijn mening over de Fransen veranderd,' antwoordde ik bitter. 'En hij zei dat ik ook blij zou zijn.'

Thanh streelde me over mijn haar. Klaarblijkelijk wist zij ook niet wat eraan te doen viel, maar ze wilde me troosten.

Een hele tijd zaten we zwijgend aan de kant van de weg. Een ossenkar rolde traag voorbij, de ossenmenner sliep, met zijn rijsthoed diep over zijn gezicht getrokken. De os leek precies te weten waar hij heen wilde. En ineens wist ik het ook.

'We zouden weg kunnen gaan van hier,' hoorde ik mezelf zeggen toen de kar voorbij was.

Thanh maakte zich van me los en keek me aan. 'Weggaan? Maar waarheen?'

'Ergens heen waar ze ons niet zomaar tegen onze wil kunnen uithuwelijken. Misschien naar Hanoi. Of naar China.'

Thanh schudde haar hoofd. 'We kunnen toch niet gewoon maar weggaan! We staan bij onze familie in het krijt, we horen bij hen. Je hebt aan je moeder gezien wat ervan komt als je je familie verlaat.'

Ik werd weer boos, ditmaal op Thanh. 'Je wilt toch dokter worden, of niet soms?' wierp ik haar voor de voeten en ik sprong op. Het volgende moment had ik spijt over de scherpte van mijn stem. Maar Thanh zou het net zo vergaan als mij. 'Denk jij dan dat je zal gaan studeren? Ze zullen jou evengoed uithuwelijken! Misschien wel aan een van de andere zonen van de stoffenhandelaar.'

Thanh schudde haar hoofd. 'Dat zullen ze niet doen. Ik ben niet hun dochter. En ik zal weldra op mijn eigen benen staan.' Maar terwijl ze het zei, sloop de twijfel in haar ogen.

'Ze hebben je als dochter opgenomen!' wierp ik tegen. 'Omdat je hen, en onze stiefvader in het bijzonder, dankbaarheid verschuldigd bent, zullen ze je heel zeker uithuwelijken.' Ik pakte de hand van mijn vriendin en adoptiefzusje. 'Als we hier blijven, zullen we nooit kunnen doen wat we willen. Ik mag dan misschien nog niet weten wat ik in het leven wil, maar trouwen wil ik beslist niet. En als ik al trouw, dan met een man die ik zelf heb uitgekozen en van wie ik hou. En jij, jij wilt studeren. Dat zal je hier niet toegestaan worden, ook al spaar je nog zo veel geld.'

Thanh staarde minutenlang naar haar schoenen, waar de modder van het rijstveld aan plakte.

'Maar het zal niet genoeg zijn om naar Hanoi te gaan. Daar zullen ze ons net zomin laten studeren, dat weet ik intussen wel.' Haar stem klonk bitter en het speet me dat ik haar illusies had verstoord.

'Maar misschien...' Ze keek op. Haar ogen leken ineens koortsig. 'Misschien kunnen we naar Europa of Amerika gaan. Ik heb kortgeleden een Fransman horen zeggen dat vrouwen daar kunnen gaan studeren.' Ze pakte mijn handen. 'Dat zouden we kunnen doen!'

Haar loyaliteit jegens haar familie scheen ineens vergeten. Of wilde ze me gewoon alleen maar kalmeren? Op dat moment kon het me niet schelen. Thanh had een zonnestraal door het grijze wolkendek boven mij gestuurd.

'Maar voor de reis hebben we geld nodig. Meer geld dan ik bijeen zou kunnen sparen.' Thanhs enthousiasme verdween weer net zo snel als het was ontvlamd. 'Nee, dat kunnen we niet doen. We moeten met moeder praten. Misschien kunnen we haar ertoe bewegen vader in elk geval deze jongen uit het hoofd te praten.'

De zonnestraal verdween, en het grijs eromheen leek nog dieper en donkerder te worden. Ik schudde gedecideerd mijn hoofd. 'Ze zal hem niets uit het hoofd kunnen praten. Hij is het hoofd van de familie. Zelfs grootmoeder had hem niet kunnen overstemmen als ze nog bij haar verstand was geweest. De enige mogelijkheid die we hebben is weglopen.'

Thanh pakte mijn hand, die net zo koud was als de mijne. 'Laten we eerst eens zien wat ze thuis zullen zeggen. En er een nachtje over slapen.'

Ze had gelijk. Het zou dom zijn onbesuisd weg te lopen. Zo'n plan moest voorbereid worden. Tot de verloving zou er nog enige tijd verstrijken, ook al was ik dan toegezegd. En het zou ook weer even duren voor het huwelijk plaatsvond. Misschien hadden ze nog niet eens over de bruidsschat onderhandeld.

Zwaar zakte ik naast Thanh op de steen neer. Ik voelde me futloos. Op een gegeven moment trok Thanh me weer omhoog. Intussen viel de schemering in. Toen we thuis aankwamen, was het bezoek al weg. Maman en onze stiefvader hadden bà weer binnengehaald.

Zwijgend pakten Thanh en ik mijn boodschappen uit en wasten het gebruikte vaatwerk af in de oude emaillen kom.

'Hoa Nhài!' klonk na een tijdje de stem van mijn moeder boven ons hoofd. 'We willen met je praten.'

Thanh perste haar lippen op elkaar, toen knikte ze me bemoedigend toe. Het zou me liever zijn geweest als maman me op dat moment een standje had gegeven omdat ik zo lang was weggebleven, maar daarvoor zou ze me niet bij de smid hoeven te brengen.

Ik droogde vlug mijn handen af en volgde maman de kamer in waar ze met de stoffenhandelaar hadden gesproken. De lucht was zwaar van de sigarettenrook. Mijn stiefvader rookte niet, maar blijkbaar was de gast een genieter van de tabakswaren van de Táy.

Mijn stiefvader zat gehurkt op zijn rijstmat thee te drinken terwijl hij door het raam naar de straat keek, waar het leven steeds meer in duisternis werd gehuld. Pas toen ik voor hem neerhurkte, richtte hij zijn blik op mij.

De smid was een fatsoenlijk mens, nooit had hij slecht voor mijn moeder en ons gezorgd. Dat probeerde ik mezelf voor te houden, om mezelf hoop te geven dat ik hem misschien van mening kon laten veranderen. Er waren zo veel jonge mannen in Saigon, moest het dan uitgerekend een van de zonen van de stoffenhandelaar zijn?

Mijn lichaam spande zich onwillekeurig. Om hem niet te laten blijken wat er zich op mijn gezicht afspeelde, keek ik naar mijn handen, die ik op mijn knieën had gelegd.

Maman ging naast haar man zitten.

'Je bent nu zeventien,' zei mijn stiefvader bijna plechtig. 'Het wordt tijd dat we een man voor je zoeken.'

Die hebben jullie toch al gevonden, had ik er bijna uitgeflapt. Maar het lukte me om me te beheersen. Ik hield mijn hoofd nog steeds gebogen, bekeek de rijstmat onder me. Een torretje kroop moeizaam over de dichtgevlochten halmen. Zijn dunne pootjes bleven steeds steken in de tussenruimten, die hem als diepe greppels moesten voorkomen. Zo zou het mij vergaan als ik met een zoon van de stoffenhandelaar trouwde. Hoe ik ook mijn best deed, ik zou niet aan het huwelijk ontkomen als het eenmaal was gesloten.

Door mijn gedachten over het torretje hoorde ik bijna niet wat mijn vader zei. Pas de naam van de stoffenhandelaar haalde me in de werkelijkheid terug.

'Zijn zoon Minh zou een geschikte bruidegom voor je zijn. We hebben besloten hem toe te staan naar je hand te dingen.'

Dus Minh. Mijn vermoeden was juist geweest. Mijn woede kwam terug.

'En als ik hem nou niet wil?' flapte ik eruit en was op hetzelfde moment gechoqueerd over mezelf, want kinderen mochten niet hun stem verheffen tegenover hun ouders.

'Het is niet aan een dochter de beslissingen van haar ouders in twijfel te trekken,' zei moeder streng. Haar stem klonk net als indertijd toen ik was teruggekomen van mijn uitstapje naar de stad. Maar toen had ik haar er op een of andere manier toe kunnen overhalen Thanh bij ons op te nemen. Nu had ik het gevoel voor een standbeeld te zitten. Niets of niemand kon het hart van mijn moeder nog verzachten. 'Komend weekeinde maak je kennis met Minh en dan gedraag je je fatsoenlijk,' voegde ze eraan toe. 'We zullen de hele familie hier ontvangen, want ze willen het een en ander over hun toekomstige schoondochter weten.'

En stel dat ze me dan toch niet willen? Stel dat ik geen toezegging doe? Die vragen waagde ik niet te stellen, maar dat was ook niet nodig, want ik kende mamans antwoord al: dan is het je eigen schuld.

'Gaat... Minh daarmee akkoord?' Ik kon me met de beste wil ter wereld niet voorstellen dat hij me mocht. Hij had me nog nooit goed gezien!

'Het gaat hier om de verbinding van twee families en het welzijn van hun kinderen,' nam nu de smid weer het woord. 'Wij kunnen die verbinding goed gebruiken. Meneer Han heeft goede betrekkingen met de Fransen. Het zal ons eer en aanzien geven.'

En klandizie, dacht ik bitter. De Tây die zijden stoffen kopen, zouden dan ook in de smederij komen. En misschien zouden ze dan ook dingen voor hun nieuwe luchthaven laten maken. Alleen had ik zoiets nooit ofte nimmer verwacht.

'Je spreekt heel goed Frans, je bent verstandig en doet je werk in huis netjes,' somde mijn stiefvader op terwijl maman instemmend knikte. 'Bovendien kun je heel goed naaien. Je hebt alles wat meneer Han van een schoondochter verwacht. Zoals je weet, is Minh de oudste, hij zal de zaak op zekere dag erven.' De smid zweeg even, haalde diep adem en voegde er dan als laatste woord aan toe: 'Je zult goed verzorgd zijn, in deze tijd kan niet elke familie dat haar dochters bieden. Wees blij met onze keuze.'

Ik staarde nog enkele ogenblikken naar de rijstmat. De tor was verdwenen, door een gat in de mat ontsnapt. Was dat gat er ook voor mij? Of zou ik me voor eeuwig moeten afbeulen om te ontkomen aan een leven dat ik niet wilde?

Ik wenste op dat moment dat ik meer moed had, maar die kon ik niet opbrengen. Als ik mijn stem verhief en opspeelde, als ik bezwaar maakte, zou dat er alleen maar toe leiden dat ik straf kreeg. Aan het feit dat ik met Minh moest trouwen zou het niets veranderen.

Toen ik de kamer uitging, rinkelde het kralengordijn zachtjes. Vlak nadat ik de keuken ingekomen was, dook Thanh op. Ze had een lege theekom in haar hand. Waarschijnlijk had ze bà iets te drinken gegeven en van de gelegenheid gebruikgemaakt om af te luisteren.

'Minh,' zei ik zachtjes en liep naar de stookplaats, om die schoon te vegen. 'Ze willen me met Minh laten trouwen.'

'Dat paardengezicht?' Thanh schudde haar haar zoals een paard zijn manen, toen grijnsde ze breed. 'Je zult louter veulentjes krijgen.'

Eigenlijk was ik niet in de stemming om te lachen, maar Thanhs woorden wisten me toch aan het giechelen te maken.

Thanh aaide me over mijn rug. 'Het komt allemaal wel goed. Laat er maar een nachtje overheen gaan, dan zijn we verstandiger.'

Er volgden een paar slapeloze nachten. De gedachte weg te lopen maakte me bang. Tegelijk was het blijkbaar de enige mogelijkheid om aan het huwelijk te ontkomen.

Mijn gedachten draaiden in een kringetje rond. Het kwam me voor dat ik op een straat stond die zich in twee wegen vertakte. De ene weg leidde naar de stoffenwinkel naar Minh, de andere naar de jungle van de onzekerheid. Europa, had Thanh gezegd. Daar mochten vrouwen studeren. Ik wist niet of ik dat wilde, maar misschien verdiende je in een ander land als naaister veel beter. En Thanh beweerde dat je daar kon trouwen met de man die je zelf uitkoos. Dan kon zelfs ik me een huwelijk voorstellen.

Het weekeinde kwam en daarmee meneer Han met echtgenote en zoon. Ik deed niet mijn best bijzonder onderhoudend of spits te zijn, maar dat scheen hun juist te bevallen. Mijn moeder wekte na het bezoek een heel tevreden indruk en prees me om mijn goede gedrag.

De nacht erna huilde ik zachtjes in mezelf. De naderende ochtend had blauwe kringen onder mijn ogen getekend en ik voelde me te zwak om op te staan. Sinds de gedachte aan het huwelijk als een donderwolk boven me hing, had ik weinig naaiwerk meer gedaan. Ik was ongeconcentreerd, stak mezelf telkens in de vingers, knoeide bloed op de stoffen, waarop ik ze, als het om verstelwerk ging, moeizaam moest wassen. 's Avonds at ik zwijgend mijn eten op en deed ik al even zwijgzaam mijn werk.

Thanh leek eveneens sprakeloos. Als we samen op onze kamer waren, zaten we zonder te praten bij elkaar. En toch was het alsof zij mijn gedachten net zo kon lezen als ik de hare.

Op een nacht sliepen we zelfs tegen elkaar aangeleund in en werden de volgende ochtend in die houding weer wakker. Onze botten deden pijn, maar we waren gelukkig. Een geluk dat fragiel leek, want als we niets konden verzinnen, als we niet de stap uit huis waagden, zouden we waarschijnlijk door het huwelijk voor altijd gescheiden worden.

'Ik ga vandaag naar de haven,' zei Thanh op een ochtend na weer zo'n in zwijgende dialoog doorgebrachte nacht. Ze stak daarbij haar haar op, om het later onder haar rijsthoed te kunnen laten verdwijnen. Door de vastberadenheid in haar stem werd ik op slag wakker.

‘Wat wil je in de haven?’ vroeg ik, hoewel ik een vermoeden had.

‘Kijken of er de komende tijd een schip is dat ons mee kan nemen,’ antwoordde Thanh zo zacht dat behalve ik niemand het kon horen.

‘Maar je moet toch naar de rijstboer!’ wierp ik tegen, maar Thanh maakte een afwijzend gebaar.

‘Die laat ik niet in de steek. Ik ga na het werk, en dan zeg ik dat ik wat langer moest werken.’

Ik was in alle staten. Thanh wilde met me vluchten! Waarschijnlijk had ik het alleen niet gewaagd, maar nu zij naar de haven wilde gaan was het alsof er een enorme last van mijn schouders viel. Ik zou niet Hans schoondochter worden maar de wereld zien.

‘Het is het beste om te doen alsof alles net zo is als anders,’ raadde Thanh me aan toen ze het enthousiasme in mijn ogen zag. ‘Vanavond breng ik verslag uit van wat ik te weten ben gekomen.’

Daarop draaide ze zich om en liep naar de keuken.

De uren tot de avond sleepten zich voort, en toch was het me licht om het hart. Ik wist niet of Thanh een schip zou vinden, maar ze kende van vroeger heel veel vissers. Die waren vast bereid haar te helpen.

Ik had wel kunnen dansen van vreugde, maar natuurlijk gedroeg ik me die dag onopvallend. Het enige wat me had kunnen verraden was het feit dat ik sneller werkte. Wanneer we weggingen wist ik niet, maar ik had het gevoel dat ik de kleding van de vrouwen die mijn werk waardeerden op tijd klaar moest hebben, want hen in de steek laten wilde ik niet.

Toen Thanh ’s avonds terugkwam, keek ze heel ernstig. Ik vreesde dat ze geen boot had gevonden, en hoewel ik gek werd van onzekerheid, was er geen mogelijkheid om het haar zonder risico te vragen. Ik moest mijn geduld bewaren tot maman en mijn stiefvader naar bed waren gegaan. Zo lang, tot er behalve de nachtwind niets meer te horen viel, zweeg Thanh. Toen zei ze: ‘Ik heb een man getroffen die Huang heet. Hij is bereid ons naar China te brengen. Daar vinden we zeker een vrachtschip dat naar Engeland vaart – of naar Amerika.'

Op dat moment was voor mij elk land goed geweest dat ver genoeg van Indochina vandaan lag. Ik had wel willen juichen, maar dat kon niet, dus sloeg ik mijn armen om haar heen en drukte haar stevig tegen me aan. 'Bedankt.'

Thanh schudde haar hoofd, alsof ze mijn dank niet wilde hebben. 'We zullen daar gaan werken, naar een geschikte school gaan en dan gaan studeren. We zullen zelf een gezin stichten, met mannen van wie we houden. Hoe klinkt dat?'

Ik meende plotseling twijfel in Thanhs stem te horen, dus antwoordde ik vlug: 'Dat klinkt heel goed. En jij kunt dan eindelijk dokter worden, zoals je wilde.'

'Daar zal ik alles voor doen,' antwoordde ze, en ik wist zeker dat ze op dat moment aan haar moeder dacht.

De nacht van onze vlucht was het helder en fris. Het water van de Mekong was in de bedding uitgedijd, de voorwaarden voor de tocht met Huangs jonk waren gunstig.

We hadden alleen het hoognodige ingepakt – kleding, wat proviand en het geld dat we gespaard hadden – en onze tassen onder onze slaapplaats verborgen gehouden.

Met bonzend hart spitsten we onze oren in het donker. Maman en de smid hadden zich al teruggetrokken, toch wilden we nog wachten, tot we er heel zeker van waren dat ze ook sliepen.

En toen was het zover. Thanh kwam overeind, als door een innerlijke klok gedreven, haalde zonder iets te zeggen de tassen uit hun schuilplaats en trok de deken van mijn bed. Samen slopen we naar de deur en luisterden. Niets te horen. Ook grootmoeder jammerde niet in haar slaap.

Dat was het juiste moment. We keken elkaar aan. Het liefst had ik Thanh gevraagd of we deden wat juist was. Maar een andere mogelijkheid was er niet. Ook al waren we bang, ook al wisten we niet wat er voor ons in het verschiet lag, we moesten de kans waarnemen.

Mijn grootste schat, de foto van Thanh en mij samen, liet ik op de deken liggen. Mijn moeder moest in elk geval iets hebben wat haar aan ons herinnerde.

Toen glipten we naar buiten, net als die keer dat we naar de tempel gingen. Nu waren er geen waakzame bedienden en geen heg die me tegenhielden. Ik had alleen het hoognodige meegenomen, een áo dài en een jurk, wat ondergoed en zeep.

Eerst had ik de bloesem van de jasmijnstruik mee willen nemen, maar ik had besloten het niet te doen en hem onder de vloerplanken in het huis achtergelaten. Het was beter hem daar te laten sluimeren. Ik wist niet of hij geluk bracht of niet, maar in Europa zouden we hem niet nodig hebben. Ik wist zeker dat de vloeken van ons land niet tot daar reikten waar volgens zeggen iedereen kon doen wat hij wilde. En het geluk zouden we ook zo wel vinden.

Beschermd door de duisternis – de maan had zich achter een dikke wolk verscholen – liepen we door de straten van Saigon. Nu hoefden we niet meer bang te zijn voor maagdenhandelaarsters, we waren de kinderleeftijd ontgroeid. In een zeventien- en negentienjarige waren die vrouwen niet geïnteresseerd.

Toch probeerden we Cholon voor zover dat ging te vermijden, want we wilden geen dronken Fransen tegenkomen.

Nog voor we de haven in zicht kregen, roken we hem. Toen tot mij doordrong dat ik de rivier waarschijnlijk nooit zou terugzien, deed ik mijn ogen dicht en ademde diep in. Het aroma van wier en modder, van zout en aarde, die hem zijn bruine kleur gaven, moest voor eeuwig in mijn herinnering gegrift blijven. Uit de talrijke vissersboten kwam de lucht van vis, die het hout nog uitwasemde als de lading allang was gelost.

De maan worstelde zich nu achter haar wolk vandaan en belichtte de hoge pakhuizen die door de Fransen waren gebouwd en de reusachtige stoomschepen waarvan je de toeters tot ver in de stad kon horen.

De reis op een van die schepen zou zeker aangenamer zijn geweest, maar zo veel geld hadden we niet. En wat we hadden, zouden we gebruiken om in het nieuwe land waar ons schip ons heen bracht, ons leven te beginnen.

Ons schip zou vanaf een heel ander deel van de haven afvaren. Het deel waar niet alleen de vissersboten lagen, maar ook de smokkelaarsschepen.

'Huang is een smokkelaar, toch?' vroeg ik aan Thanh, want ze had met geen woord gezegd dat de man een visser was. Als hij een kleine jonk had, moest hij wel een smokkelaar zijn. Voor zijn tochten had hij een wendbaar schip nodig dat de Fransen voorbij kon varen zonder door motorgeronk of stoom te worden verraden.

'Hopelijk heeft hij op ons gewacht,' fluisterde Thanh terwijl ze met haar ogen de aanlegkade afzocht. Daar lagen veel schepen en boten zachtjes te deinen, maar van de man die ons aan boord zou brengen was niets te zien.

'Dat heeft hij vast wel gedaan,' stelde ik haar gerust.

Langzaam liepen we verder. Rond die tijd zwierven er niet alleen zeelui en smokkelaars in de haven rond, af en toe verschenen er ook meisjes uit Cholon die een vrijer hoopten te vinden nadat ze in het uitgaanscentrum bot hadden gevangen.

Opeens doken er schaduwen voor ons op. Waren dat de mannen? Het moesten ze wel zijn, want ze kwamen recht op ons af.

'Hé, jullie daar!' sprak een van de mannen ons in het Frans aan.

Dat was niet zo verwonderlijk, want smokkelaars deden ook zaken met Fransen. Dat de man wiens gezicht ik het eerst zag een Europeaan was, verraste me meer.

'Zijn jullie die meisjes die weg willen uit Saigon?'

'Waar is Huang?' vroeg ik in het Frans.

De man krabde zich op zijn hoofd. 'Die wacht op het schip. Hij heeft ons erop uitgestuurd om jullie te halen.'

Ik pakte Thanh bij de arm en trok haar naar me toe. 'Zijn dat echt de mensen van Huang?'

'Dat moeten ze wel zijn,' antwoordde ze.

'Maar die mannen zijn Táy! Werken die echt voor een van ons?'

'Bij smokkelaars gelden andere wetten,' beweerde ze. 'De bemanningen bestaan uit allerlei mensen, ook Táy.'

'Hoe zit het, willen jullie mee of niet?' vroeg de man ongeduldig. Zijn twee maten keken ons eigenaardig aan.

Thanh kon gelijk hebben, alleen zagen de mannen er niet bijzonder betrouwbaar uit. Maar als we nu de benen namen, verspeelden we misschien de kans om weg te komen.

'Goed, we gaan mee!' antwoordde ik.

Tussen de mannen ingeklemd liepen we de kade over tot we uiteindelijk voor een schoener stonden. Dat verbaasde me, want eigenlijk moest Huang de eigenaar zijn van een jonk.

'Is dat echt het schip?' vroeg ik.

'Nee, het was...'

Voordat Thanh haar zin kon afmaken, pakten de mannen ons hardhandig vast en sleurden ons naar de aanlegsteiger. 'We hebben niet de hele nacht de tijd,' gromde de aanvoerder, en een van de mannen zei iets in een taal die ik niet verstond.

Hoewel we ons hevig verzetten en om hulp riepen, verscheen er niemand die de mannen tegenhield. Ons verweer richtte niets uit en ze sleepten ons het schip op, naar een nauwelijks herkenbaar luik in de planken van het dek.

'Vooruit, naar beneden!' kraakte een barse stem met een hard accent, toen schopten ze ons naar voren. We vielen voorover, werden door mannen die in de duisternis stonden te wachten opgevangen en toen het ruim van het schip ingesleurd.

We gilden en spartelden tevergeefs. Het luik viel boven ons dicht – we zaten opgesloten. De mannen die ons opgevangen hadden, sleurden ons verder naar een klein hok, dat met stevige tralies van het laadruim was afgescheiden.

'Laat ons los!' gilde ik weer. 'Onze familie zal ons laten zoeken! Ze zullen de politie achter jullie aan sturen!'

De mannen begonnen ruw te lachen.

'Ik dacht dat jullie beslist bij jullie familie weg wilden!' hoonde er een. 'Wij brengen jullie weg!'

Ik besefte dat Huang ons verraden had. Waarschijnlijk had het hem een hoop geld opgeleverd.

'Maar waarheen?' vroeg Thanh angstig. Ze kreeg geen antwoord.

En het volgende ogenblik vergingen ons ook de vragen. We waren niet alleen in het hok. Achter het traliehek zaten zo'n vijftien tot twintig meisjes. Ze zagen er verschrikt en timide uit. Een paar meisjes hadden bloederige krassen in hun gezicht en op hun armen, sommige blauwe plekken, alsof de mannen hen, omdat ze hadden geweigerd het schip op te gaan, hadden geslagen. Een van de mannen maakte het traliehek open. Het knarste toen hij het opentrok.

'Naar binnen en geen kik!' gromde de man. 'Als je je fatsoenlijk gedraagt, krijg je geen slaag.'

De andere meisjes staarden ons aan, maar omdat ze blijkbaar al met de vuisten van de mannen kennis hadden gemaakt, hielden ze zich stil. Zwaar sloeg het hek achter ons dicht. Een van de mannen maakte nog een dreigend gebaar, toen draaiden ze zich om en liepen naar boven.

Woedend sloeg ik tegen het hek, maar het slot bleef dicht. Thanh staarde de meisjes aan. Ze scheen in shock te zijn, want ze verroerde zich niet. Nu draaide ook ik me om en zag dat de anderen ons openlijk opnamen.

'Nu zijn er wel genoeg,' fluisterde er een.

'Wie zijn jullie?' vroeg ik. 'Wie zijn die mannen?'

'Wat denk je dan?' De stem van het tweede meisje klonk al net zo rauw als haar lach. 'Dat zijn mensenhandelaren, zo simpel is het. Ze struinen de kust af en zoeken meisjes die zo dom zijn zich in hun buurt te wagen. Wij zijn allemaal zo dom geweest.'

Even later begonnen de machines te draaien. Toen het schip in beweging kwam, brak Thanh in tranen uit. Ik trok haar tegen me aan, probeerde haar te troosten. Ze liet het gebeuren, maar op dat moment wenste ik dat ze mij van zich af zou duwen, dat ze me zou slaan, want het was allemaal mijn schuld.

Er was niemand die onze vragen beantwoordde. Niemand die vriendelijk tegen ons deed. Het enige wat we van de mannen te horen kregen waren dreigementen.

De andere meisjes zeiden maar heel weinig. Zelfs als we erin zouden slagen de kooi uit te komen, dan waren er nog altijd het luik en de zee.

Ik dacht aan maman en vroeg me af wat ze zou doen als ze onze bedden leeg aantrof. Zou ze ons vervloeken? Of zou ze ongerust naar ons gaan zoeken? Zou de smid stad en land afzoeken om ons te vinden?

Dat was waarschijnlijk, want de verbintenis met de stoffenhandelaar was belangrijk voor haar, belangrijk voor de smid. Op de momenten dat Thanh met lege blik naast me zat en geen woord zei, wenste ik dat ze ons door een gelukkige samenloop van omstandigheden zouden vinden. In zachte prevelementjes beloofde ik mijn voorvaderen dat ik dan met Minh zou trouwen.

Maar natuurlijk kwam niemand ons helpen. Niemand liet het schip stilhouden, niemand overmeesterde de mensenhandelaren.

Algauw kregen we het idee dat het schip ons rechtstreeks naar de hel zou voeren waar de priesters van de Táy ongelovigen mee dreigden. Het was smoorheet en de lucht was zo dik dat je hem kon snijden. De kleren plakten aan ons lijf, het zweet parelde voortdurend in ons haar. Alle gevangenen verspreidden een vreselijke stank die de toch al slechte lucht nog slechter maakte. Meestal vielen de jonge vrouwen van de ene sluimertoestand in de andere. Het was het beste wat ze konden doen.

Waarheen we voeren, werd ons niet verteld. De mensenhandelaren zorgden er met water en brood voor dat we niet omkwamen, maar meer viel er niet te verwachten.

Na een paar dagen hoorden we een oorverdovende knal die ons allemaal uit onze slaap haalde. 'Wat gebeurt er?' fluisterde Thanh, die al net zo opgeschrikt was als ik. De machines die het schip aandreven begonnen langzamer te draaien, tot het helemaal stil lag.

'Dat zijn vast piraten,' mompelde een van de meisjes angstig. 'We kunnen ons beter dood houden.'

'Waarom zouden we dat doen?' vroeg ik. 'Dan zullen ze ons zeker overboord gooien.'

'Geloof me, dat is beter dan dat wat de piraten met ons zullen uithalen.'

Over piraten had Thanh nooit verteld. In haar verhalen waren zeemonsters voorgekomen, en geesten, maar niet zulke mannen.

'Het zijn meestal Chinezen,' voegde een ander meisje eraan toe terwijl we naar de haastige voetstappen boven ons luisterden. 'Als de bemanning zich verzet, worden ze zonder pardon doodgeschoten. Soms wordt een schip door piraten gekaapt omdat hun eigen schip niet goed meer is. Soms laten ze het schip ook weer gaan nadat er tol is betaald.'

En de angst kwam terug, nog erger dan eerst. Wat zou de tol voor dit schip inhouden? Noemenswaardige waar hadden de mensenhandelaren niet. Alleen ons...

Ineens werd er een deur opengetrokken. De mannen spraken Frans.

'Hoeveel gaan jullie er ons geven?' vroeg een van hen met een sterk Chinees accent.

'Twee,' zei een van de mensenhandelaren.

'Drie,' eiste de piraat.

'Maar dat is een vijfde van onze lading! We hebben klanten aan de andere kant van de wereld!'

'Drie!' volhardde de piraat. 'Anders blijven je klanten met lege handen zitten.'

De mensenhandelaar knarsetandde. Toen knikte hij. 'Goed dan, drie. Zoek er maar een paar uit!'

De meisjes drongen zich tegen de wand. Ik trok Thanh mee toen ik probeerde ook naar achteren te gaan. Wat de piraten niet zagen, zouden ze ook niet willen hebben.

Even later stonden de mannen bij het traliehek. De leider was een stevig gebouwde man met een breed gezicht, kortgeschoren haar en baard. Zijn kleding was donker, over zijn jasje droeg hij een holster met een revolver. Waarschijnlijk had hij nog andere wapens bij zich. Twee van zijn mensen hielden de mensenhandelaren met geweren onder controle.

De blikken van de mannen gleden over ons heen, voor mij voelde het als een onaangename aanraking.

Een paar meisjes hielden hun ogen dicht, alsof ze zich op die manier onzichtbaar konden maken. Andere tuurden gespannen omlaag, om hun gezicht niet te laten zien.

'Die, en die, en die!' zei de piraat. Ik dook in elkaar en hoopte dat hij niet Thanh en mij had aangewezen.

Het hek werd opengemaakt. Mijn spieren spanden zich. Mijn bloed klopte in mijn oren. Ons niet, alsjeblieft, smeekte ik in stilte. Als ik weer vrij ben, beloof ik terug te gaan en met Minh te trouwen.

Twee meisjes werden eruit gevist. Meteen begonnen ze te krijsen, zo erg dat mijn trommelvliezen ervan trilden. Toen boog zich iemand naar ons toe.

Ik wist zeker dat ze mij zouden nemen en sloot sidderend mijn ogen. Toen werd ze bij me vandaan getrokken. De mannen sleurden Thanh overeind. Ze begon te gillen, maar was te zwak om zich te verzetten. Ik deed snel mijn ogen open, en meteen staken mijn handen zich uit om haar vast te houden.

'Nee!' hoorde ik mezelf schreeuwen terwijl ik me aan Thanh vastklampte, toen werd ik door een harde klap getroffen. Mijn armen lieten vanzelf los, ik tuimelde achterover en knalde tegen de wand. Hoewel alles om me heen draaide, probeerde ik weer overeind te komen, maar mijn lichaam gehoorzaamde niet. Ik proefde bloed en had geen kracht meer om iets te doen.

Ik hoorde Thanh mijn naam noemen, toen klapte het luik dicht en werd het zwart voor mijn ogen.

7

Melanie werd wakker bij het ochtendgloren en merkte dat ze tegen de rotanstoel aangeleund in slaap was gevallen. Haar nek deed pijn toen ze overeind kwam, en het duurde even voor ze weer diep adem kon halen. Het knakte zachtjes tussen haar schouderbladen toen ze zich uitrekte.

Het schemerlicht zette alles in de salon in een zachtroze gloed. Een ogenblik lang voelde ze zich terug in haar kindertijd, in de zomer, als ze nog voor haar moeder wakker werd en dan het korte moment van vrijheid gebruikte om uit bed te klauteren en door het huis te sluipen.

Liefdevol keek ze naar het gezicht van de oude dame, die rustig in de brede stoel zat te slapen, toen voelde ze haar verdriet en angst terugkomen. Die verdichtten zich tot een knoop in haar borst die zich ook niet door diep zuchten liet verdrijven.

Ze stond op en overwoog of ze weer zou gaan joggen. Hoewel het grijs weer was, besloot ze het te doen en ging op weg naar het meer.

Daarbij wilde het verhaal van haar overgrootmoeder niet uit haar hoofd. Hanna's jeugd was nooit een onderwerp geweest in de familie. Ze kenden allemaal het verhaal van haar opkomst in Parijs, maar daarvoor leek er nog een heleboel te zijn gebeurd, dat was Melanie nu wel duidelijk. En ze keek ernaar uit 's middags weer naar de salon te gaan en te horen hoe het op het schip van de mensenhandelaren verder was gegaan.

Het meer lag onder een dichte nevelsluier. De lucht was vochtig als in het regenwoud. Toch zag de hemel er vriendelijk uit.

Met lichte tred begon ze aan haar rondje. Haar mobieltje hield ze ook nu weer in haar hand. Om haar heupen droeg ze echter een sweatjack. Ze kon immers niet weten wie ze tegen zou komen.

Vlak voor het riet begon ze harder te lopen. Haar gedachten dwaalden af naar de zolder. Wat zou ze daar nog vinden? Had Hanna daar misschien bewust nog meer dingen neergelegd om haar verhaal te kunnen vertellen?

Plotseling geritsel maakte dat ze verschrikt opzij sprong. In eerste instantie dacht ze dat het de zwaan van Blumensee was, maar toen kwam Thomas met hengel en emmer naar haar toe.

'Goedemorgen!' riep hij vrolijk. 'Jij bent een vroege vogel!'

Melanie was blij dat ze deze keer iets meer aanhad.

'Je doet wat je kunt,' antwoordde ze en ze rekte haar hals om in de emmer te kijken. 'Heb je vandaag meer geluk bij het vissen?'

De man lachte haar breed toe. 'Het is maar hoe je het bekijkt. De karper zal het vast voor geluk houden dat ik hem niet aan de haak heb geslagen. Maar ik schat dat ik inmiddels alle bierblikjes te pakken heb gekregen. In elk geval heb ik er vandaag geen meer gevangen.'

'Je moet ze de tijd geven om zich voort te planten,' antwoordde Melanie en ze verbaasde zich dat ze dit keer meer plezier aan het gesprek beleefde.

Thomas begon te lachen. 'Ja, dat zal het zijn! Ik zal je raad opvolgen. Maar vertel eens, heeft er iemand gisteren in de villa huisgehouden? Ik zag scherven in de afvalbak.'

'O, had ik ze daar niet in moeten gooien?' Melanie was ineens onzeker of ze niet de biobak had gepakt.

'Jawel, maar toen ik iets weggooide, zag ik de scherven.'

'De stok van een oudere dame is per ongeluk in een van onze vitrines terechtgekomen.'

'Dus heeft er toch iemand huisgehouden. Misschien moet je er bij je grootmoeders op aandringen mij als bewaker aan te stellen.'

'En wat had jij willen doen? Die arme vrouw arresteren?'

'Nee, zo harteloos zou ik dan toch niet zijn, maar de aanwezigheid van een bewaker zou de mensen er misschien toe aanzetten voorzichtiger te zijn.'

De tuinman grijnsde. Melanie lachte terug, maar zo langzamerhand begon ze de situatie weer onaangenaam te vinden. Als Katja me nu zag...

De gedachte aan haar toekomstige schoonmoeder opzijzettend, vroeg Melanie uiteindelijk: 'Woon je eigenlijk ook in de villa?'

'Nee, in het bijgebouw, een beetje verderop. De schuur aan de rand van de tuin.'

'Kun je daar dan wonen?' De laatste keer dat Melanie er was geweest, had ze er alleen een opslagplaats voor tuingereedschap aangetroffen. Hield de tuinman haar misschien voor de gek?

'Ik heb het daar een beetje verbouwd. Nadat ik was aangesteld, heb ik een paar weekends gebruikt om van de schuur een woning te maken. Dat is me ook heel aardig gelukt.' Hij zweeg even, nam haar op en voegde eraan toe: 'Als je wilt, kom dan maar eens langs.'

Melanie wist zeker dat ze dat niet zou doen, ook al was ze nieuwsgierig wat de man van de schuur had weten te maken.

'Bedankt voor het aanbod,' zei ze beleefd en ze wees toen naar het pad voor haar. 'Ik... moet...'

De tuinman knikte. 'Laat je niet door mij ophouden. We zien elkaar vast gauw weer, het wordt vandaag een mooie dag!' Daarna keerde hij om.

Met het gevoel hem op een of andere manier onrecht te hebben aangedaan keek Melanie hem na, maar toen zette ze de gedachte van zich af en vervolgde haar weg.

Toen ze een uur later de keuken in liep, was Marie in een heftige woordenstrijd met Hanna verwikkeld.

'Maman, hoe vaak heb ik niet gezegd dat je geen scherpe voorwerpen moet gebruiken!' riep ze in haar schelle Frans.

Melanie stapte de hoek om. Op het eerste gezicht leek er niets te zijn gebeurd. De ontbijttafel was gedekt, de geur van croissants kwam haar tegemoet.

Haar grootmoeder stond met een bezorgd gezicht voor haar moeder, die koppig naar haar opkeek.

'Ik ben geen klein kind meer, als je dat maar weet!' protesteerde Hanna. 'Wat is er nou op tegen als ik een pot jam openmaak!'

'Maar toch niet met een mes!' Demonstratief stak Marie het corpus delicti – een fruitmesje – in de lucht. 'Stel dat je in jezelf had gestoken of gesneden! In tegenstelling tot mij ben je blijkbaar vergeten dat je bloedverdunners slikt!'

Melanie herinnerde zich nog goed hoe bezorgd ze allemaal waren geweest toen de dokter trombose bij Hanna had geconstateerd. Daarvoor had ze bloedverdunners voorgeschreven gekregen.

'Melanie, vertel je overgrootmoeder alsjeblieft dat ze geen domme dingen moet doen!' zei Marie toen ze haar kleindochter opmerkte.

'En zeg je grootmoeder dat ze zich niet onnodig zorgen moet maken. Ik maakte zo al jampotten open toen zij nog in de luiers lag!'

'Dat kan wel waar zijn, grand-mère, maar toch moet u voorzichtig zijn,' zei Melanie sussend. 'Ik kan u maar twee liter bloed geven als het erop aankomt!'

Hanna snoof. 'Ik had niet gedacht dat je op Maries hand was!' zei ze met gespeelde verontwaardiging.

'Hou haar maar goed in de gaten als ik straks naar de glaszetter ben. Ga vandaag maar liever niet naar de zolder.'

Hanna wilde bezwaar maken, maar Melanie zei vlug: 'Ik wilde jullie vandaag toch al laten zien wat ik de afgelopen dagen gevonden heb. De inhoud van de kisten ligt overal verspreid, we moeten beslissen wat we daarvan willen houden. En wat we niet willen houden, kunnen we gelijk in zakken doen en proberen het in een ander museum onder te brengen.'

'Ik denk niet echt dat iemand zich nog voor die oude spullen zal interesseren!' zei Marie, die nu weer gekalmeerd was en de koffie inschonk.

Hanna viel Marie bij. 'Die oude troep kan weg. Als wij er niet meer zijn, zit jij met de rommel.'

Ze glimlachte en pakte een croissant.

Toen Maries taxi was weggestoven, klom Melanie naar de zolder om de kisten te halen. Binnen enkele minuten veranderde de salon in een kleedkamer. De spullen die niet bruikbaar meer waren, deed Melanie meteen in vuilniszakken, zodat ze niet onnodig in de weg lagen.

De goede jurken spreidde ze uit over de meubels en de vloer.

'Lieve help!' riep Hanna bij het zien van de paillettenjurk. 'Ik wist helemaal niet meer dat ik die nog had!'

'Wanneer heb je hem gedragen?' vroeg Melanie.

'Ach, op een of ander bal in Nice. Ik vond hem vreselijk, en direct na het feest heb ik hem in de mottenballen gelegd – en zo goed opgeborgen dat ik verrast ben dat hij er nog is.'

'Maar ik vind hem mooi,' bekende Melanie. 'En als je het mij vraagt, zou er ook nu nog wel een koper voor te vinden zijn.'

'Ja, als je ziet hoe jongeren er op straat bij lopen, die zouden alles dragen.'

Melanie dacht even na, toen schoot haar weer te binnen wat ze al een tijdje had willen vragen.

'Wat zou u er eigenlijk van vinden met die jurken een modeshow te houden? In elk geval met de exemplaren die je nog kunt aantrekken zonder ze te beschadigen.'

'Dat is een geweldig idee! Maar waar moeten we die modeshow dan houden? Je grootmoeder zal het vast niet prettig vinden om het hier te doen.'

'Misschien zou het juist goed zijn om de modeshow niet in de villa te laten plaatsvinden. Op die manier kunnen we elders reclame voor het museum maken – en bovendien een hoop geld verdienen.'

'Dat verdienen we hier toch ook.'

'Jazeker, maar stelt u zich eens voor dat we een show organiseren tijdens de Fashion Week! Een retroshow! Natuurlijk zal dat wat kosten, maar zo hoort de hele wereld van uw museum! En dan zullen de Japanners hier de deur platlopen...' Melanie viel stil toen Hanna breed naar haar lachte. 'Wat? Zou het niet geweldig zijn als jullie ook internationale bezoekers kregen? Op zo'n goedgeconserveerde collectie oude jurken kan haast geen ander museum zich beroemen. Afgezien dan van de grote musea.'

'Ik lachte niet omdat je idee me niet bevalt,' antwoordde Hanna. 'Het was alleen maar omdat ik weer de oude Melanie zag, de ondernemende Melanie. Mijn achterkleinkind met de duizend goede ideeën.'

Melanie keek haar overgrootmoeder verward aan.

'Hoe bedoel je?'

'Je ogen sprankelden toen je het over de modeshow had! Dat heb ik al zo lang niet meer bij je gezien.'

Melanie sloeg haar ogen neer en lachte verlegen. 'Nou ja, momenteel... ik bedoel, ik zou die modeshow echt graag organiseren. Als...'

'Als Robert weer bij is?'

Melanie voelde hoe meteen weer de zware steen op haar borst zakte. 'Ja, als hij weer bij is...'

'Nou, misschien moet je er al eerder mee beginnen. En vertel hem er dan over, de volgende keer dat je bij hem bent. Misschien is dat voor hem dan een stimulans om te ontwaken. Zeg hem dan ook dat jij degene bent die de bruidsjapon zal dragen.'

'Maar grand-mère...'

'Geen gemaar, Melanie!' Hanna pakte haar hand. 'Robert zou niet willen dat je stopt met leven en werken. Ik ben er tamelijk zeker van dat hij vreselijk kwaad op je zal zijn als hij merkt dat je vanwege hem goede ideeën hebt laten schieten.'

Melanie zuchtte diep. Inmiddels kon ze zich al helemaal niet meer voorstellen dat hij om wat voor reden dan ook nog boos op haar zou kunnen zijn. 'Weet u, het zou me heel wat waard zijn als hij kwaad op me was, vreselijk kwaad, want dan kon hij op me schelden en was hij tenminste uit dat rotcoma ontwaakt!'

'Daar zal hij uitkomen. En ik in jouw plaats zou hem het plezier doen iets geweldigs te hebben ondernomen wanneer hij weer wakker wordt. Dan zal hij er wel voor waken weer in coma te vallen!'

Het volgende uur spitten ze enthousiast de kisten door, en het lukte Melanie zelfs de gedachte aan Robert wat ter zijde te schuiven. Hanna had gelijk, Robert zou kwaad zijn. En hij zou blij zijn over de modeshow te horen. Heel beslist zou hij zich niet de kans hebben laten ontnemen foto's te maken en er verslag van uit te brengen. Helemaal omdat zijn verhouding met Hanna en Marie heel goed was en hij vaak genoeg had aangeboden artikelen over het museum te schrijven.

'Dit hier zou toch heel geschikt zijn!' Hanna trok een lichtblauwe japon met fijne glittersteentjes en een tamelijk gewaagd decolleté tussen de stapel vandaan. 'Deze jurk heb ik in de jaren zestig bij een inzamelingsgala gedragen. Dat was een geweldige gebeurtenis! Ik was al over de vijftig, en ze hielden me makkelijk nog voor midden veertig. Je kunt je voorstellen dat veel oude diva's vreselijk jaloers op me waren.'

'Dat zouden ze nu ook nog zijn,' antwoordde Melanie terwijl ze aan de tere crèpestof voelde.

'Bovendien heeft Jackie Kennedy me persoonlijk gevraagd waar ik die jurk vandaan had. In die tijd stond ze net op het punt mevrouw Onassis te worden.'

'U hebt Jackie Kennedy gekend?' Melanie was ondersteboven. Natuurlijk had haar overgrootmoeder contact met prominenten gehad, maar dit had ze niet verwacht.

'Kennen is te veel gezegd, ik heb met haar gepraat, zij heeft me gecomplimenteerd met mijn jurk en het is me gelukt haar mijn kaartje in de maag te splitsen. Een hoed heeft ze nooit bij me gekocht, helaas.'

'En waarom hebt u dat nog nooit verteld?'

'Ach, daar was gewoon geen gelegenheid voor.' Hanna maakte een afwijzend gebaar. 'Bovendien ken je mij toch, ik loop niet graag te pronken.'

Daar had ze gelijk in. Hanna had altijd erg van haar succes genoten, maar het nooit aan de grote klok gehangen.

Toen ze zich weer over de jurken bogen, hield Hanna plotseling in. Blijkbaar had ze iets tussen de spullen ontdekt.

'Hoe is het mogelijk,' mompelde ze en ze liep toen, als door een onzichtbare kracht aangetrokken, naar een onopvallende bruine jurk die onder de blauwe had gelegen. Hij was van grove stof en heel eenvoudig van snit, maar in nog zo goede staat dat Melanie het niet over haar hart had kunnen verkrijgen hem weg te doen.

Met trillende handen pakte Hanna hem op en ze wreef de stof tussen haar vingers.

'Uit welk jaar is die afkomstig?' vroeg Melanie, maar Hanna gaf geen antwoord. Nadat ze de jurk een tijdje had bekeken, begon ze een zoom af te tasten. Na een tijdje stopte ze.

'Heb je misschien een schaar bij de hand, kind?' vroeg ze.

'Nee, maar ik haal er wel eentje.' Melanie liep haastig de salon uit naar de keuken. Wat had haar overgrootmoeder nou ineens?

Toen ze terugkwam met de schaar, was Hanna op een van de taboeretten gaan zitten. Alle andere jurken in de kamer leken haar niet meer te interesseren. Haar handen hielden nog altijd een stuk van de zoom vast, die een beetje uitgelubberd leek.

Melanie herinnerde zich de discussie van die ochtend, maar ze gaf Hanna toch de schaar. Als er één voorwerp was waarmee ze om kon gaan, dan was het wel dit.

Behendig tornde Hanna de naad open en trok de stof uit elkaar.

'Wat...' begon Melanie, maar toen haalde Hanna al een paar bankbiljetten tevoorschijn. Ze waren dichtgevouwen en zagen er behoorlijk gehavend uit. Hanna bekeek ze peinzend, toen keek ze Melanie aan.

'In al die jaren heb ik blijkbaar erg veel vergeten,' zei ze, en er liep een traan over haar wang.

Melanie zakte naast haar neer en legde een arm om haar schouders. Hanna leunde tegen haar aan, toen wreef ze met de rug van haar hand over haar gezicht.

'Dat geld heeft een goede vriendin me gegeven, heel lang geleden. Ze wilde dat ik iets zou bereiken. Ik had het in de zoom van een jurk genaaid, zodat het me niet kon worden afgepakt.'

Melanie streelde Hanna's arm en vroeg zich af uit welke tijd de jurk afkomstig was. Ze schatte hem op de jaren twintig, wellicht de crisisjaren.

'Ik denk dat ik je over haar moet vertellen,' zei Hanna uiteindelijk en ze maakte zich van haar achterkleindochter los. 'Je bent vast wel nieuwsgierig hoe het met mij op het schip verderging, toch?'

'Natuurlijk,' antwoordde Melanie zachtjes. Tegelijkertijd vroeg ze zich af waarom haar overgrootmoeder had moeten huilen. Had het iets met Thanh te maken?

'Goed, dan stel ik voor dat je een kop thee voor ons haalt, dit deel van het verhaal zal even duren, en ik heb tijd nodig om moed te verzamelen, want wat er toen is gebeurd, had ik het liefst uit mijn herinnering gewist.' Ze keek naar de bankbiljetten en haalde ze voorzichtig uit elkaar. 'Maar zoals je ziet, laat het verleden zich niet zo gemakkelijk afschudden.'

Melanie wierp een korte blik op de biljetten en zag dat het rijksmarken waren. Dat geld was na het einde van de inflatie in Duitsland in omloop gebracht. Hanna moest dus na 1925 in Duitsland zijn geweest. Wat was haar na de ontvoering overkomen?

Melanie stond op en liep naar de keuken. Terwijl het water in de waterkoker begon te borrelen wierp ze een blik op haar mobieltje. Er waren mailtjes binnengekomen, onder andere eentje van haar agentschap. Charlotte was sinds het ongeluk heel voorzichtig geworden wat telefoontjes betreft. Altijd vergewiste ze zich er eerst van of alles wel in orde was.

Omdat het water nog wel eventjes nodig had, besloot Melanie meteen te bellen.

'Ha lieverd, dat is een tijd geleden!' riep Charlotte uit toen ze merkte wie ze aan de lijn had. 'Hoe gaat het met je?'

'Op het moment heel goed,' antwoordde ze. 'Ik ben bij mijn overgrootmoeder.'

'O, in dat geweldige modemuseum!' Natuurlijk had Melanie iedereen bij het agentschap enthousiast verteld over de villa. 'Ik moet beslist eens naar jullie toe komen en alles bekijken.'

'Je bent altijd welkom,' antwoordde Melanie, hoewel ze wist dat Charlotte daar waarschijnlijk pas aan toe zou komen als ze met pensioen was. 'Maar zeg eens, waarom wilde je dat ik je belde?'

'Nou, een van je klanten heeft geïnformeerd of je binnenkort weer beschikbaar bent.'

'Welke klant?'

'Dornberg!'

Melanie hapte naar adem. Luis Dornberg was een van de duurste designers met wie ze ooit had gewerkt. Ze dacht graag terug aan de fotosessie in Tunesië waarbij ze een Toearegcollectie had gefotografeerd.

'Ja, hij wil dat jij de foto's voor zijn nieuwe campagne maakt. Is dat niet geweldig?'

'Jawel,' antwoordde Melanie een beetje onzeker. Hoe vleiend het aanbod ook was, ze wist dat Dornberg zich niet tevreden zou laten stellen met een shooting in Berlijn of ergens anders in Duitsland.

'Je klinkt niet bepaald enthousiast,' merkte Charlotte op.

'Ach, je weet hoe het er momenteel bij mij voor staat.'

'Natuurlijk weet ik dat. Maar de shooting zal niet voor september plaatsvinden. En die vindt plaats op Bali!'

Ergens voelde Melanie een steek van pijn. Bali was echt prachtig, en als het aan het begin van het jaar allemaal anders was gelopen, had ze waarschijnlijk een gat in de lucht gesprongen. Maar nu kreeg ze een onprettig gevoel.

'Geef me wat bedenktijd, ja? Ik smeek je...'

'Bedenktijd? We hebben het wel over Dornberg!'

Melanie begon onrustig heen en weer te lopen. 'Ja, ik weet het, maar in de huidige situatie kan ik niet zomaar toezeggen. Geef me een paar dagen, ja?'

Charlotte zuchtte. 'Goed dan, omdat jij het bent. Je weet dat hij er niet bepaald van houdt als zijn geduld op de proef wordt gesteld. Iemand als Dornberg krijgt altijd meteen antwoord.'

'Ik... ik beloof je dat je hem niet lang hoeft te laten wachten.'

Er volgde een stilte op hun woorden. Melanie kon zich indenken wat Charlotte dacht. Maar als Robert nog altijd in coma lag, kon ze toch moeilijk voor drie weken naar Azië vertrekken?

'Ik zal doen wat ik kan. Desnoods zeg ik dat je ziek bent of onbereikbaar. Daar zal hij minder moeite mee hebben dan wanneer je om bedenktijd vraagt.'

'Heel erg bedankt.'

Melanie hing op en keek uit het raam. De zon verschool zich achter een dikke wolk die eruitzag alsof hij nieuwe regen zou brengen. Waarom stelde het leven haar voor zo'n dilemma?

Geschrokken constateerde ze dat ze heel veel zin in de opdracht had – maar het plichtsgevoel tegenover Robert weerhield haar. En eigenaardig genoeg ergerde ze zich daarover. Betekende dat dat haar liefde voor hem verbleekte?

Pas een tijdje later kwam ze erachter dat de waterkoker zichzelf al had uitgeschakeld. Ze liet het water nog eenmaal aan de kook komen en schonk toen de thee op.

'Is alles met je in orde?' vroeg Hanna toen ze terugkwam in de salon. 'Je ziet er gespannen uit.'

Melanie zette de theekopjes op het tafeltje tussen de taboeretten. 'Charlotte, mijn agent, heeft gebeld.'

'En? Slecht nieuws?'

Melanie bracht haar overgrootmoeder verslag uit van het telefoongesprek. Op het laatst durfde ze nauwelijks verder te praten. 'Dat ik die klus zo graag zou doen, is dat misschien een teken dat... dat ik... niet meer van Robert hou?'

Hanna schudde wrevelig haar hoofd. 'Dat moet je jezelf in geen geval aanpraten! De liefde voor iemand hangt niet af van wat je verder wilt doen. Ik zeg het je nog eens: Robert zou willen dat je doorgaat. En als jij je minder in het ziekenhuis laat zien, zal alles toch gewoon zijn gang gaan! De dokters zijn goed, ze doen elke dag hun best jou je verloofde terug te geven. Als hij ontwaakt heeft hij je nodig, en waarschijnlijk zal hij dan niet meteen opspringen en weer de oude zijn.' Hanna wrong even in haar handen, toen pakte ze weer de bruine jurk, alsof het een reddingsboei was. 'Ik heb een paar keer op een punt gestaan waarop ik dacht dat het beter was om op te geven. Maar dan schoot me weer te binnen dat ik wilde leven.' Ze keek haar achterkleindochter doordringend aan.

'Ik smeek je, kind, om Roberts huidige toestand te zien als een kans voor jou om er kracht uit te putten. Wat hierna komt, zal nog moeilijker worden. En denk goed over die opdracht na. Als je die klus wilt doen, doe het dan! Je hebt je familie achter je staan, Elena noch Marie noch ik zal toelaten dat je schoonmoeder jou aan het ziekbed kluistert.'

Ze haalde diep adem, alsof ze ineens moeite had om lucht te krijgen. Gealarmeerd sprong Melanie op.

'Alles in orde, grand-mère?'

'Ja, het gaat alweer,' antwoordde Hanna, die haar greep op de zoom nu een beetje liet verslappen. 'Ik heb me alleen een beetje te veel opgewonden. Op mijn leeftijd zou je dat niet moeten doen. Wil je nog steeds het verhaal van deze jurk horen?'

'Ja, natuurlijk. Als u het me tenminste nog wilt vertellen.'

Melanie had er opeens spijt van dat ze van het aanbod had verteld. Ze wilde niet dat haar overgrootmoeder zich opwond.

'Natuurlijk. En misschien helpt mijn verhaal je ook een beetje bij je overwegingen.'

Hanna nam een slok thee, toen deed ze haar ogen dicht, alsof ze bijzonder ver in haar herinnering moest teruggaan.

8

1925/1926

Aan onze reis leek maar geen einde te komen. Het klimaat veranderde een aantal keer ingrijpend. Eerst werd het gloeiend heet, daarna ijskoud. Regelmatig werd het schip woest heen en weer geslingerd, stormen en golven rukten en trokken het onbarmhartig alle kanten op. Losse lading vloog door het ruim. Elke keer als er iets tegen het hek knalde, begonnen er een paar meisjes te gillen. De machines raakten oververhit bij de pogingen het schip enigszins op koers te houden – waarheen die ook mocht leiden.

Op zulke momenten wenste ik menigmaal dat de storm ons allemaal de diepte in zou sleuren.

Op een dag minderde het schip langzaam vaart en kwam stil te liggen. Er ging een schok door de romp, de machines verstomden. Waren er nieuwe piraten opgedoken? Of was het doel van onze reis bereikt?

Boven ons denderden voetstappen en riepen stemmen, een ketting ratelde, waarschijnlijk werd het anker neergelaten. Wat zou er nu gaan gebeuren?

Net zomin als ik hadden de andere meisjes nog kracht om te jammeren of iets te zeggen. Lethargisch zaten we bij elkaar en verroerden ons niet, ook niet toen de mannen het laadruim inkwamen.

'We zijn er!' riep een van hen in het Frans. 'Vooruit, opstaan!'

Sleutels rammelden, toen werd het traliehek geopend. Sommige meisjes gehoorzaamden uit zichzelf aan het bevel, andere bleven zitten. Ik behoorde tot degenen die op de grond bleven zitten. Mijn gedachten waren weer bij Thanh. Had ik iets kunnen doen? Hoe zou het nu met haar gaan?

'Sta op!' snauwde een van de mannen tegen mij. Omdat ik zijn bevel niet opvolgde, trok hij me ruw aan mijn arm omhoog. Toen ik nog steeds geen aanstalten maakte om hem te volgen, greep hij me bij mijn haar en rukte mijn hoofd naar achteren.

Ik keek in een van woede vertrokken gezicht. 'Geen fratsen!' Zijn adem stonk naar alcohol en sigaren. Ik werd misselijk, maar er zat niets in mijn maag wat ik over hem kon uitbraken. Zijn ogen, moddergroen als de Mekong tijdens de moesson, bleven een tijdje op mij rusten, toen sleurde hij me mee.

Krachteloos strompelde ik de trap op waarlangs ze ons lang geleden naar beneden hadden geduwd.

Het dek was zo fel verlicht dat het pijn deed aan je ogen. Van de andere meisjes was geen spoor meer te bekennen.

Een onbekende, scherpe lucht prikte in mijn longen, waardoor ik begon te hoesten. Ruwe handen pakten me aan alsof ik een baal katoen was. Met koude tanden boorde de nachtlucht zich in mijn armen en benen. Ik droeg nog altijd de kleren waarin ik meegesleept was, en niemand gaf me een deken of jas.

Ondanks alles probeerde ik om me heen te kijken. De lichten in deze haven waren heel anders dan die bij ons thuis, ook leek de duisternis hier dieper te zijn. Het zweem van de geur van orchideeën en kruiden ontbrak volledig. In plaats daarvan dacht ik het gladheid veroorzakende vuil op de bodem onder mijn voeten te kunnen ruiken.

Waar was ik? Hoeveel mijlen lagen er tussen dit koude, donkere oord en mijn vaderland?

Over een gammele aanlegsteiger werd ik naar de kade gebracht. Het lamplicht weerspiegelde in grote, vlakke plassen. Wat verder naar achteren stond een voertuig zoals ik nog nooit had gezien. Blijkbaar was het zo'n automobiel waar mijn stiefvader het over had gehad. Ik schrok toen ik besefte hoe ver weg mijn herinnering aan hem en maman leek.

De man die voor de wagen stond te wachten droeg een jas met een bontkraag. Hij zei iets tegen de anderen en gebaarde toen dat ze me in de auto moesten zetten. De geur van leer benam me bijna de adem, maar de zitting onder mij was wel zacht, en de zitplaats achterin bood beschutting tegen de bijtende kou. Ik was niet alleen. Er zat een man met een grof gezicht op de achterbank, en er zaten nog twee andere meisjes van het schip op de stoelen tegenover mij. Ze zaten zo onbeheerst te trilllen dat je zou denken dat ze aan een zenuwziekte leden.

De mannen buiten spraken nog een tijdje met elkaar in een taal die ik niet verstond. Maar het klonk alsof ze onenigheid hadden. Ten slotte maakte de bontjasdrager geërgerd een einde aan het gesprek en stapte in. Even later begon de motor te ronken en zette het voertuig zich in beweging.

Toen de kou wat uit mijn ledematen was geweken en het klappertanden ophield, keek ik uit het raam.

De haven met zijn enorme pakhuizen, die in het donker slechts vaag te onderscheiden waren, verdween, daarvoor in de plaats kwamen huizen die leken op die waarin de Fransen in Saigon woonden. De meeste ervan zagen er nogal sjofel uit, en even vroeg ik me af of ik misschien in het land van de Táy was aangekomen.

Daar paste die vreemdsoortige, hard klinkende taal echter niet bij. Maar ik moest ergens in Europa zijn. Maar waar?

En wat me nog meer interesseerde: zou ik ooit weer thuiskomen?

Bij die gedachte moest ik smartelijk lachen. Eerst had ik weg gewild en nu wilde ik weer terug. En ik moest Thanh gaan zoeken!

Na een rit die eindeloos leek te duren, kwamen we in een helder verlichte wijk. De straat deed me een beetje aan Cholon denken, hoewel het er hier minder smerig uitzag. Ik dacht weer aan de opiumkits en de bordelen. Als dit deel van de stad echt net zoiets was als Cholon, was ik verloren.

Het huis waar de auto voor stopte leek rode ogen te hebben.

Door de ramen scheen rood licht, afkomstig van goedkope lampenkappen, dat door rode wanden werd gereflecteerd. Alle meisjes werden de wagen uit getrokken, toen werden we vlug door een deur heen geleid waaruit een zware lucht ons tegemoet stroomde. Vandaar kwamen we in een smalle gang, vervolgens door een volgende deur in een ruimte die een beetje leek op de vroegere werkkamer van mijn vader.

Daar zat een vrouw in een hooggesloten zwarte japon. Haar rossige haar omkranste haar hoofd met dikke krullen, haar gezicht had een verbitterde uitdrukking. Ze nam de meisjes een voor een op, schudde nu eens haar hoofd, dan weer knikte ze.

Na een tijdje zei ze iets tegen de man in de bontjas, die achter ons stond en de deur versperde. Hij gaf een beetje boos antwoord, toen riep hij iets, en de mannen die ons van het schip hadden gehaald verschenen weer.

De twee andere meisjes werden weggebracht, ik bleef staan. De vrouw begon nu als een kat om me heen te draaien. Af en toe pakte ze me ruw bij de kin, duwde hem omhoog, bewoog hem heen en weer. Ze woelde met haar handen door mijn haar, vertrok walgend haar gezicht, zei iets tegen de man, waarop hij iets terugzei en lachte.

Ten slotte boog de vrouw zich naar me toe.

'Je spreekt Frans, hebben die mannen gezegd.' Haar Frans had een zwaar accent.

Ik knikte.

'Mooi! Je hebt geluk, ik neem je op.'

Ik zag weer de overreden hond en de maagdenhandelaarster voor me. Als die vrouw het over geluk had, kon het net zo goed verderf betekenen, dat wist ik zeker. 'Zo'n kleine lotusbloem zal onze klanten bevallen.'

Weer zei ze iets in de onbekende taal tegen de man, toen riep ze: 'Ariana!'

De vrouw die nu verscheen had zwart haar en was heel mager. Om haar lippen lag een harde trek, van dichtbij gezien leek ze ouder dan ze feitelijk was.

Wat de roodharige tegen haar zei verstond ik niet, maar waarschijnlijk had ze opdracht gekregen voor mij te zorgen.

'Kom mee,' zei Ariana en ze pakte mijn hand. Haar Frans was vloeiend, blijkbaar was ze een geboren Tây. Een lichte rozengeur omgaf haar, jaar jurk ruiste zachtjes als ze zich bewoog. Ze bracht me voorbij andere vrouwen, die me deels nieuwsgierig, deels vijandig aankeken, toen trok ze me een smalle trap op.

'Hoe heet je?' vroeg ze toen we boven waren aangekomen.

Ik kon niets uitbrengen.

'Nou, zeg het maar. Of heb je je tong verloren?'

Ik schudde mijn hoofd en noemde mijn naam.

'Ho-nei,' herhaalde de vrouw niet helemaal correct en ze schudde haar hoofd. 'Rare naam. Maar waarschijnlijk is het bij jullie een gewone naam. Waar kom je precies vandaan?'

'Saigon,' kwam er krassend uit mijn keel.

'Ah, daar heb ik wel eens van gehoord. Indochina.' Ze liet de naam van mijn land op haar tong smelten. 'Een van mijn klanten is daar geweest en heeft me enthousiast verteld over orchideeën en jasmijnbloesem. Helaas wilde hij me er nooit mee naartoe nemen...'

Bij het woord 'klant' verstijfde ik. Dit huis was er net zo een als die in Cholon!

Ik begon onbeheerst te trillen. Indertijd waren we aan de maagdenhandelaarster ontsnapt, maar nu was ik in een bordeel beland.

'Lieve god!' riep Ariana uit en ze snelde naar me toe toen ik begon te wankelen. Hoewel ze heel mager was, had ze genoeg kracht om me op te vangen. 'Ben je duizelig? Of misselijk? Die smeerlappen hebben je zeker niets te eten gegeven!'

Ariana streek een paar haarstrengen uit mijn gezicht en glimlachte geforceerd. 'Probeer weer tot jezelf te komen. Dat is de beste raad die ik je kan geven, blijf overeind, wat er ook gebeurt. Dit huis... je kunt het hier makkelijk of moeilijk hebben, al naargelang. Je zult beslist niet zomaar naar huis terug kunnen gaan. Maar ooit zul je te oud zijn voor wat we hier doen. Als je geluk hebt, laten ze je gaan, waarheen dan ook. Zo niet, dan moet je tippelen. Misschien kun je wat geld opzijleggen voor later. Dat raad ik je aan.'

Ik begreep niet wat ze daarmee bedoelde, maar op een of andere manier vond ik weer de kracht om overeind te komen.

Voor een bekraste deur bleven we staan. 'Dat is mijn kamer,' verklaarde Ariana. 'Die zul je met mij delen tot ze je een eigen kamer geven. Als je goed verdient, gebeurt dat gauw, zo niet, dan blijven we nog een tijdje bij elkaar. Als je me op de zenuwen werkt, vlieg je er meteen uit, is dat duidelijk?'

Ik staarde haar geschrokken aan. Dat vatte ze op als een ja.

'Je gaat in bad en ik zal nieuwe kleren voor je zoeken. En kom niet op het idee om weg te lopen. Ik laat niet gebeuren dat ik vanwege jou last krijg, dan rammel ik je liever af.'

Achter de deur bevond zich een klein kamertje, waarin een bed en een ligbank stonden.

'Wacht hier!' Ariana haalde een nachtjapon en een grove doek uit een ladekast en kwam toen weer naar me toe.

'De badkamer is aan het eind van de gang,' legde ze uit. 'De andere meisjes zijn voor vandaag klaar met werken en wassen zich morgen pas weer, daarom kun je een bad nemen. Er is boven wel water, maar of het warm is kan ik je niet beloven, want de knecht stookt het fornuis maar één keer. Maar nadat je op het schip hebt gezeten...'

Ze zweeg abrupt, schudde haar hoofd en bracht me naar de badkamer, waar ze het licht aandeed. Het was een smalle ruimte, waarin een gehavende emaillen badkuip stond, en een krukje met daarop een waterteil met een grote porseleinen kan erin.

'Kleed je uit!' zei Ariana nu gebiedend terwijl ze water uit emmers die naast de deur stonden in de badkuip kiepte. Ze spetterde op de vloer, het water verzamelde zich in de spleten tussen de brokkelige tegels en stroomde naar de deur.

Ik wilde me niet uitkleden voor die vreemde vrouw. Als ik me samen met Thanh baadde, kende ik geen schaamte, maar Thanh was mijn vriendin, mijn zusje geweest.

'Doe niet zo raar,' zei Ariana, die leek te merken wat er in me omging. 'Ik kijk het moois er heus niet af. En bovendien...' Ze perste haar lippen op elkaar, en trok zich toen terug. 'Ik wacht buiten. Stap in bad en blijf niet treuzelen!'

Daarop verliet ze de ruimte. Ik keek naar de badkuip. Onder het wateroppervlak schemerde het groenig, alsof er algen in zaten. Voorzichtig stak ik er een vinger in. Het water was inderdaad ijskoud. Misschien zou het goed zijn om me erin te verdrinken, dacht ik.

Nee, dat kun je niet doen, zei plotseling een stem in mijn achterhoofd, die klonk als die van Thanh. Wie moet mij dan zoeken? Alleen jij weet wat er is gebeurd. Alleen jij kunt me vinden.

Ik deed mijn oude kleren uit, die inmiddels alleen nog maar flarden waren, en dompelde me onder in het koude water.

Toen ik uit de badkamer kwam, stond Ariana bij de deur te wachten. Ze keek ongeduldig. Er kwamen voetstappen de trap op. De anderen, die beneden op de loer hadden gelegen, kwamen nu naar boven en verdwenen een voor een in hun kamer.

'En, hoe is het om voor pleegmoeder te spelen?' vroeg een jonge vrouw met een krullenkop spottend. Haar Frans was tamelijk slecht, blijkbaar was ze niet gewend die taal te spreken. Maar nu gebruikte ze hem wel, zodat ik haar ook kon verstaan.

Ariana lachte haar breed toe. 'Gelukkig is de kleine hier zo groot dat ik haar niet meer de borst hoef te geven. Maar als je wilt, laat ik haar graag aan jou over, Erika.'

'Nee, laat maar, ik heb wel wat beters te doen. Ik heb tenminste genoeg klanten.' Ze pakte me met een obsceen gebaar bij mijn borsten en duwde ze naar elkaar toe.

Ariana zei er niets van, maar haar ogen fonkelden van woede. 'Je kunt bij mij op de ligbank slapen,' zei ze toen we naar haar kamer teruggingen. 'De komende dagen zul je nieuwe spullen krijgen, tot zolang kun je wat van mijn oude dragen. Je bent slank genoeg.'

Ongegeneerd glipte Ariana uit haar jurk. Daaronder droeg ze een dunne onderrok en kousen met een jarretelgordel. De onderrok stroopte ze evenals de jarretelgordel en de kousen af en even later stond ze poedelnaakt in de kamer. Haar scheen dat niet veel uit te maken, maar ik sloeg beschaamd mijn ogen neer.

Ariana lachte. 'Je zult hier nog wel heel andere dingen te zien krijgen! Wen er maar vast aan!'

Mijn wangen gloeiden. Ik wilde me nooit naakt aan anderen vertonen. Dat deden de meisjes uit Cholon misschien, maar ik niet.

Maar je bent nu een van hen, zei een stemmetje in mijn achterhoofd.

Om de aanblik van de naakte vrouw te ontwijken ging ik op de bank liggen, deed mijn ogen dicht en probeerde aan iets anders te denken. Ik dacht aan Thanh en vroeg me af of het haar misschien was gelukt aan de piraten te ontkomen. Misschien hadden de Fransen het piratenschip aangehouden en de meisjes gered. Aan dat idee klampte ik me vast.

'Arm kleintje,' fluisterde Ariana toen ze bij me neerhurkte en mijn haar uit mijn gezicht streek. 'Een orchidee, ontrukt aan haar geboortegrond. De zwijnen...'

Ik hoorde alles, maar waagde het niet mijn ogen open te doen.

'Ik zal op je passen,' beloofde Ariana en ze trok een deken over me heen. 'Ga nu maar slapen, slaap eens goed uit.'

Even later hoorde ik het piepen van het metalen bed en ging het licht uit. Nu deed ik mijn ogen open en zag ik de maan voor het raam. Die leek bleker en kouder dan thuis, maar in elk geval had ik nu de mogelijkheid haar te zien. Maar niet voor lang, want mijn ogen vielen algauw dicht.

De volgende dagen legde Ariana me uit dat ik in Duitsland was, om precies te zijn in Hamburg, en dat ik er niet onderuit zou kunnen om Duits te leren. Ze maakte me duidelijk dat ik voor Hansen, zo heette de man met de bontjas, zou moeten werken, en dat betekende dat ik met mannen moest slapen. Toen ze me beschreef wat dat inhield, viel ik bijna flauw.

'O jee,' morde Ariana. 'Je kunt toch niet bij alles wat je tegenstaat instorten!'

Ze snoof geïrriteerd, toen deed ze het bovenlichtje open. Inmiddels wist ik dat dat het enige deel van het raam was dat open kon. Opdat de meisjes niet konden vluchten, had Hansen de onderste raamgrepen weggehaald.

'Luister naar me!' zei Ariana toen, en ze hurkte voor me neer. 'En kijk me vooral aan!'

Met tegenzin deed ik mijn ogen open.

'Als je hier wilt overleven, moet je leren bepaalde dingen aan te zien en aan te horen en ze ook doen. Ik... Het doet me pijn dat je hier bent, maar Hansen zal je niet laten gaan, of je nu meewerkt of niet. Je hebt geen idee hoe het de meisjes vergaat die op straat moeten tippelen! Ze moeten met iedereen neuken die ze onder ogen krijgen, en om de haverklap zitten ze op het politiebureau. Die meisjes sterven jong, omdat ze ziek worden of omdat een of andere gek ze de keel doorsnijdt. Hier ben je veilig, zolang je meewerkt. En daar hoort ook bij dat je het niet vreselijk vindt om mij of iemand anders naakt te zien. Doe op z'n minst alsof het je niet kan schelen!'

Ik schrok toen ik zag dat er tranen in Ariana's ogen opwelden. 'Het leven van ons allebei hangt ervan af dat je niet preuts bent.'

'Hoezo?' vroeg ik.

Ariana wendde zich haastig af en leunde met haar armen op de ladekast. Daar stond een bord met kleverige restjes saus op. Het eten was niet best, maar het vulde wel.

'Omdat ik weldra te oud zal zijn,' antwoordde ze toen. 'Dan sturen ze me naar de tippelzone, en daar ga ik dood.' Ze draaide zich om. Haar ogen schoten als het ware vuur. 'Maar ik wil niet dood. Dus zorg ik voor de nieuwe meisjes. Meisjes als jij. Ik vertel ze hoe de vork in de steel zit en laat ze zien wat hun te doen staat. Zolang ik dat goed doe en mijn leerlingen netjes geld opbrengen, zullen ze me hier in deze kamer laten blijven. En af en toe heb ik nog klanten.'

Ze pauzeerde even, toen sloeg ze haar ogen weer neer en voegde eraan toe: 'Alsjeblieft, doe me een plezier en maak het me niet moeilijk. Ik weet dat je het vreselijk zult vinden, en je zult mij vreselijk vinden, maar geloof me, ik wil niet dat het slecht met je gaat.

Ik wil alleen maar overleven. En ik wil dat jij blijft leven.'

Ik zag nu in dat Ariana niet mijn vijand was. En dat we elkaar nodig hadden. Maar hoe ik mezelf ertoe kon brengen dat te doen waarover Ariana me vertelde, wist ik niet.

Een paar dagen later kwam de man met de bontjas weer opdagen. Hij riep Ariana en mij bij zich, bekeek me kritisch en zei toen iets tegen haar. Ariana had me wel een beetje Duits bijgebracht, maar dat was bij lange na niet toereikend om te begrijpen waar het gesprek over ging.

Hansen sprak echter ook Frans. 'Zeelui hebben me verteld dat het geluk brengt als een man een maagd neukt.' Hij genoot zichtbaar van het grove woord en de ontzetting op mijn gezicht. 'Ik ben van plan een van mijn klanten groot geluk te brengen. Geluk waarvoor hij gaat betalen.'

Mijn maag draaide zich om, maar op een of andere manier lukte het me om niet flauw te vallen van verbijstering. Opnieuw zei hij iets tegen Ariana, die knikte. Toen maakte hij een kort gebaar, alsof hij een lastige vlieg wegjoeg.

'Hij wil dat ik je voorbereid,' zei ze toen we weer naar boven gingen. Hij wil jouw maagdelijkheid verkopen, aan de hoogste bieder.' Ze leunde tegen de muur, alsof ze alle kracht verloor. 'Daarom heeft hij nog gewacht. Daarom mocht niemand je nog aanraken. De klootzak...'

Toen vermande ze zich. 'Kom, we moeten aan de slag. Ook al krijg je rode oren en knijp je je ogen dicht, ik zal je vertellen wat je te wachten staat. Je kunt het maar beter weten.'

Ariana verhulde niets. Vaak choqueerde haar taalgebruik me, maar wat ze ermee beschreef was nog erger.

Toen de dag ten einde liep en ik uit de kamer moest vanwege de klanten, zat ik apathisch onder de trap, waar ik een toevluchtsoord had gevonden waar niemand me kon zien. Ariana's beschrijvingen volgden me uiteindelijk ook in mijn slaap, en sindsdien werd ik elke ochtend angstig wakker.

De dag waarop ik geveild zou worden kwam sneller dan me lief was. De andere meisjes, die ik beter voorbij kon sluipen omdat ik voelde dat ze vijandig waren, zaten achter mijn rug te smoezen, maar dat kon ik niet verstaan. Als Ariana in de buurt was, zwegen ze, waaruit ik concludeerde dat ze niets goeds over haar en mij vertelden.

Op de avond van de veiling trilde ik als een espenblad. Ik merkte nauwelijks dat Ariana een jurk voor me uitzocht. In mijn gedachten was ik er alleen maar mee bezig hoe ik kon ontsnappen. Maar het huis was te goed bewaakt en via het raam vluchten was onmogelijk, want zelfs als ik bij het bovenlicht had kunnen komen, was dat te klein geweest om erdoor te glippen.

'Ik geef je iets aan wat hij makkelijk open kan krijgen. Mannen hebben geen geduld als het om neuken gaat.'

Ariana haalde iets roods uit de la, een zijden jurk met een heel eenvoudige snit, maar toch elegant.

Ze trok hem me aan, toen gebood ze me te gaan liggen. 'Doe het nu maar! Ik wil kijken of je vruchtbaar bent!'

Ik stribbelde tegen toen ze me bij de schouders pakte en me op de ligbank wilde neerleggen, want ik was bang dat de man meteen de deur door zou komen.

'Verdomme, maak niet zo'n stampij!' foeterde Ariana. 'Dat kan je bij die kerel doen, misschien vindt hij dat leuk. Maar ik wil echt zien of hij een kind bij je kan maken of niet. Het zou beter zijn van niet, anders moet je misschien al na deze keer naar de engeltjesmaakster.'

Engeltjesmaakster was weer zo'n woord dat ik niet begreep.

Ariana duwde me nu neer op de bank en spreidde mijn dijen. Ik verging bijna van schaamte toen ze haar vinger in me stak.

'Je hebt geluk, meisje,' zei ze toen ze hem weer terughaalde. 'Die vent kan je in elk geval niet zwanger maken.'

Ik ademde met een schok uit en bleef liggen.

'Kom overeind!' beval Ariana en ging naar de waskom om haar handen te wassen. 'Zo'n onderzoek kun je de volgende keer zelf doen. Je hoeft er alleen maar op te letten hoe het vocht eruitziet en aanvoelt.'

Er volgde een uitleg waarbij ik mijn oren dichthield. Ariana gaf me daarop een harde por. 'Luister nou toch! Of wil je met alle geweld een wurm krijgen?'

Dat wilde ik niet, maar ik wilde vooral niets doen wat een 'wurm' kon veroorzaken.

'Als je het niet zeker weet, kun je de klanten beter afwijzen,' zei ze tot besluit. 'Maar laat dat de anderen niet merken. Als Giselle erachter komt, zal ze je bont en blauw slaan, het kan haar niet schelen of je bij de engeltjesmaakster het leven laat...' Er sloop bitterheid in Ariana's stem, toen boog ze haar hoofd en zei: 'Het is tijd.'

Er waren veel mannen aanwezig in de rode salon. Hansen liet zijn gasten wijn en champagne inschenken, toen liep hij naar een aantal die hij voor rijk genoeg hield. De mannen die op een vlug pleziertje uit waren, verdwenen direct met een van de meisjes naar boven. Alle anderen wisten dat hun die avond nog iets bijzonders zou worden aangeboden.

Ariana zat naast me, met onbewogen gezicht en doffe blik. Ze leek ver weg in haar gedachten.

Ik durfde niet te vragen wat er nu zou komen. Duidelijk voelde ik de blikken van de mannen, diegenen die wellustig naar me keken zouden wel op me gaan bieden.

'Je boft, in veel tenten maken ze zo'n veiling openbaar,' fluisterde Ariana me toe. 'Hansen daarentegen heeft zijn stamgasten. In elk geval zal het een rijke vent zijn die je mag bespringen.'

Ik werd panisch. Stel dat ik nu naar de deur liep? Zou het niet beter zijn om me door Hansens mensen dood te laten maken? Of me in het water te gooien?

Die gedachte hield me zo bezig dat ik helemaal niet merkte dat het bieden was begonnen.

Het ging niet zoals op een paardenmarkt, de mannen staken alleen discreet hun hand op en Hansen accepteerde hun teken. Waarschijnlijk wist hij precies om hoeveel geld het ging.

Na een tijdje werden er minder tekens gegeven. De ene hand na de andere verdween – te duur. Maar een paar mannen leken er echt op gebrand te zijn geluk te krijgen – ook al was dat door een maagd te verkrachten.

Toen Ariana vol walging snoof, keek ik op. Nog maar twee mannen staken om de beurt hun hand op. Allebei waren ze ouder dan mijn vader of de smid, en geen van beiden was om aan te zien. Ik werd door hevige angst verscheurd. Het liefst was ik gaan huilen, maar ik dacht aan wat Ariana tegen me had gezegd, en dus probeerde ik me te beheersen. Ten slotte stootte Ariana me aan.

Voor mij stond een van de twee mannen, met rood aangelopen wangen en vochtige ogen. Hij had een behoorlijke buik, maar dunne benen, waardoor hij eruitzag als een aangeklede kikker. Zijn ogen daarentegen waren klein, verzonken in de massa van zijn wangen, die uitliepen in een onderkin. Hij bood me zijn arm aan, een gebaar dat ik bij de Táy had gezien als ze hun vrouwen door de stad wilden leiden. Ik moest met hem mee. Maar ik kon niet van mijn plaats komen.

'Ga dan,' siste Ariana me waarschuwend toe toen de man ongeduldig snoof en Hansen het merkte. 'Het is zo voorbij, dat zul je zien.'

Toen volgden de vreselijkste vijftien minuten tot dan toe van mijn leven. Nooit eerder had ik zo'n afschuw en zo'n angst gevoeld. De man was erg ongeduldig, hij rukte de kleren van mijn lijf en nam me met grof geweld. Dat ik me verzette hielp niet.

Toen hij eindelijk van me af rolde, bleef ik liggen en wenste dat ik dood was.

Uiteindelijk verscheen Ariana. 'Mon dieu, het ziet eruit alsof...' Ze beet op haar lip en maakte haar zin niet af. Toen boog ze zich over mij heen. 'Alles in orde met jou?'

Ik keek langs haar heen.

'Natuurlijk niet.' Ariana keek radeloos om zich heen, en toen ze niet vond wat ze zocht, liep ze even de kamer uit.

'Hier,' zei ze toen ze terugkwam. Ze schoof iets tussen mijn dijen, trok toen een onderbroek over mijn benen.

'Kun je opstaan?' vroeg ze. Toen ik me nog altijd niet verroerde, trok ze me ten slotte overeind.

'Kom nou, sta op. We moeten hier weg, Hansen zal zo wel komen.'

Op een of andere manier slaagde ik erin onze kamer te bereiken. Daar rook het net als de man die op me had gelegen. Ariana had een klant gehad. Maar dat interesseerde me niet. Ik zakte neer op de bank en wilde alleen nog maar dood.

De volgende dagen was ik door koorts geveld. Ik weet niet waarom, maar ik werd verschrikkelijk ziek en wist zeker dat ik dood zou gaan. De man had iets in mij kapotgemaakt, gescheurd, en nu zou ik aan die verwonding sterven. In mijn delirium merkte ik dat er een dokter verscheen, een oude man met een grijze baard. Hij onderzocht me met koude handen, stelde toen een of andere diagnose die ik niet begreep en verdween weer.

Vanaf dat moment was het water dat ze me gaven bitter van een of ander medicijn. En ik kreeg er onrustige dromen van. Dromen waarin ik Thanhs met bloedkorsten overdekte gezicht zag, waarin ze smekend haar handen uitstak, huilde, om hulp smeekte. Dromen waarin ze door piraten verkracht werd zonder dat iemand haar te hulp kwam. De vertwijfeling daarover verscheurde me. Toen ik het bijna niet meer uithield, werd alles weer zwart en kwam de vergetelheid.

De koorts hield een tijd aan, tot ik op een morgen mijn ogen opendeed en in eerste instantie niet wist waar ik was. Het licht was bleek en helder. Alles leek in het wit te zijn gehuld. Was dat gene zijde?

Nee, mijn hart klopte. Ik leefde. Er hing een lichte rozengeur in de ruimte. Die overheerste de lucht van gebruikte lakens en zweet en vochtig tapijt.

'Godzijdank, je bent wakker.' De vrouwenstem klonk hees, alsof ze te veel had gerookt, of te hard gepraat. 'Ik dacht al dat het nooit meer wat zou worden.'

Ariana ging naast me zitten, streelde over mijn haar.

‘Hanna,’ fluisterde ze. ‘Ik noem je liever Hanna. Je oude naam hoort bij je oude leven, daar moet hij ook blijven. Begrijp je?’

Ik begreep het. Ik was iemand anders geworden, ik was niet meer het meisje dat weggelopen was uit Saigon. Ik had ziekte en duisternis doorstaan, en misschien zou ik op een dag hiervandaan kunnen vluchten. Zolang ik niet weer in Saigon was, zou ik de nieuwe naam dragen. Hanna. De naam van de schande. De naam van mijn straf. De straf die je kreeg als je van huis wegliep.

Er verging een jaar. Een jaar waarin ik leerde gelaten te accepteren wat de mannen met me deden. Een jaar waarin ik hun taal leerde begrijpen en ook spreken, al was het met een sterk accent. Een jaar waarin ik er wel van droomde te vluchten, maar niet de kracht had om ervandoor te gaan. Af en toe botste ik met de andere meisjes, die me om mijn uiterlijk en mijn manier van praten bespotten. Maar Ariana steunde me en werd een vriendin. Misschien bleef ik ook wel vanwege haar.

De winter van 1926 was heel zacht, maar ging gepaard met stevige stormen die de klanten thuishielden. De meisjes waren vreselijk ongerust. Er kwamen dan wel geen klanten naar het bordeel, maar de vechtjassen van Hansen doken regelmatig op om van onze diensten gebruik te maken. Ook ik had al met een van hen kennisgemaakt, en ik keek niet uit naar een herhaling.

Misschien kwam het door de stormen en het vochtige weer dat het ineens slechter begon te gaan met Ariana. Ze kreeg hoestbuien en lichte koorts, maar bleef uit angst voor Hansen en Giselle, de bordeelhoudster, doorwerken.

‘Weet je zeker dat je niet de tering hebt?’ hoorde ik op een dag een meisje aan Ariana vragen. Ik had me in een nis achter een zwaar gordijn verscholen, de enige plek waar ik niet aan blikken was blootgesteld. Hier kon ik mezelf zijn en voor enkele ogenblikken het meisje Hoa Nhài weer tot leven laten komen.

De nis was de plek waar ik mijn gedachten bewaarde, mijn wensen en ook mijn woede. Evenals mijn vluchtplannen. Ook al wist ik niet of ik ze ooit zou kunnen realiseren.

'Waarom zou ik tering hebben?' vroeg Ariana, en het was aan haar stem te horen dat de vraag haar aan het schrikken maakte.

'Omdat je de hele tijd hoest,' antwoordde Minna. 'Giselle heeft die verdenking ook al geuit. Ze zegt dat hier voor een teringlijdster geen plaats is.'

Minna was een vriendin van Ariana, en inmiddels kon ik het ook goed met haar vinden. Daarmee was zij een van de uitzonderingen, de meeste meisjes sisten 'spleetoog' naar mij als ik langsliep.

'Het is geen tering,' antwoordde Ariana zachtjes. 'Dokter Hollerbruck zegt dat mijn longen alleen maar zwak zijn. Ik heb eigenlijk verandering van lucht nodig, maar hoe zou ik dat kunnen krijgen? Hansen zal ons beslist niet mee naar buiten nemen.'

'Toch moet je voorzichtig zijn,' klonk Minna's stem. 'Hansen krijgt op het moment zo veel aanvoer dat hij ons niet nodig heeft. Er zullen binnenkort beslist nog meer jonge dingen komen, dit keer misschien uit Afrika.'

Meteen kwamen de beelden van de verschrikkelijke overtocht me weer voor de geest. Dat het meer meisjes zo zou vergaan als Thanh en mij, drukte me zwaar op het hart. Opeens leek de nis me vreselijk benauwd, en ik zou het liefst zijn weggelopen, want nu had ik weer Thans gegil in mijn oren. Maar ik kon niet weg zolang Ariana en Minna geen einde hadden gemaakt aan hun gesprek. Anders hadden ze me misschien van afluisteren verdacht.

Later, toen ik uit de nis weg was en mijn verdriet om Thanh achter in mijn herinnering had teruggedrongen, werd ik mij ervan bewust wat de betekenis van het gesprek kon zijn.

Wat zou er van mij worden als Ariana echt tering had en zo ziek werd dat ze niet meer kon werken? Als ze hier weg moest? Dan zou ik onbeschermd aan de anderen zijn overgeleverd.

'Hé, wat is er met jou aan de hand?' vroeg Ariana toen ze de kamer in kwam. Het was tijd ons klaar te maken voor de klanten. De avond viel over Hamburg en het zou niet lang meer duren tot de eerste mannen voor de deur stonden. 'Je ziet er nogal behuild uit. Zijn er problemen geweest?'

Ik schudde mijn hoofd. 'Nee.' Maar ik had ook geen zin haar een verklaring te geven voor mijn gezwollen ogen en rode wangen.

Ariana bekeek me onderzoekend. 'Heimwee, klopt dat?' Ze wachtte mijn reactie niet af. 'Ja, dat hebben we allemaal. Vooropgesteld dat we een vaderland hebben. Als je net als ik ergens uit een duister oord komt dat niets voor je betekent, voel je geen heimwee. Maar jij hebt vast een prachtig vaderland.'

Ik knikte, blij dat ze geen vermoeden had van de ware reden voor mijn verdriet. 'Ja, mijn vaderland is echt prachtig. Er zijn palmbomen, en de Mekong heeft duizend vertakkingen waardoor het water naar de zee stroomt.'

'En de lucht?' vroeg Ariana opgewonden. 'Hoe ziet de lucht er bij jullie uit? Is hij zo blauw als hier in de zomer? Of zo geel als de matrozen zeggen?'

'Hij heeft veel kleuren,' antwoordde ik, en ineens werd ik warm vanbinnen. Zonder het te merken verviel ik in mijn moedertaal. 'In de regentijd ziet hij er inderdaad een beetje geel uit, maar meestal is hij stralend blauw, soms weer turquoise of roze, vooral 's ochtends. En 's avonds is hij vuurrood en dan weer violet en diepzwart met zilveren sterren.'

Pas toen Ariana me verwonderd aankeek, besefte ik dat ze me niet verstond. Ik probeerde de kleuren nog eens in het Duits op te sommen. Toen me dat maar deels lukte, ging ik over op het Frans, waarin het veel beter ging.

'Een mooi land!' antwoordde Ariana met een droevige glimlach. 'Dat zou ik graag eens zien.'

Onder andere omstandigheden zou ik haar hebben beloofd haar mee te nemen en haar alles te laten zien, maar dat was onmogelijk. We zaten hier allebei gevangen, in het koude, stormachtige Hamburg, waarin er afgezien van verschillende tinten grijs maar weinig kleuren waren, en zelfs die leken door een grauwsluier te zijn bedekt.

De volgende ochtend werden we ruw uit onze slaap gewekt doordat iemand heftig op onze deur timmerde.

'Hanna, je moet bij Giselle komen!' De stem herkende ik niet, maar ik besefte dat ik me moest haasten.

'Wat is er?' morde Ariana.

'Ik moet bij Giselle komen,' antwoordde ik terwijl ik uit bed glipte en mijn jurk opviste.

'Heb je haar gisteren het geld niet gegeven?'

'Natuurlijk wel! Ik weet ook niet wat dit te betekenen heeft.'

Ik maakte een lage wrong in mijn haar, stapte in mijn schoenen en liep de kamer uit.

De stemmen van de anderen klonken me van verre tegemoet. Blijkbaar heerste er grote opwinding.

Voor Giselles werkkamer had zich een dichte drom gevormd. De meisjes stonden achter elkaar en strekten hun hals uit. Toen ik me langs hen heen wrong, sisten ze me allerlei scheldwoorden toe die ik niet verstond.

Giselle troonde als een zwarte koningin achter haar bureau. Haar mond leek nog meer toegeknepen dan anders. Voor haar stond Erika, met los haar, trillend van woede. De andere meisjes fluisterden toen ik tegenover hen ging staan.

'Zij daar heeft me bestolen!' beweerde Erika en ze priemde met haar vinger naar mij, alsof ze een mes naar me toe slingerde. 'Ik weet zeker dat zij het was!'

'Klopt dat?' vroeg Giselle streng.

Verrast door de beschuldiging schudde ik mijn hoofd.

'Ik... ik weet niet wat ze bedoelt.'

'Ha, nu hangt ze de onschuld uit. Misschien moeten ze jou maar naar het bordeel aan het einde van de straat sturen.' Erika ging honend voor me staan en keek me met fonkelende ogen aan.

Ik had geen idee waar die haat vandaan kwam. Het was duidelijk dat Erika een van degenen was die mij niet mochten, maar ik had haar geen aanleiding gegeven om me bij Giselle zwart te maken.

'Waarom juist Hanna?' klonk het uit de voorste rij. Ariana wrong zich tussen de meisjes door en keek Erika woedend aan. Hoeveel zou ze van het gesprek hebben meegekregen? 'Ze slaapt niet eens in de buurt van jouw kamer, en ze weet ook dat ze bij jou niets te zoeken heeft. Waarom zou ze je dan hebben bestolen?'

Ariana's tirade bracht Erika ertoe haar van haat vervulde blik van me af te wenden. Nu was zij even degene die niets wist te zeggen. Maar ze hernam algauw het woord. 'Ik weet zeker dat zij het was. Die spleetoog sluipt door de gangen en speelt voor luistervink. Wie weet wat ze zich in het hoofd haalt. Misschien steekt ze je op een dag wel dood.'

'Dat zou ik nooit doen!' antwoordde ik trillend over mijn hele lichaam. 'En ik heb ook niks van je gestolen.'

Erika sloeg haar armen over elkaar en lachte spottend. Ze scheen te weten wie er eerder geloofd werd. 'De broche van mijn jurk is anders wel weg,' zei ze en ze keek naar Giselle. Die had haar als haar lieveling de broche geschonken, want eigenlijk had geen van de meisjes genoeg geld om zich zoiets te kunnen veroorloven.

'Ik heb geen idee hoe die broche eruitziet!' zei ik ter verdere verdediging van mezelf, en ik verviel daarbij weer in het sterke accent dat het anderen soms onmogelijk maakte me te verstaan, hoewel ik de juiste woorden gebruikte.

'Praat niet zo idioot, gele spleetoog die je bent,' gromde Erika tegen mij.

'Ik heb niks van je gestolen,' brieste ik. 'Dat zweer ik bij mijn familie.'

Erika keek minachtend. 'Had je die maar.'

Toen ik me op haar wilde storten, kwam Ariana tussenbeide. 'Nu ophouden!' voer ze tegen Erika uit. Ze keken elkaar even aan, toen wendde Erika eindelijk haar blik af. Maar nu verscheen er een triomfantelijk lachje op haar gezicht.

'Ariana, los dit gedoe met haar op. Ik duld geen dievegges onder mijn dak!'

Alsof iemand erom zou vechten onder jouw dak te mogen wonen, dacht ik spottend, maar intussen kende ik genoeg Duits om te weten dat ik serieus in moeilijkheden was. Als ik uit het Rode Huis werd gegooid, zou Hansen me niet zomaar laten gaan. Hij zou me onderbrengen in een van de andere huizen die van hem waren en waarover de andere meisjes fluisterden dat het er een hel was. Ariana pakte me ruw bij mijn arm en trok me mee. Achter ons werd vol leedvermaak gelachen. Boven aangekomen duwde ze me ruw van zich af. 'Wat heb je uitgehaald? Denk je nou echt dat ik je nog in bescherming blijf nemen als je stommiteiten begaat?'

'Ik heb niks gestolen, echt niet!' bezwoer ik. 'Kijk maar tussen mijn spullen! In mijn bed! Ik heb die broche niet!'

Ariana sloeg haar armen over elkaar: 'Dat weet ik.'

'Wat?'

'Ik weet dat je niets gestolen hebt. Er speelt iets anders. Heb je soms iets gedaan waardoor Erika of Giselle kwaad is geworden?'

Ik schudde vertwijfeld mijn hoofd. 'Nee, niet dat ik weet.'

'Heb je dan misschien een klant van Erika afgepikt? Of heeft een man die vaste klant van Erika is naar je gevraagd?'

'Dat weet ik niet, ik...' Ik probeerde krampachtig me de mannen van de afgelopen dagen te herinneren. Maar ik had hun gezichten niet onthouden.

Ariana begon onrustig heen en weer te lopen. Daarbij hoestte ze steeds weer. 'Er is iets aan de hand... Erika zou je niet zomaar beschuldigen.' Ze leek koortsachtig haar herinnering te doorzoeken. Toen bleef ze staan, knikte en liep de kamer uit zonder mij een aanwijzing te geven.

Die avond was ik zo bezorgd dat ik het nauwelijks merkte als de mannen op me gingen liggen om zich te bevredigen. Toen de nacht voorbij was, sleepte ik me naar bed, gelukkig zo moe en innerlijk zo verdoofd dat ik niet merkte dat Ariana terugkwam, en ook nergens aan kon denken.

'Weet je eigenlijk hoeveel geluk je hebt?'

Ariana's scherpe stem haalde me uit mijn slaap. Loodgrijs ochtendlicht stroomde door het raam naar binnen.

Op slag kwam ik overeind en wreef de slaap uit mijn ogen. Ariana, die zich naast mijn bed had opgesteld, leek kwaad. 'We hebben die vervloekte broche gevonden,' gromde ze. 'Hij zat tussen de rits van de rode chaise longue in de salon beneden.'

Dat was niet alles, dat wist ik.

'Je vraagt je zeker af waarom je geluk hebt, nietwaar?' Ariana's stem klonk nu snijdend.

Ik knikte.

'Het is voor jou een groot geluk dat Erika dom is. En dat ik Giselle ervan heb weten te overtuigen dat je onschuldig bent en dat haar beschermeling gewoon alleen maar jaloers is.'

'Maar waarom is ze dan jaloers?' Ik kreeg het benauwd. 'Leg het me alsjeblieft uit, ik begrijp er niks van.'

'Eerst even dit.' Ariana keek naar de deur en liet haar stem dalen. 'De broche zat oorspronkelijk niet in de chaise longue. Hij was hier in de kamer.'

Mijn adem stokte. 'Je kunt beter ademhalen voor je blauw aanloopt,' zei Ariana daarop. 'Dat stomme kind heeft geprobeerd je diefstal in de schoenen te schuiven. Maar ze heeft zich in de bedden vergist. Ze had hem in mijn bed gelegd in plaats van in het jouwe.'

Ik kon het niet bevatten! Het was al erg genoeg dat ik hier was. En nu benijdde een meisje me niet alleen om mijn plaats, maar probeerde me ook nog te verlinken. Ik begon te huilen, want zo veel vijandigheid was ik niet gewend. 'Hou nou maar op met grienen, anders ben je de hele dag bezig je ogen weer toonbaar te maken. Het gevaar is afgewend, maar je moet er echt op letten dat je niet Erika's misnoegen wekt door een klant bij haar weg te kapen. Ga beneden in een hoek zitten waar zij niet is. Blijf gewoon uit haar buurt.'

'En als zij niet uit mijn buurt blijft?' snikte ik, want ik had nooit het gevoel gehad te dicht bij iemand in dit huis te hebben gezeten.

'Je moet bij haar uit de buurt blijven, wat zij ook doet,' zei Ariana rustig en ze boog zich dicht naar me toe, alsof ze bang was dat er iemand aan de deur luisterde. 'Hou haar goed in de gaten, en als je merkt dat er iets niet klopt, vertel je me dat. Ze gelooft dat niemand haar doorheeft, maar ik weet precies hoe ze is. Je moet je alleen niet door haar laten intimideren.'

De vondst van de broche veranderde niets aan de stemming in het Rode Huis, maar Erika liet me tenminste met rust. Weken gingen voorbij. Er was geen sprankje hoop.

Omdat Ariana een kalender had wist ik dat het inmiddels maart was, maar dat was aan het weer niet te merken. Het was koud en nat en er viel telkens weer sneeuw. Er kwam bijna geen zonlicht door het wolkendek heen.

Toen, op een ochtend in april – het weer was grilliger dan tijdens de moesson in mijn vaderland – hoorde ik bij het wakker worden een vreemd gehijg. Eerst kon ik niet verklaren waar het vandaan kwam, maar toen merkte ik dat Ariana nog niet op was, zoals anders.

Ik kwam overeind en zag dat ze met een hoogrood hoofd in bed lag te hoesten. Direct stormde ik de kamer uit de gang door. Ik ging naar de enige die de macht had om een dokter te laten komen.

'Binnen!' riep Giselle op mijn kloppen, in de veronderstelling dat zich iemand anders zou vertonen. Op slag verdween de glimlach van haar roodgestifte lippen.

'Wat wil je?'

'Ariana!' hijgde ik, de vijandige blik van de roodharige negerend. 'Ze heeft hoge koorts en wordt maar niet wakker!'

De bordeelhoudster zei niets en leek niet eens bijzonder geschrokken of verrast.

'Ze heeft hulp nodig!' hield ik vol, maar dat leek Giselle niet bepaald te interesseren.

'Ik ga een dokter halen!' riep ik, waardoor Giselle eindelijk wakker werd geschud.

'Jij blijft hier!' brulde ze toen ik me wilde omdraaien. 'Ik stuur iemand naar de dokter. Ga naar boven en zorg voor haar!'

Ik beantwoordde haar boze blik, toen rende ik naar boven, terug naar de kamer.

Ariana was nog steeds buiten bewustzijn. Ze haalde reutelend adem en draaide zich van de ene zij op de andere.

Als ze nou toch tering had? Wat was dat eigenlijk voor ziekte?

Het duurde heel lang voor de dokter kwam. Terwijl de minuten zich tot uren aaneenregen, vreesde ik al dat Giselle mijn woorden had genegeerd. Maar toen, laat in de middag, kwamen zware voetstappen de trap opdenderen. Hansen kon het niet zijn, die liet zich nooit boven zien. De man voor wie ik even later opendeed, had wit haar en een grijze baard. Het was de dokter die ik in mijn delirium had gezien.

Het was hem aan te zien dat hij Ariana niet graag onderzocht, maar ten slotte legde hij zijn stethoscoop weg, snoof en haalde een notitieblok uit zijn tas.

'Uw... collega hier heeft longontsteking. Laat dit medicijn maar halen.'

Ik bekeek het velletje papier dat hij me in de hand drukte en had het liefst gezegd dat ik het middel heel zeker niet zou mogen halen. Maar ik zweeg en knikte.

Ik wist dat Giselle tekeer zou gaan. Naar een kamer waar iemand ziek lag kon je geen mannen meenemen. Ik koesterde eerst ook geen enkele hoop dat ze mij vrij zouden geven om voor Ariana te zorgen. Maar ik wilde het op z'n minst proberen. Ariana had me tenslotte altijd geholpen.

Giselle ging inderdaad tekeer, en niet zo'n beetje ook. Ze beklaagde zich erover dat ze nu ook nog geld moest uitgeven voor een ouwe snol die niet veel klanten meer trok. Dat ze zelf veel ouder was dan Ariana, zag ze bewust over het hoofd. Evenals het feit dat Ariana altijd nog haar waarde voor de zaak had gehad – in elk geval voor ze ziek werd.

'Maar ik ben geen onmens,' bromde ze uiteindelijk en ze gaf de loopjongen het recept en wat geld.

Die liet zich pas een uur later weer zien.

Ik had intussen Ariana's voorhoofd gekoeld, maar het hoesten was niet minder geworden. Eerder erger. Ik loste een zakje poeder op in water en goot het zo goed en zo kwaad als het ging bij de zieke naar binnen.

'Maar denk niet dat je het werk kunt ontlopen!' had Giselle gedreigd. 'Voor Ariana kun je ook na afloop zorgen!'

Ik was blij dat ik het boudoir kreeg toegewezen. Nu hoefde ik niet af te wisselen met een van de andere meisjes.

De mannen lieten me die avond nog onverschilliger dan anders. Toen ik het geld had afgegeven en Giselle zich bij het zien van het bedrag zelfs verwaardigde me een goede nacht te wensen, ging ik terug naar de kamer. De lucht rook zuur en was vreselijk dik, maar uit angst dat de koude lucht Ariana's toestand nog kon verergeren, deed ik het bovenlicht niet open.

Ariana gloeide. Ik schrok enorm toen ik merkte dat ik de hitte die ze uitstraalde al voelde als ik naast haar bed stond. Het medicijn hielp blijkbaar niet.

Maar ik waagde het niet naar beneden te gaan. Giselle had me waarschijnlijk eerder een pak slaag gegeven dan midden in de nacht de loopjongen nog eens naar de dokter te sturen – en diens rekening te betalen.

Ik probeerde met koude omslagen de koorts te lenigen en zelf de slaap die me met ijzeren hand in zijn greep hield te trotseren. Maar uiteindelijk werd ik door vermoeidheid overmand. Het duurde echter niet lang of ik schrok wakker van een paniekerig gehijg.

'Hanna,' fluisterde Ariana, en even gleed er een lachje over haar gezicht. 'Hoe laat is het?'

Dat was een heel merkwaardige vraag, maar waarschijnlijk had ze tijdens het slapen haar gevoel voor tijd verloren.

'Het is bijna ochtend,' antwoordde ik terwijl ik de warm geworden, bijna droge doek van Ariana's voorhoofd haalde en in de wateremmer onderdompelde. 'Hoe gaat het met je?'

Ariana gaf geen antwoord. Haar blik vervaagde. Het leek bijna alsof ze weer weg zou glijden in de slaap, maar toen tastte haar hand naar mijn arm.

'Ik ga je nu iets zeggen.' Voor ze dat kon doen, moest ze eerst hoesten, zo hevig dat ze er bijna in bleef. Maar ze hernam zich weer. 'Luister goed,' hijgde ze, en ik boog me ongeacht de longontsteking over haar heen.

'Achter de wand van de kledingkast zit een gat, je hoeft het hout maar een beetje opzij te duwen. Daar ligt alles wat ik in de loop der jaren achterover heb gedrukt en opgespaard.'

Waarom vertelde ze mij dat? Een duister vermoeden kwam bij me op.

'Als er iets met mij gebeurt, dan wil ik dat jij het geld neemt.'

'Nee, zeg toch niet zulke dingen!' antwoordde ik in paniek.

'Ik wil dat jij het geld neemt,' volhardde Ariana met inspanning van al haar krachten en met al haar zelfbeheersing. 'En ik wil dat je hier verdwijnt, en wel zo snel mogelijk. Ik heb grote moeite gehad om je te verdedigen en Giselle ervan te overtuigen dat jouw werk waardevol voor haar is. Er zijn intussen andere meisjes aangekomen, die zitten in andere huizen te wachten, en ik heb me laten vertellen dat ze heel wat inschikkelijker zijn dan jij...' Weer begon ze te hoesten, en ik was er zeker van dat ze ijlde, want wanneer was ik dan niet inschikkelijk geweest?

'Ze zullen proberen je voor een ander te ruilen, en dan wordt het een hel voor je, want uit die andere huizen kom je nog minder makkelijk weg,' vervolgde Ariana toen ze zich weer een beetje hersteld had. Haar benige hand klauwde in de stof op mijn schouder, de naad protesteerde met een scheurend geluid. 'Neem het geld en breek er dan je hoofd over hoe je hier kunt wegkomen, dat kan op diverse manieren. En denk niet dat Hansen God is. Hij ziet niet alles, en ook zijn mensen zien niet alles. Ik... ik had geen andere keus, maar jij hebt die wel. En je bent sterk...' Weer werden haar woorden verstikt door een hoestbui. Ditmaal zo erg dat ze eerst donkerrood en daarna blauw aanliep. In paniek sprong ik op. Ik wist niet wat ik moest doen, er was geen dokter in de buurt, en geen van de meisjes zou me helpen!

Maar toen kwam Ariana weer tot rust. Haar gelaatskleur veranderde van vuurrood in koortsig rood, en ze leek weer lucht te krijgen. Met tranende ogen keek ze me aan. 'Alsjeblieft, meid, doe wat ik zeg!'

'We kunnen samen gaan,' fluisterde ik. Mijn hart bonkte van angst.

'Ik zal beslist gaan,' zei de zieke zachtjes. 'Maar we kunnen niet samen gaan. Dus zorg dat je hier wegkomt, en wel zo snel mogelijk. Je hebt nog een heel leven voor je, laat niet toe dat ze je volkomen breken en alles van je afpakken, wil je me dat beloven?'

Ik voelde me heel ongemakkelijk bij die belofte. Ten eerste omdat ik niet wist of ik haar kon houden, ten tweede omdat ik vreesde dat het een belofte aan een stervende was.

Maar ik beloofde het, en Ariana liet me daarop weer los. Ze glimlachte weer, hoestte een beetje en viel even later weer in slaap. Ik viste de natte doek uit de emmer en legde hem weer op haar voorhoofd.

Drie dagen later stierf Ariana. Toen ik net als altijd 's morgens naar haar wilde kijken, was ze al koud, haar ogen stonden wijd open, net als haar mond. Het zag eruit alsof ze nog een laatste keer vertwijfeld had willen ademhalen.

Het nieuws van Ariana's dood ging als een lopend vuurtje rond. Giselle verscheen, vloekte geërgerd en stuurde de loopjongen erop uit om de doodgraver te gaan halen. De meisjes verdrongen zich nieuwsgierig in de deuropening om een blik op het lijk te werpen. Giselle probeerde de ogen en mond van de dode dicht te drukken, maar dat lukte haar niet. Dus vloekte ze weer, kijfde dat ze geen lijk in haar huis duldde en liep ruisend de kamer uit.

Niemand sloeg acht op mij toen ik in elkaar gezakt op het bed zat te huilen. En verder vergoot ook niemand anders een traan om Ariana. Ze draaiden liever allemaal om haar heen en gaapten haar met uitpuilende ogen aan. Waarschijnlijk waren ze blij eens iets te zien wat nog erger was dan hun werk in het Rode Huis.

'Nou, nou, meisje, je huilt je nog de ogen uit je hoofd,' hoorde ik uiteindelijk de zachte stem van een oude man zeggen. De doodgraver stond voor me, zijn helpers hadden het lichaam al weggedragen. Ik keek in een goedig oudemannengezicht dat omkranst was door geelwitte bakkebaarden en spaarzaam wit haar, dat over zijn voorhoofd was gekamd.

Hij stond een tijdje naar me te kijken, en ik nam hem op, in zijn zwarte pandjesjas met zwarte das. Hij zag er net zo uit als de Táy in mijn kindertijd wanneer ze naar de kerk gingen. Die tijd leek zo ver weg.

De man stak zijn hand uit en streelde over mijn haar. 'Je bent nog wel zo'n mooi ding. Ik hoop maar dat ik jou niet ook ooit hoef te begraven.'

Ik moet hem verschrikt hebben aangekeken, want de man trok zijn hand terug en glimlachte droevig naar me.

'Was ze je vriendin?' vroeg hij toen.

Ik knikte bedrukt.

'Dan zal ik haar extra mooi maken voor haar laatste reis. En maak je niet ongerust, ik zal haar mond en ogen sluiten. Zo zal ze niet voor God de Vader treden.'

'Dank u.' Ik wist niets van zijn God de Vader, maar het was goed dat hij voor Ariana zou zorgen.

De doodgraver knikte naar me, en voor hij vertrok draaide hij zich nog eenmaal om. 'Hang een open schaar boven de deur, dan komt Magere Hein niet in je kamer.'

Toen verdween hij voorgoed.

Die avond was de gang van zaken in het Rode Huis net als altijd. De piano tingelde, de klanten kwamen. Ik nam een paar van hen mee naar mijn kamer en liet ze hun gang gaan, maar terwijl de mannen tussen mijn dijen lagen te zwoegen vroeg ik me af wat de man in het zwart met zijn raad had bedoeld. Wie was Magere Hein? Heetten mannen hier zo? En waarom moest een schaar hem ervan weerhouden de kamer in te komen?

Toen ik daar geen antwoord op kon bedenken, dacht ik aan Ariana, die nu vast al met gesloten ogen en mond in haar kist sliep en eindelijk vrij was.

Drie dagen later zou de begrafenis plaatsvinden. Het was duidelijk dat wij meisjes naar het kerkhof zouden gaan – andere familie had Ariana niet gehad. Ik dacht aan haar laatste woorden en vroeg me af of er ooit een mogelijkheid zou komen om uit het Rode Huis te ontsnappen.

Hoewel ik om Ariana treurde, was ik ook opgewonden. Voor

het eerst zou ik Hamburg zien, door de straten lopen! Zou ik de moed hebben bij de anderen weg te gaan? Mijn hart bonsde wild als ik eraan dacht, en mijn handen waren de hele tijd ijskoud. Het gekriebel en de kramp in mijn maag werden alleen minder als ik sliep, en dat deed ik in die dagen nauwelijks.

Intussen had ik de verstopplaats met het geld gevonden en was ik stiekem begonnen de biljetten in de zoom van mijn jurk te naaien. Gelukkig had Ariana haar eigen naaigerei, en mijn vaardigheid op het gebied van naaien kwam me nu van pas. Bij het geld had ik ook een adres in Berlijn gevonden. Ik wist inmiddels dat Ariana's spaargeld niet voldoende was om met een boot naar Vietnam terug te reizen – maar voor een tocht naar Berlijn was het toereikend. Daar zou ik gaan werken en proberen geld te sparen. Ooit zou ik teruggaan en Thanh zoeken!

Op de ochtend van de begrafenis ontbood Giselle mij.

Ze keek spottend naar de grove, donkerbruine jurk die vroeger van Ariana was geweest en zei tegen me: 'Die kun je uittrekken. Jij blijft hier.'

'Wat bedoelt u daarmee?' Voor mij was het vanzelfsprekend dat ik mijn vriendin de laatste eer zou bewijzen. 'Waarom mag ik niet naar de begrafenis?'

Het antwoord was een harde oorvijg. Het toch al magere rood op Giselles lippen was helemaal verdwenen. Haar ogen fonkelden boosaardig.

'Jij blijft hier! Erika zal op je passen, en God zij je genadig als je iets uithaalt!'

Erika als bewaakster? Dan konden net zo goed Hansens vechtersbazen op me passen. Bij Erika zou ik nog niet kunnen ademhalen zonder dat ze dat als vergrijp zag. Waarschijnlijk zou ze met alle sleutels van het huis in Giselles kantoor gaan zitten en doen alsof ze de baas was. Daarmee was mijn eerste kans om te vluchten verkeken.

Maar ik stond machteloos. Stijf draaide ik me om en keerde terug naar mijn kamer. Erger nog dan mijn wangen brandde de haat in mij. Ik zou vluchten, hoe dan ook!

Erika daarentegen was er niet op gespitst naar de begrafenis te gaan. In tegenstelling tot de anderen toonde ze geen spoortje verdriet. Integendeel, ze liet geen gelegenheid voorbijgaan om grappen te maken over de aanblik die Ariana in haar bed had geboden. Zelfs op de dag van de begrafenis schrok ze daar niet voor terug.

'Zo hadden de klanten haar eens moeten zien!' zei ze luid in de gang, en ze lachte. De andere meisjes hielden zich gedeisd. Blijkbaar hadden ze nog een beetje fatsoen.

Ik stond treurig bij het raam toen het in het zwart geklede gezelschap het Rode Huis verliet. Uit andere huizen sloten andere eveneens in het zwart geklede vrouwen zich erbij aan. Ariana mocht dan misschien niet veel vriendinnen hebben gehad, maar er waren in de buurt blijkbaar een paar mensen die haar waardeerden en die verdrietig waren door haar dood.

Na een tijdje werd me duidelijk dat er behalve Erika en ik maar weinig mensen van het Rode Huis thuis waren gebleven.

Verheugd dat Giselle zoveel vertrouwen in haar had, nam Erika er genoegen mee in het souterrain op te letten of ik me misschien niet toch vertoonde. Toen iedereen weg was kwam ze naar boven. Zonder kloppen kwam ze binnen en plofte met een valse grijns neer op Ariana's bed, waar alleen nog maar een kale matras op lag.

'Nou, zou je niet liever weglopen?' vroeg ze op de verleidelijke toon waarmee ze elke klant die ze wilde kon krijgen.

Mij stond haar stem alleen maar tegen. Erika was vals en zo gevaarlijk als een slang in de rijstvelden.

Ik zweeg. Dat beviel Erika natuurlijk niet. Ze stond op en sloop om me heen als een kat om haar prooi, waarin ze alleen nog haar klauwen hoefde te zetten.

'Ik zie het aan je ogen. Je wilt terug naar je oerwoud, nietwaar? Het aapje wil naar het oerwoud...' Ze grinnikte om haar grap, en ik kreeg een hevig brandend gevoel in mijn borst.

Stel dat ik me op Erika stortte en haar de keel dichtkneep? Dan zou ik rust hebben en kunnen verdwijnen. Maar mijn verstand kreeg weer de overhand.

Erika was dan misschien wel mijn vijand, maar het kwam door

anderen dat ik hier was. En bovendien wilde ik niet nog meer problemen krijgen.

'Ik zou de kooi voor je kunnen openmaken, aapje,' meesmuilde Erika boosaardig verder. 'Het komt me toch al niet goed uit dat je hier bent en mijn klanten afpikt.'

Ik staarde langs Erika heen naar de muur en draaide me toen om naar het raam. De wolken waren die dag weggetrokken, alsof de zonneschijn een groet van Ariana uit de hemel was.

Opeens priemden Erika's vingers in mijn wangen en draaide ze mijn hoofd ruw om. 'Kijk me aan als ik tegen je praat! Of ben je intussen vergeten hoe je onze taal spreekt, aapje?'

Ik kermde van pijn en woede. Ik vervloekte mezelf dat ik niet de moed had op te springen en erop los te slaan.

'Toe dan, smeek me dan om je eruit te laten,' snauwde Erika. Haar nagels lieten bloedige krassen in mijn huid achter, die ik later met poeder zou moeten bedekken.

'Nee!' bracht ik koppig uit.

'Smeek het me!' schreeuwde ze.

'Nee!' antwoordde ik rustig en verdroeg nog even Erika's geklauw in mijn wangen. Toen verloor mijn rivale blijkbaar het plezier in het spel. Ze liet me los en keek me hijgend aan alsof het al haar kracht had gekost.

'Armzalig stuk stront dat je bent!'

Terwijl Erika alle scheldwoorden die ze kende over me heen stortte, zwierf mijn blik schijnbaar onaangedaan door de kamer. Maar ik zag voor me hoe ik wegvluchtte uit het bordeel, hoe ik alles achter me liet en ooit weer de vertakkingen van de Mekong zou aanschouwen.

Mijn ziel reisde terug naar Saigon, naar een middag waarop ik met Thanh naar de oever van de rivier was gelopen om naar de vissersboten en de zeilschepen te kijken. Heel duidelijk kon ik de rode zeilen van de jonken zien, en de vissers met hun rijsthoeden. En Thanh, wier ronde wangen al helemaal bruin waren van de zon, terwijl ik zelf nog altijd zo wit was als de room die je van de melk schepte.

Op dat ogenblik stond ik mezelf niet toe eraan te denken wat er van Thanh was geworden, ik hield het moment vast, net zolang tot de deur met een klap dichtviel en een van Ariana's geborduurde afbeeldingen, die bij haar vroegere leven hadden gehoord, van de muur viel. Woedend draaide Erika de deur op slot, maar dat kon me niet schelen. Ik had gewonnen!

Waarschijnlijk zou ze nu allerlei leugens verspreiden dat ik had willen vluchten. Maar ik had even rust en kon mijn vlucht voorbereiden.

De volgende nacht was het zover. Toen de laatste klant het Rode Huis had verlaten, kleedde ik me om. Ik voelde nog steeds de aanrakingen van de mannen op mijn huid en de afschuw hield me wakker. Sinds de deur van de bordeelhoudster was dichtgegaan, was er een half uur verstreken. Dat zou genoeg zijn. Giselle sliep heel vast, als ik geluk had zou ik al in Berlijn zijn voor mijn afwezigheid opviel. Heel ver weg kon die stad niet zijn... En als dat wel het geval was, zou ik tenminste zo ver uit de buurt van Hamburg zijn dat Hansens vechtjassen me niet meer konden achterhalen.

Vreemd genoeg had Erika niets over onze aanvaring verteld. Het was rustig gebleven. Dat zag ik als een goed teken.

Ik keek nog eens naar het lege bed waarop Ariana haar laatste adem had uitgeblazen, toen draaide ik me om naar de deur. Mijn hart ging als een razende tekeer, waardoor het lastig was om te luisteren. Mijn benen trilden en ik had een wee gevoel in mijn maag. Sinds de ochtend had ik niets meer gegeten.

Toch slaagde ik er op een of andere manier in naar de trap te komen. Erika's kamer lag ertegenover. Als zij nog wakker was, zou ze bij lawaai misschien gaan kijken wat er aan de hand was. Maar die dag had ze twee keer zo veel klanten afgewerkt als anders, om in een goed blaadje te komen bij Giselle, en ze lag waarschijnlijk diep te slapen. De traptreden kraakten zachtjes onder mijn gewicht, te zacht voor een uitgeputte vrouw om het te kunnen horen. Beneden aangekomen probeerde ik me in het donker te oriënteren, want het licht van de maan bereikte de gang niet. Ik volgde de weg die ik in mijn hoofd had, liep om de trap heen, doorkruiste een volgende gang en liep op de achteruitgang af. Ik was bijna bij de achterdeur toen er plotseling een deur openging.

Er kwam iemand uit Giselles kamer. Ik verstijfde toen ik merkte dat het Hansen was. 'Waar gaat dat heen?' voer hij tegen me uit.

Mijn nekharen stonden rechtovereind. Ik had niet geweten dat hij nog in het huis was. Het was het ergste wat me kon overkomen.

'Ik ga weg,' hoorde ik mezelf desondanks zeggen. Geen idee waar ik de moed vandaan haalde. De oude vrouw uit de tempel stond me weer voor ogen, haar eigenaardige voorspelling dat er een draak in me huisde. Ze had gelijk gekregen dat ik ver de wereld in zou gaan – misschien had ze ook gelijk wat die draak betreft. Hansen was alleen, en als het me lukte bij de deur te komen...

Hansen stond me verbijsterd aan te gapen.

'Weg?' barstte hij uit. 'Heb je je verstand verloren? Jij gaat nergens heen!'

Zijn gezicht vertrok. Een bombardement van scheldwoorden werd over me uitgestort, en allemaal eindigden ze met het dreigement: 'Ondankbaar stuk vreten, ik zal je eens laten zien wat je te doen staat!'

Terwijl ik achteruitdeinsde zocht ik koortsachtig naar een uitweg. Als hij me nu tegenhield, zou ik nooit wegkomen. Ik rende naar Giselles kantoor. Misschien kon ik hem te slim af zijn en hem daar opsluiten.

Maar ik had nog geen voet over de drempel gezet of Hansen pakte me ruw bij de arm. Het lukte me aan zijn greep te ontkomen, maar hij stormde achter me aan, joeg me het kantoor in en versperde met zijn lichaam de deur.

'Vuile slet, ik zal je eens laten zien wie je hier moet gehoorzamen!' Hij maakte zijn riem los. Dat kon van alles betekenen. Hoe dan ook zou het mijn dood worden als ik me niet verweerde.

Toen zag ik dat Venus me toelachte. Venus, die met haar armen omhoog op Giselles bureau stond en haar glanzend gewreven borsten aanbood.

Als vanzelf sloten mijn handen zich om het beeld. Het was niet bijzonder groot, maar wel behoorlijk zwaar. Met alle kracht die ik in mijn angst kon opbrengen, slingerde ik het naar Hansen toe.

Het zware voetstuk knalde tegen zijn slaap, zijn hoofd schoot opzij. Het volgende moment verloor Hansen zijn evenwicht. Hij viel naar achteren en sloeg met zijn hoofd tegen de ladekast waarin de orderboeken werden opgeborgen. Met een kleine zucht zakte hij op de grond.

Geschrokken sloeg ik mijn hand voor mijn mond. Had ik hem gedood? Het beeld lag naast hem op de vloer. Er was geen wond, maar misschien had hij zijn nek gebroken...

Weg hier! meende ik Thanh te horen roepen. Ze hebben het vast gehoord en zullen zo hier zijn. En dan zullen ze je straffen.

Ik rende naar de achterdeur, blij dat ik Ariana's geld op mijn lichaam bij me droeg. Maar mijn euforie verdween ogenblikkelijk. Hij was afgesloten. En de sleutel zat er niet in!

Waar zou ik aan een sleutel kunnen komen? Ik trok de laden open, maar daar lag niks.

Mijn oog viel op Hansen, die nog altijd niet bewoog.

Het huis was van hem, dus had hij vast de sleutel bij zich.

Ik durfde hem nauwelijks aan te raken, bang dat hij bij zou komen en mij vast zou pakken. Aarzelend betastte ik hem met mijn vingertoppen. In mijn achterhoofd tikte een onzichtbare klok. Hoe meer tijd er verstreek, hoe waarschijnlijker het was dat hij bij zijn positieven kwam. Ik zocht eerst onder zijn jas, voelde daarbij onaangenaam zijn warmte tegen mijn arm. Mijn hart klopte als een bezetene.

Als hij nu wakker wordt, ben je er geweest, dreunde het in mijn hoofd.

Tot mijn grote teleurstelling was zijn jaszak leeg. De broekzakken dan? Ik durfde mijn hand daar bijna niet in te steken. Je moet! zei ik tegen mezelf en schoof met een gevoel van grote walging mijn hand in zijn broek. Maar ook daar was niets te vinden. In paniek en de tranen nabij kwam ik overeind en keek om me heen. Waar zou Giselle de sleutel kunnen verbergen? Toch zeker niet in haar slaapkamer?

Ik herinnerde me de deur waar Hansen uitgekomen was. Nadat ik op de gang had geluisterd en nog een keer onderzoekend naar de pooier had gekeken, sloop ik het kantoor uit naar de deur. O, ik hoopte zo dat daarachter niet de slaapkamer verborgen lag waar hij met Giselle overnachtte!

Maar dat was natuurlijk wel het geval. Warme, vochtige beddampen stroomden naar me toe. Giselle lag onder het dekbed te snurken. Ik werd misselijk toen ik rook dat Hansen met haar moest hebben geslapen.

Ik vroeg me af waarom Hansen eigenlijk de slaapkamer uit was geslopen, maar nu had ik geen tijd om daarover na te denken. Inderdaad vond ik op het nachtkastje naast haar een sleutelbos. Op mijn tenen sloop ik ernaartoe.

Daarbij probeerde ik steeds op de gang te luisteren, in Hansens richting.

Als ik hem dood had gegooid, zou hij me zeker niet tegenhouden, maar als het niet zo was? En ik hoopte vurig dat ik hem niet vermoord had, want ik wilde niet de strop krijgen.

Terwijl ik naar Giselle staarde en hoopte dat ze me niet hoorde, reikten mijn vingers naar de sleutels. Ik tilde ze op, maar lette niet op of er iets loslag. Ik had ze nog niet gepakt of er viel er een terug op de ladekast – zo hard dat het wel een donderslag leek.

Ik hield mijn adem in.

Giselle begon minder hard te snurken, en ze werd onrustig.

Weg hier! zei ik bij mezelf. Weg hier, voor ze in de gaten krijgt wat er aan de hand is!

Ik vluchtte de slaapkamer uit. Het volgende ogenblik schrok ik van een schaduw die uit de deur van het kantoor kwam. Was Hansen weer overeind gekomen? Achter mij lag Giselle te woelen op haar kussens.

Toen werd me echter duidelijk dat het niet de schaduw van een man was. En dat die er al steeds moest zijn geweest. Giselle had een staande klok voor haar raam staan. De schaduw daarvan viel door de deur.

Ik liep door.

Terug in het kantoor zag ik dat Hansen nog steeds op de vloer lag. Was hij echt dood?

Ik had het kunnen controleren, maar op dat moment wilde ik liever wegwezen.

Met trillende handen zocht ik in de bos naar de juiste sleutel. Bij elke verkeerde was ik het liefst gaan gillen.

Maar toen, eindelijk, had ik de goede te pakken. Het slot ging open, en ik was vrij!

Even later stond ik op de binnenplaats. Bij de poort aangekomen keek ik nog één keer om naar het Rode Huis. De bedrieglijke ogen waren gesloten, maar dat kon elk moment veranderen.

Dus glipte ik de straat op.

9

Die nacht kon Melanie niet slapen. Enerzijds zat het aanbod van Dornberg nog altijd in haar hoofd, anderzijds had het verhaal van haar overgrootmoeder van de afgelopen dag haar zo geschokt dat ze lange tijd niet in slaap kon komen.

Was het allemaal echt zo gegaan? Melanie kon nauwelijks geloven dat haar overgrootmoeder in een bordeel opgesloten had gezeten. Maar Hanna zou niet tegen haar liegen.

’s Avonds was haar grootmoeder Marie terecht verwonderd geweest over de bedrukte stilte aan tafel.

Hanna had Melanie gevraagd niemand iets over haar geschiedenis te vertellen – Elena noch Marie, en ook Robert niet. Hanna’s tijd in Hamburg moest een geheim van hen beiden blijven. En daar zou ze ook voor zorgen.

Toch vroeg Melanie zich af hoe ze moest omgaan met wat ze wist. En wat zou er nog komen?

Toen de matras plotseling te hard leek en het dekbed te warm, stond ze op en deed haar badjas aan. Een blik op de klok zei haar dat het al na drieën was. Aan de horizon vertoonde zich de eerste zilveren streep van de ochtend. Een paar vogels begonnen met hun gezang, wat in de nachtelijke stilte een bijna spookachtig effect had.

Nadat ze een tijdje had lopen ijsberen, pakte ze haar briefpapier uit de la. Daar werd het tijd voor.

Ze ging aan de kleine schrijftafel zitten en begon verslag uit te brengen aan Robert over de afgelopen dagen. Aan het einde vroeg ze hem om raad. Daarbij gleden haar gedachten ineens af naar de eerste keer dat ze samen bij Hanna en Marie hadden overnacht. Beide dames hadden erop gestaan dat ze haar vriend, met wie ze al ruim een half jaar samen was, aan hen voorstelde.

'Wat denk je, ben ik bij je overgrootmoeder in de smaak gevallen?' vroeg Robert toen hij zijn T-shirt had uitgetrokken.

'Ik denk wel dat je haar bevallen bent. In elk geval heeft ze je er niet uitgezet,' antwoordde ze.

Robert gooide lachend zijn T-shirt naar haar toe. 'Weet je zeker dat je overgrootmoeder zoiets zou doen? Ze leek me een heel aardig oud dametje.'

'Nou, sommige aardige oude dametjes zijn vroeger ook temperamentvolle vrouwen geweest. Wie weet wat mijn overgrootmoeder allemaal heeft uitgespookt.'

'De mannen liepen vast in drommen achter haar aan. Gelukkig lijken jullie allemaal wat van haar te hebben meegekregen; ik geloof niet dat ik ooit zo'n mooie negentigjarige heb gezien. Oude vrouwtjes zijn vaak heel bekoorlijk, maar je overgrootmoeder is echt nog steeds mooi.'

'Als je er zeker van wilt zijn dat ze je mag, moet je dat vooral tegen haar zeggen,' antwoordde Melanie, ze stond op en sloeg haar armen om hem heen. 'Maar waag het niet er met Hanna vandoor te gaan! Dat zou ik je uiterst kwalijk nemen.'

Robert kuste haar, zo zacht dat zijn lippen aanvoelden als een zijden sluier die langzaam over haar huid streek. De begeerte die altijd op de achtergrond smeulde als hij ook maar in haar buurt was, breidde zich uit in haar borst, bracht haar ertoe zich tegen hem aan te vlijen en haar lippen stevig op de zijne te drukken. Ze zoog zijn geur op, voelde zijn warmte, en het was allemaal zo heerlijk dat ze een diepe zucht slaakte. Ze had dat lichaam al zo vaak gevoeld, en toch was het op momenten als deze alsof ze hem voor het eerst in haar armen hield. Ze gleed weg van zijn hals en begon zijn borst te kussen, zachtjes, alsof ze een beetje wilde proeven van zijn huid.

'Hé, wacht even,' fluisterde hij, zijn gezicht brandend van begeerte, maar toch bij zijn volle verstand. 'We kunnen het toch niet zomaar bij je overgrootmoeder thuis doen.'

Zijn gefluisterde woorden wonden haar extra op. Natuurlijk konden ze dat niet. Niet op de gebruikelijke manier. Maar op dat moment verlangde ze naar zijn aanrakingen, naar zijn gewicht op haar, naar zijn bewegingen. Naar de manier waarop hun bezwete huid tegen elkaar aan plakte alsof ze voor eeuwig met elkaar versmolten.

'Grootmoeder slaapt altijd diep, en ook overgrootmoeder zag er niet erg klaarwakker meer uit,' antwoordde ze en ze begroef haar tanden even in zijn huid, waardoor hij begon te kreunen. Ze wist precies dat hij dat heerlijk vond en dat hij haar niet kon weerstaan als ze hem op die manier liefkoosde.

'Bovendien kunnen we toch zachtjes doen?'

'Jij en zachtjes?' vroeg hij met een brede glimlach, waarna hij haar zachtjes mee naar het bed troonde.

'Zal ik je eens laten zien hoe ik dat doe?'

'O ja, alsjeblieft!' Robert trok haar naar zich toe voor een diepe, innige kus, toen dwaalden zijn handen onder haar shirt. De manier waarop hij langs haar ruggengraat streek, maakte dat ze zachtjes begon te zuchten. Maar ze wilde standhouden en geen harde geluiden maken, ze wilde bewijzen dat ze het kon.

Enkele ogenblikken later, toen ze naakt bij elkaar lagen en elkaar kusten, vergat Melanie bijna haar voornemen. Robert streek met zijn tong over het gevoelige plekje in haar hals, waardoor ze zachtjes begon te kreunen, wat hem een brede grijns ontlokte.

'Je kunt toch niet stil zijn,' fluisterde hij, toen ging hij door. Melanie beet op haar lippen, sloeg haar handen om zijn nek en streelde zijn schouders.

Toen hij na minutenlange liefkozingen bij haar binnendrong, kon het haar niet schelen wat haar grootmoeders zouden zeggen ingeval ze haar toch zouden horen. Ze gingen allebei volledig in hun bewegingen op en vergaten alles om zich heen tot ze ten slotte door slaap werden overmand.

Melanie legde de balpen neer. Er waren een paar tranen op het blaadje gedruppeld, die het handschrift een beetje hadden vervaagd. Haar hart deed pijn van verdriet, maar bij de herinnering had ze ook moeten glimlachen.

Nee, zo voelde het beslist niet als je niet meer van iemand hield.

Nadat ze de brief in een envelop had gestoken en die dicht had geplakt, stond ze op.

Als kind had ze het fijn gevonden tussen de jurken rond te wandelen, natuurlijk stiekem, als iedereen al sliep. Ook nu kriebelde het in haar buik terwijl ze de gang door en de trap af sloop. Voor de deur van de voormalige eetzaal bleef ze staan. Het rode oog van de alarminstallatie fonkelde haar tegemoet. Melanie toetste de combinatie in, toen opende ze de deur.

Het zachte geruis van de airconditioningsinstallatie begroette haar. Het maanlicht dat door de ramen naar binnen viel werd weerspiegeld in de vitrines. Melanies hand tastte naar de lichtschakelaar, maar toen veranderde ze van gedachten. Het maanlicht was voldoende om de jurken te bekijken.

Melanie liep van de ene vitrine naar de andere.

Haar grootmoeders hadden het museum ingedeeld naar periodes van een eeuw.

Kledingstukken uit de middeleeuwen waren erg zeldzaam. Er waren geen originelen, maar omdat Hanna en Marie vonden dat de mensen die tijd niet mocht worden onthouden, hadden ze twee jurken laten namaken. De japonnen van een adellijke dame en een koopmansvrouw.

Ook stukken uit de zestiende en zeventiende eeuw waren replica's; uit de achttiende eeuw had Hanna jaren geleden een originele Franse japon uit de barok weten te verwerven – een ware zeldzaamheid als privébezit. Hij had de troebelen van de Franse Revolutie goed doorstaan en Melanie voelde groot ontzag voor de kleermaaksters die elke naad, elk stukje kant, elk sierroosje met de hand hadden bevestigd.

Uit de negentiende eeuw had Hanna veel vondsten verzameld. Wijde biedermeierjurken en stijve herenkostuums, elegante pandjesjassen met hoge hoeden en japonnen met tournures die met ruches waren versierd. Zachte handschoenen waren over een stoelleuning gelegd alsof ze lagen te wachten tot ze zouden worden aangetrokken. Bijzondere klapstukken waren de korsetten die Marie had verzameld. Zoals Hanna dol was op hoeden, zo had zij daar een passie voor ontwikkeld, ook al had ze het nooit nodig gehad er een te dragen. Ze had modellen in fluweel en brokaat, zijde, met opvallende patronen of in tere pasteltinten, met kant versierd of bestikt. Voor de korsetten waren er aparte vitrines, slanke paspoppen toonden ze gecombineerd met lange onderbroeken of hoepelrokken.

Robert had bij een bezoek Melanie eens schertsend verzocht zoiets te dragen, om hem op te geilen.

Het grootste deel van de verzameling besloeg de twintigste eeuw. Daaruit hadden Hanna en Marie alleen originelen. Op het eerste gezicht erkende Melanie dat er al meer tentoongesteld werd dan de bezoekers tijdens hun rondgang konden bevatten. Eigenlijk hadden ze de kledingstukken van de zolder niet echt nodig. Des te beter, zei ze in zichzelf. Dan heb ik er genoeg voor mijn modeshow. Bij die gedachte voelde ze zich weer wat lichter om het hart. Meteen schoten haar een paar modellen te binnen die voor niet al te veel geld de kleding zouden kunnen presenteren en er niet te groot voor waren. Maar stapje voor stapje, mompelde ze, en ze liep verder.

De lege plaats waar de bruidsjapon had gestaan zag er vreemd uit en Melanie werd er treurig van. Precies zo ziet het er in mijn leven uit, dacht ze en ineens verging haar de lust om de kleding te bekijken. Ze draaide zich om en liep haastig de zaal uit, zonder nog naar de kleren te kijken. Buiten leunde ze tegen de muur en deed haar ogen dicht. Tranen rolden over haar wangen. Het was een dom idee geweest om hiernaartoe te gaan. Ze was nu eenmaal geen klein kind meer dat droomde van bruisende bals in koninklijke paleizen.

Melanie ging echter niet terug naar haar kamer, maar zeeg neer op de trap. Vandaar kon ze niet alleen de entreehal overzien, maar het had ook iets troostends om hier te zitten. Haar ouders hadden haar toen ze bezig waren met hun scheiding hierheen gestuurd, ook om haar de echtelijke strijd in huis te besparen. Hoewel iedereen z'n best voor haar deed, had ze zich alleen maar prettig gevoeld als ze op de trap kon zitten nadenken.

Weer dacht ze aan Charlottes telefoontje. Op Bali was ze nog nooit geweest. En drie weken werken met Dornfeld zou haar tot een topfotografe maken. Robert zou het nieuws met champagne en een geweldig diner hebben gevierd.

Misschien moet ik het hem bij mijn volgende bezoek echt vertellen, schoot het door haar hoofd. Maar wanneer zou dat zijn?

Ook al wist ze zeker dat ze van Robert hield, ze voelde niet de drang om naar het ziekenhuis te gaan. Eigenlijk had ze maar een paar dagen in de villa willen blijven, maar inmiddels voelde ze dat de omgeving haar goeddeed, hoewel die haar niet voor haar gedachten of verdriet behoedde. Het was iets heel anders om hier te zijn in plaats van in een leeg huis. En Hanna's verhaal zou zeker nog wel even tijd kosten, ze brandde van nieuwsgierigheid naar het vervolg...

Tegen de trapleuning aangeleund luisterde ze naar de geluiden in en om het huis. De wind ruiste langs de muren, het hout van de trap kraakte. Her en der ritselde of piepte iets. Waren er misschien muizen? Bij die gedachte moest ze glimlachen, en het lied van de villa wiegde haar zachtjes in slaap.

Toen ze wakker werd, zat ze nog altijd tegen de trapleuning aan. De ochtendzon scheen helder in de hal. De geluiden van het huis werden overstemd door het gezang van de vogels.

Melanie rekte haar pijnlijke ledematen. Misschien had ik toch beter in bed kunnen gaan liggen, dacht ze. Tenslotte ben ik geen twaalf meer.

Ze ging terug naar haar kamer, maar had geen zin meer om in bed te kruipen. Ze douchte en kleedde zich aan. Ditmaal niet voor een rondje joggen. Ze wilde gewoon naar het meer en doorgaan met nadenken tot Hanna wakker werd en haar verhaal verder kon vertellen.

Melanie slenterde langs het pad, sloeg uiteindelijk af over het gras en betrapte zichzelf erop dat ze uitkeek naar de tuinman. De ochtenddauw doorweekte haar linnen gympen en haar enkels werden nat.

Robert had eens gezegd dat liefde voor hem zoiets was als blootsvoets hand in hand over een natte weide rennen. Dat hadden ze ettelijke keren gedaan, en even stelde Melanie zich voor dat ze dat weer met hem zou doen. Zonder te merken dat die nattigheid eigenlijk niet prettig was.

Toen ze bij het meer kwam, waren ook de pijpen van haar spijkerbroek helemaal doorweekt, maar dat kon Melanie niet schelen, want nu voelde ze Robert weer een beetje bij zich.

Ze ging op de brede steen zitten waarop ze de vorige dag naar Hanna's verhaal had zitten luisteren. Ze wierp een vluchtige blik op haar mobieltje, dat zich sinds Katja's telefoontje stil had gehouden, en trok haar jack dichter om haar schouders. De nevelsluier boven het meer loste langzaam op in het opkomende zonlicht. Ze staarde een tijdje naar de waterspiegel, die onder het ochtendbriesje licht rimpelde, toen hoorde ze achter zich iets klapperen.

Er gleed een grijns om haar lippen. Eindelijk! De tuinman was op weg naar zijn visstek. Op een of andere manier verheugde ze zich er vandaag op hem te ontmoeten. Waarschijnlijk zou hij daarna in het riet verdwijnen en wachten tot hij weer een bierblikje of een schoen aan de haak sloeg.

'Goedemorgen!' riep hij. 'Zo langzamerhand moet ik er rekening mee gaan houden dat ik niet meer alleen bij het meer ben.'

'Ik verzeker je dat ik niet van plan ben bierflesjes, blikjes of vis weg te kapen. Maar een paar schoenen zou prachtig zijn.'

'Als je op lekke laarzen loopt, zal ik mijn vangst graag afstaan.'

Melanie keek hem even aan, toen vroeg ze: 'Waarom ga je eigenlijk vissen als er in het meer niets is wat de moeite waard is?'

'Omdat ik me heb voorgenomen het meer van rommel te ontdoen!' Thomas grijnsde, en schudde toen zijn hoofd. 'Nee, het is eerder omdat ik als ik naar het water kijk beter kan nadenken.'

Melanie knikte. ‘Dat kan ik goed begrijpen. Eerlijk gezegd, kom ik ook om die reden hier.’

‘Waarover moet je dan nadenken?’ flapte Thomas eruit, maar hij stak toen bezwerend zijn handen op. ‘Het spijt me, dat gaat me niet aan.’

‘Geen punt,’ antwoordde Melanie. ‘Er zijn veel dingen waar ik over moet nadenken.’ Vooruit, vertel het hem dan, spoorde ze zichzelf aan. Hij is aardig en moet weten dat je gebonden bent. ‘Mijn verloofde heeft een paar maanden geleden een auto-ongeluk gehad. Sindsdien ligt hij in coma.’

Thomas zei daarop eerst niets. Hij staarde naar de punten van zijn schoenen en zette toen zijn emmer neer. ‘Het klinkt misschien banaal, maar dat spijt me.’

‘Bedankt.’ Melanie schoof een stukje op. ‘Kom toch even naast me zitten. Het is misschien niet de beste plek om te vissen, maar...’

Thomas knikte en ging naast haar op de steen zitten. Hij steunde met zijn ellebogen op zijn knieën en staarde even naar zijn gevouwen handen, toen zei hij: ‘Ik had nooit gedacht dat ik ooit als tuinman zou gaan werken.’

Melanie keek hem verbaasd aan. ‘En hoe is dat dan zo gekomen?’

‘Weet je, het leven is soms een spelbreker. Ik had alles, een mooi huis en een vrouw die in verwachting was van ons eerste kind. Het was allemaal volmaakt. Waarschijnlijk te volmaakt.’

Een vermoeden deed Melanie ineens huiveren.

‘Je vrouw is overleden?’

De man knikte en boog zijn hoofd. ‘Hartfalen toen ze in de zesde maand was. Heel plotseling. Niemand wist iets van een hartkwaal, en ze voelde zich ook niet slecht. De dokters wilden proberen in elk geval het kind te redden, maar haar lichaam gaf het helemaal op, en het kind stierf met haar.’

Er daalde een stilte over hen neer. De wind liet het riet ruisen, en een zwerm vogels trok boven hen weg. Verder scheen de wereld plotseling stil te staan.

Pas een lange zucht van Thomas verbrak het zwijgen.

'Weet je, toen mijn vrouw en kind begraven werden, voelde ik me alsof alles om mij heen zijn kleur verloor. Alles verbleekte, ikzelf ook. Ik sloot me op, werkte niet meer, zat alleen maar te vegeteren. Na een tijdje herkende ik mezelf nauwelijks meer in de spiegel, maar dat deed er niet toe. Ik nam het op de koop toe dat ik na een paar maanden mijn werk verloor, de hypotheek niet meer kon betalen en dat het huis me uiteindelijk werd afgepakt. Met een rugzak met kleren en een paar boeken verliet ik mijn onderkomen en werd dakloos. Vrienden had ik op dat moment al niet meer. Ik heb een schuilplaats onder de brug gezocht, en waarschijnlijk hoopte ik daar ook te sterven. Ik kon de pijn gewoon niet verdragen.'

'Heb je onder de brug geslapen?'

'Ja, dat leek me de juiste plaats voor mij. Ik had mezelf volkomen opgegeven. Toen ik het in de stad niet meer uithield, ben ik over het platteland gaan zwerven. Steeds op zoek naar een plek om te sterven.'

'Heb je geprobeerd jezelf van het leven te beroven?'

Thomas schudde zijn hoofd. 'Nee, vreemd genoeg is dat nooit in me opgekomen. Ik dacht dat als ik mijn lichaam maar genoeg aandeed wat kou, honger et cetera betrof, ik op een dag zou inslapen. Waarschijnlijk is mijn katholieke opvoeding daar ook debet aan.'

'En hoe ben ben je dan hier terechtgekomen?' Melanie bekeek hem eens goed. 'Je ziet er niet uit alsof je nog dood wilt. Wat is er veranderd?'

De man haalde zijn schouders op. 'Geen idee. Misschien kwam het door een droom die ik had. Toen ik onder een boom overnachtte, droomde ik van mijn vrouw en kind. Het kind was toen drie of vier jaar, en mijn vrouw lachte. Ik wilde mijn hand naar haar uitsteken, maar toen draaide ze zich om en rende naar de poort van een tuin. Daarachter verdween ze, en ik werd wakker.'

'Dan wilde je dus de tuin vinden?' Diep medeleven doorstroomde Melanie – en eerlijk gezegd voelde ze zich tot de man aangetrokken. Hoewel de tuinman uiterlijk heel anders was dan Robert, leek hij net zo gevoelig te zijn. Misschien had liefde voor hem ook iets met nat gras te maken.

'Misschien wilde ik dat wel. Nadat ik dagenlang rond had gezworven, ontdekte ik een bord aan de straat. Op de richtingaanwijzer naar Modemuseum Blumensee had iemand een briefje geplakt. TUINMAN GEVRAAGD. Ik herinnerde me de droom, en hoewel ik niets om esoterisch gedoe geef, besloot ik me er te melden. Natuurlijk maakte ik me weinig illusies dat ik de baan zou krijgen. Ik zei tegen mezelf: als ik hem niet krijg, vind ik misschien een park waar ik kan pitten zonder dat iemand er vreemd van opkijkt.' Thomas begon te lachen en schudde zijn hoofd. 'Dat had ik niet lang ongestoord kunnen doen, besef ik nu. Je grootmoeders zijn heel oplettende dames, weet je.'

Melanie probeerde zich voor te stellen hoe Marie voor de dakloze zou gaan staan en vragen wat hij op haar terrein te zoeken had.

'In mijn haveloze toestand belde ik aan, en toen verscheen mevrouw Bahrenboom. Ik was verrast, want haar naam paste helemaal niet bij haar uiterlijk. Ik had geen Vietnamese verwacht. Ze nodigde me binnen uit, waar ik ook kennismaakte met madame De Vallière. We dronken koffie en ik maakte duidelijk wat ik op hun terrein te zoeken had. Dat ik een landloper was hadden ze waarschijnlijk meteen in de gaten. Ik was er zeker van dat ze me zwak en ongeschikt zouden vinden, maar toch vertelde ik hun mijn geschiedenis. Toen ik daar klaar mee was, ging ik ervan uit dat ze me weg zouden sturen. Wie wilde nou een labiele vent die het niet voor elkaar kreeg zijn leven op de rit te krijgen? Maar madame De Vallière keek haar dochter alleen maar aan, ze knikten tegen elkaar en ik kreeg de baan. En nu ben ik hier, en ik moet zeggen, gaandeweg krijgt mijn leven weer zijn oude glans. Ook al zijn de littekens van het verleden er nog altijd, ik merk dat ik weer tot mezelf kom.'

Hij keek haar aan. Zijn ogen waren blauw en hadden iets wat Melanie beviel. Maar er was ook een ander paar ogen, waarvan ze vurig wenste dat ze haar weer zouden aankijken. Dus beantwoordde ze zijn blik niet, maar keek ze naar haar natte gympen.

'Ik kan me goed voorstellen wat er in je omgaat,' zei hij na een tijdje. 'Maar verlies de moed niet. Je hebt iets wat mij vanaf het begin is ontnomen. Hoop. Het leven is nog niet klaar met je verloofde, het heeft hem alleen maar in de wacht gezet.'

'Als ik pech heb, voor jaren...' antwoordde Melanie bitter. Nu Thomas zo naast haar zat, viel het haar weer op hoezeer ze de nabijheid van een man nodig had.

'Dat denk ik niet. Hoor eens, sinds ik hier ben begonnen te werken, geloof ik weer dat er ook goede dingen gebeuren. Nu kan ik je geen garantie geven, dat kan niemand, wat je verloofde betreft, maar je moet hoop blijven houden. Ook heeft – het klinkt misschien raar – positief denken soms een positief effect. Daar ben ik tenminste van overtuigd.'

Melanie dacht even over zijn woorden na. Daarbij schoot haar iets te binnen wat haar moeder had gezegd toen ze vreselijk bang was geweest voor een examen. Als je voor een berg staat, denk je dat je er nooit overheen kunt komen, maar als je boven bent, ben je bang eraf te vallen. Als je de berg achter je hebt gelaten, lach je erom.

Ze zou natuurlijk nooit lachen om wat er was gebeurd, maar ze zou opgelucht zijn als Robert weer bij haar was.

'Ik... ik had ook een droom toen ik in het ziekenhuis was. Vlak nadat het ongeluk had plaatsgevonden,' begon ze uiteindelijk.

Thomas knikte. 'Wil je hem mij vertellen?'

'Ik was met Robert op vakantie, en we moesten naar een veerboot. In het gedrang ben ik hem kwijtgeraakt, en toen is hij zonder mij weggevaren. Daarna was ik heel bang dat hij zou sterven, want ik bedacht dat de veerboot staat voor de overgang tussen leven en dood.'

'Het is ook mogelijk dat hij nog altijd op die veerboot is en naar een geschikte aanlegplek zoekt.'

Dat vond Melanie een mooi beeld, maar het deprimeerde haar tegelijkertijd. Stel dat de veerboot aan de verkeerde kant aanlegde en hij daar van boord ging?

'Ik moest maar eens gaan kijken hoe het met de vis staat,' zei Thomas en hij stond op. 'Als ik er een vang, mag ik je dan voor het eten uitnodigen? Als vrienden natuurlijk, zonder bijgedachten.'

Melanie glimlachte. 'Ja, dat mag. Maar alleen als het niet de oude karper is.'

'Beloofd!' Hij greep zijn emmer en hengel en vertrok.

'Bedankt voor je verhaal!' riep ze hem na, maar waarschijnlijk hoorde hij het al niet meer.

'Goedemorgen, kind!' Hanna lachte vrolijk naar haar toen ze het huis binnenliep. 'Ik hoop dat je goed hebt geslapen.'

'Het is maar hoe je het opvat,' antwoordde Melanie, verbaasd Hanna nu eens niet in áo dài te zien maar in een broek, een plissé-blouse en daarover een gebreid jasje. Ze zag eruit alsof ze een uitstapje wilde maken. Naar de dokter misschien?

'Ik heb veel nagedacht vannacht,' zei Melanie erachteraan.

'Dat geloof ik graag,' antwoordde Hanna. 'Ik heb je met mijn geschiedenis niet bepaald lichte kost opgediend. Maar veel nadenken is soms goed. En weet je, eerlijk gezegd heb ik in geen tijden meer zo goed geslapen als vannacht. Het valt zwaar een geheim voor je te houden, vooral zo een...' Ze schudde even haar hoofd, toen zei ze: 'Wat denk je ervan om samen een uitstapje te maken?'

'Hebt u zich daarom zo opgedoft?'

'Misschien wel, dus, wat wil je?' Hanna rekende blijkbaar niet op een afwijzing.

'En waar wilt u dan naartoe gaan?'

'Naar Berlijn.'

Melanie fronste verrast haar voorhoofd. Hoe kwam Hanna daar nu op? Zij had eerder aan een uitstapje naar het platteland gedacht.

'Waarom wilt u uitgerekend naar Berlijn?'

'Het volgende deel van de geschiedenis wil ik je niet alleen vertellen, maar ook laten zien. En omdat Berlijn min of meer naast de deur ligt...'

Over haar tijd in Berlijn had Hanna vroeger soms, zij het mondjesmaat, verteld. Ze dweepte met de jurken en de muziek van de jaren twintig en had ook wel met glinsterende ogen over het nachtleven in die tijd verteld, maar dat waren maar korte schetsen geweest, die ze bij gelegenheid in een gesprek inbracht.

'Aan die stad zijn voor mij zo veel mooie herinneringen verbonden, in zekere zin is Berlijn bepalend geweest voor mijn latere leven. Ik weet dat ik er nooit veel over heb verteld. Maar nu wordt het tijd. Tenslotte heb ik daar Maries vader leren kennen.'

Melanie knikte. 'Dat hebt u ooit verteld, maar we hebben het er toen niet verder over gehad.'

Hanna glimlachte ondeugend. 'Ik ken jou alleen maar als een bezig type, als tiener had je je school, je vrienden en je dromen, toen kwamen je werk en Robert en al die reizen. Ik heb nooit het gevoel gehad dat je tijd voor mijn verhaal had.'

Ze had gelijk. Pas nu had Melanie tijd om zich meer met haar familie en haar voorouders bezig te houden. En het speet haar dat ze er niet al eerder naar had gevraagd.

'Nou, gaan we?' hield Hanna aan. 'Ik ben daar al zo lang niet meer geweest! En ik zou ook graag weer eens je moeder in haar atelier opzoeken. Ik heb al zo lang niet meer een naaimachine horen ratelen of warm nat vilt en appreteermiddel geroken. Ik geloof dat ik daar nu behoefte aan heb.'

10

Een uur later stoven ze over de snelweg richting Berlijn. Het verkeer hield zich over het algemeen netjes aan de regels. Hier en daar waren een paar vrachtwagenchauffeurs bezig met een olifantenrace, daartussendoor schommelden caravans op weg naar hun vakantiebestemming.

Hanna had het zich op de passagiersstoel gemakkelijk gemaakt en keek naar buiten alsof ze voor het eerst van haar leven op de snelweg was. Met haar ogen leek ze de voorbijvliegende indrukken als het ware op te zuigen.

'Ik wist niet dat ik dat zo heb gemist,' bekende ze. 'Op een bepaalde leeftijd denk je dat je nergens meer plezier aan kunt beleven.'

'Mama zal vast blij zijn om je te zien,' antwoordde Melanie.

Hanna glimlachte trots. 'Het genoegen is geheel aan mijn kant. En ik had niet gedacht dat een van mijn nakomelingen precies hetzelfde vak zou leren als ik. Daarvoor ben ik de goden zeer dankbaar.'

'Maar Marie en ik houden ons toch ook bezig met mode?'

'Ja, dat klopt, en daar ben ik ook blij om,' antwoordde Hanna en ze legde tevreden haar handen ineengevouwen op haar schoot. 'En jij hebt werkelijk een goed oog voor foto's. Ik hoop heel erg dat je gauw weer kunt fotograferen.'

'Ja, dat hoop ik ook,' antwoordde Melanie peinzend.

'Heb je al besloten wat je met die opdracht gaat doen?'

'Nee, wat dat betreft ben ik er nog niet uit. Maar ik heb wel een gesprek gehad met jullie tuinman.'

'O, en had je deze keer wat anders aan dan een legging?' gniffelde Hanna ondeugend.

'Ja, dat had ik,' antwoordde Melanie. 'En u hebt gelijk als u vindt dat ik me tegenover hem idioot gedraag. Natuurlijk zou Robert er geen problemen mee hebben dat ik met een andere man praat. Ik wilde hem alleen niet ontrouw zijn.'

'Dacht je dan dat je hem ontrouw was als je eens een keertje naar de tuinman zou lachen?'

'Een beetje wel.'

'Aha, dan mag je onze tuinman dus wel.'

'Ik hou van Robert, punt uit.'

'Daar twijfel ik niet aan,' wierp Hanna tegen. 'Maar soms vind je toch ook een andere man leuk. Dat kan ik je op een briefje geven. Je kunt nog zo zeker zijn, ineens denk je, hé, die is ook niet verkeerd, als je maar in het juiste paar ogen kijkt.'

'Oké, ik geef het toe, de tuinman is echt heel aardig.'

'En een aantrekkelijke vent!' voegde Hanna eraan toe en ze leek het vreselijk leuk te vinden dat Melanie rood werd.

'Ja, dat is hij, heel aantrekkelijk zelfs. Maar zijn geschiedenis is nog veel interessanter. Heeft hij jullie die verteld toen hij hier aankwam?'

'Jazeker,' antwoordde Hanna terwijl ze haar blik onderzoekend op Melanie gericht hield. 'Hij was de meest trieste figuur die ik ooit heb gezien.'

'Hebben jullie hem dan uit medelijden aangesteld?'

'Voor een deel. Maar ook omdat we merkten dat hij een tweede kans wilde krijgen. Ik heb in mijn leven al zo veel leed gezien. Ik weet precies dat je iemand niet op zijn kleding moet beoordelen. Ik vind dat hij het als tuinman heel goed doet en hij lijkt weer wat tot zichzelf te zijn gekomen.'

'Ja, dat is hij inderdaad.'

Een tijdje luisterden ze naar het geronk van de motor en het gedender van de vrachtwagens die ze inhaalden. Toen vervolgde

Hanna: 'Het is heus niet erg als je belangstelling voor een man hebt of van zijn aanwezigheid geniet. Je schoonmoeder zou misschien je haren uit je hoofd trekken, maar niemand kan van je verlangen dat je alle contact met de buitenwereld verbreekt. Misschien raak je wel met de tuinman bevriend. Alles is mogelijk, en niet elke ontmoeting hoeft uit te lopen op een relatie. Hou dat jezelf telkens voor als je onder de mensen bent. Niemand dwingt je uitsluitend in treurnis te leven.'

Was het mogelijk dat Thomas en zij vrienden werden? Melanie hoopte daar een beetje op. En ze wenste hem zozeer toe dat hij weer een vrouw zou vinden met wie hij liefde kon ervaren.

Ze keek opzij, met haar gedachten nog bij Thomas – en verstijfde. Er trok een rilling over haar rug toen ze zag dat ze de plek van het ongeluk passeerden. Er waren geen sporen meer te zien, de vangrail was vervangen, en toch dacht Melanie bij het langsrijden dat ze krassen en restanten van remsporen had gezien. Die waren vast niet meer afkomstig van de auto van Robert, maar de gedachte alleen al maakte haar misselijk.

De politie had haar foto's van het ongeluk willen laten zien, maar dat had ze afgewezen. Ze had de verwoeste auto niet willen zien, het was genoeg dat haar voorstellingsvermogen dat wat er gebeurd was in nachtmerries omzette.

Vlug keek ze weer op de weg en probeerde vat te krijgen op haar gemoedsgesteldheid. Het bleef onaangenaam kriebelen, maar uiteindelijk kon ze zich weer concentreren.

Daarbij merkte ze ook dat Hanna peinzend naar haar zat te kijken.

'Het is hier gebeurd, nietwaar?' vroeg ze toen.

'Wat?' Melanie wist wat ze bedoelde, maar hield haar ogen op de weg gericht.

'Het ongeluk was toch ongeveer hier?'

'Ja.' Melanies stem brak.

Hanna knikte licht, toen raakte ze weer in gedachten verzonken.

Melanie had nooit met haar over de details van het ongeluk gepraat. Ze zei altijd maar dat hij 'op de snelweg' een ongeluk had gekregen.

Gelukkig kwamen ze even later al bij de afrit. Melanie gaf richting aan en sloeg af. Nu werd het haar wat lichter om het hart. Ze versnelde haar vaart en even later werden ze door de stenen beer aan de ingang van de stad begroet. Een vliegtuig vloog laag over hen heen op weg om op Tegel te landen. Wat zou ze graag weer vliegen! Een ander land zien...

Maar direct voelde ze een zware steen op haar borst. Zolang Robert in coma lag, was daar geen sprake van.

Op de snelweg in de stad was het verkeer zoals gewoonlijk druk en traag, maar nadat ze afgeslagen waren, ging het wat sneller. Melanie nam alle mogelijke sluipwegen en ten slotte kwamen ze vlak bij de televisietoren.

Parkeren in de binnenstad was meestal een ramp, maar Melanie had geluk en wist een plekje in een zijstraat te bemachtigen. Niet ver daarvandaan was een metrostation, voor het geval dat Hanna niet meer zou kunnen lopen of de afstand te groot werd.

Nadat Melanie haar overgrootmoeder uit de auto had geholpen, haalde die diep adem. 'Het is fijn weer eens in de stad te zijn.'

'Ik ken een hoop mensen die je zouden tegenspreken. Vooral bij het agentschap willen veel mensen naar het platteland verhuizen. Ze worden altijd groen van jaloezie als ik hen lekker maak met mijn overgrootmoeder die in een oude villa op het platteland woont.'

'Dan moet je er de volgende keer aan toevoegen dat zo'n villa nogal wat werk met zich meebrengt,' antwoordde Hanna terwijl ze wat wankel op haar stok steunde.

'Alles in orde?' vroeg Melanie toen ze dat merkte.

'Ja, het gaat wel weer. Maar ik ben geen twintig meer. Als mijn benen een tijdje gebogen zijn geweest, krijg ik ze niet zo gemakkelijk weer recht.'

Nadat ze een parkeerkaart gehaald hadden, liepen ze langzaam door de Invalidenstraße. In de verte dreunden heimachines op een bouwterrein. Een tram reed rinkelend langs. Auto's volgden, een paar fietsers probeerden zich ertussendoor te wurmen.

Elena's modistestudio was gevestigd in een hoekhuis waarvan de classicistische gevel nog pasgeleden was gerenoveerd en nu glansde in een zachte beigetint. Aan de balkons van de woningen erboven hingen vuurrood bloeiende geraniums. Verder gedroeg de natuur in de stad zich nog wat schuchter, het groen aan de bomen in het tegenovergelegen park oogde nog heel teer.

Warme lucht en de geur van appreteermiddel, de vloeistof die vilt geschikt maakte voor de vormen, stroomden hun tegemoet toen ze onder belgerinkel de deur door kwamen. Elena had haar winkeltje heel klassiek ingericht, met donkere meubels en een oeroude ladetoonbank. Maar er waren ook displays waarop een video werd vertoond waarop de modiste aan het werk te zien was. In een licht leren zithoekje konden bezoekers het zich gemakkelijk maken terwijl ze wachtten tot de hoedenmaakster hun wensen kwam noteren.

En ook de hoeden die achter de toonbank op klanten wachtten leken allesbehalve stoffig. Er waren heel fleurige modellen met grote bloemen en linten, andere waren in lichte tinten en hadden een voile of veren.

Bijzonder trots was Elena op de foto waarop ze te zien was met een wereldberoemde burleskedanseres die speciaal uit Amerika was gekomen om bij haar een twintigtal hoedjes en verenkappen te bestellen.

'Mama?' riep Melanie, want op dat moment was er geen klant te bekennen. Waarschijnlijk werkte haar moeder aan een nieuw model.

Een paar minuten later stak Elena haar hoofd om de hoek. Onder haar lange schort droeg ze een donkere coltrui en een grijze broek, haar haar was kortgeknipt – ze vond het vreselijk als er een haar op een hoed viel of verschroeide op de koperen vormen – en in haar ogen was onverholen verrassing te zien toen ze Hanna naast haar dochter zag staan.

'Grootmoeder! Wat doet u hier?'

'Wat is dat voor begroeting!' antwoordde Hanna glimlachend.

‘Ben je dan niet blij om je oude grand-mère weer eens te zien?’

Elena bloosde. ‘Ik... ik ben gewoon verrast dat u er bent. Natuurlijk ben ik blij!’ Haar blik dwaalde een beetje verwijtend naar Melanie.

‘Nou, ik ben blij dat de verrassing geslaagd is. Ik wilde maar weer eens komen kijken of alles nog in orde was nu ik al zo lang niet meer hier ben geweest.’

‘Grand-mère wilde beslist naar Berlijn om het een en ander te bekijken,’ legde Melanie uit. ‘Dus dachten we, we stappen in de auto en maken een plezierritje.’

Dat leek Elena niet erg te geloven. Maar ze hernam zich en liep naar hen toe.

‘Fijn u te zien, grootmoeder!’ fluisterde ze in Hanna’s haar terwijl ze haar voorzichtig omarmde, alsof ze vreesde haar botten te breken als ze een beetje harder drukte.

‘Dat vind ik ook. Aan je stem kan ik altijd moeilijk horen hoe het met je gaat, maar als ik je zo zie, lijkt het goed met je te gaan.’

‘Afgezien van die ene zaak die ons allemaal bezighoudt, gaat het ook echt goed met mij. De winkel loopt goed, ik kom om in de opdrachten en van de zomer is de Fashion Week. Ik heb wel het gevoel dat ik tijd tekortkom, maar op een of andere manier zal het me allemaal wel lukken.’

‘Misschien moet je voor een van de modellen mij als mannequin nemen,’ opperde Hanna met een knipoog. ‘Dat ding daar bevalt me wel. En het past goed bij mijn haar.’ Ze wees naar een knalroze hoed met veren, linten en bloemen.

‘Eigenlijk wilde ik daarmee de Queen de catwalk op sturen,’ antwoordde Elena schertsend. ‘Maar als u erop staat...’

‘Ja, dat doe ik! Al moet je me er in een rolstoel overheen rijden!’ Hanna en Melanie wisselden samenzweerderige blikken.

‘Kom mee, ik sta net op het punt nieuwe klossen te gaan maken. Ik heb ook net thee gezet, jullie kunnen onder een kopje thee toekijken terwijl ik bezig ben.’

‘Dat zouden we heel graag doen, maar we hebben zo onze plannen!’ antwoordde Hanna glimlachend.

Elena fronste haar wenkbrauwen. 'Zo? Wat gaan jullie dan doen? Toch niet naar het ziekenhuis?'

'Nee, grand-mère wil me iets laten zien,' antwoordde Melanie. 'Ik ga vanavond ook weer met haar terug en blijf dan nog een tijdje.'

'Dan heb je het dus naar je zin in de villa?'

'Heb ik het daar dan ooit niet naar mijn zin gehad?' wierp Melanie tegen en ze keek naar haar overgrootmoeder.

'Als je er niets op tegen hebt, zou ik graag gebruikmaken van je toilet,' zei deze.

'Natuurlijk, je weet het te vinden.'

Steunend op haar stok verdween Hanna naar achteren.

Tijdens haar afwezigheid bespraken Melanie en haar moeder Roberts toestand en het onverkwikkelijke telefoontje met Katja.

'Als het je te veel wordt, kan ik de communicatie met je schoonmoeder ook helemaal van je overnemen, lieve schat. Je hoeft het maar te zeggen.' Elena lachte bemoedigend naar haar dochter.

'Praat rustig verder, laat je door mij niet storen,' zei Hanna toen ze terugkwam. 'Tenzij jullie bezig zijn geheimen uit te wisselen.'

'Ik heb alleen maar over mijn toekomstige schoonmoeder geklaagd, dat is alles,' antwoordde Melanie openhartig.

'Misschien moest ik eens kennismaken met die dame,' opperde Hanna, maar Melanie schudde haar hoofd.

'Nee, ik kan het zelf wel af. En nu gaan we eerst maar eens Berlijn bekijken, toch?'

Hanna knikte instemmend, en Elena zei bedenkelijk: 'Pas maar goed op grand-mère! Berlijn is een gevaarlijke stad.'

'Dat was het vroeger ook al,' antwoordde Hanna grinnikend, en ze gaf Melanie een arm.

Ze liepen nog een stuk door de Invalidenstraße, kwamen langs een Vietnamees restaurant waar het verleidelijk naar kerrie en anijs rook en sloegen ten slotte de Chausseestraße in. Melanie vroeg zich de hele tijd af waar Hanna heen wilde.

'Is het niet te ver voor u?' vroeg ze toen ze merkte dat haar grootmoeder langzamer begon te lopen. 'Moeten we misschien een taxi nemen?'

Hanna schudde haar hoofd. 'Nee, nee, laat maar. Ik kom weliswaar langzaam vooruit, maar het gaat nog wel.'

'Maar u zegt het als het u te veel wordt, ja?'

'Dat zal ik doen, daar kun je zeker van zijn.'

Toen ze verder liepen, viel het Melanie op hoe de mensen naar Hanna keken. Zulke oude mensen, die zich ook nog eens te voet verplaatsten, zag je niet zo vaak in het stadsbeeld. Beschermend legde Melanie haar hand op die van haar grootmoeder, die nog steeds haar arm vasthield.

'Waar wilt u eigenlijk heen?' vroeg Melanie toen ze de Chausseestraße achter zich hadden gelaten. Vlakbij bevond zich de Friedrichstraße. De trottoirs werden smaller.

'Nog maar een klein stukje verder,' antwoordde Hanna en ze trok haar mee. Ze staken de Torstraße over, volgden de Friedrichstraße en sloegen uiteindelijk een zijstraat in met aan weerskanten oude huizen die grotendeels nog in de oorspronkelijke staat verkeerden. Met een beetje fantasie kon je je zelfs voorstellen hoe dienstmeisjes met gesteven schorten en heren in stijve pandjesjassen zich over de straat haastten.

Melanie was verbaasd hoe snel Hanna die afstand aflegde. Ze leek uiteindelijk zelfs steeds harder te gaan lopen, alsof ze niet kon wachten tot ze haar doel had bereikt.

Voor een huis met vier verdiepingen, dat eruitzag alsof de tand des tijds er een groot stuk uit had gebeten, bleven ze ten slotte staan. Naast het enorme rode gebouw dat volgens gedenkplaten vroeger een Joods weeshuis moest zijn geweest en waarvan de ramen met planken waren dichtgespijkerd, leek het klein en weggedoken, ondanks de hoogte. Een afzetting aan de rand van het trottoir deed vermoeden dat het vroeger ooit groter was geweest. De resterende gevel was duidelijk aan renovatie toe, en toch wekte het huis een heel levendige indruk.

Melanie kende het gebouw wel, maar had er nooit veel aandacht aan geschonken. Ooit had ze in de brievenbus van Elena's winkel een flyer gevonden waarop cursussen in het danshuis werden aangeboden. In het gebouw zelf was ze nooit binnen geweest.

Hanna keek er glimlachend naar, alsof ze voor een oude vriend stond die ze in geen jaren meer had gezien.

'Het is haast niet veranderd,' zei ze toen en ze trok Melanie mee de binnenplaats op, die bij mooi weer als biertuin werd gebruikt. Aan lange snoeren hingen rijen lampen die bij het vallen van de avond werden aangedaan. Achter een van de ramen van het souterrain was een enorm fornuis te zien voor witte tegels, blijkbaar bevond zich daar de keuken van het restaurant, waarvan de menukaart naast de ingang hing. In de ramen van de bovengelegen etages weerspiegelde zich de blauwe, met sluierwolken bedekte hemel.

'Ik vraag me af of de spiegelzaal er nog altijd is,' merkte Hanna ten slotte op terwijl ze haar blik op een bepaalde rij ramen richtte. 'Dat was hier de mooiste ruimte. Daar werden niet alleen bals maar ook bruisende bruiloften gehouden. Jammer dat dit gebouw in de oorlog zo is toegetakeld.'

'We kunnen naar binnen gaan en informeren,' stelde Melanie voor. 'De mensen die hier werken zullen ons toch wel kunnen vertellen of die zaal er nog is.'

'Je hebt gelijk, kom mee.'

Toen ze binnenkwamen, was Melanie verbaasd dat de entree er zo smal uitzag. In een danshuis had ze een uitnodigend trappenhuis verwacht, met een grote garderobe en rode tapijten op parket met schaakbordpatroon.

Natuurlijk was er een garderobe, een kleine opslagruimte naast de deur, waar je in het donker de kleerhaken alleen maar kon vermoeden. Direct ernaast bevond zich de kassa, een heel klein hokje. Je kon nauwelijks geloven dat daar iemand in had gezeten.

Hanna haalde diep adem. 'Het ruikt ook nog bijna net als vroeger!'

Melanie ontdekte aan de muur naast de deur die de toegang tot de keuken moest zijn, een getypte brief en moest gniffelen omdat daar zoiets op stond als 'trefpunt voor lichtzinnige mensen van beiderlei kunne'.

Het schrijven dateerde uit de jaren tachtig en was waarschijnlijk ten tijde van de DDR in opdracht van de Stasi opgesteld. Wat zou de moraalridder van toen wel niet van de tegenwoordige clubs en disco's zeggen?

'Kan ik u misschien helpen?'

In hun bewondering voor het oude meubilair hadden ze helemaal niet gemerkt dat achter hen een jongeman was verschenen. Hij was naar schatting begin twintig en droeg een zwart overhemd en een spijkerbroek. Zijn donkere haar was kortgeknipt en in een van zijn oorlelletjes zat een nogal zwaar ogende oorring.

'Pardon, is het misschien mogelijk een blik in de spiegelzaal te werpen?' vroeg Hanna, waarop de jongeman haar verbaasd aankeek.

'De spiegelzaal is eigenlijk alleen toegankelijk bij festiviteiten. Maar ik kan het wel even vragen... Wilt u boeken voor een feest?'

'Ik wil hem alleen maar nog eens zien. Ik heb hier vroeger gewerkt, weet je.'

Melanie kon aan de jongen zien dat hij uitrekende wanneer dat moest zijn geweest. Zijzelf was eveneens verbaasd over die opmerking. Dat Hanna in het danshuis had gewerkt, was nieuw voor haar. Of was het maar een smoes om de zaal in te komen?

'Wil je het alsjeblieft gaan vragen?' mengde Melanie zich in het gesprek terwijl ze haar charmantste glimlach opzette. 'Er is voor mijn overgrootmoeder veel aan gelegen de zaal te kunnen zien. En voor mij ook. Bovendien zou ik me kunnen voorstellen hier enkele evenementen te organiseren. Daar zullen de eigenaren vast blij mee zijn, nietwaar?'

De jongeman knikte en verdween achter een van de bruine deuren. Even later hoorden ze hem een trap oprennen.

'Ik vraag me af of het gebouw nog altijd in vrouwelijke handen is,' peinsde Hanna terwijl Melanie weer de bruine garderobe bewonderde, waarnaast een oud bord erop wees dat hier kledingvoorschriften golden. Vanuit die kijkrichting kon je denken een reis terug in de tijd te hebben gemaakt. Je verwachtte elk moment een jonge garderobejuffrouw in een jurkje uit de jaren twintig met gewatergolfd jongenskopje te zien opduiken om je mantel aan te nemen. Was Hanna misschien zo'n meisje geweest?

Aan de tegenoverliggende muur hingen verscheidene momentopnamen uit de geschiedenis van het huis, en de ruiten van de klapdeuren die naar het restaurant leidden, waren gedecoreerd met jugendstilbloemen.

'Waarschijnlijk is het huis nu eigendom van een exploitatiemaatschappij of iets dergelijks.'

'Dat denk ik niet. Die zouden er een disco van hebben gemaakt. Kijk maar eens om je heen.' Hanna maakte een uitnodigend gebaar. 'Het ziet er allemaal nog bijna net zo uit als vroeger. Afgezien van het feit dat de tijd heel aardig aan de inventaris heeft geknabbeld.'

'Als wat hebt u hier eigenlijk gewerkt?' vroeg Melanie, die moest uitwijken voor een kelner die met een dienblad de keuken uit kwam stormen. 'Of hebt u die knul alleen maar wat wijsgemaakt?'

'Zie ik eruit alsof ik het leuk vind jonge mensen voor het lapje te houden?' Hanna grijnsde breed.

'Absoluut. Maar ik geloof niet dat u zoiets verzint. U hebt op een of andere manier een band met dit huis, nietwaar?'

'Een sterkere dan je misschien denkt. Deze plaats was mijn redding na alles wat ik had meegemaakt. Wie weet wat er van me was geworden als ik niet op het juiste moment hier terecht was gekomen.'

De deur ging open en de jongeman verscheen weer. In zijn hand hield hij een sleutelbos.

'Oké, u mag de zaal zien.'

'Dat is nog eens goed nieuws!' antwoordde Hanna, waarop de jongen haar wat twijfelachtig aankeek.

'We hebben helaas geen traplift, alleen de etenslift van vroeger.'

'Maak je geen zorgen, ik red het wel met de trap, stapje voor stapje. Als je weer aan het werk moet, kun je ons rustig de sleutel geven, ik beloof dat we ons niet als vandalen zullen gedragen.'

Dat leek de jongen te riskant, dus liep hij geduldig achter hen aan terwijl Hanna tree voor tree naar boven klom. Tussendoor moest ze even pauzeren, maar uiteindelijk kwamen ze bij de deur.

Een muffe geur kwam hun tegemoet toen de jongeman de grote openslaande deuren opende. De zaal baadde in het zonlicht.

'Kijkt u rustig rond, maar wees voorzichtig,' adviseerde de jongeman. 'Af en toe valt er kalk van het plafond. De eigenaren staan erop de zaal zo veel mogelijk zo te houden als hij zestig jaar geleden was. Alleen de noodzakelijke reparaties worden gedaan.'

'Maar heeft de oorlog het gebouw niet beschadigd?' vroeg Melanie, haar eerste indruk van het buitenaanzicht van het danshuis indachtig.

'Ja, uiteraard! Maar als door een wonder is de spiegelzaal niet zwaar beschadigd. Afgezien van een paar scheuren.'

Op dat moment ging er een mobieltje over. Melanie dacht eerst dat het dat van haar was, maar toen haalde de jongen het zijne al uit zijn zak. Hij sprak even met iemand, toen zei hij: 'Het spijt me, ik moet weer naar beneden. De band van vanavond komt eraan, ik moet ze laten zien waar ze hun instrumenten kunnen laten.'

'Kom je hier nog terug?'

'Nee, vanavond wordt er gedanst in het restaurant. De band speelt voor het eerst bij ons en weet nog niet hoe het er hier aan toe gaat.'

'Mogen wij hier nog even blijven?' vroeg Hanna zo vertrouwenwekkend mogelijk.

'Bij uitzondering. Als de band is geïnstrueerd, kom ik u weer halen.'

Daarmee was Hanna tevredengesteld.

De spiegelzaal deed zijn naam eer aan. Kolossale spiegels wierpen elkaar verschillende perspectieven van de ruimte toe. Op dat moment stonden de lange tafels aan de kant met de stoelen erbovenop, zodat het parket goed zichtbaar was. Net als het groene behang tussen de spiegels leek de vloer slechts rudimentaire reparaties te hebben ondergaan. Een van de spiegels vertoonde een lange scheur, maar die zat vlak bij de rand.

De vloer kraakte zachtjes onder hun voetstappen toen ze naar de spiegels liepen. Melanie probeerde zich voor te stellen hoe de bruisende bals er hier hadden uitgezien, en even was het alsof ze het gelach en het getinkel van de glazen kon horen, de parfums ruiken en de sieraden zien schitteren die de vrouwen hier hadden gedragen.

'Vroeger waren er verscheidene danshuizen in de stad,' zei Hanna terwijl ze voorzichtig aan de lijst van een spiegel voelde. 'Het waren de enige plaatsen waar vrouwen in hun eentje naartoe durfden te gaan om plezier te maken. Niemand zag het als verwerpelijk dat alleenstaande vrouwen hier zonder mannelijk gezelschap verschenen.'

Melanie kon zich de tijd dat vrouwen zonder begeleider voor oneerbaar werden aangezien absoluut niet meer voorstellen.

'Veel vrouwen die hiernaartoe kwamen hadden hun man verloren in de oorlog of tijdens de economische crisis. Toen er weer geld beschikbaar was, wilden ze ook weer voelen dat ze leefden. En dus kwamen ze naar het danshuis, hetzij om een nieuwe vriendschap aan te knopen, hetzij om in de armen van een gigolo wat afleiding te vinden.'

Toen ze zag dat Melanie sceptisch keek, voegde ze eraan toe: 'O, het is niet wat je denkt. Gigolo's waren betaalde beroepsdansers die ervoor moesten zorgen dat er bij het begin van een dans geen vrouwen bleven zitten. Natuurlijk waren er ook wel liaisons, soms ook voor slechts één nacht, maar de meeste vrouwen kwamen echt alleen maar om te dansen. Sommige namen genoegen met een vrouw als danspartner, maar andere maakten graag gebruik van de diensten van de gigolo's. Vooral omdat het echt knappe mannen waren.'

Hanna's gezicht kreeg een dwepende uitdrukking. Toen pakte ze de bankbiljetten die ze uit de rokzoom had getornd uit haar tas en vouwde ze open.

'Maar we moeten opschieten met het verhaal, want als de muzikanten niet traag van begrip zijn, zal die jongeman vast vlug weer verschijnen.'

Hoewel ze niet wist of het mocht, tilde Melanie twee stoelen van een van de tafels.

'Je kunt ze het best midden in de zaal neerzetten, dan kunnen we die beter op ons laten inwerken.'

Melanie volgde haar aanwijzing op en toen ze op haar stoel ging zitten, moest ze toegeven dat Hanna gelijk had.

11

BERLIJN 1927

Op mijn vlucht uit Hamburg had ik veel geluk, want niemand hield me tegen of kreeg argwaan. Toch was ik vreselijk bang toen ik ten slotte in de trein naar Berlijn zat. Ik vreesde dat iemand me zou herkennen. Maar in de coupé keek ik alleen in vreemde, deels zeer vermoeide gezichten.

Toen we Hamburg achter ons hadden gelaten, werd ik wat rustiger. Mijn ledematen en mijn ogen werden zwaar, en hoewel het niet bijzonder comfortabel of warm was in de coupé, stroomde er een weldadig gevoel door me heen, dat er uiteindelijk voor zorgde dat ik diep en droomloos sliep.

'Hé, juffertje, moet je er niet uit?' klonk er op zeker moment een stem.

De man die aan mijn schouder had geschud, had een conducteurspet op en leek een beetje geërgerd. Pas toen drong tot me door dat de trein op zijn eindbestemming was aangekomen. De conducteur liep door de wagons om te controleren of alle passagiers wel waren uitgestapt.

Vlug stond ik op, verontschuldigde me, bedankte de man en verliet de coupé. Het perron was gehuld in de stoom van de locomotief, jonge mannen duwden bagagewagentjes naar de wagons op het spoor aan de overkant terwijl mannen hun vrouwelijke gezelschap hielpen bij het instappen.

Op dat punt leek Berlijn op het eerste gezicht niet van Hamburg te verschillen. Maar toen ik het Lehrtestation uitliep, merkte ik dat het er anders rook. Er was geen zeebries zoals je die zelfs binnen in het Rode Huis door de ramen heen kon merken. In plaats daarvan heerste er een sterke lucht van de rook die uit tientallen schoorstenen naar de grauwe hemel opsteeg.

Omdat ik eerst niet wist waar ik heen zou gaan, zocht ik in de buurt van het station naar een bankje en telde het geld dat ik na het kopen van het treinkaartje overhad. De waarde van het Duitse geld was voor mij nog altijd een groot raadsel. Ariana had verteld dat de bedragen op de biljetten een jaar eerder nog waanzinnig groot waren geweest, maar dat ze met de invoering van het nieuwe geld weer kleiner waren geworden. Wat zou iets te eten hier kosten? En een jurk? In mijn tijd in het Rode Huis had ik nooit zelf iets gekocht, ik wist niet eens wat er eigenlijk allemaal te koop was. Waren hier ook straathandelaren?

In de straten van de enorme stad voelde ik me vreselijk verloren. Alles leek zo groot en scheen steeds groter te worden. Sommige huizen waren nog groter dan die van de Táy in Saigon.

Omdat mijn maag intussen verschrikkelijk knorde, keek ik uit naar een zaak waar iets te eten werd aangeboden. Er leken geen gaarkeukens te zijn, wel kroegen, die rond die tijd echter nog dicht waren. Het duurde even, toen drong er een heerlijke zoete geur tot mijn neusgaten door. Die kwam uit een bakkerij. De verkoopster droeg een wit schort met ruches aan de randen en keek toen ik binnenkwam net zo verwonderd naar mij als ik naar haar.

'Wat mag het zijn?' vroeg ze, en ik kon absoluut niet beslissen. Ik wees naar een ronde geglazuurde koek, want achter mij stonden al andere klanten. Een paar van hen praatten zo hard en ongemanierd dat het me onwillekeurig aan Hansens vechtersbazen deed denken. Vlug betaalde ik met een van de biljetten, kreeg een enorme hoeveelheid muntgeld terug en verliet de winkel met een papieren zak in mijn hand.

Van paniek ging mijn hart wild tekeer. Op de dichtstbijzijnde hoek keek ik achterom naar de bakkerij. Even later kwamen de hardpratende mannen naar buiten. Ze droegen sportpetten en slonzige jassen, waarschijnlijk waren het arbeiders.

Het is totaal onmogelijk dat Hansens mannen hier zijn, hield ik mezelf voor. Ze zullen je hier niet vinden, dit is een grote stad. En misschien denken ze ook dat ik per boot teruggevaren ben naar mijn vaderland. Ze zullen in de haven gaan zoeken, maar niet hier.

Toch duurde het nog even voor ik mezelf ervan overtuigd had dat er geen gevaar dreigde. Er waren in Berlijn beslist ook bordelen, maar daar zou ik nooit komen.

Trouwens, mannen... Op dat moment zwoer ik nooit meer toe te laten dat een man me zo aanraakte als de mannen in het Rode Huis hadden gedaan.

Ergens vond ik een plekje waar ik mijn geglazuurde koek op kon eten. Hongerig schrokte ik hem naar binnen. De mensen die haastig langsliepen namen nauwelijks notitie van mij. Op straat reden auto's en rijtuigen, een enorm voertuig met het opschrift BROUWERIJ hotste op ijzeren wielen over de kinderkopjes. Het gevaarte was zo zwaar dat de bodem onder mij trilde.

Toen ik mijn eerste honger had gestild, vroeg ik me af waar ik heen zou gaan. Naar de kennis van Ariana? Maar hoe moest ik die vinden? Het ontbrak me aan de moed een voorbijganger aan te spreken. Stel dat ze me niet verstonden?

Ik had het idee dat ik nog steeds een zwaar accent had, bovendien kende ik bij lange na niet alle woorden.

Ik zwierf dus doelloos verder en probeerde me met de stad vertrouwd te maken. Hoe zou het met Thanh zijn? Tijdens onze zwerftochten door de stad was zij altijd degene geweest die de toon aangaf. Zij had de moed allerlei winkels in te lopen, ze zag er geen been in op straat mensen aan te spreken, als die tenminste niet op weg waren naar Cholon. Ik miste Thanh zo enorm! En het maakte me treurig dat ik nog steeds niet naar haar kon gaan zoeken.

Ik besloot op weg te gaan naar Ariana's kennis en haalde het briefje met het adres tevoorschijn. Misschien zou het gezin van de vriendin me opnemen. Misschien kon ik daar met het huishouden helpen.

Ik schraapte al mijn moed bij elkaar en vroeg het aan de eerste de beste die ik tegenkwam. De man droeg een bruin jack en had een sjaal om zijn nek, zijn ogen werden uitvergroot door een sterke ronde bril.

'U kunt het best de metro nemen. Daarginds is een station.'

'De metro?' vroeg ik.

'Daar verderop!' De man wees op een metalen boog die aan de overkant van de straat oprees en waarop METRO stond.

Ik had zulke stations tijdens mijn vlucht door Hamburg gezien, en Ariana had me erover verteld en beweerd dat de rails onder de aarde liepen. Omdat Hansen me als gevangene in het Rode Huis had vastgehouden, had ik nooit het genoegen gehad met de ondergrondse te reizen. Maar nu was ik vrij om te doen wat ik wilde.

Nadat ik hem had bedankt, stak ik de straat over en liep de trap naar het station af. Een paar mensen liepen me in hun haast bijna omver. Een doordringende lucht van olie vermengd met schimmel drong mijn neus binnen. De muren van de lange schacht waren bedekt met tegels. Aan elke kant van het perron liepen rails. Aan een kant stond een trein te wachten. Enkele passagiers hadden al plaatsgenomen in de wagons. Een forse conducteur stond voor een van de deuren om de passagiers binnen te laten.

Ik zou natuurlijk moeten betalen, dus haalde ik mijn geldbundeltje tevoorschijn. Onzeker sloot ik me bij de rij wachtenden aan.

Mijn blik viel op het gewelf boven mij en op de schacht waar de trein doorheen zou rijden. Was die wel veilig? Ik had eens een mijnwerker horen vertellen dat er in zijn mijn een schacht was ingestort onder alle aarde en stenen die erbovenop lagen. Ik kreeg een onbehaaglijk gevoel.

'Juffertje, sta niet te dromen, de mensen achter u willen ook mee!' snauwde de conducteur en hij noemde me de prijs. Met het bankbiljet dat hij me toestak gaf hij ook wat munten terug en liet me toen instappen.

'Ach pardon,' wendde ik me nog een keer tot hem en gaf hem het briefje. 'Hoe ver moet ik meereizen tot daar?'

'Bedoelt u waar u eruit moet?' vroeg de conducteur terwijl hij me verbaasd opnam. 'Dat kan het best bij station Zoologischer Garten. Van daaraf is het nog twee straten verder.'

Er klonk een sein en even later zette de trein zich in beweging. Ik viel naar achteren en kwam op een van de houten banken terecht. De trein verdween in de donkere schacht.

Op station Zoologischer Garten was ik net zo radeloos als eerst, want de omgeving was er niet erg anders. De huizen stonden ook hier dicht op elkaar en hadden meerdere verdiepingen. Wat was Saigon toch zelfs in de Franse wijk overzichtelijk geweest!

Na verder rondvragen stond ik eindelijk voor het gezochte adres. Achter me reed traag een paard-en-wagen voorbij, ergens huilde een baby. Een paar mensen stonden opzij van het huis te praten. Ik haalde diep adem en liep naar de voordeur.

Die stond op een kiertje. De lucht van schimmel en katten kwam me tegemoet. Ik keek omhoog langs de trap die naar de drie andere etages leidde. Omdat er geen aanwijzing was wie er woonden, zat er niets anders op dan deur voor deur af te gaan.

Elke verdieping had twee deuren. Maar ook toen ik boven aangekomen was vond ik de gezochte naam niet. Was Ariana's vriendin misschien verhuisd?

Teleurgesteld begon ik aan de terugweg. Als ik haar niet vond, zou ik ergens een slaapplaats moeten zoeken. Maar waar?

Toch wilde ik de hoop nog niet opgeven. Ik liep de binnenplaats van het huis op en keek om me heen. Misschien was er nog een andere ingang.

Inderdaad vond ik er een deur, maar die was dicht. Ik keek omhoog.

Bij een van de ramen stond een vrouw in een huishoudschort. Ze hing was op aan een van de lijnen die dwars over de binnenplaats waren gespannen. De was die al was opgehangen, zag er enigszins grauw uit. Dat moest van de rook komen, die ook hier dik en zwart uit de schoorstenen opwelde.

'Waar kom je voor, meisje?' vroeg de vrouw toen ze me zag.

'Inge Martin,' antwoordde ik. Mijn stem weergalmde dof tegen de muren. 'Ik kon haar naam niet vinden op de naambordjes.'

'Geen wonder, ze heet nu Brockmann, ze is hertrouwd.'

'Bedankt!' antwoordde ik en ik liep weer naar de voorkant. Geschrokken sprong ik achteruit toen een hondje naar me begon te keffen.

'Geef het mormel een schop, dan houdt het wel op met keffen!' raadde een voorbijganger me aan. Dachten ze hier soms ook dat het geluk bracht om een hond dood te maken?

Het keffertje ontwijkend klom ik de trap op. De naam Brockmann had ik op de derde etage gezien. Boven aangekomen, voelde ik me duizelig, bovendien knorde mijn maag alweer. De geglaceerde koek was niet erg vullend geweest.

Ik streek mijn jurk glad, schraapte mijn keel en drukte op de bel. Er klonk een hard, schel geluid. Even later hoorde ik tweestemmig gejammer. Een vrouw foeterde, er liep iemand stampend naar de deur. Ik vreesde al dat haar echtgenoot open zou doen, maar het was een vrouw met donker haar en groene ogen. Ze had ongeveer dezelfde leeftijd als Ariana. In eerste instantie had ik het idee dat ze Ariana's zus zou kunnen zijn, maar in haar uitspraak viel geen zweempje Frans te bespeuren.

'Wat moet je?'

'Ik... ik ben Hanna,' stelde ik me voor. 'Ik... ik heb uw adres gekregen van Ariana. Ariana Duvall.'

De ogen van de knorrig kijkende vrouw werden groot. Even leek ze van haar stuk gebracht, toen schudde ze haar hoofd, alsof ze een onwelkome gedachte van zich wilde afschudden.

'En, wat moet je hier?'

'Ariana zei dat u me misschien zou willen opnemen.'

'Hoe komt ze daarop?'

Ik voelde dat ze boos werd. Was ze dan misschien toch niet met Ariana bevriend geweest?

'Zie ik eruit alsof ik hier iemand kan opnemen? En waar hangt ze eigenlijk uit? Ik heb al acht jaar niets van haar gehoord. Sinds ik hier ben!'

Dat was echt heel lang.

'Ze is overleden. Een week geleden.'

De vrouw liet haar schouders hangen. Haar gezicht kreeg een verbijsterde uitdrukking. Had ze het ene moment nog sterk genoeg geleken om mij van de trap te gooien, nu stond ze te wankelen en moest ze zich aan de deurpost vasthouden.

'Is ze dood?' vroeg ze, alsof ze me niet goed had verstaan.

Ik knikte.

'En ze heeft gezegd dat je naar mij toe moest gaan?'

Ze leek niet bepaald blij me te zien. Als ik gezegd had dat ik haar adres alleen maar tussen Ariana's spullen had gevonden, zou ze me beslist weer hebben weggestuurd. Dus antwoordde ik ook die vraag bevestigend.

De vrouw zuchtte diep. 'Nou, vooruit, voor één nacht kun je blijven. Maar morgen smeer je 'm, begrepen?'

De uitdrukking met smeren kende ik gelukkig, die hadden de meisjes in het Rode Huis ook gebruikt. Ik knikte, waarop Inge me binnenliet.

'Wat is er met Ariana gebeurd?' vroeg ze en ze loodste me de keuken in, een kleine ruimte die naar oud vet en muf behang rook.

Ik ging aan de keukentafel zitten, die nogal wiebelde en die kringen vertoonde van allerlei vloeistoffen en kaarsresten.

Inge zette een ketel water op het fornuis en gooide er nog wat houtblokken in. Ik vouwde bedrukt mijn handen. Hoeveel zou die vrouw weten? Ariana had me nooit verteld hoelang ze al in het bordeel werkte. Had Inge vroeger ook in het Rode Huis gezeten?

'Ze had longontsteking,' begon ik met het onschuldigste. 'Ze kreeg medicijnen van de dokter, maar die hebben niet geholpen.'

Inge ging op de stoel tegenover mij zitten, die protesterend kraakte. 'Ik wist dat die hoerenkast haar einde zou betekenen. Dit heeft ze echt niet verdiend.'

Ze dacht even na, toen voegde ze eraan toe: 'Ik heb haar altijd gezegd dat ze bij Hansen weg moest. Natuurlijk zou haar dat niet zomaar zijn gelukt, maar het zou zeker niet onmogelijk zijn geweest. Heb jij daar ook gezeten?'

Ik verstijfde. Kon je dat aan me zien? Had ik ergens een teken dat me als prostituee kenbaar maakte?

'Niet schrikken, het was maar een gok,' zei Inge alsof ze gedachten kon lezen. 'Daar hoef je je niet voor te schamen, ik heb er ook gezeten. Maar ik ben hem gepeerd zodra ik er kans toe zag. Hansen heeft diverse hoerenkasten in de stad. Is die ouwe draak van een Giselle er nog altijd?'

Ik knikte bedrukt. De herinnering kneep mijn keel dicht.

'Dat is Hansens geliefde. Vroeger moet ze mooi zijn geweest, maar die hoerenkast sloopt iedereen. Nog een wonder dat Hansen niet wat nieuws heeft gezocht.'

Voor ze verder kon gaan floot de waterketel.

'Ik kan je alleen surrogaat aanbieden, lust je dat?'

Ik knikte, al had ik geen idee wat het was. Een paar minuten later stond er voor mij een kroes met een bruine vloeistof te dampen. Het rook een beetje naar de koffie die mijn moeder vroeger haar bezoeksters in de salon had geserveerd.

'Hoe ben je eigenlijk naar Hamburg gekomen?' vroeg Inge terwijl ze de damp over de rand van haar mok blies. 'Je ziet er niet uit alsof je hiervandaan komt.'

Ik vertelde haar over de mensenhandelaren, waarop ze verbijsterd haar hoofd schudde. 'Kerels als Hansen moeten ze ophangen! Ze mogen niet zomaar meisjes uit hun vaderland weghalen!' Ze balde haar vuist. 'Maar wat kun je doen in een wereld waar mannen het voor het zeggen hebben!'

Ze dacht even na, toen zei ze: 'Toen ik indertijd wegging, wilde ik Ariana meenemen, maar ze durfde niet. Ze beloofde me achterna te komen, maar dat heeft ze nooit gedaan.'

Ik vertelde van de raamgrepen die Hansen had afgeschroefd.

'Wat jou betreft was hij wel bijzonder waakzaam. In mijn tijd konden de meeste meisjes zich nog vrij bewegen. Veel van hen waren gebroken, of ervan overtuigd dat ze niets anders konden dan hun benen spreiden. Vroeg of laat ga je dat geloven. Misschien was dat ook met Ariana het geval.'

'Ze is altijd goed voor me geweest,' zei ik terwijl ik mijn handen aan de kroes warmde. Vanbinnen rilde ik, het werd me koud om het hart. Al die vreselijke beelden trokken weer aan me voorbij, en ik besefte hoeveel geluk ik had gehad. Ook al wachtte mij een ongewisse toekomst.

‘Dat was ze voor iedereen. Zij nam de nieuwelingen onder haar hoede en zorgde voor hen, terwijl ze dat helemaal niet hoefde te doen. En terwijl ze lelijk te pakken werd genomen...’ Vergiste ik me, of zag ik tranen in Inges ogen? Het licht in de keuken was niet al te best, vooral omdat het begon te schemeren. Ik kon me ook vergissen...

‘Maar we kunnen haar beter in vrede laten rusten, nietwaar?’ Inge wreef steels met de rug van haar hand over haar ogen en trok haar neus op.

Toen verscheen er in de deuropening een meisje van een jaar of drie met een snotneus en blonde pijpenkrullen in een bruin hemdjurkje. Met grote, kogelronde ogen keek ze me aan.

‘Luise, wat kom je hier doen, ik heb toch gezegd dat je moest spelen!’ zei Inge toen ze mij zag kijken en zich omdraaide. Meteen verdween haar bedroefdheid.

Luise stak haar vinger in haar mond en bleef me met grote ogen aankijken. Inge stak haar armen naar haar uit. ‘Kom hier, schatje!’

Langzaam kwam Luise in beweging en liet zich op de schoot van haar moeder trekken.

Mijn moeder had me nooit op schoot genomen, maar toch verlangde ik op dat moment hevig naar haar. Ik dacht aan wat Ly toen had gezegd. Ze had gelijk gehad, iemand zonder familie was werkelijk het treurigste wat er bestond.

’s Nachts lag ik met een bord koolsoep in mijn maag op de versleten sofa. Hoewel mijn lichaam doodmoe was, wilde mijn geest niet tot rust komen. Wat moest ik nu gaan doen? Ik kon niet buiten overnachten; het was april, maar het was nog altijd heel koud. Nu ik aan het Rode Huis was ontsnapt, wilde ik in geen geval aan onderkoeling doodgaan!

Ik dacht er weer aan dat Thanh en ik ons hadden voorgenomen

werk te zoeken en dan veel geld te verdienen, om naar school en vervolgens naar de universiteit te kunnen. De mensenhandelaren hadden die droom aan diggelen geslagen, maar voor mij was er altijd nog reden genoeg om geld te willen verdienen. Alleen op die manier zou ik naar Saigon terug kunnen gaan en Thanh zoeken.

Op zeker moment vielen toch mijn ogen dicht en ik sliep tot iemand me wakker schudde.

'Hé, sta op, het is tijd,' zei Inge. 'Mijn man komt zo thuis. Hij heeft niet graag dat er bezoek is.'

Ik kwam overeind. Inge drukte me een verschrompelde appel en een stuk brood in de hand dat dun met boter was besmeerd. 'Hier, pak aan, het is alles wat ik je kan geven. En blijf uit de buurt van de bordelen in de stad. Zoek fatsoenlijk werk, dan leef je langer.'

Ik beloofde het, hoewel ik niet zou weten hoe. Bij de deur zei ze nog: 'Mocht je toch niets vinden of in nood raken, dan kun je terugkomen, maar alleen dan, begrepen?'

Ik knikte, waarop ze me toelachte. 'Je zult je weg wel vinden, meisje. Maar blijf bij de kerels uit de buurt. Veel goeds brengen die meestal niet.'

De vraag waarom ze dan getrouwd was, hield me bezig toen ik naar beneden liep. Had ze een man gevonden voor wie dat niet gold? Iemand van wie ze hield?

De hele ochtend zwierf ik rond door Berlijn, bekeek winkels en etalages die mij vreemd voorkwamen, ging ten slotte weer met de metro en belandde ergens in het hart van de stad, waar het druk was op straat en veel auto's reden. Ik had het gevoel dat ik daar misschien werk kon vinden. Misschien was er ergens een naaister nodig? Of iemand die schoonmaakte of kookte?

Maar waar ik ook vroeg, niemand had een werkkracht nodig. Ergens op straat zag ik een vrouw staan met een bord om haar nek waarop stond dat ze werk zocht als secretaresse. Moest ik me misschien ook ergens opstellen met zo'n bord om? Ik merkte dat de vrouw me een vijandige blik toewierp, net zo vijandig als de meisjes in het Rode Huis. Blijkbaar vreesde ze dat ik haar concurrentie zou aandoen. Voor ze iets kon zeggen maakte ik me uit de voeten.

Uiteindelijk sloeg ik een zijstraat in waaruit luide kinderstemmen me tegemoet klonken.

Weldra kwam ik bij twee enorme gebouwen die eruitzagen als de scholen die de Fransen in Saigon hadden gebouwd.

Er stonden eigenaardig uitziende mannen voor. Ze hadden lange baarden en droegen donkere jassen en zwarte hoeden, waaronder minutieus gevormde pijpenkrullen langs hun slapen vandaan kronkelden. Een van hen had een dik boek onder zijn arm geklemd, dat aan een kant goud glansde.

Waarover ze praatten, wist ik niet, want ze spraken een taal die noch Duits, noch Frans was. Ze zagen eruit als geleerden of zo, in elk geval straalden ze grote waardigheid uit.

Het naastgelegen huis was kleiner en van binnen kwam een geur die leek op die van onze gaarkeukens, maar toch heel anders was.

DANSHUIS stond er op een bord naast de ingang. Ik vroeg me af wat een danshuis dan wel mocht zijn. Leerden de mensen daar dansen? Of werden er dansen opgevoerd?

Mijn blik viel op een briefje dat op de deur was geplakt. GARDEROBEJUFFROUW GEVRAAGD! stond er in vette letters. Garderobejuffrouw.

Van Ariana wist ik wat dat woord betekende. Een garderobejuffrouw zorgde voor de jassen en hoeden van klanten van een gelegenheid. Gevraagd werd een jonge vrouw die er netjes uitzag en vriendelijk was. Andere basiskennis was niet noodzakelijk!

Nog voor ik kon nadenken, drukte mijn hand al de klink omlaag.

De koude sigarenwalm zorgde ervoor dat ik toch op de drempel bleef staan. Een vreselijke gedachte kwam bij me op. Was een danshuis misschien net zoiets als het Rode Huis in Hamburg?

Hadden ze dat briefje alleen maar opgehangen om meisjes te strikken?

'Erin of eruit, wat wil je, meidje?' riep een stem. Ik kromp in elkaar, maar was niet in staat me om te draaien en weg te lopen.

Achter mij was ineens een man opgedoken. Hij was niet bijzonder lang, maar leek wel fors gebouwd, wat nog versterkt werd door de koetsiersmantel om zijn schouders. Hij was een stuk ouder dan Hansen, had een grijze baard en al wat dunner wordend, vrijwel wit haar. Hij zag er niet uit als een pooier en een stemmetje in mijn achterhoofd zei dat een bordeel wel niet naast een school zou staan. Maar wat wist ik van dit vreemde land?

'Ik... ik kom voor de baan van garderobejuffrouw...' wist ik toen toch uit te brengen en hoopte dat de man zou begrijpen wat ik zei.

Zijn gezichtsuitdrukking werd in elk geval milder en hij begon te glimlachen. 'Zeg dat dan meteen! En doe de deur achter je dicht, het tocht!'

Ik aarzelde nog steeds. Mijn twijfel dat dit ook weer een Rood Huis was, was nog altijd niet weggenomen. Ik had me toen kunnen omdraaien en wegrennen. Maar iets weerhield me, en uiteindelijk duwde ik de deur achter me dicht.

'Je wilt dus bij ons komen werken,' zei de man terwijl hij me van top tot teen opnam. 'Mooi genoeg ben je zeker. Maar je bent niet van hier, toch?'

'Nee, ik kom uit Hamburg.'

De man begon te lachen. 'Nou, voor een Hamburgs meidje had ik je niet aangezien. Maar goed, ik breng je naar de bazin. Je hebt geluk dat ze er net is. Ik ben trouwens Rudi, de portier.'

Ik vroeg me af of Rudi ook uit een ander land kwam, want hij sprak anders dan Ariana of Giselle. Hij stak een enorme hand naar me uit. Bedeesd pakte ik die aan, nog steeds klaar om snel achteruit te deinzen en weg te lopen.

Maar de man drukte mijn hand heel voorzichtig en liet hem ook meteen weer los. Ik wierp een snelle blik door de klapdeuren. Er hing een kroonluchter aan het plafond, witgedekte tafels stonden op het schone parket. Her en der weerkaatste een spiegel in een gouden lijst het beeld van de zaal. Het behang was in eenvoudig crèmewit gehouden, de lambrisering eronder in lichtbruin. Het enige rode hier was het tapijt dat door de zeer smalle gang naar de klapdeuren leidde.

'Waar blijf je nou?' De man was al op weg naar de trap. 'Kom mee en wees niet verlegen. De bazin houdt niet van verlegen meidjes, je moet hier haar op je tanden hebben als je begrijpt wat ik bedoel.'

Ik wist niet wat hij bedoelde, maar liep achter hem aan. Na de trap, waarvan de leuningen met fraai houtsnijwerk waren gedecoreerd, volgde een lange overloop bekleed met een blauw met goud doorweven tapijt, die ophield voor openslaande deuren.

De man trok een gewichtig gezicht terwijl hij Hanna opnam. 'Klop het stof van je mantel meidje, de bazin hecht waarde aan een fatsoenlijk uiterlijk.'

Weer bekroop me de twijfel. Ik wist zeker dat mijn uiterlijk met de slonzige mantel en de bruine jurk niet beantwoordde aan wat de bazin van een garderobejuffrouw verwachtte. Maar toen klopte Rudi al aan en riep een energieke vrouwenstem hem binnen.

'Wel, Rudi, wat is er?' vroeg de dame die blijkbaar de bazin was. Tevergeefs probeerde ik een blik op haar te werpen; Rudi's brede gestalte vulde de hele deurpost.

'Hier is een meidje, dat ik graag wil voorstellen als het schikt.'

'Laat haar maar binnen!'

Rudi stapte opzij. 'Veel geluk!' fluisterde hij en hij knipoogde naar me.

Met kleine stapjes liep ik naar binnen. De aanblik van het kantoor overweldigde en beangstigde me tegelijk. Het deed me denken aan het kantoor van Giselle, hoewel hier geen Venus op het bureau stond. Er waren hoge boekenrekken, een mooi dressoir en een kleine zithoek op een bont tapijt. Bedeesd bleef ik voor het bureau staan, waarachter een ongeveer veertigjarige vrouw in een hooggesloten zwarte japon troonde.

'Ik ben Claire Kühnemann,' stelde ze zich voor en ze ging recht op haar stoel zitten. 'En dit hier is mijn danshuis.' Ze spreidde haar armen uit, zoals een vogel zijn vleugels. 'Er zijn veel huizen als dit in Berlijn – sinds we over de crisis heen zijn schieten ze als paddenstoelen uit de grond. Maar ons huis is een bijzonder huis. En ik hecht er grote waarde aan het beste personeel te hebben.'

Ik herinnerde me Rudi die het had gehad over het haar op de tanden. Als ik nou maar had geweten wat hij bedoelde... Ik had in elk geval nog nooit iemand gezien bij wie er haar op zijn tanden groeide.

'Hoe heet je, meisje?' Mevrouw Kühnemann hield haar hoofd scheef.

'Hanna.' Mij werd duidelijk dat alleen mijn voornaam niet zou volstaan. Maar hoe zou ik mezelf noemen? Nguyen, zoals de smid? Ik koos voor iets anders. 'Hanna Nhài,' preciseerde ik, want ik wist zeker dat mevrouw Kühnemann dat kon uitspreken.

'Hanna?' herhaalde de vrouw, alsof ze het niet goed had verstaan. 'Een ongewone naam voor een meisje als jij. Je ziet eruit alsof je uit China komt.'

'Indochina, madame...' verbeterde ik haar.

'Spreek je Frans?' vroeg ze daarop verwonderd.

Ik knikte.

'En hoe staat het met je Duits? Je kent wel de woorden, maar je hebt een tamelijk sterk accent.'

'Ik spreek pas een jaar Duits en ben bezig het verder te leren,' antwoordde ik. Ik wist dat sommige mensen moeite hadden me te verstaan, hoewel ik van mening was dat ik de woorden goed uitsprak.

Mevrouw Kühnemann bekeek me, toen zei ze: 'Zeg eens iets in het Frans.'

Ik wist eerst niet wat, maar zei toen iets over het weer. Mevrouw Kühnemann knikte.

'Dat dacht ik al, bij het Frans is je accent niet zo sterk.'

De vrouw stond op en kwam achter haar bureau vandaan. Ik verbaasde me erover dat ze bijna twee hoofden groter was dan ik.

'Frans spreek ik al sinds mijn jeugd, ik had thuis een leraar.'

Er was nauwelijks een tijd die me verder weg leek dan die waarin ik met mijn leraar het Franse idioom had doorgenomen.

'Goed, blijkbaar ben je niet dom. Wat heeft je ertoe gebracht je land te verlaten?'

Wat moest ik daarop antwoorden? Dat ik door mensenhandelaren naar een bordeel was gesleept? Dat kon en wilde ik niet vertellen. Waarschijnlijk had ze me dan meteen weer weggestuurd. Bovendien was het voor mij te pijnlijk. Het liefst wilde ik die verschrikkelijke tijd vergeten, ongeacht wat er komen zou.

'Had je misschien een liaison met een Fransman? Heeft hij je laten vallen?'

Ik kon aan haar horen dat ze zoiets diep afkeurde.

'Ik ben daar weggegaan omdat ik in Duitsland wil studeren,' probeerde ik halverwege de waarheid te blijven. 'Dat is in mijn land niet mogelijk, daar had ik moeten trouwen.'

Claire snoof. Eerst geloofde ik dat haar verachting mij gold, omdat ik mijn familie in de steek had gelaten. Toen zei ze: 'Overal ter wereld hebben ze niets anders te doen dan aan trouwen denken! Terwijl dat de oorsprong is van alle kwaad.'

Ze keerde weer terug achter haar bureau. Wat haar woorden te betekenen hadden, wist ik niet.

'Weet je, daar heb je goed aan gedaan. Ik was zo dom te denken dat het mij in een huwelijk beter zou gaan. Mijn eerste man heeft me verlaten, de tweede liet mij door de dood alleen achter. Wat heeft het huwelijk me nou te bieden? Niets. Maar in elk geval heb ik mijn danshuis. Dat is me altijd trouw. En als ik ervoor zorg dat het goed blijft lopen, zal het ook niet ten onder gaan.'

Ze steunde met haar ellebogen op het bureaublad. 'Goed dan, meisje ik zal je een kans geven. Je komt vanavond om vijf uur terug en werkt in de garderobe, samen met Ella. Zij zal je laten zien hoe het allemaal gaat. Doe je het goed, dan stel ik je voor een paar maanden aan op proef. In die tijd ga je proberen je accent kwijt te raken. We hebben ook een aantal Franse gasten, met hen kun je natuurlijk ook Frans spreken, maar verder spreek je Duits, begrepen?'

Ik knikte, kon het haast niet bevatten dat ik zo veel geluk had. Niet alleen was die vrouw geen tweede Giselle, het danshuis was ook nog eens geen bordeel. Natuurlijk wist ik nog steeds niet waar ik moest slapen, maar op dat moment telde voor mij maar één ding: ik mocht daar een avond werken!

Nog nooit was ik zo nerveus geweest als die avond. Ik had geen idee wat ik als garderobejuffrouw precies moest kunnen, maar ik wist zeker dat het niet moeilijk zou zijn op de jassen van de klanten te letten. Nadat ik nog een tijdje had rondgelopen omdat ik verder nergens heen kon, liep ik even voor vijven het danshuis binnen. Daar was het een drukte van belang. Muzikanten sleepten met hun instrumenten, kelners en keukenjongens liepen af en aan. Op het eerste gezicht leek niemand notitie van mij te nemen.

Tot een van de kelners, die een wat slechtzittend rokkostuum droeg, tegen me bromde: 'Wat kom je hier doen?'

'Ik ben het meisje voor de garderobe,' antwoordde ik. 'Mevrouw Kühnemann heeft gezegd dat ik hier vanavond moet werken.'

De man nam me van top tot teen op, keek enigszins radeloos om zich heen en riep toen: 'Ella! De nieuwe is er!'

Hij riep het zo hard dat ze het waarschijnlijk in het hele gebouw hadden gehoord. Tussen alle mannen in de ruimte kon ik geen vrouw ontdekken. Maar toen kwam er een jonge vrouw door de klapdeuren. Haar rode haar was kortgeknipt met een scheiding aan de linkerkant, als bij een man. Ze droeg een grasgroene jurk die onder de taille met een brede stoffen band bij elkaar werd gehouden. De rok eindigde vlak onder de knie, en aan haar voeten droeg ze witte bandschoenen met een lage hak. Ik had nog nooit zoiets chics gezien.

'Dus jij bent het!' zei ze vriendelijk en stak mij haar hand toe. 'Ik ben Ella.'

'Hanna,' antwoordde ik.

'Mevrouw Kühnemann heeft me helemaal niet verteld dat je er zo... exotisch uitziet. In eerste instantie had ik je voor een Chinese danseres gehouden.'

Hoewel haar woorden niet onvriendelijk bedoeld waren, kon ik me er niet toe zetten te glimlachen of tegen haar te zeggen dat ik geen Chinese was.

'Nou, kom dan maar mee, mevrouw Kühnemann heeft me opgedragen je alles te laten zien. En voor je hier begint, moet je eerst iets anders aantrekken.'

Ze pakte me bij de hand en trok me de trap op.

'Woorden zijn niet je sterkste punt, of wel soms?' vroeg ze vrolijk toen we langs het kantoor van de bazin kwamen. Blijkbaar had ze verwacht dat ik er als een waterval op los zou ratelen.

De deur stond een beetje open, maar Claire Kühnemann was nergens te bekennen.

'De bazin is in de spiegelzaal,' verklaarde Ella toen ze mijn blik zag. 'Daar wordt vanavond het grote voorjaarsbal gehouden. Je bent precies op het juiste moment gekomen, we zullen vandaag een heleboel jassen door onze handen laten gaan.'

Ze bracht me naar een kleinere deur, waarachter zich tot mijn verbazing zoiets als een garderobe bevond. Er stonden drie grimeertafels met spiegels, aan een lang kledingrek hingen kostuums en ook een paar jurken.

'Ga voor een spiegel zitten, ik zal meteen proberen je haar te fatsoeneren.'

Beschroomd ging ik aan de eerste de beste grimeertafel zitten en kneedde mijn ijskoude handen. Ik had verwacht meteen aan het werk te gaan, maar zoals het er nu naar uitzag moest Ella me eerst nog in een garderobejuffrouw transformeren.

'Zoals ik al zei, is vandaag het voorjaarsfeest,' verklaarde ze terwijl ze naar het kledingrek liep en tussen de spullen iets passends voor mij zocht. 'Dus gaan we van jou ook het voorjaar maken.'

De mooie jurk was blijkbaar niet van Ella, waarschijnlijk kwam hij hiervandaan.

Ik wist zeker dat ze voor mij ook iets groens uit zou zoeken, maar toen haalde ze een lichtroze jurk tevoorschijn, hield hem omhoog en keek me aan.

'Die is perfect. Groen zou niet je kleur zijn, dan zou je er ziek uitzien. Maar in het roze lijk je een orchidee!'

Ze hing de jurk aan een passpiegel en voor ik de kans kreeg hem beter te bekijken zette ze er een paar schoenen bij en begon aan mijn hoofd te trekken.

'Ben je erg gehecht aan je haar?' vroeg ze terwijl ze met een kam probeerde mijn lange haar te fatsoeneren. Dat deed vreselijk zeer, binnen enkele ogenblikken zag ik eruit alsof ik uien had staan snijden.

'Hoezo?' vroeg ik terwijl ik me op de stoel omdraaide.

'Omdat het beter zou zijn om het af te knippen, het is zo vervilt.'

'Nee, niet afknippen!' flapte ik eruit, want ik wist zeker dat ze me een herencoupe zou aanmeten zoals zij had.

'Waarom niet?' vroeg ze terwijl ze zich verder door mijn vervilte klitten heen werkte. 'Zulk lang haar is niet meer in de mode, bovendien is het makkelijker te kammen als het korter is. Het zal de gasten bevallen als je haar nog maar schouderlang is, geloof me!'

Ze klonk echt overtuigend, en op dat moment had ik waarschijnlijk alles willen doen om aan het vreselijke getrek te ontkomen.

'Goed, knip het dan maar af,' zei ik, waarop Ella enthousiast in haar handen klapte. 'Maar alleen tot aan de schouders!'

'O, geweldig. Wacht, ik ga je echt mooi maken!'

Het leek alsof ze een pop had gekregen waar ze van alles mee kon doen. Ze haalde ergens een schaar vandaan en ging aan de slag.

'Weet je, ik wil eigenlijk kapster worden, maar momenteel zijn er weinig banen op dat gebied. Misschien ziet het er over twee of drie jaar beter uit. Tot zolang werk ik hier. Maar het is mijn wensdroom om haar te knippen!'

Ik antwoordde niet en deed voorzichtigheidshalve ook maar mijn ogen dicht. Het voelde alsof ze alles afknipte, bij elke klik van de schaar kromp ik in elkaar.

'Hé, niet wiebelen!' zei Ella en ze gaf me een kneepje, waarop ik mijn best deed stil te blijven zitten. Helemaal lukte dat niet, want telkens weer werd er aan me gerukt en getrokken. Maar gelukkig was die kwelling gauw voorbij.

'Nu nog een bloem in je haar, en klaar ben je!'

Ik durfde nauwelijks mijn ogen open te doen. Ella stak iets in mijn haar, en toen moest ik wel naar mezelf kijken.

Ondanks haar belofte verwachtte ik al bijna een mannenkapsel op mijn hoofd aan te treffen. Maar wat ik toen zag, verraste me. Ze had mijn haar inderdaad tot vlak boven de schouders afgeknipt en het aan een kant achter mijn oor geschoven. Daarin stak nu een witte zijden bloem.

'Je kunt er zeker van zijn dat alle mannen bewonderend naar je zullen kijken!' riep Ella uit, zichtbaar tevreden over haar werk.

Dat de mannen bewonderend naar me zouden kijken wilde ik helemaal niet, ik was alleen maar blij dat ze mijn haar niet verpest had.

'Kleed je nu maar vlug om, en kom dan mee, vanaf zes uur worden ze binnengelaten, dan moeten we op onze plaats zijn.' Daarop liep Ella haastig het kamertje uit.

Ik voelde aan de bloem in mijn haar, en voor het eerst sinds lange tijd betrapte ik mezelf erop dat ik glimlachte.

'Je ziet er prachtig uit!' zei Ella toen ik uit de garderobekamer kwam. Ze had bij de deur staan wachten en keek me stralend aan.

Ze had echt een heel mooie jurk uitgezocht. Niet alleen stond de kleur me goed, maar het was een zachte stof die van het armelijke meisje dan misschien niet meteen een baldiva maakte, maar wel een uiterst presentabele garderobejuffrouw die in geen enkel opzicht nog aan het Rode Huis deed denken.

'Kom, laten we de jongens maar eens een beetje het hoofd op hol gaan brengen.'

We gingen naar beneden, wat me op de schoenen met hakken niet makkelijk viel. In het bordeel had ik platte schoenen gedragen, iets anders hadden ze me niet gegeven. Nu had ik het idee dat ik elk moment van de steile trap kon vallen.

Toch kreeg ik het voor elkaar heelhuids beneden aan te komen en ik voelde me toen ik de laatste tree achter me liet een beetje glamoureus.

De muzikanten zaten inmiddels allemaal op hun plaats, alleen de kelners draafden nog af en aan. Een van hen floot naar ons, waarop Ella gevleid lachte.

Ik bewonderde haar erom, blijkbaar vond ze het leuk dat de mannen haar nafloten. Mij herinnerde het alleen maar aan het Rode Huis, waar het fluiten meestal door een paar handen was gevolgd die me hadden bepoteld. Maar er bestond blijkbaar ook een andere manier om vrouwen te waarderen.

In de bruingeverfde garderobe leken we echter veilig voor de mannen, wat me behoorlijk geruststelde, want mijn scepsis overheerste nog de vrolijke nieuwsgierigheid die Ella uitstraalde.

Ella bracht me naar de kleerhangers en kledingrekken, waaraan nummertjes waren bevestigd.

'Iedere gast die jou een jas overhandigt geef je een nummer, dat is belangrijk om de jas terug te kunnen vinden. Wie zijn nummertje kwijtraakt heeft pech en moet meenemen wat er overblijft. Laat je niet verleiden wie dan ook zonder nummertje een jas mee te geven, soms zitten er dieven tussen de gasten, of is er iemand die aan een betere jas probeert te komen. Hier wordt iedereen binnengelaten die de toegang kan betalen, dus zul je zowel dure jassen in je handen krijgen als goedkope.'

Ik had nooit gedacht dat er zo veel over jassen te vertellen zou zijn, maar Ella had nog een lange lijst af te werken.

Ze legde heel duidelijk uit wat ik moest zeggen en wat ik moest doen. Al die aanwijzingen maakten me nogal onzeker. Hoe kon ik ervoor zorgen dat mevrouw Kühnemann tevreden was? En Ella? Zij zou haar bazin immers verslag uitbrengen hoe ik het eraf bracht!

'Nou, schoonheid,' vroeg een mannenstem toen Ella haar instructies even onderbrak om tot me door te laten dringen wat ze me verteld had. 'Is het geen opwindende avond?'

We keken opzij. Voor de balie stond een man in een zwart rokkostuum met een wit overhemd en een wit vlinderdasje. In zijn hand hield hij een lange staaf, waarin een sigaret brandde. Een paar klanten in het Rode Huis hadden ook zulke sigaretten gerookt.

Zijn haar zat met pommade op zijn hoofd vastgeplakt, boven zijn bovenlip vormde zijn snor een smalle streep. Zijn donkere ogen zwierven van Ella naar mij en toen weer terug naar Ella.

'Je voordracht over jassen was werkelijk indrukwekkend,' zei hij breed lachend tegen haar.

'Als je hier de grapjas komt uithangen, ga dan maar weer, ik ben vandaag niet in de stemming.'

De man haalde zijn schouders op. 'Ik maak toch nooit grapjes over jou, lieveling!' zei hij met een onschuldig gezicht.

'Lieveling?' repliceerde Ella. 'Verschiet je kruit nou niet te vroeg, je zult het nog nodig hebben als mevrouw de geheimraad er is.'

De jongeman trok zijn neus op. 'Ik zal Arno op haar afsturen. Ik heb geen zin met dat ouwe mens over het parket te zwieren. Dat zou ik namelijk veel liever met jou doen!'

Daarbij keek hij niet Ella aan, maar mij. 'Wie bent u, schone dame? Uw aanblik is waarlijk verfrissend bij al die bekende clientèle.'

'Ik ben Hanna,' antwoordde ik onzeker.

'Hanna! Een mooie naam! Ik heb eens een meisje gekend dat Hanna heette...'

'Ja, maar tenzij ze een kleintje van je heeft gekregen, zal ze je allang zijn vergeten. En je kunt beter geen vinger naar haar uitsteken, anders krijg je met mij te maken!'

'Moederinstinct, nietwaar?' De man begon te lachen. 'Daar zie je anders helemaal niet naar uit.'

Ella pakte de glazen pot met de nummertjes die we aan de kleerhangers moesten bevestigen en deed alsof ze die naar hem toe wilde gooien.

De man, die nog steeds grinnikte, stak afwerend zijn handen op. 'Maar liefje, je gaat die toch niet naar me gooien! Mijn dames zullen verbaasd zijn als ze door een man met builen op zijn hoofd worden opgewacht!'

'Dan vertel je ze toch dat je slaags bent geraakt met de koetsier, dan willen ze je allemaal mee naar huis nemen.' Ella, die geen aanstalten maakte de pot weer neer te zetten, grijnsde breed en voegde eraan toe: 'Vooral mevrouw de geheimraad zal aangedaan zijn en nog meer haar best voor je doen, Tim.'

Tim trok een verschrikt gezicht, alsof er een draak voor hem was opgedoken.

'Nou, dan kan ik beter gaan voor ik een blessure oploop. Ik wens de dames een fijne avond.'

Hij maakte een spottende buiging en liep toen de trap op. Ella zette de pot weer neer en keek hem hoofdschuddend na.

'Wat een type! Voor hem moet je oppassen. Die spéélt hier niet alleen maar voor vrouwenversierder, hij zou er het liefst ook een zijn. Bij mij heeft hij het al vaak geprobeerd, dan rest me niets anders dan naar zulke middelen te grijpen.'

'Zou je die pot dan echt hebben gegooid?' vroeg ik.

'Maar natuurlijk. En dat zou jij ook moeten doen als hij dichter dan een meter bij je in de buurt komt.' Ze keek me onderzoekend aan en glimlachte. 'Je ziet er nog zo onschuldig uit, laat je toch niet door zulke types voor de gek houden.'

Ik glimlachte, maar in werkelijkheid kromp ik vanbinnen in elkaar. Als ze eens wist wat ik allemaal al had gezien en meegemaakt! Maar het was beter dat ze het niet te weten kwam. Niemand mocht het ooit weten!

'Wat komt die man, die Tim, hier eigenlijk doen?' vroeg ik toen ik mijn evenwicht had hervonden. Buiten voor de deur werden de stemmen luider. Er klonk gelach. Kwamen de gasten nu?

'Hij is een van onze gigolo's.'

'Gigolo's?' De klank van het woord was al onfatsoenlijk.

'Die zorgen voor vrouwen die hier zonder begeleider komen. Ze werken in de danshuizen als beroepsdansers zodat geen van de dames bij het begin van een dans blijft zitten. Daarvoor krijgen ze een fooi – en soms nemen de dames hen mee voor andere diensten.'

Ze knipoogde schuins naar me.

Ik was verbijsterd. Betekende dat dat die mannen hun lichaam verkochten, net als prostituees?

Voor ik het kon vragen ging de deur open en kwam een mensenmassa de gang instromen.

'Daar gaan we!' zei Ella, ze rechtte haar rug en zette een glimlach op. Ik probeerde dat ook te doen, maar ik voelde me natuurlijk lang niet zo zelfverzekerd als zij.

Ik nam de jassen van de mensen aan zoals Ella me had gezegd en gaf hun het bonnetje. Mijn handen waren ijskoud en klam van het zweet. Af en toe glimlachte ik, maar ik vermeed het de mensen in de ogen te zien. De hele tijd had ik het gevoel dat ik er onderdanig bij stond, als een bediende die het niet waagde zijn baas aan te kijken.

Dat leek de klanten niet op te vallen. En na een tijdje merkte ik dat maar heel weinig mensen ons echt aankeken. De meeste gasten gingen verscholen achter de jassen die ze ons aangaven en legden hun hand op de bonnetjes die we naar hen toe schoven zonder hun gezicht naar ons toe te draaien. In gedachten waren ze al bij het bal van die avond.

Toen ik mezelf voorhield dat de mensen me toch niet zouden opmerken, viel het werk me minder zwaar. Ik stond het mezelf nu en dan zelfs toe ze aan te kijken als ik de jas in het donker had weggehangen en terugkwam om het bonnetje te overhandigen.

Bijzonder onder de indruk was ik van sommige jurken, die schitterden als goudglimmer. Diverse vrouwen droegen een haarlint met veren en steentjes, vele droegen zijdezachte avondhandschoenen die tot aan de ellebogen kwamen.

Toen de eerste hausse voorbij was, zei Ella: ‘Nou, dat ging niet slecht! Mevrouw Kühnemann zal tevreden zijn dat er zo veel toegangskaarten zijn verkocht.’

Pas nu keek ik naar het kassahokje. Daarin zat een jongeman in kelnerskostuum.

‘Normaal gesproken doet Henning, onze kassier, dat maar die heeft zich gisteren ziek gemeld. Over een paar dagen is hij er vast wel weer, dan stel ik hem aan je voor.’

‘Als ik er dan nog ben,’ antwoordde ik. Ik wist totaal niet hoe ik mijn werk moest inschatten. Ik dacht dat ik het slecht had gedaan, maar Ella zei: ‘Ik weet zeker dat je er dan nog zult zijn. Je hebt geen idee hoe de laatste was. Die dacht dat ze hier werkte om een rijke man aan de haak te slaan. Ze zat de hele tijd te dromen, en uiteindelijk is ze er met een of andere vent vandoor gegaan. Ik kan je wel vertellen dat mevrouw Kühnemann behoorlijk pissig was! Maar jij lijkt behoorlijk snel te zijn, je hebt meer jassen aangenomen dan ik. Ik zal tegen onze bazin zeggen dat ze je moet houden.’

Ik kon het haast niet geloven. Misschien zou alles toch nog op z'n pootjes terechtkomen!

Natuurlijk zou Ella's mening niet veel gewicht in de schaal leggen; als mevrouw Kühnemann het wilde, kon ze me zo weer op straat zetten. Maar op dat moment voelde ik me wat lichter. En het was geweldig dat Ella zo aardig voor me was en me niet als concurrente zag.

Omdat er nu minder gasten kwamen, had Ella tussendoor ook tijd een beetje de draak te steken met enkele stamgasten.

'Heb je die gezien?' vroeg ze nadat een vrouw met een pagekopje in een jurk met franjes ruisend langs was gelopen. 'Die is minstens dertig jaar te oud voor die jurk!'

'Vind je?' was mijn wedervraag. Ja, die vrouw was ouder dan wij, maar ze zag er toch heel mooi uit met al die glinsterende pailletten op haar jurk. Vooral de fonkelende hoofdband met de maraboeveer vond ik mooi.

Ella knikte bevestigend. 'En of ik dat vind! Dat is overigens mevrouw de geheimraad, over wie ik het al eerder heb gehad. Ze is verzot op Tim, het liefst zou ze hem als minnaar hebben.'

'Heeft ze dan geen echtgenoot?' In mijn naïviteit dacht ik dat 'geheimraad' haar achternaam was.

'Ze heeft er ooit een gehad,' legde Ella uit. 'Maar die is een paar jaar geleden overleden. Hij was veel ouder dan zij en heeft haar behoorlijk wat geld nagelaten. Toch heeft het wachten tot hij de pijp aan Maarten gaf haar haar jeugd gekost. En nu haalt ze het allemaal vrolijk in.'

Voor ze verder kon gaan kwamen er nieuwe gasten binnen. Ik vroeg me af of Ella over hen allemaal een verhaal te vertellen had. Weer ging de ene jas na de andere door mijn handen. Zo langzamerhand begon ik me zekerder te voelen. Af en toe durfde ik zelfs klanten aan te kijken en hun glimlach te beantwoorden – als ze naar me lachten. De meesten van hen keken gewoon door me heen.

Intussen begon de band te spelen en de melodieën vulden moeiteloos alle zalen van het danshuis. Je kreeg het gevoel helemaal door muziek omringd te zijn. Even gaf ik me eraan over en droomde ervan te dansen. In het Rode Huis werd soms ook gedanst als de klanten dat wilden, maar daar ging het er niet om je door de muziek te laten meevoeren. En met mij had toch al niemand het gewild.

'Ah, daar komt de meest begeerde man van Berlijn!' barstte Ella ineens uit.

Ik draaide mijn hoofd opzij. De man die net binnenkwam, was in het gezelschap van twee dames met halflange stroblonde krullen. Ze droegen strakke, glinsterende jurkjes en zijdezachte haarlinten met fonkelende edelstenen. Hij gaf hun allebei een kus en liep toen naar de balie.

Ik zag eerst alleen zijn donkere wollen mantel, en daarna het krijtstreeppak van zeer goede snit om zijn slanke maar breedgeschouderde lichaam eronder. De geur die van hem uitging deed me denken aan de kruidenhandelaar in Saigon.

'Ella, liefje, zo te zien heb je hulp gekregen!' zei hij toen hij zich soepel van zijn mantel ontdeed. 'Wie is dat meisje?'

Hij sprak onmiskenbaar met het accent van de Táy. Timide keek ik naar hem. Zijn gezicht was nogal hoekig, met een lange neus, een stevige kin en zijn ogen lagen onder fraai gebogen wenkbrauwen. Zijn irissen hadden de kleur van blauwe lissen.

'Dat moet u haar zelf vragen, monsieur Laurent,' antwoordde Ella terwijl ze haar hoofd koket schuin hield. Haar blik leek wel te gloeien, wat de man voor haar overigens koud scheen te laten.

Hij wendde zich naar mij, nam me even op. Er schoot een hete rilling door me heen. Ik vond zijn blik zo onaangenaam dat ik mijn ogen neersloeg. Zo hadden de mannen in het Rode Huis ook naar me gekeken, en ik wilde daar hier, nadat de avond zo goed was verlopen, niet aan worden herinnerd.

'En, hoe heet je?' vroeg hij zachtjes. Ik moest iets doen, wat dan ook, om hem niet te hoeven aankijken.

'Hanna, monsieur,' antwoordde ik terwijl ik de jassen van zijn vrouwelijke metgezellen aannam.

'Ah, een Chinameisje!' kwaakte de vrouw die zich nu ook uit

haar jas had gepeld, en ze klapte in haar handen.

'Zou ze na afloop met borden gaan jongleren?' vroeg haar vriendin en ze gooide lachend haar hoofd in haar nek. 'Ik heb in de Wintertuin Chinameisjes gezien die dat konden.'

Ik mocht haar meteen al niet. Waarschijnlijk deed ze me te veel denken aan Erika en andere meisjes uit het Rode Huis.

'Kom je echt uit China?' vroeg de man terwijl hij op de balie leunde en me weer doordringend aankeek.

Ik schudde mijn hoofd. 'Indochina, monsieur.'

'*Ah, parlez-vous Français*?' vroeg hij toen.

'*Oui, monsieur*,' antwoordde ik met gloeiend hoofd, alsof ik in het smidsvuur van mijn stiefvader keek. Hoewel ik zijn blik ontweek, werd zijn aandacht steeds onaangenamer. Het liefst was ik ter plekke door de grond gezakt.

'Ze is verlegen,' merkte het ene glittermeisje spottend op, waarop het andere instemmend giechelde en toen aan de arm van de man trok. 'Kom, Laurent, we willen plezier maken.'

De man bleef nog even staan. Kon hij dan niet eindelijk gaan? Zijn vriendinnen trokken al een pruilmondje en wierpen me giftige blikken toe.

'Fijn te weten dat hier iemand is die mijn taal spreekt,' zei hij toen zacht in het Frans, waarna hij zich omdraaide naar de twee vrouwen. Hij kuste ze op de wang en om een of andere duistere reden begonnen ze allebei te jubelen. Toen verdween het drietal naar de trap.

Toen ik weer durfde op te kijken, staarde Ella me sprakeloos aan.

'Heb ik iets verkeerds gedaan?' vroeg ik onzeker.

'Nee... nee, dat heb je niet. Maar Laurent...' Ze keek in de richting waarin hij en zijn gezelschap waren verdwenen. 'Spreek je echt Frans?'

Blijkbaar had mevrouw Kühnemann Ella nagenoeg niets over mij verteld. Ik begon me ongemakkelijk te voelen, want ik dacht dat het een teken was dat ze me niet in dienst wilde nemen.

'Ja, ik spreek Frans. Mevrouw Kühnemann zegt dat ik het beter spreek dan Duits.'

'Kun je het mij leren?' Ik vroeg me eerst af waarom ze Frans zou willen leren, maar toen ging me een licht op. Ze was verliefd op die Laurent! Daarom was ze rood geworden. En daarom wilde ze waarschijnlijk ook Frans leren.

'Spreken zijn meisjes dan Frans?'

Ella maakte een afwijzend gebaar. 'Nee, beslist niet. Je zult zien, op het volgende bal komt hij toch weer met anderen. Hij heeft nog nooit een meisje twee keer meegebracht.'

'Dat betekent dat hij niet betrouwbaar is.'

'Dat betekent dat hij nog niet de ware heeft gevonden,' verbeterde Ella mij. 'Het is als met de prins in het sprookje, hij danst met de een na de ander tot hij de ware heeft gevonden.'

'Wil jij met hem dansen?' vroeg ik, verbaasd dat ze zich zo met de man bezighield.

Ella zuchtte diep. 'O ja, dat willen er zo veel. En helaas stelt in zijn kringen een garderobejuffrouw niets voor. De meisjes met wie hij uitgaat zijn dochters van kunstenaars of geleerden, kooplieden of hoge pieten van de bank.'

'Hoge pieten?' vroeg ik.

'Hoge pieten, zo noemen ze belangrijke mannen, suffie!' zei Ella berispend, geërgerd over mijn onwetendheid. 'Mijn vader brengt overal in de stad kolen rond en verdient zo weinig dat het voor mijn moeder nauwelijks genoeg is om van te leven. Ik stuur haar altijd wat geld. Mevrouw Kühnemann betaalt vrij goed en stelt me ook een kamer hier in het huis ter beschikking. Als ze je aanneemt, zullen we daar samen wonen!'

Ik wist niet zeker of ik daar blij om moest zijn nu ik haar ergernis had gewekt met mijn onwetendheid. Maar blijkbaar was Ella dat alweer vergeten, want ze kletste vrolijk verder.

'Weet je, met je voorgangster kon ik ook goed opschieten, tenminste, tot de dag dat ze zich voor die vent begon te interesseren. Ze had alleen nog oog voor hem, zat maar te dromen terwijl ik al het werk moest doen. Op het laatst was ik blij dat ze weg was. Maar met jou gaat het vast anders, of niet soms?'

Ik knikte, waarop Ella breed naar me glimlachte.

'Tot een van de mannen hier jou leuk begint te vinden. Of mij.' Ze keek naar de trap waarop Laurent met zijn vriendinnen verdwenen was. Toen zuchtte ze diep en wendde zich tot de gasten die intussen binnen waren gekomen.

Op een gegeven moment werd het rustig in de garderobe. Ella ging op een stoel zitten, haalde ergens een etui tevoorschijn en begon haar nagels te vijlen. Ik leunde tegen de balie zonder precies te weten wat ik zou doen. Ik wilde niet lui lijken, maar wat hadden garderobejuffrouwen te doen als alle gasten er eenmaal waren? Behalve op de jassen passen?

Terwijl de uren vergingen, werden mijn ledematen loodzwaar. Het rondlopen overdag eiste zijn tol. Ik had alleen gegeten wat Ariana's vriendin me had meegegeven. Meer had ik in alle opwinding ook niet naar binnen kunnen krijgen.

Toen ik steeds in slaap dreigde te vallen, sprong Ella plotseling van haar stoel.

'Kom mee!' fluisterde ze en liep toen de garderobe uit.

'Waarheen?' vroeg ik.

Ze wees met haar duim over haar schouder naar de trap. 'Nu is het de beste tijd om naar de mensen in de zaal te kijken.'

Dat leek me eigenlijk ongehoord, maar tegelijk ook heel aantrekkelijk. 'Maar de jassen!' wierp ik tegen.

'Die zal nu wel niemand jatten. En we zijn maar heel even boven. Maar als je geen zin hebt om naar het bal te kijken...'

'Goed dan,' riep ik haar na toen ze zich omdraaide naar de trap. Vliegensvlug kwam ik de garderobe uit. Ella pakte mijn hand, legde vermanend haar vinger op haar lippen en trok me mee naar boven.

De band speelde onvermoeibaar, en toen we dichter bij de deuren van de balzaal kwamen voelde ik het aangenaam kriebelen. Maar ik voelde ook grote angst. Ik herinnerde me nog goed hoe Giselle gereageerd had toen ze me niet had aangetroffen waar ik volgens haar had moeten zijn. De oorvijg die ze me had gegeven toen ik me op die avond onder de trap had verstopt, meende ik nog altijd te kunnen voelen.

Het liefst had ik Ella tegengehouden, maar toen waren we al bij de zaal. En ze zag er niet uit alsof iets haar er nog van kon weerhouden door de kier tussen de deuren te loeren.

'Ik hoop dat Laurent op de dansvloer is,' fluisterde ze. 'Je moet hem gewoon een keer zien dansen. Niemand is zo elegant als hij.'

Ze kneep haar ogen tot spleetjes, bukte zich en gluurde door de kier tussen de openslaande deuren. Ze bleef even zo staan, terwijl ik gejaagd om me heen keek. Als nu eens een van de kelners de trap opkwam! Of iemand de balzaal uit wilde. Die zou Ella gewoon omver lopen.

Maar ze wist goed hoe het eraan toeging, zodat zoiets haar niet zou overkomen. De band speelde, en langs de melkglazen ruiten flitsten de dansparen voorbij.

'Hier, nou jij!' fluisterde Ella, toen kwam ze weer omhoog. 'Laurent is net op de dansvloer met een van zijn mokkels. Op haar hoef je echt niet te letten, maar op hem wel.'

Ik had er geen behoefte aan naar de Fransman te staren, maar de dansers interesseerden me. Hoewel ik nog steeds een ongemakkelijk gevoel had, bukte ik me en gluurde net als Ella door de kier.

De silhouetten kregen nu gezichten, de schaduwen werden met kleuren en geglitter overtrokken. Op de muziek bewogen zich voor zover ik het kon inschatten ruim twintig paren over de dansvloer. Vrouwen en mannen, dicht tegen elkaar aan. In de wirwar leken de fleurige jurken tegen de donkere of grijze pakken net orchideeën in een veld.

Gefascineerd keek ik naar hen, zag de benen die zich zo behendig en soepel bewogen en de wuivende veren aan de hoofdtooien. Daartussen glinsterde het als de morgendauw op bladeren. Boven de hoofden was de lucht blauw van de rook, de geur van sigaretten en wijn kwam via de kier mijn neus in.

En ineens waren daar weer de beelden uit het Rode Huis, de avond van de veiling, al die grijnzende mannengezichten. Ik werd misselijk, en ik wilde al bij de deur weggaan, maar toen zag ik hem, de Fransman. En Ella had gelijk, hij bewoog zich absoluut niet plomp maar heel elegant, hij scheen te zweven. Op dat moment leek hij volkomen in de muziek op te gaan, de vrouw in zijn armen was slechts het middel tot zijn doel. Het zou er raar hebben uitgezien als hij alleen had gedanst, maar als het in de mode was geweest, was dat hem beslist ook goed afgegaan. Ik keek hoe hij zijn schouders hield, hoe zijn handen schijnbaar gewichtloos op het lichaam van de danseres lagen en haar toch veilig over de dansvloer leidden. Waarschijnlijk had ik urenlang naar hem kunnen kijken, maar toen hield de melodie op en klonk er applaus in de balzaal.

Ella trok me weg. 'Nou, heb je hem gezien?'

Ik knikte.

'Hij danst geweldig, nietwaar?'

Ze wachtte mijn antwoord niet af, maar pakte me bij de hand. 'Kom, we moeten weer naar beneden. We willen toch niet gesnapt worden, is het niet?'

Weer terug in de garderobe vertelde Ella vol overgave over Laurents danskunst en hoe vaak zij hem al had geobserveerd. Blijkbaar kwam hij sinds twee jaar regelmatig in het danshuis, altijd in het weekend. Ik knikte terwijl ze praatte, maar deed geen poging me iets voor te stellen bij wat ze vertelde. Ik recapituleerde telkens weer wat ik had gezien en betrapte me uiteindelijk op de wens net zo te kunnen dansen, licht als een veertje dat door een zacht briesje werd gedreven.

Ella's gedweep duurde een tijdje, en op een gegeven moment kwamen de eerste gasten de trap af.

'Vonden ze het niet leuk?' vroeg ik Ella verwonderd, die haar vinger op haar lippen legde en de paren vriendelijk begroette. We haalden hun jassen en wensten hun goedenavond. Pas toen verklaarde Ella: 'Die gaan nog ergens anders heen. Naar het variété, of weet ik veel. Die gaan altijd wat eerder weg. Geleidelijk aan zullen ook andere gasten de zaal uit komen druppelen. Die hebben genoeg gekregen van het dansen, en de wijn is hun naar het hoofd gestegen, ze willen nog iets anders doen of ergens zitten waar ze niet meteen gezien worden.'

Ze glimlachte stilletjes. 'Ja, zo gaat het nu eenmaal in het danshuis, ze komen en gaan. De meeste gasten blijven echter tot het einde, stel je maar in op een lange avond.'

Ella kreeg gelijk: het werd een lange avond. Maar de gasten die tussendoor weggingen zorgden ervoor dat we niet in slaap vielen. Bovendien praatte Ella aan een stuk door. Het meeste daarvan ging langs me heen, het was gewoon te veel, maar daardoor was het onmogelijk over mijn onzekere toekomst na te denken.

Ten slotte liep het weer storm bij de garderobe toen de meeste mensen naar huis gingen of nog ergens anders heen wilden. We namen de nummertjes aan en deelden jassen uit, en gelukkig probeerde niemand een betere jas aan de haak te slaan.

Gelukkig bevond ook Laurent zich met zijn gezelschap in het gedrang, zodat hij er niet aan toe kwam mij voor langere tijd aan te kijken, en ook zijn vriendinnen niet weer iets konden zeggen over met borden jonglerende Chinezen. Tot mijn opluchting verdwenen ze gewoon in het gewoel.

Toen alle gasten waren vertrokken, verscheen Claire Kühnemann in de foyer. Hoewel ze enigszins vermoeid leek, ging er van haar manier van lopen en haar houding zo'n vastberadenheid uit dat mijn hart angstig begon te kloppen.

'Ella, ik wil je graag even spreken,' zei ze nadat ze snel een blik op mij had geworpen. De uitdrukking op haar gezicht kon ik niet duiden. Ik keek mijn collega angstig aan. Waarschijnlijk wilde de bazin nu met haar over mij praten. Van haar hing het af of ik zou worden aangenomen.

Toen mevrouw Kühnemann met Ella was verdwenen, zakte ik neer op een stoel. De minuten dijden eindeloos uit. Ik kneedde mijn vingers en keek naar de nu weer lege haken en kleerhangers waaraan de nummertjes hadden gehangen.

Ik had de avond leuk gevonden, ondanks het voorval met Laurent. Ook al zou ik nooit behoren tot degenen die op de klanken van de band wiegden en ronddraaiden, ik kon van de muziek genieten – en ik zou werk hebben waarmee ik geld kon verdienen en misschien ook sparen voor mijn terugkeer naar Vietnam.

'Juffrouw Nhài?' vroeg een vrouwenstem. Toen ik mevrouw

Kühnemann bij de balie zag staan, schoot ik ogenblikkelijk overeind. Mijn handen werden opeens ijskoud.

'Wilt u even meekomen?'

Ella was niet bij haar. Was dat een goed of een slecht teken?

Ik kwam meteen uit de garderobe en smeekte intussen de goden dat ik de aanstelling zou krijgen.

Nadat ze een van de mannen nog instructie had gegeven af te sluiten, nam ze me mee naar haar kantoor. Daar was Ella ook niet. Ik herinnerde me dat ze het had gehad over een kleine woonruimte in het danshuis. Waarschijnlijk was ze al naar boven gegaan.

'Gaat u zitten, juffrouw Nhài.'

Ik ging op de stoel voor het bureau zitten. Mevrouw Kühnemann bleef nog even achter mij naar me staan kijken, toen ging ze zitten.

'Ik zie dat u moe bent en het is ook al tamelijk laat, dus ik zal het kort houden.'

Ze vouwde haar handen op het bureaublad en keek me ernstig aan. Daaruit leidde ik af dat ze me niet wilde hebben en ineens voelde ik me vreselijk slap.

'Naar ik van Ella heb gehoord, hebt u het heel goed gedaan.'

Verrast keek ik op. Mevrouw Kühnemanns gezicht stond nog onbeweeglijk, maar ze begon weer te praten. 'Volgens haar was u ijverig en vriendelijk voor de gasten, en bovendien heel bescheiden en snel. Verder maakt u met uw nieuwe uiterlijk een behoorlijk goede indruk. Ik heb enkele jonge mannen in de zaal over u horen praten.'

Daar had ik me gevleid door moeten voelen, maar ik was nog steeds onzeker.

'Met u zouden we iets bijzonders in huis hebben dat geen danshuis te bieden heeft. U weet het misschien niet, maar momenteel is China hier bij de mensen erg in trek, en ik weet wel dat u geen Chinese bent, maar waarom zou ik daar niet gebruik van maken?'

Opnieuw keek ze me onderzoekend aan. Ik moest weer denken aan wat Rudi tegen me had gezegd. Haar op mijn tanden was in geen velden of wegen te bekennen. Maar misschien was dat ook niet nodig...

'Met andere woorden, ik wil u graag in dienst nemen. U krijgt twintig mark per week, en kost en inwoning. U zult in de kamer boven met Ella samenwonen en kunt eten wat er in de keuken overblijft. Bovendien zult u niet alleen werkzaam zijn als garderobejuffrouw. Zo nodig zult u ook overdag in de keuken helpen of bij het herinrichten van de zalen. Is dat voor u acceptabel?'

Ik knikte vlug. Het was voor mij meer dan acceptabel. Waarschijnlijk zou ik zelfs bereid zijn geweest de vloeren te boenen. Ik had fatsoenlijk werk, waarbij ik niet mijn lichaam hoefde te verkopen.

'Goed, dan bent u voor vandaag klaar. Morgen begint u officieel.' Mevrouw Kühnemann kwam van haar plaats. Ik had hetzelfde moeten doen en haar moeten bedanken, maar ik kon me niet verroeren. Ik kon niet geloven dat ik, na alles wat er was gebeurd, eindelijk een beetje geluk had.

'Hebt u uw spullen meegebracht?'

De vraag haalde me uit mijn verstarring. Snel stond ik op en liep naar haar toe.

'Ik... ik heb alleen wat ik aan mijn lijf had,' antwoordde ik en ik keek naar mijn geleende jurk en de zachte schoentjes. 'Dit heeft Ella me gegeven.'

Mevrouw Kühnemann nam mijn antwoord met een tevreden knikje in ontvangst.

'Goed, dan zal ik u een klein voorschot geven, zodat u nieuwe kleren kunt kopen. Kom morgen maar naar mijn kantoor om de envelop te halen.'

'Hartelijk bedankt, mevrouw Kühnemann,' zei ik toen we bij de deur waren. 'Ik zal u niet teleurstellen, dat beloof ik.'

Mevrouw Kühnemann glimlachte welwillend. 'Daar ga ik van uit, m'n kind. Toch maak ik me geen illusies. Vroeg of laat gaan de meisjes bij me weg, ze ontmoeten een man, en hupsakee, dan houden ze op met werken. Dan willen ze alleen nog maar kinderen krijgen en hun man warme soep voorzetten.'

Ik had graag bezworen dat dat bij mij niet zo zou gaan, maar dat kon ik niet. Als ik al geen man vond, dan zou mijn verlangen om naar huis terug te gaan en Thanh te zoeken me ertoe brengen Berlijn weer te verlaten, daar was ik van overtuigd. Maar mevrouw Kühnemann leek me mijn zwijgen niet kwalijk te nemen. Ze raadde me aan me om te kleden en nam me nog een trap mee verder naar boven. Daar wees ze naar de eerste deur links, waarachter zich de kamer bevond die ik met Ella zou gaan delen. Toen wenste ze me goedenacht en verdween naar haar eigen vertrekken.

Toen ik de deur door ging, keek ik in een smalle ruimte met een schuin dak waar een raam in was gezet. Er tikten zachtjes regendruppels op. Het was maar net begonnen met regenen, want de jassen van de gasten waren nog droog geweest.

Ella zat in kleermakerszit op haar bed, slechts gekleed in ondergoed en een badjas. Dat herinnerde me een beetje aan Ariana, en hoewel daar niet alleen positieve gedachten aan verbonden waren, zorgde het ervoor dat ik me meteen thuis voelde. Ik vermoedde dat dit de plaats was waar ik eindelijk vrij zou zijn.

'En, wat zei ze?' Ella grijnsde breed naar me. Ze wist het antwoord al.

'Ik ben aangenomen,' antwoordde ik en ik voelde ineens een grote glimlach op mijn gezicht. Ik had misschien moeten juichen of in de rondte springen, maar ik kon alleen maar glimlachen, de hele tijd alleen maar glimlachen.

'Bedankt dat je een goed woordje voor me hebt gedaan.'

'Ik heb alleen maar de waarheid gezegd,' antwoordde ze. 'Bovendien heb je niet gemopperd toen ik je haar knipte. Dat stel ik zeer op prijs!'

Ella stond op en omhelsde me even, toen wees ze naar het lege bed aan de andere kant. 'Dat is jouw bed. Het kraakt een beetje, niet zo geschikt als je herenbezoek meebrengt, maar om op te slapen is het best. En wees maar niet bang dat je me stoort, ik ben blij dat ik niet meer alleen ben. Je begint spoken te zien en te horen als er niemand is.'

Ik wilde al tegenwerpen dat mevrouw Kühnemann toch op de middelste verdieping woonde, maar ik zweeg en ging op de rand van het bed zitten.

'Heb je geen nachtjapon?' vroeg Ella, en het leek haar nu pas op te vallen dat ik geen bagage bij me had.

Ik schudde mijn hoofd.

'Lieve help, hebben ze je zomaar zonder iets weggestuurd?' Ella liep naar de ladekast aan haar kant en haalde daar iets uit. 'Hier, neem die maar zolang. En morgen gaan we eerst maar eens inkopen doen, akkoord?'

Daar stemde ik mee in en nadat ik me had omgekleed, vertelde ik Ella van het voorschot dat mevrouw Kühnemann me had beloofd. 'Onze bazin is echt een goede ziel,' zei ze. 'Niet alle uitbaatsters van danshuizen zijn zo. Zorg er wel voor dat je haar geen reden tot ergernis geeft. Maar zolang ze tevreden over je is, zal ze ook gul zijn.'

Met een nog altijd bonzend hart strekte ik me uiteindelijk uit op het bed. Het was haast niet te geloven dat er sinds mijn vlucht uit Hamburg nog maar twee dagen voorbij waren gegaan. Voor mij voelde het aan alsof er een eeuwigheid tussen lag.

Toen ik mijn ogen dichtdeed, werd de neerslag die op de ruit tikte sterker, maar het geluid beviel me. In Hamburg had ik niet van regen gehouden, maar nu was het het eerste geluid dat me het gevoel gaf thuis te zijn.

12

'Het spijt me, maar ik moet u nu helaas verzoeken mee naar beneden te gaan.'

De jongeman stond bij de deur en wierp beide vrouwen, die nog steeds in het midden van de zaal zaten, een strenge blik toe.

'Hartelijk dank dat je ons dit mogelijk hebt gemaakt,' zei Hanna, terwijl Melanie de stoelen weer terugzette. 'Het betekent voor mij echt heel veel, weet je. De oude mevrouw Claire heeft me indertijd in dienst genomen, je voelt bijna haar geest in deze zaal.'

'U hebt de oude eigenares gekend?' vroeg de jongen verwonderd. De strengheid verdween van zijn gezicht. 'Ik heb een foto van haar gezien, in het kantoor van de baas.'

'Ik heb als jong meisje angstig voor haar gestaan.' Hanna glimlachte naar Melanie, toen keek ze de jongen weer aan. 'Weet je eigenlijk dat je met jouw uiterlijk een goede beroepsdanser had kunnen zijn?'

'Bedoelt u een gigolo?' De jongen leek een beetje ontzet.

'Niet zo een als in de film met David Bowie natuurlijk,' voegde Melanie er vlug aan toe.

'De vrouwen waren dol op ze!' zei Hanna lachend. 'Maar let maar niet op het gebazel van een oude vrouw. Zorg jij er maar voor dat ik niet van de trap val, ja?'

Toen ze beneden aangekomen waren, sleepte een bebaarde man net een grote trommel door de klapdeuren van het restaurant. Binnen waren zijn collega's al bezig hun instrumenten neer te zetten.

De kelner die ze eerder waren tegengekomen glipte bedrijvig tussen de tafels door, waaraan een paar gasten het zich gemakkelijk hadden gemaakt, die geïnteresseerd de voorbereidingen voor de danspartij volgden.

'We zouden hier een hapje kunnen eten,' stelde Melanie voor, want ze wilde het gebouw waarin haar overgrootmoeder haar eerste stappen in haar nieuwe leven had gezet nog een tijdje op zich laten inwerken.

'Een goed idee! En daarna zal ik je laten zien door welke straten ik de jaren erna heb lopen flaneren.'

Ze zochten een plaatsje in het restaurant, dat rond die tijd nog tamelijk leeg was, en bestelden iets van de rustieke spijskaart.

Tussendoor kreeg Melanie een sms'je van Charlotte, waarin ze vroeg of ze al een besluit had genomen. Dornberg had waarschijnlijk net zo ongeduldig op haar verzoek gereageerd als ze hadden verwacht.

Toch besloot Melanie niet meteen te antwoorden. De jonge Hanna die net een baantje als garderobejuffrouw had gekregen, spookte nog door haar hoofd.

'Waarom hebt u ons eigenlijk nooit over het danshuis verteld?' vroeg ze nadat ze van de aardappelsalade had geproefd die de kelner vliegensvlug had gebracht. Kennelijk had de menukaart niet te veel beloofd; de salade was zelfgemaakt.

'Als ik zou beweren dat ik het vergeten was, zou je me vast niet geloven, of wel soms?' antwoordde Hanna kauwend.

Melanie schudde haar hoofd. 'Nee, waarschijnlijk niet, want uw geheugen is nog supergoed.'

'Nou, dan moet het komen doordat ik iemand ben die graag vooruitkijkt. Ik vind het vreselijk als oude mensen hun nakomelingen aan het hoofd zeuren met verhalen over vroeger.'

'Maar u zeurt toch niet. Ik weet zeker dat grootmoeder en mama uw verhaal mooi zouden vinden. Of hebt u het hun al verteld?'

'Alleen in grote trekken. En zonder het danshuis. Ik had altijd zo veel te doen dat ik helemaal niet aan uitgebreid vertellen ben toegekomen. Ook niet toen ik met Marie samenwoonde. Ik zat altijd

vol plannen en ideeën, wilde opbouwen en creëren en niet vertellen.' Hanna keek Melanie even aan, glimlachte toen en legde haar hand op de arm van haar achterkleindochter. 'Ik ben heel blij dat je mijn verhaal wilt horen. Helemaal nu we hier zijn. Ik had niet gedacht hier ooit nog eens terug te komen.'
Melanie knikte, en ook zij was blij daar te zijn. De magie van het danshuis had haar problemen wat naar de achtergrond verschoven.

Een half uur later zaten ze in de metro. Het was een heel eind naar de Rosenthaler Platz, dus hadden ze besloten hun voeten te sparen.

'Was de metro in Berlijn voor u de eerste keer echt zo vreemd?' vroeg Melanie toen de trein optrok en de tunnel inschoot. Hanna zat heel ontspannen naast haar, het was haast niet te geloven dat ze bij haar eerste rit bang was geweest.

'Ja, nogal. Natuurlijk had ik onderweg naar het station in Hamburg ook het station van de ondergrondse gezien, maar ik had er nog nooit mee gereisd. Je moet weten dat we in het Rode Huis min of meer gevangen werden gehouden. Door de stad rondslenteren was er niet bij.'

Melanie schudde haar hoofd. Dat zoiets mogelijk was geweest! Of eigenlijk nog steeds mogelijk was, want gedwongen prostitutie bestond nog altijd.

'Maar ik ben er mettertijd aan gewend geraakt en vond het uiteindelijk plezierig om met Ella door de stad te kunnen rijden.'

'Jullie zijn vriendinnen geworden, nietwaar?'

'Ja, dat klopt. Hoewel er iets is gebeurd wat onze relatie danig heeft vertroebeld. Maar ik loop daar liever niet op vooruit.'

'Volgende halte Rosenthaler Platz,' klonk de computerstem boven hun hoofd. Samen met de andere passagiers stonden ze op en stapten ze uit. De muffe tunnellucht vermengd met die van olie volgde hen de trap op. Boven werden ze verwelkomd door de geur van pizza: voor de deur van een restaurant zaten mensen te eten of op hun bestelling te wachten.

'Daarlangs,' zei Hanna en ze wees naar de kruising. 'Het is geen klein stukje, maar dat redden we wel, nietwaar?'

Melanie knikte en bood haar overgrootmoeder haar arm terwijl ze bij het voetgangerslicht op groen stonden te wachten.

De tijd had de huizen een ander aanzien gegeven, maar af en toe herkende Hanna er een en wist nog precies wat er vroeger in had gezeten.

'Dat huis was vroeger een groentewinkel en de galerie daar een café,' wees ze met stralende ogen. Het werd Melanie duidelijk dat ze zich tot nog toe veel te weinig met de geschiedenis van haar geboortestad had beziggehouden.

'Hebt u vroeger nooit de behoefte gehad het danshuis en de straten hier nog eens te zien?' vroeg Melanie toen ze verder liepen. 'U had elk moment naar het oostelijke deel van de stad kunnen gaan.'

Na haar huwelijk had Marie zich in 1949 in de toenmalige Franse sector van de stad gevestigd, die later tot West-Berlijn was gaan behoren. Bij een bezoek daar had Hanna zeker de mogelijkheid gehad ook naar de Russische sector of later naar Oost-Berlijn te gaan.

'Die behoefte heb ik nu en dan wel gehad, maar ik was ook heel bang.'

'Bang?' vroeg Melanie. 'Maar waarvoor dan?'

'Voor het verleden. En om te horen wat er gebeurd was met de mensen die ik ooit had gekend. Mijn vertrek uit Berlijn was nogal... overhaast geweest, ik denk dat ik veel mensen heb gekwetst.'

'En waarom bent u zo overhaast vertrokken?' Ook dat had Hanna nooit verteld. Wat Melanie over haar overgrootmoeder wist, begon toen ze in Parijs Didier, Maries vader, had leren kennen. Dat was in 1929 geweest. Het geboortejaar van haar grootmoeder, dat wist Melanie heel zeker.

'Als ik je dat nu al vertel, zou ik enorm vooruitlopen en veel belangrijks weglaten.' Hanna schudde haar hoofd. 'Nee, alles op z'n tijd. En nu zijn we er ook bijna.'

Melanie keek om zich heen. In de Rosenthaler Straße stonden

wat gebouwen in verschillende tinten grijs die nog de charme van de DDR-tijd uitstraalden. Her en der had men echter al moeite gedaan wat meer kleur in het straatbeeld te brengen. Als ze op een dag zo oud was als Hanna, zou het er hier zeker heel anders uitzien.

Een voorbijdenderende tram tingelde even, alsof de bestuurder vreesde dat ze op de rails zouden springen. Toen hij weg was, wees Hanna naar een hoekhuis met een gemoderniseerde gevel waar in de bovenste ramen het logo van een ziektekostenverzekeraar prijkte. Beneden was er een drukbezocht café.

Die plek kende Melanie. 'Hier zat toch vroeger een warenhuis?'

Hanna knikte, toen legde ze haar hoofd in haar nek. 'Ja, het beroemde warenhuis Wertheim. Jammer dat ze de gevel gemoderniseerd hebben. Vroeger waren hier heel mooie ramen en figurenreliëfs. Het is haast niet te geloven dat ze hier een ziekenfonds hebben gevestigd. Indertijd lag het hier vol met waren en wemelde het van de mensen.

'Wat denkt u ervan om in het café te gaan zitten en mij te vertellen hoe het verderging met het danshuis? Dat moet een geweldige tijd zijn geweest. Jurken met franjes, charleston, jazzmuziek...'

'Het was inderdaad een mooie tijd, ik zou zeggen, de mooiste van mijn leven. Goed, laten we een kop koffie gaan drinken, maar wel binnen als het kan. Ik wil met mijn gewrichten niets riskeren.'

Even later zaten ze in een zitje in het café vanwaar ze goed naar buiten en naar de andere gasten konden kijken. Boven hun hoofd hing een zilverkleurige ventilator die zo uit de film *Casablanca* leek te zijn gekomen. In de zomer zorgde hij vast voor aangename koelte, nu stond hij stil. De vakken van het koffierek aan de muur, dat meer als decoratie diende dan dat het echt gebruikt werd, waren glimmend schoon. Voor hen op tafel stonden twee koppen cappuccino met dik melkschuim te dampen.

'Zulke koffie hadden ze indertijd moeten verkopen, de eigenaar van zo'n tent zou steenrijk zijn geworden,' zei Hanna enthousiast terwijl ze het schuim oplepelde. 'Aan het eind van de jaren twintig, vlak voor de wereldcrisis, waren de mensen geïnteresseerd in alles wat genot beloofde. En ze waren verzot op experimenteren. De vrouwen knipten hun haar kort en begonnen broekpakken te dragen, sommigen van hen leerden autorijden. Het was echt een geweldige tijd. Jammer dat het daarna allemaal anders is geworden, van mij had het eeuwig zo door mogen gaan. Maar je hebt het nu eenmaal niet voor het zeggen in het leven.'

Melanie stemde daarmee in, dat was inderdaad zo.

'Maar nu wil je zeker horen hoe het verdergaat, nietwaar? We kunnen het best hier beginnen, toen dit nog warenhuis Wertheim was en hier nog geen café en ziekenfonds zaten.' Hanna nam een slok koffie, veegde haar melksnor af met het servetje en begon weer te vertellen.

13

BERLIJN 1927

Het kostte enige zelfoverwinning om de volgende ochtend naar mevrouw Kühnemann te gaan, maar zoals beloofd gaf ze me een kleine envelop, waarin het loon voor een hele week zat. Bovendien drukte ze me op het hart een paspoort te laten maken, want dat zou ik nodig hebben.

De gedachte naar het bevolkingsregister te gaan vervulde me eerst met angst – ik wist immers niet wat er met Hansen was gebeurd. Maar toen besefte ik dat een nieuw paspoort een nieuwe kans was. Ik kon officieel iemand anders worden. Hanna Nhài.

Met het voorschot op zak ging ik meteen met Ella op weg naar de stad. Omdat mijn bruine jurk in haar ogen niet geschikt was om in de stad rond te slenteren, had mijn kamergenote me er zonder dralen een van haarzelf geleend. Die was me iets te groot, want Ella was steviger gebouwd dan ik. Maar hij rook naar lavendelzeep en voelde prettiger aan dan mijn oude. Bovendien zou ik hem maar tijdelijk dragen.

Bij het bevolkingsregister moesten we een hele tijd wachten. Toen ik eindelijk aan de beurt was, voelde ik me verslagen door alle vragen. Ik gaf te kennen dat ik net uit Indochina was gekomen en mijn paspoort had verloren. Na enig gedoe schreef de dame een verblijfsvergunning voor me uit en ze raadde me aan desondanks naar het Franse consulaat te gaan om een nieuwe geboorteakte en een Frans paspoort te laten maken, want de koloniën hoorden toch bij Frankrijk.

'Ja, daar doe je niks tegen,' zei Ella, die geduldig op me had zitten wachten. 'Dat gaat nu eenmaal zo bij ons. Formulieren, formulieren – je wordt doodgegooid met formulieren.'

Ik wist toen nog niet wat ik met die uitdrukking aan moest.

De man in het Franse consulaat was in elk geval heel vriendelijk, en tegen een kleine vergoeding beloofde hij me de documenten toe te sturen. Ik was erg opgelucht.

'Zie je nou,' was Ella's commentaar terwijl ze bij me inhaakte. 'Zo ben je tenminste weer helemaal legaal. Laten we dat met wat aankopen vieren.'

Ik werd doodmoe van al die rijen winkels langs de trottoirs. Vergeleken daarbij was de Franse wijk in Saigon armzalig. De mensen verdrongen zich voor de etalages, en degenen die niet wilden winkelen waren op weg naar de grote brug waarover enorme stoomlocomotieven af en aan reden. Ella wees me het station, toen trok ze me mee tot we uiteindelijk in de Rosenthaler Straße stilstonden voor wat ze een warenhuis noemde.

'Dat is warenhuis Wertheim,' verklaarde Ella terwijl ze in haar tas rommelde. 'Hier vind je zeker een jurk en nieuwe schoenen voor je geld. En ik denk dat ik hier ook wel iets kan vinden. Kun je eigenlijk naaien?'

De vraag overviel me, maar ik knikte. 'Ik heb vroeger als naaister gewerkt, samen met mijn grootmoeder.' Meer vertelde ik haar niet, want ik wilde niet dat ze doorvroeg.

Maar Ella was op dat moment helemaal niet geïnteresseerd in mijn familiegeschiedenis.

'Heel goed!' zei ze, toen controleerde ze de inhoud van de portemonnee die ze tevoorschijn had gehaald en zei: 'Dan hoef je eigenlijk alleen maar stof te kopen. Als je je spullen zelf maakt, kun je geld besparen en dan loop je niet in kleren die iedereen draagt. Maar voorlopig volstaat confectie.'

Was ik buiten al onder de indruk van de aanblik van het warenhuis, binnen voelde ik me gewoonweg overweldigd. Ella leek het gewend te zijn er rond te lopen, ze kletste er vrolijk op los, hield me nu eens een jurk voor, wees me dan weer op een paar schoenen die ik moest passen.

Af en toe verscheen er een verkoper om te vragen wat we wensten. Al naargelang hij jong of oud was, begon Ella een gesprek met hem. Op jonge, knappe verkopers legde ze tamelijk lang beslag, terwijl ze de oudere meestal wegstuurde met de wenk dat we het wel alleen konden redden.

De stoffenafdeling was groot, en in eerste instantie had ik niet kunnen zeggen van welke stof ik een jurk had willen maken. Ella hielp me en gaf advies welke kleuren bij mijn huid en mijn haar pasten. Dat deed ze ook op de confectieafdeling, waar jurken in verschillende kleuren en modellen hingen.

Ze leek te genieten van de verbaasde blikken van het personeel, ook al golden die niet haar maar mij. Een van de jonge knullen vertelde ze dat ik een Chinese artieste was die in het Winterpaleis optrad. Daar was ik eerst verontwaardigd over, maar ik moest grinniken toen ik het gezicht van de jongen zag.

'De volgende keer vertellen we ze dat je een van de vrouwen van de Chinese keizer bent geweest, maar weggelopen bent omdat je genoeg had van die veelwijverij,' zei ze stralend toen we met een nieuwe jurk en een pakje met stof onder de arm door de gangen liepen.

'Zoiets kun je toch niet zeggen,' antwoordde ik geschrokken. 'Straks vertellen ze het verder, en dan...'

'Wat kan er nou gebeuren?' Ella wuifde het onbezwaard weg en lachte. 'Berlijn is een grote stad, er wordt veel gekletst als de dag lang duurt, en na de jaren van armoede verlangt iedereen naar goede verhalen. Wie weet word je door een producent van stomme films ontdekt, en maakt die dan een film met de titel *De concubine van de keizer* of zoiets.'

Ik lachte een beetje zuur, want ik wist wat het woord concubine betekende, en ik vond het niet prettig omdat dat dicht bij mijn ware geschiedenis kwam. Ook al was ik dan niet een van de echtgenotes van de keizer geweest.

Maar het volgende ogenblik werden Ella's verhalen onbelangrijk toen we bleven staan bij een tafel waarop een Singer-naaimachine stond.

Die had voetpedalen en een handrad om aan te draaien. Met zulke machines had mijn bà altijd gedweept, en in Saigon had ik er hier en daar ook wel een gezien. Daarmee kon je prachtig zuivere, gelijkmatige naden maken in de helft van de tijd. Als we zo'n machine hadden gehad, hadden we veel meer kunnen verdienen.

'O, jij bent wat van plan,' zei Ella terwijl ze het prijskaartje omdraaide. 'Daar zul je een tijdje voor moeten sparen, om er maar over te zwijgen dat de tafel maar net in ons kamertje past.'

Ik wist niet wat ik daarop moest zeggen. Ella had inderdaad mijn wens van mijn gezicht afgelezen.

'Aan de andere kant zou je er ook spullen in het danshuis mee kunnen herstellen als er iets kapotgaat. Heb je tegen mevrouw Kühnemann gezegd dat je kunt naaien?'

Ik schudde mijn hoofd. Hoe had ik kunnen weten dat dat een belangrijke vaardigheid voor een garderobejuffrouw was? Bovendien wilde ik me ook niet aan mevrouw Kühnemann opdringen.

'Als er weer eens een gordijn in de balzaal verschroeid raakt, kun je haar voorstellen het te repareren. Als ze ziet wat je kunt, zal ze misschien een naaimachine aanschaffen. En dan kan ze een nieuwe garderobejuffrouw gaan zoeken, omdat jij niet meer achter die Singer vandaan komt.'

Ik moet haar onnozel hebben aangekeken, want ze voegde eraan toe: 'Pardon, je moet nog aan mijn humor wennen. Dat moet iedereen.'

Ze haalde me bij de naaimachine vandaan, maar elke avond als ik in bed lag droomde ik van de machine en van alle jurken die ik daarmee zou kunnen maken.

De avonden in het danshuis waren lang, maar er was geen mooiere plek voor mij. Ik vond het heerlijk daar te zijn, de jassen en hoeden van de mensen aan te nemen en naar de muziek te luisteren waarop de gasten dansten en zich vermaakten. Daardoor werden mijn telkens terugkerende gedachten aan Hamburg en mijn vrees dat ik Hansen misschien had vermoord voor even naar de achtergrond gedrongen.

Met Ella kon ik het uitstekend vinden, en ik merkte algauw dat het mijn spreekvaardigheid ten goede kwam als ik veel met haar praatte. Zij begon me steeds beter te verstaan en ik had zelf ook het gevoel dat mijn accent minder werd.

De kamer die we deelden was nogal smal, maar de meeste tijd waren we toch in het danshuis of in de stad. Samen pakten we mee aan als er weer eens een keukenjongen of kelner ziek was of er iets anders moest worden gedaan. In de vrije tijd tussendoor deed ik mijn naaiwerk. Ik had nu een goede jurk, maar die was meer geschikt voor het werk 's middags of de uren dat ik niet verkleed volgens het thema van het bal achter de balie van de garderobe stond. Omdat Ella altijd een blauw-witte jurk droeg als we de stad ingingen, wilde ik naast haar niet als een grijze muis overkomen.

Lastig werden de avonden alleen als Laurent kwam. Ella genoot ervan met hem te koketteren, maar ik vond zijn aandacht ook na een maand nog steeds pijnlijk. Hoewel hij dat merkte, deed hij nog meer moeite – ook al verkeerde hij altijd in het gezelschap van een of twee vrouwen.

Toen kwam er een griepgolf in het danshuis. Iedereen snotterde en nieste. Mevrouw Kühnemann schreef dat toe aan de frisse meimaand, maar haar bedrijvigheid werd er niet door afgeremd.

Tijdens de maandelijkse bijeenkomst van danshuiseigenaressen – waarbij zo'n dertig vrouwen elkaar troffen – klaagden ze allemaal over dalende bezoekersaantallen. Niet Claire Kühnemann. Zij bedacht telkens weer nieuwe thema's voor de dansfeesten.

Maar de griep dreigde nu de hele personeelsbezetting te decimeren. Op een ochtend kreunde Ella toen ik opstond: 'Ik denk dat je vandaag maar alleen naar beneden moet gaan, ik kan niet uit bed komen.'

Toen ik aan haar voorhoofd voelde, werd ik door schrik bevangen. Mijn kamergenote gloeide! Ineens zag ik Ariana weer voor me, hoe ze ellendig en ziek in bed lag en de dood tegemoetging.

Paniek overviel me, maar toen rende ik weg om een dokter te zoeken. Ik vond er een in de Friedrichstraße die, toen ik het danshuis noemde, meteen meekwam.

'Weet je, als ik twintig jaar jonger was, zou ik hier ook naartoe gaan om me te amuseren,' fluisterde hij me toe terwijl hij gefascineerd rondkeek. 'Maar mijn vrouw vindt danshuizen een poel van verderf. Ze verwart ze met bordelen, maar tot nog toe is het me niet gelukt haar van het tegendeel te overtuigen.'

Ook al vergat ik het Rode Huis soms bijna, bij het woord bordelen schoot er een onaangename hete rilling door me heen. Ik moest weer aan Hansen denken. Had hij de klap op zijn hoofd overleefd? Was hij naar mij op zoek, of had hij het opgegeven en een ander meisje uit Vietnam gehaald?

Toen hield ik mezelf voor dat niemand in Berlijn van mijn verleden wist. En dat Hansen me dus onmogelijk kon opsporen.

De dokter keek naar Ella terwijl ik zorgelijk voor de deur bleef wachten. Toen hij weer naar buiten kwam glimlachte hij naar me. 'Het is maar bronchitis, dat heerst op het moment. Zorg dat ze haar hoestdrank en de koortstabletten inneemt. En mocht het slechter met haar gaan, roep mij dan weer.' Hij drukte me een visitekaartje in de hand, keek nog eens zuchtend in het danshuis rond en vertrok.

Die avond stond ik in m'n eentje in de garderobe. En niet alleen ik moest hard werken. Ook twee kelners waren ziek, de andere moesten zich zo ongeveer de benen uit het lijf lopen om het allemaal voor elkaar te krijgen. Tim, de gigolo, had zijn rode neus met schmink geprobeerd te camoufleren, maar zag eruit als een zware drinker. De andere twee vaste beroepsdansers, Martin en Joseph, allebei Oostenrijkers die in Berlijn terecht waren gekomen, bleven ontsteld uit zijn buurt. Ook de ploeg gigolo's die bij gelegenheid voor mevrouw Kühnemann werkten, was behoorlijk uitgedund.

In elk geval probeerde geen van hen met mij te flirten.

Het thema van die avond was in overeenstemming met het weer 'een frisse mei', wat duidelijk aangaf dat er niets was waaraan Claire Kühnemann geen geld kon verdienen. De vrouwen verschenen in jurken met lange glinsterende franje aan de zomen, wat regen moest symboliseren, de mannen in blauwe of grijze pakken vanwege de wisselende lucht.

Ik was gefascineerd door alle jurken, maar veel tijd om ze te bewonderen bleef er niet over, want de toeloop voor het bal was enorm. Ik kwam er niet eens aan toe aan Laurent te denken tot hij ten slotte voor me stond – alleen.

'Hoe gaat het met je, Hanna?' vroeg hij terwijl hij innemend naar me glimlachte. Zoals altijd werd ik rood, maar ik was er inmiddels aan gewend antwoord te geven. Gereserveerd, niet overdreven vriendelijk, alleen maar beleefd, zoals bij om het even welke andere gast.

'Dank u wel voor de belangstelling, met mij gaat het goed en naar ik hoop met u ook.'

'Zoals je ziet blaak ik van gezondheid,' antwoordde hij en hij keek me afwachtend aan. 'Waar is toch die beste Ella gebleven?'

'Ella is ziek,' antwoordde ik en ik wilde zijn mantel al wegpakken, maar hij legde zijn hand erop. Gelukkig was ik zo snel dat hij mij niet aanraakte.

'Wat jammer. Dan rust de werklast de hele avond op jouw schouders.'

Ik keek naar de deur in de hoop dat er iemand binnenkwam, maar er verscheen niemand. Zelfs de kelners lieten zich niet zien, waarschijnlijk waren ze allemaal al boven.

Laurents aandacht bracht me in verwarring, want hoewel ik die niet wilde krijgen, voelde ik het daarbij aangenaam kriebelen. Mijn gevoel zei me dat hij geen eerlijke bedoelingen had met vrouwen, en toch sloeg mijn hart over alsof er een sprookjesprins voor me stond.

'Zeg eens, kun je eigenlijk dansen?' vroeg hij toen terwijl hij zijn ogen op me gericht hield.

'Nee,' antwoordde ik haastig. 'Ik kan niet dansen. En ik heb het druk.'

Gelukkig ging op dat moment de deur open en kwamen er nog meer gasten binnen.

Laurent bleef naar me glimlachen, toen gaf hij me zijn mantel aan. 'Jammer. Ik dacht nog wel dat jij me vanavond gezelschap zou houden. Zoals je misschien hebt gemerkt, ben ik vanavond in m'n eentje.'

Dat had ik gemerkt, en het verbaasde me. Maar hij kon het toch niet serieus menen, dat ik hem gezelschap moest houden!

Nee, dat deed hij waarschijnlijk niet. Het was gewoon zijn manier om aan de avond te beginnen. En met al die vrouwen die zonder begeleiding naar het bal kwamen, zou hij zeker iemand vinden.

'De volgende keer hebt u vast meer geluk,' zei ik met een gereserveerde glimlach, bracht de mantel weg en overhandigde hem het nummertje. Toen hij het aanpakte, schampte zijn vinger even de rug van mijn hand. Die aanraking zou toevallig kunnen zijn geweest, maar het trof me als een elektrische schok. Ik staarde hem aan, maar hij draaide zich om en verdween de trap op.

Pas toen de gast die nu bij de balie stond zijn keel schraapte, kwam ik uit mijn verstarring.

Die avond sloop ik onder het werk naar boven, niet om de dansers te bespieden, maar om bij Ella te kijken en haar wat eten te brengen. Toen ik binnenkwam werd ze wakker en begon reutelend te hoesten.

'Heb je je hoestdrank genomen?' vroeg ik, waarop ze knikte. Ze zag er nog steeds belabberd uit, maar misschien zou het wat beter met haar gaan als ik haar over haar idool Laurent vertelde.

'Stel je voor, hij is vandaag zonder gezelschap gekomen!' zei ik terwijl ik het bord met kippenvlees op haar nachtkastje neerzette. 'En hij heeft naar je gevraagd.'

Ella glimlachte zwakjes. 'Het zal hem zijn opgevallen dat je alleen bent.'

'Jazeker, maar hij had me ook zijn mantel in de handen kunnen drukken en meteen verdwijnen.'

'Dat doet hij nooit, hij maakt altijd een praatje met ons, dat weet je toch wel.' Ella keek me aan. 'Heb je ditmaal met hem gepraat of gewoon de mantel uit zijn handen getrokken?'

'Ik praat toch altijd met hem!' protesteerde ik.

Ella schudde haar hoofd. 'Dat doe je niet! Je ziet er altijd uit alsof je in een muizenholletje wilt kruipen. Bovendien kan ik je op een briefje geven dat hij je mag.'

'Hij mag me beslist niet,' wierp ik tegen, misschien een beetje al te heftig.

'En jij mag hem.'

Ik zette mijn handen in mijn zij. 'Wees maar blij dat je ziek bent, anders zou ik zeggen dat je gek bent geworden.'

Ella grijnsde. Opeens leek ze veel levendiger. In elk geval mentaal. Ze begon weer te hoesten, toch ging ze wat hoger opzitten in de kussens.

'Ik moet weer naar beneden,' zei ik, want ik voelde me ineens net een muis die zag hoe de kat zich klaarmaakte voor de sprong.

'Nee, nee, blijf, je hebt nog genoeg tijd!' riep ze, ze hoestte en wenkte me bij zich. 'Nou, zeg eens, mag je Laurent of niet? Ook al doe je schuchter, ik geloof dat er iets is.'

'Nee, er is niets.'

'En waarom leg je het niet met andere mannen aan? Ik heb nog nooit gezien dat je je voor iemand interesseert. Maar als Laurent komt, word je rood.'

'Daar klopt niks van, hij is een gast als alle anderen. Bovendien ben jij al helemaal weg van hem.'

Ella keek nadenkend.

'Dat klopt. En zoals ik al tegen je heb gezegd, zal hij nooit iets van me willen, ook al vraagt hij naar me. Als hij naar mij vraagt, gaat het eigenlijk om jou.'

Het klonk bijna een beetje bedroefd.

'Ga liever weer liggen en ga slapen. Of eet iets, de kip is erg lekker vandaag. Ik moet bij de jassen gaan kijken en kom later terug.'

Ella knikte langzaam en ging weer liggen. Haar woorden bleven me bij toen ik de trap af liep naar de garderobe. Mocht Laurent mij?

Het volgende moment vroeg ik me af waarom ik me eigenlijk iets van Ella's geklets aantrok. Ze was ziek, had koorts, en ook al leek het alweer wat beter met haar te gaan, haar gehoest klonk nog vreselijk.

En ik, ik had gezworen me nooit meer door een man te laten aanraken. Ik kende hun begeerten gewoon te goed. Laurent had die beslist ook, en als hij met een meisje praatte dat ver beneden zijn stand was, kon daar niet veel goeds achter steken.

Een uur later verschenen de eerste gasten die naar huis of nog ergens anders heen wilden. Ik hoopte dat Laurent in een drom mensen zou komen, die het hem onmogelijk zou maken een langer gesprek te beginnen – tenslotte wilden ook de andere gasten hun jas hebben. Maar hij kwam niet. Ik dacht al dat ik hem over het hoofd had gezien, in de drukte had dat kunnen gebeuren, en uiteindelijk vergat ik hem. De laatste treuzelaars kwamen binnenkuieren, met rode ogen van de wijn en de sigarettenrook.

'Hoe zou het zijn om nu met mij te dansen?'

Ik kromp in elkaar en draaide me razendsnel om. Daar stond hij, nonchalant tegen de balie geleund. Blijkbaar had hij me al een tijdje staan observeren. Waarom had ik niet gemerkt dat hij er was?

'Nou, nou, zo vreselijk is mijn voorstel niet,' voegde hij eraan toe toen hij mijn verschrikte gezicht zag.

'Monsieur Laurent, u...' Ik dwong mezelf te kalmeren. 'Ik heb u niet horen binnenkomen, dat is alles.'

'Ja, altijd met de gedachten bij het werk, mademoiselle Hanna.' Hij glimlachte afwachtend naar me. 'Dus, wat is je antwoord op mijn voorstel? In de balzaal is geen ziel te bekennen. Het zou absoluut niet opvallen.'

Dat klopte niet, want de kelners waren bezig het servieswerk weg te ruimen en de tafellakens te verzamelen. Zij zouden mevrouw Kühnemann vast van mijn gedrag vertellen. En ik wilde het gewoon niet. Ik wilde zijn handen niet aan mijn lichaam voelen.

'Ik denk niet dat...' Ik zag een verwachtingsvolle blik en wilde me daartegen verzetten, maar hoe? 'Dat mag niet,' antwoordde ik uiteindelijk koeltjes. 'Bovendien heb ik toch al tegen u gezegd dat ik niet kan dansen. En ik heb geen jurk.'

Hij bekeek me voor zover hij dat achter de balie kon zien. 'O, maar wat ik kan zien, lijkt helemaal op een jurk. Tenzij er aan de onderkant geen rok zit of u een broek draagt.'

'Het kan niet...' wierp ik tegen en keek naar de deur van de garderobe. Als ik nou eens gewoon de benen nam?

Tot mijn geluk verscheen plotseling de bazin op haar nachtelijke ronde. 'Monsieur De Vallière, is alles in orde?' vroeg ze toen ze Laurent in het oog kreeg.

Iedere andere man die net haar werkneemster had lastiggevallen, zou rood zijn geworden, maar niet hij.

'Maar natuurlijk, madame Kühnemann, het is allemaal uitstekend in orde. Ik wilde alleen mijn jas afhalen en een praatje maken met uw bekoorlijke garderobejuffrouw.'

Omdat ik ervan uitging dat mevrouw Kühnemann me een standje zou geven als ik een gast te lang ophield, haalde ik vlug Laurents mantel, want die was de enige die nog in de garderobe hing.

'Hanna heeft vandaag voor twee gewerkt en is vast doodmoe,' merkte mevrouw Kühnemann op, waarbij ze niet mij streng aankeek maar hem. 'U moet haar niet zo lang van haar welverdiende vrije tijd afhouden.'

Wat ze zei verbaasde me, maar tegelijkertijd was ik blij dat ze hem er nu toe bracht eindelijk weg te gaan, voor hij nog meer kon zeggen.

'Nou, ze ziet er anders nog bepaald fris uit,' antwoordde hij grijnzend. 'Maar natuurlijk wil ik niet buiten werktijd beslag op haar leggen. Morgen is er immers weer een dag, nietwaar?' Hij knipoogde naar mij en ik sloeg mijn ogen neer.

Nadat hij zijn bonnetje op de balie had gelegd, vertrok hij.

Mevrouw Kühnemann zuchtte diep. 'Mannen! Hanna, je moet echt oppassen voor meneer De Vallière.'

'Dat probeer ik al de hele tijd,' antwoordde ik. 'Maar hij wil telkens weer met me praten.'

'Ik heb het er niet over dat je niet met hem moet praten.' Vreemd genoeg klonk mevrouw Kühnemanns stem niet verwijtend of berispend maar moederlijk. 'Je moet alleen voorzichtig zijn. Monsieur De Vallière brengt altijd weer mijn meisjes het hoofd op hol, ik weet dat ook Ella met hem dweept. Het valt me niet voor het eerst op hoe hij naar je kijkt. Zo heeft hij tot nog toe naar niemand gekeken, geen van de dames in zijn gezelschap heeft zelfs ooit de eer van die blik genoten.' Ze lachte in zichzelf. Blijkbaar wist ook zij van het voortdurend wisselen van Laurents vriendinnen.

'Pas gewoon goed op jezelf en je hart, Hanna, je verdient een goede man en niet iemand die je nog als Chinese artieste aan een circus zou verkopen.'

'Circus?' vroeg ik verbaasd. Zoiets had Ella kunnen zeggen, van mevrouw Kühnemann had ik het niet verwacht.

'Hoe dan ook, laat je niet door zo'n vrouwenversierder het hart breken.'

'Maar... hij is toch onze gast.'

'Dat klopt, en bovendien is hij er een die uitstekend betaalt en veel mond-tot-mondreclame voor mijn danshuis maakt. Maar hij heeft niet het recht je het hoofd op hol te brengen en je dan te laten zitten. Ik heb het maar al te vaak meegemaakt dat mannen zoals hij affaires beginnen met een jong ding als jij. Meestal eindigde dat met een dikke buik en veel tranen. Als je al een man zoekt, neem dan een goede, beloof je me dat?'

Ik knikte verward en vroeg me af wat er in mevrouw Kühnemann omging.

'Goed dan, meisje, ga nu maar naar boven om uit te rusten. En zorg ervoor dat Ella haar medicijnen neemt. Ze is soms wat slordig. We hebben haar hier nodig, zeg dat maar tegen haar.'

Ik knikte en liep naar boven.

Ella sliep inmiddels, de kip had ze niet aangeroerd. Maar haar gezicht was niet meer zo rood. Daardoor was ik enorm opgelucht en kon ik die nacht erover nadenken hoeveel waarheid er in de woorden van Claire Kühnemann school.

De volgende dagen moest ik in mijn eentje in de garderobe werken en op een of andere manier lukte het me mevrouw Kühnemanns raad op te volgen. Ik was vriendelijk tegen Laurent, maar ging niet meer in op gesprekjes met hem. Hij kwam weer met damesgezelschap, waarbij de haarkleur van de vrouwen van blond en rood tot zwart alle nuances vertoonde die menselijk haar kon hebben. Of waarin het geverfd kon worden, beweerde Ella, want in haar ogen was vooral heel helblond haar niet echt.

Ik was blij om de aanwezigheid van zijn begeleidsters, die hem ervan weerhielden al te lang in mijn buurt te blijven. Toch voelde ik een eigenaardige steek in mijn borst. Misschien had ik toch met hem moeten dansen...

Met een ferm nee verbood ik mezelf die gedachte. En het stemmetje in mijn achterhoofd bevestigde me daarin. Je zou je alleen maar belachelijk hebben gemaakt. En hij zou iets hebben gehad om over je te vertellen, een grappige anekdote over dat Chinameisje, waarmee hij zijn metgezellinnen aan het lachen had gemaakt.

Een week later was Ella er weer. Mevrouw Kühnemann had me gedwongen haar te trakteren op geklutst ei met suiker, een oud huisrecept, dat Ella echter vreselijk vond. Het moest dienen om haar aan te laten sterken, wat ik niet zo goed begreep. Ella zag er immers nadat ze van de bronchitis hersteld was weer goed uit. Alleen donkere schaduwen onder haar ogen getuigden nog van haar ziekte.

Ik was blij haar weer aan mijn zijde te hebben toen Laurent verscheen.

'Wel, dames, zoals ik zie zijn jullie weer voltallig,' zei hij terwijl hij zijn mantel over de balie aangaf. Ella pakte hem resoluut aan en gaf hem een nummertje.

Ik had niets verteld over zijn uitnodiging om te dansen, maar toch leek ze wat geïrriteerd.

'Onkruid vergaat niet,' antwoordde ze kortaf, wat helemaal niet haar stijl was. Eigenlijk had ze tot nog toe toch altijd met Laurent gekoketteerd.

Zijn blik viel op mij en leek te vragen wat er met haar aan de hand was. Ik kreeg al de neiging hem uit te leggen dat het door de ziekte kwam. Maar ik zweeg. 'Hier, mijn jas,' haalde de snijdende stem van de brunette naast Laurent me uit mijn verbazing. 'Of word je soms voor nietsdoen betaald, meisje?'

Haar ogen werden smalle spleetjes toen ze me opnam. Blijkbaar was Laurents blik haar niet ontgaan.

Ik pakte zwijgend de mantel aan en gaf haar het nummertje.

'Sophie, wees eens wat vriendelijker,' vermaande hij haar, waardoor haar ogen nog meer begonnen te fonkelen.

'Vriendelijker?' Een van haar slechts nog als dunne lijntjes aanwezige wenkbrauwen ging omhoog. 'Maar ik was toch vriendelijk. Zo vriendelijk als een wilde uit de jungle verdient die voor zich uit staat te staren.'

Ik hapte naar lucht. Maar al te graag had ik iets teruggezegd, maar de woorden bleven me in de keel steken.

'Niet jaloers zijn, chérie,' fluisterde Laurent en hij gaf haar een kus op haar met rouge geaccentueerde wang.

Ik keek weg. Ik wilde die schijnvertoning niet zien.

'Je hebt gelijk,' hoorde ik 'chérie' snorren. 'Dat spleetoogje is voor ons echt geen concurrentie.'

Daarop gaf ze Laurent een arm. De andere vrouw wierp me een blik toe, maar wat die betekende, kon ik niet zeggen.

Ik dacht dat ik zou stikken, van woede en door de woorden die in mijn keel bleven steken. Door de meisjes in het Rode Huis was ik voor het laatst spleetoog genoemd.

Ella zag het en legde kalmerend haar hand op mijn arm. 'Trek je er maar niets van aan,' fluisterde ze me toe voor Laurent en zijn gezelschap op de trap verdwenen. 'Waarschijnlijk heeft hij morgen weer een ander.'

Dat veranderde niets aan haar belediging. Maar ik knikte en deed alsof ik het al vergeten was.

In feite hielden haar woorden me de hele avond bezig. Bij alle gasten van wie ik de jas aanpakte, vroeg ik me af of ze mij net zo zagen als Laurents metgezellin.

Het allerergste was echter dat Laurent de vrouw niet had berispt. Was ik voor hem ook maar een wilde met spleetogen? Had hij bij zijn laatste bezoek, met zijn uitnodiging om te dansen, echt alleen maar de spot met me willen drijven? Dat moest wel. Ik had blij moeten zijn dat ik er niet op ingegaan was. Maar ergens voelde ik een stekende pijn in mijn borst. Eerlijk gezegd mocht ik Laurent. En nu werd ik zo vreselijk door hem teleurgesteld.

Toen de gasten weer vertrokken, was ik blij. Ella en ik waren die avond erg stil geweest, beiden in gedachten verzonken. Mijn kamergenote had niet eens in de balzaal willen kijken.

Verrassend genoeg verscheen Laurent met alleen de brunette weer bij de garderobe, en nog tamelijk vroeg ook. Blijkbaar waren ze nog iets anders van plan. Maar waar was de tweede vrouw?

Ella wenkte me Laurents mantel te halen, terwijl zij voor die van zijn begeleidster zorgde. Met ongewoon weinig woorden zeiden we hun gedag en overhandigde Ella de jassen.

Na een half uur verscheen ook Laurents tweede vriendin bij de garderobe. Blijkbaar hadden de anderen haar laten zitten.

'Excuses voor het gedrag van mijn vriendin,' zei de blonde met een zwak glimlachje toen ik haar haar jas aangaf. 'Ze kan nu eenmaal niet anders.' Blijkbaar had Sophie haar uitgerangeerd waar het Laurents gunst betrof. Of ze was gewoon uit medelijden meegenomen. Het vijfde wiel aan de wagen, zoals Ella altijd zei.

Ik glimlachte kort terug en keek haar na. En begreep niet wat Laurent in een vrouw als die brunette zag.

Die nacht droomde ik van Thanh. Ik zag haar de weg opkomen, op de dag dat ik haar van mijn aanstaande huwelijk had verteld. Weer stond ze voor me, weer nam ze me in haar armen, maar ze zei niets terwijl ik over de zoon van de stoffenhandelaar klaagde.

Toen ik haar voorstelde te vluchten, schudde ze haar hoofd. 'We moeten blijven waar we zijn,' zei ze toonloos terwijl er een spoortje bloed uit haar mondhoek liep. 'Anders wacht ons de dood.'

Het volgende ogenblik zakte ze voor mijn ogen in elkaar. Te laat had ik gezien dat er iemand achter haar was verschenen. Hansen grijnsde naar me en trok zijn mes uit Thans lichaam.

'Jij bent de volgende,' zei hij en hij kwam op me af.

Huilend schrok ik wakker. Mijn nachtpon plakte aan mijn lijf, er liep zweet langs mijn ruggengraat. Ik trilde over mijn hele lichaam.

'Wat is er met jou?'

Het lampje op het nachtkastje ging aan. Ella's stem bracht me terug in de werkelijkheid. Een moment lang had ik gedacht nog in Saigon te zijn. Hoe Hansen daar had moeten komen, vroeg ik me niet af. Ik was alleen verschrikkelijk bang dat hij weer zou opdagen – of dat zijn geest me achternazat als hij de klap niet te boven was gekomen.

Toen ik geen antwoord gaf, kwam Ella uit bed en liep naar me toe. Warm omgaven haar armen me. 'Het is al goed,' fluisterde ze, en nu pas merkte ik dat ik snikte. 'Het was maar een boze droom, meer niet.'

Dat was het inderdaad, en toch huilde ik, want ik besefte dat ik al heel lang niet meer aan Thanh had gedacht. Thanh, van wie ik niet wist of ze nog in leven was. Enorme schuldgevoelens kwelden mij. En nu hadden de geesten van het verleden me in mijn droom ingehaald.

Het viel me zwaar mezelf te kalmeren. Daar wilde ik me toe dwingen, want Ella zou zeker vragen waarom ik zo van streek was. Maar het lukte niet. Het snikken ging over in bitter huilen, en niet alleen mijn schuldgevoelens jegens Thanh kwamen naar boven, maar ook alle ellende van het Rode Huis.

Ella bleef me vasthouden en streelde mijn haar, en ik liet het toe, want ik had geen ander houvast. Er was niet eens één positieve gedachte.

Op een gegeven moment werd ik weer slaperig, en Ella ging terug naar haar eigen bed nadat ze mijn neus had gesnoten. Op dat moment werd me duidelijk dat ik in haar een nieuwe vriendin had gevonden.

De volgende ochtend werd ik pas laat wakker, Ella had me laten slapen.

'Je hebt immers bijna de hele nacht liggen huilen,' zei ze terwijl ze me onderzoekend opnam. 'Wat was er nou?' vroeg ze toen. 'Alleen vanwege een droom kun je toch eigenlijk niet zo huilen. Heb je liefdesverdriet of zo?'

Het ging bij Ella weer eens om de liefde. Blijkbaar voerde ze elk leed daarop terug.

'Of heb je nog steeds last van die krijskip?' Ze snoof en schudde haar hoofd. 'Je moet je niets aantrekken van dat gezwets. Er zijn altijd mensen die denken dat ze beter zijn dan anderen, daar moet je maar aan wennen. In jouw land werd toch vast ook niet iedereen gelijk behandeld, of wel soms?'

Daarin had ze gelijk, maar dit was niet Indochina, dat door de Fransen werd overheerst. In Duitsland kon ik me net zo vrijelijk bewegen als anderen – of toch niet? Ik werd door twijfel bevangen, maar toen voelde ik Ella's hand op mijn schouder.

'Laat je niet door zulke vrouwen intimideren, ze slaan hun klauwen nu eenmaal in alles wat hun geld en zekerheid belooft. Laurent heeft geld genoeg en als een vrouw het goed aanpakt, zal hij ook met haar trouwen. Je kunt hem het best uit je hoofd zetten. Hij zal voor ons altijd alleen maar een gast zijn, en hoe dom die hoeren die met hem meekomen ook zijn, dat verandert niets, en dat is goed voor ons. Bovendien ben je heel mooi, vooral door de vorm van je ogen, die hebben iets katachtigs. Het zou toch wel sterk zijn als jij geen cavalier vindt!'

De volgende weken waren licht en onbezorgd, vooral ook doordat Laurent zich niet liet zien. Dat wekte eerst wat verbazing, maar toen ik het vermoeden uitsprak dat de brunette hem ertoe had gebracht weg te blijven, wuifde Ella dat weg. 'Zo gaat het nu eenmaal met gasten, ooit ontdekken ze een ander danshuis en dan gaan ze daarnaartoe. Zoals je ziet hebben we het druk – en zo hoeven we de luimen van Laurents veroveringen niet te verduren.'

Dat was juist, en hoewel ik het heel prettig vond hem niet steeds met nieuwe vrouwen te zien arriveren, miste ik hem ergens wel.

'Het is natuurlijk ook mogelijk dat hij een vaste relatie met die Sophie is begonnen. Je weet wel, dat arrogante mens dat jou spleetoog noemde.'

Ik wou dat ze dat niet had gezegd, want nu kreeg ik een ellendig gevoel. Stel dat het echt zo was? Ook al dacht ik dat ik in dat geval beter af was als hij niet meer kwam, had ik het liefst een potje gaan zitten huilen.

Maar ik beheerste me, en mijn teleurstelling werd uiteindelijk minder, want toen het beter weer werd waren er niet alleen bals, maar ook thé dansants buiten waarbij Ella en ik moesten helpen. Bovendien bedacht mevrouw Kühnemann steeds wildere thema's voor de bals.

Toen er een dassenbal werd aangekondigd, waarbij de dames zich als man moesten verkleden, veroorzaakte dat een klein schandaal in de stad. Je kon nergens naartoe gaan zonder dat je de mensen hoorde roddelen over mevrouw Kühnemanns plan. Natuurlijk had onze bazin overal in de stad affiches laten aanplakken, en ook Ella stond in vuur en vlam voor het idee.

'O, ik heb altijd al als een kerel willen rondlopen!' riep ze, hoewel ik me nauwelijks kon voorstellen dat ze met haar brede heupen in een herenpak zou passen. 'We zouden ons haar dan heel kort kunnen knippen, wat vind je daarvan?'

Dat beviel me absoluut niet, want sinds kort droeg ik mijn haar geonduleerd, wat ik er heel leuk vond uitzien.

'Goed dan, jij hoeft het niet heel kort te laten knippen. Als je het zo draagt als die kerel van de jazzband van gisteren die op de thé dansant speelde...' Ze kneep haar ogen tot spleetjes en probeerde in te schatten hoe zo'n kapsel mij zou staan.

De 'kerel' die ze bedoelde had golvend haar tot aan zijn kin, waardoor je hem in eerste instantie voor een vrouw had kunnen houden – als hij niet een pak had gedragen.

'Wie weet is het wel een vrouw die zich verkleed heeft om in een herenorkest te kunnen spelen,' zei Ella en bewees daarmee weer eens haar grenzeloze fantasie.

'Dat is grote onzin, dat zou je toch merken,' antwoordde ik. 'Ik heb in elk geval geen... geen boezem bij hem gezien.'

'Ah, dan heb je hem dus goed bekeken, of niet soms?' zei Ella plagend. Sinds de avond dat ik haar over Laurent had verteld, hield ze goed in de gaten of ik wel genoeg interesse toonde voor het mannelijke geslacht.

'Zoiets zie je toch!' protesteerde ik en ik richtte me weer op de kostuums, waartussen niets bruikbaars voor het dassenbal te vinden was. De enige pakken die er waren, werden door de kelners gedragen, en die zouden ze tijdens het bal nodig hebben.

'Nou ja, er zijn ook mensen zoals mevrouw Heinrich. Ik ben er niet zeker van of die in werkelijkheid niet een man is, zo'n kleine voorgevel heeft die.'

'Voorgevel?' vroeg ik verwonderd, en Ella maakte aanschouwelijk wat ze bedoelde door naar haar eigen boezem te grijpen.

Ze had zo haar manieren om dingen die ik niet meteen begreep aanschouwelijk te maken.

We begonnen dus aan de voorbereidingen voor het dassenbal. Het lukte Ella twee gebruikte herenkostuums bij de lommerd aan te schaffen, die ik voordat het werk begon zo vermaakte dat ze ons pasten.

Vlak voor het bal nam Ella me mee naar haar vriendin Marianne, die kapster was. Toen ik zag hoe kort ze Ella's haar knipte, schrok ik en was ik het liefst de deur uit gerend, maar dan was Ella zeker achter me aangekomen.

Toen ik even later aan de beurt was, zat ik weer met gesloten ogen voor de spiegel terwijl Marianne met de schaar in de weer was.

'Je vriendin knijpt 'm, nietwaar?' vroeg ze spottend terwijl de schaar onheilspellend achter mijn oren klikte.

Ja, ik kneep 'm, behoorlijk zelfs, want mijn haar beviel me zoals het was, en na Ella's knipbeurt was het zelfs alweer langer geworden.

'Zo, nu hoef je alleen een beetje met de krultang aan de slag als je er weer als een vrouw wilt uitzien.'

Langzaam deed ik mijn ogen open. En schrok, want mijn haar was weliswaar een stuk langer dan dat van Ella, maar nog altijd verdomd kort. Mijn moeder had vast een hartverzakking gekregen als ze me zo had gezien.

'Zo kunnen we in elk geval voor mannen doorgaan,' zei Ella tevreden, maar ik vond mezelf nogal lelijk. Maar wat maakte dat eigenlijk uit? Ik had het toch al op geen enkele man voorzien. Als ze me lelijk vonden, maakten ze tenminste geen avances.

Op de dag van het bal heerste er behoorlijke opwinding. Aan de balzaal hoefde helemaal niet zo veel te worden veranderd. Mevrouw Kühnemann had bedacht hem er als een herensociëteit uit de tijd van de eeuwwisseling te laten uitzien, wat met een paar handgrepen moeiteloos gerealiseerd kon worden. Maar toch hing er een enorme spanning. Zouden er eigenlijk wel vrouwen in pak verschijnen? Vaststond dat mevrouw Kühnemann ook de vrouwelijk geklede dames niet weg zou sturen, want het ging tenslotte om de inkomsten.

Toen ik na mijn extra dienst in de balzaal boven in onze kamer kwam, lag er iets op mijn bed. Een platte, netjes in pakpapier gewikkelde doos.

'Die is met de post gekomen,' verklaarde Ella terwijl ze zichzelf in de kleine wazige spiegel bekeek die ze in de vensterbank had gezet. Ze droeg het pak dat ik voor haar vermaakt had en het stond haar voortreffelijk.

'Maar ik krijg toch nooit post!' antwoordde ik en ik liep lichtelijk verontrust naar het bed. Niemand wist dat ik hier woonde, en de meeste mensen kenden alleen mijn voornaam.

'Tja, misschien heb je een geheime aanbidder onder de gasten!'

O nee, alsjeblieft niet, schoot het door me heen. Ik kon alleen maar Tim bedenken, de beroepsdanser die me af en toe aanstaarde alsof ik uit een andere wereld kwam. En natuurlijk Laurent.

'Nou, maak eens open!' riep Ella, die blijkbaar ongeduldiger was dan ikzelf.

Ik haalde diep adem en maakte toen het lint om het pakket los. Onder het bruine papier kwam een doos tevoorschijn. Toen ik het deksel optilde, zag ik zachte, lichtblauwe stof die met schitterende steentjes was versierd. Het was onmiskenbaar een jurk. Er lag een met rozen gedecoreerde kaart op.

'Ik hoop dat ik de maat zo op het oog goed heb geschat,' stond erop. 'Draag deze alstublieft op de vijfentwintigste en kom na middernacht naar de binnenplaats. Daarmee zou u me een plezier doen. Uw aanbidder.'

Meer niet. Geen naam, geen initialen.

En toch kreeg ik het gloeiend heet. Ik kon me wel indenken wie de afzender was.

'Wat zit erin?' vroeg Ella terwijl ze nieuwsgierig haar hals strekte. 'Laat eens zien! Of heeft iemand je een dooie kip gestuurd?'

Ik kreeg het beurtelings warm en koud. Als ik Ella de jurk liet zien, zou ze vast weten van wie hij afkomstig was. Of vergiste ik me misschien? Kwam hij niet van Laurent, maar van een andere man?

Ten slotte kwam ze achter me staan. 'Lieve help, wat is dat?'

Ik kon niet verhinderen dat ze hem vastpakte en uit de doos haalde. De stof van de jurk gleed als een waterval van haar handen omlaag, onder begeleiding van een uitroep van verwondering.

'Waanzinnig! Wat een droom van een jurk!

'Een droom die ik niet kan accepteren,' antwoordde ik, vastbesloten geen cadeaus van welke man dan ook aan te nemen.

'En of je hem kunt accepteren! Zo'n geschenk kun je niet afslaan.'

Ik wilde daar iets tegen inbrengen, maar Ella was me voor met haar vraag. 'Van wie is die jurk? Is er een afzender?'

'Nee, ik heb er geen kunnen ontdekken.'

'En heb je een vermoeden wie het zou kunnen zijn?'

Ik schudde mijn hoofd en drukte de kaart aan mijn borst. Dat had ik beter niet kunnen doen, want nu vroeg ze: 'Je hebt daar een kaart, nietwaar?'

Ik kon gewoon niet tegen haar liegen, dus ik knikte.

'Mag ik hem eens zien? Of staat er iets intiems op?'

Mijn wangen begonnen nog meer te gloeien dan eerst. Aarzelend gaf ik hem aan haar. Het kon toch echt niet veel kwaad, en wat er stond zou net zo goed afkomstig kunnen zijn van iemand die een grap met me uit wilde halen.

Ella bestudeerde de kaart, toen werden haar ogen groot. 'Nou, je hebt een heel bijzondere aanbidder,' zei ze geïmponeerd toen ze me de kaart teruggaf. 'En je hebt echt geen idee wie?'

Dat had ik beslist wel. Maar ik vroeg me af wat hij met die uitnodiging in zijn schild voerde. Meende hij het serieus met me? We hadden altijd dezelfde onbetekenende woorden gewisseld, afgezien van een uitnodiging om te dansen, waar mevrouw Kühnemann gelukkig een stokje voor had gestoken. En de laatste tijd was hij nauwelijks geweest.

'Ik weet het echt niet,' zei ik tegen Ella, want ik wilde het er niet meer over hebben. 'Maar als ik erachter kom, stuur ik hem terug.'

'Onzin!' riep mijn kamergenote ontzet uit. 'Je houdt hem! Misschien volgen er nog bloemen en bonbons. Die laatste delen we dan, toch?'

'Goed dan,' antwoordde ik, en ik bekeek de jurk nog even. Zulke stoffen hadden zelfs de beste stoffenhandelaren van Saigon niet aangeboden. Opeens kreeg ik een idee. Als ik hem niet zou dragen, kon ik hem misschien verkopen. Dat zou mijn doel, teruggaan naar Saigon, een stuk dichterbij brengen.

Die avond was ik volkomen in de war. Ik kon me slecht concentreren en droomde de hele tijd weg. Ik dacht aan de jurk en de betekenis ervan, de anonieme aanbidder en zijn verzoek. Als het echt Laurent was, kon ik dan zijn wens vervullen? Ik had de woorden van mevrouw Kühnemann nog in mijn hoofd. Ze zou het niet goedkeuren als ik me met een van de gasten inliet. Maar was er wel sprake van 'mezelf inlaten' als ik een gekregen jurk droeg? Verplichtte ik me dan tot iets?

Door mijn gepieker merkte ik helemaal niet hoe de mensen op onze uitdossing reageerden.

Ella leek enorm plezier te hebben, ze koketteerde met iedereen, ongeacht of het nou een man was of een vrouw, want die avond waren we allemaal mannen, en als mannen onder elkaar mocht je immers vrijuit spreken.

'Ha, het is heerlijk om een man te zijn!' riep ze uiteindelijk uit toen we de eerste golf gasten nakeken terwijl ze de trap naar de balzaal opliepen. 'En zoals je ziet, hebben de kletstantes tevergeefs hun bek opengetrokken. Ik weet zeker dat er vanavond nog meer gasten komen!'

En daarin zou Ella gelijk krijgen. Het liep werkelijk storm, en algauw zag ik niet meer wie een echte man was en wie een verklede. Het wemelde gewoon van de krijtstreeppakken en dassen, sommigen hadden zich wat opvallender in fluweel en brokaat gehuld. Er waren ook een paar vrouwen die het liever bij een jurk hadden gehouden – Ella vermoedde dat ze óf geen mannelijke kennissen hadden óf niet genoeg geld om een pak te huren. Maar niemand stoorde zich eraan.

Later op de avond glipten we weer naar boven en luisterden naar de muziek van de band. Het was een raar gezicht om gedaanten in pak met elkaar te zien dansen. Maar de gasten amuseerden zich geweldig, en Ella en ik eveneens – ook al stonden we alleen maar bij de deur.

Op een gegeven moment kwam Rudi ons gezelschap houden, en hij bracht wat lekkers uit de keuken mee.

'Jullie zouden eigenlijk daarbinnen moeten dansen, meissies,' grapte hij knipogend, want hij wist natuurlijk dat dat niet zou mogen.

'Ooit een keer, misschien,' antwoordde Ella, toen klemde ze zich weer tussen de deurspleet. 'Als we een rijke man hebben gevonden die ons mee uitneemt hiernaartoe.'

'Sla er dan een aan de haak, d'r loopt hier genoeg poen rond! Maar pas vandaag op dat je niet tegen een vrouw lacht!'

Daarop verdween hij weer. We bleven deze keer net zo lang tot de eerste gasten aanstalten maakten om weg te gaan. Toen glipten we lachend vlug naar beneden, en terwijl we de mensen hun jacks en jassen teruggaven, wierpen we elkaar samenzweerderige blikken toe.

Toen het op Ella's kalender eindelijk de vijfentwintigste werd, was ik één bonk zenuwen. Ik wist nog altijd niet wat ik zou doen. Stiekem hoopte ik dat het cadeau van Laurent afkomstig was, maar die had zich al zo lang niet meer laten zien. Van wie kon het dan wel zijn? Misschien toch van Tim? Ik zag hoe hij naar me keek, ook al durfde hij niets te zeggen.

'Hé, wat is er met jou?' vroeg Ella toen we ons op de vroege avond klaarmaakten om aan het werk te gaan. 'Je bent vandaag zo stil. Gaat het wel goed met je?'

Ik keek verward op. Ze had gelijk. Ik had de hele dag nauwelijks een woord gezegd. Mijn gedachten waren telkens weer naar de jurk en de ontmoeting met de onbekende aanbidder gegaan. Zou ik het wagen?

'Sta je te trillen op je benen vanwege vanavond?' voegde Ella er grijnzend aan toe. 'Je gaat toch naar die vent toe, of niet soms?'

'Ik weet het niet,' antwoordde ik. 'Ik denk eerder van niet.'

'Wat? Ben je dan niet nieuwsgierig?' Ella zette haar handen in haar zij, zoals altijd wanneer ze iets niet kon vatten.

'Ja, dat wel, maar misschien is het maar een stomme grap.'

'Een stomme grap?' Ella snoof. 'Met zo'n duur geval? Ik denk niet dat iemand zich zo een grap met je zou permitteren.'

'Misschien Tim,' giste ik. 'Die zou ik dat wel toevertrouwen.'

'Ach wat, zo veel lef heeft hij niet. En als hij er toch achter zit, stuur ik mevrouw de geheimraad op hem af.'

Bij die gedachte moest ik lachen. 'En hoe wil je dat voor elkaar krijgen?'

'Ik zou haar vertellen hoe Tim buiten de balzaal met haar dweept. Dan komt hij 's avonds niet meer van haar af. En je weet hoe dol hij erop is als dat mens zich aan hem vastklampt.'

Zijn geklaag over mevrouw de geheimraad kon ik me duidelijk voor de geest halen.

'Toch weet ik het niet. Zelfs als het Tim niet is, dan is het misschien iemand die ik niet zie zitten. Of iemand met oneerbare bedoelingen.'

Ella begon te proesten. 'Pardon, maar eerbare bedoelingen heeft geen enkele vent. Het gaat er altijd om wat je ermee doet! Maar ik wil je niets opdringen. Als je innerlijke stem zegt dat je het niet moet doen, dan doe je het toch gewoon niet. Omdat er geen afzender op staat, kan hij de jurk niet terugeisen. Je hebt hoe dan ook gewonnen.'

Terwijl de jassen en capes die avond door mijn handen gingen, bleef ik maar doorpiekeren en keek daarbij uit naar Laurent. Zelfs toen de laatkomers arriveerden, was hij nog niet verschenen. Zou dat betekenen dat hij niet kwam? Of dat hij vandaag niet eens op zoek was naar gezelschap omdat hij pas 's nachts zou komen?

En zo ja, was het dan misschien niet gevaarlijk hem heimelijk te ontmoeten? De stemmen en gezichten van de klanten in het Rode Huis kwamen boven, hun begerige handen en dwingende lippen...

Nee, zo is hij niet, hield ik mezelf voor. En hij zal zich ook zeker niet aan me opdringen als we alleen zijn.

Toch was ik misselijk van angst, zodat ik geen hap door mijn keel kon krijgen toen een van de keukenjongens ons iets te eten bracht.

'Je hebt anders erg weinig trek voor iemand die geen zin heeft in die ontmoeting,' zei Ella stekelig terwijl ze het braadstuk met smaak verorberde.

'Ik heb het warm,' antwoordde ik ontwijkend en ik schoof mijn bord naar haar toe, want ik wist dat Ella geen bezwaar had tegen een dubbele portie.

Tegen middernacht werd me duidelijk dat Laurent niet meer zou verschijnen. In elk geval niet op het bal. De gasten verlieten het danshuis, de nakomers uiteindelijk ook. Mevrouw Kühnemann vertoonde zich en stuurde ons met een tevreden glimlach naar bed.

Volkomen uitgeput gingen Ella en ik naar boven. Ze stelde me geen vragen meer, blijkbaar dacht ze dat ik de geheimzinnige onbekende niet zou gaan ontmoeten.

Maar terwijl zij binnen enkele minuten insliep, lag ik in het donker te staren.

Als de gebeurtenissen van de afgelopen jaren er niet waren geweest, zo vroeg ik me af, zou ik dan naar beneden zijn gegaan? En als het echt Laurent was, en hij eerbare bedoelingen had? Was het dan niet dom me die kans te laten ontglippen? Ik verkeerde in verwarring, ik kon geen wijs uit hem worden, en dat hij telkens andere vrouwen bij zich had vond ik allesbehalve fatsoenlijk, maar – ik was op hem gesteld! Ik was blij als hij kwam, bedroefd als hij vrouwelijk gezelschap meebracht en miste hem als hij niet kwam. Zoals vandaag.

Toen nam mijn hart het over van mijn lichaam. Mijn twijfel en angsten negerend stond ik op en haalde zo zachtjes mogelijk de doos met de jurk onder mijn bed vandaan.

Ik moest gewoon weten wie het was! Ik kon me immers in de struiken rondom het danshuis verstoppen en kijken of zich iemand vertoonde.

Het papier ritselde zachtjes toen ik de droom van zijde en strass eruit pakte. Het maanlicht liet de steentjes schitteren, een paar schenen op Ella's gezicht. Geschrokken liet ik de jurk op het bed vallen toen ze onrustig werd. Maar nog geen ogenblik later snurkte ze weer door. Toch leek het me beter me ergens anders om te kleden. Op mijn tenen sloop ik de kamer uit en begaf me naar beneden naar onze kleedkamer. Daarbij hield ik met kloppend hart mijn oren gespitst op geluiden in het huis. Eigenlijk was alles rustig, maar stel dat mevrouw Kühnemann nog aan haar bureau zat? Soms bleef ze heel lang op.

Maar niemand kwam me storen, en enkele minuten later sloop ik door de achteruitgang naar de binnenplaats. Daar stond niemand te wachten. Er waren alleen maar een paar stoelen en een slinger met lampions die niet aan waren.

Terwijl ik om me heen keek, moest ik weer denken aan de nacht waarin ik met Thanh naar de tempel was gegaan. Dat leek een eeuwigheid geleden.

Toen kwam er een verontrustende gedachte bij me op: misschien haalde Tim toch een grap met me uit. Misschien sprong hij zo ineens uit de struiken, lachte me uit en vroeg wie ik dan had verwacht.

Maar toen mijn vingers over de stof streken, zei dat me hetzelfde als eerst: die jurk was te duur voor een gigolo, die kon zich zoiets niet veroorloven.

Toch bleef de twijfel. Bovendien was het een stuk frisser geworden. Algauw stond ik te rillen. Waarom deed ik dit mezelf aan? Opeens vond ik mezelf vreselijk dom.

'Je bent dus gekomen, dat had ik niet verwacht.'

De stem klonk bijzonder vertrouwd. Ik draaide me vlug om. Laurent droeg een avondkostuum, maar had zijn das losgemaakt.

Blijkbaar was hij naar een ander danshuis geweest.

En wat nog belangrijker was: hij was de man die me de jurk had gestuurd.

'Monsieur Laurent,' bracht ik met moeite uit, maar hoewel ik opgelucht was tegenover hem te staan, werd ik niet rustiger.

'Ja, ik ben het. En ik ben dolblij dat je nog hart hebt voor avontuur.'

Ik sloeg mijn ogen neer. Zelfs met zijn das los en na een lange dansavond zag hij er nog ontzettend goed uit. En dat maakte me zeer nerveus.

'Ik... ik was nieuwsgierig.'

'En had geen idee van wie het cadeau kwam?' Laurent schudde zijn hoofd. 'Je stelt me teleur.'

'Ik had een vermoeden,' antwoordde ik vlug. 'Maar het had net zo goed een grap van een van onze beroepsdansers kunnen zijn.'

'Bedoel je dat die een oogje op je hebben?' Laurent nam me van top tot teen op.

'Nee, dat niet, maar ze veroorloven zich af en toe grappen tegenover ons. Daar kan Ella over meepraten.'

'Dat stelt me gerust.' Hij kwam dichterbij en hield daarbij geen seconde zijn ogen van me af. Telkens als ik opkeek, keek ik hem recht in de ogen. Op slechts een armlengte van me vandaan bleef hij staan. Dat leek mij te dichtbij, maar ik kon ook niet achteruitdeinzen. Wat zou er gaan gebeuren?

'Je bent een heel mooi meisje, Hanna,' zei hij toen. Zijn stem trilde een beetje. De man die nooit de indruk wekte dat iets hem uit het evenwicht kon brengen, leek ineens verlegen.

'De jurk is heel mooi,' antwoordde ik, nog erger verlegen dan hij. 'Heel erg bedankt, dat was niet nodig geweest.'

'Jawel, het was absoluut nodig,' wierp hij tegen.

'Maar hij was vast heel duur.'

'Een zacht prijsje om jou zo te kunnen zien. Ik wist dat er meer in je zit dan een grijs muisje achter de garderobe, dat je meer bent dan...'

Terwijl ik me afvroeg wat hij daarmee bedoelde, voegde hij

eraan toe: 'Ik... ik heb een vriend... Hij is fotograaf...'

'Bedankt, maar ik denk niet dat ik kennis met hem wil maken,' antwoordde ik, zonder te weten waar hij eigenlijk heen wilde.

Hij glimlachte, lachte toen onzeker, ademde diep uit alsof hij zijn adem had ingehouden. 'Je moet niet denken dat ik je aan die vriend wil koppelen. Het is alleen... hij maakt foto's voor diverse modetijdschriften. Toen ik je voor het eerst zag, dacht ik meteen dat je misschien iets voor die tijdschriften was. Je bent rank en slank en heel mooi. Probeer het gewoon eens. Het zou behoorlijk wat geld kunnen opleveren.'

Het aanbod klonk heel aardig, toch voelde ik me onbehaaglijk. Maar het zou niet verkeerd zijn om naast het loon dat mevrouw Kühnemann me betaalde iets bij te verdienen. Hoe sneller ik het geld voor de bootreis bij elkaar had gespaard, hoe eerder ik terug kon gaan en Thanh zoeken.

'Zijn naam is Henning Vilnius,' vervolgde hij. 'Hij heeft zijn atelier in de Torstraße. Hier.' Hij haalde een papiertje uit zijn zak, dat een visitekaartje bleek te zijn. Daar stond het volledige adres van de fotograaf op. 'Alsjeblieft, en als je daar bent, zeg dan dat ik je gestuurd heb. Begrepen?'

Ik knikte en wierp een blik op het kaartje, toen liet ik het in mijn mouw verdwijnen. 'Bedankt, ik zal erover nadenken.'

'Nu, dan komen we eindelijk aan het gezellige deel van de avond.' Laurent keek even naar me, daarna zette hij zijn armen in zijn zij in de houding die ik de dansers had zien aannemen. 'Mag ik deze dans van je?'

'Maar er is toch geen muziek.' Ik had nee kunnen zeggen, maar daarvoor ontbrak me de kracht. Laurent had zo vriendelijk met me gepraat, en van zijn blikken kreeg ik duizenden vlinders in mijn buik. Ik kon hem niet afwijzen.

Maar ik kon evenmin dansen. 'En mijn danskunst is niet beter geworden.'

'Dat hoeft allebei geen belemmering te zijn. De muziek denken we ons in en als je wilt, leer ik je graag een paar danspassen.'

Ik keek naar het danshuis, waar de kelners nog steeds druk in de weer waren. Ik had zijn verzoek kunnen afwijzen en het huis weer in kunnen gaan om me om te kleden en hem de jurk terug te geven. Maar dat wilde ik niet. Op dat moment verlangde ik ernaar hem aan te raken, zijn warmte te voelen en met hem over het gras te zweven. Ik stapte dichter naar hem toe en stak ook mijn armen omhoog, nogal onbeholpen en houterig, maar dat scheen voor hem niets uit te maken. Hij kwam naar me toe, pakte mijn handen en plaatste ze op zijn schouders zoals het hoorde bij het dansen. Toen pakte hij mijn ene hand, heel voorzichtig, alsof hij bang was hem fijn te knijpen, zijn andere hand legde hij zo licht op mijn schouder dat ik hem nauwelijks voelde.

'Een wals is wel goed om mee te beginnen, nietwaar? Dat is niet bijzonder snel of modern, maar daarmee heb ik leren dansen.'

Hij legde me de volgorde van de passen uit, begon toen een melodie te neuriën en kwam in beweging. Hoewel de pas niet snel was, kwam hij voor mij onverwachts, en ik struikelde. Maar hij ving me goed op en ging toen verder.

'En een, twee, drie, een, twee, drie,' telde hij en hij negeerde geduldig mijn gestuntel tot ik eindelijk de slag te pakken meende te hebben. De druk van zijn hand werd wat steviger, opdat ik niet viel, maar hoe zekerder ik me voelde, des te lichter werden zijn handen weer. En uiteindelijk meende ik werkelijk te zweven.

'Je bent een natuurtalent!' riep Laurent geestdriftig uit, toen begon hij weer de walsmelodie te neuriën en danste wat sneller.

Een ogenblik vergat ik alles om me heen. Zelfs mijn verleden verdween naar de achtergrond. Voor mij bestonden alleen Laurent, de sterren boven ons en de betoverde tuin waarin anders thé dansants werden gehouden.

Maar vlak voor ik helemaal vergat wie ik was, kwam ik weer bij mijn verstand, en ik maakte me van hem los.

'Wat is er?' vroeg hij verwonderd. 'Heb ik misschien op je voet getrapt? Zo ja, dan spijt het me.'

Ik schudde mijn hoofd en worstelde met de woorden. Ik had niets liever gedaan dan de hele nacht met hem dansen – ook al kon ik het nog steeds niet. Maar in het danshuis hadden ze vast al gemerkt dat ik er niet was.

‘Ik… ik moet weer naar binnen. Ze…’

‘Blijf alsjeblieft nog een poosje!’ antwoordde Laurent. ‘Je kunt me toch niet gewoon net zo laten staan als Assepoester haar prins.’

‘Assepoester?’ Dat sprookje kende ik niet. Maar het Rode Huis was niet de plaats geweest om sprookjes te vertellen. En ook Ella hield zich niet erg bezig met verhalen, die maakte de dingen liever mee.

Laurent stak zijn handen in zijn zak en glimlachte naar me. ‘Wil je zeggen dat je dat niet kent!’

Ik schudde mijn hoofd.

‘Dan moet ik het je vertellen – de volgende keer dat we elkaar zien.’

‘Maar…’ Had ik dat goed gehoord? Gebeurde dit echt?

‘Of is het je niet bevallen?’

‘Jawel, ik bedoel, we hebben toch alleen maar…’ Ik kreeg geen adem meer. Hij wilde me terugzien! Natuurlijk zou dat ook gebeuren als hij weer naar het danshuis kwam, maar met zijn vraag had hij beslist een ander soort ontmoeting voor ogen.

‘Hoe staat het met uw damesgezelschap? Daar kunt u zich toch niet aan onttrekken.’

Laurents glimlach verdween, zijn gezichtsuitdrukking werd nu bijna weemoedig.

‘Het is me vandaag toch ook gelukt, nietwaar? Bovendien… Niet elk mens is wat hij schijnt te zijn. Berlijn is een stad vol toneelspelers. Heel veel mensen willen meer lijken dan ze zijn. Denk je echt dat iedereen die hier in schitterende kleding verschijnt rijk is? Velen van hen hebben precies één uitgaanskostuum, en dat is het kostuum dat ze in het danshuis dragen. Ze feesten hier, vergeten de tijd en geven geld uit – om daarna terug te gaan naar een donkere huurwoning.’

‘En wat heeft dat met uw gezelschap te maken?’ vroeg ik, want hij had mijn vraag niet beantwoord.

‘Iemand als ik… Men verwacht van mij nu eenmaal dat ik met wisselend gezelschap afspreek, dat maakt deel uit van mijn maskerade, waarmee ik de mensen in de stad vermaak. Maar als de vertoning voorbij is, breng ik de meisjes weer naar huis, geef ze een kus en haal de volgende dag andere op.'

'En hoe zit het met die brunette? Sophie heette ze toch?' Ik had niet het recht dat te vragen, en schaamde me er meteen voor. Mijn hart had gesproken, niet mijn verstand. 'U hebt haar toen meegebracht en bent daarna heel lang niet meer in het danshuis geweest. Ella had al het vermoeden dat u zich had gebonden...'

'Ja, ze heette Sophie,' erkende Laurent, en hij sloeg zijn ogen neer. 'En ik dacht me aan haar te kunnen binden. Maar helaas kwam ik erachter wat voor iemand ze eigenlijk was. Als je slechts één keer met een vrouw uitgaat, kun je de illusie bewaren dat ze geweldig is, maar als je haar vaker ziet, beginnen de gebreken je op te vallen.' Hij keek me aan, en hoewel zijn ogen licht geloken waren, scheen zijn blik in mijn huid te branden. 'Eerlijk gezegd heeft haar gedrag jegens jou me te denken gegeven,' bekende hij toen. 'Ze gedroeg zich echt onmogelijk en ik verwijt mezelf nog steeds dat ik haar toen niet krachtiger terecht heb gewezen.'

Ik schudde mijn hoofd. 'Ach, dat was niet zo erg, ik ben eraan gewend dat sommige mensen denken dat we wilden zijn.'

'Maar we leven niet meer in de middeleeuwen. Als beschaafde mensen behoren we elkaar te respecteren, waar we ook vandaan komen. Niemand kan zijn afkomst kiezen, die wordt door God bepaald.'

Hij pakte mijn hand. 'Je bent een mooie vrouw en verdient alle geluk in de wereld en geen beschimpingen. Ik beloof dat ik nooit meer zal toelaten dat iemand je beledigt.'

Op dat moment vroeg ik me niet af hoe hij dat voor elkaar wilde krijgen – hij was immers niet voortdurend bij mij – maar ik genoot gewoon van het gevoel gerespecteerd te worden.

'Dus, wat denk je? Bestaat er een kans dat we elkaar weerzien? Ik zou heel graag alles over jou en je thuisland te weten komen. Saigon moet prachtig zijn.'

Ik knikte. 'Ja, dat is het. En we zullen elkaar zeker weerzien. Tenzij u van uitgaansgelegenheid verandert.'

'Ik bedoelde eerder buiten het danshuis.'

Ik was blij dat mijn vermoeden juist was geweest. Toch bekroop me de twijfel. Meende hij het echt serieus? Of had hij bijgedachten?

Bovendien, hoe kon ik het voor Ella en mevrouw Kühnemann verborgen houden? Ella had zelf een oogje op Laurent, en onze bazin wilde niet dat de gasten haar meisjes benaderden.

'Dat ook,' hoorde ik desondanks mezelf zeggen, en ik sloeg mijn ogen neer. Ik wilde niet dat hij zag wat er precies in me omging.

'Daar ben ik heel blij om,' antwoordde hij met een lichte buiging, hij kuste mijn hand en liet hem toen weer los. 'En denk aan mijn vriend. Hij zal graag kennis met je willen maken.'

Daarop draaide hij zich om en slenterde de tuin door in de richting van de straat.

Toen ik in het huis terugkwam, voelde ik me eigenaardig licht. Voelde het zo als je verliefd was? In elk geval was ik gelukkig, en op dat moment dacht ik helemaal niet meer aan mijn ervaringen met de mannen in het Rode Huis.

Maar algauw belandde ik weer met beide benen op de grond. Ik moest uit mijn jurk en in bed zien te komen zonder dat Ella het merkte. Ik glipte dus vlug de kamer met de kostuums in waar ik mijn spullen had gelaten en kleedde me om. Met de jurk onder mijn arm sloop ik naar onze kamer.

Toen Ella zich in bed omdraaide, bleef ik verschrikt staan. Maar ze kreunde alleen maar en snurkte daarna weer door. Snel borg ik de jurk weer weg onder mijn bed, kleedde me uit en ging liggen.

Maar slapen kon ik niet. Mijn hele lijf kriebelde. En we hadden elkaar nog niet eens gekust! Telkens weer beleefde ik in gedachten hoe we hadden gedanst. Aan die beelden gaf ik me net zo lang over tot de slaap me in zijn armen nam en zijn droomdans met mij begon.

14

‘Lieve hemel, hoe is het mogelijk!’ Hanna bleef staan en keek gefascineerd naar een oud huis met een klein balkon dat uit de negentiende eeuw moest stammen.

De oorlog en de tijd hadden het huis zijn gevel laten behouden, het schilderwerk was nieuw.

In het souterrain bevond zich een fotoatelier, boven hielden woningen zich schuil achter de met mooie gordijnen gedecoreerde ramen.

‘Wat is er met dat huis?’ vroeg Melanie terwijl ze in haar gedachten uit de wilde jaren twintig probeerde terug te keren.

‘Ik dacht dat het de oorlog niet zou hebben overleefd, maar het staat er nog,’ antwoordde Hanna, en terwijl ze naar de ramen boven tuurde, verklaarde ze enigszins waarom ze zo keek.

‘Daarboven... daar woonde hij.’

‘Laurent?’

Hanna knikte. ‘Ja. Hij had daar een kamer bij zijn vriend. Toen zat er al een fotostudio.’

Melanie las op de ruit: FOTOSTUDIO HERMANN, OPENINGSTIJDEN 9.00-18.00 UUR.

‘Van de man naar wie Laurent u toe wilde sturen?’ vroeg ze toen.

Hanna knikte. ‘Ja, die. En je kunt je vast indenken dat ik het aanbod heb geaccepteerd. Niet zonder tweestrijd, maar ik ben er echt heen gegaan.’

Het klingelen van de deurbel onderbrak hen. Een jonge vrouw

kwam naar hen toe. Ze had kort, roodgeverfd haar. Onder haar wijde sweatshirt verdween het silhouet van haar bovenlichaam volkomen, maar in haar strakke spijkerbroek staken slanke benen. Aan haar linkeroor bungelde een grote oorring, terwijl de rand van haar andere oor met zilveren bolletjes was gedecoreerd. Haar ogen glansden grijsblauw in de kleur van de lucht boven hen.

'Kan ik iets voor u doen?' Haar blik zwierf van Melanie naar Hanna. Blijkbaar had ze gemerkt dat de twee vrouwen ongewoon lang voor het huis stonden. 'Bent u misschien in het huis geïnteresseerd?'

'Nee, we waren wat aan het wandelen en zagen toen het huis,' antwoordde Melanie, en Hanna voegde eraan toe: 'Ik was verrast dat het huis er nog is, ik ken het van vroeger.'

De blik van de jonge vrouw leek te willen schatten hoe lang geleden dat 'vroeger' was.

'Het is al een eeuwigheid geleden,' was Hanna haar voor. 'Toen was hier ook al een fotozaak.'

De jonge vrouw knikte. 'Ja, ik heb hem van mijn grootvader overgenomen. En die weer van zijn vader. Fotograferen zit onze familie in de genen.' Ze lachte en kruiste haar armen over haar borst. Een ijzige voorjaarswind waaide door de straat.

Hanna keek naar Melanie. Die knikte haar bemoedigend toe.

'Was je overgrootvader soms Henning Vilnius, de modefotograaf?' vroeg Hanna toen.

De wenkbrauwen van de jonge vrouw schoten omhoog.

'Ja, dat was hij! Hoe weet u dat hij modefotograaf was?'

'Hij heeft me gefotografeerd. In mijn jonge jaren.'

'Echt?' Even keek de jonge vrouw verrast op, toen begon ze breed te glimlachen, en ze stak hun allebei haar hand toe. 'Ik ben Nicole Simon. De naam Vilnius is nog tot mijn moeder behouden gebleven, toen is ze getrouwd, en daarmee was het afgelopen. Maar dat wilt u vast niet weten.'

Hanna lachte hartelijk. 'Elke geschiedenis is het vertellen waard. Ik ben Hanna de Vallière, en dit is mijn achterkleindochter Melanie Sommer.'

'Wilt u niet binnenkomen en een kop thee met me drinken?' vroeg de vrouw toen. 'Er is net een afspraak afgezegd, en blijkbaar is niemand gebrand op pasfoto's. Bovendien ontmoet je niet elke dag mensen die je overgrootvader nog gekend hebben.'

'Als we je niet tot last zijn,' antwoordde Hanna.

'Niet in het minst!' De vrouw gaf met een uitnodigend gebaar te kennen dat ze binnen konden komen.

Hanna keek even naar Melanie, toen liep ze voorzichtig de treden af. Melanie volgde.

Het huis mocht er vanbuiten nog altijd uitzien als het huis dat haar overgrootmoeder had gekend, binnen was er de afgelopen jaren veel veranderd. De inrichting was heel modern. In een glazen vitrine stonden kunstig gedecoreerde lijsten uitgestald, en overal hingen foto's met lachende bruidsparen, vrouwen en kinderen. Het waren portretten zoals je die met Kerstmis of op een verjaardag cadeau geeft.

De jonge vrouw bracht hen langs een donkere hoek die voor het maken van foto's bestemd was door een gang waarin op rekken diverse rekwisieten waren opgestapeld. Melanie herkende de sneeuwwitte vacht waarop een van de baby's gefotografeerd was.

Aan het einde van de gang bevond zich een keukentje. De deur ertegenover, met het opschrift LAB was dicht. De keuken was smal, behalve een aanrecht en een kooktoestel stond er een tafeltje met twee witte stoelen.

De jonge vrouw zette de waterkoker aan en pakte drie kopjes uit de kast.

'Willen jullie liever groene thee of vruchtenthee?

'Dat laat ik helemaal aan jou over.'

De fotografe haalde drie theezakjes uit hun verpakking en hing ze in de kopjes. 'Mijn overgrootvader is bij ons zo ongeveer een legende. Hij is maar liefst negenennegentig geworden en gewoon in zijn slaap weggegleden. Dat was afgelopen jaar. Tot dat moment ontwikkelde hij zo nu en dan nog altijd foto's in het laboratorium.'

Melanie keek naar Hanna en zag in haar ogen dat ze het betreurde dat Henning dood was.

'Had hij er vrede mee dat de zaak gemoderniseerd werd?' vroeg ze, want haar overgrootmoeder gaf zich even over aan haar gedachten.

'Ja, ik denk het wel. Hij heeft altijd aangedrongen op het aanschaffen van nieuwe spullen. Soms kon je gewoon niet geloven dat hij al zo lang op de wereld rondliep.' Er gleed een bedroefd glimlachje over haar gezicht. 'Ik mis hem heel erg. Hij mopperde er wel eens over dat hij maar één achterkleindochter had, maar daarom was hij des te meer op mij gesteld. En het was net een tijdreis om naar hem te kijken, zoals hij de oude camera's in stand hield en er ook nog opnamen mee maakte. Bij alle vooruitgang die hij hier wilde, bleef hij trouw aan wat hij vroeger had geleerd.'

Hanna glimlachte nu ook. 'Ja, Henning was toen al heel vooruitstrevend. En ik kan begrijpen dat hij aan het verleden gehecht was. Vanaf zekere leeftijd tel je de parels die zich aan de levensketting rijgen.'

'In wat voor relatie stond u tot hem?'

'Uw overgrootvader en ik hadden een gemeenschappelijke vriend. Die heeft me in het atelier uitgenodigd, om me te laten fotograferen. Destijds was ik net negentien.'

Hanna glimlachte stilletjes. Het leek alsof ze zich de dag waarop de foto was gemaakt nog heel goed kon herinneren. Ineens leek de fotografe iets te binnen te schieten.

'Overgrootvader heeft veel van zijn oude fotografische platen en eerste fotoafdrukken bewaard. Als u weet in welk jaar hij u heeft gefotografeerd, kan ik het wel even nakijken.'

Op dat moment begon de waterkoker luid te borrelen, en even later schakelde hij zichzelf uit.

'1927,' antwoordde Hanna. 'Denk je echt dat hij die foto's ook heeft bewaard?'

'Waarom niet,' antwoordde Nicole opgewekt. 'Hij was erg op zijn foto's gesteld.' De fotografe stond op en goot het water in de kopjes. Toen verdween ze in haar atelier.

'Een aardig meisje, nietwaar?' wendde Hanna zich tot Melanie toen de fotografe verdwenen was. 'En ze heeft Hennings ogen geërfd. Het is mooi te zien dat er iets van hem is overgebleven.'

'Wist u dan wat er met hem is gebeurd?'

Hanna schudde haar hoofd, 'Nee, nadat ik uit Berlijn ben weggegaan, ben ik hem uit het oog verloren. Blijkbaar heeft hij een vrouw gevonden en kinderen op de wereld gezet. Dat had ik niet echt van hem verwacht, want hij leek met de camera getrouwd te zijn. Maar zoals je ziet, past er op elk potje een deksel.'

'U bent hier dus echt geweest.' Melanie kon niet wachten tot Hanna verder ging met haar verhaal.

'Jazeker.'

15

BERLIJN 1927

Ik wist niet zeker of ik het wel moest doen. Toch begaf ik me naar het adres dat Laurent me had gegeven. Daarbij had ik niet in mijn achterhoofd beroemd te worden als fotomodel, alleen het geld trok me. Hoeveel je voor een foto kreeg wist ik niet, maar Laurent had geklonken alsof het de moeite waard was. En ik kon elke pfennig gebruiken.

Natuurlijk was ik erg opgewonden, want ik had geen idee wat me te wachten stond. Met ijskoude handen en trillende knieën wandelde ik door de Torstraße. Tegen Ella had ik gezegd dat ik even naar het warenhuis wilde om naaigaren te kopen. Dat had ik nog, maar mijn kamergenote interesseerde zich niet bijzonder voor de inhoud van mijn naaikistje.

Dat ik tegen haar loog, bezorgde me heel wat meer hoofdbrekens. Als ze erachter kwam dat ik in mijn eentje naar de fotostudio was gegaan, zou ze me verwijten dat ik niet aan haar gedacht had. En waarschijnlijk zou ze dan voor eeuwig boos op me zijn.

Toen ik ten slotte voor het huis stond, wist ik dat Laurent werkelijk betrouwbaar was. Het was geen valstrik, maar echt een fotostudio. In de etalage hing een met bloemen gedecoreerd bordje waarop stond: HENNING VILNIUS, FOTOGRAAF.

Daarnaast hingen en stonden talloze opnamen van bruidsparen, kinderen of respectabele heren in ouderwets aandoende kostuums.

Ineens moest ik weer aan Thanh denken. In Saigon waren we een keer in een fotostudio geweest. Eigenlijk hadden we onze neus tegen de etalageruit platgedrukt, maar toen had de fotograaf, een Fransman, ons binnen genood en gevraagd of we misschien een opname van onszelf wilden laten maken. Hij zag in ons een 'goed onderwerp' en toen we onze schroom hadden overwonnen, stemden we toe. De foto die de fotograaf ons een paar dagen later cadeau deed, had ik niet meegenomen op onze vlucht maar voor mijn moeder achtergelaten. Dat betreurde ik op dat moment, want anders had ik Thanh altijd bij me gehad.

Ik aarzelde nog even, maar toen vatte ik moed. Het maakte niet uit wat de fotograaf zou zeggen, en als hij me wegstuurde, zou ik niets verliezen. Dan zou ik weer gewoon aan het werk gaan, niemand iets vertellen en de hele zaak uiteindelijk vergeten.

Ik liep dus de twee treden naar de deur af en stapte onder het geklingel van de deurbel naar binnen.

Het geluid van de bel stierf weg; de man die even later verscheen was naar schatting begin twintig. Hij had blond, gepommadeerd haar met een scheiding. Overhemd, vest en das waren netjes en schoon, zijn knickerbocker sloot strak aan op zijn kniekousen.

'Wat wenst u, beste dame?' vroeg hij, en ik voelde me nogal bijzonder omdat iemand me dame noemde. Zelfs Laurent had dat tot nog toe niet gedaan.

'Eh... Laurent heeft me gestuurd, ik... ik ben Hanna.'

De jonge man stak zijn handen in de lucht. 'Bent u dat! Laurent heeft me over u verteld, maar totaal verzwegen hoe u eruitziet. Die ouwe schurk!'

Ik werd onzeker. Was hij misschien teleurgesteld over mijn uiterlijk?

'Als het u niet naar de zin is, ga ik weer weg,' zei ik, maar Vilnius hield me tegen.

'Nee, het is me zeker naar de zin, ik zou soms alleen wensen dat Laurent wat preciezer was met zijn informatie. Maar zand erover. Ik ben Henning Vilnius. U komt uit Indochina, nietwaar?'

Ik knikte. 'Uit Saigon.'

'Saigon!' herhaalde de jonge man en stak theatraal zijn handen omhoog. 'Daar moet het heerlijk zijn! Waardoor bent u in zo'n triest grauw oord terechtgekomen terwijl u het paradijs voor de deur had?'

'Soms is het paradijs niet echt een paradijs,' antwoordde ik, in de hoop dat hij daarmee tevreden zou zijn.

'Ik mag het wel als vrouwen iets raadselachtigs over zich hebben,' zei hij besmuikt.

Laurents vriend bracht me achter het gordijn, waar diverse lampen en een statief stonden opgesteld. Langs de muur stonden een paar kisten. Ik nam aan dat daar rekwisieten in zaten, waarmee fotografen de mensen graag omringen om de foto er levendiger uit te laten zien. Opzij stond een kledingrek. De kleren daaraan schitterden in felle kleuren of glinsterden als de sterrenhemel. Daarnaast waren er ook boa's met veren, lappen en hoofdtooien.

'We zullen eens kijken,' zei Henning Vilnius en hij liep naar het kledingrek. 'Met uw uiterlijk bent u meer iemand voor avondmode. Momentje...' Hij schoof de ene jurk na de andere naar achteren, pakte er een en haalde hem samen met het hangertje tussen de andere vandaan. Ik schrok toen ik zag dat hij rood was. Rode zijde of satijn, strak, met een diep decolleté.

Ik verstijfde. Opeens zag ik weer Ariana voor me, hoe ze me de rode jurk gaf waarin ik geveild was.

Mijn maag kromp ineen toen hij zich omdraaide en hem me aangaf. 'Trek deze maar aan. Daarachter is een kamerscherm.'

Ik aarzelde.

'Hebt u niet iets anders?' vroeg ik angstig terwijl het hart me in de keel klopte.

'Maar waarom dan?' vroeg de fotograaf. 'Ik vind dat rood u heel goed staat. Bovendien is het een van de nieuwste modellen die ik heb gekregen. En hij zal ook niet lang hier blijven, morgen komt de bode hem weer afhalen.'

Ik was bijna in tranen toen Henning Vilnius ongeduldig snoof. 'Goed, dan niet.' Hij hing de jurk terug aan het rek. Ik wist zeker dat hij me nu weg zou sturen. En dat vond ik wel best, want wat wilde ik hier eigenlijk? Ik hoefde geen foto voor een modetijdschrift! Ik had mijn baan in het danshuis, ik had Ella en ik had het geheim dat ik met Laurent in de tuin van het danshuis had gedanst. Dat was meer dan ik een paar maanden geleden had durven hopen!

'Dan... kan ik maar beter gaan,' begon ik en ik draaide me al om om te vertrekken.

'Hier blijven!' riep Vilnius me boos achterna. 'Denkt u dan dat u zonder foto wegkomt? Ik heb nog meer jurken, en de volgende die ik uitzoek trekt u aan! Ik beloof dat we er geen van beiden spijt van zullen hebben. Een schoonheid als u is kieskeurig, nietwaar?'

Geïntimideerd bleef ik staan, maar keek naar de deur, in tweestrijd verkerend. Die man had me eigenlijk helemaal niets te bevelen, maar ik wilde niet dat Laurent boos op me zou worden omdat ik zijn vriend kwaad had gemaakt.

De fotograaf liep haastig naar het kledingrek, schoof de ene hanger na de andere naar achteren en controleerde de labels die eraan hingen. Uiteindelijk vond hij iets.

'Hier, is dit wat? De andere zijn middagjaponnen, en de beste daarvan heb ik al gefotografeerd.'

Hij hield me een crèmekleurige jurk met lange, glinsterende franje voor. 'Dat zal ook gaan. Of hebt u ook iets tegen deze jurk?'

'Nee, natuurlijk niet,' antwoordde ik vlug en ik pakte hem uit zijn hand.

'Goed, kleed u dan maar achter het kamerscherm om. Ik zal me intussen met de belichting bezighouden.'

Hoewel je absoluut niet door het kamerscherm heen kon kijken, glipte ik enigszins benauwd uit mijn kleren. De avondjurk voelde koel en glad aan op mijn huid. Hij was nog veel mooier dan de jurk die ik van Laurent had gekregen.

Toen ik achter het kamerscherm vandaan kwam, keek ik naar mijn voeten. De schoenen waarin ze staken, pasten er helemaal niet bij. Dat constateerde Henning ook, en even later stond ik op crèmekleurige sandaaltjes met een klein hakje voor hem. Vilnius liet me mijn haar kammen en gaf me uit een rekwisietenkist een hoofdtooi aan. Toen zette hij me neer voor het gordijn, waarop hij enkele schijnwerpers had gericht.

Die middag leerde ik hoelang het kon duren voor een man als Henning Vilnius tevreden was. Telkens weer zat hij aan me te trekken, schoof voorzichtig een schouder naar achteren, duwde mijn kin naar voren, een arm naar achteren. Ik leek wel een etalagepop in het warenhuis, en na een tijdje dacht ik al mijn spieren verrekt te hebben.

Maar op een gegeven moment leek hij tevreden te zijn.

'Uitstekend, het staat er allemaal op!' verkondigde hij en hij zette een paar schijnwerpers uit. 'Wacht even, ik haal uw gage. Omdat u zo goed hebt meegewerkt, betaal ik u vijftig mark.'

Ik durfde nauwelijks meer adem te halen. Vijftig mark! Daarvoor moest ik in het danshuis meer dan twee weken jassen ophangen!

'Je doet het bijna als een beroeps!' klonk er een andere stem waarvan ik bijna omviel. Ik keek opzij. Hoelang had Laurent daar al naar ons staan kijken? Ik kreeg het warm en ineens had ik het gevoel dat de jurk die ik droeg doorzichtig was.

'Is ze niet mooi?' wendde Laurent zich tot Vilnius, die bezig was bankbiljetten in een envelop te stoppen. 'Vooruit, geef toe dat ik een goede keuze heb gemaakt.'

'Ja, ze is echt mooi. Maar blijkbaar is ze allergisch voor rood. Ze heeft zich tegen het dragen van de zijden jurk verzet, die haar schitterend zou hebben gestaan.' Hij trok zijn wenkbrauwen op en keek me toen recht aan.

'Als u carrière in de modebranche wilt maken, moet u eraan wennen te dragen wat men u voor de neus houdt. Ook al is het een bierton!'

Tegen een bierton zou ik ook geen bezwaar hebben gehad, maar wel tegen de rode jurk.

Wat had ik op dat moment graag willen kunnen verklaren waar die aversie vandaan kwam. Maar niemand mocht van mijn verleden weten.

‘Klopt dat? Hou je niet van de kleur rood?’

‘Wel van de kleur, maar de jurk...’

Vilnius snoof. ‘Tss, ik ken vrouwen die er een moord voor zouden doen om die zijden jurk te mogen dragen. Zeg mij eens hoe ik een ander die jurk kan laten aantrekken, terwijl ik me u daar zo goed in kan voorstellen!’

‘Het spijt me, maar ik... ik kan hem niet dragen.’

Laurent begon te lachen. ‘Tja, zo zijn vrouwen. En deze mademoiselle hier heeft blijkbaar echte diva-allures! Blijf alsjeblieft zoals je bent, en trek niet elk vod aan. Je zult zien, als je kieskeurig bent, zal men daar vroeg of laat rekening mee gaan houden.’

‘Of u er vierkant uitgooien,’ voegde Vilnius eraan toe.

‘Ach wat, niemand die bij zijn verstand is gooit zo’n schoonheid eruit!’

Zo langzamerhand begonnen Laurents vleierijen me wat te veel te worden. Ik wenste dat ik de jurk uit kon trekken en keek hulpzoekend naar Vilnius, die aan zijn camera zat te prutsen.

‘Kan ik... me weer omkleden?’ vroeg ik slecht op mijn gemak. Mijn hart bonsde en ik wist niet of dat aan mijn verlegenheid lag of aan het feit dat Laurent me nauwelijks uit het oog verloor.

‘Natuurlijk kan dat! Maar pas op dat er niets scheurt!’

Dat beloofde ik en ik verdween achter het kamerscherm. Daar deed ik mijn ogen dicht en haalde diep adem. Ik was al bijna geneigd te denken dat ik er verkeerd aan had gedaan hiernaartoe te gaan. Maar tegelijkertijd voelde het niet fout aan. Afgezien van de eigenaardige houding en het sigarettenpijpje had ik er plezier in gehad. En om eerlijk te zijn mocht ik de manier van doen van de fotograaf. Hij leek wat onbehouwen te zijn, maar desondanks was hij vriendelijk.

Terwijl ik me uit de jurk pelde hoorde ik de twee mannen met elkaar praten, maar ik deed geen moeite om te verstaan waar ze het precies over hadden.

Toen ik weer achter het kamerscherm vandaan kwam, vond ik mezelf ineens verre van perfect. In vergelijking met de japon die ik aan Vilnius teruggaf, was de jurk die ik aanhad grof en armoedig.

'Heel erg bedankt dat u me niet hebt weggestuurd,' zei ik en ik probeerde niet op Laurent te letten, hoewel zijn aanwezigheid duidelijk merkbaar was.

'Al goed. Misschien heeft een van Laurents huidige dames er belangstelling voor hem te dragen. Je gaat vanavond toch naar het danshuis, of niet soms?'

Toen ik Laurent aankeek, wekte hij een enigszins verlegen indruk. En ik... ik voelde opeens... jaloezie. In elk geval dacht ik dat het jaloezie was wat ik voelde bij de gedachte dat hij ook andere meisjes langs kon sturen om zich te laten fotograferen. Dat gevoel leek op het gevoel dat ik had als hij met twee nieuwe dames in het danshuis kwam en zijn mantel afgaf.

'We zullen eens zien of ik vandaag geluk heb,' antwoordde hij ontwijkend, maar ik wist zeker dat er vanavond weer twee vrouwen aan zijn armen zouden hangen. En dat vond ik heel teleurstellend. Maar waarom? Ik was maar een garderobejuffrouw, en ik zou dwaas zijn als ik geloofde dat hij belangstelling voor me had. Het dansen en wat hij me verteld had, waren vast niet meer dan een spelletje voor hem.

'Ik kan nu maar beter gaan. Het was aangenaam kennis met u te maken, meneer Vilnius.'

'Zeg maar Henning. En hier is uw gage.' Hij gaf me de envelop. 'Ik hoop van harte dat dit niet onze laatste ontmoeting was.'

Hij knipoogde naar me en gaf me een hand, toen bracht hij de jurk weer naar het rek. Laurent bracht me naar de deur.

'Het doet me echt plezier dat je op mijn uitnodiging bent ingegaan.'

Ik knikte en voelde me helemaal niet op mijn gemak. Had hij niet bij zijn vriend kunnen blijven? Natuurlijk kon ik dat niet tegen hem zeggen, maar dat had ik liever gehad.

'Ik was nieuwsgierig,' antwoordde ik, want iets beters wilde me niet te binnen schieten.

'Had je gedacht dat het hier een opiumkit was?' Hij lachte zo hartelijk dat het me lukte bij het woord 'opiumkit' niet onmiddellijk aan Thanh en onze wandeltochten door Saigon te denken.

‘Als vrouw moet je toch voorzichtig zijn, nietwaar?’

‘Dat ben ik met je eens. En het verbaast me hoe wijs je bent voor je leeftijd. Maar dat moet wel als je uit een ander land komt en het in den vreemde moet zien te redden.’

Terwijl hij dat zei, zag ik in zijn ogen het verlangen meer van me te weten te komen, mijn geschiedenis te horen. Maar zelfs als we elkaar weer zouden zien en de gelegenheid hadden met elkaar te praten, zou ik die wens van hem niet kunnen vervullen.

‘Het was me een genoegen je weer te zien,’ zei hij ten slotte, omdat ik te verlegen was om iets te zeggen. ‘Vanavond sta je weer in de garderobe, nietwaar?’

‘Ja,’ antwoordde ik, en ik geloofde dat ik van spanning uit elkaar zou barsten. ‘Heel veel dank en... tot ziens.’

Laurent knikte en hield galant de deur voor me open. Ik keek niet om toen ik de Torstraße afliep, maar ik voelde duidelijk dat hij me nakeek.

Pas toen ik het fotoatelier een flink stuk achter me had gelaten, werd mijn hartslag weer wat rustiger. Ik voelde me eigenaardig verward, maar wel alsof ik op wolken liep. Wat was er met me aan de hand?

Helaas had ik in mijn verwarring vergeten garen te kopen. Wat zou Ella zeggen als ik met lege handen thuiskwam?

Ik maakte meteen rechtsomkeert en liep naar het warenhuis. Daar pakte ik wat goedkope garenklosjes, maar de rij voor de kassa was zo lang dat ik op hete kolen zat terwijl ik wachtte tot ik aan de beurt was.

Toen ik uiteindelijk in het danshuis aankwam, stonden de nieuwe muzikanten al op het punt hun instrumenten te installeren. Het engagement van het jazzorkest was afgelopen, vandaag speelde er een nieuwe band.

‘Hé, niet zo haastig!’ protesteerde een man tegen wie ik per ongeluk aanliep. De trommels die hij voor zich uit droeg, waren bijna uit zijn handen gevallen.

Ik stamelde een verontschuldiging en verdween naar de trap.

Daar kwam Ella me tegemoet. 'Lieve help, waar ben je al die tijd geweest? Ik begon me al zorgen te maken.'

'Het was erg druk in het warenhuis,' zei ik en ik liep langs haar heen. Daarbij lukte het me niet erg haar blik te ontwijken. Omdat ik het papieren zakje met de garenklosjes in mijn hand had, hoopte ik dat ze niet door zou vragen. Maar Ella was nu eenmaal Ella.

'Ja, ja, het was druk in het warenhuis. Of had je soms een afspraakje met je cavalier?' vroeg ze terwijl ze me achternakwam.

Ik pelde me onderweg uit mijn jas en stormde toen de kleedkamer binnen. Ella was zo vriendelijk geweest mijn jurk al voor me klaar te leggen. Waarschijnlijk verwachtte ze een verhaal van me. Maar ik wilde niet over Laurent praten – vooral omdat ze nog steeds niet precies wist wie me de jurk had geschonken. Haar vragen had ik tot dan toe steeds met succes ontweken.

'Nou, vertel eens, wie is je mysterieuze aanbidder?' begon ze weer.

'Dat heb je me al eens gevraagd,' antwoordde ik terwijl ik de jurk die ik zojuist had uitgedaan met mijn voet opzijschoof en de groene jurk aanschoot die we die avond vanwege het thema 'Groene Fee' moesten dragen. Inmiddels wist ik maar al te goed dat op de Groene Fee-bals absint werd geschonken, waarvan Ella beweerde dat het een beroemde schilder ertoe had gedreven zijn oor af te snijden.

'En toen heb je me geen duidelijk antwoord gegeven. Dus blijf ik het proberen.'

'Ik kan het je niet vertellen. Nog niet.' Ik deed alsof ik met de sluiting van mijn jurk bezig was, maar dat schrikte Ella niet af.

'Wanneer dan wel?'

'Als ik er zeker van ben dat hij mijn cavalier is. Tot nog toe hebben we elkaar maar eenmaal ontmoet, en misschien blijft het daar ook bij.'

'O, alsjeblieft niet, je moet weer met hem afspreken!' smeekte Ella.

'Hoe zit het eigenlijk met jou, heb jij geen cavalier?' probeerde ik de zaak om te draaien. Eigenlijk interesseerde het me niet of er een man was die haar het hof maakte, maar het was een goede manier om haar op te laten houden met vragen.

Ella maakte een afwijzend gebaar. 'Je weet wel, ze werpen me verliefde blikken toe zolang ik in de garderobe sta, maar buiten het danshuis houden ze zich schuil.'

'Dat geloof ik niet,' antwoordde ik, want Ella was knap en een stuk ouder dan ik. Ik was ervan overtuigd dat er mannen waren die haar mochten. 'Je hebt toch zeker wel aanbidders gehad, of niet soms?'

'Natuurlijk heb ik die gehad! Maar dat waren niet de juiste.'

'En wie is dan de juiste? Laurent misschien?'

Met dat vermoeden had ik waarschijnlijk in de roos geschoten, Ella perste in elk geval verteerd door verdriet haar lippen op elkaar. 'Weet je, we kunnen beter naar beneden gaan, de gasten komen zo.'

'Pardon, ik wilde niet...'

Ella schudde haar hoofd. 'Je hoeft je niet te verontschuldigen. Het is zoals het is. Maar ik zeg je dat ik je over mijn aanbidder zou vertellen als ik er een had.'

'Dat zal ik ook doen,' beloofde ik, omdat ik ervan overtuigd was dat Laurent alleen maar met me koketteerde zonder diepere bedoelingen te hebben. 'Als ik er helemaal zeker van ben dat hij mij aanbidt en niemand anders.'

Ella keek me onderzoekend aan en knikte toen.

De volgende weken liep alles zoals gewoonlijk. Laurent verscheen met zijn dames, regelmatig waren het nieuwe. Hij kletste met ons, glimlachte naar ons, maar het was op geen enkele manier te merken dat hij bijzonder in mij geïnteresseerd was. Ik begon me bijna af te vragen of het dansen en de ontmoeting in Vilnius' atelier echt hadden plaatsgevonden.

Maar misschien was het goed zo. Nu hoefde ik Ella niets uit te leggen en geen last van gewetenswroeging te hebben.

De zomer loste het voorjaar af en de nachten werden warmer.

De thé dansants breidden zich uit tot in de avond, veel gasten gaven er de voorkeur aan buiten te blijven en te kijken hoe de hemel boven Berlijn roze kleurde en ten slotte zijn blauwe mantel aantrok.

Langzaam spaarde ik wat geld bij elkaar, en mijn plan om terug te keren naar Vietnam en Thanh te gaan zoeken nam vastere vorm aan. Als ik zo doorging met geld verdienen, zou ik zeker de overtocht kunnen bekostigen.

Toen kwam augustus, en werden niet alleen de dagen, maar ook de nachten zwoel. Omdat de hitte onontkoombaar leek, kroop ik in mijn vrije tijd weg in onze kamer en hield me bezig met naaiwerk.

Het was vreemd. Vroeger had ik in Vietnam geen problemen met vochtige hitte gehad, maar nu meende ik geen lucht te krijgen. Was ik ziek, of was ik te veel aan Duitsland gewend geraakt?

'Meissielief, dit moet je me maar eens uitleggen!' kwam Ella op een middag onze kamer binnenstuiven. Van schrik stak ik me in mijn vinger, zo diep dat er meteen een dikke bloeddruppel opwelde. Ik legde vlug mijn naaiwerk weg voor ik de stof met mijn bloed bedierf, en keek haar vragend aan.

'Wat is er?' Ik kreeg het warm en koud tegelijk. Ella klonk op een of andere manier woedend. Had ik iets fout gedaan?

Ze nam haar tas van haar schouder, maakte hem open en haalde er iets uit.

Een modetijdschrift, zag ik toen ze het me toestak. Er kwam een licht vermoeden bij me op.

'Je had het me gerust kunnen vertellen!' klaagde Ella verwijtend, en omdat ik er nog steeds verbijsterd naar keek, sloeg ze een bepaalde pagina van het tijdschrift open en draaide het toen zo om dat ik er een blik op kon werpen.

Wat ik zag, deed me naar adem happen.

Dat was ik! Het was een van de foto's die Henning Vilnius van me had gemaakt. Ik keek een beetje opzij, zodat mijn haar goed uitkwam. En de jurk stond me echt geweldig! Nu herinnerde ik me weer dat Laurent het er destijds over had gehad dat Henning foto's voor modebladen maakte. Blijkbaar had de uitgever van het tijdschrift mijn foto willen hebben.

'Sinds wanneer laat jij je door Henning Vilnius fotograferen?' vroeg Ella terwijl ze het tijdschrift opengeslagen naast me op de beddensprei legde.

Ik voelde me vreselijk ellendig, want het werd me duidelijk dat ik verraad had gepleegd tegenover Ella.

'Ik ben maar één keer bij hem geweest, een paar weken geleden al weer. Ik dacht niet dat hij een foto zou gebruiken.'

Ella keek me ernstig aan. 'En zoiets vertel je me niet? Ik dacht dat we vriendinnen waren!'

'Vergeef me alsjeblieft, ik... Ik had niet gedacht dat...'

'Dat het met die foto iets zou worden? Hoor eens, Henning Vilnius is een bekende Berlijnse fotograaf. Hij maakt al foto's voor *Die Modenschau* sinds die voor het eerst verscheen. En nu sta jij erin!'

Haar sombere gezicht lichtte op door een glimlach, toen viel ze me om de hals en knelde me tegen zich aan zodat ik haast geen lucht meer kreeg. Ze pakte me bij mijn schouders en duwde me een stukje achteruit, zodat ze me in mijn gezicht kon kijken.

'Weet je eigenlijk hoe trots ik op je ben! Hanna uit het danshuis in *Die Modenschau!* De mensen zullen je nu vast met vragen gaan overstelpen.'

Ik was volkomen verward. 'Dan... dan ben je niet kwaad op mij?'

'Ja, natuurlijk ben ik dat,' antwoordde ze lachend. 'En wel omdat je het voor me hebt verzwegen! Je had me moeten vertellen dat Henning Vilnius je aangesproken had! Wanneer was dat? Toen je naaigaren wilde kopen?'

Gemakshalve knikte ik, hoewel mijn geweten erop aandrong de hele waarheid te vertellen. Maar waarschijnlijk was ze dan pas echt kwaad geworden. Nu was ze alleen maar boos omdat ik niets over de foto had verteld, en zelfs dat niet eens, want anders zou ze niet hebben gezegd dat ze trots op me was. Dat wilde ik niet voor mezelf bederven.

'Verdorie, ik had die dag met je mee moeten gaan! Misschien

stond ik dan nu ook in *Die Modenschau*. Hoe dan ook, ik ben blij voor je. En de volgende keer dat je zoiets geweldigs overkomt, maak je me deelgenoot, hoor je?'

'Natuurlijk,' beloofde ik, want ik was er zeker van dat het bij die ene foto zou blijven.

16

‘Hier zijn ze,’ verkondigde Nicole Simon toen ze weer de keukendeur door kwam, en ze zette een doos op de tafel. ‘Alle opnamen uit de jaren 1925-1930. Helaas gaat het om de tijd dat mijn overgrootvader erg ontevreden was over zijn werk. Hij heeft me verteld dat hij veel opnamen uit die tijd heeft vernietigd omdat ze hem niet bevielen. De oorlog heeft ook het nodige vernield. Je zou het niet zeggen als je het huis ziet, maar er is hier door de bombardementen veel beschadigd. En na het einde van de oorlog is er ook geplunderd. Geen idee wat die soldaten met ontwikkelde foto’s wilden.’

‘Ze wilden vast foto’s van mooie meisjes hebben,’ antwoordde Hanna, ‘je overgrootvader had een behoorlijk goede smaak.’

De opwinding was haar duidelijk aan te zien. Op haar wangen gloeiden rode vlekken, ze zat onrustig op haar stoel te wiebelen. Melanie vroeg zich af of er in de doos ook foto’s van Laurent zaten. Blijkbaar had hij iets met haar overgrootvader Didier te maken, want hij had dezelfde achternaam. Dat het toeval was, geloofde Melanie niet. En ze had ergens het gevoel dat de geschiedenis tussen Laurent en haar overgrootmoeder nog wel even had geduurd. Hadden de twee broers op het laatst om haar gewedijverd?

‘Daarvan bent u vast het levende bewijs, nietwaar?’ antwoordde Nicole nu terwijl ze de doos opendeed. De geur van het verleden stroomde hun tegemoet.

'Het is maar hoe je het opvat,' antwoordde Hanna schouderophalend. 'Ik vond mezelf in mijn jeugd nogal lelijk. Ik bewonderde de Europese vrouwen met hun grote ogen.'

'En waarschijnlijk hebben die vrouwen u benijd om uw slanke gestalte. Ik vind Aziatische vrouwen heel bijzonder. In mijn kennissenkring heb ik ook een Japanse, die is zo tenger dat ik bij haar vergeleken een olifant ben.'

Nicole haalde een stapel foto's tevoorschijn en spreidde ze uit over de keukentafel. Er kwamen vrouwen in soepel vallende jurken en mannen in stijve kostuums tevoorschijn. Een dame in charleston-outfit, compleet met hoofdtooi en een in een sigarettenpijpje gestoken sigaret. Blijkbaar was Vilnius erg gesteld op zo'n arrangement, want de afgebeelde vrouw was niet Melanies overgrootmoeder.

'Veel van de foto's die hij voor modetijdschriften maakte, gingen rechtstreeks naar de uitgeverij,' legde Nicole uit. 'Dat zou natuurlijk ook kunnen verklaren dat er uit de jaren tussen 1927 en 1929 zo weinig bewaard is gebleven. In die tijd schoten modetijdschriften als paddenstoelen uit de grond.'

Hanna knikte instemmend en raakte heel voorzichtig een ingekleurde foto aan. De fotograaf had het afgebeelde meisje roze wangen en rode lippen gegeven, de blauwe kleur van de jurk wekte een wat verbleekte indruk. Op een andere foto had hij het haar van een vrouw van een rode gloed voorzien.

'Het was uw overgrootvaders specialiteit om wat rood in het gezicht van mensen te toveren of bloesem kleur te geven,' verklaarde Hanna. 'Hij heeft het altijd betreurd dat zijn foto's niet in kleur in de tijdschriften kwamen.'

'Ja, en u kunt zich voorstellen dat hij heeft staan juichen toen er eindelijk kleurenfilmpjes waren! Maar toch heeft hij ook altijd weer zwart-witopnamen gemaakt. Toen hij oud was, was hij van mening dat iets geheimzinnigs aan een foto niet slecht was. Dan kon je uren bezig zijn met raden hoe een jurk eruit had gezien, of een bloem.'

Ze keken meer opnamen door, gezichten van alle leeftijden

kwamen voorbij. Kinderen in matrozenpakjes en meisjes met vlechten in tere jurkjes.

Bij een van de foto's bleef Hanna steken. 'Dat bestaat niet,' fluisterde ze en ze haalde de foto naar zich toe. Ze bleef er minutenlang naar staren zonder iets te zeggen.

'Grand-mère?' vroeg Melanie en ze rekte haar hals om iets te kunnen zien.

Op de foto stond een jonge man, heel stijf-deftig, in rok met hogehoed. De hoofdbedekking hield hij echter in zijn hand, evenals een paar witte galahandschoenen. In het pochet van de rok stak een doekje, op de revers zat een minuscuul boeketje.

De man had een heel knap gezicht, hoekig, met goedgeproportioneerde gelaatstrekken en lichte ogen. Op de zwart-witopname was zijn haarkleur niet goed te ontwaren, maar Melanie vermoedde dat die lichtbruin was. Pas in tweede instantie viel haar op dat de onbekende man in de verte op haar overgrootvader leek.

'Is dat Laurent?' vroeg ze, wat haar overgrootmoeder uit haar overpeinzingen leek te halen. Even keek ze verward, toen knikte ze.

'Ja, dat is Laurent,' antwoordde ze en ze draaide de foto voorzichtig om. Op de vlekkerige achterkant stond in vrijwel volkomen verbleekte inkt het jaar 1928.

Op hetzelfde ogenblik ging de deurbel.

'Ik ga even kijken wie dat is,' zei Nicole vrolijk. 'Kijkt u rustig verder.'

Maar dat wilde Hanna blijkbaar helemaal niet.

'Ik herinner me de middag dat deze foto gemaakt is nog heel goed,' zei ze zachtjes. Melanie had haar overgrootmoeder zelden zo ontroerd gezien. 'We zouden twee maanden later gaan trouwen, het was onze verlovingsfoto. Henning had gestaan op een soort generale voor de bruiloft. Bovendien wilde Laurent onze verloving openbaar maken. "Zodat de andere dames geen valse hoop meer koesteren," grapte hij. Het was zo'n heerlijke dag...'

'U en Laurent zouden dus gaan trouwen?'

'Jazeker.'

'En hoe bent u dan aan Didier, zijn broer, gekomen?'

Hanna gaf geen antwoord. Ze staarde naar de foto, streek liefkozend over de wangen van de geportretteerde en zuchtte. In haar ogen welden tranen op.

Melanie wilde niet aandringen, dus wierp ze een blik in de fotodoos. Even later vond ze iets. Op de opname stond Laurent weer, en de vrouw aan zijn zijde was onmiskenbaar Hanna. Hij zag er zelfverzekerd uit, haast een beetje arrogant, zij glimlachte onzeker, maar in haar ogen was het geluk dat ze op dat moment beleefde zichtbaar. Melanie was trots op haar overgrootmoeder. Tegelijkertijd was ze aangedaan omdat Hanna huilde.

'Grand-mère?' vroeg ze zachtjes, waarop Hanna haar hoofd schudde en met een nerveus gebaar haar tranen wegveegde.

'Heb je nog iets gevonden?' vroeg ze met een nasale stem, waarop Melanie haar een zakdoek aangaf.

'Ja, ik denk dat u dit bent. Maar als het u te sterk aangrijpt...'

'Nee, maak je niet ongerust, het is alleen... Als je ooit dezelfde leeftijd hebt als ik, zul je veel van wat er in je jonge jaren is gebeurd als heel onwerkelijk ervaren.'

Ze wierp een blik op de foto waar zij en Laurent op stonden.

'Ik kan eenvoudig niet geloven dat ik ooit dat meisje was. Dat schuchtere, gelukkige meisje dat zichzelf op dat moment toestond te dromen van een toekomst. En dat niet wist dat haar een tijd van nieuwe klappen van het lot te wachten stond.'

Meer zei Hanna niet, want de fotografe kwam terug. Direct viel haar blik op de foto's. 'Bent u die jongedame?' vroeg Nicole glimlachend.

'Ja, dat was ik, vroeger.'

'En die man?'

'Mijn verloofde.'

'Dat bestaat niet!' Nicoles ogen lichtten op. 'Vertel me niet dat u die foto niet hebt.'

'Ik heb geen foto's meer uit die tijd. Ik heb Berlijn toen halsoverkop moeten verlaten, er was geen tijd om ze mee te nemen.'

'O, natuurlijk, dat spreekt vanzelf tijdens de oorlog,' antwoordde de fotografe meelevend. 'Wat vindt u ervan als ik afdrukken van de foto's voor u maak?'

'Dat zou geweldig zijn,' antwoordde Melanie voor Hanna het aanbod uit pure bescheidenheid kon afslaan. Ze wist zeker dat haar overgrootmoeder de foto's wilde hebben.

'Als het je niet te veel last bezorgt,' voegde Hanna eraan toe, waarop Nicole een afwerend gebaar maakte.

'Ach wat, dat doe ik op de computer. Wacht, ik zal de foto's meteen scannen en afdrukken.' Nicole verdween met de foto's uit de keuken, terwijl Hanna en Melanie met de momentopnames van onbekende levens achterbleven.

17

‘Ha, globetrotters, hebben jullie een leuke dag gehad?’ verwelkomde Elena haar dochter en grootmoeder. Inmiddels zakte de zon boven Berlijn, er vielen lange schaduwen over de Invalidenstraße. In de bovenste ramen van het huis aan de overkant weerspiegelde zich de avondzon.

De lucht van appreteermiddel was nu niet meer zo sterk en ook de luchtvochtigheid was niet meer zo hoog, Elena had blijkbaar gelucht.

‘We hebben het heel leuk gehad,’ antwoordde Hanna terwijl ze op een van de stoelen voor wachtende klanten ging zitten. ‘Maar ik heb het gevoel dat ik de halve wereld over ben gereisd. En zo’n afstand zou ik vroeger wel tien keer hebben afgelegd zonder buiten adem te raken.’

‘Heb je je overgrootmoeder echt de hele stad door gesleept?’ vroeg Elena aan haar dochter.

‘Nee, natuurlijk niet,’ antwoordde Melanie. ‘We hebben tussendoor ook de metro genomen. Het was echt een heel informatieve dag.’ Ze wierp haar overgrootmoeder een samenzweerderige blik toe.

‘Bovendien heb ik erop gestaan naar al die plaatsen toe te gaan. Het was bijna alsof ik weer twintig was.’

‘Innerlijk bent u dat toch ook altijd nog!’ antwoordde Elena lachend terwijl ze haar werkschort afdeed en aan de haak naast de deur hing. ‘Nou, waar hebben jullie zin in? Zonder eten laat ik jullie niet gaan!’

Toen de winkelbel klingelde, draaiden ze zich alle drie tegelijk om.

'Katja!' riep Elena uit, waarna ze naar haar dochter keek.

Melanie staarde Roberts moeder verschrikt aan en had het gevoel dat ze op heterdaad betrapt werd.

'Excuseer me dat ik hier zo kom binnenvallen, ik kom net uit het ziekenhuis.'

'Zijn er nieuwe ontwikkelingen?' Elena's stem klonk ongerust.

'Nee, ik wilde eigenlijk alleen maar even langswippen.' Haar blik viel op Melanie. Haar had ze duidelijk niet verwacht.

'Melanie, wilde je naar het ziekenhuis?' vroeg ze snibbig. 'Ik zou je mee kunnen nemen, het bezoekuur is nog altijd tot rond achten.'

'Nee, ik... ik wil vandaag niet naar het ziekenhuis,' antwoordde Melanie terwijl ze het tegelijk warm en koud kreeg. Ze vervloekte haar onzekerheid en wenste dat ze nooit naar Berlijn was gegaan. Maar hoe had ze kunnen weten dat Katja bij haar moeder zou komen opduiken?

'Aha,' zei Katja, en haar blik werd stekend. 'Ben je eigenlijk wel van plan je daar ooit nog te laten zien? Of hou je nu eerst maar eens een paar weken vakantie?'

'Katja,' zei Elena waarschuwend, maar die hoorde haar niet.

'Het is nog altijd je verloofde die daar in het ziekenhuis ligt.'

'Dat ben ik niet vergeten,' antwoordde Melanie. 'Maar ik ben vandaag op weg met mijn overgrootmoeder.'

'Zij heeft me gebracht,' mengde Hanna zich met een koel glimlachje in het gesprek. 'Wij hebben ons nog niet aan elkaar voorgesteld. Ik ben Hanna de Vallière, Melanies overgrootmoeder. En u bent Roberts moeder, nietwaar? Uw zoon is werkelijk een heel sympathieke jongen.'

Katja keek Hanna verward aan.

Melanie besefte dat ze haar eigenlijk weer had aangevallen, maar haar overgrootmoeder had Katja volkomen uit het lood gebracht.

'Katja Michaelis,' stelde ze zichzelf wat stijfjes voor. 'Robert heeft over u verteld.'

'Hopelijk niets dan goeds. Op mijn leeftijd kan iemand zich geen slechte naam meer veroorloven.' Hanna's glimlach werd breder, maar Melanie merkte duidelijk dat ze zich forceerde. Normaal gesproken lachte ze als ze een grapje had gemaakt. Nu staarde ze Katja geconcentreerd aan.

Helaas duurde Katja's verwarring niet lang. Als een stier die gefixeerd is op de rode lap van de torero, richtte ze haar blik weer op Melanie.

'Nou, wanneer denk je dan je weer in het ziekenhuis te vertonen?'

'Binnenkort,' beloofde Melanie en ze wierp haar moeder een hulpeloze blik toe. Dit gesprek kon elk moment uit de hand lopen. Katja zou zich noch door Elena noch door Hanna ervan af laten brengen haar verwijten te maken.

'Binnenkort...' herhaalde Katja spottend. 'Misschien kom je ook binnenkort op het idee de verloving te verbreken. Dat zou ook maar het beste zijn, men kan tenslotte niet van je vergen bij een comateuze man te blijven.'

Melanie keek haar geschokt aan. 'Ik wil de verloving helemaal niet verbreken!' antwoordde ze, en ze ergerde zich dat haar stem zo hulpeloos klonk. Tegelijkertijd ergerde ze zich mateloos aan Katja. De tranen schoten haar in de ogen en ze voelde een brok in haar keel.'Hoe komt u erbij zoiets te denken?'

'Katja, misschien moest je nu maar gaan,' opperde Elena koeltjes. 'Er is helemaal geen sprake van het verbreken van een verloving en Melanie gaat ook weer naar Robert, maar momenteel even niet, daar hebben we het toch over gehad.'

Maar ook dat bracht Katja niet tot rede. Haar ogen fonkelden vechtlustig.

'Je kunt het in overweging nemen,' vervolgde ze, alsof Elena niets had gezegd. 'Je wilt vast weer rondreizen en niet aan het bed van een invalide zitten, heb ik dat goed? Laat hem toch zitten, dan hoef je jezelf dat niet meer aan te doen en kun je doorgaan met je leven, terwijl hij misschien nooit meer wakker wordt.'

'Nu houdt u uw mond!' kwam Hanna tussenbeide. Op dat moment klonk ze niet als een ruim negentigjarige, en zag ze er evenmin zo uit. De woede spande haar lichaam en opeens leek ze veel langer dan anders. 'Mijn achterkleindochter is beslist niet vergeten dat haar verloofde in het ziekenhuis ligt, en ze zal ook heel zeker haar plicht weer doen en bij hem op bezoek gaan. Dit is haar eerste pauze in maanden! Misschien moest u daar een voorbeeld aan nemen.'

'Het is mijn zoon die daar ligt en...'

Hanna bracht haar met een gebiedend gebaar tot zwijgen. Toen wees ze op Melanie.

'Hebt u misschien gemerkt hoe ze 's nachts om uw zoon ligt te huilen? Hebt u gemerkt hoe ze veranderd is? Melanie is aan het eind van haar krachten, en ook al geeft u te kennen dat u zelf die belasting heel goed aankunt, u mag niet verwachten dat Melanie er net zo goed tegen kan.'

'Maar ik ben ouder dan zij!' bracht Katja daartegen in.

'Dat mag dan kloppen, maar dat doet niet ter zake! Wilt u dan echt dat mijn achterkleindochter aan de hele toestand onderdoor gaat?'

'Toestand?'

'Ja, wat is het anders?' snauwde Hanna. Haar gezicht was krijtwit. 'Toestand, ongelukkige situatie, hoe je het ook noemt, het komt op hetzelfde neer! Als het misgaat met Melanie kan ze helemaal niets meer doen voor uw zoon! En ik kan me niet voorstellen dat hij zou willen dat ze ziek werd!'

Katja's mond zakte open, maar er kwam geen woord uit. Melanie had haar nog nooit zo sprakeloos meegemaakt.

'Bovendien is het een grenzeloze brutaliteit om haar te suggereren de verloving te verbreken. Heeft het lot van uw zoon u dan zo hard, zo gevoelloos gemaakt dat u het zich aanmatigt op Melanie in te hakken en haar de grond in te boren? God weet dat zij er geen schuld aan heeft dat hij in deze toestand verkeert. En niets wat u doet, of wat Melanie doet, zal uw zoon weer wekken. Hij kan alleen zelf vechten om uit zijn coma te komen, en geloof me, ik weet waar ik het over heb.'

Hanna's ogen vlamden en ze trilde over haar hele lichaam. Katja werd helemaal bleek en er glinsterden tranen in haar ogen.

'Grootmoeder, alstublieft...' begon Elena bezorgd, maar Hanna was nog niet klaar.

'En om te voorkomen dat u mij verkeerd begrijpt: niemand ontkent dat u een goede moeder bent,' vervolgde ze nog altijd streng, maar nu iets verzoenlijker. 'U doet veel en als moeder weet ik hoe u zich voelt. Maar twijfel niet aan Melanie. Ze houdt van uw zoon, en ze heeft deze time-out bij mij niet genomen om zich te amuseren. Ze moet gewoonweg tot rust komen, om kracht te vinden om door te kunnen gaan. Dus denkt u de volgende keer beter na over wat u zegt, voordat u anderen kwetst!'

Minutenlang keken de vrouwen elkaar aan. Hanna haalde moeizaam adem. Ze trilde nog altijd, en ze zag nog steeds krijtwit

Katja zei nog steeds niets. Ze draaide zich op haar hakken om en stormde, begeleid door het klingelen van de deurbel, de winkel uit.

'Grand-mère, is alles in orde met u?'

Melanies vraag verbrak de bedrukte stilte die op Katja's aftocht was gevolgd. Hanna haalde nog altijd zwaar adem. Met een vreemde, afwezige blik staarde ze naar de deur. De hand op haar stok trilde.

Een vuurbal van bezorgdheid barstte uit in Melanies maag.

'Grand-mère?' vroeg ze angstig en ze pakte de arm van haar overgrootmoeder vast.

'Het is allemaal best, m'n kind,' zei Hanna nu en ze streelde met haar vrije hand haar vingers. 'Ik ben al die opwinding niet meer gewend. De laatste keer dat ik zo tekeer ben gegaan is al weer ruim dertig jaar geleden, toen heb ik een Vietnamese partijfunctionaris de les gelezen omdat hij de leveranties van stoffen voor mijn winkel wilde stopzetten.'

Ze wendde zich tot Elena. 'Ik ben blij dat mijn dochter je goed heeft opgevoed en dat je niet net zo bent als die vrouw daarnet.'

'Katja maakt zich zorgen om Robert. Ik heb haar anders leren kennen.'

'Ja, in tijd van nood tonen de mensen hun ware gezicht, nietwaar? Wist je dat ze zou komen?'

Elena schudde haar hoofd. 'Nee, want als ik het had geweten, zou ik jullie hebben aangeraden nog een blokje om te gaan. Ik weet maar al te goed hoe ze over Melanies time-out denkt.'

Melanie plukte verlegen aan haar mouwen. Die strijd had ze eigenlijk zelf moeten uitvechten. Maar tegenover Katja en wat die zei was ze als verlamd. Weer kwam er twijfel in haar op. Deed ze echt wel genoeg voor Robert?

'Kom, kind,' zei Elena en ze sloeg haar arm om haar heen. 'We gaan nu eerst maar eens iets eten. Hier vlakbij is een Vietnamees restaurant dat voortreffelijke loempia's heeft.'

18

BERLIJN 1927/1928

Na de publicatie van de foto in *Die Modenschau* werd voor mij alles anders. Het was alsof ik in een draaimolen zat die steeds sneller ging draaien.

Natuurlijk bleef ik nog een tijdje in het danshuis werken en woonde ik daar, maar de verzoeken van Henning Vilnius stapelden zich op. Modeontwerpers waren erop gebrand mij in hun creaties te laten fotograferen, wat ik niet begreep, want ik vond dat de Duitse vrouwen er met hun blonde haar en blauwe ogen veel mooier uitzagen dan ik.

'Ach, wat klets je nou toch!' zei Henning toen ik hem bij een fotosessie vroeg waarom de mensen juist mij wilden hebben. 'Blond haar en blauwe ogen heb je hier overal, en je kunt er zeker van zijn dat de modeontwerpers dat niet meer kunnen zien. Maar jij bent exotisch, dat bevalt ze. En ook de lezeressen. Niet voor niets trekken ze de verkopers *Die Modenschau* gewoon uit de handen. Ik zweer je dat ik pas nog een paar jonge vrouwen heb gezien met Aziatisch opgemaakte ogen. Je brengt iedereen het hoofd op hol, Hannalief!'

Dat leek echt te kloppen. Veel gasten van het danshuis herkenden me nu achter de balie van de garderobe, en zoals Ella al had gezegd moest ik een heleboel vragen over me heen laten gaan. Veel vrouwen waren verbaasd dat ik nog steeds in de garderobe werkte.

Dan antwoordde ik dat ik het werk leuk vond en dat ik van het modellenbestaan alleen niet kon leven.

Maar het geld dat ik voor de opnamen kreeg werd steeds meer, en ik wist zeker dat ik over niet al te lange tijd genoeg zou hebben om de overtocht naar Indochina te kunnen betalen.

Alleen – wilde ik dat nog wel?

Voor die gedachte schaamde ik me zeer, maar intussen waren Laurent en ik nader tot elkaar gekomen en ik was bang hem te verliezen. Natuurlijk wilde ik achterhalen wat er met Thanh was gebeurd, dat was ik haar verschuldigd. Maar ik vroeg me af of zij zich niet zou verheugen over het geluk dat ik had gevonden en het me zou gunnen – ook al zou het daardoor nog wel even duren tot we elkaar zouden weerzien.

Ze wilde vast dat ik gelukkig werd en daarmee suste ik mijn slechte geweten.

Mevrouw Kühnemann was echter helemaal niet zo blij met mijn engagement bij de modefotograaf. Het was nog maar nauwelijks begonnen meer te worden of ze ontbood me al op haar kantoor.

'Ik hoef je zeker niet te zeggen dat het een allesbehalve serieuze zaak is om je voor modebladen te laten fotograferen,' begon ze nadat ze achter haar bureau was gaan zitten. Ik was verbaasd. Zij was degene geweest die de stad met een dassenbal in de ban had gehouden en die de deur ook openzette voor vrouwen van alle leeftijden zonder begeleider. Wat zou er in haar ogen niet serieus zijn aan een modeblad dat vrouwen nieuwe modeontwerpen aanbeval?

'Ik heb niet graag dat mijn personeel van twee walletjes eet. Meestal leidt het ze af, en op zeker moment begint hun werk eronder te lijden.' Ze keek me onderzoekend aan. Mijn hart klopte in mijn keel. Had ik mijn werk minder goed gedaan? Had iemand zich over mij beklaagd? Ik geloofde niet dat Ella wat had gezegd, maar misschien een van de gasten?

'Ik beloof u, mevrouw Kühnemann, dat mijn werk er niet onder zal lijden,' zei ik timide. 'Het was allemaal niet gepland...'

'Maar het tijdschrift heeft de smaak te pakken gekregen,' maakte Claire Kühnemann mijn zin af. Ze stond op en begon heen en weer te lopen. 'En die journalisten willen altijd meer. Pas op, meisje, dat je niet onder hun eisen bezwijkt. Tenslotte behoren de mensen van *Die Modenschau* ook maar tot het journaille.'

Ik vroeg me af of ze slechte ervaringen had met de pers. Waarom was ze zo boos op verslaggevers?

'Indertijd, toen mijn man gestorven was, God hebbe zijn ziel, hebben ze zich ook op mij gestort. Een jonge vrouw die met een dertig jaar oudere ondernemer was getrouwd... Ze strooiden de wildste speculaties rond, en uiteindelijk kwamen ze unaniem tot de conclusie dat ik het voorzien had gehad op August Kühnemanns geld. Daarbij zagen ze over het hoofd dat ik van August hield en dat het leeftijdsverschil voor mij geen rol speelde. Maar zeg dat maar eens tegen die bloedhonden.'

Ze keek een tijdje uit het raam, en ik besefte dat ze aan haar man dacht. Tegelijkertijd vond ik het gênant zulke intieme details over haar leven te horen.

'Let dus alsjeblieft goed op en hou altijd in gedachten dat mijn huis een veilige haven voor je is. Het journaille is wispelturig: iemand die ze de ene dag nog hebben opgehemeld, laten ze de volgende dag rustig vallen.' Nu draaide ze zich weer naar mij toe en kruiste haar armen over haar borst.

'Goed, zolang je werk niet onder de opnamen lijdt, zal ik het tolereren. Maar ik verwacht dat je je niet verwaand gaat gedragen en de gasten tot rede brengt als ze hun bewondering overdrijven.'

Ik knikte, en helaas schoot me pas even later te binnen dat ik nog had kunnen aanvoeren dat mijn roem nog meer gasten naar het danshuis zou lokken. Later was ik echter blij dat ik mijn mond had gehouden, want mevrouw Kühnemann had dat vast als verwaandheid uitgelegd.

'En, heeft ze je flink de oren gewassen?' vroeg Ella, die natuurlijk had gemerkt dat ik op gesprek had moeten komen, nieuwsgierig.

'Ze heeft me aangeraden ervoor te zorgen dat mijn werk niet te lijden heeft onder de opnamen,' zei ik eerlijk terwijl ik de gespen van mijn schoenriempjes vastmaakte. 'En ik moet niet verwaand worden.'

Ella snoof. 'Blijkbaar bevalt het haar niet om concurrentie te hebben.'

'Concurrentie? Hoe zou ik mevrouw Kühnemann concurrentie kunnen aandoen?'

'Heel Berlijn heeft het anders altijd over haar, de vrolijke weduwe die zulke schaamteloze bals geeft. En nu komen de mensen naar het danshuis om de rijzende ster aan de modehemel te bewonderen.' Ze grijnsde breed en liet me toen de middagkrant zien.

DE RIJZENDE STER AAN DE MODEHEMEL kopte de *B.Z. am Mittag*. De foto eronder was afkomstig uit Henning Vilnius' atelier. Toen ik de naam van de verslaggever las, werd het me allemaal duidelijk. Het betrof een vriend van Henning die tijdens een fotosessie langs was gekomen.

De hele tijd had hij mij zitten observeren. Dat benauwde me zo dat Henning zijn stem verhief omdat ik zijn aanwijzingen niet goed opvolgde.

Waarschijnlijk had zijn vriend om een van de foto's gevraagd. En omdat de journalist het niet had kunnen laten in het bericht te vermelden waar 'de rijzende ster' werkte, wisten de mensen waar ze me konden vinden. En ze zouden me ook zonder dat ik een voorhoofdsband met veren droeg ongetwijfeld herkennen.

'Je kunt maar beter je mond dichtdoen, anders verslik je je nog in een dikke bromvlieg,' zei Ella schertsend terwijl ze de krant naast me op de make-uptafel legde.

'Ik wist niks van dat artikel,' antwoordde ik ontdaan. 'Dat kan ze toch niet als concurrentie zien? Ze zou blij moeten zijn als er zo veel mensen naar het danshuis komen.'

'Tja, boven in de balzaal hebben ze het dan alleen nog maar over jou. Daar zou ik ook niet vrolijk van worden.' Ella knipoogde naar me, stond op en gaf me toen ik ook was opgestaan een klap op mijn achterwerk. Ik liep wat beduusd achter haar aan, maar nam me voor terughoudend te reageren als de mensen vragen stelden. Omdat ik niet gewend was geluk te hebben, vreesde ik dat dit geluk wel weer vlug voorbij zou zijn – en dat wilde ik niet, want ik had het geld nog steeds nodig en wilde mijn baan bij het danshuis niet verliezen.

Die avond gebeurde het onvermijdelijke. De gasten van de 'dansfuif' van die dag bekeken me allemaal nieuwsgierig, en helaas waren er maar weinig te beschroomd om te informeren. Ze overlaadden ons niet alleen met jassen, maar ook met vragen, waar ik dan vandaan kwam, hoe ik door Henning Vilnius was ontdekt enzovoorts. Ik probeerde zo terughoudend mogelijk te antwoorden, maar de mensen wilden altijd meer weten. Omdat het betalende klanten van het danshuis waren, kon zelfs Ella ze niet wegsturen. Alleen op jongere mannen die me vroegen of ik met ze wilde uitgaan reageerde ze boos en ze verwees hen naar de spiegelzaal, daar zaten genoeg dames op jonkies als zij te wachten.

Aan het eind van de avond was ik volkomen uitgeput, maar meer door de vragen dan door het werk op zich.

Eenmaal boven in onze kamer sliep ik zodra ik mijn hoofd op mijn kussen legde.

Hoewel ik mijn best deed niet al te veel op te vallen, bleven de gasten vreselijk nieuwsgierig en bleef mijn verhouding met mevrouw Kühnemann gespannen. Mijn relatie met Laurent daarentegen werd inniger. Eerst ontmoette ik hem heimelijk, meestal nadat de lichten in het danshuis waren uitgegaan. We hielden ons schuil in de binnentuin, wat me een beetje deed denken aan mijn kindertijd toen ik met Thanh tussen de struiken had gezeten. Maar nu was het natuurlijk heel anders.

Ik had lange gesprekken met Laurent en kwam te weten dat zijn ouders in de buurt van Parijs woonden. Ik bracht het niet op hem in vertrouwen te nemen en te vertellen over de mensenhandelaren en het Rode Huis, maar ik had het over mijn vader, Saigon en mijn familie. Over Thanh zweeg ik.

Laurent was heel begrijpend en vroeg tot mijn geluk niet door. 'Vertel zo veel als je over jezelf wilt vertellen,' zei hij ook die avond, twee dagen na het artikel in de *B.Z.* terwijl hij mijn haar naar achteren streek en zacht mijn wangen aanraakte.

Op dat moment besefte ik hoe ik ernaar verlangde hem te kussen. Tot dan toe was onze verhouding zuiver platonisch gebleven. Ook als we lichamelijk dicht bij elkaar waren, maakte hij nooit aanstalten de grens te overschrijden.

Vaak keek hij me verwachtingsvol aan, maar hij reageerde nooit teleurgesteld als ik hem niet gaf waar hij misschien op hoopte. Maar die avond, toen er een gouden maan aan een hemel stond waarvan de randen nog gloeiden van het laatste avondrood, was het anders.

'Heb je het artikel gezien?' vroeg ik nerveus, want ik wist echt niet waarover we het anders moesten hebben. Ik had hem de dagen ervoor erg gemist en had op dat moment het liefst gezwegen en alleen maar met hem naar de sterren gekeken.

'Natuurlijk heb ik het gezien. Is daar... iets mis mee?' Laurent leek net zo verlegen en opgewonden als ik.

'Nee, het is wel in orde, maar... mevrouw Kühnemann heeft me erop aangesproken.'

Laurent begon te lachen. 'O, ze vindt het zeker maar niks dat ze niet de enige sensatie van het danshuis is.'

'Nee, dat is het niet...' antwoordde ik en ik verwonderde me erover dat hij hetzelfde zei als Ella. 'Ik denk dat ze zich zorgen om mij maakt.'

'Ja, ze wil haar goede garderobejuffrouw niet verliezen. Ze neemt alleen maar mooie meisjes aan en is er dan verbaasd over dat de klanten ze leuk vinden. Het is maar goed dat die beste Ella zo trouw is.'

'Ik begrijp niet dat zij geen man vindt,' antwoordde ik peinzend.

'Waarschijnlijk stelt ze te hoge eisen. Of schrikt haar zelfverzekerdheid de mannen af. Als ze een man was, zou ze iedere doorgewinterde zakenman angst aanjagen.'

'Maar ik heb niet het idee dat ze erg onbeschaamd is. Ze helpt de gasten heel beleefd en is ook aardig tegen mij.'

'Dat is haar geraden ook!' dreigde Laurent schertsend. 'Het gaat er niet om wat ze zegt, maar hoe ze is. Ze is luidruchtig en neemt geen blad voor de mond. En er is iets in haar karakter wat mannen afschrikt. Daarmee redt ze het waarschijnlijk goed in het leven, maar een man moet tegen haar gedrevenheid opgewassen zijn. Velen zijn dat niet.'

Gedrevenheid, dat was het juiste woord. Ella was heel gedreven. En misschien had Laurent wel gelijk.

'Kan Henning niet ook foto's van haar maken? Dan zal het wel eerder lukken met een man.'

'Onmogelijk!' Laurent lachte. 'Die twee zouden elkaar in de haren vliegen. Henning is mijn vriend, en ik ken Ella al heel lang. Geloof me, die twee samen in een ruimte zou een explosie veroorzaken.'

Hij keek me recht in de ogen, toen vroeg hij: 'Wil je er dan mee doorgaan? Ik kan me voorstellen dat je ervoor geschapen bent. Jij bent ook gedreven, maar op een minder heftige manier. En een schoonheid als jij vind je niet elke dag.'

'Ja, dat zou ik graag willen,' antwoordde ik en ik vlijde me tegen hem aan. 'Maar ik vraag me ook af waar het allemaal toe zal leiden. Op een of andere manier lijkt het of mijn leven weer volkomen op z'n kop wordt gezet.'

'Dat is toch wel goed, of niet soms?' vroeg Laurent glimlachend. 'Sommige mensen leven wel zeventig jaar of langer op deze aarde zonder dat er in hun leven iets essentieels is veranderd. En jij hebt in je jonge jaren al meer beleefd dan menig ander. Ik ben ervan overtuigd dat je ooit tot grote hoogte zult komen, Hanna.' Hij streek een haarlok van mijn voorhoofd en streelde mijn wangen. Secondenlang keken we elkaar aan. Ik had het gevoel in zijn ogen te verdrinken, en wat mij betreft had de wereld op dat moment mogen blijven stilstaan.

'En weet je wat ik me de laatste tijd afvraag?' vroeg hij zacht en hij legde zijn arm om me heen. Ik weerde hem niet af. Mijn lichaam vertoonde tegenover hem geen enkele afschuw. Integendeel, ik voelde van alles wat ik nooit eerder had gevoeld.

'Zeg op,' beval ik, want ik had geen idee.

'Ik vraag me af wanneer ik je eindelijk mag kussen.' Zijn gezicht kwam zo dichtbij dat ik zijn huid en zijn scheerlotion kon ruiken. Misschien was het maar verbeelding, maar op dat moment meende ik jasmijn te ruiken. En toen gebeurde het, zonder dat ik antwoord hoefde te geven. Mijn lippen vonden de zijne, versmolten tot een warme, genotvolle kus. Zijn tong streek over mijn bovenlip, opende mijn mond en drong toen onderzoekend een beetje naar binnen. Ik liet het eerst alleen maar gebeuren, toen trok ik de stoute schoenen aan, drong binnen in zijn mond en kuste hem terug, hongerig alsof alleen hij me in leven kon houden.

Minuten later trokken we onze hoofden van elkaar weg, lieten we elkaar met tegenzin los. Laurent keek me verbaasd aan.

'Ik had niet verwacht dat je zo kan kussen,' fluisterde hij onder de indruk.

'Bedoel je dat je nooit een vrouw bent tegengekomen die zo kan kussen?'

'Zo langzamerhand vraag ik me af of de vrouwen die ik ben tegengekomen me eigenlijk wel gekust hebben.'

Hij boog zich voorover, en we kusten opnieuw, lieten onze handen elkaars lichaam onder onze kleren aftasten. Ik voelde zijn spieren, zijn schouderbladen, zijn nek, en in mijn schoot begon het begerig te kloppen. Het gebied waarin zo vaak mannen waren binnengedrongen, een daad waarbij ik telkens afschuw had ervaren, verlangde nu naar hem, naar Laurent alleen. Nu wilde ik het, ik wilde hem onvoorwaardelijk.

Maar tegelijkertijd voelde ik dat Laurent het niet zou doen. In elk geval niet die avond.

Hij sloeg zijn armen om me heen, en nu werd mijn wens vervuld. Samen keken we naar de maan en de sterren, zwijgend, maar door onze zielen verbonden. Ik meende zijn hartslag op mijn rug te voelen en hoopte dat hij de mijne voelde, want zijn handen lagen op mijn buik, heel fatsoenlijk, zonder iets te proberen. Hoe lang wij zo tegen de boomstam achter ons geleund stonden, weet ik niet. Maar toen zei hij: 'Ik moet weg. En jij moet morgen weer fris en vrolijk zijn.'

Ik keek op zijn horloge. Het was al kwart voor drie. Ik had hem het liefst niet laten gaan, maar er zat niets anders op. Ik kon hem nergens mee naartoe nemen. En Ella zou 's ochtends vast ongerust worden als ik niet, zoals ze verwachtte, in mijn bed lag.

Dus kusten wij elkaar opnieuw en namen toen afscheid. Ik was ervan overtuigd dat hij die nacht net zo brandde van verlangen als ik.

De geheime ontmoetingen met Laurent mondden ten slotte uit in vaste rendez-vous, meestal overdag, als ik vrij had. Het was aanvankelijk lastig Ella te ontlopen, want ze was eraan gewend dat we onze vrije tijd samen doorbrachten. Ik moest telkens nieuwe uitvluchten verzinnen, wat mettertijd steeds lastiger werd.

'Je kunt het rustig zeggen als je met een vent hebt afgesproken,' zei ze op een avond in de garderobe, toen de gasten boven waren en wij even op adem konden komen.

Ik werd vuurrood. 'Hoe kom je daarbij?' vroeg ik betrapt.

'Ik denk dat er een man achter zit dat je geen tijd meer voor mij hebt,' antwoordde ze terwijl ze dromerig naar de trap van het danshuis staarde. 'Maar dat maakt me niet uit, eerlijk waar! Ik ben blij voor je.'

Het klonk alsof ze maar al te graag had geweten wie het was, maar ik ging daar niet op in. Ik had nog altijd mevrouw Kühnemanns waarschuwing voor Laurent de Vallière in mijn hoofd en wist niet hoe ze zou reageren als ze zou merken dat ik het met hem had aangelegd. Maar zou Ella me misschien verraden?

Een paar dagen lang verkeerde ik in tweestrijd of ik het haar wel kon vertellen. Toen we ons op een avond klaarmaakten om naar bed te gaan, vroeg ik: 'Ella, kun je een geheim bewaren?'

Ella keek me verbaasd aan. 'Je bent toch niet...'

Ik wist niet wat ik volgens haar zou zijn, maar ik had geleerd dat het het beste was eerst maar eens nee te zeggen als ze daarmee begon.

'Nee, niet wat je denkt. Maar, kun je zwijgen?'

'Als het graf.' Ella stak zwerend haar hand met twee vingers op.

'De man die ik ontmoet... dat is Laurent de Vallière.'

Het volgende moment betreurde ik mijn biecht bijna, want Ella zakte als verdoofd neer op haar bed. Zoals altijd piepte het onderstel, ditmaal een beetje erger dan anders.

'Laurent?' vroeg ze, en aan haar ogen kon ik zien dat alle hoop vervloog.

'Ja, Laurent. Je hebt zeker wel gemerkt dat hij zich hier de laatste tijd zelden meer vertoonde, en dat hij als hij wel kwam, dat zonder gezelschap deed.'

Ella knikte. 'Ja, maar ik dacht dat hij ergens anders heen ging.'

'Nee, hij gaat niet ergens anders heen,' antwoordde ik, aan de ene kant heel trots, aan de andere kant vreselijk onzeker door haar reactie. 'Hij spreekt af met mij. Dat met die andere vrouwen is voorbij.'

'Weet je dat zeker?' Ella keek opeens bezorgd. 'Laurent de Vallière is geen bij die maar naar één bloem vliegt.'

'Bij?' vroeg ik verwonderd. Die beschrijving paste echt niet bij die lange slanke man.

'Je weet wel wat ik bedoel.' Ze pakte mijn hand vast. 'Beloof me dat je goed op jezelf past. Laat je niet door die vent voor de gek houden, afgesproken? Tenzij hij je als zijn bruid over de drempel draagt.'

'Dat beloof ik,' antwoordde ik. 'Ben je niet boos op me?'

'Nee, waarom? Je hebt eindelijk een aanbidder gevonden!'

'En hoe staat het met jou?'

Ella liet me los en maakte een afwerend gebaar. 'Maak je om mij maar geen zorgen. Ik vind wel iemand. Ik geef toe dat ik ook een oogje op Laurent had, maar we hebben veel tijd gehad om nader tot elkaar te komen. Tot nog toe is er niks gebeurd en er zal ook niets gebeuren, daar heb ik me bij neergelegd.'

De volgende weken had ik nauwelijks tijd om adem te halen. Na de foto-opnamen in mijn vrije tijd haastte ik me naar het danshuis en werkte tot laat in de nacht, om 's ochtends op te staan en meteen weer naar mijn andere werk te gaan. Tijd voor Ella had ik haast niet. Niet eens na het werk, want zodra ik in bed lag viel ik als een blok in slaap.

Hoe mooi die tijd ook was, het was ook slopend. Dat merkte ook Laurent, die me af en toe zag voor ik naar Henning ging.

'Hoe zou je het vinden om je baan in het danshuis op te zeggen en alleen nog maar modellenwerk te doen?' vroeg hij toen we een wandeling maakten. Het was op een zondag en ik had speciaal voor die gelegenheid een jurk genaaid.

Omdat Ella daar een beetje jaloers over was, had ik aangeboden er ook een voor haar te maken. Dat had ze niet afgeslagen, want inmiddels had ze het met een van de gigolo's aangelegd. Niet met de op de zenuwen werkende Tim, maar met Antonio, een Italiaan die pas een week eerder door mevrouw Kühnemann in dienst was genomen.

Ik moest weer denken aan wat Laurent had gezegd en hoopte dat Antonio sterk en verstandig genoeg was om zich niet door Ella's zelfverzekerdheid te laten afschrikken.

'Mijn baan bij het danshuis opgeven?' vroeg ik verbaasd.

'Ik heb onlangs met Henning gepraat, die kan je meer engagementen geven. Hij dacht dat je intussen wel genoeg verdiende om daar te kunnen ophouden.'

Ik herinnerde me weer wat Ella had gezegd op de dag dat ik bij mevrouw Kühnemann was begonnen. Dat mijn voorgangster vanwege een man haar baan had opgezegd.

'Hanna,' zei hij, en hij pakte mijn hand toen mijn antwoord uitbleef. 'Denk eens na! Je rent momenteel van hot naar her, en als je 's ochtends bij Henning komt, zie je er soms heel moe uit. Niet dat het afbreuk doet aan je schoonheid, maar ik zou niet willen dat je uitgeput raakt. Mevrouw Kühnemann vindt wel weer een andere garderobejuffrouw, het wemelt in Berlijn van de jonge vrouwen die graag een baan willen hebben. Jij hebt het niet meer nodig. Als je naar een danshuis gaat, hoor je dat aan mijn zijde te doen, in een prachtige jurk, en te dansen. Dat kun je je permitteren, geloof me.'

Daar twijfelde ik niet aan. 'En waar moet ik dan wonen?' vroeg ik, wat eigenlijk geen echt bezwaar was, want ik verdiende inmiddels genoeg voor een eigen woning.

Laurent pakte me bij de hand. 'Kom mee, dan laat ik het je zien.'

We stapten in een taxi en lieten ons naar een prachtig huis met een witgepleisterde gevel brengen. De hemel weerspiegelde in de ramen, en voor het gebouw groeiden majestueuze bomen die op het punt stonden hun loof te verliezen.

'Wat zeg je ervan?' vroeg hij toen we voor de deur stonden.

'Bedoel je dat ik hier moet gaan wonen?' Het huis leek me reusachtig, het was nog groter dan dat waarin we in mijn kindertijd hadden gewoond. Hier kon je een hele familie onderbrengen, inclusief grootouders, tantes, ooms en nichten en neven.

'We moeten hier allebei gaan wonen!' antwoordde hij.

Ik keek hem verward aan. 'Wij?'

'Ja, jij en ik. Het wordt tijd dat ik mijn vrijgezellenkamer in de Torstraße opgeef. Henning is weliswaar een goede huurbaas, maar hij komt ook te pas en te onpas bij me binnenvallen, en als jij bij me bent is dat het laatste wat ik wil. Bovendien...'

Hij keek me aan. 'Zou je het je kunnen voorstellen met mij in een huis te wonen? We kunnen de kamers delen. En elkaar elke dag zien. Ik zou je naar je fotosessies kunnen brengen en voor je zorgen.'

Die vraag verraste me enorm. En hoewel alles in mij erop aandrong ja te zeggen, waren er duizend stemmetjes die me wilden aanpraten dat het geen goed idee was.

'Is het niet onbehoorlijk om samen te wonen?' vroeg ik. 'We zijn immers niet getrouwd. De mensen...'

Hij snoerde me de mond met een kus. 'Wat de mensen zeggen laat me koud. Ik wil je elke dag zien, Hanna. Ik wil er voor je zijn.'

Met die woorden haalde hij een doosje uit zijn zak, klapte het open en knielde voor me neer. Het gefonkel van een kleine briljant trof mijn ogen.

'Wil je mijn vrouw worden?'

Ik staarde hem verschrikt aan. Het liep tussen ons heel goed en ik kon me geen andere man voorstellen met wie ik mijn leven zou willen delen. Toch kwam het aanzoek als een verrassing.

'Ja!' flapte ik eruit. Mijn hart bonsde van vreugde. 'Ja, natuurlijk wil ik dat!' Het kleine meisje dat bang was voor het huwelijk, was verdwenen. Op dat moment voelde ik niets anders dan geluk.

'Maar je weet wel dat we als getrouwde mensen in een huis moeten wonen, of niet soms?' vroeg hij nadat hij de ring om mijn vinger had gedaan.

'Ja, dat weet ik,' antwoordde ik en ik kuste hem.

En zo kwam de dag dat ik mijn baan bij het danshuis moest opgeven en Ella moest vertellen dat ik ging trouwen.

'Ik wist wel dat je je op een dag uit de voeten zou maken,' zei ze bedroefd. Daarna nam ze me echter in haar armen. Er drupten een paar tranen op mijn schouder. 'Maar ik ben zo blij voor je. Je hebt de wilde leeuw getemd. Hanna, stel je eens voor!' Met van tranen glinsterende ogen keek ze me aan. 'Alle vrouwen van Berlijn zullen je haten, geloof me.'

'Maar jij niet,' antwoordde ik. 'Of wel soms?'

'Nee, ik niet.' Ze stak haar neus in de lucht. 'Maar wil je me iets beloven?'

'Natuurlijk!' antwoordde ik, blij dat ze niet boos was. 'Wat zou je dan willen?'

'Laat mij alsjeblieft je bruidsmeisje zijn! We wonen al zo lang samen en zijn toch vriendinnen, of niet soms?'

'Natuurlijk zijn we dat! En ik vind het geweldig als je mijn bruidsmeisje zou zijn. Ik heb hier toch niemand behalve jou en Laurent.'

Ik sloot haar in mijn armen, en nu vergoot ik ook een paar tranen. Ik kon nog steeds niet geloven dat mij al dit geluk ten deel viel. Na alles wat er met me was gebeurd! Kon Thanh dit moment maar meemaken.

Claire Kühnemann reageerde allesbehalve verheugd toen ik in haar kantoor verscheen om haar mee te delen dat ik weldra bij het danshuis weg zou gaan.

Ik was al geneigd haar over de verloving te vertellen, maar met haar woorden in gedachten liet ik dat achterwege. In plaats daarvan voerde ik mijn engagementen als reden aan, voor verscheidene modehuizen, onder andere ook voor Chanel, dat onlangs zelfs een boetiek in Londen had geopend.

'Ik zou liegen als ik zou beweren dat ik het niet had zien aankomen,' antwoordde ze ijzig. 'Zelfs de meest bedeesde jonge vrouwen laten zich het hoofd op hol brengen – hetzij door een man, hetzij door een fotograaf die hun gouden bergen belooft.'

Haar blik viel op mijn hand. Ook al had ik niet over mijn verloving willen vertellen, mijn ringvinger sprak voor zich.

'Blijkbaar zijn gelukwensen op hun plaats,' merkte ze somber op. 'Wie is de gelukkige?'

Ik keek verlegen naar mijn hand. 'Laurent de Vallière.'

Mevrouw Kühnemann snoof spottend. 'Ben je daar zeker van? Niemand in Berlijn gelooft echt dat hij zich ooit zal binden. Heeft hij die trouwbelofte in bijzijn van getuigen gedaan?'

Nee, dat had hij niet, maar ik wist zeker dat dat er niet toe deed, dat hij zijn belofte zou houden. Op dat moment begon ik mevrouw Kühnemann zelfs een beetje te haten. Natuurlijk was ze kwaad dat ik wegging – maar was het nou nodig mijn relatie met Laurent door het slijk te halen? Wat had hij gedaan waardoor ze hem niet mocht?

'We gaan trouwen.' Ik deed mijn best me te beheersen. Het liefst had ik haar in het gezicht geslingerd dat ze niet het recht had een oordeel te geven over mijn relatie met Laurent, maar ik wilde niet mijn moeder beschamen door me onbehoorlijk te gedragen. 'En als het zover is, zal het me een genoegen zijn u uit te nodigen, mevrouw Kühnemann.'

Daar reageerde ze niet op. Haar blik bleef vertoornd op me rusten.

'Wel, het is jouw leven,' zei ze uiteindelijk en ze stond op. 'Ik zal de laatste zijn om iemand niet alle geluk van de wereld te wensen. Maar tegelijkertijd ben ik teleurgesteld, want ik hoopte dat je nog een tijdje voor me zou blijven werken. Ik zal je je loon voor de afgelopen dagen meteen uitbetalen, en dan kun je je spullen pakken.'

Daarop liep ze naar een schilderij van een meisje met een appelkorf. Ze haalde het van de haak, waarna de deur van een kluis tevoorschijn kwam. Daar nam ze een paar bankbiljetten uit, toen herstelde ze alles in de oude staat en pakte een envelop uit de la van haar bureau.

'Hier, pak aan,' zei ze ijzig. 'Ik hoop voor jou dat monsieur De Vallière zich aan zijn belofte houdt. Mocht hij dat niet doen, dan kun je weer bij mij aankloppen.'

'Dat is heel vriendelijk van u,' antwoordde ik met ingehouden woede. 'En ik blijf bij mijn belofte u voor mijn bruiloft uit te nodigen. Of u de uitnodiging aanneemt laat ik aan u over, maar het zou me zeer verheugen. En ik wil u bedanken voor alles wat u voor me hebt gedaan. Als het kan, hoop ik het u ooit nog eens te vergoeden.'

Even meende ik haar gezichtsuitdrukking zachter te zien worden, maar daar vergiste ik me in.

'Het beste, juffrouw Nhài,' zei ze en ze draaide zich weer om naar haar bureau. Zachtjes liep ik het kantoor uit en ging voor de laatste keer naar boven naar Ella, om mijn spullen te pakken.

Omdat ons huis nog niet gemeubileerd was, nam ik die nacht mijn intrek bij Laurent. Hij was erg blij dat ik zo snel uit het danshuis weg was gekomen, en om dat te vieren nam hij me die avond mee naar een heel mooi restaurant. Ik droeg de jurk die hij me zo lang geleden in het danshuis had gestuurd en waarin ik in de tuin met hem had gedanst.

Die nacht bedreven we voor het eerst de liefde.

Henning was er niet, hij had een van zijn fotomodellen meegenomen naar een danshuis. We hoefden dus niet bang te zijn dat hij ons zou verrassen.

De hele avond had ik Laurents spanning gevoeld, en zelf wilde ik ook dat het die avond zou gebeuren.

Toen wij op zijn kamer waren aangekomen, kusten we elkaar en begonnen ons langzaam uit te kleden. Ik verlangde ernaar zijn huid te voelen, zijn gewicht op mij en zijn lid in mijn schoot. Ik wilde Claire Kühnemann logenstraffen en bewijzen dat hij mij toebehoorde, mij alleen.

Maar halverwege bekroop me de twijfel. Laurent dacht waarschijnlijk dat ik nog maagd was. Wat zou hij zeggen als hij merkte dat dat niet zo was? Zou hij me ter verantwoording roepen? Of vond hij het onbelangrijk?

Toen ik zijn kussen in mijn hals en op mijn borsten voelde, kon het me ineens niet meer schelen. Ik wilde hem alleen nog maar voelen, wilde ervaren dat dat wat een man en vrouw met elkaar deden anders was dan wat ik in het Rode Huis had meegemaakt.

Ik deed een beetje onbeholpen, want Laurent mocht niet merken dat ik al zo veel ervaring had. Toen hij uiteindelijk op me ging liggen, raakte ik bedwelmd. Wat in het bordeel een verplichting was geweest, werd hier een genotvol aftasten. Vaak had het in het Rode Huis pijn gedaan als mannen me penetreerden, maar Laurent nam ik heel gemakkelijk in me op, alsof het de natuurlijkste zaak van de wereld was.

Uiteraard merkte hij dat ik al eerder een man had gehad, maar op dat moment zag ik alleen maar lust en verlangen in zijn blik, geen verwondering, geen teleurstelling en ook geen wrevel.

Hij bewoog langzaam op en neer, kuste me en wachtte tot ik aangaf dat het sneller moest.

In mijn tijd in het bordeel had ik nooit een orgasme gehad, ik had altijd geprobeerd mijn ziel en mijn lichaam gescheiden te houden en de zaak zo vlug mogelijk af te werken. De mannen hadden steunend en kreunend op me gelegen en zichzelf bevredigd zonder acht op mij te slaan. Laurent was in elk opzicht anders. Hij rekte het spel, hield plotseling op en liefkoosde me voor hij doorging. Ik was bedwelmd en ging volkomen in hem op. Vlak voordat hij ejaculeerde explodeerde er iets in mij en nu kon ik begrijpen waarom mensen dit genoegen zo vaak mogelijk wilden beleven. Het had absoluut niets te maken met wat ik in het Rode Huis had ervaren.

Na afloop lagen we uitgeput tegen elkaar aan. Ik had mijn hoofd op Laurents borst gelegd, terwijl hij mijn rug streelde.

Ik voelde me zwaar en vederlicht tegelijk, ik was gelukkig, maar vreesde ook dat dit geluk maar van korte duur zou zijn. Van één ding was ik in elk geval zeker: Laurent behoorde mij toe, nu echt.

Niet alleen maar door de ring, maar ook door wat we zojuist hadden gedaan.

Toch lag ik nog lang wakker, terwijl Laurent zachtjes naast me lag te snurken, en keek naar de ring aan mijn vinger in het maanlicht. Ik was heel gelukkig, maar hoe langer ik naar de ring keek, des te meer merkte ik dat ik ook een bitterheid voelde die het geluk niet kon verdoezelen.

Als het allemaal anders was gelopen, als de piraten Thanh niet bij me weg hadden gehaald, dan was niet Ella mijn bruidsmeisje geworden, maar zij. En wie weet hadden we de weg die ik nu nam, samen genomen. We hadden kunnen krijgen wat we wilden als de mensenhandelaren, de piraten er niet waren geweest. Ik hoopte zo dat Thanh een mogelijkheid had gevonden zich te bevrijden en haar eigen gang te gaan. En ik beloofde haar in stilte dat ik haar ondanks alles zou gaan zoeken zodra mijn leven ordelijk verliep. Zodra ik eindelijk de moed had gevonden Laurent ook de duistere kant van mijn geschiedenis te vertellen.

In de tijd die nu volgde werden we permanente gasten in talloze restaurants en danshuizen in de stad. In de winter waren er de ongelooflijkste bals, met sprookjesthema's of Russische onderwerpen. Laurent gaf me daarvoor een witte bontvacht en zwoer dat ik er als een prinses uitzag. Bovendien liet hij nieuwe baljurken voor me maken, zodat de kasten van mijn nieuwe kleedkamer algauw uitpuilden.

Inmiddels woonden we in het mooie witte huis met de gepleisterde gevel en de ruime kamers, en hoewel ik ertegen had geprotesteerd, kwam er driemaal per week een dienstmeisje om schoon te maken en voor de was te zorgen.

Laurent liet zich bij de bals niet de kans ontgaan mij als zijn verloofde voor te stellen, wat me behoorlijk trots maakte. Hij had Claire Kühnemanns twijfel gelogenstraft.

Ten slotte besloten we onze verloving openbaar te maken en tegelijkertijd onze trouwdatum in de zomer aan te kondigen.

'Mijn ouders zullen verwachten dat we hun een bezoek brengen,' verklaarde Laurent en hij trok daarbij een gezicht alsof het de moeilijkste opgave was waar hij ooit voor had gestaan.

'Ik zou graag met je ouders kennismaken,' antwoordde ik zonder acht te slaan op de twijfel in zijn ogen. Ik verheugde me er echt op de mensen te leren kennen aan wie ik deze geweldige man te danken had.

De winter van 1927/28 legde een deken van sneeuw op de daken en in Hennings atelier was het kil, hoewel hij de kachels met cokes stookte. Ik stond te kleumen in mijn dunne jurk, waarvan Henning beweerde dat het een van de mooiste was die hij de laatste tijd voor de lens had gekregen, en Laurent leek mij in zijn pak zo elegant dat ik nauwelijks kon geloven dat ik over een paar maanden met hem zou trouwen.

We lieten Hennings wensen over ons heen komen en stonden braaf stil tot hij eindelijk tevreden was.

'Ik zal een foto aan Paul geven, dan kan hij het goede nieuws in de *B.Z.* melden,' zei Henning. Paul was de journalist die destijds over mij geschreven had.

Een paar dagen later verscheen de verlovingsaankondiging met Pauls artikel in de middageditie van de *B.Z.* We straalden de lezers tegemoet alsof de wereld ons toebehoorde. Ik was ervan overtuigd dat Claire Kühnemann het artikel zou lezen. Wellicht zou ze nu inzien dat Laurent rechtschapen was en dat zij zich vergist had.

Ella was in elk geval blij. Nadat ik bij het danshuis weg was gegaan, was ze een paar keer bij me op bezoek geweest en had zich verbaasd over hoe ik nu woonde.

'Daarvoor zou ik ook uit het danshuis zijn weggegaan,' verklaarde ze terwijl ze met grote ogen rondkeek.

'Heeft mevrouw Kühnemann alweer iemand gevonden?'

'Nee, de laatste die solliciteerde heeft het maar één avond volgehouden. De bazin heeft haar de hele tijd geobserveerd, blijkbaar wilde ze er zeker van zijn dat het kind niet met de mannen koketteerde. Dat heeft ze ook niet gedaan, maar na al dat observeren was ze één bonk zenuwen. En waarschijnlijk heeft ze andere meisjes ook verteld hoe het er in het danshuis aan toe ging. In elk geval heeft zich sindsdien niemand meer gemeld.'

'Dan moet je de garderobe dus de hele tijd alleen bedienen?' Meteen stak mijn slechte geweten weer de kop op. Ella haalde haar schouders op. 'Dat moest ik vroeger ook.'

Een paar dagen na het verschijnen van de aankondiging had ik met haar een afspraak op de Kurfürstendamm om voor haar een jurk voor de bruiloft te kopen.

'Je bent mijn bruidsmeisje,' weerlegde ik haar protest toen ze zei dat de jurk te duur was. 'Bovendien kun je wel een jurk gebruiken om indruk op Antonio te maken. Jullie zijn toch nog samen?'

'Jawel,' zuchtte Ella, die nogal spijtig leek. 'Maar hij neemt het wat trouw betreft niet zo nauw. In de danszaal hoeft iemand maar met hem te koketteren of hij gaat erop in.'

'Maar dat is toch zijn beroep!' antwoordde ik.

'Het is zijn beroep om te dansen, meer niet. Ik heb een keer gezien dat hij een van die vrouwen kuste. Daarna zei hij dat ze hem een fooi had gegeven, maar ik heb tegen hem gezegd dat hij toch geen snol is die voor geld alles doet.'

Ik deed mijn best te verbergen hoe die opmerking me raakte.

'En wat zei hij toen?' vroeg ik terwijl ik mijn blik gespannen op de etalage van een damesmodezaak richtte.

'Hij lachte alleen maar en beloofde dat het niet meer zou gebeuren. Maar ik weet zeker dat het een leugen was. Als ik hem nog eens op zoiets betrap, zal hij ervan lusten!' Ella richtte haar blik nu ook op de etalage en even later klaarde haar gezicht op. Ze wees naar een lichtblauwe jurk van crêpe de chine met een lage taille.

'Als je dat een geschikte jurk voor een bruidsmeisje vindt, zou ik die graag nemen.'

Ik glimlachte naar haar en legde mijn hand op de deurklink. 'Natuurlijk is die geschikt. Kom, laten we hem gaan halen.'

Toen, in het voorjaar van 1928, was het zover. Nadat Laurent een tijdje brieven had uitgewisseld met zijn moeder, werden wij door zijn ouders op hun kasteel uitgenodigd.

'Eigenlijk had je me allang moeten voorstellen,' zei ik toen hij me over de uitnodiging vertelde. 'Je ouders zullen vast boos zijn als ze merken dat we allang verloofd zijn en dat de bruiloft al over drie maanden zal plaatsvinden.'

'Mijn ouders zijn voortdurend boos over iets wat met mij te maken heeft,' antwoordde hij luchtig. 'Ik ben weggegaan uit Parijs omdat ik wist dat ik nooit aan de eisen van mijn vader zou kunnen voldoen. Ik moest zijn bedrijf overnemen, maar ik wilde me aan de kunst wijden. Mijn moeder wilde me koppelen aan een van de meisjes die op het debutantenbal kwamen, maar geen van hen beviel me. Nu weet ik ook waarom.' Hij drukte een kus op mijn mond en sloeg zijn armen om me heen. Ik zat op de sofa een jurk te naaien – ondanks de dure robes liet ik het me niet ontnemen zelf te naaien – en moest mijn werk wegleggen om me niet in de vinger te prikken.

'Heb je hun dan niet geschreven dat je je met mij wilde verloven?'

'Natuurlijk! En als je afziet van alle verwijten die mijn moeder over me heen heeft gestort, verheugt het haar toch zeer om je te leren kennen. Ook al heeft haar dierbare zoon de fout gemaakt je niet eerder voor te stellen.'

'En als ze me nou niet willen?'

Laurent begon te lachen. 'Dat is bijna net zoiets als niet van suikerspin houden. Of taart! Geloof me, ze zullen je mogen. Ze zullen mij van alle kanten bekritiseren, en als alles goed gaat zullen ze jou op het hart drukken dat je een ander mens van me moet maken. Maar meer zal er niet gebeuren, neem dat maar van me aan.'

Ik nam het graag van hem aan.

Toen we twee weken later in de trein zaten, klopte het hart me desondanks in de keel. Wat zouden Laurents ouders zeggen? Zij waren echte Táy, en hoewel Laurent zei dat het vriendelijke mensen waren, was ik er niet zeker van dat het hun zou bevallen dat hun zoon samen was met een meisje uit Indochina. In Saigon waren zulke verbintenissen ondenkbaar geweest – in elk geval in de hogere kringen, en Laurent was uit die kringen afkomstig.

Toen hij mijn ongerustheid opmerkte, pakte hij mijn hand. 'Wees niet bang, ze zullen je niet bijten. En ik zal erop letten dat ze je geen onaangename vragen stellen.'

Dat zou ik maar al te graag geloofd hebben, maar ik wist hoe ouders waren. Ook al kon je hier in Europa blijkbaar kiezen met wie je trouwde, het betekende bij lange na niet dat de ouders niet zouden proberen daar invloed op uit te oefenen.

Halverwege, toen we in Keulen kwamen, namen we onze intrek in een hotel aan de Rijn. Ik was onder de indruk van de dom en de talrijke oeroude gebouwen in de buurt. Laurent vertelde me over de aartsbisschoppen en over de tijd waarin Napoleon Duitsland had verslagen en Keulen had bezet. Dat leidde me een beetje af.

's Nachts kon ik echter niet slapen. Toen ik zeker wist dat Laurent diep in slaap was, stond ik op en ging bij het raam staan. Van daaraf had ik goed zicht op de rivier, die in het maanlicht zijn weg naar de zee zocht.

De Rijn had niet veel gemeen met de Mekong. Hij leek tussen de huizen in geperst, had niet zo veel vertakkingen, en het water was ook overdag vuilgrijs en niet groenachtig zoals de rivier in mijn vaderland.

Maar ook de Mekong had de vele angstige vragen die door mijn hoofd gingen niet kunnen beantwoorden.

Ten slotte zag ik in dat het beter was weer naar bed te gaan, dus ging ik naast Laurent liggen en nestelde me tegen zijn brede rug.

De volgende ochtend reisden we verder naar Parijs. Laurent werd niet moe me over zijn geboortestad te vertellen. Over de Eiffeltoren, de kastelen en Versailles, een prachtig slot dat ze aan een koning te danken hadden die zichzelf de Zonnekoning noemde.

Op mijn beurt vertelde ik hem over Saigon, en terwijl ik over de Mekong, de Franse wijk en de rijstvelden praatte, merkte ik dat ik me een beetje zekerder begon te voelen. Ik had geen familie meer, in elk geval niet hier, en misschien had ik haar door mijn vlucht ook helemaal verloren. Maar ik had een vaderland, en ook al lag het duizenden kilometers ver, ik droeg de beelden nog altijd bij me.

Het landgoed van Laurents ouders lag iets buiten Parijs. Ik was verbaasd toen ik het zag. Ik kende de deftige huizen in Berlijn-Charlottenburg, maar die waren hierbij vergeleken armzalig. En hoewel hij het over een kasteel had gehad, had ik nooit verwacht dat het zo groots was met al die torens, gouden weerhanen en hoge ramen, waarin de zon zich weerspiegelde.

'Het is echt prachtig,' zei ik toen de auto op het ronde plein voor de toegangstrap stilhield. De chauffeur stapte uit en opende het portier van het achterste deel van de wagen. Toen ik uitstapte, knarste het grind zachtjes onder mijn voeten. Ik keek naar de hoofdtoren, die hoog naar de hemel oprees als een wachter die over het kasteel waakte.

'Nou ja, het is maar hoe je het bekijkt,' antwoordde Laurent toen ook hij uitstapte en mijn hand pakte. 'Vanbuiten is het natuurlijk prachtig, maar het is niet een plek waar ik me bijzonder prettig voel.'

'Maar het is je ouderlijk huis!'

'Dat wil nog niet zeggen dat het gezellig is. Het kasteel heeft veel koude gangen en een griezelige kelder. In de winter worden sommige gedeelten niet verwarmd, dan is het er net een ijskelder.' Hij moet mijn vraag in mijn ogen gelezen hebben, want hij voegde eraan toe: 'Mijn ouders mogen dan rijk zijn, maar ze willen geen geld verspillen aan ruimtes die ze niet gebruiken. Eigenlijk is het kasteel veel te groot, waarschijnlijk heeft het vroeger gediend om mensen op te nemen die op de vlucht waren voor de oorlog. Maar het is al honderden jaren familiebezit, er wordt zelfs gezegd dat een van mijn voorouders zich met succes tegen de Revolutie heeft verzet.'

Het gaf me een goed gevoel dat van hem te horen. Ook Laurents ouders hadden familiezin. Misschien waren Fransen en Vietnamezen toch niet zo verschillend als ik dacht.

'Later zal ik je alles laten zien, maar nu zullen we maman niet langer laten wachten.' Laurent trok me de trap op.

De entree van het kasteel was getooid met prachtige schilderijen en pleisterwerk met bloemenranken. Het parket glom zo dat we ons er bijna in konden spiegelen. Maar het viel me op hoe koel het er was. Ik kreeg kippenvel op mijn armen en had spijt dat ik mijn gebreide jasje niet had aangetrokken. Luid weerklonken onze voetstappen door de ruimte toen we naar de volgende trap liepen, waarboven het portret hing van een man met een lange grijze pruik.

Toen ik na een tijdje gewend raakte aan het stucwerk, de schilderijen en de dure tapijten, kwam mijn nervositeit terug. Bij de deur van de salon aangekomen was ik het liefst omgekeerd, zo beschroomd voelde ik me. Laurent pakte mijn hand vast en benadrukte dat het heus niet erg zou zijn. Toen gingen we samen naar binnen.

De inrichting van het vertrek zag er heel oud uit, talloze meubels stamden blijkbaar nog uit de barok. Tijdens een bezoek aan een van de Berlijnse musea had Laurent me de Europese bouwstijlen uitgelegd, zodat ik sommige meubelstukken en huizen al goed kon plaatsen.

Laurents moeder was een slanke vrouw met hazelnootbruin haar, dat in keurige golven haar hoofd omkranste. Ze droeg een grijsblauwe middagjapon, die de kleur van haar ogen bijzonder goed accentueerde. Ze was zeker een hoofd groter dan ik, wat zelfs voor een Europese vrouw behoorlijk lang was. Moeiteloos kon ze haar zoon in de ogen kijken, die maar een paar centimeter langer was.

'Bonjour, maman, zo te zien ben je een en al leven!'

Madeleine de Vallière sloot haar zoon met een hartelijke glimlach in de armen. 'Laurent, ik dacht al dat ik je nooit meer te zien zou krijgen! Je ziet er goed uit, m'n jongen!'

'Ik voel me ook heel goed,' antwoordde Laurent terwijl hij zich weer van haar losmaakte.

Nu viel Madeleines blik op mij. En hoewel ze bleef glimlachen, leek er in haar gezicht iets te veranderen. De glimlach bereikte haar ogen niet meer. Haar blik werd koel, en haar gezicht leek te verstenen. Laurent scheen het niet te merken, want hij ging achter me staan en legde zachtjes zijn handen op mijn schouders.

'Dit is Hanna. Hanna Nhài – Hanna, dit is mijn moeder, Madeleine de Vallière.'

'Aangenaam kennis te maken,' zei ze en ze stak me haar hand toe. Haar gezichtsuitdrukking werd niet hartelijker. Blijkbaar had Madeleine iets anders verwacht. Iemand anders. Natuurlijk had Laurent over mij verteld, maar net als indertijd bij Henning had hij een belangrijk detail weggelaten. Namelijk dat ik een Vietnamese was.

Ik beantwoordde haar glimlach en schudde wat onzeker haar hand. 'Uw zoon heeft al veel over u verteld, madame.'

Madeleine wierp Laurent een weinig enthousiaste blik toe.

'Je spreekt heel goed Frans. Je komt uit Indochina, nietwaar?'

'Ja, madame,' antwoordde ik. 'Uit Saigon.'

'Naar ik heb gehoord moet dat een mooie stad zijn. Exotisch en... verdorven.'

Ik verstijfde. Dacht ze soms dat haar zoon door een meisje uit Cholon aan de haak was geslagen?

'Dat kan ik niet beoordelen, madame, ik woon al bijna twee jaar in Duitsland.'

'Ben je de dochter van een diplomaat?'

Ik aarzelde. Welbeschouwd was ik dat. 'Mijn vader werkte voor de koloniale regering en het keizerlijk hof,' antwoordde ik in de hoop dat ze daarmee genoegen zou nemen. Maar daarin vergiste ik me.

'Werkte?' kwam Madeleine erop terug.

'Hij is bij een opstand doodgeschoten.'

'Betreurenswaardig.'

Er viel een onaangename stilte.

'Maman, zullen we niet even gaan zitten?' vroeg Laurent uiteindelijk. 'We hebben een lange reis achter de rug en willen graag iets drinken.'

'Natuurlijk, mijn excuses,' reageerde Madeleine stijfjes. 'Komt eraan, ik heb Charles gevraagd verse limonade voor ons te maken.'

'Onze kok,' fluisterde Laurent ter verklaring toen we de vrouw des huizes volgden.

Ik knikte bedrukt. Mijn hart bonsde als een gek. Het was me duidelijk dat zijn moeder reserves koesterde jegens mij. Ik was geen blanke, en Laurent wist niet veel van mijn familiegeschiedenis. Dat van mijn dode vader en mijn stiefvader had ik hem verteld. Maar ik kreeg het gevoel dat zijn moeder niet tevreden zou zijn met de dochter van een smid voor haar zoon.

Madeleine bracht ons naar de wintertuin, die vol exotische planten stond. Ik ontdekte een bananenboom, palmen en enkele orchideeën in prachtige potten. In een volière kwetterden kanaries om het hardst.

Nadat ze een dienstmeisje had opgedragen limonade voor ons te halen, namen we plaats in kunstig gevlochten rieten stoelen.

'Die heeft mijn man uit Thailand laten komen,' verklaarde Madeleine toen ik een beleefde opmerking over de meubels maakte. 'Het vervoer was duurder dan de stoelen zelf, maar in sommige dingen moet ik mijn man wel zijn zin geven.'

Dat betekende dat ze een hekel aan de meubels had. Ik daarentegen vond ze prettig en ik was blij dat we nu in de wintertuin waren. Daar voelde ik me iets zekerder, en doordat het zonlicht naar binnen viel was het er ook warmer.

'Waar waren we ook alweer gebleven?' vroeg Madeleine en ze beantwoordde haar vraag meteen zelf. 'Ach ja! Wat gebeurde er met de familie toen je vader was vermoord?'

'We zijn... verhuisd. Mijn moeder is hertrouwd en ik ben uiteindelijk naar Duitsland geëmigreerd.'

'Om er te gaan studeren? Dan had je net zo goed naar Frankrijk kunnen gaan.'

'Moeder, hou eens op met al dat gevraag, daarvoor is later nog tijd genoeg, nietwaar?' Ik voelde Laurents verontschuldigende blik.

'Dat denk ik niet. Het gaat hier toch om de vrouw met wie je wilt samenleven, misschien zelfs trouwen. Dan moet ik als jouw moeder wel het een en ander van haar weten, want zelf ben je een meester in het weglaten van details.'

Blijkbaar had hij in zijn brieven helemaal niet verteld wie ik was. Ik voelde me in het nauw gedreven. Ik kon haar niet alles over mijn familie vertellen, dan had ze me waarschijnlijk onwaardig bevonden.

'Is je moeder weer met een ambtenaar getrouwd? Zo'n overtocht naar Duitsland zal wel vreselijk duur zijn.'

Ik was blij dat ze niet verder doorvroeg over studeren, maar wat voor antwoord moest ik nu geven? Ik besloot de waarheid te spreken en had daar meteen spijt van.

'Een smid dus?' Madeleines valse glimlachje verdween nu bijna helemaal. 'Had je moeder dan eigen vermogen? Anders had ze je toch niet naar Duitsland kunnen sturen, nietwaar?'

'Er deed zich een gunstige gelegenheid voor,' antwoordde ik benauwd en ik keek naar Laurent. Die leek een beetje hulpeloos. Blijkbaar had hij er geen rekening mee gehouden dat zijn moeder zo in details zou treden.

Toen het dienstmeisje met de limonade verscheen, kreeg ik een kleine adempauze. Terwijl de koele, naar citroen smakende drank mijn gortdroge keel in klokte, werd me echter duidelijk dat dit nog lang niet alles was geweest.

'Welnu, je moet weten dat mijn zoon uit een zeer rijke, vooraanstaande familie stamt. Wij hebben een naam op te houden, en om die reden zou het zeer betreurenswaardig zijn als hij een vrouw kreeg die alleen maar aangelokt wordt door rijkdom, en niet met verplichtingen weet om te gaan.'

Bij die woorden had ik me haast verslikt. Ze dacht echt dat ik op Laurents geld uit was! Of was dat hier de manier om over een bruidsschat te onderhandelen? Boosheid en vrees tegelijk bezorgden me pijn in mijn maag.

'Maman!' zei Laurent kwaad en hij wilde al opspringen. Maar dit was niet zijn strijd.

'Madame, ik verzeker u dat Laurents vermogen me niet in het minst interesseert,' zei ik en ik legde mijn hand op zijn arm. Zijn lichaam leek net een te strak gespannen veer. 'Ik heb pas kort geleden gehoord dat u in een kasteel woont. Als het een eenvoudiger huis was geweest, of een hutje, dan had me dat ook niet gestoord. Ik hou van uw zoon omdat hij is zoals hij is en niet omdat hij geld heeft. Geld heb ik namelijk niet bij hem gezien toen ik hem leerde kennen.'

Ik was verbaasd hoe duidelijk die woorden uit mijn mond kwamen, hoewel ik vanbinnen trilde. Natuurlijk klopte wat ik zei niet helemaal, natuurlijk was het aan Laurent te zien geweest dat hij geld had. Maar hoe moest ik haar anders duidelijk maken dat ik niet in rijkdom geïnteresseerd was?

Madeleine taxeerde me daarna en ik dwong mezelf haar blik te weerstaan.

Na een tijdje keek ze eindelijk weg, pakte haar limonadeglas en nam een slok. Minutenlang heerste er stilte. Ik keek naar Laurent en zou hem het liefst hebben gevraagd wat er nu zou komen, maar toen zei Madeleine: 'Jullie zijn vast moe van de reis. Louise heeft jullie kamers al in orde gemaakt.'

'Dat is heel fijn,' antwoordde Laurent en hij leegde zijn glas.

'Hanna, misschien heb je zin voor het avondeten een kleine rondleiding door het kasteel en de tuin te krijgen. Laurent zal je alles beslist graag laten zien.'

'Natuurlijk, maman,' antwoordde hij, en doordat zijn lichaam ontspande merkte ik dat ik het ergste achter de rug had.

Even later stonden we op.

'Wil je eerst het kasteel zien, of liever de tuin?' vroeg hij toen we de trap opklommen. Onze kamers lagen op de eerste verdieping, in de zuidelijke vleugel, zoals Laurent me had uitgelegd.

'De tuin,' antwoordde ik, nog steeds gespannen door het onderhoud van zojuist. Wat zou zijn moeder bij de volgende gelegenheid vragen?

'Goed, de tuin. Je kunt het best je middagjapon aantrekken, mijn moeder hecht altijd grote waarde aan correcte kleding.'

Vanzelfsprekend had Madeleine ons twee eenpersoonskamers toegewezen. Blijkbaar vreesde ze dat we ontucht zouden bedrijven. Natuurlijk vond ze dat een paar zich tot aan het huwelijk moest onthouden.

Mijn bagage was er al. Toen ik de grote kastkoffer met mijn garderobe openmaakte, moest ik er weer aan denken dat ik ruim een jaar geleden niet had kunnen vermoeden dat ik ooit een jurk voor elk moment van de dag zou hebben. En nu kon ik zelfs kiezen.

Gekleed in een dunne lichtblauwe jurk met niet al te lage taille en bijpassende gespschoenen, klopte ik op de deur van Laurents kamer aan de overkant.

'Lieve help, jij bent de enige vrouw die zich vlugger omkleedt dan een man,' zei hij toen hij me binnenliet. Hij was nog maar net van broek gewisseld. Zijn lichte polohemd lag op het bed.

'Ik hoop dat je dat door de vingers ziet,' antwoordde ik en ik gaf hem een kus. 'Ik zal me zo onberispelijk mogelijk gedragen, zodat je moeder niet nog meer op me aan te merken heeft.'

'Mijn moeder heeft beslist niets aan te merken,' antwoordde hij, en hij trok het hemd over zijn hoofd. Ik vond het leuk te zien hoe daarna zijn krullen alle kanten op stonden.

'Je moeder mag me niet,' antwoordde ik terwijl ik op de bedrand neerzakte. Het uitzicht uit de hoge ramen was prachtig. Je kon de hele tuin tot aan het aangrenzende bos overzien. 'Ze denkt dat ik alleen maar op je geld uit ben en verafschuwt me daarom.'

'Ze verafschuwt je niet. Maar je weet hoe moeders zijn. Ze geloven pas dat je de juiste keuze hebt gemaakt als ze zichzelf van de kwaliteiten van de kandidate overtuigd hebben.'

Ik was er niet zeker van dat ze mijn kwaliteiten ooit zou weten te waarderen.

'Ik kom uit Indochina. Daar werken we voor de Fransen, maar trouwen niet met ze.'

'En hier zijn we in Frankrijk en zouden we eigenlijk die koloniale bekrompenheid overwonnen moeten hebben. Je bent vrij en net als je landgenoten niet minder dan wij. En ik hou van je, vergeet dat alsjeblieft nooit!'

'Dat weet ik, en ik hou ook van jou. Maar je moeder...'

'Maak je geen zorgen over haar, ik kan behoorlijk eigenzinnig zijn. Toen ik zei dat ik graag wilde leren vliegen, heeft ze een hoop stampij gemaakt, want ze was bang dat ik zou neerstorten! En nu is ze ontstemd omdat ik geen blonde Marianne mee naar huis heb genomen. Maar ik zeg je dat ik tot nog toe altijd heb doorgezet. Je zult zien dat ze je in haar hart sluit. Je hebt je toch maar heel goed tegen haar verweerd en mij ervoor behoed ruzie met haar te maken.'

'Ik heb alleen maar gedaan wat me juist leek,' antwoordde ik. 'Mijn familie mag dan niet rijk zijn, maar ik heb een goede opvoeding gehad. En je moeder heeft het helemaal bij het verkeerde eind als ze denkt dat ik niets kan beginnen met tradities en familie-eer. In Indochina bestaat dat ook.'

Laurent kwam naar me toe en nam me in zijn armen. 'Dat weet ik. En ik ben blij dat ik de moed heb gevonden je te benaderen. Ik voel duidelijk dat je voor mij de juiste bent. En geloof me, mijn andere dames bevielen mijn moeder ook niet.'

'Zat daar geen Marianne bij?' vroeg ik en ik voelde weer de eigenaardige magie van zijn nabijheid, die alle woede in me afzwakte.

'Jawel, eentje heette volgens mij zo. Maar die vertoonde niet veel gelijkenis met ons nationale symbool. Over haar zou mijn moeder echt ontsteld zijn geweest.'

Laurent begon te lachen en kuste me toen hartstochtelijk. 'Kom, laten we een wandelingetje door het park gaan maken. Wat frisse lucht zal ons goeddoen, en hoewel ik er niet op belust ben dit hier allemaal op zekere dag te erven, kan niemand me ervan weerhouden de dame van mijn hart de landerijen van mijn familie te laten zien.'

Toen we door het park liepen, langs de prachtige bloemperken die vanuit de lucht gezien geweldige patronen te zien gaven, werd ik wat minder gespannen. De zoete bloemengeuren benaderden die in mijn vaderland en ik genoot ervan lucht in te ademen die niet van rook doortrokken was.

Algauw merkte ik dat elk deel van de tuin een beetje anders was.

'Mijn vader heeft kosten noch moeite gespaard om planten van over de hele wereld naar onze tuin te halen. De soorten die op Franse bodem niet willen groeien, heeft hij in de kas verderop neergezet.' Hij wees op een koepelvormig gebouw naast het kasteel, dat achter een dichte heg opdoemde. 'We hebben een prachtige verzameling orchideeën. Die groeien vast ook in jouw geboorteland.'

Ik knikte.

'En we hebben jasmijn. Een vriend zei dat dat ook in Indochina groeit.'

'Dat klopt. Bij mijn vaders huis hadden we jasmijnstruiken. Daar hebben Thanh en ik als kind onder gezeten.'

'Thanh?' vroeg Laurent, en ik herinnerde me dat ik hem tot dan toe nog niets over haar had verteld. Met Thanh waren de gedwongen overtocht en mijn slechte geweten verbonden. 'Mijn zusje...' antwoordde ik terwijl ik me tegelijkertijd warm en koud voelde worden. Eerst had ik mijn familiegeschiedenis voor Laurents moeder uit de doeken moeten doen, en nu... 'Ze is... in Saigon gebleven,' verklaarde ik ontwijkend en ik schaamde me er tegelijk voor dat ik bang was om Laurent mijn hele geschiedenis te vertellen.

Gelukkig kwamen we het volgende moment een jonge, donkerharige man tegen. Hij droeg een lichte tot aan de knie reikende knickerbocker met over zijn overhemd een geruite slip-over. Hoewel hij geen golfclubs bij zich had, leek hij rechtstreeks van de golfbaan te komen. Had de familie soms een eigen terrein aan de andere kant van het bos?

'Hé, Laurent!' riep hij toen hij ons zag.

'Ah, eindelijk een verstandig mens!' zei Laurent toen de man binnen gehoorsafstand was en hij stak zijn armen naar hem uit. 'Didier, broertjelief, kom in mijn armen!'

De twee mannen drukten elkaar aan het hart en klopten elkaar op de rug, toen draaiden ze zich om naar mij. 'Hanna, mag ik je je mijn broer voorstellen? Didier, dit is Hanna, over wie ik je al geschreven heb.'

De jongere man leek erg op Laurent, maar zijn gelaatstrekken leken wat zachter, jongensachtiger.

'Jij bent dus degene die die ouwe rokkenjager wil temmen,' zei hij hartelijk en hij schudde mijn hand. 'Het verheugt me ten zeerste je eindelijk te leren kennen!'

Zijn ogen glimlachten mee, het was dus welgemeend.

'Maar hij heeft me niet geschreven dat je zo'n schoonheid bent! Geen wonder dat modefotografen weg van je zijn!'

Dat had Laurent hem blijkbaar geschreven.

'Ik wilde jullie nog iets te raden overlaten,' antwoordde Laurent en hij klopte zijn broer op de schouder. 'Het zou maar vervelen als ik alles al zou verklappen!'

'Alsof jij niet alleen al een groot raadsel bent!' repliceerde Didier. 'Hebben jullie maman al gesproken?'

'Jawel.' Laurent glimlachte naar me. 'Je kent haar toch.'

'En hoe!' antwoordde Didier. Blijkbaar hadden de broers een geheime code waarmee ze dingen konden zeggen die niet hardop konden worden uitgesproken. 'Maar daardoor moet je je niet laten afschrikken, Hanna. Mijn broer zal zich hier toch al niet vaak laten zien. En maman zal wel aan je wennen. Maar je moet geen angst tonen en je niet laten intimideren, dan ben je verloren.'

'Dat ben ik ook niet van plan, hoewel je moeder behoorlijk angstaanjagend is.'

'Dat klopt, zo is maman. Maar als je haar beter kent, is ze een schat.' Hij wendde zich nu weer tot zijn broer. 'We eten vandaag toch wel samen, of wou je die engel naar Parijs ontvoeren?'

'Nee, vandaag zijn we er helemaal voor de familie. Papa zal toch hopelijk ook hier zijn?'

'Toen hij hoorde dat je uit moffenland terug zou komen, heeft hij beloofd zich vrij te maken van alle verplichtingen.'

'Dan kunnen we erop rekenen dat hij me vandaag onder het eten weer vraagt waarom ik mijn leven verdoe in Duitsland in plaats van in zijn onderneming te stappen.'

'Onder meer. En mij zal hij bij gelegenheid vragen wanneer ik eindelijk een meisje mee naar huis breng. Als de eerstgeborene al niet zijn plicht doet, dan in elk geval de tweede.' Weer deelden de broers een geheim ogenblik, toen boog Didier voor mij, pakte mijn hand en kuste hem luchtig.

'Ik hoop ten zeerste dat je weldra tot de illustere kringen van De Valliéres zult behoren, mademoiselle. Je zult weer licht in onze stoffige zalen brengen. Au revoir!'

'Moffenland?' vroeg ik toen Didier buiten gehoorsafstand was. Hoewel ik heel goed Frans sprak, had ik de betekenis van het woord niet uit de context kunnen opmaken.

'Dat is een fraai scheldwoord voor Duitsers. Je mag van geluk spreken dat je geen Duitse bent, die had geen voet over de drempel van het kasteel mogen zetten.'

'Vanwege de oorlog?' Laurent had me een paar dingen over zijn vaderland verteld, ook dat er oorlog geweest was tussen Frankrijk en Duitsland.

'Vanwege de laatste oorlog en die daarvoor. De Vallières zijn erg patriottisch, weet je. Voor het vaderland springen ze met hart en ziel in de bres en daarom zijn ze vaak in de pan gehakt.'

'In de pan gehakt?' Kennelijk moest ik nog het een en ander leren wat Franse uitdrukkingen betreft.

'Ze werden afgeslacht, zoals dat heet. Gewoner is het om te zeggen dat ze gevallen zijn, maar ik ben van mening dat dat vermeden had kunnen worden als ze thuis bij de warme haard zouden zijn gebleven.'

'Maar als je land bedreigd wordt... Zou je dan niet gaan vechten?'

'Natuurlijk wel! Maar je kunt niet een heel volk de schuld geven als het tot vechten komt. Eerder de regering van een land. En de schutter wiens kogel je familielid treft. Ik heb geen vooroordelen jegens Duitsers. Integendeel, ik vind ze heel beschaafd. Maar voor de politiek onze middag nog bederft, kunnen we beter de jasmijn en de kas bekijken, vind je niet?'

Terwijl we verder liepen, dacht ik weer aan mijn vader en de rebellen. Mijn landgenoten die in opstand kwamen tegen de Fransen had ik niet gehaat, en inmiddels kon ik ze enigszins begrijpen. En ik wist dat ook ik op een of andere manier voor mijn land zou opkomen als het werd aangevallen. Ook al was het me onduidelijk hoe ik dat van zo'n grote afstand zou kunnen doen.

's Avonds verscheen Laurents vader inderdaad, en al op het eerste gezicht deed hij me aan de Táy denken die naar mijn moeders soirees waren gekomen. Hij was lang en slank, had stevig, bijna wit haar en een vastberaden blik.

Ook hij leek niet bijzonder enthousiast over me te zijn, maar hij vroeg me niet uit over mijn ouders. Ongetwijfeld zou zijn vrouw hem alles over mij vertellen.

Benauwd zat ik aan tafel, vreselijk bang iets verkeerd te doen. Er waren verschillende messen, vorken en glazen, die na elkaar gebruikt dienden te worden. Ik herinnerde me nog iets van wat mijn moeder me had bijgebracht, maar toch had ik het gevoel dat ik erg onbeholpen overkwam.

'Zeg eens, liefje, hoe staat je familie tegenover de koloniale regering van je vaderland?' richtte monsieur De Vallière ineens het woord tot mij. 'Er wordt gezegd dat er onder de Vietnamezen een verzetsbeweging actief is. Hier in Parijs zijn Vietnamezen die zich sterk maken voor onafhankelijkheid. Heb je ooit van een vent gehoord met de naam Nguyen Ai Quoc?'

Hij sprak de Vietnamese naam volkomen verkeerd uit, maar dat liet me op dat moment onverschillig. Ik voelde waar hij naartoe wilde.

'Vader, is dat een geschikt onderwerp als hier een jongedame voor het eerst op bezoek komt?' schoot Didier me te hulp. 'U kunt haar beter naar haar lievelingskleur vragen of naar muziek, van welke dansen ze houdt en dergelijke.'

De Vallière wierp zijn tweede zoon een duistere blik toe. Zijn vraag nam hij natuurlijk niet terug.

'Mijn vader werkte voor de koloniale regering,' antwoordde ik, terwijl ik mijn best deed rustig te blijven. Blijkbaar had Madeleine hem al over ons gesprek verteld. 'Hij is tijdens onlusten in Saigon door een terugketsende kogel gedood. En nee, die Nguyen Ai Quoc is me niet bekend.'

Monsieur De Vallière bromde iets onverstaanbaars, toen vroeg hij: 'Dan ben je dus niet van mening dat Indochina onafhankelijk moet zijn?'

Laurents woorden over patriottisme schoten me weer te binnen. Het werd me duidelijk dat ik me op heel dun ijs bevond.

‘Ik heb daar eerlijk gezegd nooit over nagedacht,’ antwoordde ik, want eigenlijk was ik er erg voor dat de Táy niet meer de baas zouden zijn over mijn land. Maar ik had er echt nog nooit verder over nagedacht. Mijn stiefvader had wel gefulmineerd over de Fransen, maar had de vooruitgang die ze brachten bewonderd en niet aan opstanden meegedaan. ‘Voor zover ik weet had mijn familie een goede verstandhouding met de Fransen.’

‘Dat is ook te hopen!’ antwoordde monsieur De Vallière. ‘Momenteel steek je toch je voeten onder de tafel van een Fransman en maak je gebruik van zijn gastvrijheid! En mijn zoon heeft een verhouding met jou. Het zou werkelijk heel ongepast zijn als je die relatie zou gebruiken om onze landgenoten in de rug aan te vallen.’

Ik geloofde mijn oren niet. Blijkbaar was monsieur De Vallière nog erger dan zijn vrouw. Meer dan ooit wenste ik mezelf nu terug in de garderobe van het danshuis bij Ella.

‘Uw opmerking is ook ongepast, papa,’ zei Laurent nu zachtjes terwijl hij zijn vader strak aankeek. ‘Hanna woont al enige tijd in Duitsland en ik kan u verzekeren dat ze geen plannen heeft uw vrienden in Saigon te verdrijven. En ook niet om geld naar zich toe te trekken om rebellen te financieren. Laten we het dus maar over vrolijkere onderwerpen hebben.’

Madeleine de Vallière werd ineens helemaal bleek, Didier tuurde gespannen naar zijn bord. Ik wist niet wat ik moest doen. Ik keek van Laurent naar zijn vader en weer terug. De twee namen elkaar met duistere blik op, waarbij ze me voorkwamen als herten die krakend hun geweien tegen elkaar wilden stoten.

‘Ik... ik heb vandaag uw kas kunnen bekijken,’ zei ik, in de hoop het ergste te kunnen afwenden. ‘U hebt werkelijk een prachtige orchideeënverzameling. En de jasmijn is een sprookje. Ik waande me bijna in de tuin van mijn ouders.’

Iedereen zweeg na mijn woorden, maar toen zag ik eindelijk Laurent en zijn vader zich ontspannen.

‘Dat is erg aardig om te zeggen,’ zei Madeleine nu, en er kwam weer wat kleur op haar wangen. Maar ze bleef gespannen. En monsieur De Vallière keek onverminderd boos. Hij staarde naar zijn bord, kauwde woedend op een stuk vlees en nam uiteindelijk een grote slok rode wijn.

'Excuseer me, ik heb nog werk te doen.' Monsieur De Vallière legde zijn servet naast zijn bord en stond op.

'Maar Paul, kan dat niet tot morgen wachten?' vroeg Madeleine, die me nu vergeleken met haar echtgenoot nog tamelijk vriendelijk leek. 'Je bent maar net aangekomen en hebt Laurent al zo lang niet gezien.'

'Wat ik gezien heb, is voldoende om een indruk te krijgen. Als er iets is, ben ik in mijn werkkamer te vinden.' Hij draaide zich om en verliet de eetkamer.

Een bedrukte stilte volgde op zijn vertrek.

'Lieve help, papa doet altijd zo dramatisch!' Didiers opmerking verdreef de stilte als een windvlaag. Hij glimlachte breed en hartelijk naar me. 'Het spijt me erg dat je hem meteen zo meemaakt, Hanna. Eigenlijk is hij een heel charmante man, nietwaar, maman? Waarschijnlijk is er in de firma iets aan de hand dat zijn ergernis heeft gewekt.'

Madeleine zette een verbeten gezicht, maar knikte en ging weer door met eten.

Ik keek naar Laurent tegenover mij. Zijn gezicht gloeide nog steeds. Het liefst had ik hem bij de hand genomen en was ik met hem naar buiten gegaan. Maar ik herinnerde me wat mijn moeder me had geleerd. In een vreemd huis kon je je zoiets niet veroorloven.

De rest van de tijd brachten we door met onbetekenend gepraat. Ik kon aan Madeleine de Vallière zien dat zij maar al te graag ook van tafel was gegaan, maar dat verbood het fatsoen. Pas toen de maaltijd voorbij was en Didier voorstelde nog even naar het tuinhuis te gaan, was ze verlost. Ze gaf de dienstmeisjes nog een paar aanwijzingen, daarna trok ze zich terug.

'Tja, zo heb je meteen al een mooi kijkje in onze familiediners gekregen,' zei Didier terwijl hij zijn handen in zijn zakken stak. 'Ik kan jullie alleen maar aanraden hier niet al te vaak te verschijnen, want het draait bij ons altijd om vaderlandsliefde.'

'Vader had Hanna niet op die manier moeten aanvallen,' mopperde Laurent. 'Is het dan te veel gevraagd om iets aardigs tegen haar zeggen of haar iets onbelangrijks te vragen?' Hij legde beschermend zijn arm om me heen.

'Je kent vader, bij hem is nooit iets onbelangrijk. Misschien heeft net een van zijn vrienden zich in zijn club beklaagd over die opstandige Vietnamezen. Of had hij gewoon een slecht humeur. Hij kan nu eenmaal niet anders.'

Didier glimlachte opbeurend naar me. 'Als je een paar van dit soort zittingen hebt meegemaakt, vind je het niet meer zo erg.'

'Ik vind het erg dat er gedacht wordt dat ik op het geld van de familie uit ben,' antwoordde ik. 'Mij laat het onverschillig, ik wil alleen maar Laurent.' We keken elkaar verliefd in de ogen, tot Didier spottend tussen zijn tanden floot.

'Ik geloof dat ik jullie beter alleen kan laten,' zei hij toen. 'En Hanna, ik neem aan dat moeder je in een eenpersoonskamer heeft ondergebracht.'

'Ja, hoe weet je dat?'

'Dat doet ze altijd. Maar ze slaapt heel vast, dus als jullie je willen vermaken, staat er niets in de weg.' Hij gaf me een schuine knipoog, toen verliet hij het tuinhuis.

Laurent en ik bleven daar nog een tijdje naar de sterren staan kijken. En ja, ik had vreselijk veel zin me met hem te vermaken – maar zou Madeleine echt zo vast slapen?

Na een tijdje gingen wij ook weer naar binnen, waar we geen mens tegenkwamen. Dus trok Laurent me meteen zijn slaapkamer in.

'Wat een avond, nietwaar?' zei Laurent terwijl hij zijn das letterlijk afrukte en toen zijn colbert uitdeed. 'Maar ik vind dat je je dapper hebt geweerd. En ik denk dat je diep in je hart voor de vrijheid van je landgenoten bent. Ik las in je ogen je echte antwoord.'

Laurent glimlachte breed en trok me tegen zich aan. 'En zoals mijn vader over die revolutionair sprak, zou ik de man graag leren kennen.'

'Dat zou je vader niet bevallen.'

'Veel aan mij bevalt hem niet, geloof me. Een rebel kennen kan niet erger zijn dan geen interesse hebben in zijn zaken.'

'Ben je nog steeds boos op hem? Of op mij?'

'Op jou? Nooit!' Hij kuste me. 'Wat hem betreft ligt dat heel anders. Maar daar moeten we vandaag niet meer aan denken.'

Zijn lippen gleden over mijn hals en daarna naar mijn schouders. Ik was het met hem eens, maar zag tegelijkertijd de schijnbaar onoverkomelijke horde van nog twee dagen voor me. Als ik pech had, zou monsieur De Vallière niet teruggaan naar Parijs en nog twee avonden lang proberen me in het nauw te drijven.

Maar dat werd allemaal bijzaak toen ik Laurent opgewonden hoorde ademhalen en zijn handen voelde die mijn jurk van mijn lichaam afstroopten.

Toen we weer vertrokken, was ik behoorlijk opgelucht. Laurent merkte dat, pakte mijn hand en kuste die. 'We zullen ons hier niet snel weer laten zien,' beloofde hij, ook al kon de chauffeur het ondanks het geronk van de motor horen.

Klopte dat? Ik wilde er niet meer aan denken. Ik wilde terug naar Berlijn, want daar voelde ik me inmiddels veilig. Ik zou weer doorgaan met de foto's, Henning had me voor ons vertrek laten weten dat hij opdrachten voor een heel nieuw modetijdschrift had gekregen. En Laurent kon zich weer bezighouden met de dingen die hij belangrijk vond. Sinds kort ondersteunde hij een literatuurkring, waardoor we geregeld konden genieten van voorleesavonden.

Het enige wat me wel eens somber stemde, was de vraag hoe het Thanh was vergaan, en of ik Hansen indertijd had gedood. Bij tijd en wijle lukte het me slecht de gedachten daaraan weer te verdringen. Gelukkig merkte Laurent het niet, en als hij het al in de gaten had, negeerde hij het. Op een gegeven moment zei ik tegen mezelf dat de goden me dit geluk niet zomaar hadden toebedeeld – ik had er een prijs voor moeten betalen. En als Hansen daarbij de pijp uit was gegaan, was het tenminste niet volkomen onrechtvaardig geweest.

Het zou een geweldig leven worden, eindelijk, na zo lange tijd...

19

Toen ze in Blumensee aankwamen, was het pikdonker. De maan had zich achter de wolken verscholen, en achter de ramen van de villa brandde geen licht meer. Marie was waarschijnlijk na Hanna's telefoontje gaan slapen.

Zwijgend liepen Hanna en Melanie de buitentrap op en gingen naar binnen. Hun voetstappen weerklonken verloren in het huis.

Tijdens de rit had Hanna haar verhaal verder verteld, met de foto's die ze van de fotografe had gekregen in haar handen.

'Het was me het dagje wel,' zei Hanna toen ze boven waren. 'Ik hoop dat mijn verhaal je niet te veel heeft aangegrepen.'

Melanie schudde haar hoofd. 'Nee uw verhaal niet, maar...'

'Maar Katja, nietwaar?' Hanna streelde zachtjes haar arm. 'Dat was inderdaad niet prettig, maar je kunt het niet terugdraaien. Trek je er maar niets van aan, ze is gewoon verbitterd en lijkt niemand ook maar de minste afleiding te gunnen. Die aanval op jou was niet alleen ongerechtvaardigd, maar ook onnodig, want je bent nooit van plan geweest Robert in de steek te laten.'

'Nee, maar als ik eens een paar dagen niet aan zijn ziekbed zit, denkt zij van wel.'

Hanna haalde diep adem. Toen trok ze haar schouders op. 'Nou ja, nu weet ze tenminste hoe wij daar allemaal over denken.'

Even zwegen ze allebei.

'Grand-mère?' begon Melanie. 'Bedankt dat u voor me bent opgekomen. Ik heb u eerlijk gezegd nog nooit zo kwaad meegemaakt.'

Hanna lachte een beetje. 'Je bent mijn achterkleindochter. Je hebt het door Roberts ongeluk al moeilijk genoeg, dan kan ik niet toelaten dat die vrouw je met onterechte verwijten overlaadt en dan ook nog zegt dat je de verloving maar moet verbreken en naar een ander op zoek moet gaan. Je weet dat ik een welgemanierd mens ben, maar dat werd me echt te veel.'

'Toch was het heel aardig van u.'

Hanna knikte en gaf een klopje op Melanies arm, toen liep ze naar haar kamer.

'Die Laurent en u,' begon Melanie, waarop Hanna zich weer omdraaide. 'Zijn jullie echt getrouwd?'

Hanna sloeg haar ogen neer. 'Het spijt me, dat moeten we tot morgen laten wachten. Ik ben vreselijk moe.'

'Natuurlijk, grand-mère. Welterusten.'

'Jij ook, lieve kind.'

Daarop liep de oude dame naar haar kamer. Melanie keek haar even na, toen sloeg ze de tegenovergestelde richting in.

In haar kamer zakte ze neer op het bed. Het was echt een lange dag geweest. Maar tot de aanvaring met Katja was het een fijne dag.

Het was allemaal wel nogal verwarrend. Ze voelde dat er iets in de geschiedenis met Laurent niet zo was gelopen als Hanna het had gewenst. En dan was er nog het feit dat haar overgrootvader Didier heette. Had de eerste ontmoeting van die twee verdergaande consequenties gehad?

Maar als Melanie het goed had begrepen, waren Hanna en Laurent toch verloofd geweest. Wat was er tussengekomen, en welke rol had Didier daarbij gespeeld?

Ineens voelde ze een sterk verlangen opkomen dit met Robert te bespreken. Ze had natuurlijk wel haar overgrootmoeder beloofd niets verder te vertellen, maar in stilte stelde ze zich voor hoe ze hem over haar overgrootmoeder en haar fascinerende leven zou vertellen.

Misschien moet ik toch maar weer naar het ziekenhuis gaan, bedacht ze. Blijkbaar ben ik weer zover.

Ze liep door de bekende gangen, met in haar handen de brief die ze hem wilde brengen.

Maar toen ze dichter bij de afdeling kwam, veranderde alles. De inrichting werd ouderwets en de moderne verpleegstersoutfit maakte plaats voor lange kielen met kapjes op hoog opgestoken haar. De zusters keken door haar heen alsof ze er helemaal niet was. Toch vervolgde Melanie haar weg. Overal rook het naar boenwas en het parket kraakte onder haar voeten.

Ook de deur met het kamernummer erop leek van een andere tijd. Melanie drukte de klink omlaag en ging naar binnen. Robert lag op een oud ziekenhuisbed, naast hem zat een in het zwart geklede vrouw.

Machines die hem in leven hielden waren er niet. Hij zag er heel rustig uit.

'Katja?' vroeg Melanie, want ze was ervan overtuigd dat ze haar aanstaande schoonmoeder voor zich had. Waarom is ze in het zwart? vroeg ze zich af. Toen ging ze naast haar staan en zag dat Robert niet ademde. Zijn gezicht was krijtwit, zijn ogen ingevallen.

Melanie deinsde achteruit. Het kon niet waar zijn! Robert kon niet dood zijn!

Ze wilde zich vlug omdraaien en weglopen, maar dat lukte niet. Als aan de grond genageld bleef ze staan terwijl de vrouw in het zwart zich naar haar toe draaide. Het was inderdaad Katja, die boos fluisterde: 'Je hebt hem in de steek gelaten...'

Geschrokken kwam Melanie overeind en tastte met bonzend hart naar haar mobieltje. Het ontglipte aan haar vingers en kwam onder het bed terecht, waarna ze snel onder de deken vandaan schoot en het probeerde te pakken.

Haar ogen kon ze nauwelijks open krijgen, en haar hart ging nog steeds tekeer. Het was allemaal maar een droom, zei ze tegen zichzelf, maar ze moest nu op haar mobieltje kijken, ze moest zich ervan vergewissen dat er niets was gebeurd. Eindelijk kreeg ze het ding te pakken. Nog half onder het bed zette ze het aan – het display vermeldde geen nieuw bericht. Ze slaakte een zucht van verlichting en kroop toen onder het bed vandaan. Pas nu merkte ze hoe loom haar lichaam nog was. Maar haar geest was klaarwakker. Langzamerhand werd haar hartslag weer normaal. Maar de onrust bleef.

Was de droom een slecht teken? Of was die het gevolg van de scène met Katja?

Toen de onrust ook na een paar minuten niet wilde wijken en Melanie zichzelf erop betrapte dat ze telkens weer keek of er een berichtje was, stond ze op en deed haar badjas aan. Het mobieltje liet ze in een zak glijden, toen stapte ze de kamer uit.

Wanneer ze als kind niet kon slapen, had haar moeder altijd venkelthee voor haar gemaakt. Daar had ze vanwege het eigenaardige aroma altijd een hekel aan gehad, maar het had wel geholpen. Misschien is het de moeite het weer eens te proberen, dacht ze en ze begaf zich naar de keuken. Daar zette ze theewater op en ging op zoek naar venkelthee. Hadden haar grootmoeders zoiets eigenlijk wel in huis? Nadat ze zich door verschillende soorten groene en zwarte thee heen had gewerkt ontdekte ze in het achterste hoekje een paar treurige zakjes venkelthee. De uiterste houdbaarheidsdatum was al overschreden, maar thee kon eigenlijk niet bederven, toch? Ze hing een zakje in een kopje en keek naar het raam, waarin ze zichzelf weerspiegeld zag.

'Jij kunt zeker ook niet slapen?' vroeg een stem. Melanie kromp verschrikt in elkaar. In de deur stond Hanna. Ze moest gemerkt hebben dat er leven in huis was.

'Ik had een nare droom en dacht dat een kopje thee zou kunnen helpen om weer in slaap te komen.'

'Dat is een goed idee,' zei Hanna terwijl ze op haar plaats aan de keukentafel ging zitten. 'Maak ook maar een kopje voor mij, wil je? Zonder dat doe ik vannacht ook geen oog meer dicht.'

'Wil je me vertellen waar je droom over ging?' vroeg Hanna toen Melanie naast haar kwam zitten.

'Over Robert. Ik droomde dat hij dood was en dat Katja mij daarom verwijten maakte.' Haar hand schoot naar haar mobieltje, maar ze hield zich in. Als er een bericht was gekomen, had het geluid gemaakt.

‘Dat onmogelijke mens!’ foeterde Hanna en ze trok haar ochtendjas strakker om zich heen. ‘Ze heeft je gek gemaakt. Trek je toch niets aan van dat geleuter!’

‘Ik zou liegen als ik zou beweren dat het me niets deed. Maar misschien is het ook wel zo dat ik zelf het gevoel heb dat ik te weinig doe.’

‘Dat is absoluut niet zo!’ sprak Hanna haar heftig tegen. ‘Jij hebt de afgelopen weken een enorme prestatie geleverd. En dat zul je blijven doen. De tijd hier heeft je tot nu toe goedgedaan, ik weet zeker dat je reserves daarna weer wat zullen zijn aangevuld. Een mens heeft reserves nodig om sterk te kunnen zijn, dat is absoluut noodzakelijk.’

De waterkoker borrelde even en schakelde zichzelf toen uit. Melanie stond op en goot water in de kopjes. Binnen een paar minuten verspreidde zich een lichte kruidengeur in de keuken.

‘De bruidsjurk in de naaikamer – wist je eigenlijk dat die van je betovergrootmoeder was?’ Hanna pakte haar kopje en blies de damp over de rand.

Intussen sprongen de wijzers van de keukenklok naar drie uur. Als grootmoeder ons hier betrapt, raakt ze buiten zichzelf, bedacht Melanie met een steels genoegen dat ze al lang niet meer had ervaren.

‘Nee, dat wist ik niet.’

‘Ik heb hem indertijd meegenomen toen ik uit het kasteel wegging. Nu kan ik niet meer zeggen waarom ik dat heb gedaan. De verhouding met mijn schoonmoeder was niet bijzonder goed, en waarschijnlijk heeft ze zich blauw geërgerd toen ze merkte dat ik hem had meegenomen. Misschien was dat wel de reden. Misschien dacht ik ook dat Marie hem op zekere dag zou dragen. Zij en haar grootmoeder hadden een heel goede band. Hoe het ook zij, Marie heeft bij haar huwelijk een andere jurk gedragen. En de jurk is er nog steeds.’

‘Het is een heel mooie jurk.’

'Ja, en als hij weer hersteld is, zullen de mensen er nog veel plezier aan beleven, hoop ik.'

Even zwegen ze, keken in hun kopjes en wachtten tot de thee drinkbaar werd.

'Hoe is het eigenlijk verdergegaan met u en Laurent?' vroeg Melanie ten slotte en ze stokte even toen een windstoot het keukenraam deed kraken. Regende het alweer? 'Ik zit me de hele tijd af te vragen waarom u met Didier bent getrouwd. Is uw relatie met Laurent verbroken?'

Hanna staarde peinzend naar de rechtermouw van haar ochtendjas. Ze plukte een draadje van de stof en keek Melanie daarna aan.

'Weet je, in een mensenleven kan van het ene moment op het andere alles veranderen. Je denkt het geluk te hebben gevonden, en dan loopt het toch allemaal anders.'

Melanie vouwde haar handen om haar theekopje. De warmte stroomde weldadig door haar heen, maar vanbinnen werd het ineens zo koud alsof de harde wind buiten de weg naar haar hart had gevonden. 'Ik weet het. Toen ik uit Ho Chi Minhstad terugkwam, hield ik met alles rekening, maar niet dat Robert een ongeluk zou krijgen op het moment dat ik landde.' Ze schudde haar hoofd. 'Ik bedoel, had ik het niet moeten merken? Ik heb zijn sms'je gelezen toen ik bij de bagageband stond te wachten. Maar ik merkte niks. Ik wist niet dat hij toen al naar het ziekenhuis onderweg was. Mijn intuïtie had me toch een seintje moeten geven?'

Hanna pakte Melanies handen in de hare. 'Geloof me, als mensen beweren dat ze onheil hebben zien aankomen, dan liegen ze. Je kunt nog zo verbonden zijn met iemand, groot ongeluk treft iemand juist daarom uit het niets.'

Ze leunde weer achterover, bleef even zwijgend zitten en proefde voorzichtig van de thee. 'Dit is echt lekker,' zei ze. Toen haalde ze uit de zak van haar ochtendjas de twee foto's van Laurent en haar.

'Ik wilde ze eigenlijk in alle rust bekijken, maar nu je hier toch bent, kan ik je net zo goed meteen vertellen hoe het verder is gegaan. Tenzij je liever naar bed gaat.'

Melanie schudde haar hoofd. 'Ik zou toch niet meer kunnen slapen, en ik heb geen zin weer een nachtmerrie te krijgen. Wilt u zijn foto ook in het kamertje voor uw voorouders neerzetten?' Ze had het daar altijd een beetje griezelig gevonden, want ze wist wat het betekende. De gedachte door al die doden te worden bekeken vond ze nog altijd heel beklemmend.

'Nee, ik ga hem naast mijn bed zetten. Dat is de juiste plaats, vind je niet?'

Melanie knikte.

Hanna streek met haar vinger liefdevol over Laurents wangen en verzonk even in de aanblik. Toen begon ze te vertellen.

20

BERLIJN 1928

Bij alle geluk van de laatste maanden had ik geen enkel vermoeden dat zich onweerswolken boven mij samenpakten. Ik werd afgeleid door de voorbereidingen voor het huwelijk, door Laurent en door het aanbod van een bekende Amerikaanse modefotograaf om naar New York te komen.

'We gaan samen naar New York,' verkondigde Laurent vlak nadat ik het aanbod had gekregen. 'Als je wilt, wordt dat onze huwelijksreis.'

'Een huwelijksreis die met werk te maken heeft?' Ik trok sceptisch mijn wenkbrauwen op. Eigenlijk wilde ik de wittebroodsweken niet met een stel modefiguren en fotografen doorbrengen, maar alleen met Laurent.

'Je hebt gelijk, dat hoort niet. Nou, waar wil je dan heen met de wittebroodsweken? Naar India? Of Egypte?'

Ik had daar al een tijdje over nagedacht en de voors en tegens tegen elkaar afgewogen. 'Naar Indochina,' antwoordde ik.

'Naar huis dus?' Laurent lachte teder naar me.

'Ja, naar huis. Misschien wil je mijn moeder leren kennen, en mijn stiefvader, de smid.'

'Had je me niet al eerder aan hen moeten voorstellen?' vroeg hij.

Ik zag in dat ik een koekje van eigen deeg kreeg en knikte. 'Ja, dat had ik moeten doen. Alleen is het er helaas tot nog toe niet van gekomen.'

'Heb je hun dan geschreven dat je gaat trouwen?'

Ik schudde mijn hoofd. 'Nee, ik... ik wilde ze voor een voldongen feit stellen.'

'Denk je dat ze iets tegen ons huwelijk zouden hebben?'

Ineens vroeg ik me af of het wel zo'n goed idee was geweest om over een huwelijksreis naar Indochina te beginnen. Daar kwam veel te veel uitleg aan te pas. Ik had er bij die wens alleen maar aan gedacht iets over Thanh te zeggen en was vergeten dat er een schaduw over mijn leven lag waarin ik Laurent niet wilde betrekken.

'Ik weet het niet,' antwoordde ik. 'Mijn moeder misschien niet, omdat ze uit liefde met mijn echte vader is getrouwd. Maar mijn stiefvader heeft geen bijzonder goede verstandhouding met de Fransen. Bovendien weet hij niet dat ik hier in Duitsland ben. Dat weet niemand van mijn familie.'

Met het gevoel dat ik te veel had gezegd stond ik op en liep naar het raam. Buiten brak een juni-onweer los, de donkere wolken verduisterden het zonlicht bijna helemaal. Maar de regen zou verkoeling brengen en de lucht schoonvegen. Daar wachtte de hele stad al dagen op.

Ik hield er rekening mee dat Laurent door zou vragen, maar hij zweeg.

'Misschien moeten we toch ergens anders heen gaan,' zei ik triest en even later voelde ik Laurent naast me. Zijn hand omsloot met een zacht kneepje de mijne.

'We gaan waarheen je maar wilt,' zei hij. 'Of het nu Indochina is of het einde van de wereld. En ik beloof je dat ik je de tijd zal geven en zal wachten tot je me kunt vertellen wat er destijds is gebeurd.'

Ik draaide me naar hem toe en keek hem in de ogen. Zijn blik was oprecht, ik twijfelde niet aan zijn belofte. Maar waarschijnlijk zouden er ondanks alle liefde tussen ons dingen zijn die onuitgesproken bleven.

Op een middag, toen ik thuiskwam na het boodschappen doen en me wilde klaarmaken voor een afspraak bij Henning, vond ik een envelop op mijn bed. Hij was blijkbaar niet met de post gekomen, want hij was niet gefrankeerd. Er stond ook geen afzender op.

Eerst dacht ik dat Laurent voor mij een berichtje had achtergelaten. Hij was 's ochtends voor een korte reis vertrokken voor een ontmoeting met een vertegenwoordiger van de Amerikaanse fotograaf die me had uitgenodigd. Zoals ik al had geconstateerd, waren er inmiddels contracten over mijn werk en Laurent was een meester in onderhandelen.

Misschien had hij iets liefs geschreven voor de tijd dat hij afwezig was. Zonder bijgedachten ritste ik de envelop open.

Maar aan het handschrift zag ik al dat het bericht niet van hem was. In eerste instantie begreep ik de betekenis van de woorden niet. Pas na de tweede keer lezen drong tot me door waar het over ging.

Blijkbaar ben je in je fijne nieuwe leventje vergeten dat ik nog besta en wat je me hebt aangedaan. Ik treur niet om een waardeloos stuk vreten als jij, maar vind je het niet op z'n plaats me een kleine schadeloosstelling te geven? Sinds jouw verdwijning heb ik veel inkomsten moeten derven. Om het maar niet te hebben over de koopsom die ik voor je heb betaald.
Je deftige vriend weet vast niet hoeveel kerels zijn schattige bruidje hebben geneukt. Wat denk je dat hij daarvan zal zeggen? Wat zullen al je nieuwe vrienden ervan zeggen?
Ik ben geen onmens, als dat zo was, had ik iemand naar je toe gestuurd om het akkefietje voor me af te handelen. Maar op de bodem van een rivier ben je me niet meer van nut.
Betaal me honderdduizend rijksmark en ik vergeet de hele zaak. Over twee dagen zal een man je aanspreken en om antwoord vragen. Als je akkoord gaat en het geld overhandigt, hoor je nooit meer van me. Doe je dat niet, dan zal de hele buitenwereld te horen krijgen dat je niets anders bent dan een vuile slet.
H.

Als verdoofd zakte ik neer op het bed. Hansen. Hoe voor de duivel had hij me gevonden? Hamburg was zo ver weg...

Maar toen begreep ik het. De foto's! Hij had me vast op een van de foto's in de modetijdschriften herkend. Of op de foto van de verloving. Niet dat hij zulke bladen las, maar misschien had hij ze bij zijn meisjes gezien. Of bij Giselle.

Ik deed mijn ogen dicht. Dit kon niet waar zijn! Zat ik misschien gevangen in een of andere vreemde droom? Nee, ik was klaarwakker, dat voelde ik duidelijk toen er iets in mijn borst verkrampte. Ik had in lange tijd niet meer zo'n angst gekend.

Er schoten allemaal vragen door me heen. Wat moest ik nu doen? Naar Laurent gaan? Hem het geld vragen? Maar dan moest ik hem vertellen wat er aan de hand was. Dan moest ik hem vertellen dat ik als prostituee had gewerkt. Daar zou hij vreselijk kwaad om zijn, daar was ik van overtuigd. Daardoor zou ik alles verliezen. Maar wat was het alternatief? Het zou zinloos zijn Hansen om genade te smeken. Waarschijnlijk had hij vreselijk genoten toen hij die brief schreef. Moest ik hem opsporen en vermoorden? Daarvoor ontbrak me de moed. Bovendien wist ik dat ik het niet over mijn hart zou kunnen verkrijgen om een mens te doden. Hoewel Hansen me zo veel ellende had bezorgd, had ik toch af en toe last gehad van een slecht geweten omdat ik niet wist of hij nog leefde of niet.

De tranen schoten me in de ogen. Ik was kwaad, voelde me hulpeloos en had geen idee hoe het nu moest.

Blijkbaar was dit de straf voor mijn ijdelheid. Als ik toen niet naar Henning Vilnius was gegaan, had ik me na die ene foto niet laten overhalen nog eens terug te komen en meer foto's te laten maken en dan had Hansen me waarschijnlijk nooit opgemerkt.

Waar moest ik honderdduizend rijksmark vandaan halen? Met de opnamen verdiende ik heel goed, maar niet zo veel dat ik een vermogen had kunnen vergaren. En dat was wat hij nu van me vroeg: een vermogen!

Een andere mogelijkheid zou zijn geweest naar de politie te gaan. Maar zouden ze me daar geloven? Zouden ze me helpen?

Nog afgezien van het feit dat Hansen alles over mij openbaar zou maken. Zelfs als hij gearresteerd werd, zou de hele buitenwereld mijn verleden te weten komen.

Mijn gedachten cirkelden nog een tijdje rond, toen werd mijn geest ineens helder. Er was maar één mogelijkheid om Hansen ervan te weerhouden mij onder de rotzooi te bedelven en daarmee ook Laurent in het ongeluk te storten. Ik moest verdwijnen. Vluchten.

Zou ik mijn eigen dood in scène kunnen zetten? Daar was ik niet zeker van. Bovendien zou het Laurents hart breken als ik dat deed. Maar zou dat niet ook gebeuren als ik er zonder iets te zeggen vandoor ging? Moest ik misschien tegen hem zeggen dat ik niet meer van hem hield? Dan kon hij tenminste nog op zoek gaan naar iemand anders. Een Marianne, die zijn moeder beter zou bevallen. Maar ik wilde niet liegen. Ik hield van Laurent! Ik wilde niet dat hij met een andere vrouw gelukkig werd.

Maar aan de andere kant: misschien was het toch beter hem los te laten. Hem de gelegenheid te geven verliefd te worden op een vrouw die niet door haar verleden werd achtervolgd. Of die door haar verleden een gevaar voor hem betekende.

Mijn besluit stond vast.

In de uren die volgden propte ik alles wat ik voor mijn reis nodig had in een koffertje. Ik nam geen mooie jurken mee, alleen praktische. Zelfs de blauwe jurk die Laurent me als eerste had gegeven, liet ik achter. Ik pakte ook praktische schoenen in en alles wat ik voor de winter nodig had, en bovendien mijn paspoort. Toen maakte ik mijn vak van de brandkast leeg. Laurent had erop gestaan een rekening voor me te openen, maar in de brandkast lag genoeg contant geld om de komende maanden het hoofd boven water te houden. Ik was ervan overtuigd dat ik een baan zou vinden en het geld niet helemaal zou hoeven op te gebruiken.

Toen ik alles verzameld had, stond ik in tweestrijd of ik niet toch een klein berichtje voor Laurent moest achterlaten. Hansens chantagebrief had ik in het haardvuur gegooid en ik had me ervan vergewist dat hij helemaal verbrand was.

Ik besloot uiteindelijk een berichtje achter te laten. Op een blaadje papier op zijn bureau schreef ik: 'Ik hou van jou. Hanna.' Dat legde ik op zijn hoofdkussen. Hij moest weten dat mijn gevoelens voor hem onveranderd waren, ook al deed ik hem beslist onbeschrijfelijk veel verdriet. Toen pakte ik mijn koffer en keek ik nog eenmaal in de woning rond. Het zou zo'n geweldig thuis voor ons zijn geworden. En misschien ook voor onze kinderen. Maar ik kon niet toelaten dat Hansen dat allemaal kapotmaakte. Ik wilde niet meer aan de willekeur van die man overgeleverd zijn – daarom zou ik mijn geluk en mijn toekomst zelf verwoesten door te verdwijnen.

Maar ik ging niet meteen op weg naar het station. Ik wilde nog één keer de plaats zien die me de gelukkigste tijd van mijn leven had bezorgd. Het was mogelijk dat Hansen daar een mannetje had neergezet, maar dat risico nam ik op de koop toe.

Dus liet ik me door een taxi naar het Joodse kindertehuis brengen, betaalde de chauffeur en liep naar de overkant van de straat. Die lag diep in de schaduw, waar ook de straatverlichting niet veel verandering in bracht.

Het danshuis straalde als altijd. Lampions wezen de feestvierders de weg naar de ingang, waar een paar gasten wachtten tot ze werden binnengelaten. Er was helder gelach te horen, en uit de ramen van de spiegelzaal klonk muziek. Blijkbaar was de band al bezig in te spelen. Niemand lette op mij. Ze waren met hun gedachten al bij het vermaak, wat hun niet kwalijk viel te nemen. Ik had op dat moment ook liever met Laurent gedanst in plaats van met een koffer op straat te staan.

Mijn gedachten zwierven naar Ella achter de garderobe, die vast weer met de klanten koketteerde en hun jassen aannam. Wat zou ze zeggen als ze van mijn verdwijning hoorde? Waarschijnlijk zou ze het niet begrijpen en mij voor gek verklaren dat ik een man als Laurent liet zitten.

Het was al bijzonder dat het me niet koud liet wat ze van me dacht. Maar een andere mogelijkheid was er niet. Wat Hansen zou ontketenen zou ook haar raken. Ze zou denken dat ik al die tijd tegen haar gelogen had. Dan was het maar beter als ik uit haar leven verdween. Nadat ik daar een tijdje had gestaan en zo veel mogelijk indrukken van het danshuis in me had opgenomen, begaf ik me op weg naar de metro. Tranen vertroebelden mijn blik, mensen die ik tegenkwam dachten vast dat ik mijn baan had verloren of door mijn geliefde was verlaten. Dat ik degene was die het liefste wat ze bezat achter zich liet omdat de schaduw van haar verleden zich niet zo gemakkelijk liet afschudden, vermoedde gelukkig niemand.

Op het station aangekomen had ik me weer vermand, maar ik voelde me als verdoofd. Ik stond voor het aankondigingsbord en ontdekte nog een nachttrein naar Keulen. Van daaruit zou ik verder kunnen reizen. Ik kocht een vervoerbewijs en liep naar het perron. Daar zakte ik neer op een bankje. De aankondigingsborden schommelden in de lichte bries die door het station waaide. Het was een heerlijke zomeravond. Waarom was Laurent nou niet thuis geweest, dacht ik, maar dan had hij mogelijk de brief gezien. Dan was alles verloren geweest. Nu kon ik me tenminste overgeven aan de illusie dat hij misschien nooit te weten zou komen wat er destijds in Hamburg was gebeurd.

Toen het perron langzaam volstroomde begon ik me wat zekerder te voelen. De trein kwam er zo aan, over enkele minuten zou ik Berlijn verlaten.

De gedachte dat ik Laurent nooit meer zou zien verscheurde me bijna, en opnieuw kwamen de tranen. Toen arriveerde de trein. De stoomlocomotief trok de wagons over de rails, minderde vaart en kwam uiteindelijk tot stilstand. De deuren werden geopend en er stroomde een drom mensen naar buiten. Paren vielen elkaar in de armen, mannen begroetten hun zakenpartners, grootmoeders hun kleinkinderen in matrozenpakjes.

Even aarzelde ik. Misschien moest ik blijven en het allemaal doorstaan, ging het door me heen.

Maar als ik Laurent in vertrouwen nam, zou hij gevaar lopen. Hij zou Hansen proberen te vinden, en misschien in handen van zijn vechtersbazen vallen. Ik wilde niet dat hem iets overkwam.

En toen zag ik het allemaal duidelijk voor me.

Als mijn verdwijning bekend werd, zouden de kranten erover schrijven. Als Hansen me via de krant had gevonden, zou hij ook op die manier mijn verdwijning vernemen en moeten inzien dat ik hem geen geld zou geven. Ik pakte dus mijn koffer op en liep naar de wagon, waar de reizigers al begonnen in te stappen.

'Hanna?' vroeg ineens een verbaasde stem achter me. Ik verstarde vanbinnen, maar dwong mezelf door te lopen. Het was Henning, daar twijfelde ik niet aan. Wat had hij juist nu op het station te zoeken? Kwam hij iemand afhalen? Mijn hart begon wild te bonzen en ik versnelde mijn pas.

'Hanna!' riep hij me achterna, maar ik deed alsof ik hem niet had gehoord. Toen de locomotief zijn ventielen opende, kwam me een stoomwolk tegemoet. Die omhulde me en ik maakte van dat moment gebruik om in te stappen. Gelukkig floot de conducteur even later. De stoomlocomotief stootte een schel gefluit uit, toen kwam hij traag in beweging.

21

'Dus u bent weer gevlucht?' vroeg Melanie terwijl ze op de bodem van haar theekopje keek. Het restje thee was inmiddels koud. Voor het keukenraam begon de ochtendschemering al.

'Ja. En door die vlucht is mijn leven opnieuw totaal veranderd.' Hanna zuchtte vermoeid en stond toen op.

'Maar nu moeten we gaan slapen, anders worden we pas in de middag wakker.'

'Ja, en grootmoeder zal zich afvragen waarom we morgen niet uit de veren kunnen komen,' zei Melanie schertsend, maar ze moest erkennen dat ze zich loodzwaar voelde.

Ze stond ook op, wenste haar overgrootmoeder voor de tweede keer welterusten en liep naar haar kamer. Daar viel ze op het bed neer en sliep tot de middagzon haar wakker kietelde.

Verschrikt kwam Melanie overeind en pakte haar mobieltje. Het was kwart voor twaalf. Op het display zag ze dat er een bericht was. Vlug riep ze het op, maar haar moeder wilde alleen maar weten of ze weer goed in Blumensee waren aangekomen. Melanie stuurde meteen een antwoord, en liep naar het raam.

Buiten toeterde een touringcar, blijkbaar waren de eerste gasten van die dag gearriveerd. Waarom had Marie hen niet gewekt?

De enige verklaring daarvoor was dat Hanna haar had laten weten dat het gisteren nogal laat was geworden.

Ze sprong onder de douche en kleedde zich aan. Van het rondje om het meer moest ze vandaag maar afzien. Het zag er regenachtig uit.

Nadat ze koffie voor zichzelf had gemaakt en een stuk koek had gepakt, liep ze meteen naar de naaikamer. Ze wist niet waarom, maar ineens voelde ze de drang om de oude bruidsjurk te repareren. Ze had het vroeger altijd heerlijk gevonden om achter de naaimachine te zitten. Misschien omdat ze ondertussen goed kon nadenken. Naaien had iets meditatiefs.

Het was geen fonkelnieuwe, supermoderne computernaaimachine, maar een heel eenvoudig exemplaar, een van de eerste elektrische machines, met maar weinig soorten steken, maar die al jarenlang trouw dienstdeed. Melanie trok de hoes eraf, streek over de vrije arm en draaide zich toen naar de paspop. De scheur die door de scherf was veroorzaakt was weliswaar lang, maar zat op een plaats waar hij door ruches en andere versierselen werd bedekt. Toen ze de beschadiging afspeldde, merkte ze dat er in de voering een paar naden los waren gegaan. Die stak ze ook vast, daarna ging ze aan het werk.

Terwijl de machine ratelde, dwaalden haar gedachten af naar de vorige dag. Waarschijnlijk zou madame De Vallière Hanna ook grote verwijten hebben gemaakt als haar zoon in coma had gelegen. Kon het zijn dat alle moeders afwijzend reageerden als het om hun zonen ging? Helaas kon ze daarvoor niet te rade gaan bij haar eigen familie, want daar waren alleen maar dochters uit voortgekomen.

Ach, Robert, dacht ze. Werd je maar weer wakker. Werd alles maar weer normaal.

Die gedachte verdween toen ze bij een lastig stukje in de naad kwam. Terwijl ze de machine langzamer liet lopen en ze zich op het doorvoeren van de stof concentreerde, werd haar geest aangenaam leeg. Ze beet op haar lip, haalde diep adem, en pas een paar seconden later, toen ze wist dat ze het voor elkaar had, liet ze de lucht weer uit haar longen stromen.

Voldaan bekeek ze haar werk. Ik kan het nog, dacht ze. Misschien moet ik weer meer gaan naaien.

Ze richtte zich op de twee andere naden, toen drapeerde ze de jurk weer over de paspop. De beschadiging was haast niet meer zichtbaar. Iemand die de jurk niet eerder had gezien, zou het niet opvallen.

Toen de deur openging, keek ze opzij.

'O, hier ben je dus!' zei Marie toen ze Melanie aan de naaitafel zag zitten. 'Ik dacht al dat ik het me verbeeldde dat ik de naaimachine hoorde ratelen.'

'Ik wilde eens iets nuttigs doen,' antwoordde Melanie en ze wees naar de jurk.

'Heb je hem gemaakt?'

Melanie knikte. 'Ja, ik dacht, u hebt het druk met het museum, en omdat in onze familie iedereen met een naaimachine leert om te gaan...'

Marie keek kritisch naar de jurk, toen zette ze een trots gezicht. 'Ik dacht dat je het naaien zo'n beetje had verleerd. Maar je bent niets vergeten van wat ik je heb bijgebracht.'

'Dank u wel, grootmoeder.'

'In plaats van de zolder op te ruimen zou je misschien beter de beschadigde jurken kunnen repareren.'

'Zijn er zo veel door de motten aangevreten?'

'Nee, ik bedoel alleen de jurken die je in de salon hebt neergelegd.'

'Die zal ik graag repareren. En met de zolder ben ik bijna klaar. Nog één ronde, en dan kunt u boven een jazzconcert organiseren. Daar zou genoeg ruimte voor zijn.'

Marie richtte haar blik peinzend op het raam. Ze leek een beetje triest.

'Jullie zijn gisteren lang weggeweest.'

'Ja, dat is zo.'

'En is het allemaal goed verlopen?'

Melanie keek verlegen naar de zoom van haar T-shirt, die op één plaats een beetje los zat. 'Zolang ik in de stad met grand-mère onderweg was, zeker. Maar daarna kwam Katja ineens aanzetten... U kunt zich vast wel indenken wat er toen is gebeurd.'

Marie knikte. 'Maman leek vanmorgen wat aangeslagen. Ik heb gevraagd wat er aan de hand was, maar ze wilde niets zeggen. Zoals altijd.'

De toon van haar grootmoeder verried dat ze zich buitengesloten voelde. Geen wonder, Hanna had de afgelopen dagen veel tijd met Melanie doorgebracht, terwijl Marie zich bezig had gehouden met de vernielde vitrine en het museum.

'Je zou het me toch wel vertellen als ze jou iets toevertrouwde wat belangrijk voor mij zou kunnen zijn?'

Melanie keek haar betrapt aan. 'Wat bedoelt u?'

'Nou, als ze tegen je zou zeggen dat het niet goed met haar gaat. Dat haar iets mankeert. Weet je, ze praat met mij niet graag over haar gezondheidstoestand. Ze weet dat ik me altijd meteen zorgen maak.'

'Haar mankeert niets,' antwoordde Melanie, opgelucht dat ze niet op iets anders doelde. 'We hadden gisteren echt een heel fijne dag. Maar tegenover Katja heeft ze zich erg opgewonden.'

'Ja, dat heeft ze verteld. Ze zei dat als Robert niet zo'n lieve jongen was, ze het je met zo'n schoonmoeder uit het hoofd zou praten met hem te trouwen.'

Melanie fronste haar wenkbrauwen. 'Dat heeft ze vast niet gezegd!'

'Jawel. En dat is ook mijn mening. Jouw Robert is echt een lieve vent en ik hoop dat je hem gauw weer in je armen kunt sluiten. Maar je moet hem laten weten hoe zijn moeder zich heeft gedragen.'

'Ik denk niet dat dat nog belangrijk is als hij weer bij is,' antwoordde Melanie. 'Robert leidt zijn eigen leven, normaal gesproken schrijft zijn moeder hem niet de wet voor.'

Marie knikte, stak haar hand uit en streelde ermee over de jurk. 'Die is van mijn grootmoeder Madeleine geweest,' zei ze. 'Maman wilde dat ik hem op mijn eigen huwelijk zou dragen, maar de tijd had ons ingehaald. Uiteindelijk heb ik toen ik trouwde iets gedragen wat ik zelf had gemaakt. Dat paste beter bij een man van de Noordzeekust.' De herinnering toverde een liefdevolle glimlach op haar gezicht.

'Waarom bent u eigenlijk nooit een eigen boetiek begonnen?' vroeg Melanie. Ze kon zich de huwelijksfoto van haar grootmoeder nog goed herinneren, haar moeder bewaarde die met vele andere opnamen in een dik in leer gebonden album. 'U had daar beslist de capaciteiten voor gehad. Wat u naait is altijd prachtig.'

'Vind je?' Marie glimlachte. 'Nou, als jij het zegt, is dat voor mij voldoende.'

'Ik ben niet de enige die dat zegt.' Melanie zette de naaimachine uit.

Marie ging op het krukje naast haar zitten. 'Weet je, het was niet altijd gemakkelijk om de dochter van de hoedenmakerskoningin te zijn. Natuurlijk waren daar voor mij ook veel voordelen aan verbonden. Ik kon naar een goede school en maman nam me mee naar allerlei bals. Maar toch... die wereld van rijke mensen en schoonheden was niets voor mij. Ik wilde altijd op mezelf zijn, naaien en zien wat er onder mijn handen ontstond. Daarom heb ik me wat mijn carrière betreft altijd op de achtergrond gehouden. Het was voor mij voldoende dat ik goed verdiende en uiteindelijk ook mijn bijdrage kon leveren aan het onderhoud van mijn familie. Ik leerde je grootvader kennen en het was allemaal in orde. Meer verlangde ik niet van het leven.'

Ze gaf een tikje op Melanies hand. 'Ik moet weer verder. Even bij maman kijken en dan Susanne aflossen in het museum. Het reisgezelschap van vanmiddag was nogal vermoeiend, ze is aan een pauze toe.'

Ze stond op en liep de naaikamer uit. Melanie bleef nog even zitten, bekeek de bruidsjurk en vroeg zich af hoe de moeder van Laurent en Didier daarin zou hebben uitgezien.

Het opruimwerk op zolder leverde die middag weinig opzienbarends op. Het meeste wat Melanie uit de kisten opduikelde belandde in vuilniszakken. De tijd en hele mottenlegers hadden de stoffen volkomen aangetast. Alleen wat accessoires zoals hoeden en waaiers konden nog worden opgeknapt. De rest bracht Melanie naar beneden.

Maar ze had gelijk gehad. Toen ze weer op de zolder kwam, constateerde ze dat ze zo goed als klaar was. Langs de kant stonden nog een paar oude meubels, maar daar hoefde ze zich niet om te bekommeren. In de kisten ernaast zaten de dingen die nog bruikbaar waren. Een keer vegen en misschien de bovenkanten van de meubels afstoffen, en het werk zat erop.

Trots op haar prestaties zakte Melanie neer op een zitbank. Ze luisterde naar de wind die langs het dak streek en het gebrom van een touringcar meevoerde. Blijkbaar ging het reisgezelschap dat het museum onveilig had gemaakt weer weg.

Wat nu? vroeg ze zich af. Moet ik maar weer naar huis gaan? Of valt er hier nog iets anders voor mij te doen?

Ze dacht weer aan de bruidsjurk. Ze had veel plezier beleefd aan het opknappen. Misschien moet ik weer gaan naaien...

Gebrom in haar zak verstoorde haar gedachten. Ze haalde haar mobieltje tevoorschijn. Op het display lichtte het nummer van Charlotte op. Lieve help, dacht Melanie. Jou ben ik helemaal vergeten. Even verkeerde ze in tweestrijd of ze wel zou opnemen, maar ze deed het.

'Twee dagen,' zei Charlotte nadat Melanie haar naam had gezegd.

'Wat? Heet je tegenwoordig zo?' vroeg Melanie en ze gniffelde. Voor het eerst sinds lange tijd maakte ze weer een grapje met Charlotte.

Maar dat leek niet erg goed te vallen. 'Heel grappig! Dornberg geeft je nog twee dagen, dan wil hij een antwoord horen.'

Daar was Melanie al bang voor. Meteen werd ze weer serieus. Die opdracht vond ze nog steeds fantastisch en ze wist ook wat het voor haar carrière zou betekenen. Maar als Katja al uit haar dak ging als ze zich een paar dagen rust gunde in de villa van haar grootmoeders... Bovendien moest ze weer denken aan wat Marie had gezegd. Het was voor haar genoeg geweest dat ze haar man had, roem hoefde voor haar niet. Misschien had zijzelf ook geen roem nodig – of kon ze die op een andere manier krijgen dan via Dornberg...

'Hoor eens...' begon ze. 'Bedankt voor het regelen van bedenktijd. Maar ik denk dat ik het niet kan doen.'

‘Wat?’ Charlottes stem schoot omhoog. ‘Dat kun je niet menen!’

‘Ik heb geen andere keus. Robert ligt nog steeds in coma, en wie weet heeft hij juist in die tijd mijn hulp nodig.’

‘Maar deze opdracht krijg je nooit meer.’

‘Dan komen er wel weer andere opdrachten.’

‘Maar nooit meer zo een!’

Melanie zuchtte. Charlotte had gelijk. Maar dat veranderde niets aan de situatie.

‘Oké, laten we het dan zo doen. Je neemt die twee dagen tijd alsnog en denkt grondig na. Als we elkaar vrijdag weer bellen, accepteer ik je besluit, ongeacht de consequenties.’

‘Goed,’ antwoordde Melanie, want ze wist dat ze Charlotte op dat moment niet zou kunnen overtuigen.

‘En ik smeek je, Mel, denk voor de verandering eens aan jezelf. Robert zal het begrijpen. Misschien gaat tegen die tijd alles weer van een leien dakje en dan zal hij je de oren wassen omdat je het niet gedaan hebt.’

‘Het zou al fijn zijn als hij me weer de oren kón wassen.’ Melanie glimlachte triest.

‘Dat zal ook gebeuren, geloof me. Nou, het beste, we spreken elkaar vrijdag.’

Wat moest ze doen? Dacht Charlotte dan dat er in twee dagen iets zou veranderen? Melanie wierp nog even een blik op haar mobieltje en stak het weer in haar zak. Ze had frisse lucht nodig, en gras onder haar voeten.

Met de laatste zak onbruikbare spullen liep ze de trap af.

‘Nou, hoe ziet het er boven uit?’ vroeg Marie, die ze met een dienblad in haar handen op de gang tegenkwam.

‘Bijna klaar. Alleen nog een beetje vegen, dan is het af. Maar we moeten overleggen wat we gaan doen met die jurken in de salon.’

‘Stuk voor stuk repareren,’ antwoordde haar grootmoeder. ‘De bruidsjapon is echt heel mooi geworden. Misschien wil je nog een paar dagen blijven en de jurken aanpakken? Er hebben zich voor de komende twee dagen tien reisgezelschappen gemeld, blijkbaar breng je geluk.’

‘U hebt toch altijd geluk, grootmoeder.’ Melanie hing de zak over haar schouder.

‘Het is maar hoe je het bekijkt. Momenteel hebben we niets te klagen, maar het kan ook ineens weer slapper worden.’

‘Niet met al die nieuwe objecten!’ Melanie lachte. ‘En ja, ik blijf graag nog wat langer.’

‘Kom je zo weer naar boven voor een kopje thee? Dat heb je wel verdiend!’

‘Later misschien. Ik wil even de benen strekken. Nadenken, u weet wel.’

‘Oké. Tot straks dan!’ Marie draaide zich om en bracht het dienblad naar de salon. Melanie keek haar glimlachend na, en sleepte de zak naar beneden.

22

PARIJS 1928

Weer stond ik, nu met een kleine koffer in de hand, op het station zonder te weten waar ik heen moest gaan. Maar in tegenstelling tot die keer dat ik in Berlijn was aangekomen, was ik niet arm. Ik had een groot deel van mijn geld en van de waardepapieren meegenomen, dat zou voldoende zijn om een jaar, misschien ook twee, het hoofd boven water te houden. Ik kon een kleine etage huren en dan op zoek gaan naar werk.

Tijdens de reis dacht ik telkens weer aan Laurent. Wat zou hij nu doen? Was hij naar me op zoek? Het verscheurde mijn hart, maar ik stond machteloos. Hij was bij me, dat zou hij altijd zijn. Net als Thanh. En misschien was het ook beter als hij me vergat. Mijn verleden zou me altijd blijven achtervolgen, dat Hansen was komen opduiken was daar het duidelijke bewijs van. Met mijn koffer in mijn hand liep ik over het perron. De rook van de stoomlocomotief slokte mijn gestalte op, en liet haar voor een trap die naar de uitgang leidde weer vrij. Het ontging me niet dat veel mannen nieuwsgierig dan wel bewonderend naar me keken. Herkenden ze me? Nee, dat was onwaarschijnlijk, ook al hadden Franse fotografen me gefotografeerd. En ik was blij dat ik vanaf dat moment een exotisch uitziende buitenlandse was wier naam men niet kende.

Verscheidene dagen zocht ik zonder succes naar werk. Ik nam mijn intrek in een goedkoop pensionnetje en ging elke dag op zoek.

Natuurlijk had ik me ook kunnen melden bij de boetieks waarvoor ik gefotografeerd was. Maar waarschijnlijk zouden de eigenaren me dan hebben herkend. Ik wilde niet dat Henning en Laurent op die manier te weten kwamen waar ik was. Nog afgezien van het feit dat ik niet wilde weten of er een schandaal van gekomen was of niet.

Toen kwam ik op een van mijn tochten door de rustigere wijken van Parijs langs een hoedenwinkel. De etalage was zo indrukwekkend dat ik eerst niet op het briefje lette dat tegen de winkelruit geplakt zat en al een beetje verschoten was. Nadat ik de kunstwerken van vilt, veren en edelstenen genoeg had bewonderd, zag ik het en las de getypte woorden:

`leerling gezocht,`
`melden in de winkel s.v.p.`

Meer stond er niet op. Leerling bij een hoedenmaker. Op een of andere manier klonk dat goed. Ik was misschien wat oud voor een leerling, maar toch legde ik mijn hand op de deurklink, en ik liep onder het melodieuze geklingel van de winkelbel naar binnen.

'Wat kan ik voor u doen, madame?' vroeg een vrouw die even later in de winkel verscheen, nog voordat ik de uitgestalde hoeden beter had kunnen bekijken.

Haar stem was doorrookt en zacht als fluweel. Ik schatte haar halverwege de veertig. Ze had haar haar opgestoken in een elegante wrong en droeg een nauwsluitende jurk die de rondingen van haar figuur eigenlijk iets te sterk accentueerde. Haar gezicht oogde net zo elegant als haar kleding, maar onder haar rechteroog had ze een litteken.

'Ik zag uw advertentie op het raam en wilde vragen of de vacature al vervuld is of niet.'

Dat leek de vrouw te verrassen. 'Wilt u bij me in de leer komen?' Kennelijk kon ze zich dat moeilijk voorstellen.

'Ja, dat zou ik graag willen.'

'En waarom wilt u dat? Wat hebt u tot nog toe gedaan?'

'Ik... ik heb als garderobejuffrouw gewerkt. En ik heb naaiwerk gedaan.'

De blik van de vrouw gleed onderzoekend over mijn handen. 'En wat hebt u dan zoal genaaid?'

'Kleding, gordijnen... Ik heb ook allerlei veranderingen in kleding aangebracht.'

'U hebt nog geen antwoord gegeven op de vraag waarom u modiste wilt worden.'

'Ik vind hoeden fascinerend,' antwoordde ik, en dat was oprecht gemeend. 'Ik zou graag hoeden leren maken.'

'Zijn er hoedenmakers in uw familie?'

'Nee,' antwoordde ik, 'dat niet. Maar ik weet zeker dat ik het vak kan leren.'

De vrouw knikte, maar ze bleef kritisch kijken. 'Hoe oud bent u?'

'Twintig, madame.'

'Hebt u getuigschriften?'

Ik schudde mijn hoofd. Ik werd warm en koud tegelijk. Natuurlijk had je getuigschriften nodig als je ergens in de leer wilde komen. Maar ik was nadat we het huis van mijn echte vader uit hadden gemoeten niet meer naar school gegaan omdat ik moest werken. 'Nee, madame. Mijn documenten zijn tijdens de reis verloren gegaan.'

'Komt u uit Indochina?'

Dat beaamde ik, maar ik verzweeg dat ik niet rechtstreeks uit de kolonie kwam, maar uit Berlijn.

'Het modistevak vereist verfijndheid, maar ook een helder verstand. U kunt toch wel lezen en schrijven?'

'Ik heb een aantal jaren een privéleraar gehad.'

'Maar u hebt helaas geen documenten die van een zekere opleiding getuigen,' antwoordde de vrouw ernstig. 'U zou hier naar de avondschool kunnen gaan – terwijl u bij mij werkt.'

Naar school gaan! Daar hadden Thanh en ik van gedroomd.

'Naar die school zou ik graag gaan als u me aanneemt.'

De vrouw bekeek me weer kritisch, toen zei ze: 'Ik zal eerlijk zijn. Jonge vrouwen die het vak willen leren lopen hier niet bepaald de deur plat. Ik kan niet veel loon betalen, en dit is ook maar een kleine winkel. De jonge meisjes van tegenwoordig willen als stenotypiste werken of actrice worden. Voor het hoedenmakersvak hebben ze alleen nog maar waardering als ze een prachtig exemplaar op kunnen zetten. Hoe dat tot stand is gekomen interesseert ze niet.'

De vrouw haalde diep adem, toen keek ze me recht in de ogen. 'Goed dan, ik zal het met u proberen. U werkt een maand op proef. Als u zich behoorlijk gedraagt, zal ik u het vak leren. Maar u kunt beter niet al te gevoelig zijn, begrepen?'

'Ja, madame.'

'Goed, komt u maar mee.'

'Waarheen?'

'Naar het atelier.'

'Maar...'

De vrouw, die zich half had omgedraaid, bleef staan en keerde zich weer naar me toe. 'U wilt toch modiste worden?'

'Ja.'

'Dan moet u meteen beginnen iets te leren.'

Madame Blanchard liet me mijn jas uitdoen en wees me een plaats aan de tafel toe. Het gereedschap was me volkomen vreemd. Er waren allerlei hoedenmallen, hoedenspanners en borstels en er stonden een stoomapparaat en een naaimachine. Op de werkplek van madame Blanchard lagen opengewerkte zijden bloemen, hoedenbanden en veren die eruitzagen alsof ze met een krultang waren gevormd.

Hoewel de stappen voor het vervaardigen van een hoed me totaal onbekend waren, voelde ik me thuis in de ruimte, waar een eigenaardige geur hing.

Madame Blanchard legde me uit waar de verschillende gereedschappen voor dienden en gaf me te kennen dat ik ze moest uitproberen. Het betrof eenvoudig werk als het vormen van een blaadje voor een zijden roos of het krullen van een veer, dat met een mesje werd gedaan en niet met een krultang. Bij alles observeerde ze me aandachtig, haar blik week niet van mijn handen.

'U lijkt nogal handig te zijn,' merkte ze uiteindelijk op. 'We zullen zien of u ook het inzicht hebt dat het beroep vereist. Veel kan ik u niet betalen, het zijn allesbehalve rooskleurige tijden, maar u kunt bij mij onderdak krijgen en overdag een warme maaltijd als u wilt. Als u de proeftijd doorstaat, neem ik u officieel aan en zal ik u het vak leren. Is dat acceptabel voor u?'

En zo nam ik mijn intrek in een kleine zolderwoning boven het atelier van madame Blanchard. Het was een smalle ruimte, het rook er muf en in de zomer zou het er vast behoorlijk warm zijn. Maar het was de perfecte plaats om me voor de wereld en voor Hansen te verschuilen.

De eerste avond zat ik uren voor het dakraam naar de sterren te kijken. Vandaar kon ik niet de beroemde Eiffeltoren zien, maar de aanblik van de hemel bood me troost. Mijn gedachten dwaalden af naar Berlijn. Laurent zou intussen wel terug zijn van zijn reis en had natuurlijk het huis leeg aangetroffen en mijn briefje gevonden. Henning zou hem beslist hebben verteld dat hij me op het station had gezien. Ik hoopte vurig dat het goed met hen ging. Ook Ella, die mijn verdwijning waarschijnlijk pas zou opmerken wanneer ze tevergeefs aanbelde of als ze de krant opsloeg. Ik was ervan overtuigd dat ik als vermist was opgegeven. Als Hansen ergens in Berlijn was of er zijn mensen had, zou hij het bericht zien en het opgeven. Zonder mij viel er niets te chanteren.

De eerste dagen in het atelier waren vermoeiend, want madame Blanchard liet me elke stap telkens weer overdoen. Vooral het vormen van het vilt kostte me enige moeite, maar de vrouw, die aanvankelijk nogal nors had geleken, was eigenlijk heel geduldig en vriendelijk.

Het werk vormde overdag een goede afleiding, maar 's nachts lag ik lang wakker of had ik vreselijk nare dromen. Soms, als ik eraan dacht wat ik in Berlijn had achtergelaten, viel ik huilend in slaap.

Toen ik de eerste weken achter de rug had, ging het wat beter.

Op zondag, als ik vrij was, zwierf ik door de stad, stond vol verbazing op de Place des Vosges naar de prachtige oude gebouwen te kijken, flaneerde over de grote boulevards en gunde mezelf een bezoek aan het Louvre of een ander museum. Als kind had ik nooit gedacht dat de Táy een volk met zo'n enorme geschiedenis en zo veel kunst waren. Altijd wanneer ik vol nieuwe ideeën in het atelier kwam en mijn indrukken met madame Blanchard besprak, moest ze lachen en zei dat ik me weer al te lang met die achterhaalde rommel had beziggehouden. Maar ze meende dat niet kwaad, integendeel, sommige van mijn ideeën pakte ze op of liet ze mij zelf in een hoed verwerken. Als zo'n hoed dan ook echt verkocht werd, was ik daar trotser op dan ik ooit op mijn modellenfoto's was geweest.

Maar op een ochtend voelde ik me bij het ontwaken vreselijk ellendig. Ik was misselijk en moest overgeven. Had ik misschien iets verkeerds gegeten?

Toen mijn maag leeg was, voelde ik me wat beter. Ik waste me, kleedde me aan en ging naar beneden naar het atelier. Daar leken de geuren op een of andere manier sterker dan anders. Ik vond ze niet onaangenaam, maar ik vond het wel vreemd.

'Lieve help, Hanna, je ziet er vreselijk uit!' merkte madame Blanchard op toen ze me zag. En daar had ze gelijk in, ik zag er echt belabberd uit.

'Zo kun je niet werken. Ga maar naar boven en rust wat uit. Of beter nog, maak een kop thee en neem die mee naar boven.'

Ik deed wat ze zei, maar de thee bracht slechts even verlichting. De volgende ochtend gebeurde het weer, en voelde ik me nog ellendiger.

'Je moet naar dokter Lefèbre gaan om je te laten onderzoeken,' raadde ze aan nadat ik voor de vierde keer 's ochtends had overgegeven. 'Dit kan zo niet doorgaan.'

Ik gehoorzaamde en begaf me naar de praktijk. Vol vrees dat ik dezelfde ziekte had waaraan Thanhs moeder was gestorven zat ik daar te wachten. Thanh had verteld dat haar moeder ook vaak had moeten overgeven. De dokter was geen oude man zoals destijds in

Hamburg, hij was ongeveer net zo oud als madame Blanchard, een aantrekkelijke midveertiger. Hij dirigeerde me achter een kamerscherm, waar ik me moest uitkleden, en onderzocht me.

Toen ik weer achter het kamerscherm vandaan kwam, keek de dokter me ernstig aan. Ik was ervan overtuigd dat hij mijn doodvonnis zou uitspreken. Hij wees op de stoel voor zijn bureau, en toen ik plaats had genomen zei hij: 'U bent een jonge vrouw, u bent kerngezond, maar ik weet niet of u blij zult zijn met het nieuws.'

'Waarom niet?' vroeg ik, want als ik gezond was, kon het geen slecht nieuws zijn.

'U hebt op het inschrijfformulier geschreven dat u niet getrouwd bent.'

'En wat heeft dat met mijn toestand te maken?'

'U bent zwanger.'

Daar wist ik eerst niets op te zeggen. Zwanger? Maar...

Ach, natuurlijk! In de nacht voor Laurents vertrek hadden we met elkaar geslapen. Sinds ik hem kende en sinds we verloofd waren, had ik niet meer zo goed opgelet. Wat zou er verkeerd aan zijn als de vrouw van wie hij hield een kind zou krijgen?

En nu kreeg ik dat kind – maar had geen man om mee te trouwen.

'Mademoiselle?' vroeg hij toen ik een tijdje verstijfd was blijven zitten.

'Ja?' vroeg ik verward. Een kind! Ik kreeg een kind van Laurent! En hij was er niet. En ik kon niet naar hem toe, want dan zou Hansen weer ten tonele verschijnen... Ik brak in tranen uit.

Daar leek de dokter rekening mee te hebben gehouden, want hij reikte me een zakdoek aan.

'Als u het kind niet wilt houden, kan ik u het adres geven van een organisatie waar u het na de geboorte kunt afstaan,' opperde hij meevoelend. Meteen hield ik op met huilen. Ik keek hem geschrokken aan.

'Wát?'

De dokter werd rood. 'Ik bedoel, voor het geval dat...'

'Ik wil het kind niet weggeven,' antwoordde ik, en ineens werd ik heel rustig. 'Ik zal het in mijn eentje grootbrengen. Ik was alleen een beetje in de war, dat is alles.'

De dokter knikte, maar in zijn ogen meende ik twijfel te bespeuren. Ik wist zelf dat het niet gemakkelijk zou zijn. Ik herinnerde me Thanhs moeder heel goed, die in haar eentje voor haar dochter had moeten zorgen nadat haar man was verdronken.

Maar ik leefde niet van de visserij in Saigon, ik was hoedenmaakster. En ik had nog altijd een groot deel van het geld dat ik met de foto's had verdiend, veilig verstopt onder mijn bed.

De dokter noemde me de datum waarop ik was uitgerekend en vroeg me tussendoor nog een keer langs te komen, zodat hij de harttonen van het kindje kon beluisteren. Ik bedankte hem, betaalde de rekening en vertrok.

Buiten leek alles anders. Ik werd moeder! Ik was allang geen kind meer, maar tot nog toe had ik alleen voor mezelf moeten zorgen. Nu werd dat allemaal anders – en hoewel ik nog behoorlijk ondersteboven was van het nieuws, wilde ik de situatie het hoofd bieden.

Maar er wachtte me nog een uitdaging: ik moest het madame Blanchard vertellen! Met koude, trillende handen bleef ik op straat staan, slechts een paar meter van het hoedenatelier vandaan. Het was net als die keer dat ik thuiskwam en ontdekte dat ik moest gaan trouwen. Alleen met het verschil dat ik toen nog niet wist wat er op me af zou komen. Nu wist ik het, en was er geen Thanh naar wie ik toe kon gaan om te vertellen wat er was gebeurd.

Omdat ik niet eeuwig buiten kon blijven staan wachten, trok ik de stoute schoenen aan.

'Nou, wat zei de dokter?' vroeg ze toen ik het atelier in kwam.

Ik haalde diep adem en vroeg me even af of het zin had het te verdoezelen. Maar ik wilde niet wéér weglopen. Vroeg of laat zou ze merken dat ik zwanger was.

'Ik krijg een kind,' antwoordde ik terwijl ik me er innerlijk tegen wapende dat ze me de deur zou wijzen.

Madame Blanchard verstarde midden in een beweging. Langzaam draaide ze zich om op haar draaikruk en keek me aan.

'Een kind?'

Ik knikte. 'Het is van mijn verloofde,' meende ik haar te moeten uitleggen. 'Maar we zijn niet meer bij elkaar...'

Madame Blanchard snoof. Dat beloofde niet veel goeds.

'Je zult op zoek moeten naar een huis,' zei ze.

De moed zonk me in de schoenen. 'U gaat me dus ontslaan?'

'Wat denk je wel!' viel ze uit. 'Natuurlijk niet! Maar je kunt toch niet met een kind in die krappe ruimte boven blijven wonen!'

Ik keek haar niet-begrijpend aan. 'U bedoelt dat u me niet ontslaat?'

'Kind, heb je dan geen oren aan je hoofd? Natuurlijk ga ik je niet ontslaan. Integendeel, ik zal je helpen een appartement te vinden om je kind in groot te brengen.'

Ze stond op en omhelsde me, tot mijn grote verrassing.

'Een kind is een groot geschenk. En als ik je vroegere verloofde te pakken krijg, zal ik hem de oren wassen.'

'Dat is niet nodig,' antwoordde ik. 'Het zal me wel lukken. Heel erg bedankt dat u me laat blijven.'

Madame Blanchard knikte en liet me weer los. 'Gaat het wel weer met de misselijkheid?'

Ik knikte. De dokter had gezegd dat die alleen 's morgens zou optreden en dat ik overdag gewoon moest eten, want mijn maag was prima in orde.

'Nou, dan maar vlug aan het werk!'

Dankzij de bemoeienis van madame Blanchard vonden we nog geen maand later een appartement in een huis in de buurt van het atelier. Het was niet groot, maar in elk geval groter dan de zolderkamer, er zat een keuken in en er was een toilet op de gang. Met het huis waarin ik met Laurent in Berlijn had gewoond was het natuurlijk niet te vergelijken, maar het was van mij en het was zo weinig opvallend dat ik me er veilig voelde.

Toen ik erin trok, kreeg ik van madame Blanchard de oude sofa die op de zolderkamer stond, en een paar buren brachten ook spullen die ze konden missen en die ik nodig had.

De maanden verstreken en terwijl mijn lichaam langzaam ronder werd en de misselijkheid uiteindelijk verdween, kwam de winter en daarmee het einde van het jaar 1928. Madame Blanchard bleek heel erg aardig te zijn. Zij, die tot nog toe niet de juiste man gevonden had, nam me als een dochter op en vierde Kerstmis met mij. Ze maakte punch zonder alcohol voor me, want ze vond dat een zwangere vrouw niet hoorde te drinken, en samen luisterden we onder een heerlijke maaltijd naar de kerkklokken die overal werden geluid.

Ik vond het wel een beetje pijnlijk, want eigenlijk was ze mijn werkgeefster, maar het werd me duidelijk dat met Kerstmis de grenzen vervaagden en dat een werkgeefster ook een mens was en het recht en de plicht had haar ondergeschikte goed te behandelen.

Aan het begin van het nieuwe jaar ging ik weer naar dokter Lefèbre. Die toonde zich tevreden over mijn conditie en die van het kind. Hij gaf me wat adviezen voor de komende maanden en stuurde me weer naar huis.

Die dag waren de straten nogal leeg, de kou joeg de mensen algauw hun huis weer in. Ook ik trok mijn wollen jas strakker om me heen en probeerde met gebogen hoofd aan de kou te ontkomen.

'Hanna?' vroeg ineens iemand verwonderd achter me. Ik verstijfde. De stem kwam me bekend voor, maar het was niet die van Laurent of Henning. Wie had me hier gevonden?

Ik voelde opeens de drang om weg te lopen. Maar toen greep iemand me bij de arm en draaide me om.

Didier! Het was de broer van Laurent. Hij keek me verward aan. Tegenover hem kon ik niet doen alsof er sprake was van een persoonsverwisseling.

'Didier!' antwoordde ik, en nu pas zag ik de trieste trek rond zijn ogen. Ongetwijfeld had Laurent hem over mijn verdwijning verteld. En ze waren beslist allebei woedend op me.

'Dat we elkaar zo weerzien.' In zijn stem was geen spoortje blijdschap te bekennen. 'Je bent dus in Parijs?'

'Ik...'

'Natuurlijk ben je hier!' beantwoordde hij zijn eigen vraag. 'Het is alleen de vraag wat je hier heeft gebracht. Of wat je uit Berlijn heeft verjaagd.'

Ik kon niet antwoorden. Mijn stem bleef in mijn keel steken. Al die weken en maanden had ik geprobeerd daar niet aan te denken. Laurent was in mijn dromen verschenen, maar ik had zijn beeld weer snel verdrongen. Ik rechtvaardigde mijn vertrek met het feit dat ik hem niet in gevaar had willen brengen. Maar nu ik Didier aankeek, wist ik dat ik vreselijk egoïstisch was geweest. Ik had alleen maar aan mezelf gedacht, aan wat Hansen me zou aandoen.

'Heb je even tijd?' vroeg hij terwijl hij me nog steeds vasthield.

Ik knikte. Waarschijnlijk had hij het niet geaccepteerd als ik op een zondag tijdnood had voorgewend.

'Kom, laten we dan naar een café gaan en erover praten,' stelde hij voor.

'Nee, niet in een café,' antwoordde ik, want ik wist zeker dat ik me bij dat wat hij wilde bespreken niet zou kunnen beheersen.

'Maar waarheen dan wel?'

'We kunnen naar mijn huis gaan,' stelde ik voor. Dat was ook niet de ideale plaats, want ik wist niet of Didier niet boos zou worden. Maar andere mogelijkheden waren er niet.

'Goed, dan gaan we naar jou. Ik hoop alleen dat ik niet stoor.'

'Nee, dat is niet het geval.'

Zwijgend liepen we door de straten. Ik voelde me vreselijk nerveus. Had Laurent hem erop uitgestuurd om mij te zoeken? Hoe ging het met hem? En wat was er in de tussentijd gebeurd? Had Hansen toen hij merkte dat ik verdwenen was een hoop vuiligheid over me verspreid? Had hij wraak genomen?

We klommen de armoedige trap op en bleven staan bij de deur van mijn appartement. De buurvrouw aan de overkant schreeuwde weer eens tegen haar kinderen. Ergens huilde een baby.

'Dus hier woon je?' vroeg Didier. Het was het eerste wat hij zei sinds we elkaar hadden ontmoet.

'Ja, hier woon ik,' antwoordde ik, en ik wist dat hij de afbladderende verf op de muren zag en de sleetse laklaag op de deur met de watersporen erboven, die ontstaan waren doordat de badkuip in de woning boven mij was overgelopen. Zelfs in het Rode Huis had het er niet zo uitgezien.

Ik deed de deur van het slot en gebaarde hem naar binnen te gaan.

Dat het binnen ook slecht was onderhouden besefte ik, maar het stoorde me niet. In Saigon waren er huizen geweest die er nog veel erger uitzagen.

Ik bracht hem naar de woonkamer, waar hij op de sofa van madame Blanchard ging zitten. Bedrukt bleef ik voor hem staan, tot hij opzijschoof en op de zitplaats naast hem klopte. 'Kom zitten. Ik wil niet dat je last van je gewrichten krijgt.'

Aarzelend deed ik wat hij zei.

'Hoe gaat het met Laurent?' vroeg ik, en ik keek Didier aan. Hij beantwoordde mijn blik niet, maar keek naar het kleine raam met de armoedige gordijnen. Ik had nog geen gelegenheid gehad nieuwe te maken.

'Hij is dood,' zei Didier ijzig.

Een oorvijg van hem zou bij lange na niet zo veel pijn hebben gedaan als die ene zin.

'Dood?' Ik kon het woord slechts fluisteren, want ik kreeg geen adem meer. Het voelde alsof er een loodzware steen op mijn borst lag.

Didier knikte en keek me nog steeds niet aan.

'Maar... hoe dan?' bracht ik hulpeloos uit, terwijl mijn verstand Didiers woorden weigerde te geloven.

'Hij is met zijn vliegtuig neergestort. Toen jij verdwenen was en hij je niet kon vinden, is hij naar huis teruggegaan en zocht hij afleiding in het vliegen. Op zekere dag is de motor uitgevallen, of...'

Hij stokte. Hij sprak de woorden niet uit, maar ik kon me indenken wat hij zeggen wilde. Dat Laurent zich om mij vrijwillig in de dood had gestort.

Ik zakte achterover tegen de rug van de sofa, niet in staat iets te zeggen of te doen. Mijn lichaam voelde als verdoofd. De tranen schoten me in de ogen, biggelden langs mijn wangen, maar snikken deed ik niet. Ik voelde me een standbeeld waar de regen vanaf droop.

Hoelang ik daar zo heb gezeten weet ik niet. Didier zei niets. Ook hij was verstard. We keken door het raam en zagen de daken van Parijs opgaan in de duisternis.

Eigenlijk had ik het uit willen schreeuwen en me de haren uit het hoofd willen trekken, maar daar had ik de kracht niet voor. De tranen stroomden nog steeds over mijn gezicht, maar ik kon me niet verroeren. Eerst had ik Thanh verloren, toen Ariana en nu ook degene van wie ik het meest hield. Blijkbaar had Thanh gelijk gehad. De bloesem uit de tempel was inderdaad vervloekt geweest, en nu werd ik gestraft doordat ik telkens het liefste wat ik had verloor.

'Je bent zwanger,' zei Didier ten slotte. Zijn woorden klonken vreemd in de stilte. Maar ze haalden me uit mijn verstarring.

Ik knikte. 'Ja, een maand nadat ik hier was aangekomen heb ik het gemerkt. Er is geen andere man geweest dan Laurent, het kind is van hem.'

Ik voelde me vreselijk schuldig. Als ik in Berlijn was gebleven, als ik hem de kwestie met Hansen had uitgelegd in plaats van weg te lopen, had hij misschien nog geleefd en de mogelijkheid gehad zijn kind te leren kennen.

'En... heb je iemand anders? Ik bedoel, een man?'

Ik keek hem verschrikt aan. 'Nee, natuurlijk niet.'

'Laurent dacht dat je hem voor een ander had verlaten.'

'Nee, ik ben niet weggegaan omdat er een ander was,' antwoordde ik. 'Het was allemaal veel ingewikkelder. Het... het had met mijn verleden te maken.'

'Dan ben je dus van Laurent blijven houden?'

Hij wist niet van mijn liefdesverklaring. Blijkbaar had Laurent het er niet over gehad. Misschien had hij er na mijn verdwijning ook geen geloof aan gehecht.

'Ik hou nog altijd van hem...' Ik kon me niet meer beheersen en begon te snikken. Ik was blij dat dat hier gebeurde, en niet in een café, waar tientallen mensen me hadden kunnen aanstaren.

Didier bleef even hulpeloos op de sofa zitten, toen voelde ik zijn armen om me heen. Hij zei niets, maar zijn nabijheid bood me troost, want in hem was ook een deel van Laurent aanwezig. Mijn Laurent, die met me zou zijn getrouwd en die blijkbaar naar me had gezocht en uiteindelijk had geloofd dat ik hem voor een ander verlaten had.

Een tijdje gaf ik me over aan mijn verdriet, toen voelde ik mijn kindje schoppen. Het was de eerste keer dat ik het voelde bewegen. Ik hield op met snikken en greep naar mijn buik.

'Wat is er?' vroeg Didier geschrokken. 'Gaat het niet goed?'

'Nee, het is... Het kind schopte tegen mijn buik. Het kleintje wil zeggen dat ik moet ophouden met huilen.' Ik snoot mijn neus in de zakdoek die Didier me aangaf.

'Ik denk eerder dat het je wil troosten.' Hij streelde me over mijn haar en glimlachte naar me. 'Of het wil voetballen, als het tenminste een jongen is.'

Ik wenste vurig dat het een jongetje zou worden, eentje die er uitzag als Laurent of minstens sterk op hem leek.

Die gedachte troostte me echt, en het lukte me om me weer te beheersen, hoewel mijn hart nog steeds zwaar was van verdriet.

'En,' vroeg ik, want ik was ervan overtuigd dat Didier het verder niet over het kind wilde hebben. 'Hoe is het nu met je familie?'

'Mijn familie is mijn familie, zoals altijd. Mijn vader hoopte dat Laurent tot inkeer zou komen, ook al was ik degene die hij in de zaak had ingewerkt. Je kunt je wel indenken dat ik daar niet echt gelukkig mee was, ik zou ook liever in Berlijn zijn en aan mijn neigingen toegeven, maar de goede feeën met hun drie wensen hebben zich de laatste tijd behoorlijk raar gedragen. Dus doe ik wat er van me verwacht wordt en vervul mijn plicht. Wat ook wel goed is, dan hoef ik niet zo veel aan Laurent te denken.'

Hij sloeg zijn ogen neer, toen keek hij me aan. 'Weet je, ik heb je behoorlijk gehaat toen ik hoorde dat je zomaar was verdwenen. Ik dacht al dat ik je verkeerd had ingeschat. Toen vroeg ik me af of mijn ouders misschien schuldig waren aan jouw vlucht. Ze hebben zich onmogelijk gedragen en het was begrijpelijk geweest als je er daarom vandoor was gegaan. Maar dan had je toch met Laurent kunnen praten.'

'Het lag niet aan je ouders, Didier,' antwoordde ik. 'Ik zou Laurent nooit hebben verlaten als niet...'

'Wat is er dan gebeurd?' vroeg hij, maar ik schudde mijn hoofd.

'Daar kan ik niet over praten. Het zou me in een kwaad daglicht stellen. Je zou beslist slecht over me gaan denken.'

Didier zuchtte. 'Welnu, ik kan niet van je verlangen dat je me al bij onze tweede ontmoeting in vertrouwen neemt, maar ik kan je zeggen dat ik tegen niemand vooroordelen koester vanwege iets wat er in zijn verleden is gebeurd. Ben je een buitenechtelijk kind? Ben je een keer naar een engeltjesmaakster gegaan?'

'Nee, het gaat om iets anders.'

Didier steunde met zijn ellebogen op zijn knieën en vouwde zijn handen. Zijn zwijgen vatte ik op als instemming om mijn geheim voor me te houden.

'Ik hou van mannen,' zei hij. 'Of beter gezegd, ik kan alleen maar van mannen houden.'

Ik wist wat dat betekende, maar ik had niet gedacht dat Didier homoseksueel was.

'Dat is mijn geheim, en geloof me, als ik het zou prijsgeven zou mijn vader me onterven – ongeacht het feit dat hij nog maar één zoon heeft.'

'Maar waarom?' vroeg ik me af. In het danshuis hadden we af en toe ook mannen te gast gehad die zich tot hun eigen geslacht aangetrokken voelden. Ella had ze schertsend aangeduid als 'onze warme broeders'. Maar ze had die mannen graag gemogen en ik ook, want ze waren beschaafd en vriendelijk, en af en toe hadden ze ons kleine presentjes toegestopt. 'Voor hen hoef je niet bang te zijn,' had Ella guitig gezegd. 'Ze geven je cadeautjes omdat ze je aardig vinden, niet omdat ze met je naar bed willen.'

'Maar waarom?' viel Didier uit en hij sprong op van de sofa. 'Omdat het zondig is! In elk geval volgens onze kerk, die trouwens nooit iets voor me heeft betekend. En omdat daarmee de droom van mijn vader over een erfgenaam in rook opgaat.'

Hij maakte een theatraal gebaar, toen kalmeerde hij en keek me aan. Minutenlang, terwijl er van alles door zijn hoofd speelde. 'Maar misschien is er een oplossing.'

Ik wist niet waar hij op doelde.

'Alleen moet je voordat ik je die voorleg eerlijk vertellen waarom je mijn broer hebt verlaten. Ik zal je er niet om veroordelen, dat zweer ik.'

Ik verkeerde in tweestrijd. Moest ik het hem vertellen? En over welke oplossing had hij het?

Hij had me zojuist zijn diepste geheim verteld – mij, een vreemde die hij slechts één keer eerder had gezien. Nu was ik aan de beurt. Zou het schadelijk voor me zijn als ik het hem vertelde? Maar ik had niets meer te verliezen.

'Ik ben voor mijn gearrangeerde huwelijk uit Saigon gevlucht en daarbij terechtgekomen op het schip van mensenhandelaren. Die hebben me naar Hamburg gebracht, waar ik in een bordeel werd gestopt. Pas na een jaar kon ik vluchten.'

Ik keek beschaamd naar de vloer, want ik wilde niet zien wat er in Didier omging. Waarschijnlijk was er op zijn gezicht diepe afkeer te lezen, wat begrijpelijk was, want ik walgde nog altijd van mezelf.

'Weet je wie die mannen waren?' vroeg Didier rustig.

'Die me ontvoerd hebben? Nee, dat weet ik niet. Maar het bordeel was van een man die Hansen heette. Bij mijn poging uit het huis te ontsnappen heb ik hem neergeslagen. Vlak voor ons huwelijk wilde hij me chanteren. Hij wilde honderdduizend rijksmark hebben, dan zou hij niet bekendmaken dat ik een...'

'Wat een zwijn!' gromde Didier en hij begon onrustig door de kamer te ijsberen. Ik hoorde hem heen en weer lopen, maar keek nog altijd niet op. Ik voelde me vreselijk slap worden en dacht dat ik elk moment kon gaan overgeven.

'En je hebt afstand gedaan van al je geld? Laurent dacht dat je als fotomodel behoorlijk veel had verdiend.'

'Nee, van het geld heb ik niet helemaal afgezien. Ik heb dat wat ik gespaard had meegenomen.'

'En hoe zit het met het geld op je rekening?'

Ik schudde mijn hoofd. 'Ik heb alleen meegenomen wat ik aan contanten had. Laurent had ook een rekening geopend. Waarschijnlijk staat het geld daar nog op.'

Didier knikte. 'Dan zal ik ernaar kijken.'

Hij wilde me dus helpen. Dat had ik niet verwacht.

'Heb je... heb je dan geen problemen met wat ik gedaan heb?'

'Wat je gedaan hebt?' Didier snoof boos. 'Jij hebt niets gedaan! Die kerels hebben je dat aangedaan en je ertoe gedwongen. Die Hansen zouden ze daarvoor in de gevangenis moeten opsluiten.' Hij mompelde iets wat ik niet verstond, toen zei hij: 'Mijn broer zou je beslist hebben geholpen. Hij zou naar de politie zijn gegaan en die Hansen hebben aangegeven wegens mensenhandel! Je had in geen geval mogen weglopen!'

Ik boog mijn hoofd, beschaamd over mijn eigen domheid. Didier had gelijk, ik had eerst aan de echt belangrijke dingen moeten denken. Ik had op Laurent moeten vertrouwen. Op zijn liefde en zijn zorgzaamheid. Samen hadden we misschien alles kunnen doorstaan, maar nu...

'Ik dacht dat alles kapot zou gaan,' antwoordde ik zachtjes. 'Ik dacht dat Laurent niet meer van me zou houden als hij wist wat er gebeurd is.'

Didier hurkte voor me neer en legde zacht zijn handen op mijn schouders. 'Je moet weten dat ik je vanaf het begin heb gemogen, Hanna. Dat is de enige reden waarom ik je nu niet om de oren sla. Kende je mijn broer dan zo slecht? Hij heeft zich met vrouwen afgegeven die echte hoeren waren, sommige van hen hadden zo'n verdorven ziel dat ieder ander ze zou hebben verafschuwd. Jij was de eerste van wie Laurent echt hield. Jij was zijn engel. Hij zou je alles hebben vergeven, zelfs als je die Hansen had vermoord. En hij zou je hebben geholpen je problemen de baas te worden.'

Bij zijn woorden kreeg ik een bittere smaak in mijn mond. Ik kromp vanbinnen in elkaar, en weer kwamen de tranen. Waarom had ik geen vertrouwen in Laurent gehad? Waarom?

'Huil nou maar niet,' zei Didier sussend toen ik, teleurgesteld over mezelf, weer in snikken uitbarstte. 'Je hebt mij in vertrouwen genomen, dat was heel goed. Ik ben dan wel tegen je tekeergegaan, maar ik ben net als Laurent. Ik neem je niets kwalijk, juist omdat mijn broer zulke diepe gevoelens voor je heeft gekoesterd. Ik zal je helpen alles in orde te krijgen.' Hij nam mijn gezicht in zijn handen en keek me toen in de ogen.

'Hanna, wil je met me trouwen?'

'Maar je hebt toch net gezegd dat...'

'Dat ik van mannen hou. Ja, dat is zo. En dat zal ook zo blijven. Maar ik kreeg net de ingeving dat we elkaar kunnen helpen. Mijn vader wil dat ik trouw en een erfgenaam verwek. En jij hebt iemand nodig die ervoor zorgt dat je Frans staatsburger wordt. Iemand die je zo nodig tegen die Hansen beschermt. Dat zou ik graag doen! Als je mijn aanbod aanneemt, zal ik doen alsof ik de vader van je kind ben en dat ook bij de burgerlijke stand bevestigen. Mijn ouders zouden tevreden worden gesteld, jij zou onder de pannen zijn en ik zou rust hebben.'

Hij streek een haarstreng uit mijn gezicht en glimlachte naar me. 'Je moet natuurlijk niet jaloers zijn als ik afspraakjes met mijn minnaars heb. En je moet ook niet op mij verliefd worden, hoogstens platonisch. Maar ik denk dat het Laurent erg zou bevallen als je, zoals het plan was, deel zou gaan uitmaken van onze familie. Wat zeg je daarvan?'

Op dat moment wist ik niet wat ik daarop moest zeggen. Het was een heel genereus aanbod, en het was me duidelijk dat daarmee op slag al mijn problemen zouden zijn opgelost. Als echtgenote van een Fransman zou ik een Frans paspoort krijgen, en als Hansen nog eens zou proberen mijn leven te verstoren, kon ik naar de politie gaan. Mijn kind zou wettig zijn, geen bastaard die het zwaar zou krijgen in het leven. En ik zou een De Vallière worden. Mijn schoonouders zouden me weliswaar niet mogen, maar dat zou slechts een lage prijs zijn voor het feit dat Laurents kind een toekomst zou hebben. Een betere dan ik. Maar toch, kon ik zijn aanbod wel aannemen?

'Dat is heel grootmoedig van je,' zei ik aarzelend. 'Maar begrijp je wel wat het betekent?'

Didier knikte. 'Zelfs als ik er nog een nachtje over zou slapen, denk ik haast niet dat ik een nadeel aan deze overeenkomst zal vinden. Tenzij jij een andere man op het oog hebt met wie je zou willen trouwen.'

Ik schudde mijn hoofd. Ik wist zeker dat ik nooit weer zo van een man zou kunnen houden als van Laurent.

'En hoe zit het met je ouders?'

Didier grijnsde, nu straalden zijn ogen zelfs. 'O, die zullen schreeeuwen en tieren en tandenknarsen. Maar ik ben de enige zoon die ze nog hebben. Niemand zou meer geruchten kunnen verspreiden dat er met mij iets niet klopt. En als je weer verliefd zou worden, heb ik daar geen bezwaar tegen. Ik zou je zelfs van me laten scheiden als je met je geliefde zou willen trouwen. We kunnen er allebei alleen maar bij winnen. Dus?'

Had ik nog langer moeten nadenken? Ik was ervan overtuigd dat ook ik de volgende dag tot dezelfde conclusie zou komen.

'Goed, ik word je vrouw. Maar hoe wil je je moeder uitleggen dat ik al in de achtste maand ben?'

'Laat dat maar aan mij over.' Didier gaf me een kus op mijn wang. De trieste uitdrukking in zijn ogen was er nog steeds, maar ik merkte dat hij geen wrok meer tegen me koesterde. 'Ik zal de volle verantwoordelijkheid daarvoor op me nemen.'

'En als we gewoon tegen hen zeggen dat het kind van Laurent is?'

'Geen sprake van!' protesteerde Didier en hij lachte. 'Dan verwachten ze wellicht dat ik je óók zwanger maak. En zoals je weet, ben ik daarvoor niet beschikbaar.'

23

'Dan is overgrootvader dus niet Maries vader?' Die informatie moest Melanie eerst even verwerken. Ze kende haar overgrootvader alleen van een foto, waarop een energieke Fransman stond voor wie de wereld open leek te liggen. Er waren voor haar geen diepgaande gevoelens met hem verbonden, maar het was toch een schok om te horen dat niet hij, maar zijn broer haar overgrootvader was.

'Nee, dat klopt.'

'Weet grootmoeder dat?'

Hanna schudde haar hoofd en omklemde haar theekopje. 'Nee, en ik weet ook niet of ze het ooit moet weten. Ze droeg Didier op handen, want hij had veel gevoel voor kunst en boeken, kocht schilderdozen voor haar, en later stoffen, altijd bracht hij van zijn reizen iets voor haar mee. Je kunt wel zeggen dat hij haar door en door heeft verwend. Toen hij stierf, was ze erg gedeprimeerd. Ze bleef jarenlang verdrietig. Ik wilde haar niet nog verdrietiger maken.'

'En waarom vertelt u het wel aan mij?'

'Omdat je Didier nooit hebt gekend. En omdat ik denk dat je die wetenschap wel aankunt.'

'En hoe zit het met mama?'

'Zij heeft Didier ook niet gekend, maar toch... Ze zou het Marie vroeg of laat vertellen, ze is tenslotte haar dochter.'

'En ik haar kleindochter.'

'Dat klopt, maar jij bent anders. Je bent net als ik, je kunt een geheim bewaren. Dat denk ik tenminste.'

Melanie knikte. Haar overgrootmoeder had waarschijnlijk gelijk. Terwijl zij vertelde, vielen Melanie telkens dingen op die ze zelf net zo zou hebben gedaan.

Een tijdje staarden ze nog zwijgend in hun theekopjes, toen stond Hanna op. 'Het wordt tijd dat we naar bed gaan. Morgen komt de glaszetter de nieuwe vitrine brengen. Nu je de bruidsjurk af hebt, kunnen we die dan meteen weer tentoonstellen.'

Melanie knikte, toen schoot haar iets te binnen. 'Grand-mère, hebt u er bezwaar tegen als ik hier een bruidsjurk maak? Ik heb zelf geen naaimachine en...'

Hanna keek haar verbaasd aan. 'Natuurlijk niet, m'n kind. Maar... je wilt een bruidsjapon voor jezelf maken?

Melanie knikte. 'Ja, dat heb ik vanmorgen besloten.' Melanie dacht even na, toen voegde ze eraan toe: 'Misschien brengt het geluk als ik dat doe. Het is voor de verandering eens geen weemoed, ik schep iets nieuws. Ik wil op een positieve manier vooruitkijken, niet meer altijd alleen kijken naar wat er geweest is en wat er had kunnen zijn.'

Haar overgrootmoeder knikte en trok haar stevig in haar armen.

Op dat moment begon haar mobieltje in haar zak te brommen. Melanie maakte zich van Hanna los en haalde het tevoorschijn. Even dacht ze dat het weer Charlotte was, die belde over Dornberg. Maar het was Katja's nummer dat op het display stond.

Melanie aarzelde. Moest ze wel weer een stroom verwijten over zich heen laten komen? Zuchtend nam ze op. 'Hallo, Katja.'

Er klonk een krakend geluid, toen werd de verbinding verbroken.

Hoofdschuddend keek Melanie naar haar mobieltje. Ging Katja nu over tot telefoonterreur? Of had ze per ongeluk haar nummer gekozen? Had ze misschien bij het rommelen in haar tas de keuzetoets ingedrukt?

'Wat is er? vroeg Hanna verwonderd.

'Dat was Katja, maar ze zei niets.' Melanie wachtte even op nog een telefoontje, maar er gebeurde niets. Blijkbaar was het inderdaad een vergissing geweest.

'Misschien moet je terugbellen.'

'Nee, als het belangrijk is, neemt ze wel weer contact op.'

Melanie stak haar mobieltje weer in haar zak. Er kwam een lichte onrust over haar, maar ze hield zich voor dat Katja echt wel aan de bel zou trekken als er iets was. 'Welterusten, grand-mère, ik verheug me op het volgende deel van het verhaal.'

Terwijl Melanie naar haar kamer liep, controleerde ze haar mobieltje nog eens, maar er was niets veranderd. Dat stelde haar een beetje gerust. Ze kleedde zich uit en nam een douche. Het water spoelde niet alleen het stof van de zolder van haar af, maar ook een beetje haar bezorgdheid.

Toe ze uit de badkamer kwam, zag ze dat er een berichtje was.

Katja had opnieuw gebeld en deze keer had ze een bericht op haar voicemail achtergelaten.

Melanie vroeg zich af of ze het moest beluisteren. Wilde Katja zich voor haar gedrag van gisteren verontschuldigen? Of was er een andere reden om te bellen?

Ze koos het nummer van de voicemail, waar de elektronische stem een nieuw bericht aankondigde.

'Hallo, Melanie,' klonk Katja's opgewonden stem, met motorgeronk op de achtergrond. 'Kom alsjeblieft naar het ziekenhuis, het gaat om Robert.'

Meer zei ze niet. Melanie voelde haar borst verkrampen. Geschrokken sloeg ze haar hand voor haar mond. Was er iets gebeurd? Ging het niet goed met Robert?

Even bleef ze als verlamd voor het bed staan, toen draaide ze zich vlug om, schoot in haar spijkerbroek, die nog stoffig was van het opruimen, en trok haastig het eerste het beste T-shirt aan dat in de buurt lag. Daarna stormde ze de kamer uit. Hanna stond net op het punt haar slaapkamer in te gaan, toen ze Melanie zag.

'Kind, is er iets gebeurd? Je ziet vreselijk bleek!'

'Robert,' zei Melanie in tranen. 'Katja heeft gebeld dat ik naar het ziekenhuis moet komen.'

'Dan ga ik met je mee!'

'Nee, u kunt beter hier blijven en gaan slapen.'

'Geen sprake van! Ik laat je in deze geagiteerde toestand niet alleen gaan!'

'Maar...'

'Wat is er aan de hand?' vroeg Marie, die slaperig om de deur van haar slaapkamer keek.

'Melanie moet naar het ziekenhuis,' antwoordde Hanna, 'en ik ga met haar mee.'

'Maar maman, u kunt toch niet midden in de nacht...'

'Hou toch eens op!' brieste Hanna. 'Ik ben geen mummie en kan slapen als ik dood ben! Dus laten we ons haasten!'

Melanie keek Marie verontschuldigend aan, toen liep ze naar beneden. 'Ik rij de wagen voor, grand-mère, dan hoeft u niet over het grind te lopen.'

'Prima!' antwoordde Hanna en ze liep de trap af.

'Maar jullie bellen me als jullie er zijn, ja?' riep Marie hen bezorgd achterna, maar Melanie was al buiten en Hanna wekte niet de indruk dat ze naar haar dochter wilde luisteren.

24

PARIJS 1929-1943

Didier zette zijn plan door. Op 10 februari 1929 trouwden we, vlak voor mijn bevalling. Het was een buitengewoon zachte dag, met een bijna voorjaarsachtige temperatuur.

Didier had me graag in de bruidsjapon van zijn moeder gezien, maar dat was onmogelijk. In plaats daarvan liet hij een jurk uit Parijs komen in eeuwenoude empirestijl, waarvan de rok zo wijd viel dat ik mijn buik ermee kon verhullen.

'Er zal toch wel over geroddeld worden dat we het voor het huwelijk hebben gedaan en dat ik niet eerder het lef had je om je hand te vragen,' zei hij knipogend nadat ik de jurk had gezien. 'Maar we leven in moderne tijden, nietwaar?'

Geroddeld werd er inderdaad, maar niet zozeer over mijn toestand als wel over de afwezigheid van mijn schoonvader, die belangrijke zaken als excuus aanvoerde. Mijn schoonmoeder was aanwezig, maar meer dan een stijf glimlachje wist ze niet op te brengen. De overige familie leek daarentegen opgelucht. De geruchten dat Didier zijn eigen geslacht was toegedaan waren nu verstomd. Hij had een echtgenote, en bovendien een die hij zwanger had gemaakt. Iedereen achtte het fatsoenlijk dat Didier de verantwoordelijkheid voor 'zijn' kind nam.

Daarmee had ik nog een geheim te bewaren. Maar dat was in tegenstelling tot het andere lang niet zo onaangenaam.

De viering was in verband met de wereldcrisis eenvoudig, maar dat was voor ons genoeg. Van Didiers kant waren zijn moeder en enkele vrienden gekomen, van de mijne madame Blanchard en een paar van haar vriendinnen. Die vrouwen waren oprecht blij voor mij dat ik geen buitenechtelijk kind zou krijgen. Mijn vrienden uit Berlijn had ik niet durven uitnodigen. Het risico dat Hansen mij via hen zou opsporen wilde ik niet nemen. Het fotomodel was gewoon verdwenen, gebleven was een Frans hoedenmaakstertje met wortels in Indochina. Niemand zou naar zo'n vrouw op zoek gaan en haar chanteren. Het was ook nog een geluk dat het aanstaande huwelijk voor mijn schoonouders een pijnlijke zaak was. Er verscheen nergens een aankondiging – daar was ik blij om.

De ochtend na de bruiloft – zoals te verwachten viel was er geen huwelijksnacht geweest – begaf ik me in alle vroegte naar het graf van Laurent.

Toen Didier me een paar maanden eerder mee naar het kasteel had genomen en zijn ouders had verkondigd dat hij met me ging trouwen, had ik het al eens bezocht, maar ik had het er niet lang uitgehouden. Ik was zo overstelpt door verdriet dat ik door mijn tranen heen niet eens de marmeren plaat met zijn naam goed had kunnen zien.

Die ochtend was de lucht helder, op een paar wolken aan de horizon na. Ochtendnevel hing boven de weiden, dauw drupte van het zwarte hout van de takken. Ik trok de laarzen aan die ik in Parijs had gekocht en ging in mijn eenvoudige bruine jurk naar het familiegraf, dat aan de andere kant van de tuin lag. Onder mijn arm had ik mijn bruidsboeket met rozen en jasmijn. Ik had met Didier afgesproken dat de bloemist twee identieke boeketten zou maken. Het ene had ik volgens traditie de ongetrouwde vrouwen in het gezelschap toegeworpen, maar het andere had ik meteen na de huwelijkssluiting laten verdwijnen, want ik was vastbesloten het naar Laurent te brengen.

Terwijl ik over de mistige paden liep en naar de zon keek die boven de bossen opkwam en de witte sluiers goudroze kleurde, voelde ik me een beetje als een fee of een bosgeest.

Ten slotte doemde het grafgewelf voor me op. De twee stenen engelen die de poort flankeerden keken me duister aan, maar met het bruidsboeket in mijn hand voelde ik me onoverwinnelijk. De scharnieren van het traliehek piepten zachtjes toen ik het openduwde. In de ruimte was het koud en donker, alleen een paar zonnestralen vielen door openingen onder het dak naar binnen. Iemand had op Laurents sarcofaag een graflampje aangestoken, ik vermoedde dat Didier dat had gedaan, omdat hij van mijn plan op de hoogte was.

De andere grafplaatsen negerend liep ik naar die van hem toe en legde mijn hand op het steen. Toen legde ik het boeket erop.

'Ik heb nooit iemand anders gewild dan jou,' fluisterde ik zachtjes. 'Vergeef me alsjeblieft dat ik je in de steek heb gelaten. Ik ben met Didier getrouwd, maar je kent vast zijn geheim. Ik hou alleen van jou.'

Ik merkte dat de tranen over mijn wangen stroomden. Ik wenste vurig dat hij wist dat we binnenkort een kind kregen. Christenen geloofden dat er een hemel bestond, van waaruit de doden de levenden beneden konden zien. Ik hoopte op dat moment zo dat dat waar was.

Slechts twee weken later begonnen de weeën. Daarmee kwam er ook een einde aan mijn respijt. Vanwege mijn toestand had Madeleine me ontzien, maar ik wist dat ze als het kind er eenmaal was, zou proberen mij en ook de kleine haar wil op te leggen.

Maar ze zorgde tenminste voor een goede vroedvrouw en een dokter om me bij te staan. Niet omdat ze me mocht, maar omdat er niet van de familie De Vallière gezegd zou kunnen worden dat een van haar leden alleen met de hulp van de kokkin ter wereld was gekomen.

De bevalling leek eindeloos te duren, en dat er steeds iemand bij me was om mijn voorhoofd te betten irriteerde me zo dat ik er kwaad van werd. Je mocht hier niet eens zweten als je een kind kreeg!

Op een gegeven moment werden de weeën zo sterk dat ik dacht dat ik doodging. Vertwijfeld klampte ik me vast aan de hoop een zoon ter wereld te brengen, waarin ik Laurent zou kunnen zien. En uiteindelijk was het allemaal voorbij. Het gehuil van het kindje was het mooiste geluid dat ik ooit had gehoord.

'Hartelijk gefeliciteerd, madame, het is een dochtertje!' Door wat de vroedvrouw met haar rode gezicht zei, was ik een beetje teleurgesteld. Maar toen zag ik dat kleine, onbeholpen wezentje met de zwarte haarpluim op haar hoofd en ik was verkocht. Ik barstte in tranen uit van geluk, maar ook van verdriet dat Laurent dat kleine wondertje niet kon zien.

Mijn schoonouders namen het nieuws dat ik een dochter had gebaard met hun gebruikelijke koelte op. Mijn schoonvader verdween naar zijn werk, een meisje interesseerde hem niet, want het zou zijn naam niet doorgeven. Madeleine begroette het kind plichtmatig en met gereserveerde belangstelling – het was tenslotte voor de helft een De Vallière.

'Ze moet de namen van haar overgrootmoeder krijgen,' deelde Madeleine mee terwijl ze het kind bekeek. Ik kon aan haar zien dat de Aziatische trekken van mijn dochtertje haar niet aanstonden, maar wat had ze dan verwacht? Dat ze blond haar en blauwe ogen had?

'Hoe luiden de namen van haar overgrootmoeder dan?' vroeg ik, want ik voelde me te zwak om tegen haar onredelijke eis te protesteren. Het was me duidelijk dat het kind een Europese naam moest krijgen. Welke naam ik haar gaf, was een heel andere kwestie.

'Marie en Hélène,' zei Didier, die de trotse vader uithing. Madeleine keek me bijna verontwaardigd aan, alsof ze had verwacht dat ik de namen van de overgrootmoeder kende.

'Misschien kunnen we de namen van jouw grootmoeders eraan toevoegen?' stelde mijn echtgenoot voor.

Dat verontrustte Madeleine nog meer, maar noodgedwongen zei ze: 'Dat zou wel meer dan terecht zijn, nietwaar?'

'Zijn vier namen niet een beetje veel voor een kind?' vroeg ik. Ik had ook kunnen vragen wat Marie en Hélène betekenden, maar daarmee zou ik mijn schoonmoeder onnodig hebben geprovoceerd.

'Marie en Hélène is wel genoeg, toch?'

Madeleine was verrast dat ik me bij de naamgeving zo gemakkelijk liet overreden. Ik hoopte dat ik daardoor beter met haar zou kunnen opschieten, tenminste, een beetje. Mijn dochter werd in de huiskapel van het kasteel onder de naam Marie Hélène de Vallière gedoopt.

De jaren daarna leidden we een vrij rustig leven. Ondanks mijn schoonmoeders opvatting dat een echtgenote thuis bij de haard hoorde te zitten, reed ik in het autootje dat ik van Didier had gekregen elke dag naar mijn werk in Parijs.

Mettertijd lieten haar verwijten me onverschillig en mijn pantser was intussen sterk genoeg om haar vijandige houding te verdragen. Als het weer eens heel erg was, verdween ik vroeg naar mijn kamer en ging achter de naaimachine zitten. Madeleine hield niet van het gesnor en bleef uit de buurt.

Didier bracht het merendeel van zijn tijd door op het kantoor van zijn vader. En anders in de armen van zijn minnaars. Ik wist dat hij zijn kleine appartement in Parijs als liefdesnestje gebruikte. Maar mij maakte dat niet uit. Ik moest voor Marie zorgen. Ik zoogde haar, verschoonde haar, zat aan haar bed toen ze tandjes kreeg, waakte de hele nacht toen ze de waterpokken had. Marie was voor mij het middelpunt, mijn zon waar alles om draaide. Ik leefde alleen maar voor haar, en gaandeweg werd mijn verdriet om Laurent minder. Het liet een litteken achter in mijn hart, maar er kwamen ook momenten dat ik alleen nog maar kon glimlachen van geluk omdat Marie weer een stapje in haar ontwikkeling zette.

Toen ze groot genoeg was om mee naar het hoedenatelier te gaan, liep ik daar trots met haar te pronken. De klanten waren weg van haar en vroegen altijd naar haar. Binnen een paar weken hadden de klanten haar met kleertjes, snoep en strikjes overladen. Dat vond ik een beetje pijnlijk, maar het zou onbeleefd zijn geweest die attenties af te wijzen.

'Pas maar op dat ze niet een van die vrouwen achterna loopt,' waarschuwde madame Blanchard schertsend. 'Het zou wel eens lastig kunnen worden om haar in de straten van Parijs terug te vinden.'

Ik lachte erom, maar drukte mijn kleine meisje, dat nog niet eens echt kon lopen, op het hart dat ze niet met vreemde mensen mee moest gaan. Dat kon ze dan ter harte nemen als ze echt op haar benen kon staan en kon rennen.

Mijn schoonmoeder bleef me inprenten dat het niet goed was dat ik ging werken en ook nog eens mijn kind meenam.

'Een vrouw hoort thuis zodra ze kinderen heeft,' mopperde ze ook die avond weer. Didier was er niet, zijn vader had hem op zakenreis naar New York gestuurd. Paul zelf was bij uitzondering eens thuis. Ik was volkomen aan hen overgeleverd, want Marie was nog te klein.

Het liefst had ik migraine voorgewend, maar waarschijnlijk zou Madeleine er toch op hebben gestaan dat ik meeat.

'Didier vindt het goed dat ik werk,' probeerde ik Madeleines verwijt af te weren. 'Bovendien is Marie bij me en zorg ik voor haar.'

'Het zou veel beter voor haar zijn als je haar aan een gouvernante zou toevertrouwen, zodat ze van begin af aan een goede opvoeding krijgt.' Natuurlijk dacht mijn schoonvader dat ik mijn kind een slechte opvoeding gaf – vooral omdat ik haar in aanraking bracht met de arbeidersklasse.

'Je zou ook meer druk op je man moeten uitoefenen,' was zijn volgende klacht terwijl hij kwaad zijn vlees sneed. Het was heel mals, maar bij hem zag het eruit alsof het van een honderd jaar oude koe kwam. 'Hij is met zijn hoofd bij heel andere zaken en zwerft 's nachts rond in Parijs. Dat is niet goed, hij moet voor zijn gezin zorgen.'

Ik kon moeilijk tegen Didier zeggen dat hij vaker thuis moest zijn. We hadden immers afgesproken dat hij kon doen en laten wat hij wilde.

'Ja, monsieur,' zei ik alleen maar en ik probeerde mijn woede met een stukje vlees te verbijten.

Mijn rustige antwoord leek voor hem echter niet voldoende te zijn.

'Aan een ja heb ik niets! Ik verwacht daden! De volgende keer dat hij er is praat je met hem. En het zou ook geen kwaad kunnen als jullie nog een kind krijgen. De familie heeft een erfgenaam nodig die de naam De Vallière laat voortbestaan.'

Daar zou Didier vast enthousiast over zijn!

Vroeger zou ik me door zulke eisen geïntimideerd hebben gevoeld, ik zou geprobeerd hebben eraan te voldoen in de hoop dat ze me dan met rust lieten. Maar in de afgelopen jaren was ik harder geworden. Op hun aantijgingen reageerde ik met innerlijke spot en bij de suggestie dat Didier en ik nog een kind moesten krijgen, was ik bijna in lachen uitgebarsten. Gelukkig wist ik me te beheersen, anders had dat mogelijk tot een onaangename scène geleid.

'Ik zal het er met hem over hebben als hij weer terug is. New York ligt helaas niet om de hoek.'

Paul keek me verontrust aan, maar zweeg, waarschijnlijk was het hem geen discussie waard.

Ik liet mijn gedachten naar New York gaan. Als het allemaal anders was gelopen, zou ik daar een geweldige tijd met Laurent hebben gehad. Misschien had ik hem bij die gelegenheid kunnen vertellen dat ik zwanger was. Want ik zou hoe dan ook zwanger zijn geraakt. Een diep verlangen naar hem overspoelde me. Die avond zou ik graag naar zijn graf zijn gegaan, maar het onweerde behoorlijk, de pannen waaiden van het dak en boomtakken braken af. Ik ging bij het raam staan en zag hoe de natuur tekeerging, luisterde naar het gehuil van de stormwind en keek naar de bliksemschichten die dreigend boven de laaghangende wolken opflitsten. Ik dacht aan Laurent en huilde om wat ik had gedaan en om wat er was gebeurd. Ik dacht ook aan Thanh en aan het feit dat ik haar waarschijnlijk nooit meer zou zien. Op een gegeven moment kroop ik in bed, ik voelde me vreselijk ellendig. Gelukkig kwam de slaap snel en daarmee waren Didiers terugkeer en Pauls vertrek weer een dag dichterbij gekomen.

De volgende ochtend werd ik wakker van een klaaglijk geschrei. Verschrikt kwam ik overeind en toen ik me realiseerde dat het uit de slaapkamer van mijn schoonouders kwam, rende ik zonder een ochtendjas om te doen mijn kamer uit. Ik kwam een van de dienstmeisjes tegen, ze zag krijtwit.

'Wat is er gebeurd?' vroeg ik.

'Meneer.' Onzeker plukte ze aan de banden van haar schort.. 'Hij...' Meer hoefde ze niet te zeggen.

Toen ik de slaapkamer in liep zag ik Madeleine huilend op de rand van het bed zitten. Ze hield het gezicht van haar man in haar handen, maar Paul de Vallière wilde niet wakker worden.

'Madame, wat is er gebeurd?' vroeg ik. Nog altijd sprak ik haar niet aan met maman. Ze had het me niet aangeboden en ik veroorloofde me die vrijheid ook niet uit mezelf.

Madeleine leek me niet te horen. Maar ik wist wat er aan de hand was. 'Ik laat een dokter halen!' kondigde ik aan en ik rende in paniek de kamer uit naar de dienstbodenkamer.

'Een dokter!' riep ik. 'Heeft iemand van jullie het nummer van een dokter?'

Martin, de butler, bracht me direct het nummer van dokter Rémy. Daarmee haastte ik me naar de telefoon. Geagiteerd vertelde ik de dokter wat er gebeurd was en hij beloofde meteen te komen. Onrustig liep ik heen en weer door de foyer.

Ik had aan de dienstboden gezien dat ze wisten dat monsieur Paul dood was. Ik wist het ook. Maar ik wilde er absoluut niet aan denken wat er met Madeleine zou gebeuren. En met Didier. Eerst was zijn broer verongelukt, nu was zijn vader gestorven. Ik vroeg me zo langzamerhand af of ik een vloek over de familie had gebracht.

Dokter Rémy verscheen een half uur later. We begroetten elkaar vluchtig en ik ging hem voor naar boven. Madeleine zat nog steeds naast haar man op het bed zachtjes te huilen.

De dokter verdween in de kamer, terwijl ik op de overloop bleef staan. Ik hoorde hoe hij op mijn schoonmoeder inpraatte, toen werd het stil. Even later kwam hij met een bedenkelijk gezicht terug.

'Mijn medeleven, madame De Vallière, uw schoonvader is helaas overleden.'

'Waaraan?' vroeg ik, omdat ik dacht dat dat mijn plicht was.

'Een hartaanval, waarschijnlijk 's nachts al. Hij zal niet veel pijn hebben geleden.'

Hij dacht waarschijnlijk dat dat een troost voor me zou zijn.

'Ik heb uw schoonmoeder een kalmerend middel gegeven, zorgt u er alstublieft voor dat ze rust krijgt. Als er iets is, kunt u me te allen tijde bericht sturen.'

Ik bedankte hem, betaalde zijn rekening en stuurde toen de loopjongen naar de doodkistenmaker in de stad. Ook moest de dominee worden gebeld en Didier in New York op de hoogte worden gesteld. Omdat Madeleine nergens toe in staat was, kwam het regelen van de formaliteiten op mij neer. Gelukkig kon ik op Louise rekenen, die wist wat er in dit geval gedaan moest worden. Van alle personeelsleden was zij degene met wie ik het best overweg kon.

's Avonds ging ik naar het familiegraf om de plaats die Paul de Vallière zou gaan innemen te bekijken. Volgens de traditie zou er ook meteen een plaats voor zijn echtgenote worden ingericht, zodat zij naast hem kon rusten. Dat had Louise me verteld.

In het grafgewelf viel mijn blik onvermijdelijk op Laurents sarcofaag. Was daarnaast ook plaats voor mij? Ik was niet zijn echtgenote, maar toch... had ik het gevoel dat ik aan zijn zijde behoorde. Zou ik dat voor elkaar kunnen krijgen? Zou ik Didier kunnen vragen mij naast Laurent ter ruste te leggen als ik eerder stierf dan hij? En werd het niet eindelijk tijd dat ik ontdekte wat ik wilde...?

Ik dacht daar lang over na, zo lang dat de zon achter de horizon verdween en ik volkomen in het donker zat.

Met moeite stond ik op. Er was genoeg ruimte voor Paul en Madeleine de Vallière, zij zouden de plaats tussen Pauls ouders en Laurent innemen. De plaats naast Laurent was leeg, en ik zou alles op alles zetten om daar op een dag te kunnen rusten.

Het inlichten van Didier bleek grote problemen op te leveren. In het hotel waarin hij zijn intrek had zullen nemen, was hij onbekend. De zakenpartners van mijn schoonvader beweerden dat Didier al vertrokken was. Maar waar zat hij dan?

Ik maakte me eerst grote zorgen, tot ik besefte waarmee hij de laatste twee dagen van zijn zakenreis zou doorbrengen.

'We kunnen hem niet bereiken,' zei ik tegen onze bezorgd kijkende butler. 'Maar ik weet zeker dat hij op de geplande datum terugkomt. Daarna kan de rouwplechtigheid plaatsvinden.'

Inderdaad kwam Didier op de derde dag tegen de middag aanrijden op het ronde plein in de kasteeltuin. Ik had de hele ochtend ongeduldig voor het raam gestaan.

Maar die zorg was nu verdwenen, en ik ging naar buiten om mijn echtgenoot te verwelkomen.

'Hanna, je gelooft niet wat er gebeurd is!' Didier stormde op me af en sloot me in zijn armen. In zijn euforie zag hij niet dat ik in het zwart gekleed was. 'Ik heb op het vliegveld van New York de hand weten te leggen op een Duitse krant, en kijk eens wat ik daarin heb gelezen!'

Hij rommelde in zijn tas, haalde een opgevouwen krant tevoorschijn, toen keek hij me pas aan.

'Hanna?' Nu leek hij te merken dat ik ernstig keek. 'Wat is er gebeurd?'

Blijkbaar was hij niet meer op kantoor geweest, waar hij het nieuws zou hebben gehoord.

'Je vader is dood,' antwoordde ik. Ik was op dat moment vreselijk kwaad op hem. Dat hij uit was op pleziertjes vond ik best. Maar dat hij daarvoor compleet uit beeld verdween, deugde gewoon niet. Zijn vader had gelijk gehad, ik moest met hem praten. 'Ik neem aan dat je niet meer op de zaak bent geweest.'

Meteen verdween de glimlach van zijn gezicht.

'Wat?'

'Hij is drie dagen geleden overleden,' zei ik. 'Vanmiddag is de rouwplechtigheid. Ik had het je graag willen laten weten, maar ik kon je nergens bereiken.'

Didiers armen vielen slap neer, de krant gleed uit zijn handen. Ik raapte hem op zonder er een blik op te werpen.

'Waar is hij?'

'In de familiekapel. Je moeder is in haar slaapkamer, daar is ze al twee dagen niet meer uit gekomen. Je moet bij haar gaan kijken.'

Ik leidde Didier de hal door, waarin, zoals in alle andere vertrekken, alle spiegels als teken van rouw bedekt waren. De bedienden bogen zwijgend voor Didier, allebei zeiden we geen woord, dat zou ik voor later bewaren.

Madeleine zat als versteend in haar salon. Toen we binnenkwamen, keek ze dwars door ons heen.

Op dat moment moest ik sterk denken aan mijn eigen moeder indertijd, toen mijn vader doodgeschoten was. Misschien had ik me ook zo gedragen als ik Laurents echtgenote was geworden. Maar na het nieuws over zijn dood had ik niet de tijd gehad om te verstarren. Ik had mijn verdriet stilletjes in mijn eentje verwerkt, onder het werk en 's nachts in mijn kleine appartement.

Omdat ik wist dat ze op dat moment liever Didier bij zich wilde hebben dan mij, trok ik me terug, terwijl Didier in de salon bleef.

Daarbuiten haalde ik diep adem. Omdat ik het zwaarste deel van de dag nog voor de boeg had, besloot ik een blik te werpen op datgene wat Didier zo euforisch had gemaakt.

'Bordeeleigenaar omgekomen bij steekpartij,' luidde de kop in een krant uit Hamburg. Ik hield mijn adem in en begon te lezen. Toen ik op de naam Hansen stuitte, dacht ik dat ik droomde. Ik las en herlas het telkens weer, maar er kwamen geen andere letters en het was ook geen droom.

Volgens het bericht had er op de Reeperbahn een territoriumstrijd tussen pooiers plaatsgevonden. Hansen had aan het kortste eind getrokken. Hij was dood gevonden, ten gevolge van verscheidene messteken.

Ik zakte neer tegen de muur. Ik kon het nog steeds niet geloven. Hansen was dood! Hij zou me nooit meer kunnen bedreigen. Ik sloeg mijn hand voor mijn mond en barstte in tranen uit. Die man had me zo veel ontnomen, hij had zo veel leed veroorzaakt bij de mensen van wie ik hield. Bestond er misschien toch een god die mensen als hij strafte?

'Madame, wilt u misschien een kopje thee?' vroeg iemand. Zonder dat ik het had gemerkt was Louise bovengekomen, die me vast had zien huilen. Vlug vermande ik me.

'Nee, dank je wel, Louise.' Het dienstmeisje maakte een kniebuiging en ging weer weg. Mijn ogen brandden toen ik me weer op het artikel richtte. Ik voelde diepe voldoening. De meisjes in het Rode Huis zouden het er misschien niet beter door krijgen, maar ik kon nu beginnen met leven. Ook al kwam deze dag veel te laat.

Voor het familiegraf van de Vallières verzamelden zich heel veel invloedrijke persoonlijkheden uit de politiek, de adel en de zakenwereld. Nu pas begreep ik hoeveel invloed mijn schoonvader had gehad.

Didier stond naast me, krijtwit, met behuilde ogen. Hoewel hij zware woordenwisselingen met zijn vader had gehad, was hij diep geraakt door diens verlies.

Onder mijn zwarte jurk met de zwarte hoed met voile kon ik goed verbergen hoeveel opluchting die dag me ondanks alles had gebracht. Ook mij deed de dood van mijn schoonvader verdriet, vooral vanwege Didier, maar het bericht over Hansens dood betekende voor mij veel meer. Toen Paul de Vallière onder de zegenspreuken van de dominee het graf werd ingedragen, keek ik op naar de hemel. Was Laurent daar? Kon hij me zien? Zo ja, merkte hij dan – ook al had hij nooit geweten wat mijn hart zo bezwaarde – misschien hoe vrij ik me nu voelde?

's Avonds kwam Didier zwijgend naar me toe en legde zijn hand op mijn schouder. Ik zat op de sofa en keek naar buiten naar de maanverlichte nacht. Er was alleen een lamp op het bureau aan, en ik zag onze gedaanten slechts schimmig in de ruiten.

'Heb je het gelezen?' vroeg hij, de stilte verbrekend.

'Jazeker.'

'Het is toch vreemd hoe het allemaal loopt.'

Ik knikte.

'Waarschijnlijk zou je nu willen dat het eerder was gebeurd. Dan had je hier nu met Laurent gezeten.'

'Ja, dat is zo. En jij zou kunnen doen wat je wilde en niet de zorg voor een echtgenote hebben.'

Hij drukte zachtjes op mijn schouder. 'Je bent een goede echtgenote. De beste die een man die van mannen houdt zich maar kan wensen. Want ik hoef niet bang te zijn dat je verliefd op me wordt en dat ik dan je hart breek.'

Ik legde mijn hoofd op zijn arm. Hij had gelijk, ik zou altijd van Laurent blijven houden. Maar als ik niet van zijn geheim had geweten of dat niet had bestaan, was ik misschien voor hem bezweken.

Het had echter geen zin daarover na te denken, alles was nu eenmaal zoals het was.

'Welterusten.' Didier streelde mijn nek en verliet de kamer. We wisten allebei dat alles weer anders zou worden, maar ditmaal heette ik de verandering welkom.

Didier was nu gedwongen vaker op het kasteel te zijn. Tot plezier van mijn dochtertje, want ze hing erg aan haar 'papa'. Zijn moeder overlaadde hem tijdens de maaltijden met verwijten dat hij zijn vader niet genoeg tot steun was geweest, en hij bracht zijn overige vrije tijd bijna zonder uitzondering door met Marie. Hij legde haar uit welke vogels er zongen op welke tijd van de dag, en welke bloemen wanneer bloeiden. Hij leerde haar de namen van bomen en van kevers en spinnen. Marie genoot van de lange uitstapjes met hem en toen ze ouder werd ook van de gesprekken over boeken, muziek en kunst.

Ik was daar heel blij om, want daardoor kon ik bij madame Blanchard blijven werken. Inmiddels gaf ze me de vrije hand bij het vormgeven van de hoeden, wat tot gevolg had dat haar winsten enorm toenamen. Ze wilde mijn salaris verhogen, maar dat wees ik af.

'U hebt het geld harder nodig dan ik,' antwoordde ik. 'Breid de winkel uit of laat het pand opknappen.'

Madame Blanchard glimlachte mild. 'Ik geloof dat het indertijd een goede keus is geweest om je aan te nemen, lieve kind. Je bent voor me blijven werken terwijl je een goede partij hebt gevonden, en nu wil je niet eens salarisverhoging.'

'Ik werk graag bij u. Ik zou het echt missen als het niet mocht.'

'Je hebt geluk dat je man er niets op tegen heeft.'

'Ja, dat is een groot geluk, want anders zou ik mijn dagen bij mijn schoonmoeder moeten slijten. Sinds de dood van haar man is dat bepaald geen genoegen, geloof me.'

'Dat was het daarvoor ook al niet, als je het mij vraagt.'

Als een van de weinigen was madame Blanchard op de hoogte van het gedrag van mijn schoonmoeder. Bij haar huilde ik uit als Madeleine op me had zitten vitten of onmogelijke eisen stelde. Terwijl we zijden bloemen maakten, veren krulden, nat vilt in vorm persten en hoedenranden vormden, wisselden we van gedachten en zo kreeg ik menige wijze raad van haar die me als ik naar het kasteel terugging, uit de nood hielp.

Maar algauw braken er zware tijden aan. Het nieuws dat me uit Duitsland bereikte was verbijsterend. Ik was in de zomer bevriend geraakt met een Duitse modiste, die op bezoek was bij haar moeder, die Parisienne was. Nicolette, die eigenlijk in Keulen woonde, schreef me dat in Duitse modebladen alleen nog 'arische' meisjes waren toegestaan. Meisjes die niet beantwoordden aan de idealen van de nazi's, werden gewoon niet meer geëngageerd.

En ook op andere gebieden begon het slechter te gaan. De zo heerlijk variërende glansrijke danscultuur werd almaar kleurlozer. Waar vroeger fleurige jurken en elegante pakken de toon hadden aangegeven, verzamelden zich bruine uniformen. Jazz en swing werden als 'on-Duits' verboden. Wie die soorten muziek maakte of erop danste, werd vervolgd.

Maar al te graag had ik Ella geschreven en haar gevraagd hoe het nu in het danshuis was. Met het oog op de berichten over de Jodenvervolging in Duitsland vreesde ik dat mensen die ik er had gekend iets ergs zou overkomen. Onder de musici en kelners waren ook enkele Joden geweest. Ook maakte ik me zorgen om het Joodse kindertehuis naast het danshuis. Ik had de leraren en de kinderen daar vaak gezien, en hoewel ik niet veel aandacht aan hen had geschonken, moest ik steeds weer aan hen denken en ik hoopte dat iemand hen in veiligheid bracht.

'Wees maar blij dat je hier weg bent,' schreef Nicolette in haar laatste brief. Toen brak het contact met haar af, en ik ben nooit te weten gekomen of ze de tijd erna heeft overleefd.

Ten slotte kwam de oorlog. En die kwam ook bij ons. Toen Didier in 1940 een oproep kreeg, was hij zwaar aangeslagen.

'Weet je, ik wou eigenlijk nooit iemand geweld aandoen,' zei hij toen we met z'n tweeën bij de haard zaten nadat ik Marie naar bed had gebracht. Ze was inmiddels elf jaar en hard op weg een jongedame te worden. 'En nu willen ze me dwingen net als mijn voorouders een patriot te worden. De wereld haalt rare grappen uit, vind je niet?'

'Kun je niet weigeren? Je bent immers de laatste zoon van de familie! Als je sneuvelt...'

Didier schudde zijn hoofd. 'Nee, dat kan niet. Mijn vader is dood, hij kan niet een goed woordje voor me doen, en bovendien had hij dat waarschijnlijk ook niet gedaan als hij er nog was geweest. Hij zou eerder hebben verwacht dat ik me met de bajonet op de vijand stort.'

Hij boog zich naar me toe en streelde over mijn haar.

'Beloof me dat je goed voor jezelf en het kind zorgt, ja? Als er ergens op de wereld een vrouw is die ik aan mijn zij wil hebben, dan ben jij het wel.'

Ik knikte terwijl de tranen me in de ogen schoten. Ik wilde Didier ook niet verliezen. Ten eerste was hij altijd voorkomend geweest en had hij goed voor ons gezorgd. En ten tweede belichaamde hij voor mij een deel van Laurent. Als ik naar hem keek, meende ik in zijn gelaatstrekken mijn grote liefde te zien, die nooit geweten had waarom ik was weggegaan. En dat Marie er was.

Mijn dochter huilde bittere tranen toen ze hoorde dat haar vader naar het front moest. Bij haar op school waren veel kinderen beter op de hoogte dan zij, en ze kenden allerlei gruwelverhalen over de Duitsers.

'Papa gaat dood,' jammerde ze terwijl ze zich aan mijn jurk vastklampte. Ik had er de voorkeur aan gegeven het haar onder vier ogen te vertellen, want ik wist dat deze scène zou volgen. Didier, die dol op haar was, zou het niet hebben kunnen verdragen zijn oogappel zo bitter te zien huilen.

'Hij gaat niet dood,' sprak ik haar tegen, hoewel ik daar diep in mijn hart net zo bang voor was. 'Hij komt weer terug, dat zul je zien.'

De maanden daarna hield heel Frankrijk de adem in.

Geschokt volgden we hoe Hitlers leger oprukte zonder dat de Fransen veel weerstand konden bieden. In Parijs verlieten veel Joden hun huis uit vrees dat het bij Hitlers overwinning net zo zou gaan als in Duitsland. Vreselijke verhalen over deportaties en vernietigingskampen deden de ronde.

De verhoudingen verslechterden nog meer toen Frankrijk voor Duitsland capituleerde. De Vichy-regering collaboreerde met de Duitsers en voor men het besefte marcheerden er ook nazi-uniformen door de straten van Parijs.

'Misschien zou het beter zijn als je emigreerde,' zei madame Blanchard bezorgd nadat we in het atelier een tijdje zwijgend naast elkaar hadden zitten werken. 'Je hebt immers een klein meisje, en je man is aan het front. Je bent hier niet veilig.'

'Ik kan niet weg,' antwoordde ik en ik zei toen iets wat ik gezien de manier waarop Madeleine de Vallière met me omging nooit voor mogelijk had gehouden: 'Mijn schoonmoeder heeft me nodig.'

'Ze behandelt je vreselijk!' Mijn leermeesteres schudde haar hoofd. 'En ze zal vast ook niet aarzelen om je aan die monsters uit te leveren als ze haar het vuur aan de schenen leggen.'

Ik hield voet bij stuk. 'Toch ga ik niet weg. Ik heb Didier beloofd dat ik er zal zijn als hij terugkomt.'

Madame Blanchards mond werd smal. 'Dan hoop ik voor je dat hij terugkomt, en wel heelhuids.'

Ik wist dat Didier dat zou proberen – vanwege Marie, van wie we allebei wisten dat ze Laurents dochter was.

Voortaan zorgde ik er 's ochtends voor dat ik vlug in het atelier kwam en na afloop snel weer terug op het kasteel was. Ik wilde niet door de Duitsers worden lastiggevallen.

Maar de bezetting en de oorlog hadden steeds meer gevolgen voor het atelier. Dure hoeden werden nog maar zelden verkocht, zelfs degenen die nog een beetje rijk waren hadden geen behoefte aan opsmuk. Omdat madame Blanchard wist dat ik ook heel behoorlijk kon naaien, nam ze herstelwerk aan. Dat was niet eenvoudig, want veel kleermakers in Parijs boden dezelfde diensten aan.

'Ik vrees dat ik je moet ontslaan, lieve kind,' deelde ze me op een ochtend mee toen ik net binnen was gekomen. Ik had zoiets al de hele tijd vermoed en verwacht, maar toch betekende het een klap voor me. 'We hebben steeds minder werk en ik kan niet toelaten dat jij jezelf in gevaar brengt door hierheen te komen.' Ze perste haar lippen op elkaar. Ze hield iets achter.

'Dwingen de Duitsers u daartoe?' vroeg ik. 'Zo niet, dan zou ik toch gewoon hier kunnen blijven komen en zonder betaling werken?'

Madame Blanchard schudde haar hoofd. 'Nee, dat kan niet. Het is te gevaarlijk.'

'Maar dat is het al de hele tijd. Ik denk niet dat ze naar mensen als ik zullen zoeken.'

'Ze zoeken overal naar!' riep ze geagiteerd uit. 'Naar alles wat niet aan hun stomme ideaal beantwoordt. Ze hebben de Joden al weggehaald, en ze zullen zich straks gaan richten op iedereen die anders is. Zwarten, Aziaten... Je kunt hier niet blijven, Hanna, alsjeblieft!'

Bevend pakte ze mijn hand. Haar eigen hand was ijskoud. Zo smekend als op dat moment had ze me nog nooit aangekeken.

'Wat is er gebeurd, madame Blanchard?' Mijn stem was nog maar gefluister.

Ze hield mijn blik nog even vast, toen liet ze me los, ging op een stoel zitten en staarde langs me heen. 'Gisternacht...' Ze stokte en bedekte haar gezicht met haar handen. 'Ik was op weg naar monsieur Duchamp en toen zag ik...'

Angst vervulde mijn buik met ijzige kou. 'Wat zag u?' vroeg ik door.

'Ze hebben een meisje opgehangen op het trottoir. Het was... ze had net zulke ogen als jij. Geen idee of het een Chinese of een Vietnamese was. En alsof dat niet genoeg was, hadden ze haar ook nog een bord omgehangen...'

Nu brak ze in tranen uit. Ik wilde niet vragen wat er op het bord stond, maar ik kon het me indenken. Waarschijnlijk was het een van de meisjes uit de Parijse bordelen geweest, dat met een van die moordenaars was meegegaan.

Ik omarmde madame Blanchard heel voorzichtig en streelde kalmerend over haar rug. Al die jaren was ze als een moeder voor me geweest, en ik was erg ontroerd dat ze bang om mij was. Maar ook achter de muren van het kasteel was ik niet veilig voor de nazi's.

'Je moet hier weg, Hanna,' snikte madame Blanchard. 'Je kunt hier niet blijven! Als ze jou en je meisje in handen krijgen...'

'Ze zullen me niet krijgen,' zei ik vastbesloten. 'Desnoods hou ik me schuil in het bos. Bovendien...' Bijna had ik beweerd dat ik wel erger had doorstaan. Maar bij de mensenhandelaars en in het Rode Huis had ik alleen maar geluk gehad. Gewoon alleen maar geluk.

'Mijn schoonmoeder haat Duitsers. Ze mag mij niet erg, maar Marie is haar kleindochter, en haar zal ze niet verraden.'

Ik gaf mijn bazin een zakdoek en probeerde niet te laten merken hoeveel afschuw ik op dat moment voelde over haar verhaal. Waarom probeerden mensen toch elkaar te onderdrukken?

'Pas alsjeblieft goed op jezelf, Hanna. Als de oorlog over is, kun je hier weer beginnen, dat beloof ik. Ik zal niemand anders in dienst nemen. Maar blijf voortaan uit de buurt van Parijs, ga naar het platteland of zoiets. Maar loop die monsters niet voor de voeten.'

'Dat zal ik niet doen. En past u ook goed op uzelf, madame Blanchard. Als u iets overkomt is er niemand om me in dienst te nemen.'

De hoedenmaakster begon te lachen. 'Ach, meisje, jij kunt overal werken! En desnoods een eigen atelier beginnen. Ik heb eigenlijk nooit begrepen waarom je dat niet allang gedaan hebt. Mocht deze deur na de oorlog gesloten zijn, dan smeek ik je, open je eigen winkel. Je kunt zo veel bereiken, als je maar wilt.'

'Dat beloof ik. Maar pas toch goed op uzelf.'

Nog een laatste keer vielen we elkaar in de armen, toen verliet ik de winkel. Buiten begon het te sneeuwen. Zachtjes dwarrelden de vlokken neer op straat. Het was bijna Kerstmis. Een feest dat we in Indochina nooit hadden gevierd, maar waarop Madeleine had gestaan zolang Didier er nog was. Zou hij op een dag terugkomen? Hij had niet eenmaal geschreven. Was hij misschien de heldendood gestorven, wat bij de Vallières zo hoog in aanzien stond? Ik bad de goden dat we vlug een levensteken van hem zouden krijgen.

De daaropvolgende weken bleef ik op het kasteel. Zelfs als madame Blanchard me niet had ontslagen, had ik niet naar haar toe kunnen gaan, want de wegen waren bevroren en deels onbegaanbaar. Dus legde ik me erop toe allerlei voorkomende werkzaamheden zo veel mogelijk af te handelen. Ik wilde noch aan Didier noch aan madame Blanchard denken, en ook niet mijn schoonmoeder in de weg zitten.

We hadden nog altijd een dienstmeisje, dat haar haar eten kon brengen en ook verder tot haar beschikking stond. Marie ging elke dag naar haar grootmoeder toe, maar vertelde niet veel over die bezoekjes. Óf het was bij de oude dame te griezelig, óf Madeleine praatte ook niet met haar.

We probeerden elkaar afleiding te bezorgen door verhaaltjes te vertellen. Op een nacht, toen ik weer eens niet in slaap kon komen omdat er te veel gedachten door mijn hoofd gingen, stond ik op en ging aan het bureau zitten.

De volgende ochtend zou ik een nieuw verhaal voor Marie moeten hebben. Ik besloot het verhaal van Thanh en mij te vertellen, hoe we indertijd naar de jasmijntempel waren gegaan. Ik schreef de hele nacht aan het verhaal en viel uiteindelijk boven het bureau in slaap.

Louise, de laatste bediende die we hadden kunnen houden, maakte me verbaasd wakker, maar ze was discreet genoeg om niet te kijken naar wat ik had opgeschreven.

Mijn dochter was erg blij met het verhaal en wilde weten hoe het verder zou gaan met de jasmijnzusjes – maar een antwoord ben ik haar tot op de dag van vandaag schuldig gebleven, en op een gegeven moment vergat ze het...

Hoe meer tijd er verstreek, hoe meer ik ervan overtuigd raakte dat Didier niet meer zou terugkomen. Madeleine leek dezelfde mening toegedaan, want ze werd steeds somberder. Ik hoefde nu niet meer bang te zijn haar in een van de gangen tegen te komen, want ze kwam haar kamer niet meer uit. Ik moest alle voorkomende zaken afhandelen. Als ik naar haar toe ging om te vragen hoe het een en ander moest worden aangepakt, stuurde ze me zonder iets te zeggen weg. Dus nam ik besluiten naar eigen goeddunken.

Meer en meer werd me duidelijk dat het kasteel, als het zo doorging, een enorme belasting voor de Vallières zou worden. Eigenlijk zouden er allerlei mankementen in de westelijke vleugel moeten worden verholpen, maar er was niemand die het kon doen. De mannen waren óf in de oorlog gesneuveld óf door de Duitsers opgeroepen om een verdedigingswal aan de Atlantische kust te bouwen. En zelfs als er nog bruikbare ambachtslieden ter beschikking hadden gestaan, hadden we niet het geld gehad om ze te betalen. Ik besloot dus onszelf in de weinige vertrekken onder te brengen die niet te lijden hadden van schimmel door het vocht, en de andere ruimtes af te sluiten.

Op een nacht, in de winter van 1943, reed een auto de weg naar het kasteel op. Koplampen schenen op mijn raam toen hij afsloeg naar het ronde plein.

Meteen stond ik op. De angst dat de nazi's naar het kasteel zouden komen op zoek naar Joden of andere niet-ariërs, was bij mij voortdurend aanwezig en achtervolgde me in mijn slaap. Ik liep naar het raam en schoof voorzichtig het gordijn opzij.

Voor de kasteeltrap stond een grote zwarte wagen. Er stapten twee mannen uit. Ze droegen mantels en hoeden en leken nogal haast te hebben om de trap naar het kasteel op te klimmen. Ik verstijfde. Waren dat misschien mensen van de Gestapo, die sinds een tijdje de streek onveilig maakten?

Ik had geruchten gehoord dat Fransen die de Duitse overheersing niet wilden gedogen, zich verenigd hadden in de Résistance. Sindsdien zochten de Duitsers naar die mensen. Vrouwen en kinderen ontzagen ze niet.

Toen er werd aangebeld, kromp ik in elkaar. Wat moest ik doen? Me verstoppen? Louise zou de bel vast niet horen, die sliep als een marmot. En mijn schoonmoeder zou hoe dan ook haar kamer niet uitkomen.

Er restte me niets anders dan mijn ochtendjas om te slaan en naar beneden te gaan.

Het kloppen van mijn hart overstemde bijna mijn voetstappen, en toen ik onder in de hal was gekomen, scheelde het niet veel of ik had rechtsomkeert gemaakt. Het kasteel was groot, misschien zouden ze me niet vinden. Maar misschien was het gewoon een routinebezoek...

Nee, als ze 's nachts kwamen, was het beslist geen kwestie van routine.

Toen er nog een keer gebeld werd, stond ik al bij de deur om open te doen. De mannen keken me verrast aan.

'Wat wilt u?' vroeg ik, en ik deed mijn best de mannen zo onbevreesd mogelijk aan te kijken.

'We komen voor madame De Vallière,' zei een van de mannen terwijl hij me van top tot teen opnam.

Waarschijnlijk hield hij me voor een bediende. 'Waar gaat het om?' vroeg ik, want zolang ik niet wist wie die mannen waren, wilde ik mijn identiteit niet onthullen.

'We hebben belangrijk nieuws voor haar.'

Nog altijd bekeken de mannen me onderzoekend. Alsof ze niet wisten wat ze met me aan moesten.

‘Ik... ik ben Hanna de Vallière,’ bekende ik nu, want als ik ontkende zou het alleen maar langer duren. Een fractie van een seconde ging er van alles door mijn hoofd, en ik hoopte dat Madeleine goed op mijn dochter zou passen als die mannen me die nacht meenamen.

‘Is Didier de Vallière uw echtgenoot?’

Ik knikte. Mijn misselijkheid werd bijna ondraaglijk. Ik had altijd verwacht dat Gestapomensen degenen die ze wilden arresteren meteen hun auto in sleurden. Blijkbaar waren deze mannen iets anders van plan.

‘Madame De Vallière, we hebben orders u mee te delen dat uw man in de strijd gewond is geraakt. Hij is in leven, maar kan pas naar u terugkeren als hij weer een beetje hersteld is.’

Didier was in leven? Hortend en stotend ontsnapte de lucht uit mijn longen. Aan de ene kant was ik opgelucht dat ze me geen deportatiebevel hadden voorgelezen, aan de andere kant kon ik niet geloven dat Didier nog leefde. Hij was al drie jaar spoorloos. Inmiddels had ook Madeleine zich erbij neergelegd dat hij een anoniem graf had gevonden.

‘Komt u toch binnen,’ zei ik tegen de mannen. ‘Ik zou graag meer horen.’

De mannen knikten, toen volgden ze me door de hal naar de keuken.

‘Bij welke gevechtshandelingen is mijn man dan gewond geraakt?’ vroeg ik nadat ik theewater had opgezet.

De mannen, die aan de lange keukentafel hadden plaatsgenomen, wisselden een paar blikken, toen zei een van hen: ‘Uw man had zich aangesloten bij de Résistance, het verzet.’

Ik zakte neer op een keukenstoel. Was hij dus ongedeerd uit de oorlog gekomen, en had hij zich daarna niet bij ons gemeld? Had hij misschien voor dood willen worden gehouden?

‘Wist u daar niets van, madame?’

Ik schudde mijn hoofd. ‘Nee, we dachten dat hij dood was.’

‘Dat was heel goed mogelijk geweest,’ antwoordde een van de mannen en hij keek naar de andere. Toen wist ik dat Didier zijn moeder en mij in de waan had willen laten dat hij dood was. 'Maar hij had het geluk dat wij in het geheim een soort ondergronds lazaret in de kelder van een gebombardeerde fabriek hebben. De arts die voor ons werkt heeft zijn leven gered.'

'Hoe het ook zij,' vervolgde de andere man, 'de dokter heeft gezegd dat hij naar huis kan. In zijn huidige toestand kan hij aan geen enkele actie meedoen. We zullen hem dus een dezer dagen komen brengen, zodat u de verdere verzorging op u kunt nemen.'

'Verdere verzorging?' vroeg ik verbaasd. 'Wat is er dan precies met hem gebeurd?'

Weer wisselden de mannen veelzeggende blikken.

'Hij heeft bij de poging een mijnenveld bij de kust onschadelijk te maken beide benen verloren.'

'Mijn god!' Ik schoot overeind en stootte daarbij mijn theekopje om, waarvan de inhoud over de tafel en over mijn ochtendjas stroomde.

'Het is een wonder dat hij het overleefd heeft,' zei de laatste spreker beschroomd. 'We dachten al dat hij het niet zou redden. Maar inmiddels gaat het weer behoorlijk goed met hem. En hij zal bij zijn familie beslist sneller herstellen dan bij ons.'

Ik sloot verbijsterd mijn ogen. Didier had allebei zijn benen verloren! Dat was een ramp!

Maar ik stond mezelf niet toe in aanwezigheid van die mannen te gaan huilen of hysterisch te worden.

Ik haalde diep adem tot ik erin slaagde mijn innerlijke paniek te bedwingen. Toen deed ik mijn ogen open.

'Pardon,' zei ik en ik zette mijn theekopje weer recht. De thee was naar beneden gestroomd en door de stof van mijn ochtendjas heen gesijpeld, de nattigheid op mijn linkerdijbeen voelde inmiddels onaangenaam aan. 'Wanneer, zei u, komt u hem brengen?'

De mannen wierpen me meelevende blikken toe.

'Over drie dagen, mogelijk ook vier. We moeten momenteel heel voorzichtig zijn, de Duitsers hebben overal ogen en oren. We willen uw man niet in nog groter gevaar brengen, hij heeft wel genoeg geofferd voor zijn vaderland.'

Ik knikte en bedankte de mannen voor hun komst. Zwijgend dronken ze hun thee, daarna stonden ze op.

'We zullen al het denkbare doen om u te ondersteunen, als dat nodig is,' zei degene die het laatst had gesproken en hij haalde een stuk papier uit zijn zak.

'Dit is het adres van een kleermaker in Parijs. Hij is onze contactpersoon. Als u ons iets wilt laten weten, kunt u naar hem toe gaan of hem een brief sturen met de tekst: bestelling voor drie balen linnen. Dan zullen we zien wat we voor u kunnen doen.'

Daarop namen ze afscheid. Even later stoof de zwarte auto weg. Ik bleef nog even staan in de kou, tot ik geen gevoel meer had in mijn voeten. Toen ging ik terug naar de keuken en zakte neer op een stoel. Ik wilde me helemaal niet voorstellen hoe Madeleine en Marie het nieuws zouden opnemen. Vooral mijn dochter zou zich de ogen uit het hoofd huilen. Goed, Didier was niet dood, maar wel verminkt. Hij zou nooit meer met haar kunnen ravotten, nooit meer met haar kunnen gaan wandelen. Ik begon te huilen toen ik besefte welk offer hij had gebracht.

De volgende ochtend vertelde ik Madeleine het nieuws. Ze hoorde het onbewogen aan. Ze bleef uit het raam staren alsof mijn woorden gefluister waren geweest dat je makkelijk kon ontgaan.

Marie reageerde zoals ik had verwacht. Ze moest vreselijk huilen om haar papa, zelfs het feit dat hij terugkwam kon haar geen troost bieden.

Drie dagen later kwam er weer een grote zwarte auto voorrijden. De mannen die Didier naar binnen droegen, zagen er niet bepaald uit als ziekenverzorgers.

Hij had niet alleen beide onderbenen verloren, maar de mijn had ook een deel van zijn gezicht verwoest. Alleen zijn ogen, dezelfde ogen als Laurent had gehad, waren nog altijd mooi.

De mannen brachten hem naar de kamer die ik had klaargemaakt en lieten wat medicamenten voor me achter. De wonden waren grotendeels genezen, maar Didier had vreselijke fantoompijn in zijn benen, waardoor hij 's nachts vaak begon te schreeuwen.

Een beetje verlegen bleef ik naast hem staan.

'Je moet van me scheiden,' zei hij plotseling, zo hatelijk dat ik ervan schrok. 'Zoals je ziet ben ik alleen nog maar een wrak.'

'Je bent mijn man, en we zijn blij dat je er weer bent.'

'Onzin!' snauwde hij. 'Niemand is hier blij dat ik er weer ben! Ik zal een blok aan je been zijn. Het is beter dat je weer wegloopt, zoals je eerder hebt gedaan!'

Die woorden troffen me harder dan wat voor oorvijg dan ook. Verbijsterd staarde ik Didier aan. Zei hij dit uit frustratie en verwijfeling, of dacht hij echt zo over mij?

Ik had iets terug moeten zeggen, maar ik zag de kwaadheid in zijn ogen. Niets wat ik zou hebben gezegd had hem kunnen kalmeren.

'Ik kom later terug,' zei ik in plaats daarvan koel en beheerst. 'Je hoeft maar te bellen als je iets nodig hebt.' Daarop draaide ik me om en ging weg. Een paar tellen later knalde er iets hard tegen de deur en kwam rammelend neer op de vloer.

Ik zakte in elkaar en deed trillend mijn ogen dicht. Didier en ik hadden nooit ruziegemaakt – en nu gooide hij zelfs iets achter me aan. Tranen van teleurstelling schoten me in de ogen. Zou het van nu af aan altijd zo gaan? En hoe kwam hij erbij me te verwijten dat ik gevlucht was! Hij was degene geweest die me zijn hulp had aangeboden! Dat had hij niet hoeven doen. Ik wilde al woedend de kamer instormen en hem dat voor de voeten werpen, maar op het laatste moment toomde ik mezelf in en haalde ik mijn hand weer van de deurklink.

Hij zit vol woede over wat er gebeurd is, hield ik mezelf voor. Misschien hielp het als ik hem een tijdje met rust liet en hem daarna liet zien dat ik er in het vervolg voor hem zou zijn, precies zoals ik voor het altaar had beloofd.

Zijn moeder deelde ik mee dat hij was aangekomen, maar zij verwaardigde me met geen blik en toonde geen enkele emotie. Op dat moment vond ik dat geen probleem, want in de stemming waarin Didier nu verkeerde was het beter als ze niet naar hem toe ging.

Maar mijn dochter leek hem beslist te willen zien.

'Liefje, zou je daar niet nog even mee wachten? Papa is moe en moet bijkomen van de reis.'

Marie schikte zich, maar ik wist dat ik haar nog die dag bij hem zou moeten laten. Onrustig keek ze op de klok, vroeg of papa weer was bijgekomen en ten slotte, aan het eind van de middag, ging ik met haar naar boven. Ze had haar mooiste jurk aangetrokken en haar haar mooi gemaakt. Voor het eerst werd me duidelijk dat het niet lang meer zou duren voor mijn kleine meisje een vrouw zou worden. Nog maar een paar jaar en de jongens zouden op straat naar haar omkijken.

Aarzelend klopte ze op de deur. Er kwam geen antwoord. Het was mogelijk dat Didier sliep, dus ik moedigde haar aan naar hem toe te gaan.

Door de open deur zag ik dat hij wakker was. Even vroeg ik me af of ik met haar mee moest gaan, maar toen hoorde ik hem al brullen: 'Verdwijn, ik wil je niet zien!'

'Maar papa!' antwoordde Marie geschrokken, waarop hij schreeuwde: 'Eruit, ga weg!'

Even later kwam Marie huilend de deur uitstormen, recht in mijn armen.

'Papa houdt niet meer van me,' klaagde ze snikkend. Ik pakte haar vast en drukte haar tegen me aan. Door een kier bij de deur zag ik hoe Didier zijn blik op het raam richtte, ogenschijnlijk onaangedaan. Wat had de oorlog toch met die zachtmoedige man gedaan?

Nadat Marie een beetje gekalmeerd was, verliet ik het kasteel voor een korte wandeling door de sneeuw om mijn hoofd leeg te maken.

Wat moest er nu gebeuren? Zoals Didier zich nu gedroeg, zou hij waarschijnlijk voedsel weigeren en geen van ons willen zien. Waarschijnlijk zou hij ook de dokter wegsturen. Maar iemand moest voor hem zorgen. Ik had geen idee wat je met een zieke als hij moest doen.

De kou prikte in mijn gezicht, moeiteloos drong hij ook door mijn kleren. Maar dat deerde me niet. Vanbinnen gistte het, en tegelijkertijd voelde ik me volkomen hulpeloos. Didier was nog maar een paar uur op het kasteel terug, maar ik had al begrepen dat hij totaal veranderd was. Alsof hij door een demon bezeten was. Wat moest ik doen, wat?

Voor ik in de gaten had waar ik heen liep, stond ik al voor het familiegraf. De twee engelen keken nog altijd grimmig op me neer, daar deed het witte laagje op hun hoofd en schouders niets aan af. Ik opende het hek, dat 's winters nog veel erger piepte, en ook zonder dat er een graflampje brandde vond ik de sarcofaag van Laurent. In mijn jaszak had ik altijd een doosje lucifers, voor het geval dat de wens om bij hem te zijn bij me opkwam. Ik stak het graflichtje aan en legde mijn hand op de stenen plaat met zijn naam erop.

'Je broer is er weer,' fluisterde ik zachtjes tegen hem. 'Door de oorlog is hij volkomen veranderd, en ik weet niet hoe ik daarmee om moet gaan. Hij is zo'n lieve man, maar nu gedraagt hij zich als een duivel.'

Natuurlijk kreeg ik geen antwoord, zelfs mijn fantasie toverde me Laurents stem niet tevoorschijn. Maar terwijl ik naast Laurents sarcofaag zat kreeg ik ineens een ingeving. Didier had gelijk: ik was weggelopen in plaats van te vechten. Uit Indochina, uit Hamburg, uit Berlijn. Ik was altijd alleen maar weggelopen. Nu moest dat afgelopen zijn. Het was tijd om het gevecht aan te gaan. Wat er gebeurd was kon ik niet ongedaan maken, maar nu zou ik me omdraaien en het monster in de ogen kijken. Ik zou het laten zien dat ik me niet klein liet krijgen.

's Avonds ging ik weer bij hem kijken. Ik wilde niet dat hij zich aan zijn lot overgaf. Bovendien zou hij zijn behoefte moeten doen, en ik moest zijn stompen insmeren en verbinden.

Ditmaal was ik gewapend tegen het geschimp en de beledigingen die hij me wellicht naar het hoofd zou slingeren.

'Ben je nog hier?' begroette hij me zonder me aan te kijken.

'Ja, ik ben er nog,' was mijn weerwoord, en ik deed mijn best onverschillig te klinken. Het stille verwijt kwetste me wel, maar ik nam me voor de kamer niet uit te gaan voor ik hem had gewassen en voorbereid voor de nacht. En hij moest ook iets eten. Daar kon ik hem niet toe dwingen, maar misschien deed zijn lichaam dat.

'Je hoeft echt niet voor me te zorgen,' morde hij zonder me aan te kijken toen ik het dienblad met eten op de ladekast neerzette en de waterkom vulde. Hij keek door het raam, naar de avond die langzamerhand begon te vallen. 'Het is maar het beste als jullie me met rust laten, zodat ik kan sterven.'

'Nee,' antwoordde ik. 'We zullen je niet met rust laten. Vooral ik niet en je dochter ook niet.'

Didier snoof spottend. 'Mijn dochter... Het is Laurents dochter, ben je dat soms vergeten?'

'Nee, dat ben ik niet. Maar jij bent de man die ze papa noemt en die er altijd voor haar was. Als het om genegenheid en zorg gaat, ben jij ontegenzeglijk haar vader. Mij kun je wegsturen, maar Marie niet, versta je? En je gaat ook niet meer tegen haar schreeuwen.'

We keken elkaar een tijdlang aan, het leek wel of de een de ander neer wilde staren. Toen zag ik in Didiers ogen tranen glinsteren en zijn onderlip trillen. Het volgende moment begon hij bitter te wenen. Ik wist niet of ik dichter bij hem kon komen, maar toen ging ik naast hem op de bedrand zitten en nam hem in mijn armen. Gelukkig liet hij het toe en ik bleef hem vasthouden tot hij gekalmeerd was en uiteindelijk kon slapen. Het zou allemaal goed komen, dat wist ik nu. Hoe zwaar het ook zou worden, het kwam goed.

25

Melanie was blij dat het rond die tijd niet druk was op de snelweg. De vangrails schoten voorbij, het schemerige landschap vervaagde. Ze wilde zichzelf dwingen minder hard te rijden, maar dat lukte niet.

Toen ze klaar was met vertellen, was Hanna op de passagiersplaats heel stil geworden. Onrustig wrong ze haar handen, starend in de leegte. Melanie was ervan overtuigd dat het in haar overgrootmoeders binnenste net zo rommelde als in dat van haar.

Ze hadden afgesproken Marie te bellen zodra ze meer wisten. Melanie had nog een keer geprobeerd Katja te bereiken, maar die nam niet op. Voor ze nog meer tijd zouden verspillen, waren ze maar in de auto gesprongen en op weg gegaan.

Terwijl ze de afslag Berlijn-Tegel naderden, had Melanie Hanna het liefst gevraagd nog een keer te bellen. Maar dat plan verwierp ze meteen weer. Als ze nu zou horen dat het slechter met Robert ging, of dat hij misschien zelfs op sterven lag, zou ze van verdriet nog een ongeluk veroorzaken.

Dat wilde ze niet. Ook als Robert die nacht niet overleefde, zij wilde leven! Ze zou verscheurd zijn, maar ze zou doorgaan. Net zoals Hanna was doorgegaan.

Toen de stenen Berlijnse beer aan de ingang van de stad voorbijvloog, kreeg ze slappe knieën. Haar klamme handen omklemden het stuur steviger, en ze haalde haar voet van het gaspedaal. Rustig blijven, bezwoer ze zichzelf. Er mag ons niets overkomen.

Uiteindelijk lieten ze de tunnels en het vliegveld achter zich. Ze raceten door de Tiergartentunnel, te hard, maar gelukkig was er geen politie te bekennen.

Toen ze het centrum hadden bereikt minderde Melanie vaart. Ze wilde niet een van de vele nachtbrakers aanrijden die zich roekeloos de straat op waagden. Uiteindelijk straalde het logo van het Charité hun tegemoet. Ze hadden het gered.

Melanie stuurde haar voertuig de bezoekersparkeerplaats op.

'Wilt u liever hier wachten, of gaat u mee?' vroeg ze haar overgrootmoeder. Haar hart klopte in haar oren, en haar borst deed pijn. Zou mijn intuïtie me niet moeten zeggen wat er aan de hand is? vroeg ze zich af, maar haar lichaam was op dat moment niet in staat enig teken te geven.

'Wat is dat voor een vraag, natuurlijk ga ik mee!' antwoordde Hanna terwijl ze haar gordel losmaakte. 'Als je alvast vooruit wilt gaan, doe dat dan, ik kom wel na.'

'Nee, we gaan samen,' antwoordde Melanie. 'Ik heb iemand nodig die me vasthoudt.' Ze pakte haar overgrootmoeder bij de hand, en samen liepen ze zo vlug als Hanna's benen het toelieten naar de ingang.

'Hebt u ooit contact opgenomen met die kleermaker?' vroeg Melanie toen ze bij de intensive care kwamen. De deuren waren als altijd fel verlicht en toch leek het ziekenhuis spookachtig leeg. Vreemd dat ze ineens aan de kleermaker dacht. Ze had ook naar madame Blanchard kunnen informeren.

'Nee, ik heb het briefje nog diezelfde avond verbrand. Het adres heb ik me natuurlijk ingeprent, maar ik wilde geen hulp. Bij dat wat me te wachten stond, kon toch niemand me helpen.'

'En waaraan is overgrootvader gestorven?' vroeg Melanie, want in haar ogen was hij haar overgrootvader, ook al klopte het biologisch gezien niet.

'Aan longembolie. In 1952, zoals je weet. Hij heeft er telkens weer op aangedrongen dat ik bij hem weg zou gaan, maar dat wilde ik niet. Ik ben tot het einde bij hem gebleven, dat was ik hem verschuldigd. Hij was een van de fatsoenlijkste mannen die ik ooit in mijn lange leven heb leren kennen.'

Bij de deur van de intensive care aangekomen drukte Melanie op de nachtbel en wachtte. Er meldde zich een stem en Melanie legde uit dat ze een telefoontje had gekregen. Even later verscheen er een verpleegster. Melanie zei wie ze waren, toen werden ze naar Roberts kamer gebracht.

'Misschien moet ik hier buiten wachten,' zei Hanna terwijl ze op een wachtkamerstoel ging zitten.

Melanie knikte, en nadat ze een schort en kapje had omgedaan die de verpleegster haar had gegeven, ging ze naar binnen.

Als eerste zag ze Katja, die haar neus snoot.

Zij en dokter Paulsen belemmerden het zicht op Robert, maar de arts stapte opzij.

'Mevrouw Sommer, fijn dat u er bent.' Hij gaf haar een hand. 'Ik hoop dat mevrouw Michaelis u het goede nieuws al heeft verteld.'

Melanie keek naar Katja, die haar blik ontweek, en toen naar Robert, die niet meer beademd werd.

'Het spijt me, ik weet alleen dat ik moest komen.'

Melanie voelde een vreemd gekriebel in haar borst. De arts keek naar Katja, en toen weer naar haar. Er gleed een lachje over zijn gezicht.

'We hebben besloten de beademing te beëindigen omdat uw verloofde uit zijn coma is ontwaakt.'

'Wát zegt u?' Melanie dacht even dat ze ging vallen, maar toen merkte ze dat ze vaste grond onder haar voeten had. Haar hart ging nog altijd als een razende tekeer en ze trilde over haar hele lichaam, maar langzamerhand drong tot haar door wat ze zojuist gehoord had.

'Hij is vanmiddag bijgekomen. Heel langzaam.'

'Mel?' werd er ineens gefluisterd. Melanie draaide zich razendsnel om. Ze kon niet verhinderen dat er een snik ontsnapte. Robert had zijn ogen een beetje opengedaan en keek haar aan. Zijn lippen trilden. Hij probeerde haar naam nog een keer te zeggen, maar dat lukte niet.

Melanie sloeg haar hand voor haar mond. Haar spanning ontlaadde zich in nog een heftige snik, toen stormde ze op het bed af.

Ze wilde zich beheersen, maar kon niet verhinderen dat de tranen over haar wangen liepen. Dokter Paulsen reikte haar een zakdoek aan.

'We hadden gisteren al gemerkt dat zijn hersenactiviteit toenam. Het EEG wees uit dat hij zou ontwaken, dus hebben we geleidelijk aan de apparatuur uitgeschakeld. Kortgeleden konden we hem van de beademing halen. Zijn waarden zijn goed, met een beetje geluk kunnen we hem over een paar dagen naar een gewone afdeling overplaatsen.'

Melanie luisterde maar nauwelijks naar de arts. Ze legde haar handen zachtjes om Roberts vermagerde gezicht. Zijn oogleden voelden duidelijk nog zwaar aan, maar hij probeerde telkens weer haar aan te kijken.

'Je bent er weer!' fluisterde ze tegen hem. Hij deed een zwakke poging om te knikken. 'Ik hou van jou, ik hou zo veel van jou!' zei ze daarop, waarna ze zich moest afwenden omdat ze in tranen uitbarstte.

Vlak nadat ze de ziekenhuiskamer had verlaten en Hanna had laten weten wat er aan de hand was, ging de deur weer open en kwam Katja naar buiten. Ze hield haar armen gekruist over haar borst en leek een beetje verlegen.

'Het spijt me dat ik maar zo'n kort berichtje heb gestuurd,' begon ze berouwvol. 'Ik zat in de auto, de tunnel...'

'Al goed,' zei Melanie met nasale stem. Ze had nooit eerder zo hevig gehuild, maar ze voelde zich eigenaardig licht. Ze keek naar Hanna, die Katja argwanend bekeek.

'Ik... sorry dat ik je zo heb gekwetst. Ik was gewoon... wanhopig.' Katja keek naar Hanna, wier gezichtsuitdrukking wat verzachtte. 'Ik weet natuurlijk dat je van hem houdt en dat je niet bij hem weg zult gaan... Ik was alleen erg bang dat je dat zou doen. Want ik weet dat hij ook van jou houdt. Meer dan van wat op de wereld ook.'

'Ik weet het,' antwoordde Melanie, en toen sloot ze Katja in haar armen. Het was nu niet het moment om verwijten te maken, want haar grootste wens was vervuld.

'Weet u wat me is opgevallen?' vroeg Melanie toen ze de parkeerplaats van het ziekenhuis afreden. 'U hebt altijd wanneer u met een probleem zat, met Laurent gepraat. Bij zijn graf.'

'Ja, dat is zo. Veel vaker dan ik heb verteld,' antwoordde Hanna vermoeid.

'Dan moet ik dat van u hebben,' vervolgde Melanie. 'Ik heb Robert brieven geschreven wanneer ik het niet meer wist of me verloren voelde. Daar ben ik pas mee opgehouden toen ik bij jullie kwam. Omdat u met me hebt gepraat, grand-mère.'

In het schijnsel van de koplampen van een tegenligger zag Melanie dat Hanna glimlachte.

'Dan heb ik je dus niet verveeld?'

'Nee, integendeel zelfs. Maar u hebt één ding nog niet verteld.'

'Wat dan?'

'Of u Thanh ooit hebt teruggevonden.'

Hanna boog haar hoofd en deed haar ogen dicht. 'Dat vertel ik je morgen. Laat me nu maar even dommelen, tot we in Blumensee zijn.'

'Prima.'

Melanie wierp nog een korte zijdelingse blik op haar overgrootmoeder, die nu volkomen ontspannen leek, toen zette ze de richtingaanwijzer aan en sloeg af naar de snelweg.

26

'Hoe heb je geslapen?' vroeg Marie terwijl ze de woonkamergordijnen opentrok. Melanie werd verblind door schel zonlicht. In eerste instantie wist ze niet waar ze was, tot haar te binnen schoot dat ze na haar thuiskomst uit het Charité gewoon op de sofa was gaan liggen en in slaap was gevallen.

'Goed,' antwoordde Melanie terwijl ze haar mobieltje pakte. Er was een berichtje gekomen. Van Katja.

'Als je tijd hebt, zou ik graag met je praten,' schreef ze alleen maar. Het was het eerste sms'je in lange tijd dat Melanie van haar kreeg.

'Ik hoop dat je goed nieuws hebt gehad.' Marie zette een dienblaadje neer op de salontafel. De geur van de koffie met warme melk bracht Melanie weer tot leven.

'Katja schrijft dat ze met me wil praten.'

'Ik hoop dat ze je haar excuses aanbiedt.'

'Dat heeft ze vannacht al gedaan, maar haar kennende zal ze bij de eerstvolgende gelegenheid weer tegen me tekeergaan. Ach, misschien moet je dat wel als schoonmoeder.'

'Dan hoop ik maar dat Elena zich tegenover Robert niet zo gedraagt.'

Marie boog voorover en gaf haar een kus boven op haar hoofd. 'Ik ben echt heel blij, lieve kind. Ook al begint nu het echte werk pas.'

Melanie dacht aan wat Hanna tijdens de rit naar het ziekenhuis had verteld. Wat ze nu over haar overgrootmoeder wist, sloot naadloos aan op haar situatie. Hanna had Didier jarenlang verzorgd en het zelfs klaargespeeld hem nog wat moed te geven. Hij was ondanks alles een goede vader voor Marie geweest, en het geld dat Hanna van hem had geërfd had er de basis voor gelegd dat ze haar familie steeds goed kon onderhouden. Tijdens de economische opleving was ze dankzij het vermogen van de Vallières de hoedenkoningin van Parijs geworden en die positie had ze weten te behouden tot ze besloten had naar Vietnam te gaan.

'Het gaat me lukken!' antwoordde Melanie en ze trok haar grootmoeder even tegen zich aan, toen glimlachte ze. 'Ik weet immers dat ik de steun van mijn familie heb.'

Toen ze haar koffie had opgedronken en haar tas had gepakt, ging ze naar de salon, maar haar overgrootmoeder was daar niet. Dus liep ze naar de slaapkamer.

'Grand-mère, bent u hier?'

Toen Melanie binnenkwam, zag ze dat haar overgrootmoeder gehurkt voor haar bed zat, met een oude kartonnen doos voor zich met stofvlokken aan de hoeken.

'Ha, Melanie, hoe is het met je?'

'Goed. Ik heb geslapen als een roos.'

'Het was ook bepaald een enerverende nacht.'

'Dat kun je wel zeggen! Maar het was een goede nacht. De beste sinds lange tijd.'

'Dat geloof ik graag. Wil je zo vriendelijk zijn me even op te helpen?'

Melanie liep naar Hanna toe en ondersteunde haar voorzichtig, zodat ze op de rand van het bed kon gaan zitten. Waar had ze onder het bed naar gezocht? En wat zat er in de doos?

'Is alles met u in orde?' Melanie zag dat er een schaduw over Hanna's gezicht lag.

'Ja, het gaat wel. Voor zover je op mijn leeftijd in orde kunt zijn.'

'En wat is er met die doos?' Melanie plukte het stof van het deksel.

‘Dit is een volgend deel van mijn verhaal. Veel tijd hebben we niet meer, nietwaar? Je wilt vast naar Robert.’

Melanie knikte.

‘Goed, laten we maar eens kijken wat er in de doos zit. Ik weet niet of ik het je had laten zien als Roberts situatie onveranderd was gebleven of het slecht met hem was afgelopen, maar ik denk dat het gevaar nu is geweken.’

Langzaam haalde ze het deksel eraf.

Aanvankelijk zag Melanie het blauwe hoopje stof in de doos aan voor vuile poetsdoeken. Maar toen zag ze dat het een áo dài was. Grof, blauw, de kleding van een arbeidster. In eerste instantie. In tweede instantie ontpopte het zich als ziekenhuiskleding. Op de borst zat een reepje stof genaaid, waarop een naam was gestikt. Dr. Thanh le Vinh.

Er liep een koude rilling over Melanies rug. Was dat Thanh, Hanna’s jasmijnzusje? Wat hadden die enorme roestkleurige vlekken te betekenen?

Hanna bekeek het kledingstuk lange tijd, toen legde ze het voor zich op de grond.

‘Nu komen we zo langzamerhand aan het einde van het verhaal.’ Ze streek peinzend over de stof. ‘Ik ben blij dat ik het je kan vertellen, nu Robert weer wakker is.’

‘Dat schort was zeker van Thanh, uw zus?’ vroeg Melanie terwijl ze de deur achter zich dichtduwde. Ze zette de doos op het bureau en ging op de lege stoel zitten. ‘Is ze toch nog dokter geworden?’ Melanie wees naar het naamplaatje.

Hanna antwoordde niet. Achter haar voorhoofd leek een maalstroom van gedachten rond te wervelen. ‘Zoals je ziet, is dat gelukt. Maar ik moet bij het begin beginnen.’

Ze haalde diep adem, toen verdween haar blik nog eenmaal naar het verleden.

27

SAIGON 1975

Ik had altijd voor me gezien hoe het zou zijn als ik weer naar huis zou terugkeren. De aanblik van de haven en de Mekong was ik nooit vergeten. Wat ik nu, aan boord van de veerboot uit Vung Tau te zien kreeg, betekende een enorme schok voor me.

De oorlog had op de brede rivier geen vat kunnen krijgen, maar het stadsaanzicht had er diepe wonden aan overgehouden. Ik herkende mijn arme Saigon nauwelijks meer.

Die indruk werd nog versterkt toen we de haven achter ons lieten. Het was bijna vijftig jaar geleden dat ik voor het laatst door die straat was gelopen. Zelfs toen had ik er niet zo'n ellende gezien. Op de trottoirs zaten mensen met ontbrekende ledematen gehurkt tussen het vuil, een paar vrouwen droegen misvormde kinderen mee.

Ik had in mijn leven al veel gezien, maar bij die aanblik schoten de tranen me in de ogen en ik begon onbeheerst te huilen.

Toen ik weer gekalmeerd was ging ik op zoek naar de plaats waar mijn laatste thuis in Saigon was geweest. Ik koesterde niet veel hoop. Jaren van burgeroorlog en oorlog hadden het mogelijk uit het stadsbeeld doen verdwijnen.

Des te minder kon ik het geloven dat het er toch nog stond. Maar het was verlaten. Van de smid noch mijn moeder vond ik een spoor. Er waren niet eens buren die me konden vertellen wat er met hen was gebeurd. Toen ik het beschadigde gebouw inging, leek er een enorme last op mijn ziel neer te dalen. De tijd had veel veranderd, maar een paar dingen kon ik me nog herinneren. De kerven in de balken waarmee mijn stiefvader markeerde hoe hard Thanh en ik groeiden. Zijn oude smidsgereedschap dat blijkbaar tot voor kort nog altijd in gebruik was geweest. Misschien hadden ze nog een zoon en kleinkinderen gekregen, en hadden die de smederij voortgezet.

Met bonzend hart liep ik naar de kamer die van Thanh en mij was geweest. Ik vreesde, hoopte min of meer dat daar ook niets veranderd was, maar daarin werd ik teleurgesteld. Op een paar kisten na was de kamer leeg. Begrijpelijk, na zo'n lange tijd. Ik was inmiddels zelf een oude vrouw, en waarschijnlijk had mijn moeder na onze verdwijning algauw gedacht dat Thanh en ik dood waren.

Ik hurkte neer voor een van de kisten en maakte hem open. Op het eerste gezicht leken ze niets van waarde te bevatten – maar onder oude etenskommen, bamboelopers en andere snuisterijen ontdekte ik een fotolijstje waarvan het glas gebroken was. Ik haalde het tevoorschijn en mijn hart stond haast stil toen ik zag om welke foto het ging.

Mijn moeder had hem indertijd gevonden en bewaard, al die jaren. Zou ze er spijt van hebben gehad dat ze mij had willen uithuwelijken? Ze kon ons niet gehaat hebben, anders had ze de foto niet gehouden.

Ik zette de foto neer op de vensterbank en keek er een tijdje naar. De jaren trokken aan me voorbij. Ik zag voor me hoe Thanh die eerste keer in onze tuin stond. Hoe we allebei bij het dakraam over de jungle uit zaten te kijken. Hoe ze terugkwam van haar werk bij de rijstboer.

Toen tranen mijn blik dreigden te vertroebelen, draaide ik me om.

In gedachten verzonken streek ik over de muren, waarvan de verf afbladderde, toen viel mijn blik op de vloer.

Het was zo lang geleden...

Op mijn vlucht had ik mijn jasmijnbloesem niet meegenomen.

Die was op dezelfde plaats gebleven waar ik hem, zonder dat Thanh er iets van had gemerkt, had verstopt. Zou die er nog zijn?

Ik zocht iets om de planken te kunnen oplichten, maar liep toen naar een plank die altijd al een beetje los had gezeten. Wie er de laatste jaren ook in het huis had gewoond, hij had er niets aan gedaan. Ik knielde neer en maakte de plank met gemak los. En toen zag ik hem. Bedekt door een dikke laag stof stond daar de doos waarin ik, nog in het huis in de Franse wijk, de jasmijntak had gelegd. Ik blies het stof eraf en maakte hem open. Veel verwachtte ik er niet van. In het beste geval een verdroogde tak en wat pulver, van de bloemen die waren vergaan.

Maar de bloemen waren nog steeds herkenbaar. Natuurlijk helemaal verdroogd, maar goed bewaard gebleven in hun schuilplaats. De bladeren zaten zelfs nog aan de tak.

Ik zette de doos op mijn schoot en bekeek hem aangedaan, tot ik Marie de deur door hoorde komen.

'Maman, bent u hier?' vroeg ze.

'Ja, ik ben hier!' Even overwoog ik of ik haar de doos zou laten zien, maar ik besloot het niet te doen. Aan de tak zou een verhaal hebben vastgezeten en omdat ik niet wilde liegen, legde ik hem terug in de doos en liet de doos nog net op tijd onder de plank verdwijnen. De foto stopte ik in mijn tas.

'Dus hier hebt u gewoond,' zei Marie toen ze me even later in mijn vroegere kamer vond.

'Ja, hier heb ik gewoond. Een eeuwigheid geleden.'

Marie keek om zich heen en ik kon me indenken wat er door haar heen ging. Waarschijnlijk was ze dankbaar dat die toestanden me bespaard waren gebleven.

'Hebt u nog iets van uw ouders gevonden?' vroeg ze.

Ik schudde mijn hoofd. 'Afgezien van de smidsspullen.'

'Het lijkt me niet aannemelijk dat de buren nog leven.'

'Waarschijnlijk niet. Misschien moet ik eens op de begraafplaats gaan kijken.' Ik zuchtte, toen draaide ik me om. De jasmijnbloesem zou ik later halen, tot die tijd kon hij veilig onder de vloer blijven liggen.

Ons pension lag in de Franse wijk, die eveneens sterk beschadigd was. De eigenares deed me een beetje denken aan Ly, de kokkin die voor mijn moeder had gewerkt. Maar toen ik haar vroeg of er in haar familie een kokkin met die naam was geweest, antwoordde ze ontkennend. Haar familie kwam uit een heel andere streek en had kort na het vertrek van de Fransen van de gelegenheid gebruikgemaakt om van het gebouw een hotel/pension te maken. Helaas was er door de oorlog aan hun onderneming plotseling een einde gekomen. De gasten waren weggebleven en het pand was beschadigd geraakt. Enkele kamers waren onbruikbaar omdat je er nu van de lucht kon genieten door de gaten in het dak. Maar de kamers in de etage eronder stonden leeg. In een daarvan namen Marie en ik onze intrek. Het uitzicht op straat was vroeger beslist prachtig geweest, maar nu keken we uit op verwoeste huizen en armoedig geklede mensen die karren voorttrokken of op gehavende fietsen vooruit probeerden te komen.

'En wat wilt u nu gaan doen?' vroeg Marie onder het avondeten. De uitbaatster van het hotel had erop gestaan dat we samen met de familie aten. Een heel genereus aanbod, dat we niet konden afslaan, hoewel we wisten dat de familie zelf nauwelijks te eten had.

Aan tafel hoorden we veel over de gevechten en de situatie in de stad. Daarbij werd me duidelijk wat we konden doen. Een mogelijkheid was te gaan helpen in de ziekenhuizen waar de oorlogsslachtoffers werden verzorgd. Een andere mogelijkheid was een bedrijf op te zetten dat de mensen werk verschafte en nuttig was voor de gemeenschap.

'U kunt zich het best melden bij dokter Vinh in het ziekenhuis, zij kan u zeggen waar nog hulpkrachten nodig zijn,' zei onze gastvrouw.

'Wilt u in het ziekenhuis gaan werken?' vroeg Marie toen we weer op onze kamer waren.

'Waarom niet?' antwoordde ik. 'Ik heb toch je vader verpleegd. De mensen hier hebben hulp nodig, daarom zijn we hierheen gegaan.'

'Maar u weet hoe het toen gegaan is,' zei ze. 'U weet hoe zwaar het u is gevallen.'

'Dat kwam vooral doordat Didier genoeg van het leven had en zijn woede op mij afreageerde. De mensen hier zullen blij zijn als ze hulp krijgen.'

Dat maakte een einde aan de discussie. Marie wist dat ze me niet op andere gedachten kon brengen.

De volgende ochtend ging ik al vroeg op weg naar het ziekenhuis. Marie wilde intussen informatie over mijn ouders inwinnen. We liepen een eindje samen op, toen scheidden zich onze wegen.

Overal zag je sporen van de oorlog. Veel puin was al geruimd, maar de kogelgaten in de huizen zouden nog jarenlang getuigen van de verschrikkingen die over mijn volk waren losgebarsten.

Ook in het ziekenhuis waar dokter Vinh werkte was het een chaos. Hoewel de aanvallen voorbij waren, hadden de Vietnamezen nog altijd te kampen met de gevolgen. Telkens weer trapte er iemand op een landmijn en raakte gewond. De medische voorzieningen waren slecht, en de nawerking van het ontbladeringsmiddel was vreselijk.

Ik deinsde terug toen ik in een van de gangen een vrouw zag met een kindje op haar arm dat geen ogen had. Daarna dwong ik mezelf niet zo goed meer te kijken, want er waren meer misvormde kinderen, en mensen met enorme brandwonden en geamputeerde ledematen.

Ten slotte kwam ik een verpleegster tegen, die wist waar ik dokter Vinh kon vinden. Ze wees op een patiëntenkamer waarin een resolute vrouwenstem te horen was. Enkele minuten later kwam dokter Vinh naar buiten. Een slanke vrouw met een door de zon gebruinde huid en donker haar.

Ik vertrouwde mijn ogen niet toen ze vroeg: 'Wat kan ik voor u doen?'

De tijd mocht dan haar gelaatstrekken hebben veranderd, maar niet dusdanig dat ik haar niet kon herkennen. Maar ik had niet gedacht haar hier aan te treffen.

'Thanh?' vroeg ik ongelovig.

De dokter keek me verbaasd aan. Blijkbaar herkende ze mij niet. Ze keek me in de ogen, en toen, na een tijdje, zag ik daarin iets oplichten. De herinnering kwam boven.

'Hoa Nhài?'

'Ja.' Dat ene woordje ging ten onder in een tranenvloed. Meteen vielen we elkaar huilend in de armen. Toen we weer gekalmeerd waren, keken we elkaar aan.

De jaren waren Thanh niet aan te zien. Nog steeds had ze een vrijwel rimpelloze huid en ronde, donkere ogen. In haar haar zaten net als in het mijne zilverige strengen, maar het zag er nog altijd vol en glad uit. Ze had het in haar nek in een knot gedraaid. Haar ziekenhuiskleding voegde zich gemakkelijk naar haar lichaam, dat nog van de negentienjarige leek te zijn die ik destijds was tegengekomen toen ze van haar werk kwam.

'Ik kan het niet geloven!' fluisterde ze en ze schudde haar hoofd. 'Hoa Nhài! Ik dacht dat je dood was.'

'En ik heb er nooit aan getwijfeld dat je nog leefde,' antwoordde ik en ik trok haar weer tegen me aan.

'Dokter Vinh, ze hebben u nodig in de OK,' riep een geagiteerde verpleegster, die we in de vreugde van het weerzien helemaal niet hadden opgemerkt.

Thanh maakte zich van me los. 'Ik moet weg. Wat vind je ervan om vanavond ergens af te spreken? Ik ben tot ongeveer acht uur hier in het ziekenhuis, daarna ben ik vrij.'

'Ja, dat is goed, ik kom je ophalen.'

'Prima!'

'Ach Thanh... ik... ik wilde eigenlijk vragen waar ik hier kan helpen. Het was een raar idee om haar naam uit te spreken.

'Meld je bij zuster Thao, zij zal je kunnen zeggen waar hulp nodig is.'

Daarna verdween ze achter de klapdeur met de lange barst in de ruit.

Ik stond daar als door de bliksem getroffen en zag haar gestalte in de gang verdwijnen. Al die jaren had ik geprobeerd haar te vinden. Sinds de oorlog afgelopen was en de mogelijkheid bestond om via het Rode Kruis mensen te laten opsporen, had ik geprobeerd te achterhalen waar ze was. Ik had geen al te grote hoop gekoesterd – sinds de piraten haar van het schip hadden gehaald was er een eeuwigheid verstreken.

Had het ermee te maken dat ik de jasmijnbloesem weer had gevonden?

Terug op de eerste hulp wendde ik me tot zuster Thao. Ze was ongeveer van dezelfde leeftijd als ik, een vrouw die veel had meegemaakt. Ondanks de barse manier waarop ze de patiënten behandelde vond ik haar sympathiek.

'Hebt u ervaring met het verplegen van zieken?' vroeg ze.

'Ik heb mijn echtgenoot verzorgd, die in de oorlog beide benen had verloren.' Mijn antwoord maakte diepe indruk op haar, dat zag ik aan haar ogen.

'We kunnen op de afdelingen wel hulp gebruiken. Het is niet meer zo acuut als voor de wapenstilstand, maar veel mensen hebben te maken met de nawerking van Agent Orange. Als u niet bang bent voor mensen met ontbrekende ledematen...'

'Daar heb ik geen last van,' antwoordde ik en ik probeerde niet te laten merken dat ik een beetje geïntimideerd was door haar onvriendelijke toon. Dat mensen door oorlog harder werden, wist ik maar al te goed.

'Uitstekend, wacht u maar even.'

Ineens klonk er een jammerkreet. Ik draaide me vlug om en zag een meisje dat op een van de banken lag te kronkelen. Ze was hoogzwanger. Had ze weeën?

'Waarom is ze niet op de kraamzaal?' vroeg ik aan de zuster. 'Wilt u dan dat ze het kind hier krijgt?'

De zuster maakte een afwijzend gebaar. 'Die is nog niet zover, geloof me. Die meiden uit Cholon maken altijd een hoop misbaar als ze een wurm krijgen.'

Ik was geschokt dat ze zo weinig medelijden had met het meisje. Daarmee verspeelde ze direct een groot deel van mijn sympathie. Oorlog kon je dan wel hard maken, maar je moest compassie met anderen blijven houden.

Ik observeerde het meisje. Hoe oud zou ze zijn? Achttien? Twintig? Of jonger? Een meisje uit Cholon. Hoewel er sinds mijn tijd in het Rode Huis meer dan veertig jaar was verstreken, begon ik me weer ongemakkelijk te voelen. Ik was niets vergeten. En weer werd me duidelijk hoeveel geluk ik had gehad dat ik toen niet zwanger was geworden. Als Ariana er niet was geweest en als de goden geen consideratie met me hadden gehad, had ik misschien in dezelfde situatie gezeten. Alleen zou Hansen me beslist naar de engeltjesmaakster hebben gestuurd, onder wier handen ik mogelijk was gestorven.

Ik besloot haar op z'n minst wat troost te bieden en liep naar haar toe. Misschien kon ze gezelschap gebruiken. De sceptisch blik van de verpleegster negeerde ik.

'Kan ik je misschien helpen?'

Het meisje wierp me een vijandige blik toe. Ik wilde haar graag mijn hulp aanbieden. Maar ik wist niet wat ik moest doen. Als het meisje haar kind had gekregen, zou ze het weggeven. Het kleintje zou in een kindertehuis in de stad terechtkomen en nooit weten wie zijn moeder was.

'Nee,' snauwde ze. 'Ik ben bezig een kind te krijgen en ze brengen me hier niet eens naar de kraamzaal. Ze zeggen dat die momenteel volledig bezet is. Alsof een bed niet volstaat als je een kind krijgt.'

'Met welke tussenpozen komen de weeën?' vroeg ik. Desnoods bracht ik haar persoonlijk naar de kraamzaal.

Het meisje keek me aan alsof ze me wilde vragen wat mij dat aanging. 'Weet ik niet,' antwoordde ze. 'Tamelijk vaak.'

'Dan wordt het wel tijd. Kun je lopen?'

Het meisje stond moeizaam op. Haar vijandigheid leek een beetje te verflauwen.

'Ik breng je er nu naartoe. Ze zullen daar wel een bed voor je hebben.'

Ik had geen idee waarom, maar het kind verzette zich niet. Zachtjes puffend van de pijn draafde ze achter me aan. Ik dacht weer aan Ariana en hoe ik indertijd achter haar was aangedraafd.

Zonder haar had ik het niet gered. Voelde het meisje achter me misschien dat we iets gemeen hadden?

Ergens vond ik een verpleegster, aan wie ik duidelijk maakte dat iemand voor het meisje moest zorgen. De jonge vrouw wist blijkbaar niet dat het zwangere meisje uit Cholon kwam en nam haar mee.

Ik bleef op de gang staan en keek haar na. Ergens vandaan weerklonk het gehuil van baby's. Er kwamen geagiteerde stemmen uit de kraamzaal. Het leven ging door, maar ik was diep geschokt. Er was in de oorlog heel veel verdwenen, maar niet de prostitutie. Zou dat ooit gebeuren?

Ontdaan liep ik naar de eerste hulp. Ik wist niet wat ik moest doen, maar nu wist ik wie ik hulp moest bieden. Hier in het ziekenhuis was ik op de verkeerde plek. Omdat Thanh nog in de OK was, verliet ik de afdeling eerste hulp. De verpleegster was verdwenen.

Ik zag een paar straathandelaarsters en kinderen, die tussen de puinhopen speelden.

En toen wist ik ineens wat ik kon doen.

'U wilt hier een naaiatelier opzetten?' vroeg Marie verbaasd toen ik in het pension kwam en haar mijn idee voorlegde. Zij had in de tussentijd geprobeerd iets over mijn ouders te weten te komen. Helaas was haar poging niet erg succesvol geweest.

'Ja,' antwoordde ik. 'En ik zal daar alleen vrouwen in dienst nemen.'

Ik vertelde haar het verhaal over het meisje uit Cholon.

'Cholon?' vroeg ze zich verwonderd af. Ik besefte dat ik haar nooit iets over de rosse buurt had verteld.

'Het uitgaanscentrum van Saigon. Ik ben ervan overtuigd dat veel vrouwen geen andere uitweg zien dan zich daar te verkopen. Dat wil ik voorkomen.'

'Met een naaiatelier?'

'Ja, met een naaiatelier. Iedere vrouw kan een naaimachine leren bedienen. Ik zal de machines uit Duitsland laten invliegen en hier een geschikt gebouw zoeken.'

'Maar dat betekent dat u hier een tijd moet blijven,' was het bezwaar van Marie.

Met het oog op het weerzien met Thanh kon ik me niets mooiers voorstellen dan een tijdje te blijven en de verloren jaren in te halen.

'Ik denk dat dat precies is wat ik zou willen. Ik wil de mensen hier helpen. Jou staat het natuurlijk vrij om weer naar Duitsland terug te gaan.'

Marie schudde langzaam haar hoofd. 'Waar moet ik dan heen?' vroeg ze. Een half jaar eerder was haar man overleden. Elena was net verliefd geraakt en dacht aan trouwen. 'En iemand moet toch op u passen, maman.'

Daarmee was de zaak beklonken. Nog diezelfde dag informeerde ik naar onbeheerde panden die groot genoeg waren om er een naaiatelier te beginnen. Ik stuurde telegrammen naar een paar vrienden in Parijs om naaimachines en stoffen te regelen. En het lukte me zelfs de verantwoordelijke functionaris te vinden die besliste over de toekenning van gebouwen. Alles bij elkaar een goede dag, waarvan ik het slot met vreugde tegemoetzag.

's Avonds was ik vreselijk opgewonden. Ervoor had ik lang naar de foto zitten kijken, die ik uit het lijstje had gehaald. Thanh! Ik had haar teruggevonden!

Ik zei tegen Marie dat ik nog een eindje ging wandelen, en ook al was zij van mening dat het gevaarlijk was, ik liet me niet van mijn voornemen afbrengen en liep door de straten van Saigon naar het ziekenhuis.

Thanh stond al op me te wachten. Ze had haar ziekenhuiskleding verruild voor een blauwe áo dài, waarin ze er bijna meisjesachtig uitzag, zoals vroeger, die keer dat ik haar bij de rijstboer afhaalde.

We omhelsden elkaar en gingen naar een kleine gaarkeuken in de buurt die sinds een tijdje weer open was. Bij het zien van de daar aanwezige soldaten voelde ik me een beetje geïntimideerd, maar ze wisten wie Thanh was en toen we binnenkwamen groetten ze ons beleefd. Enkelen van hen maakten zelfs een tafeltje voor ons vrij en gingen bij hun kameraden zitten.

'Je staat hier in aanzien,' constateerde ik toen we op de kisten gingen zitten die tot stoelen waren getransformeerd.

Thanh haalde haar schouders op. 'Het is maar hoe je het bekijkt,' antwoordde ze bescheiden. 'Ik heb een paar van die soldaten behandeld, dat zijn ze blijkbaar niet vergeten.'

Ik glimlachte naar haar. 'Weet je nog hoe we samen op bà's zolder van de toekomst zaten te dromen? Het is je gelukt!'

Thanh glimlachte weemoedig. 'Ja dat kun je wel zeggen. Maar ik had destijds niet kunnen dromen welke omweg ik zou gaan nemen. Jij hebt het vast ook niet gemakkelijk gehad, of wel soms?'

'Nee, bepaald niet,' antwoordde ik. 'En ik moest vaak aan jou denken. Ik heb geprobeerd je te vinden, maar de autoriteiten werkten niet mee. Ook zoeken via het Rode Kruis liep op niets uit.'

'Dat kwam waarschijnlijk ook doordat ik van naam ben veranderd,' antwoordde ze, toen stond ze op en ging ze ons eten bestellen. Ze hoefde niet te vragen waar ik zin in had, ze wist het nog altijd. Met twee kommen rijst en kip in pindasaus kwam ze terug.

'We boffen, deze gaarkeuken is een van de weinige die af en toe vlees krijgen. Tussen twee diensten kom ik hier soms.'

'Het werk in het ziekenhuis is vast zwaar.'

'Ja, dat is zo. Maar nu hebben we tenminste zekerheid dat er geen bommen op ons worden gegooid. Het was een moeilijke tijd, maar op zeker moment komt ook daar een einde aan.'

Ik keek naar haar terwijl ze begon te eten. Er was iets in haar veranderd. Ze leek een beetje ongenaakbaar, zo was ze vroeger niet geweest. Of kwam het alleen maar doordat ze uitgeput was?

'Hoe is het je toen gelukt aan de piraten te ontkomen?' vroeg ik nadat ik ook van het eten had geproefd. Het was heel lekker maar ook scherp, en ik besefte dat ik al heel lang niet meer echt Vietnamees had gegeten.

'Het piratenschip is door een kruiser van de Franse marine aangehouden,' antwoordde ze terwijl ze een hapje kip nam. 'Al twee dagen nadat ze de mensenhandelaren hadden geënterd. Bijna alle piraten werden gedood. Vlak daarvoor hadden ze een Frans vrachtschip overvallen, en de Tây lieten niet met zich spotten.'

'En hoe zat het met jullie?' vroeg ik, opgelucht dat alle vreselijke fantasieën die me door het hoofd waren gegaan geen waarheid waren geworden.

'We zijn door de Fransen meegenomen en naar Vung Tao gebracht. Ze lieten het aan ons over om terug te gaan naar onze familie.'

Ik was ervan overtuigd dat Thanh naar onze ouders was teruggegaan. In haar plaats zou ik dat hebben gedaan. 'Je bent dus teruggegaan?'

'Nee.'

Ik keek haar verrast aan en legde mijn eetstokjes neer.

'Ben je niet...?'

'Ach, je weet hoe onze ouders waren,' antwoordde ze terwijl ze op een stukje kip kauwde. Het verbaasde me met hoe weinig gevoel ze dat zei.

'Natuurlijk weet ik dat.'

'Ze zouden nooit hebben toegestaan dat ik mijn droom waar maakte. Ik ben een tijdje in Vung Tao gebleven en besloot toen naar Hanoi te gaan.'

'Heb je nooit contact met ze opgenomen?'

Haar gezicht verstrakte. 'Nee. Ze zouden hebben geëist dat ik terugkwam. Dan had ik zeer waarschijnlijk met de zoon van de stoffenhandelaar moeten trouwen. Je weet hoe je grootmoeder je moeder heeft behandeld. Ze heeft haar gebroken en ze heeft haar uitgehuwelijkt, zoals ze wilde.'

'De smid is nooit slecht voor ons geweest,' was mijn weerwoord.

'Dat klopt. Hij was een goed mens. Maar stel dat hij dat niet was geweest? Als hij je moeder had geslagen? Je grootmoeder heeft voor je moeder beslist omdat ze wraak wilde nemen omdat zij haar eigen beslissing had genomen. Ik weet zeker dat die wraak mij zou treffen. Dus heb ik besloten mijn eigen weg te gaan. In Hanoi is het me gelukt een schoolopleiding te volgen. Ik heb op een naaiatelier en in een machinefabriek gewerkt om het allemaal te betalen.

Maar het is me gelukt.' Ze spreidde haar armen. 'En zoals je ziet ben ik zelfs dokter geworden, zoals ik wou.'

'En... heb je ooit nog iets van ze gehoord?' De gedachte dat mijn moeder en mijn stiefvader hun leven lang hadden geloofd dat we dood waren, vond ik vreselijk.

'Toen ik naar Saigon terugging, heb ik informatie ingewonnen. Moeder was vlak na de geboorte van een kind gestorven, de smid is daarna met een andere vrouw getrouwd. Zoals je begrijpt had het niets opgeleverd als ik terug was gegaan. Ik kreeg de kans om vrij te zijn, en die heb ik benut.'

'En... heb jij je ooit afgevraagd wat er van mij geworden was?'

'Ja, talloze keren. Ik bleef altijd hopen dat je terug zou komen. Op een gegeven moment heb ik me bij de situatie neergelegd en tegen mezelf gezegd dat jij je weg wel zou vinden. Ik was in elk geval blij dat ik niet terug was gegaan.'

Thanh zweeg en keek naar haar rijstkom. Ik wist niet wat ik moest zeggen. Waarschijnlijk zou mijn moeder haar voor mijn verdwijning hebben gestraft.

'Vergeef me,' zei ik en ik pakte haar hand.

Thanh keek op. 'Wat valt er te vergeven?' vroeg ze verwonderd.

'Dat ik toen weg wilde. Je had dat allemaal niet hoeven doorstaan als we gebleven waren, daar was onze plaats.'

Thanh schudde lachend haar hoofd. 'Je hebt toch geen gewetenswroeging? Kijk eens naar me! Ik ben dokter geworden, zoals ik wou. En jij ziet er ook niet uit alsof het je slecht vergaan is. Vertel eens, wat heb je die hele tijd zoal gedaan?'

Opnieuw was ik verrast dat ze de zaak zo luchtig opvatte.

Ik vertelde haar over mijn aankomst in Hamburg, het bordeel, mijn vlucht naar Berlijn. Ik vertelde haar hoe ik Laurent had gekregen en weer verloren, dat ik Marie had gekregen, dat Didier mij had geholpen tot ik hem moest helpen. Ik deed verslag van de oorlog en mijn opkomst als hoedenkoningin na de oorlog. Toen ik klaar was met mijn verhaal dreigde de eigenaar van de gaarkeuken ons eruit te gooien, want intussen was het laat geworden en hij wilde naar bed.

'Je hebt dus een dochter,' zei Thanh toen ze met me meeliep naar het pension.

'Ja, en een kleindochter. Marie is trouwens met me meegekomen. Als je wilt, stel ik je aan haar voor.'

'Ik zou haar graag leren kennen,' antwoordde Thanh, maar ze keek daarbij een beetje bedenkelijk. 'Kent ze je hele geschiedenis?'

'Nee, eerlijk gezegd heb ik maar kleine stukjes verteld. Je bent het vast met me eens dat er dingen zijn die je je kinderen maar beter niet kunt vertellen.' Ze had het er niet over gehad, maar ik ging ervan uit dat zij ook een gezin had. 'Je hebt kinderen, toch?' vervolgde ik toen ze bleef zwijgen.

'Ik heb een zoon gehad,' antwoordde ze weemoedig nadat ze enige tijd had gezwegen. 'Hij is in de buurt van Hanoi gesneuveld bij gevechtshandelingen, net als zijn vader.'

Blijkbaar hadden we wat de liefde betreft geen van beiden geluk gehad. 'Ik mis hen heel erg,' voegde ze er na een tijdje aan toe. 'Mijn zoon had helaas geen vrouw en kinderen. Hij heeft zich met hart en ziel in de strijd gestort. In feite sta ik weer op hetzelfde punt als indertijd toen we 's nachts door Saigon liepen. Ik heb geen familie meer.'

Die opmerking stak me een beetje, hoewel ik kon begrijpen dat ze verdrietig en verbitterd was.

'Maar je hebt wél familie,' zei ik en ik pakte haar hand. 'Ben je dat dan al weer vergeten? Een deel daarvan is hier, en het andere deel zit in Duitsland. Als je wilt, neem ik je daar graag mee naartoe.'

Er blonken tranen in haar ogen. 'Dat is erg lief van je, maar ze hebben me hier nodig. Het is echter goed te weten dat ik nog altijd familie heb.'

Toen vielen we elkaar in de armen en hielden elkaar vast als een stel geliefden.

De volgende ochtend vroeg Marie waar ik was geweest. Ik legde haar uit dat ik een oude vriendin was tegengekomen, die ze binnenkort zou leren kennen. Ik wilde niet met de deur in huis vallen.

We hadden afgesproken dat Thanh de volgende zondag bij ons op bezoek zou komen. Als zij er was, zou ik mijn dochter vertellen dat het sprookje van de jasmijnzusjes over mij ging en dat Thanh haar tante was.

Natuurlijk zou dat vergaande gevolgen hebben. Ze zou het aan Elena vertellen, en Elena zou het verhaal ooit aan haar kinderen doorgeven. Maar op dat moment achtte ik dat juist. Ik zag in hoe belangrijk het was je familiegeschiedenis te kennen. Omdat ik Thanh nu weer had, was er geen reden meer om te zwijgen – ook al wist ik dat Marie en Elena behoorlijk boos op me zouden zijn omdat ik een groot deel van mijn levensgeschiedenis voor hen had verzwegen.

Die zondag zaten we echter tevergeefs op Thanh te wachten. Ze verscheen die hele ochtend en middag niet. Omdat ik wist dat ze heel betrouwbaar was, begon ik me ernstige zorgen te maken.

'Ik ga naar het ziekenhuis,' zei ik terwijl de onrust als een gekooide tijger in me tekeerging. Zou er iets zijn gebeurd, of kon ze alleen maar niet weg uit het ziekenhuis? Ik moest het weten!

'Zal ik meegaan?' vroeg Marie, maar ik schudde mijn hoofd. 'Nee, blijf jij maar hier. Waarschijnlijk is ze in het ziekenhuis. Ik wil alleen weten wat er aan de hand is.'

Ik liep door Saigon, langs mensen die zich bij een vuurtje warmden en soldaten die op de stoep sigaretten opstaken.

Voor het ziekenhuis zaten mensen op hulp te wachten. Ik wrong me tussen hen door en negeerde de wrevelige opmerkingen die ze me achterna riepen.

Op de eerste hulp verdrongen de mensen elkaar ook. Ik begreep dat Thanh niet had kunnen komen omdat ze het druk had. Ik wilde al weggaan, maar mijn gevoel weerhield me. Ik wist ineens zeker dat er iets was gebeurd. Ik ging naar een verpleegster toe.

'Kunt u me zeggen of dokter Vinh er is?'

'Sluit u alstublieft achter in de rij aan,' antwoordde ze verstrooid.

'Ik kom niet voor een behandeling,' zei ik. 'Ze hebben gezegd dat ik me tot haar moet wenden als ik wil helpen.' Het was een andere verpleegster dan eerst, en ze leek mijn smoes te geloven.

'Die deur door,' zei ze en ze wees op de deur die naar de afdeling leidde. 'Dokter Xuan heeft dienst, die zal u kunnen vertellen wat u kunt doen.'

Dokter Xuan? Wat was er met Thanh? Ik bedankte haar en ging de deur door. Ook hier dromden de zieken en gewonden samen in de gangen. Onder hen waren ook soldaten. Een jonge man op een draagbaar lag zachtjes te jammeren.

'Pardon, waar kan ik dokter Xuan vinden?' vroeg ik aan een verpleegster die ik tegen het lijf liep.

'Hij zit verderop in de gang,' antwoordde ze en ze liep door. Ik baande me een weg door de zieken en gewonden, ontweek bedden die rondgereden werden en manoeuvreerde om rolstoelen heen waarin patiënten op hun behandeling zaten te wachten. Ten slotte kreeg ik een witte jas in het oog.

'Dokter Xuan?' vroeg ik. De arts keek op.

'Kan ik u helpen, bà?'

Ik keek hem vanwege zijn manier van aanspreken verbaasd aan, tot me te binnen schoot dat het in Vietnam gebruikelijk was oudere mensen met grootmoeder aan te spreken. Ik was een oudere vrouw!

'Ik ben op zoek naar dokter Vinh. We hadden afgesproken en...'

Het gezicht van de arts versomberde. Het was in Vietnam ook gebruikelijk oude mensen hoffelijk te bejegenen, waarschijnlijk zou dokter Xuan me beleefd meedelen dat hij naar zijn patiënten moest.

'Er is een noodgeval geweest in de stad. Dokter Thanh is er direct heen gegaan. Een jongetje was op een mijn gestapt... Helaas was het niet de enige mijn daar.'

De arts keek beschaamd naar de vloer, alsof hij persoonlijk verantwoordelijk was. 'Dokter Vinh is door die mijn getroffen...'

'Nee!' Eerst dacht ik het alleen maar, toen schreeuwde ik het. 'Nee, dat kan niet!'

De arts keek weer naar de vloer. 'Het spijt me. Ze is heel zwaar gewond en onze middelen om haar te helpen zijn beperkt.'

'Waar is ze nu?'

'Op de intensive care.'

Ik kon het niet vatten. Ik deinsde achteruit, tot ik de muur achter mij voelde.

'Bent u... Ik bedoel, in welke relatie staat u tot haar?'

De tranen schoten me in de ogen. 'Ze is mijn zus.'

De arts keek me onderzoekend aan, toen knikte hij. 'Goed, komt u maar mee.'

Hij leidde me door nog meer gangen, met scheuren in de muren ten gevolge van de aanvallen en vloeren die vuil waren van de schoenafdrukken. Maar dat zag ik slechts vluchtig. Het enige waar ik aan kon denken was Thanh. Het kon toch niet zo zijn dat ze de oorlog had overleefd en aan de mensenhandelaren was ontkomen en dat het nu zo moest eindigen? Ik had haar immers pas teruggevonden! Waren de goden dan echt zo wreed?

De intensive care was een nog ellendiger plek. Er waren maar weinig apparaten om de zieken te bewaken. Oververmoeide verpleegsters hielden hen in de gaten, controleerden de levensfuncties en deelden medicijnen uit.

Dokter Xuan bracht me achter een gordijn dat een deel van de afdeling afscheidde. Het werd me duidelijk dat hier de hopeloze gevallen lagen te wachten tot ze verlossing zouden vinden. Voor een van de bedden bleven we staan.

Thanh was onder al het verband nauwelijks herkenbaar. In haar arm zat een infuusnaald. Een monitor, die er al behoorlijk aftands uitzag, bewaakte haar levensfuncties.

'Kan ze me horen?' vroeg ik, want haar ogen waren gesloten.

Dokter Xuan knikte. 'We hebben haar pijnstillers gegeven, maar ze is bij bewustzijn. Ze heeft heel veel gebroken...'

Dokter Xuan stokte. Ik kon me voorstellen wat hij wilde zeggen. Het was een wonder dat ze nog leefde.

'Zeg het tegen de zuster als u iets nodig hebt. Ik moet helaas verder.'

'Dank u wel, dokter,' zei ik terwijl ik op het krukje naast het bed ging zitten.

'Geen dank, bà.' Hij draaide zich om en ging weg.

'Thanh,' zei ik en ik probeerde mijn tranen te bedwingen. Als ze dan moest sterven, mocht het laatste wat ze hoorde niet mijn gesnik zijn.

'Hoa Nhài,' fluisterde ze zwakjes terwijl ze haar ogen opendeed. Haar lippen vertoonden een zweem van een glimlach. 'Heeft het schip al aangelegd?'

Welk schip? Ik begreep dat ze verward was door de morfine.

'Het schip is al lang weg,' zei ik. We zijn in Saigon, Thanh, we zijn thuis.'

'Maar je wou toch niet met die jongen trouwen?'

Ik wendde mijn gezicht af, want nu kwamen toch de tranen. De naderende dood had haar teruggevoerd naar haar jeugd. Ze dacht echt dat het weer de dag van onze vlucht was.

'Nee, en ik zal ook niet met hem trouwen. Maar het belangrijkste is dat we weer thuis zijn.'

Thanhs lippen bewogen, zonder dat er geluid kwam. Ze keek me glazig aan, toen leek haar blik te breken.

'Thanh?' vroeg ik in paniek terwijl de monitor alarm sloeg. Van haar levenslustig pulserende hart was nog slechts een rechte lijn overgebleven. En haar gezicht verdronk voor mijn ogen in tranen.

Op een gegeven moment sleepte ik mezelf gebroken en behuild het ziekenhuis uit. Ik wist eerst niet waar ik heen moest gaan. Mijn dochter maakte zich vast zorgen, maar ik wilde niet naar het pension. In plaats daarvan ging ik naar de vroegere smederij. Ik had een idee. De cirkel zou gesloten worden.

Eigenlijk was ik van plan geweest de hele bloesemtak mee te nemen, maar nu plukte ik er een paar bloemen af en deed die in een envelop die ik in mijn tas vond. De rest legde ik terug in de doos, die ik weer in de schuilplaats liet verdwijnen. Samen met de foto van mij en Thanh en foto's van mijn voorouders die ik nog in de oude altaarruimte had aangetroffen, nam ik ze mee naar het pension. Marie bestookte me meteen met vragen, maar ik zei alleen maar dat de oude vriendin die bij ons had zullen komen, gestorven was.

Op de dag van Thanhs begrafenis kwamen er veel mensen uit Saigon naar haar graf. Het vervulde me met trots te zien hoe geliefd ze was geweest. Ik liet mijn gedachten naar haar gaan en wenste haar daar waar ze nu was alle geluk dat daar bestond. Ooit, daar was ik van overtuigd, zouden we elkaar weerzien.

28

Tranen liepen over Hanna's wangen en vormden stromen op de landkaart van haar leven. 'Ik had haar pas teruggevonden! Zo laat, maar ik had haar gevonden. Al die onzekerheid, al die angst en ten slotte de wanhoop... En toen werd ze door een mijn getroffen.'

Boos klauwde ze met haar handen in de met bloed besmeurde áo dài vol gaten. Ze bekeek de stof even, toen begon ze te snikken en te huilen zoals Melanie nog nooit iemand had zien huilen.

Het liefst had ze haar in haar armen genomen, die breekbare vrouw gestreeld en getroost, maar ze merkte dat Hanna dit moment van verdriet nodig had. Zelf had ze het nodig gehad toen ze het bericht van Roberts ongeluk had gekregen. Soms waren tranen het enige wat hielp.

Dus liet ze Hanna huilen en bleef ze zwijgend naar haar zitten kijken.

En toen haar overgrootmoeder uiteindelijk opkeek, met vertrokken en behuild gezicht, toen haar ogen houvast zochten, was Melanie er. Melanie nam haar teder in haar armen, voelde het gesnik dat het broze lichaam deed schokken, en tegelijkertijd de woede en kwaadheid en een energie die nog lang niet uitgeput was.

Daar was Melanie erg blij om.

Toen Hanna weer gekalmeerd was, streek ze de bebloede áo dài glad. 'Ze wilden hem me niet geven, maar ik heb erop gestaan. Het was het enige wat ik nog van mijn zusje had.'

Melanie knikte, toen vroeg ze: 'Bent u daarom een tijd in Saigon gebleven?'

'Niet alleen daarom,' antwoordde Hanna terwijl ze de áo dài weer in de doos teruglegde. 'Ik wilde helpen. Ik wilde dat de meisjes in Saigon niet gedwongen zouden zijn hun lichaam aan de soldaten in Cholon aan te bieden. Het was me duidelijk dat ik ze niet allemaal kon helpen, maar in elk geval een aantal. Zij moesten het geluk hebben dat ik ook had gehad.'

Melanie herinnerde zich de kaarten en foto's die Hanna gestuurd had nog goed. Het gebouw had er wat vervallen uitgezien, maar het had plaats geboden aan talloze tafels met naaimachines. De jonge vrouwen die erachter zaten leken tevreden. Een paar hadden zich met haar grootmoeders laten fotograferen.

'Is grootmoeder ooit te weten gekomen wie Thanh was?'

Hanna schudde haar hoofd. 'Nee, het leek me beter van niet. Maar jij weet het nu, dat maakt me blij.' Ze stond op en liep naar het raam.

'Je wilt nu zeker teruggaan?'

'Ja, Robert wordt morgen naar een gewone afdeling overgeplaatst, ik wil nu bij hem zijn. Ik kan nog niet helemaal geloven dat hij weer bij ons terug is.'

'Maar dat moet je wel doen. Het is een groot geluk en ik hoop dat je dit geluk lang mag blijven houden.'

'Dat hoop ik ook.' Even zwegen ze, toen voegde Melanie eraan toe: 'Hebt u er bezwaar tegen als ik de weekends naar u toe kom? Ik heb thuis geen naaimachine, en mama heeft die van haarzelf nodig... Ik wil nog steeds mijn bruidsjurk zelf maken.'

Hanna draaide zich om en glimlachte. 'Je kunt komen wanneer je maar wilt. Je hebt geen reden nodig om naar ons toe te komen, je bent altijd welkom.'

Ze liep met haar mee naar buiten, waar Marie stond te wachten. Ze had een mandje ingepakt, waarvan de inhoud onder de doek niet te zien was.

'Hier heb je wat proviand, zodat je thuis niet meteen boodschappen hoeft te doen,' verklaarde ze, waarna ze haar moeder aankeek. Natuurlijk zag ze dat Hanna had gehuild. 'Doe Robert de groeten van me en zeg tegen hem dat hij weer snel op de been moet komen.'

'Dat zal ik doen. En ik weet zeker dat hij blij zal zijn als jullie bij hem op bezoek komen.'

'Als de reuma het toelaat zullen we dat zeker doen.'

Melanie omhelsde hen allebei langdurig en stevig, toen pakte ze de mand en droeg hem naar haar auto. Haar reistas lag er al in, samen met een kist met hoedjes en accessoires die ze Robert wilde laten zien wanneer het beter met hem ging.

Maar ze reed niet meteen weg. 'Ik ga nog even naar het meer!' riep ze naar haar grootmoeders, die onder aan de trap stonden te wachten, en ze zwaaide. Ze zwaaiden terug en gingen naar binnen.

In de middagzon lag het meer als een juweel te schitteren. Melanie stond aan de oever en keek naar de zwaan, die langzaam zijn kringetjes trok. Waarom had hij eigenlijk geen partner? Had hij er nog geen gevonden, of was hij verlaten?

Ze moest aan Thomas denken. Ze had stiekem gehoopt hem hier te treffen, maar waarschijnlijk was hij weer bezig de heggen te snoeien.

'Je gaat dus weg?' vroeg een stem.

Melanie draaide zich om. Thomas stond achter haar, in een spijkerbroek en blauw overhemd. Een ongewoon gezicht, want ze had hem alleen in werkkleding meegemaakt.

'Ja, mijn verloofde is gisteravond ontwaakt. Ik moet nu het een en ander regelen.'

'Daar ben ik blij om,' antwoordde hij. 'En ik had het bij het juiste eind toen ik zei dat het leven hem alleen maar in de wacht had gezet, nietwaar?'

'Helemaal juist.' Melanie glimlachte naar hem en merkte dat er een weemoedige trek op zijn gezicht lag. Dacht hij aan zijn vrouw? Of had hij misschien...

Nee, dat heeft hij niet, zei ze bij zichzelf, maar diep vanbinnen voelde ze dat hij een uitweg was geweest als het lot anders had beschikt.

‘Ik wens je het beste,’ zei hij nadat ze een tijdje bedrukt hadden gezwegen.

‘Ik jou ook,’ antwoordde ze. ‘En ik hoop dat je het meer niet helemaal leegvist.’

Hij begon te lachen. ‘Wees maar niet bang! En ik hoop dat je je hier weer zult laten zien.’

‘Dat zal ik zeker.’ Melanie liep naar hem toe en omhelsde hem spontaan.

‘Het ga je goed!’

‘Jou ook.’

Ze maakte zich van hem los, toen liep ze naar haar auto.

Epiloog

OKTOBER

De villa was niet veranderd. Majestueus verhief hij zich voor het meer, waarop de zwaan nog altijd zijn eenzame rondjes trok. Dikke wolken schoven voorbij aan de avondhemel en kleurden roze en goud in het laatste licht van de ondergaande zon.

Het was inmiddels herfst, het loof aan de bomen was geel en rood verkleurd en afgezien van de dahlia's die naast de fontein bloeiden, was de tuin al aan zijn welverdiende herfst- en winterrust begonnen.

Waarom verwachtte ik toch dat het hier veranderd zou kunnen zijn? vroeg Melanie zich af toen ze over de grindweg reed en de auto de parkeerplaats op stuurde.

'Ik vraag me al de hele tijd af of je er misschien spijt van hebt dat je die opdracht niet hebt aangenomen,' zei Robert, die tijdens de rit heel stil was geweest. 'Je had nu op Bali kunnen zitten.'

Melanie trok de handrem aan en zette de motor af. Toen keek ze hem aan, de man met wie ze over een paar dagen ging trouwen.

'Ik ben nergens liever dan hier,' antwoordde ze terwijl ze hem teder over zijn wangen streelde, en ze kuste hem.

Ineens leek het voorjaar zo ver weg, net als de dagen vol ongerustheid en angst.

Het had een tijd geduurd voor Robert enigszins hersteld was, maar toen hij weer bij was en je kon zien dat hij vooruitging, was het ziekenbezoek Melanie aanzienlijk lichter gevallen. Ook was de verstandhouding met Katja beter geworden.

Na haar terugkeer in Berlijn had Melanie met Katja afgesproken. Ze hadden gepraat en het was wel moeilijk geweest, maar ze waren op een of andere manier weer nader tot elkaar gekomen.

Robert was het tot nog toe echter niet gelukt helemaal aan de rolstoel te ontkomen. Zijn benen wonnen gaandeweg aan kracht, maar de dokters schatten in dat hij nog zeker een half jaar nodig zou hebben om weer goed te kunnen lopen.

Maar dat was een lage prijs voor het feit dat hij in leven was gebleven en dat de kans aanwezig was dat alles weer net zo zou worden als vroeger – met één uitzondering. Als hij weer helemaal op de been was, zou hij een getrouwd man zijn.

'Het spijt me dat we niet in Vietnam kunnen trouwen,' zei hij en hij pakte haar hand en kuste hem teder. 'Een vrouw als jij zou dat wel hebben verdiend.'

'We gaan naar Vietnam wanneer jij me bij het joggen weer inhaalt,' antwoordde ze.

'Dan zullen we moeten wachten tot je negentigste, want eerder zal het niet lukken.'

'Ach wat, dat krijgen we wel voor elkaar. Bovendien denk ik niet dat grand-mère zo'n lange reis goed zou doorstaan. Dit is de juiste plaats, en het enige wat telt is dat jij bij me bent.'

Plotseling tikte er iemand tegen het raampje aan de bestuurderskant.

Melanie draaide zich om. Marie stond in een dik gebreid vest gehuld naast de auto.

'Zijn jullie van plan daar te blijven zitten of komen jullie naar binnen om met ons thee te drinken?'

'We komen eraan!' antwoordde Melanie lachend, ze stapte uit en omhelsde haar grootmoeder. 'Fijn u weer te zien, grootmoeder. Hoe gaat het met grand-mère?'

'Ik heb haar er vanmorgen weer op betrapt dat ze een jampot met een mes probeerde open te maken, terwijl ik toch bij een webwinkel een geweldige opener heb gekocht. Maar het gaat dus heel goed met haar.'

'Daar ben ik blij om! En ik zal het nog wel met haar hebben over die opener.'

Melanie liep om de auto heen, een stationcar waarin ze Roberts rolstoel – en later ook eventuele kinderen – makkelijk konden vervoeren, opende de achterbak en haalde de inklapbare rolstoel eruit.

'Nou, daar gaan we dan!' zei ze tegen Robert toen ze het portier aan de passagierskant opendeed. 'Ik heb speciaal een plek uitgezocht waar je niet door het grind heen hoeft.'

Robert grijnsde breed. 'Dat is een van de redenen waarom ik over een paar dagen met je ga trouwen.'

'Dat is toch een beetje een magere reden, vind je niet?' Melanie ondersteunde Robert tot hij zich in de rolstoel liet zakken.

'Daarom zei ik toch ook dat dat één van de redenen was! Hopelijk kan ik vlug zonder dat ding, het begint me zo langzamerhand op de zenuwen te werken.'

'Het is maar goed dat dat zo is, dan word je tenminste niet lui en doe je bij fysiotherapie je best.'

'Daar ben ik het mee eens!' zei Marie nadat ze ook Robert had omhelsd. 'En kom nu maar binnen, maman barst van ongeduld.'

Terwijl ze op het huis af liepen liet Melanie haar blik over het terrein gaan. De tuin zag er net als vroeger goed uit. Zou Thomas ondertussen een nieuwe vrouw hebben gevonden, of was hij nog altijd tevreden met het kluizenaarsbestaan? Bij haar laatste bezoekjes had ze hem wel even gesproken, maar dat onderwerp was slechts eenmaal en maar kort aangeroerd.

Hanna noch Marie had bij hun telefoontjes iets over hem verteld.

'Wat doet jullie tuinman nu eigenlijk?' vroeg Melanie toen ze de hellingbaan opgingen. Robert reed naast hen, inmiddels was hij zo sterk in zijn armen dat ze hem niet hoefde te helpen.

'Thomas? Ach, die zorgt als altijd uitstekend voor het hele terrein. En hij heeft sinds kort een vriendin.'

'En dat vertellen jullie me niet?'

Marie lachte schelms. 'We hadden zo veel andere dingen te bespreken! Bovendien is de relatie nog heel pril. Het brengt ongeluk daar te veel over te zeuren.'

'Des te beter!' mengde Robert zich in het gesprek. 'Anders zou hij me nog mijn verloofde afsnoepen.'

'Dat zou hem niet lukken.' Melanie kuste hem, en hoewel hij het tot dan toe alleen had gered, duwde ze zijn rolstoel het laatste stuk tegen de hellingbaan op.

De afgelopen weken hadden Hanna en Marie alles gedaan om de villa geschikt te maken voor Roberts rolstoel. De hellingbaan voor de rolstoelen van de museumbezoekers was er al, maar vooral in het woongedeelte waren er nog hoge drempels. Thomas had zijn ambachtelijke vaardigheden tentoongespreid en kleine hellingbanen gemaakt waar Robert moeiteloos overheen kon rijden.

'Weet je, ik ben dankbaar dat je er niet met die Thomas vandoor bent gegaan,' had Robert schertsend opgemerkt toen ze over de tuinman van Hanna en Marie vertelde. 'Het lijkt een fidele kerel te zijn.'

'Dat is zo, en hij is ook nog eens heel aardig. Maar hij heeft me een keer in een legging gezien en daardoor alle interesse in me verloren.'

'Wat, is hij soms gestoord? Met jouw figuur!'

Daarop had Melanie hem gekust. 'Trouwens, ik wil geen ander. Soms is het de moeite waard ergens op te wachten.'

En daar had ze gelijk in, want sinds Robert er weer was, ging het met haar gestaag bergopwaarts. Het aanbod van Dornberg had ze weliswaar afgeslagen, maar er waren nieuwe opdrachten gekomen. Bovendien had ze haar moeder met veel succes geholpen bij de modeshow tijdens de Fashion Week en belangrijke contacten opgedaan. Een van hen wilde zowaar volgend jaar haar historische modeshow opzetten.

Na enig nadenken en op aandringen van haar grootmoeders had Melanie besloten de leiding van het modemuseum over te nemen. Hanna was verrast geweest, zij had er eerder op gerekend dat Melanie weer op reis zou gaan. Marie was er echter heel blij om.

'Het is me hier zo goed bevallen dat ik er telkens weer over dacht hier te gaan wonen,' zo had Melanie haar beslissing beargumenteerd. 'En de villa is de ideale plaats voor Robert om te herstellen. De fysiotherapeut zegt dat hij over een paar maanden weer zal kunnen lopen – als hij maar genoeg traint. Hier kan hij dat doen zonder door allerlei mensen te worden aangegaapt – en ook nog gewoon doorwerken. Jullie hebben immers een internetaansluiting.'

'Gaat het?' vroeg ze toen hij opstond en op de traplift overstapte. Hanna had er zonder morren mee ingestemd dat hij werd geïnstalleerd, want zij had er ook baat bij wanneer ze minder mobiel was vanwege haar benen.

'Natuurlijk,' antwoordde Robert. 'Hoe zit het, wil je op mijn schoot zitten en mee omhooggaan?'

'Daarmee zouden we de motor vast overbelasten.'

'Met zo'n mug als jij? En ik ben ook nog niet op mijn oude gewicht.'

'Toch kunnen we maar beter het zekere voor het onzekere nemen. Je kunt me altijd nog op schoot nemen als we op onze kamer zijn.'

'Daar hou ik je aan.'

Terwijl de lift in beweging kwam liep Melanie met de ingeklapte rolstoel langzaam naast hem mee omhoog. Marie kwam achter hen aan.

'Wanneer komen jouw ouders eigenlijk?' vroeg de laatste aan Robert. 'We wisten het niet precies en hebben uit voorzorg de tweede logeerkamer maar vast in orde gemaakt.'

'Ze komen morgen en ze verheugen zich al bijzonder. Ik heb hun de hele tijd enthousiast verteld hoe fantastisch het hier is.'

'Dan zullen we maar hopen dat we aan hun verwachtingen beantwoorden.'

'Hun huis is nog niet half zo groot als deze villa. Dat redden jullie met gemak.'

Boven aangekomen hielp Melanie Robert weer in de rolstoel en samen begaven ze zich naar hun kamer.

Robert sloeg zijn armen om haar heupen en vlijde zijn hoofd tegen haar buik. 'Wanneer krijg ik die vermaledijde bruidsjurk te zien?'

'Natuurlijk pas bij de huwelijkssluiting! Het brengt ongeluk om de bruid van tevoren in haar trouwjurk te zien, en na het afgelopen jaar wil ik beslist geen enkel risico nemen.'

Robert keek naar haar omhoog, toen gebaarde hij haar zich naar hem toe te laten zakken.

'Alles in orde?' vroeg ze, waarop hij haar tegen zich aantrok en haar kuste.

'Nu wel,' zei hij. 'Ik hou van jou, Melanie.'

'En ik van jou.'

Melanie trof Hanna aan in de naaikamer. Ze zat achter de machine en voerde met rustige hand twee repen stof onder de snorrende naald door.

'Grand-mère, u achter de naaimachine?' vroeg Melanie glimlachend.

'Melanie! Zijn jullie goed aangekomen?'

'Ja, en Robert vindt jullie traplift geweldig! Hebt u geprobeerd met naaien de tijd door te komen?'

'Een beetje,' gaf Hanna toe, ze brak de draad af en pakte de stof op. Wat het moest worden was nog onduidelijk.

Melanie zwaaide vermanend met haar wijsvinger. 'Grootmoeder wordt gek als ze ziet dat u vlak bij een scherpe naald komt.'

'Ze heeft zich erbij neergelegd dat ik iets te doen moet hebben,' antwoordde Hanna glimlachend. 'Mijn handen zijn weliswaar niet zo zeker als vroeger, maar mijn naden worden steeds beter.'

Hanna zette de machine uit en draaide zich om. 'Natuurlijk ben ik niet meer zo goed dat ik zoiets voor elkaar krijg.' Ze wees naar de bruidsjapon op de paspop.

Elke keer dat Melanie hier was geweest, had ze eraan gewerkt. Het oorspronkelijke ontwerp, dat op dat van de bruidsjurk van de Vallières leek, was een eigen leven gaan leiden en er was iets volkomen nieuws uitgekomen. Een jurk met een smalle taille, een laagjesrok en strakke mouwen, bezet met ontelbare jasmijnbloemen, waarbij Hanna met al haar kunstzinnigheid als modiste had meegeholpen.

'Dat moet u niet zeggen, u krijgt alles voor elkaar, grand-mère!'

'Ach wat, om je leeftijd kun je nu eenmaal niet heen. Maar ik heb iets voor je.' Ze stond langzaam op en pakte een doosje van de vensterbank. 'Kijk maar eens of het je bevalt.'

Melanie maakte het doosje open en ontdekte toen een klein, met bij de jurk passende bloemen versierd kapje met voile.

'Het is prachtig! Dank u wel, grand-mère, weer zoiets dat ik nooit voor elkaar had gekregen.'

Hanna haalde haar schouders op. 'Nou, dat kan ik je wel leren. Je komt toch binnenkort hier wonen.'

Voor Melanie iets kon zeggen, klonk er van beneden getoeter.

'Ah, daar is mama!'

'Nu, dan zijn alle vrouwen van de familie weer eens samen onder één dak. Het is maar goed dat we er straks ook een man bij krijgen.'

Ze sloeg haar arm om Melanies middel en samen liepen ze de naaikamer uit om Elena te begroeten.